DMITRY GLUKHOVSKY

METRO 2035

Roman

Aus dem Russischen von David Drevs

Mit einem ausführlichen Verzeichnis aller
METRO-UNIVERSUM-Romane

WILHELM HEYNE VERLAG
MÜNCHEN

Titel der russischen Originalausgabe:
МЕТРО 2035

Der Verlag weist ausdrücklich darauf hin, dass im Text enthaltene externe
Links vom Verlag nur bis zum Zeitpunkt der Buchveröffentlichung
eingesehen werden konnten. Auf spätere Veränderungen hat der Verlag
keinerlei Einfluss. Eine Haftung des Verlags ist daher ausgeschlossen.

Verlagsgruppe Random House FSC® N001967

3. Auflage

Taschenbuchausgabe 2/2018
Copyright © 2015 by Dmitry Glukhovsky
Copyright © 2018 der deutschen Ausgabe und der Übersetzung
by Wilhelm Heyne Verlag, München,
in der Verlagsgruppe Random House GmbH,
Neumarkter Straße 28, 81673 München
Printed in Germany
Umschlaggestaltung: Animagic, Bielefeld
Karte: Herbert Ahnen
Satz: Schaber Datentechnik, Austria
Druck und Bindung: GGP Media GmbH, Pößneck

ISBN: 978-3-453-31902-8

www.diezukunft.de

www.metro2035.org

DAS ENDE DER REISE?

DIE METRO

- ◎ **Gemeinschaft der Ringstationen (Hanse)**
- ⊗ **Verlassene Stationen**
- ☭ **Rote Linie**
- ⌂ **Polis**
- ✍ **Arbat-Konföderation**
- ★ **Konföderation 1905**
- ⚅ **Viertes Reich**
- ⌒ **Unabhängige Stationen**
- ✴ **Transitstationen**
- ○ **Unerforschte Stationen**
- ◉ **Von Mutanten besetzte Stationen**
- ♠♥♦♣ **Organisierte Kriminalität**
- ☢ **Radioaktive Gefahr**
- ☣ **Biologische Gefahr**
- ⚠ **Mentale Gefahr**
- ⚠ **Gefahr durch Einsturz**
- ⚠ **Mehrfache Gefahren**

- ▬ **Gefährliche Tunnel**
- ⌐¬ **Oberirdisch verlaufende Abschnitte**
- ⌣ **Brücken**
- ⊢ **Versorgungsgleise und -tunnel**
- D-6 **Regierungsstrecken (ungefähre Lage)**

Men⟨

Belorusskaja

D

Majakows⟨

D

05 goda ★

Krasnopresnenskaja ◎ ★

Barrikadna

Smolenskaja

Smolensl⟨

Bagrationowskaja

D-6   Fili

Kutusowskaja

Park Pobedy ✍

Studentscheskaja

Kiewskaja

Pa⟨

Frunsenskaja ☭

Die Karte zur Gesamtübersicht der Metro finden Sie auf

www.metro2033.org

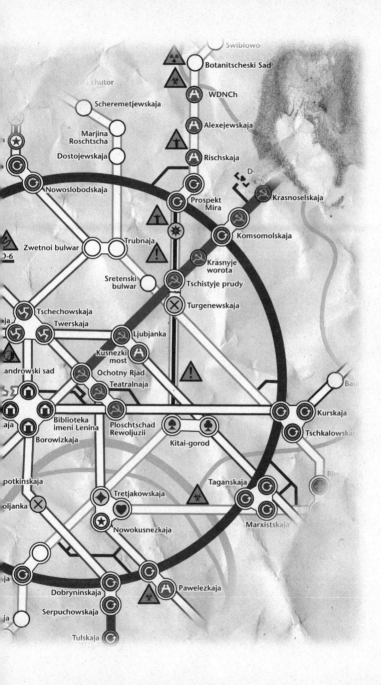

Swiblowo

Botanitscheski Sad

...chutor

WDNCh

Scheremetjewskaja

Alexejewskaja

Marjina
Roschtscha

Rischskaja

Dostojewskaja

D

Nowoslobodskaja

Prospekt
Mira

Krasnoselskaja

Zwetnoi bulwar

Trubnaja

Komsomolskaja

0-6

Krasnyje
worota

Sretenski
bulwar

Tschistyje prudy

Tschechowskaja

Turgenewskaja

Twerskaja

...ja

Ljubjanka

Kusnezki
most

...androwski sad

Ochotny Rjad

Bau...

Teatralnaja

...

Kurskaja

Biblioteka
imeni Lenina

Ploschtschad
Rewoljuzii

Tschkalowska...

...aja

Borowizkaja

Kitai-gorod

...potkinskaja

Riv...

Taganskaja

Tretjakowskaja

...oljanka

Marxistskaja

Nowokusnezkaja

...ja

Pawelezkaja

Dobryninskaja

Serpuchowskaja

...ja

Tulskaja

INHALT

1

HIER MOSKAU

Es geht nicht, Artjom.«

»Mach auf! Mach auf, sag ich.«

»Anweisung vom Stationschef. Ich darf niemanden rauslassen.«

»Was soll das heißen, niemanden? Willst du mich verarschen?«

»Das ist mein Befehl! Zum Schutz der Station … vor der Strahlung … das Tor geschlossen halten. So lautet mein Befehl, kapiert?«

»Kommt das von Suchoj? Hat dir mein Stiefvater den Befehl gegeben? Mach schon auf.«

»Wegen dir krieg ich noch eins auf die Mütze, Artjom …«

»Na gut, wenn du nicht willst, mach ich's eben selbst.«

»Hallo … San-sejitsch … Ja, vom Posten … Artjom ist hier … Ihr Artjom. Was soll ich mit ihm machen? Ja. Wir warten.«

»Bravo, Nikizka, jetzt hast du mich verpfiffen. Dafür ziehst du jetzt aber Leine! Ich mache auf. Egal was, ich gehe da raus!«

Doch in diesem Augenblick sprangen noch zwei aus der Wächterkabine heraus, zwängten sich zwischen Artjom und die Tür und schoben ihn mitleidig zurück. Auch wenn keiner der Wachleute ernsthaft handgreiflich wurde, war Artjom – ohnehin schon müde, die Augen schwarz umrandet, den Aufstieg vom Vortag noch in den Knochen – ihnen nicht gewachsen. Neugierige hatten sich dazugestohlen: dreckverschmierte Knirpse mit Haaren, durchsichtig wie Glas, aufgedunsene Hausfrauen, die Hände blau und stählern vom endlosen Waschen im eiskalten

13

Wasser, müde Viehzüchter aus dem rechten Tunnel, die einfach nur dumpf gaffen wollten. Sie flüsterten untereinander, sahen Artjom an und zugleich durch ihn hindurch. Auf ihren Gesichtern lag – weiß der Teufel was.

»Er hört einfach nicht auf damit. Wozu will er da rauf?«

»Genau. Und jedes Mal geht dabei die Tür auf. Und dann kommt das alles hier rein, von da oben! Sturkopf, verdammter …«

»Hör mal, lass das … So kannst du nicht über ihn sprechen. Immerhin hat er uns … gerettet. Uns alle. Auch deine Kinder da.«

»Ja, stimmt schon. Aber was jetzt? Wofür hat er sie denn gerettet? Fängt sich da draußen jede Menge Röntgen ein … und wir kriegen auch gleich noch was ab.«

»Und vor allem: Was zum Henker will er dort? Wenn es wenigstens einen Grund gäbe!«

In diesem Augenblick tauchte unter all diesen Gesichtern das wichtigste auf: ein ungepflegter Schnauzer, die spärlichen grauen Haare quer über die Glatze gelegt. Das Gesicht nur mit geraden Linien gezeichnet, nirgends eine einzige Rundung. Und auch alles andere an ihm: steif und zäh wie Hartgummi, als hätte man diesen Mann bei lebendigem Leib gedörrt. Genauso war seine Stimme.

»Geht nach Hause, alle. Habt ihr gehört?«

»Das ist Suchoj. Suchoj ist gekommen. Soll er seinen Jungen mitnehmen.«

»Onkel Sascha …«

»Schon wieder du, Artjom? Wir hatten doch darüber gesprochen …«

»Mach auf, Onkel Sascha.«

»Geht nach Hause, ich sag's nicht noch mal! Hier gibt es nichts zu gaffen! Und du – komm mit.«

Aber Artjom setzte sich auf den Boden, den glattpolierten, kalten Granit. Lehnte sich gegen die Wand.

»Es reicht jetzt«, sagte Suchoj lautlos, nur mit den Lippen. »Die Leute tuscheln sowieso schon.«

»Es muss sein. Ich muss hoch.«

»Da ist nichts! Nichts! Nichts gibt es da zu suchen!«

»Onkel Sascha, ich hab dir doch gesagt ...«

»Nikita! Was stehst du da rum? Los, schaff die Bürger hier weg!«

»Jawohl, San-sejitsch!« Nikita fuhr hoch und begann hastig die Menge wegzuschaufeln. »Also, wer braucht noch eine Extraeinladung? Los, Marsch, Marsch ...«

»Das ist doch alles dummes Zeug. Hör zu ...« Suchoj stieß die in ihm angestaute Luft aus, wurde auf einmal weich und faltig – und ließ sich neben Artjom auf dem Boden nieder. »Du bringst dich noch um damit. Glaubst du, der Anzug schützt dich vor der Strahlung? Der ist doch wie ein Sieb! Da könntest du genauso gut ein Baumwollhemd tragen!«

»Na und?«

»Nicht mal die Stalker gehen so oft nach oben wie du ... Hast du überhaupt mal deine Dosis gemessen? Was willst du eigentlich: leben oder krepieren?«

»Ich weiß, dass ich es gehört habe.«

»Und ich weiß, dass du es dir eingebildet hast. Es gibt niemanden, der Signale schicken könnte. Niemanden, Artjom! Wie oft soll ich es dir noch sagen? Niemand ist mehr da. Außer Moskau. Außer uns hier.«

»Das glaube ich nicht.«

»Denkst du vielleicht, mich kümmert, was du glaubst? Wenn dir die Haare ausfallen, das kümmert mich! Wenn du Blut pisst! Willst du, dass dir der Schwanz eintrocknet?!«

Artjom zuckte mit den Schultern. Schwieg, wog ab.

Suchoj wartete.

»Ich habe es gehört. Damals, auf dem Turm. In Ulmans Funkgerät.«

»Aber außer dir hat niemand etwas gehört. Die ganze Zeit über, egal wie oft sie danach gehorcht haben. Der Äther ist leer. Also was jetzt?«

»Jetzt gehe ich nach oben. Weiter nichts.«

Artjom stand auf, streckte den Rücken.

»Ich will Enkel haben«, sagte Suchoj von unten zu ihm.

»Damit sie hier leben? Im Untergrund?«

»In der Metro«, korrigierte Suchoj.

»In der Metro«, lenkte Artjom ein.

»Und sie sollen ganz normal leben. Erst mal überhaupt auf die Welt kommen, natürlich. Aber so …«

»Sag ihnen, sie sollen aufmachen, Onkel Sascha.«

Suchoj blickte zu Boden. Auf den schwarz glänzenden Granit. Offenbar war da irgendwas zu sehen.

»Hast du gehört, was die Leute sagen? Dass du übergeschnappt bist. Damals, auf dem Turm.«

Artjom verzog den Mund zu einem schiefen Lächeln.

Er holte tief Luft.

»Weißt du, was nötig gewesen wäre, damit du Enkel bekommst, Onkel Sascha? Du hättest eigene Kinder kriegen sollen. Die könntest du dann herumkommandieren. Und deine Enkel wären dann wenigstens dir ähnlich – und nicht weiß der Teufel wem.«

16

Suchojs Brauen zogen sich zusammen. Eine Sekunde tickte vorüber.

»Nikita, lass ihn raus. Soll er doch krepieren. Scheiß drauf.«

Nikita gehorchte schweigend. Artjom nickte zufrieden.

»Ich bin bald zurück«, sagte er zu Suchoj aus der Schleuse.

Dieser stemmte sich an der Wand hoch, drehte Artjom den gebeugten Rücken zu und schlurfte, den Granit polierend, fort.

Die Schleusentür knallte zu, die Riegel fielen ins Schloss. Eine grellweiße Lampe an der Decke flammte auf – fünfundzwanzig Jahre Garantie – und spiegelte sich wie die schwache Wintersonne in den verschmierten Fliesen. Die gesamte Schleusenzone war, bis auf eine stählerne Wand, damit getäfelt. Ein verschlissener Plastikstuhl, um sich auszuruhen oder die Stiefel zu binden, an einem Haken ein deprimiert wirkender Strahlenschutzanzug, im Boden ein Abfluss, daneben ein Gummischlauch zur Dekontamination. In der Ecke stand noch ein Armeerucksack. Ein blauer Hörer hing an der Wand, wie bei einer Telefonzelle.

Artjom stieg in den Anzug – dieser war geräumig, wie der eines Fremden. Er holte die Atemschutzmaske aus der Tasche. Zog den Gummi lang, stülpte sie sich über, blinzelte, während er sich an die Sicht durch die runden, nebligen Sichtfenster gewöhnte. Nahm den Hörer ab.

»Bereit.«

Ein schweres Knarren ertönte, und die stählerne Wand – keine Wand, sondern ein hermetisches Tor – begann nach oben zu kriechen. Von außen wehte ein kalter, feuchter Atem herein. Fröstelnd schulterte Artjom den Rucksack, der sich schwer anfühlte, als hätte sich ein Mensch rittlings obendrauf gesetzt.

Die abgenutzten, rutschigen Stufen der Rolltreppe führten steil hinauf. Die Metrostation *WDNCh* lag sechzig Meter unter der

17

Erde. Gerade tief genug, dass die Wirkung von Fliegerbomben nicht mehr zu spüren war. Natürlich, hätte ein Atomsprengkopf Moskau getroffen, gäbe es hier nichts als eine riesige Grube, gefüllt mit Glas. Doch die Sprengköpfe waren alle von der Raketenabwehr hoch über der Stadt abgefangen worden. Nur ihre Splitter waren auf die Erde herabgeregnet – strahlend, aber nicht mehr explosionsfähig. Nur aus diesem Grund stand Moskau noch immer fast unbeschädigt da, ähnelte seinem früheren Selbst wie eine Mumie dem lebenden Pharao. Arme und Beine befanden sich noch immer, wo sie hingehörten, ein Lächeln lag auf seinen Lippen …

Andere Städte hingegen hatten kein Raketenabwehrsystem besessen.

Ächzend rückte Artjom den Rucksack zurecht, bekreuzigte sich verstohlen, schob die Daumen unter die lockeren Riemen, um sie zu spannen, und begann mit dem Aufstieg.

Regen prasselt auf den stählernen Helm. Artjom spürt das hohle Klopfen direkt auf seinem Schädel. Seine Sumpfstiefel sinken tief in den Schlamm ein, rostige Bäche laufen von irgendwo oben nach irgendwo unten, am Himmel türmen sich Wolken, nirgends auch nur eine einzige Lücke. An den leeren Häusern ringsum nagt der Zahn der Zeit. Die Stadt ist menschenleer. Seit über zwanzig Jahren nicht eine Seele.

Am Ende einer Allee aus feuchten, kahlen Baumleichen ist der riesige Torbogen zum Ausstellungsgelände der *WDNCh* zu erkennen. Was für ein Kuriositätenkabinett: Imitationen antiker Tempel, in denen einst die Hoffnung auf künftige Größe spross. Damals glaubten sie noch, diese Größe werde in nächster Zukunft anbrechen – vielleicht schon morgen. Aber dann gab es auf einmal kein Morgen mehr.

Die *WDNCh* ist jetzt ein lebensfeindlicher Ort.

Vor ein paar Jahren lebten hier noch alle möglichen Kreaturen, aber inzwischen sind nicht einmal die mehr da. So mancher hat gehofft, dass die Hintergrundstrahlung abnehmen würde und die Menschen wieder nach oben zurückkehren könnten. Laufen ja sowieso überall Mutanten herum, und die sind doch auch nur Tiere, wenn auch ziemlich abgefahrene …

Aber dann kam es genau umgekehrt: Die Eiskruste der Erde verschwand, die Erde begann zu atmen und zu schwitzen, und die Strahlung ging sprunghaft in die Höhe. Die Mutanten mit ihren Krallen klammerten sich verzweifelt an ihr Leben, ergriffen entweder die Flucht oder krepierten früher oder später. Der Mensch dagegen hockt unter der Erde, lebt in den Metrostationen und hat gar nicht vor zu sterben. Der Mensch braucht ja nicht viel. Der Mensch ist zäher als jede Ratte.

Schnarrend beginnt der Geigerzähler Artjoms Dosis zu berechnen. Den nehm ich nicht mehr mit, denkt Artjom, der nervt nur. Was ändert es denn, wie viel er da zusammentickt? Solang ich hier noch nicht fertig bin, kann er herumschnarren, so viel er will.

»Sollen sie doch reden, Schenja. Sollen sie glauben, dass ich übergeschnappt bin. Sie waren damals nicht dabei … auf dem Turm. Sie kommen ja sowieso nie aus ihrer Metro raus. Woher sollen sie es wissen? … Übergeschnappt … Ich hab sie alle zugebombt … Ich sag doch: Genau in dem Augenblick, als Ulman die Antenne da oben montierte … Während er sie einstellte … Da war was. Ich hab's genau gehört! Und – nein, du Arschloch, ich hab's mir nicht eingebildet. Sie wollen mir nicht glauben!«

Ein Autobahnkreuz bäumt sich über ihm auf. Asphaltbänder, in einer Wellenbewegung erstarrt, haben sich Autos wie Ungeziefer vom Rücken gewischt: Wahllos liegen diese am Boden verstreut, mal auf allen vieren, mal auf dem Rücken, und sind in dieser Haltung verreckt.

Artjom sieht sich kurz um und steigt dann die ihm entgegengestreckte raue Zunge einer Auffahrt hinauf. Es ist nicht mehr weit – vielleicht noch eineinhalb Kilometer. Bei der nächsten Zunge ragen die Tricolor-Wolkenkratzer auf. Früher waren sie in triumphalem Weiß-Blau-Rot gestrichen; mittlerweile hat die Zeit sie, wie alles andere, grau übertüncht.

»Warum glauben sie mir nicht? Aus Prinzip, weiter nichts. Na gut, bisher hat noch keiner Rufzeichen gehört. Aber von wo horchen sie? Von unter der Erde. Keiner von ihnen würde für so was an die Oberfläche gehen, stimmt's? … Denk doch mal nach: Außer uns soll wirklich niemand überlebt haben? Auf der ganzen Welt – niemand? Das ist doch völlig hirnrissig! Oder?«

So sehr er den Ostankino-Turm aus seinem Sichtfeld zu verdrängen versucht, es ist unmöglich, ihn zu übersehen: Wie sich Artjom auch dreht, der Turm wabert immer irgendwo am Rand herum – wie ein Kratzer auf dem Sichtglas seiner Maske. Schwarz, feucht, abgebrochen bis zum Knauf der Aussichtsplattform, als hätte jemand mit geballter Faust seinen Arm aus dem Untergrund gestoßen, ein Riese, der sich an die Oberfläche durchkämpfen wollte, aber im roten Moskauer Lehm stecken geblieben ist, eingeklemmt von starrer, feuchter Erde, eingeklemmt und erdrückt.

»Als ich damals auf dem Turm war …« – Artjom nickt steif in dessen Richtung – »… als wir auf Melniks Signal warteten …

Da, in dem Rauschen … Das kann ich beschwören, bei allem, was du willst … Da war etwas! Etwas war da!«

Über dem nackten Wald schweben zwei Kolosse: der Arbeiter und die Kolchosbäuerin, in seltsamer Pose miteinander verschränkt. Sie scheinen gemeinsam über eine Eisfläche zu gleiten oder einen Tango aufs Parkett zu legen, jedoch ohne einander anzusehen. Irgendwie wirken sie geschlechtslos. Wohin blicken sie? Ob sie von ihrer Höhe aus sehen können, was hinter dem Horizont liegt? Wen interessiert das überhaupt?

Links bleibt das Teufelsrad der *WDNCh* zurück, riesig, wie ein Schräubchen jenes Mechanismus, der die Erde um ihre Achse dreht. Zusammen mit ihm ist auch das Rad vor mehr als zwanzig Jahren stehen geblieben und rostet jetzt leise vor sich hin.

Ende Gelände.

Auf dem Rad steht »850« geschrieben: So alt war Moskau, als es aufgestellt wurde. Sinnlos, die Zahl zu aktualisieren. Wenn niemand da ist, die Zeit abzulesen, bleibt sie stehen.

Die hässlichen, tristen Wolkenkratzer, einst weiß-blau-rot, sind bereits auf die Größe der halben Welt angewachsen: Es ist nicht mehr weit. Sie sind die größten Gebäude im Umkreis, von dem geknickten Turm abgesehen. Genau das Richtige. Artjom legt den Kopf zurück und nimmt den Gipfel in den Blick. Sofort beginnen seine Knie zu schmerzen.

»Vielleicht heute …«, fragt Artjom ohne Fragezeichen, auch wenn ihm klar ist, dass die Ohren des Himmels mit Wolkenwatte verstopft sind.

Natürlich hat ihn dort niemand gehört.

Der Eingang.

Ein Eingang wie jeder andere.

Die Gegensprechanlage verwaist, die Stahltür ohne Strom, im Aquarium des Concierge ein toter Hund. Die Postkästen klappern blechern im Luftzug, es sind weder Briefe darin noch Reklamemüll. Alles längst eingesammelt und verbrannt, um wenigstens die Hände daran zu wärmen.

Es gibt drei glänzende deutsche Aufzüge. Ihre Türen stehen weit offen, das rostfreie Innere funkelt, als könne man jeden von ihnen einfach so betreten und damit bis in die Spitze des Hochhauses hinauffahren. Artjom hasst sie dafür. Daneben die Tür zum Notausgang. Artjom weiß, was sich dahinter befindet. Er zählt bereits: sechsundvierzig Stockwerke zu Fuß. Der Weg nach Golgatha ist jedes Mal ein Fußmarsch.

»Jedes Mal ... zu Fuß ...«

Der Rucksack wiegt jetzt eine ganze Tonne. Und diese Tonne presst Artjom in den Beton, hindert ihn am Gehen, bringt ihn aus dem Tritt. Aber Artjom geht trotzdem immer weiter, wie in Trance, und wie in Trance redet er.

»Na und, was soll's, dass die keine Raketen ... abwehr ... Egal ... Es müssen ... müssen doch irgendwo noch ... Menschen ... Unmöglich, dass nur hier ... dass nur in Moskau ... nur in der Metro ... Hier ist doch die Erde ... noch heil ... nicht zerborsten ... Der Himmel ... reinigt sich ... Das kann doch nicht ... dass das ganze Land ... Amerika ... Frankreich ... China ... oder wenigstens Thailand ... Was haben die denn getan ... Die waren doch gar nicht ...«

Natürlich ist Artjom mit seinen sechsundzwanzig Jahren weder in Frankreich noch in Thailand gewesen. Um ein Haar hätte er die alte Welt gar nicht mehr angetroffen: zu spät geboren. Die Geografie der neuen Welt ist etwas ärmer: die Metrostation *WDNCh*, die Metrostation *Lubjanka*, die Metrostation

Arbatskaja ... die Ringlinie. Aber immer wenn er in einem dieser seltenen alten Reisemagazine mit Schimmel überzogene Aufnahmen von Paris und New York betrachtet, spürt Artjom, dass es diese Städte irgendwo gibt, dass sie noch stehen, nicht zugrunde gegangen sind. Dass sie warten – vielleicht auf ihn.

»Warum ... Warum soll allein Moskau überlebt haben? Das ist doch unlogisch, Schenja! Verstehst du nicht? Unlogisch! ... Das bedeutet doch, dass wir ihre ... ihre Signale ... nicht empfangen ... noch nicht. Ich muss einfach immer weitermachen. Aufgeben ist verboten ... Verboten.«

Der Wolkenkratzer ist leer, aber dennoch tönt und lebt er: Über die Balkone weht der Wind herein, klappert mit Türflügeln, atmet pfeifend durch die Aufzugschächte, raschelt in fremden Küchen und Schlafzimmern, macht Geräusche, als wären die Eigentümer zurückgekehrt. Doch Artjom glaubt ihm nicht, dreht sich nicht einmal um, schaut nicht mal für einen Moment auf Besuch vorbei.

Sowieso klar, was sich hinter den unruhig klopfenden Türen befindet: ausgeraubte Wohnungen. Nur Fotos liegen vielleicht noch auf dem Boden herum, von toten Fremden, die sich selbst geknipst haben, Fotos, die niemandem mehr als Erinnerung dienen. Oder es steht irgendwo noch ein sperriges Möbelstück, das man weder in die Metro noch ins Jenseits mitschleppen konnte. In anderen Häusern hat die Druckwelle die meisten Fenster eingedrückt, die hier montierten Verbundscheiben dagegen haben standgehalten. Nur sind sie nach zwei Jahrzehnten vollständig mit Staub überwachsen, als ob sie am grauen Star erblindet wären.

Früher traf man in dem einen oder anderen Apartment noch auf ehemalige Bewohner, die den Rüssel ihrer Schutzmaske gegen irgendein Spielzeug drückten und näselnd vor sich hin weinten, ohne zu merken, dass man sich ihnen von hinten näherte. Jetzt aber ist ihm schon lange niemand mehr begegnet. Der Rüsselmensch liegt längst reglos, ein Loch im Rücken, neben seinem idiotischen Spielzeug, und sein Anblick macht deutlich: Hier oben gibt es kein Zuhause. Es gibt hier nichts außer Beton, Ziegel, Matsch, rissigem Asphalt, vergilbten Knochen, Mulm und natürlich der Strahlung. So ist es in Moskau – und auf der ganzen Welt. Leben gibt es nur in der Metro. Das ist eine Tatsache. Das weiß doch jeder.

Außer Artjom.

Was, wenn es auf dieser unermesslichen Erde doch noch einen Ort gibt, der für den Menschen geeignet ist? Für Artjom und Anja? Für alle von der Station? Einen Ort, wo man nicht ständig eine Eisendecke über dem Kopf hat, sondern wo man bis in den Himmel wachsen kann? Wo man ein Haus für sich selbst bauen, ein eigenes Leben führen und von dort aus allmählich diese verbrannte Erde neu besiedeln kann?

»All unsere Leute … könnten dort leben … unter freiem Himmel …«

Sechsundvierzig Stockwerke.

Er könnte auch im vierzigsten, ja wahrscheinlich sogar im dreißigsten haltmachen. Schließlich hat niemand Artjom gesagt, dass er unbedingt aufs Dach steigen muss. Aber er hat es sich in den Kopf gesetzt, dass es, wenn überhaupt, nur dort, auf dem Dach, funktioniert.

»Natürlich … ist es … nicht so … hoch … wie auf dem Turm … damals … Aber … aber …«

Die Sichtfenster der Schutzmaske sind angelaufen, das Herz hämmert gegen den Brustkorb. Es ist, als ob jemand mit einem

24

selbstgemachten Messer ausprobiert, wie man am besten unter Artjoms Rippen kommt. Spärlich zwängt sich die Atemluft durch den Filter der Maske, es mangelt an Leben. Als Artjom auf der fünfundvierzigsten Ebene ankommt, hält er es – wie damals, auf dem Turm – nicht mehr aus, reißt sich die enganliegende Gummihaut vom Gesicht und schöpft die süße, bittere Luft. Eine ganz andere Luft als die in der Metro. Frisch.

»Die Höhe … vielleicht … Das sind ja … vielleicht dreihundert Meter … Die Höhe … Vielleicht deshalb … Ja, wahrscheinlich … lässt sich in der Höhe … was einfangen …«

Er wirft den Rucksack ab: geschafft. Mit steifem Rücken stemmt er sich gegen den Lukendeckel, drückt ihn auf und klettert auf die Plattform. Erst dort fällt er zu Boden. Bleibt flach auf dem Rücken liegen, blickt in die Wolken, die von hier aus zum Greifen nah sind; redet seinem Herzen gut zu, lässt den Atem zur Ruhe kommen. Und setzt sich auf.

Die Aussicht von hier …

Als wäre er gestorben und schon dabei, ins Paradies zu fliegen, aber währenddessen plötzlich gegen eine Glasdecke gestoßen und dort hängen geblieben, und jetzt kann er weder vor noch zurück. Nur eines ist klar: Von dieser Höhe kann er nie mehr hinabsteigen. Wenn du einmal von hier oben gesehen hast, wie spielzeughaft das Leben auf der Erde in Wahrheit ist, wie kannst du es jemals wieder ernst nehmen?

Nebenan türmen sich zwei weitere, ganz ähnliche Wolkenkratzer auf, einst bunt, jetzt grau. Aber Artjom besteigt jedes Mal diesen einen. Hier fühlt er sich fast wie zu Hause.

Für eine Sekunde öffnet sich zwischen den Wolken eine Scharte, und die Sonne schießt hervor. In diesem Augenblick scheint etwas auf dem Nachbargebäude aufzublitzen, vielleicht vom Dach oder aus einem der verstaubten Fenster in den oberen Etagen. Als hätte jemand mit einem Spiegel einen Strahl eingefangen. Doch als er sich danach umdreht, hat sich die Sonne schon wieder verbarrikadiert, und der Glanz ist verschwunden. Und kommt nicht wieder.

Wie von selbst wandern die Augen, auch wenn Artjom dies zu vermeiden versucht, immer wieder zu dem völlig verwandelten Wald hinüber, der jetzt anstelle des ehemaligen botanischen Gartens wuchert. Und zu der schwarzen, kahlen Wüstenei in dessen innerstem Kern. Ein toter Ort ist dies, als hätte der Herr dort einen letzten Rest brennenden Schwefels ausgeschüttet. Aber nicht der Herr ist es gewesen …

Der botanische Garten.

Artjom hat ihn anders in Erinnerung. Es ist der einzige Ort aus der ganzen verschwundenen Vorkriegswelt, an den er sich noch erinnert.

Seltsam: Da besteht dein ganzes Leben nur aus Fliesen, Tunnelsegmenten, tropfenden Decken und Rinnsalen neben Gleisen, aus Granit und Marmor, aus Schwüle und elektrischem Licht. Aber dann taucht darin auf einmal ein winziges Stück von etwas anderem auf: ein kühler Maimorgen, kindlich zartes, frisches Grün auf schlanken Bäumen, mit bunter Kreide bemalte Parkwege, eine quälend lange Schlange vor dem Sahneeis, und dann das Eis selbst, im Waffelbecher, nicht nur einfach süß, sondern schlicht überirdisch. Und die Stimme der Mutter – schwach und von der Zeit entstellt wie von einem kupfernen Telefondraht. Und die Wärme ihrer Hand, die du nicht loslassen darfst, damit du nicht verloren gehst, weshalb du dich mit aller Kraft festhältst. Obwohl: Kann man sich an so etwas überhaupt erinnern? Wahrscheinlich nicht.

Und all das andere – das so unpassend und unmöglich ist, dass du gar nicht mehr weißt, ob es tatsächlich geschehen ist oder ob du es nur geträumt hast. Aber wie solltest du so etwas träumen, wenn du es nie zuvor gesehen und gekannt hast?

Deutlich sieht Artjom die Kreidezeichnungen auf den Wegen vor sich, die goldenen Nadeln der Sonne im löchrigen Laub, die Eiswaffel in seiner Hand, die komischen orangen Enten auf dem glänzend braunen Spiegel des Teichs, die schwankenden Stege darüber. Wie sehr er sich fürchtete, ins Wasser zu fallen, und noch mehr – den Waffelbecher dort hineinfallen zu lassen!

An ihr Gesicht, das Gesicht seiner Mutter, kann sich Artjom nicht erinnern. Er hat versucht, es heraufzubeschwören, sich selbst vor dem Einschlafen gebeten, wenigstens im Traum einen Blick auf sie zu erhaschen, selbst wenn er diesen am Morgen wieder vergessen haben sollte – zwecklos. Gibt es in seinem Kopf wirklich keine noch so winzige Ecke, wo sich seine Mutter versteckt, wo sie Tod und Schwärze überdauert haben könnte? Offenbar nicht. Aber wie kann ein Mensch existieren – und dann so vollkommen verschwinden?

Und jener Tag, jene Welt – wohin sind sie verschwunden? Hier sind sie doch, gleich nebenan, er muss nur die Augen schließen. Sicher kann man zu ihnen zurückkehren. Irgendwo auf der Erde müssen sie sich doch gerettet haben, sind übriggeblieben – und rufen nun all den Verirrten zu: Wir sind hier, wo seid ihr? Man muss sie nur hören. Man muss nur zuhören können.

Artjom blinzelt und wischt sich über die Lider, damit seine Augen wieder das Heute sehen, nicht die Vergangenheit von vor über zwanzig Jahren. Er hockt sich hin und öffnet den Rucksack.

Darin befindet sich ein Funkgerät, eine sperrige Armeevariante in zerkratztem Grün. Dann kommt ein weiteres Ungetüm zum Vorschein: ein Eisenkasten mit einer Kurbel, ein Dynamo Marke Eigenbau. Und schließlich, ganz unten, vierzig Meter Kabel – die Antenne.

Artjom verbindet alle Leitungen, legt das Kabel im Kreis auf dem Dach aus, wischt sich die Feuchtigkeit vom Gesicht und schlüpft widerwillig zurück in die Schutzmaske. Klemmt sich den Kopfhörer auf den Schädel. Streicht mit den Fingern über die Tasten. Dreht die Kurbel des Dynamos. Eine Diode blinzelt auf, ein Summen setzt ein, und es beginnt in seiner Hand zu vibrieren wie ein Lebewesen.

Er drückt auf den Kippschalter.

Schließt die Augen, aus Angst, sie könnten ihn daran hindern, im Rauschen der Funkbrandung jene Flaschenpost zu entdecken, die ein Überlebender von irgendeinem fernen Kontinent geschickt hat. Er schaukelt auf den Wellen. Und dreht immer weiter an der Kurbel, als ob er auf einer Luftmatratze säße und mit einer Hand paddelte.

Der Kopfhörer zischt, sendet ein dünn jaulendes »Iiiiii…« durch das Rauschen, hüstelt schwindsüchtig, schweigt – und zischt wieder los. Es ist, als wanderte Artjom durch eine Tuberkulosestation auf der Suche nach einem Gesprächspartner, doch keiner der Patienten ist bei Bewusstsein; nur die Pflegerinnen legen streng den Finger auf den Mund und machen »schschsch…«. Niemand hier will Artjom Antwort geben, niemand hat vor zu leben.

Niemand aus Piter. Niemand aus Jekaterinburg.

London schweigt. Paris schweigt. Bangkok und New York schweigen.

Es spielt längst keine Rolle mehr, wer jenen Krieg begonnen hat und wie er begann. Wozu? Für die Geschichte? Die Geschichte wird von den Siegern geschrieben, aber in diesem Fall ist niemand da, der sie schreiben könnte – und bald wird sie auch niemand mehr lesen.

»Schschschsch…«

Leere im Äther. Endlose Leere.

»Iiiiiuuu…«

Gespenstischen Wiedergängern gleich hängen die Nachrichtensatelliten in ihrer Umlaufbahn: Niemand funkt sie an, und so stürzen sie sich irgendwann, wahnsinnig vor Einsamkeit, auf die Erde herab – lieber verglühen sie in der Atmosphäre, als weiter so zu existieren.

Kein Wort aus Peking. Tokio schweigt wie ein Grab.

Artjom aber dreht diese verfluchte Kurbel immer weiter, dreht, rudert, rudert, dreht.

Wie still es ist! Unmöglich still. Unerträglich.

»Hier Moskau. Hier Moskau, kommen.«

Es ist seine, Artjoms, Stimme. Wie immer hält er es nicht aus, kann nicht warten.

»Hier Moskau, bitte kommen! Antwortet!«

»Iiiiiiu…«

Nicht aufhören. Nicht aufgeben.

»Petersburg, kommen! Wladiwostok, kommen! Hier Moskau! Rostow, kommen!«

Was ist los mit dir, Piter? Hast du dich wirklich so leicht erschüttern lassen, warst du noch weniger standfest als Moskau? Was ist da jetzt an deiner Stelle? Ein See aus Glas? Oder hat dich der Schimmel aufgefressen? Warum antwortest du nicht?

Wo steckst du, Wladiwostok, stolze Stadt am anderen Ende der Welt? Du standst so weit von uns entfernt, und jetzt sollst auch du komplett verseucht sein? Hat man dich nicht verschont?

»Kchch. Kchch.«

»Wladiwostok, hier Moskau, bitte kommen!«

Die ganze Welt liegt am Boden, das Gesicht im Dreck, und spürt nicht, wie dieser ewige Regen auf ihren Rücken tropft, wie sich Mund und Nase mit rostigem Wasser füllen.

Aber Moskau … ist da. Steht. Auf den Beinen. Wie lebendig.

»Was ist jetzt, seid ihr etwa alle krepiert, oder was?!«

»Schschsch…«

Vielleicht sind das ihre Seelen, die ihm aus dem Äther antworten? Oder klingt so die Hintergrundstrahlung? Auch der Tod muss doch eine Stimme haben. Wahrscheinlich ist die hier ganz passend: ein Flüstern. Pssst … ist ja gut. Mach keinen Lärm. Ganz ruhig. Ganz ruhig.

»Hier Moskau! Kommen!«

Vielleicht hören sie ihn jetzt?

Vielleicht hustet im nächsten Augenblick jemand aus dem Kopfhörer, durchbricht aufgeregt das Zischen und ruft aus weiter, weiter Ferne:

»Wir sind hier! Moskau! Ich kann euch hören, bitte kommen! Moskau! Schaltet jetzt bloß nicht ab! Ich höre euch! Mein Gott! Moskau! Moskau ist am Ende der Leitung! Wie viele von euch sind noch am Leben?! Wir haben hier eine Kolonie mit fünfundzwanzigtausend Menschen! Unser Boden ist sauber, die Strahlung gleich null! Das Wasser nicht kontaminiert! Lebensmittel? Natürlich! Auch Medikamente haben wir. Wir schicken eine Rettungsexpedition los. Haltet aus! Hört ihr, Moskau?! Haltet aus!«

»Iiiiiiiiiiu…«

Leere.

Das hier ist kein Kontaktversuch per Funk, sondern eine spiritistische Sitzung. Die einfach nicht klappen will. Die Geister, die er ruft, gehorchen ihm nicht. Sie fühlen sich wohl im Jenseits. Sie blicken von oben durch die spärlichen Wolkenlücken auf Artjoms gekrümmte Gestalt herab und grinsen sich eins: Wohin? Hinunter zu euch? Pustekuchen!

»Kchchchch…«

Er lässt die Scheißkurbel los. Reißt sich den Kopfhörer vom Schädel. Steht auf, rollt das Antennenkabel sorgfältig wieder zusammen, langsam, sich zur Sorgfalt zwingend, denn am liebsten würde er es in Stücke reißen und vom sechsundvierzigsten Stock in den Abgrund werfen.

Er packt alles wieder in den Rucksack. Hievt ihn sich auf die Schultern, diesen Satan, diesen Verführer. Und beginnt den Abstieg. In die Metro. Bis morgen.

»Dekontamination durchgeführt?«, näselte der blaue Hörer.

»Durchgeführt.«

»Deutlicher!«

»Durchgeführt!«

»Soso …« Der Hörer schnalzte ungläubig. Artjom knallte ihn hasserfüllt an die Wand.

Von innen begann das Türschloss kratzend seine Zunge einzuziehen. Dann öffnete sich die Tür mit gedehntem Ächzen, und die Metro wehte ihn mit ihrem schweren, verbrauchten Atem an.

An der Schwelle wartete Suchoj. Entweder hatte er gespürt, wann Artjom zurückkommen würde, oder er war die ganze Zeit hiergeblieben. Wahrscheinlich hatte er es gespürt.

»Wie geht es dir?«, fragte er müde, ohne Bosheit.

Artjom zuckte mit den Achseln. Suchoj tastete ihn mit den Augen ab. Sanft, wie ein Kinderarzt.

»Jemand hat dich gesucht. Jemand von einer anderen Station.«

Artjom nahm unwillkürlich eine gerade Haltung an.

»Von Melnik?«

Etwas in seiner Stimme klirrte, als hätte jemand eine Patronen-hülse fallen lassen. Hoffnung? Kleinmut? Oder etwas anderes?

»Nein. Irgendein alter Mann.«

»Was für ein alter Mann?«

Das letzte bisschen Kraft, das Artjom für den Fall gesammelt hatte, dass der Stiefvater »Ja« sagen würde, floss sogleich aus ihm heraus und verschwand im nächsten Abfluss. Er wollte sich nur noch hinlegen.

»Homer. Er sagt, er heißt Homer. Kennst du ihn?«

»Nein. Ich geh schlafen, Onkel Sascha.«

Sie bewegte sich nicht. Schlief sie wirklich schon? Rein mecha-nisch kam Artjom dieser Gedanke, denn eigentlich war es ihm im Moment völlig egal, ob sie schlief oder nur so tat. Er warf seine Kleidung am Eingang auf einen Haufen, rieb sich fröstelnd die Schultern, legte sich verstohlen wie ein Waisenknabe neben Anja, drehte sich auf die Seite und zog die Decke zu sich. Wäre da eine zweite gewesen, hätte er das gar nicht erst gewagt.

Auf der Stationsuhr war es etwa sieben Uhr abends gewesen. Anja musste um zehn aufstehen, um zu den Pilzen zu gehen. Artjom dagegen war vom Pilzdienst befreit. Als Held. Oder als Invalide? Alles, was er tat, machte er aus eigenem Antrieb. Wenn sie von ihrer Schicht zurückkehrte, stand er auf – und ging nach oben. Und fiel ins Bett, während sie so tat, als schliefe sie noch. So lebten sie ein phasenverschobenes Leben. In einer Koje, aber in zwei verschiedenen Dimensionen.

Vorsichtig begann Artjom die rote Steppdecke über sich zu ziehen. Als Anja das bemerkte, riss sie, ohne ein Wort zu sagen, wütend am anderen Ende. Eine Minute dauerte dieser idiotische Kampf, dann gab Artjom auf – und blieb nackt am Bettrand liegen.

»Super«, sagte er.

Sie schwieg.

Wie kommt es, dass eine Lampe erst brennt und dann durchbrennt?

Er vergrub das Gesicht im Kissen – zum Glück gab es davon zwei –, wärmte es mit seinem Atem und schlief so ein. In einem fiesen Traum erschien ihm eine andere Anja: die ihn fröhlich ärgerte, lachend, schlagfertig, irgendwie noch ganz jung. Obwohl, wie viel Zeit war eigentlich vergangen? Zwei Jahre? Zwei Tage? Weiß der Teufel. Damals hatten sie geglaubt, sie hätten die ganze Ewigkeit vor sich. Beide hatten sie das geglaubt. Also musste das alles eine Ewigkeit her sein.

Auch im Traum sorgte Anja dafür, dass ihm kalt war – sie jagte ihn nackt durch die Station, aber nicht aus Hass, sondern zum Spaß. Und als Artjom erwachte, glaubte er in schläfriger Trägheit noch eine ganze Minute lang, die Ewigkeit sei noch nicht vorüber, sondern Anja und er befänden sich erst irgendwo auf halbem Weg. Er wollte sie rufen, ihr verzeihen, alles in einen Scherz ummünzen. Aber dann fiel es ihm wieder ein.

2

DIE METRO

Und du, willst du *mir* vielleicht mal zuhören?«, fragte er Anja. Aber da war sie schon nicht mehr im Zelt.

Der Kleiderhaufen lag noch genau an derselben Stelle: direkt im Durchgang. Anja hatte seine Sachen nicht weggeräumt oder beiseitegeschleudert. Sie war einfach darüber hinweggestiegen, als hätte sie Angst, sie zu berühren. Sich zu infizieren. Vielleicht hatte sie ja wirklich Angst davor.

Wahrscheinlich hatte sie die Decke schon immer nötiger gehabt. Er würde sich schon irgendwie aufwärmen.

Gut, dass sie gegangen ist. Danke, Anja. Danke, dass du nicht mit mir geredet hast. Danke, dass du mir nicht geantwortet hast.

»Danke, verdammt«, sagte er laut.

»Darf ich?«, ertönte eine Stimme durch die Zeltbahn, direkt neben seinem Ohr. »Artjom? Sind Sie schon wach?«

Artjom kroch zu seiner Hose.

Draußen saß auf einem Feldhocker ein älterer Herr, dessen Gesichtszüge für sein Alter zu weich erschienen. Er saß bequem, im Gleichgewicht, und es war klar, dass er sich hier schon vor einiger Zeit niedergelassen hatte und nicht vorhatte, wieder zu gehen. Der Alte war fremd, nicht von hier: Er rümpfte die Nase, durch die er unvorsichtigerweise einatmete. Daran erkannte man Zugereiste sofort.

Artjom schirmte seine Augen mit der Hand gegen das rote Licht ab, das die *WDNCh* durchflutete, und betrachtete den Gast.

»Was willst du, alter Mann?«

37

»Sie sind Artjom?«

»Könnte sein.« Artjom atmete hörbar ein. »Kommt drauf an.«

»Homer«, erklärte der Alte, ohne sich zu erheben. »So nennt man mich.«

»Tatsächlich?«

»Ich schreibe Bücher. Ein Buch.«

»Interessant«, sagte Artjom mit der Stimme eines uninteressierten Menschen.

»Ein Geschichtsbuch. Sozusagen. Aber über unsere Zeit.«

»Ein Geschichtsbuch«, wiederholte Artjom vorsichtig und sah sich um. »Wozu? Es heißt doch, die Geschichte sei zu Ende. Aus und vorbei!«

»Und wir? Einer muss doch über das alles, was mit uns hier … was mit uns hier passiert, das muss doch jemand den Nachfahren berichten.«

Wenn er nicht von Melnik kam, wer war er dann? Wer hatte ihn geschickt? Wozu?

»Den Nachfahren. Klar, unbedingt.«

»Natürlich, einerseits … muss man vor allem davon berichten, wie wir hier leben. Die Meilensteine der Geschichte, das Auf und Ab sozusagen, all das muss darin vorkommen. Aber wie, in welcher Form? Trockene Fakten geraten schnell in Vergessenheit. Damit sich die Menschen erinnern, muss die Geschichte lebendig sein. Dazu bedarf es eines Helden. Daher habe ich mich auf die Suche nach geeignetem Material gemacht. Dies und jenes ausprobiert. Einmal dachte ich schon, ich hätte das Passende gefunden. Aber als ich dann anfing … funktionierte es nicht. Ein Fehlgriff. Und dann habe ich von der *WDNCh* gehört und …«

Der Alte tat sich erkennbar schwer, sein Anliegen auszudrücken, aber Artjom dachte gar nicht daran, ihm zu helfen. Er begriff einfach nicht, worauf das alles hinauslief. Böses schien von dem Alten nicht auszugehen, auch wenn sein Verhalten etwas unangemessen war. Und doch braute sich da etwas zusammen, etwas braute sich zusammen zwischen ihm und Artjom, etwas, das jeden Augenblick in die Luft gehen konnte, sengend und splitternd.

»Man hat mir von der *WDNCh* erzählt ... Von den Schwarzen – und von Ihnen. Und da wurde mir klar, dass ich Sie finden muss, um diese ...«

Artjom nickte. Endlich war der Groschen gefallen.

»Tolle Geschichte.«

Und dann ging er los, ohne sich zu verabschieden, die ewig kalten Hände in den Hosentaschen. Der Alte blieb auf seinem bequemen Hocker sitzen und fuhr fort, Artjoms Rücken irgendwas zu erklären. Artjom aber hatte beschlossen zu ertauben.

Er blinzelte – seine Augen hatten sich an das Licht gewöhnt, er musste die Lider nicht mehr zusammenkneifen.

Für das Licht im Freien hatten sie länger gebraucht: ein ganzes Jahr. Und das war schnell! Die meisten Metro-Bewohner wären selbst an diesem von Wolken gedämpften Sonnenlicht für immer erblindet. Kein Wunder, nach einem Leben im Finstern. Artjom hingegen hatte sich gezwungen, dort oben sehen zu lernen. Die Welt zu sehen, in die er geboren worden war. Denn wenn du die Sonne nicht aushältst, wie willst du dann nach oben zurückkehren, wenn die Zeit kommt?

Alle, die in der Metro geboren waren, wuchsen ohne Sonne auf – wie Pilze. Daran war nichts Besonderes. Wie sich herausstellte, braucht der Mensch nicht Sonne, sondern Vitamin D. Man konnte Sonnenlicht also durchaus auch als Dragee schlucken. Und auch mit dem Tastsinn war ein Leben möglich.

Ein gemeinsames Beleuchtungssystem gab es in der Metro nicht. Auch keine gemeinsame Stromversorgung. Es gab überhaupt nichts Gemeinsames: Jeder war für sich selbst verantwortlich. An einigen Stationen hatte man es hingekriegt, fast so viel Strom zu erzeugen wie früher. Anderswo reichte es gerade mal für eine einzige Lampe in der Mitte des Bahnsteigs. Wieder andere waren, wie die Tunnel, in tiefste Schwärze getaucht. Brachte jemand ein tragbares Licht dorthin, so vermochte er, aus dem Nichts einzelne Stückchen herauszufischen: den Boden, die Decke, eine Marmorsäule. Aus der Dunkelheit krochen dann die Bewohner der Station heran, angelockt vom Strahl der Taschenlampe und dem Wunsch, etwas zu sehen. Doch war es besser, wenn sie sich nicht zeigten: Ohne Augen hatten sie zu leben gelernt, aber ihr Mund war nicht zugewachsen.

An der *WDNCh* lief das Leben dagegen in geregelten Bahnen, das Volk war geradezu verwöhnt: Bei einigen Bewohnern brannten in den Zelten kleine, von der Oberfläche herangeschaffte Leuchtdioden, während für die öffentlichen Plätze noch die alte Notbeleuchtung verwendet wurde: Lampen mit roten Glashauben. Diese gaben dasselbe Licht, bei dem man früher Fotonegative entwickelt hatte. Und so war auch Artjoms Seele in diesem roten Licht allmählich zum Vorschein gekommen, hatte sich im Entwickler abgezeichnet, und es stellte sich heraus, dass diese Seele dort oben, an jenem hellen Maitag, aufgenommen worden war.

Doch an einem anderen – einem trüben Oktobertag – hatte jemand den Film aus der Kamera gerissen und gelöscht.

»Tolle Geschichte, Schenja, nicht wahr? Weißt du noch, die Schwarzen?«, flüsterte Artjom. Aber ihm antworteten immer andere. Immer die Falschen.

»Artjom, wie geht's?«

»Oh, Artjom!«

Alle grüßten ihn. Manche lächelten dabei, manche runzelten die Stirn, aber alle grüßten. Denn alle, nicht nur Artjom und Schenja, erinnerten sich noch an die Schwarzen. Alle erinnerten sich an die Geschichte, obwohl keiner sie kannte.

Die WDNCh war die Endstation dieser Linie. Seine Heimat. Zweihundert Meter lang, zweihundert Bewohner. Sie bot gerade genug Platz: nur etwas weniger, und das Atmen würde ihnen schwerfallen, nur etwas mehr, und es würde nie richtig warm werden.

Gebaut worden war die Station vor knapp hundert Jahren, zur Zeit des Imperiums, aus den damals typischen Materialien: Marmor und Granit. Sie war großartig geplant, wie ein Palast, wenn auch eingegraben in die Erde, letztlich ein Mittelding zwischen Museum und Gruft. Ihr altertümlicher Geist war, wie bei den anderen Stationen, selbst den neueren, gänzlich unausrottbar. Auch wenn ihre Bewohner mittlerweile erwachsen geworden waren, so saßen sie doch noch immer auf den bronzenen Schößen irgendwelcher alten Greise – und kamen einfach nicht von ihnen los.

In den Bögen zwischen den ausladenden, verrußten Säulen waren alte, abgewetzte Armeezelte aufgeschlagen, in denen jeweils eine, manchmal sogar zwei Familien lebten. Hätte man die Insassen von Zeit zu Zeit neu gemischt, so wäre dies wahrscheinlich niemandem aufgefallen. So ist es eben, wenn man über zwanzig Jahre gemeinsam an einer Station lebt und sich zwischen deinen Geheimnissen und denen deiner Nachbarn, zwischen all dem Stöhnen und dem Geschrei nichts als eine Lage Segeltuch befindet.

Woanders hätten sich die Menschen wohl längst gegenseitig aufgefressen. Natürlich war man auch hier eifersüchtig aufeinander, zürnte Gott, dass er die Kinder anderer mehr liebte, hatte

41

Schwierigkeiten, den eigenen Mann, die eigene Frau oder auch nur den eigenen Wohnraum mit anderen zu teilen. Woanders war all das Grund genug, einander an die Gurgel zu gehen, aber nicht hier, nicht an der *WDNCh*. Hier versuchte man, die Dinge einfach zu halten – man war eben unter sich.

Es war wie in einem Dorf oder in einer Kommune: Fremde Kinder gab es nicht. Kam beim Nachbarn ein gesundes zur Welt, so war dies ein gemeinsames Fest. Bekam ein anderer ein krankes, trug jeder dessen Los mit, half, womit er konnte. Fand jemand keinen Platz, um sich niederzulassen, rückten die anderen zusammen. Hatte sich einer mit seinem Freund geprügelt, versöhnte die Enge die beiden bald wieder. Hatte einen die Frau verlassen, vergab er ihr früher oder später. Eigentlich war sie ja gar nicht weg, sondern befand sich noch immer in demselben Marmorsaal, unter einer Million Tonnen von Erdreich, nur schlief sie jetzt eben hinter einer anderen Zeltplane. Schließlich begegnete man sich jeden Tag nicht nur ein, sondern hundert Mal. Also blieb nichts anderes übrig, als sich irgendwann auszusprechen. Es war ja unmöglich, sich einzubilden, sie sei nicht da und es habe sie nie gegeben. Hauptsache, es waren alle am Leben, alles Weitere ergab sich schon … Eben wie in einer Kommune – oder wie bei den Höhlenmenschen.

Es gab einen Weg, der von hier fortführte: durch den südlichen Tunnel zur *Alexejewskaja* und dann weiter in das große Netz der Metro. Und doch … Vielleicht lag es ja daran, dass die *WDNCh* die letzte Station der Linie war. Und dass hier all jene lebten, die nirgends mehr hingehen wollten oder konnten. Die ein Zuhause brauchten.

Artjom blieb bei einem der Zelte stehen und verharrte still. So stand er da, ließ seine Silhouette durch die abgewetzte Plane scheinen, bis schließlich ein Frauchen mit aufgedunsenem Gesicht heraustrat.

»Grüß dich, Artjom.«

»Guten Tag, Jekaterina Sergejewna.«

»Schenja ist nicht da, Artjom.«

Er nickte ihr zu. Am liebsten hätte er ihr die Haare gestreichelt, ihre Hand genommen. Ihr gesagt: Ich weiß doch, ich weiß. Ich weiß wirklich alles, Jekaterina Sergejewna. Oder sprechen Sie gerade mit sich selbst?

»Geh, Artjom. Geh. Bleib nicht hier stehen. Hol dir lieber einen Becher Tee.«

»Mach ich.«

An beiden Enden war die Stationshalle noch vor den Rolltreppen gekappt worden. Man hatte sich selbst eingemauert und abgedichtet, damit die vergiftete Luft von der Oberfläche nicht hereindrang … Na ja, und natürlich alle möglichen unerwünschten Gäste. Auf der einen Seite, wo sich der neuere Ausgang befunden hatte, war tatsächlich alles dicht. Auf der anderen, beim älteren Ausgang, hatte man eine Schleuse für den Aufstieg in die Stadt gelassen.

Am verschlossenen Ende befanden sich Küche und »Club«. Hier standen mehrere Herdplatten, an denen Hausfrauen mit Schürzen ihren Kindern und Männern Essen machten. Wasser gurgelte durch Kohlefilter-Röhren und sammelte sich beinahe klar in Auffangbecken. Mitunter begann ein Teekessel zu pfeifen, und jemand von der Landwirtschaftsschicht kam, um heißes Wasser zu holen, rieb sich die Hände an der Hose, suchte unter den Köchinnen nach seiner Frau, um sie an irgendeiner weichen Stelle zu drücken, an seine Liebe zu erinnern und gleichzeitig noch etwas aus dem Kochtopf zu schnabulieren.

Herdplatten, Teekocher, Geschirr, Stühle und Tische waren Gemeinschaftseigentum, aber die Menschen gingen dennoch achtsam damit um und bemühten sich, nichts kaputtzumachen.

Bis auf die Nahrungsmittel selbst stammte das gesamte Inventar von oben, denn in der Metro gab es kaum Möglichkeiten, etwas Sinnvolles zu konstruieren. Glücklicherweise hatten sich die Toten in der Zeit, als sie noch Leben vor sich hatten, alle möglichen Güter auf Vorrat zugelegt: Lampen, Dieselgeneratoren, Kabel, Waffen, Patronen, Geschirr und Möbel. Auch jede Menge Kleidung hatten sie sich geschneidert, die man nun auftragen konnte, als hätte man sie von älteren Geschwistern geerbt. All das hielt sicher noch lange vor: In der ganzen Metro lebten nicht mehr als vierzigtausend Menschen; in Moskau waren es seinerzeit fünfzehn Millionen gewesen. Nach Adam Riese hatte also jeder Einwohner der Metro gut dreihundert »Geschwister«. Schweigend drängelten sich diese um die Überlebenden und hielten ihnen ihre abgetragenen Sachen hin: Da, das hier ist noch so gut wie neu, nimm es ruhig, ich bin ja schon rausgewachsen.

Einmal mit dem Geigerzähler drübergehen, mehr war nicht nötig. Wenn er nicht zu sehr tickte, bedankte man sich artig und konnte die Sachen verwenden.

Artjom erreichte die Teeschlange und stellte sich hinten an.

»He, Artjom, tu doch nich so, als wärste fremd hier! Stellt sich einfach hinten an! Setz dich, Stehen macht auch nich klüger … Wie wär's mit nem Schluck Heißem?«

Die Leitung der Küche hatte Mantel-Dascha übernommen, eine resolute Dame von gut fünfzig Jahren, die ihr Alter jedoch entschlossen ignorierte. Drei Tage vor dem großen Knall war sie aus irgendeinem Loch bei Jaroslawl nach Moskau gekommen, um sich einen Pelz zu kaufen. Das hatte sie auch getan und ihn seither nicht mehr abgelegt, weder tags noch nachts, nicht mal, wenn sie auf die Toilette ging. Artjom hatte sich nie über sie lustig gemacht. Was hätte er wohl getan, wenn ihm so ein Stück aus seinem früheren Leben geblieben wäre? Ein Stück Mai, etwas Sahneeis, ein wenig Pappelschatten oder ein Rest vom Lächeln seiner Mutter?

»Gern. Danke, Tante Dascha.«

»Nenn mich nich immer Tante!«, entgegnete sie, zugleich vorwurfsvoll und kokett. »Was gibt's Neues da oben? Wie ist das Wetter?«

»Leichter Regen.«

»Also steht bei uns bald wieder's Wasser? Hörste, Aygül? S'regnet, sagt er.«

»Das ist Allah, der uns straft. Für unsere Sünden. Aber schau, brennt da dein Schweinefleisch nicht an?«

»Du mit deinem Allah! Immer musst du den gleich rauskehren! Aber wo du recht hast, hast du recht: Das brennt gleich an … Wie geht's denn deinem Mehmet, ist der schon von der Hanse zurück?«

»Seit zwei Tagen ist er schon weg. Seit zwei Tagen!«

»Na, reg dich doch nich gleich auf …«

»Ich schwör dir bei meiner Seele, Dascha, der hat sich dort eine Neue angelacht! Eine von euch! Und jetzt lebt er in Sünde …«

»Von euch, von uns … Was soll das denn? … Wir sind doch alle hier, Aygül, Liebes … Wir halten doch zueinander.«

»Irgendein Flittchen hat er sich zugelegt, ich sag's dir bei Allah …«

»Hättst ihn halt auch öfter mal ranlassen sollen … Die Kerle sind doch wie die Kätzchen … Stoßen überall rum, bis sie was finden …«

»Was schwätzt ihr denn da für Zeug? Der Mehmet ist geschäftlich unterwegs, Handel treiben!«, mischte sich ein Mann ein, nicht viel größer als ein Kind. Auch seine Gesichtszüge waren kindlich, wenn auch abgehärmt. Aus irgendeinem Grund war er nicht so gewachsen, wie er eigentlich sollte.

»Is ja gut, Kolja, brauchst deinen Kumpel nich in Schutz zu nehmen. Und du Artjom, hör nich auf uns Weiber. So, bitte schön. Vorsicht, is noch heiß.«

»Danke.«

Ein Mann näherte sich, kahlköpfig, das Gesicht durchzogen von alten, ausgeblichenen Narben, doch sein Blick hinter den buschigen Augenbrauen war nicht wild und seine Redeweise gewandt.

»Ich grüße alle Anwesenden, insbesondere die Damen! Wer steht hier für den Tee an? Dann komme ich nach dir, Kolja. Habt ihr schon das Neueste von der Hanse gehört?«

»Was ist mit der Hanse?«

»Die Grenze ist dicht. Wie der Klassiker sagt: Leuchtet auf das rote Licht, Kind, dann quer die Straße nicht. Fünf von uns hängen da jetzt fest.«

»Na siehste, Aygül. Rühr mal deine Pilze um, Schätzchen.«

»Und meiner ist noch dort! Was mach ich jetzt?! Um Allahs willen … Aber wie können sie denn die Grenze so einfach dichtmachen? Sag, Konstantin!«

»Dichtgemacht haben die sie und Schluss. Der Rest geht uns einen feuchten Kehricht an. Befehl ist Befehl.«

»Ja, ist denn schon wieder Krieg? Wieder mit der Roten Linie, was? Am besten wär's, die krepieren einfach alle!«

»Wer weiß denn da Bescheid, Konstantin? Wo muss ich mich hinwenden? Mein Mehmet …«

»Eine Vorsichtsmaßnahme ist das. Eine Art Handelsquarantäne. Ich komm gerade von dort. Die machen bald wieder auf. Guten Tag auch zusammen.«

»Oh, guten Tag, der Herr. Sie sind bei uns zu Gast? Wer sind Sie denn, und woher?«

»Von der *Sewastopolskaja.* Darf ich mich setzen?«

Artjom hörte auf, den heißen Dampf einzuatmen, und riss sich von der weißen, schartigen Tasse mit dem Goldrand los. Der Alte hatte ihn entdeckt, watschelte näher und musterte ihn jetzt heimlich, aus den Augenwinkeln. Nur die Ruhe. Er musste ja nicht gleich die Flucht ergreifen. Stattdessen blickte er ihn direkt an und fragte:

»Wie bist du überhaupt hergekommen, Opa? Wenn überall zu ist?«

»Bin gerade noch rechtzeitig durchgeschlüpft«, antwortete der Alte prompt, ohne zu blinzeln. »Direkt hinter mir haben sie dann zugemacht.«

»Wir halten es auch ohne diese Hanse aus. Die sollen erst mal sehen, wie sie ohne unseren Tee und unsere Pilze klarkommen, diese Schmarotzer! Wir halten das schon durch, mit Gottes Hilfe!«

»Sie machen hoffentlich bald wieder auf. Aber was, wenn nicht? Was wird dann mit meinem Mehmet?«

»Aygül, Liebes, geh doch mal zu Suchoj. Der bringt dir dein Mehmet-Herzchen in null Komma nichts wieder. Der lässt ihn schon nicht im Stich. Vielleicht etwas Tee? Unserer ist was Besonderes.«

»Da sag ich nicht nein.«

Der Alte, der sich anmaßend als Homer vorgestellt hatte, nickte würdevoll mit dem Bart.

Er saß Artjom gegenüber und nippte an dem Pilzsud, den man hier stolz, aber ohne wirkliche Berechtigung Tee nannte – der echte war natürlich schon vor zehn Jahren komplett aufgebraucht worden –, und wartete ab. Und Artjom tat dasselbe.

»Wer steht noch beim heißen Wasser an?«

Sein Herz setzte für einen Augenblick aus: Das war Anjas Stimme. Sie stand mit dem Rücken zu ihm, offenbar hatte sie ihn noch nicht bemerkt.

»Heute auf Arbeit, Anjuscha?«, eröffnete Mantel-Dascha sogleich das Gespräch und wischte sich die Hände an den räudigen Pelztaschen. »Bei den Pilzchen?«

»Bei den Pilzchen«, antwortete Anja über die Schulter hinweg. Sie schien alles zu tun, um sich nicht umdrehen zu müssen. Also hatte sie ihn doch bemerkt.

»Zwickt das Kreuz mal wieder? Klar, bei der ständigen Bückerei.«

»Es ist die Hölle, Tante Dascha.«

»Pilze sind immerhin keine Schweine!«, fuhr die mandeläugige, stämmige Aygül dazwischen und schniefte missbilligend. »Das Bücken fällt ihr schwer. Ha, stiefel du erst mal den ganzen Tag durch Scheiße!«

»Stiefel doch selber. Jeder macht die Arbeit, die ihm liegt«, entgegnete Anja gleichmütig.

Ihre Stimme war ruhig, aber Artjom wusste, gerade wenn sie so sprach, konnte sie jederzeit losschlagen. Überhaupt war sie zu allem fähig, sie hatte ja ein gutes Training genossen. Bei ihrem Vater.

»Streitet euch doch nicht, Mädels«, murmelte Konstantin, der mit den Striemen. »Alle Berufe sind nötig, und alle sind wichtig, wie der Klassiker sagt. Wenn wir keine Pilze hätten, womit würden wir dann die Schweine füttern?«

Die Champignons wuchsen in dem eingestürzten Nordtunnel, einem der beiden, die früher zur Station *Botanitscheski sad*, dem Botanischen Garten, geführt hatten. Auf dreihundert Metern Länge betrieb man Pilzzucht, dahinter kam die Schweinefarm, so weit weg wie möglich, damit es etwas weniger stank. Aber viel half das nicht. Dafür kam den Bewohnern etwas anderes zupass: die Funktionsweise der menschlichen Sinnesorgane.

Neuankömmlinge nahmen den üblen Schweinedunst in der Regel ein bis zwei Tage lang wahr, dann hatten sie sich eingerochen. Bei Anja hatte das etwas länger gedauert. Die Ortsansässigen merkten längst nichts mehr. Sie hatten ja auch keinen Vergleich, im Gegensatz zu Artjom.

»Wie schön, wenn einem der Sinn nach Pilzen steht«, sagte er laut und deutlich und behielt dabei gezielt Anjas Nacken im Blick. »Mit Pilzen redet es sich leichter als mit Menschen.«

»Schade nur, dass manche so auf Pilze herabschauen«, entgegnete sie. »Es soll ja Leute geben, die man nur schwer von Pilzen unterscheiden kann. Sie haben sogar die gleichen Krankheiten.« Erst jetzt drehte sie sich zu ihm um. »Zum Beispiel heute bei mir, die Hälfte meiner Pilze ist verschimmelt. Irgendwas ist da faul, eine Krankheit, verstehst du? Woher kommt das bloß?«

»Was denn für eine Krankheit?«, warf Aygül besorgt ein. »Allah steh uns bei – faule Pilze haben uns gerade noch gefehlt!«

»Noch wer Tee?«, rief Mantel-Dascha dazwischen.

»Eine ganze Kiste faules Zeug hab ich eingesammelt«, fuhr Anja fort und blickte Artjom in die Augen. »Dabei waren das vorher ganz normale Pilze – völlig gesund.«

»Ist ja schlimm.« Artjom schüttelte bedächtig den Kopf. »Die Pilze sind verfault.«

»Und was sollen wir jetzt bitte essen?«, bemerkte Mantel-Dascha zu Recht.

»Klar, was ist schon so schlimm daran?«, antwortete Anja ihm mit leiser, unerbittlicher Stimme. »Aber wenn niemand den großen Helden und Retter der ganzen Metro ernst nimmt, das ist schlimm!«

»Komm, Aygül, Schätzchen, wir schnappen mal frische Luft«, sagte Mantel-Dascha, während eine ihrer aufgemalten Augenbrauen nach oben wanderte. »Ist irgendwie heiß geworden hier.«

»Hm …«, machte Homer und wollte eben aufstehen, um den beiden zu folgen, doch Artjom hielt ihn auf.

»Nein, warte. Du wolltest doch was über den Helden hören? Über Artjom, der die ganze Metro vor dem Untergang rettete? Na, dann hör jetzt gut zu. Hier ist die Wahrheit. Glaubst du, die Menschen wollen damit noch irgendwas zu tun haben?«

»Die haben genug andere Dinge zu tun. Und zwar richtige Dinge. Arbeiten. Ihre Familie ernähren. Kinder großziehen. Aber wenn natürlich irgendeiner bloß rumhängt und nichts mit sich anzufangen weiß und sich dann irgendeinen Schwachsinn ausdenkt – dann, ja, dann ist das wirklich eine Katastrophe.« Wie Geschützsalven feuerte Anja aus ihrer Position auf ihn: kurz, kurz, lang.

»Nein, schlimm ist, wenn ein Mensch nicht so leben will wie ein Mensch, sondern wie ein Schwein oder ein Pilz«, entgegnete Artjom. »Wenn ihn nur eines kümmert …«

»Schlimm ist, wenn ein Pilz glaubt, er sei ein Mensch …« Anjas Hass kam jetzt unverhohlen zum Vorschein. »Und wenn ihm niemand die Wahrheit sagt, damit er bei Laune bleibt.«

»Also stimmt das jetzt, mit den verfaulten Pilzen?«, fragte Mantel-Dascha, kurz davor, sich ganz zu verabschieden.

»Ja, das stimmt.«

»Ach du grüne Neune.«

»Das ist Allahs Strafe!«, rief Aygül aus der Ferne. »Für unsere Sünden! Dafür, dass wir Schweinefleisch essen!«

»Geh … Deine Pilze rufen«, trieb Artjom Anjas starre Gestalt an. »Hör, wie sie husten und niesen. ›Wo bist du, Mama?‹, sagen sie.«

»Arschloch. Zu nichts nutze.«

»Geh schon!«

»Da habe ich mir ja von den Pilzen noch mehr zu erwarten.«

»Geh doch! Geh!«

»Geh doch selber. Los, hau ab nach oben. Von mir aus kannst du deine Antenne in der ganzen Stadt auswickeln und dir den Mund fusselig labern. Da ist niemand, kapierst du das nicht, du borniert er Hobbyfunker? Niemand. Alle sind krepiert, du Idiot.«

»Warte nur, am Ende wirst du schon noch …«

»Es wird kein Ende geben, Artjom. Niemals.«

Ihre Augen waren trocken. Von ihrem Vater hatte sie gelernt, wie man nicht weint. Sie hatte ja einen Vater. Einen eigenen, leiblichen.

Dann wandte sie sich um und ging.

Artjom blieb zurück mit der Tasse Pilzsud: weiß, mit brüchiger Goldkante. Homer saß neben ihm, vorsichtig, schweigend. Allmählich kehrten immer mehr Leute zur Küche zurück. Sie sprachen über den weißen Schimmel, der die Pilze befallen hatte, seufzten, es werde hoffentlich nicht wieder Krieg geben, tratschten darüber, wessen Ehemann in der Schweinefarm welche Frau wo und wie betatscht hatte. Ein kleines rosa Ferkel rannte quiekend vorbei, gefolgt von einem blassen, schwindsüchtigen Mädchen, eine Katze umrundete mit erhobenem Schwanz den Tisch, rieb sich schmeichlerisch bettelnd an Artjoms Unterschenkel. Der Dampf über der Tasse war abgekühlt, der Tee von einer schaumigen Haut überzogen. Die jetzt auch in Artjoms Inneren alles zu bedecken begann. Er senkte die Tasse und blickte auf. Da war dieser Alte.

»So sieht's aus, Alter.«

»Ich ... Tut mir leid.«

»Hast den ganzen Weg umsonst gemacht, oder? Über so was werden sich die Nachfahren wohl weniger freuen. Wenn überhaupt noch wer welche bekommt.«

»Nein, umsonst war das nicht.«

Artjom schnalzte mit der Zunge. Der Alte war ganz schön stur.

Er schob seinen Hintern von der Sitzbank und trollte sich aus der Küche. Das Frühstück war zu Ende, höchste Zeit, seiner Dienstpflicht nachkommen. Homer folgte dicht hinter ihm.

»Verzeihen Sie, wovon ... haben Sie eben ... Wovon sprach die junge Dame? Das mit der Antenne ... Hobbyfunker ... Natürlich geht mich das eigentlich nichts an, aber ... Sie gehen also an die Oberfläche, richtig? Und horchen auf Funksignale?«

»Korrekt.«

»Suchen Sie nach anderen Überlebenden?«

»Korrekt.«

»Und, waren Sie erfolgreich?«

In seiner Stimme, das hörte Artjom, lag kein Hohn. Es interessierte den Mann einfach, und er schien Artjoms Tun als völlig gewöhnlich zu betrachten. Als ginge es um nichts anderes, als gedörrte Schweinekeulen zur Hanse zu transportieren.

»Bisher Fehlanzeige.«

Homer nickte ihm zu und runzelte die Stirn. Er schien etwas sagen zu wollen, überlegte es sich aber anders. Würde er Mitleid äußern? Versuchen, Artjom zur Räson zu bringen? Interesse heucheln? Artjom war es schnurz.

Sie erreichten den Pferch mit den Fahrrädern.

Die Pilze mochte Artjom nicht, weil Anja gern dort war, die Schweine mochte er nicht wegen des Gestanks, den er als Einziger hier noch wahrnahm. Also hatte er dafür gesorgt, dass man ihn, den Helden, von der Arbeit dort befreite. Aber wer nicht arbeitete, bekam an der *WDNCh* auch nichts zu essen. Hatte man den obligatorischen Wachdienst im Tunnel abgeleistet, musste man noch ein gewisses Pensum an der Station absolvieren. Artjom hatte den Fahrraddienst gewählt.

Es gab vierzehn Fahrräder. Sie standen in einer Reihe, mit den Lenkern zur Wand. Dort hingen Poster mit verschiedenen Motiven: der Kreml mit Moskwa-Fluss, eine verblasste Schönheit im rosa Badeanzug, die Skyline von New York, ein verschneites Kloster aus einem orthodoxen Feiertagskalender ... Je nach Laune konnte man sich eines aussuchen und dann in die Pedale treten. Die Fahrräder waren aufgebockt, und an ihren Laufrädern waren Riemen befestigt, die eine Dynamomaschine antrieben. Vorne beleuchtete je ein kleines Lämpchen das jeweilige Traumposter. Die restliche Energie wanderte in Akkumulatoren, die wiederum die gesamte Station mit Strom versorgten.

Die Fahrräder standen in einem der südlichen Tunnel. Dieser war zugeschüttet, denn Fremden war der Zutritt zu diesem strategisch wichtigen Objekt verwehrt. Auch der seltsame Alte war hier offenbar noch nicht gewesen.

»Gehört zu mir«, sagte Artjom und winkte dem Wachmann zu. Homer wurde durchgelassen.

Artjom schwang sich in den Sattel, beugte sich über den rostigen Rahmen und packte die Gummipolster des Lenkers. Aus dem

Dunkel vor ihm tauchte die Stadt Berlin auf, eine Ansicht, die jemand den Buchhändlern der Hanse abgeluchst hatte: das Brandenburger Tor, der Fernsehturm und die schwarze Skulptur einer Frau, die mit beiden Händen ihren Kopf umfasste. Dieses Tor, begriff Artjom, ähnelte dem Eingang zur *WDNCh* an der Oberfläche, und der Berliner Fernsehturm erinnerte – trotz seiner kugelförmigen Geschwulst in der Mitte – an den von Ostankino. Und dann die Statue dieser Frau – weinte sie, oder hielt sie sich die Ohren zu? Es kam ihm überhaupt nicht so vor, als würde er verreisen.

»Willst du auch mal eine Runde drehen?« Artjom wandte sich Homer zu. »Ist gut fürs Herz. Dann hältst du länger durch. Hier.«

Der Alte antwortete nicht. Mit glasigen Augen starrte er auf die hängenden Räder, wie sie sich drehten, in der Luft Vortrieb zu erzeugen versuchten. Sein Gesicht war verzerrt wie das eines halbseitig Gelähmten: Die eine Hälfte lächelte, die andere war abgestorben.

»Alles in Ordnung, Großväterchen?«, fragte Artjom.

»Ja. Ich hab nur an etwas denken müssen. An jemanden«, krächzte Homer, räusperte sich und fing sich wieder.

»Verstehe.«

Wir alle haben Menschen, an die wir uns erinnern. Gut dreihundert Schatten pro Kopf. Die warten nur darauf, dass du an sie denkst. Sie stellen ihre Schlingfallen auf, spannen ihre Stolperdrähte, werfen Angelschnüre aus, weben Spinnfäden zusammen – und warten. Dem einen bringt ein bloßer Fahrradrahmen ins Gedächtnis, wie er seinen Kindern beibrachte, im Hof ihre Runden zu drehen. Ein anderer hört einen Teekessel pfeifen und merkt: Er klingt genauso wie der bei seinen Eltern in der Küche, wenn er sie wochenends zum Mittagessen besuchte, um ihnen

Neues aus seinem Leben mitzuteilen. Es genügt ein Wimpern-
schlag, und genau in diesem Sekundenbruchteil zwischen jetzt
und jetzt erblicken deine Augen das Gestern – und seine Gesichter. Mit den Jahren erkennt man sie allerdings immer schlechter.
Was auch in Ordnung ist.

»Wie hast du von mir erfahren?«

»Ruhm.« Homer lächelte. »Jeder weiß, wer Sie sind.«

Artjom verzog das Gesicht.

»Ruhm.« Er spie das Wort wieder aus.

»Sie haben die Metro gerettet. Die Menschen. Hätten Sie damals diese Kreaturen nicht mit Raketen ... Ich verstehe das ehrlich gesagt nicht. Warum wollen Sie nichts davon erzählen?«

Vor ihm waren: der Fernsehturm, das Eingangstor zur
WDNCh, die schwarze Frau mit den erhobenen Händen. Er
hätte auf ein anderes Fahrrad steigen sollen, aber alle anderen
waren bereits besetzt gewesen, also hatte Artjom ausgerechnet
dieses bekommen. Am liebsten hätte er die Pedale rückwärts getreten, in die Gegenrichtung, weg von diesem Turm, aber so ließ
sich kein Strom erzeugen.

»Melnik hat mir von Ihnen erzählt.«

»Wer?«

»Melnik. Kennen Sie ihn? Der Kommandeur des Ordens. Über
den Orden wissen Sie ja sicher Bescheid, oder? Die Spartaner ...
Wenn ich mich recht erinnere, waren Sie selbst einmal Mitglied ...
früher?«

»Hat Melnik dich geschickt?«

»Nein. Aber Melnik hat mir von Ihnen erzählt. Dass Sie ihn
damals informierten. Über die Schwarzen. Dass Sie die ganze
Metro durchquert haben ... Na ja, und später hab ich dann selbst ...
noch mehr ausgegraben. So viel ich konnte. Aber vieles ist noch

unklar. Ich begriff, dass ich ohne Sie nicht weiterkomme, also beschloss ich ...«

»Hat er sonst noch was gesagt?«

»Äh, wer?«

»Hat Melnik außerdem noch etwas über mich gesagt?«

»Ja.«

Artjom hörte auf, die Pedale zu treten. Schwang sich über den Rahmen und sprang zu Boden. Verschränkte die Arme vor der Brust.

»Nun?«

»Dass ... dass Sie geheiratet haben. Und dass Sie jetzt das Leben eines ganz normalen Menschen führen.«

»Das hat er so gesagt?«

»Das hat er so gesagt.«

»Das Leben eines normalen Menschen.«

Artjom lächelte.

»Wenn ich da nichts durcheinanderbringe.«

»Und dass ich seine Tochter geheiratet habe, hat er nicht gesagt?«

Homer schüttelte den Kopf.

»Weiter nichts?«

Die Wangenknochen des Alten arbeiteten. Er seufzte. Gab klein bei.

»Er sagte, Sie hätten den Verstand verloren.«

»Natürlich. Was sonst.«

»Ich gebe einfach nur wieder, was mir gesagt wurde ...«

»Mehr nicht?«

»Ich glaube nicht ...«

»Dass er mich umbringen will, zum Beispiel? Wegen seiner Tochter ... Oder ...«

»Nein, nichts dergleichen.«

»Oder dass er darauf wartet, dass ich zurückkehre … ins Glied?«

»Nicht dass ich wüsste …«

Artjom schwieg, verdaute. Merkte, dass Homer noch immer dastand, musterte ihn.

»Den Verstand verloren!«

Artjom lachte auf, so gut es ging.

»Ich teile diese Meinung nicht«, stellte Homer klar. »Was auch immer andere sagen mögen, ich bin zutiefst davon überzeugt, dass …«

»Woher willst du das wissen?«

»Nur weil Sie weiterhin nach Überlebenden suchen? Nur weil Sie nicht aufgeben wollen, sollen Sie verrückt sein? Hören Sie …« Der Alte blickte Artjom ernst an. »Sie bringen sich doch um für diese Leute, und da verstehe ich ehrlich gesagt nicht, warum die so zu Ihnen sind.«

»Ich gehe jeden Tag.«

»Hinauf?«

»Jeden Tag aufs Neue, über die Rolltreppe nach oben. Dann bis zu dem Hochhaus. Zu Fuß die Treppe hinauf – bis aufs Dach. Mit dem Rucksack.«

Die Fahrrad-Nachbarn hatten ihre Fahrt verlangsamt und hörten gebannt zu.

»Und ja! Ich habe noch kein einziges Mal eine Antwort bekommen! Na und? Was beweist das?!« Artjom schrie jetzt nicht mehr Homer an, sondern all diese verdammten Fahrradfahrer, die auf die Wand, die Erde zurasten. »Nichts beweist das! Warum spürt ihr das nicht? Es müssen einfach noch Menschen da sein! Noch andere Städte! Wir können doch nicht die Einzigen sein, die in diesem Loch, in diesen Höhlen übriggeblieben sind …«

»Es reicht, Artjom! Komm mal wieder runter!«, rief ein junger Kerl mit langer Nase und kleinen Augen ungeduldig. »Die Amis haben alle bombardiert! Da ist nichts mehr übrig! Was soll das ganze Gejammer? Die haben uns drangekriegt, und wir dafür sie, Punkt!«

»Und wenn wir tatsächlich nicht die Einzigen sind?«, erkundigte sich Homer gleichsam bei sich selbst. »Was, wenn ich Ihnen sage, dass …«

Aber der Junge war nun richtig in Fahrt: »Geht einfach so da hoch, wie zur Arbeit! Wahrscheinlich bist du schon total verstrahlt, und jetzt verteilst du das auch noch hier unten. Eine wandelnde Leiche, das bist du! Und jetzt willst du uns alle auch noch damit vergiften …«

»… wenn ich Ihnen sage, dass es … Überlebende gibt? Wenn ich sage, dass es Signale von anderen Städten gegeben hat? Und dass sie empfangen wurden?«

»Sag das noch mal.«

»Es hat Signale aus anderen Städten gegeben«, sagte Homer fest. »Die hier empfangen wurden. Es waren Stimmen zu hören.«

»Du lügst.«

»Ich kenne selbst einen Mann, der Funkkontakt mit …«

»Du lügst.«

»Und wenn dieser jetzt vor Ihnen steht?« Homer zwinkerte Artjom zu. »Was sagen Sie dann?«

»Dass bei dir eine Schraube locker ist, Alter. Oder dass du absichtlich lügst. Du lügst doch? Oder?!«

3

DIE RÖHRE

Die Decken der Station waren gerade hoch genug für die Menschen. Die Tunnel hingegen waren nicht für sie gebaut worden: Von einer Wand zur anderen maßen sie fünf Meter, und ebenso viel von der Decke zum Boden.

Weit entfernt, am anderen Ende der Metro, lebten Wilde, die glaubten, die Tunnel seien Gänge, die der Große Wurm ins Erdreich gegraben hatte. Er war ihr Gott, der die Erde erschaffen und aus seinem Leib die Menschen geboren hatte. Erst später hatten sich diese von ihrem Schöpfer losgesagt, die Gänge ihren Bedürfnissen angepasst und sich Züge aus Eisen gebaut, die den Wurm ersetzten, hatten sich eingeredet, dass die Züge zuerst da gewesen seien und es nie den Großen Wurm gegeben habe.

Warum sollten sie nicht an diesen Gott glauben? Er war an das unterirdische Leben bestens angepasst.

Die Tunnel waren dunkel und furchterregend. Bäche aus Grundwasser raunten darin, das ständig drohte, die eisernen Schuppen der Tunnelsegmente zu durchbrechen und ganze Linien zu verschlingen. Aus den Rinnsalen stieg Feuchtigkeit auf, und der kalte Nebel verschluckte das Licht der Taschenlampen. Eines war klar: Die Tunnel waren nicht für Menschen, und der Mensch nicht für Tunnel geschaffen.

Selbst hier, nur dreihundert Meter von der Station entfernt, fühlte man sich unheimlich. Um das flüsternde Grauen zu übertönen, unterhielten sich die Menschen miteinander.

Das Lagerfeuer aus nicht ganz trockenen Holzscheiten qualmte leicht.

Natürlich lebte der Tunnel: Mit pfeifendem Atem inhalierte er genüsslich den Rauch des Feuers in seine löchrigen Lungen. Und der Rauch wand sich, flog hinauf und verschwand in den bemoosten Tracheen der Belüftungsschächte.

Etwas weiter den Tunnel hinab stand die handbetriebene Draisine, mit der die Schicht hier angekommen war. Bis zur Station waren es dreihundert Meter. Wenn aus der nördlichen Schwärze jemand auf die *WDNCh* zumarschierte, musste die Wache den Angreifer aufhalten, wenn es sein musste, unter Aufopferung des eigenen Lebens. Höchstens ein Mann durfte an die Station zurückgeschickt werden, um sie zu warnen. Damit sich die Kinder rechtzeitig verstecken konnten, während die Frauen zu den Waffen griffen und sich gemeinsam mit den Männern am Ende des Tunnels aufstellten.

Das System hatte bislang stets funktioniert, und so war die *WDNCh* noch immer, seit mehr als zwei Jahrzehnten, bewohnt. Wenn in den letzten paar Jahren überhaupt jemand auftauchte, so eher aus Versehen. Die letzte furchtbare Bedrohung der Station – und der gesamten Metro – waren die sogenannten Schwarzen gewesen. Und die waren tot, vernichtet in einem Raketensturm, ziemlich genau zwei Jahre war das jetzt her.

Jeder hier an der Station wusste, wer die Menschen vor diesen Geschöpfen gerettet hatte: Artjom.

Seither gab es nördlich von der *WDNCh* nur eine Reihe ausgestorbener, leerer Stationen, beginnend mit dem *Botanitscheski sad*, einer Station nah unter der Oberfläche, deren hermetische Türen, die Oberwelt und Unterwelt voneinander trennen sollten, entsiegelt und aufgebrochen worden waren. Die Station

62

selbst war unbewohnbar, und was dahinter begann, interessierte niemanden. Der Fleck, der in diesem Moment von dem kleinen Feuer des Wachpostens ausgeleuchtet wurde, war also zugleich das Ende der Welt. Dahinter begann – das Universum.

Vor diesem Vakuum durch eine Brustwehr aus aufgehäuften Sandsäcken geschützt, saßen die Wachleute da. Ihre Kalaschnikows hatten sie zu einer Pyramide zusammengestellt. Über dem Feuer wärmte ein verrußter Teekessel seinen eingebeulten Wanst.

Artjom saß mit dem Gesicht zum Feuer und wandte dem finsteren Tunnel den Rücken zu. Neben sich hatte er Homer Platz nehmen lassen, den er eigens hierher, in diese stille Leere mitgebracht hatte. Im südlichen Tunnel, vor all den Fahrradfahrern, hatte er dessen Geschichte nicht hören wollen. Ganz ohne Zeugen miteinander zu reden, war hier unmöglich, aber etwas weniger sollten es schon sein.

»Was soll das, mit dem Rücken zum Tunnel?«, meinte Lewaschow missbilligend.

Aber Artjom vertraute diesem Tunnel jetzt. Er hatte ein Gespür für ihn entwickelt.

Die anderen Wachleute starrten unentwegt in den schwarzen Schlund. Artjom hatte Homer ermahnt, leise zu sprechen, um nicht die Aufmerksamkeit der anderen zu erregen; aber Homer war dazu nicht imstande.

»Poljarnyje Sori heißt diese Kleinstadt. Auf der Halbinsel Kola. Dort befindet sich ein Atomkraftwerk, und zwar, stellen Sie sich vor, in funktionsfähigem Zustand. Mit einer Restlaufzeit von gut hundert Jahren! Es versorgt ja nur eine Stadt. Und die haben sie inzwischen in eine Festung verwandelt. Einen Pfahlzaun und andere Befestigungsanlagen errichtet. Es gibt da ein richtiges Verteidigungssystem. Die Militäreinheiten, die früher nur das Kraftwerk bewachten, bilden jetzt die Garnison von Poljarnyje Sori. Ringsum ist natürlich alles lebensfeindlich, es liegt ja im hohen Norden. Trotzdem können sie dort überleben, weil ihnen das Kraftwerk Strom und Wärme für die Wirtschaft liefert. Ja, und deshalb …«

»Was erzählst du da für Märchen?«, rief Lewaschow vom anderen Ende herüber. Rote Augen, fleischige Ohren, der struppige Schnauzer schien irgendwie nach oben zu wachsen. »Was für ein Sori, zum Henker? Hinterm Botanischen gibt es in der ganzen Röhre nichts außer streunende Hunde! Als hätten wir nicht schon genug Ärger mit einem Durchgeknallten – jetzt hat der auch noch Gesellschaft gekriegt!«

»Die zwei können ja einen eigenen Club aufmachen«, sagte Armentschik augenzwinkernd, während er mit dem Fingernagel eine Ferkelfaser aus seinen Zähnen pulte. »Rote Segel – der Club für Träumer und Romantiker.«

»Wer hat das Signal empfangen? Wer hat mit ihnen geredet?«

Wie ein Gehörloser starrte Artjom auf die Lippen des Alten, als könnte er dort die Informationen ablesen.

»Ich …«, begann Homer erneut, »ich bin selbst von dort. Aus Archangelsk. Ich wollte unbedingt herausfinden, ob von meinen Leuten noch irgendwer am Leben war. Also horchte ich, suchte … und stieß schließlich auf jemanden. Mein Archangelsk schwieg zwar, aber dafür meldete sich Poljarnyje Sori. Eine ganze Stadt, verstehen Sie? An der Oberfläche! Heißes Wasser, Strom … Und das Aufregendste: Sie haben dort sogar noch eine fantastische elektronische Bibliothek. Auf magnetischen Datenträgern, CDs. Die gesamte Weltliteratur ist dort erhalten geblieben, Filme … Verstehen Sie? Strom haben sie ja mehr als genug …«

»Auf welcher Welle? Welche Frequenz?«, fräste sich Artjom in seinen Bericht.

»Das ist so eine Art Arche Noah dort«, fuhr der Alte fort zu erklären, als hätte er nichts gehört. »Zwar haben sie nicht von jedem Tier genau ein Paar gerettet, aber dafür immerhin die Kultur unserer Zivilisation …«

»Wie lang ist der letzte Kontakt her? Wie oft? Wo hattest du deinen Empfänger stehen? Welche Art von Gerät? In welcher Höhe konntest du das Signal empfangen? Warum hat es bei mir nicht funktioniert?«

Der Alte hatte ein Gespräch erwartet, eine traute Unterhaltung am Lagerfeuer – keine Vernehmung. Artjom jedoch hatte sich diesen Augenblick zu sehr herbeigesehnt, um ihn jetzt auf irgendein nostalgisches Geschwurbel zu verschwenden. Die erste Aufgabe war, sich zu überzeugen, dass der Mann die Wahrheit sagte.

Artjom wusste aus eigener Erfahrung, was man sich in dieser Öde alles einbilden konnte. Aber diesmal wollte er das Trugbild, das da vor ihm waberte, nicht nur betrachten, sondern berühren – er wollte glauben.

»Sag schon!«, setzte er nach – er durfte den Alten jetzt auf keinen Fall aus seinen Fingern lassen. »Erinnere dich genau! Warum funktioniert es bei mir nicht?!«

»Ich …« Homer schnalzte mit der Zunge, überlegte, ließ den Blick ins Dunkel schweifen. Schließlich gab er auf: »Ich weiß nicht.«

»Wie, du weißt nicht? Wie kannst du so etwas nicht wissen? Du hast doch selbst das Signal empfangen!«

Ein wenig druckste er noch herum, der Mistkerl, dann gestand er:

»Nicht ich habe es empfangen. Ich habe nur jemanden getroffen. Einen Funker. Der es mir erzählt hat.«

»Wo? Wo hast du ihn getroffen? An welcher Station?«

Der Alte seufzte noch einmal auf.

»An der *Teatralnaja*, glaube ich. Ja, an der *Teatralnaja*.«

»Ach, in der Höhle des Löwen? Du glaubst wohl, ich fürchte mich, da hinzugehen und nachzusehen?«

»Ich glaube nichts dergleichen, junger Mann«, kam die Antwort, nun doch etwas gekränkt.

»Wann?«

»Vor ein paar Jahren. Ich weiß es nicht mehr genau.«

»Aha.«

Jenes einzige Mal, als Artjom selbst zwischen all dem Zischen und Heulen des Äthers Fetzen einer fernen, schwachen Stimme gehört hatte, war ihm nie mehr aus dem Kopf gegangen. Die Stimme klang ihm noch immer in den Ohren, wie das Rauschen eines längst ausgetrockneten Meeres in einer Muschel – er brauchte nur in sich hineinzuhören. Wie konnte man so etwas vergessen? Wie konnte man sein ganzes unterirdisches Leben davon träumen, ein Buch für die Nachwelt zu schreiben, damit nachfolgende Generationen erfuhren, woher sie kamen, damit sie nicht die Hoffnung verloren, eines Tages wieder nach oben zurückzukehren – und sich so etwas nicht in allen, selbst den kleinsten Details merken?

Und dann auch noch die *Teatralnaja*.

»Du lügst«, sagte Artjom überzeugt. »Du sagst das alles nur mir zuliebe.«

»Sie irren sich. Ich wollte einfach …«

»Du willst dich bei mir einschleimen, damit ich dir alles lang und breit erzähle. Meine ganze beschissene Geschichte. Kaufen willst du mich damit, stimmt's? Hast dir eine weiche Stelle ausgesucht, damit ich – zack – bei dir am Haken hänge … Hab ich recht?«

»Mitnichten! Das alles ist wirklich passiert …«

»Ach, hör doch auf!«

»Schau, schau«, bemerkte Armentschik und zog geräuschvoll Rotz durch seine Buckelnase hoch. »Die beiden Träumer streiten sich gerade, wessen Traum am träumerischsten ist.«

Artjom, wütend auf sich und diesen dummen alten Lügenbold, lehnte sich mit dem Nacken gegen den von Kugeln durchlöcherten Sand und schloss die Augenlider. Blöder Märchenonkel. Kaum hat sich endlich ein wenig Schorf auf deiner Seele gebildet, schon kommt einer und popelt ihn wieder weg.

Auch der Alte blickte finster. Offenbar hatte er es aufgegeben, Artjom zu überzeugen.

Zum Henker mit ihm.

Bis Dienstende wechselten sie kein Wort mehr miteinander. Als sie zur Station zurückkehrten, ließ Artjom den Alten stehen, ohne sich zu verabschieden und ihn eines Blickes zu würdigen.

»Es gibt gesicherte Informationen. Ein Signal wurde empfangen, von der Halbinsel Kola. Es gibt Überlebende dort!«

Artjom blickte Kirill vielsagend an.

»Wirklich?!«

»Wirklich!«

Kirill sprang vor Freude in die Höhe. Verschätzte sich mit der Atemluft und begann zu husten. Artjom, der bereits wusste, was jetzt kommen würde, reichte ihm ein Taschentuch, um es sich vor den Mund zu halten. Als Kirill sich wieder beruhigt hatte, nahm er das Tuch von den Lippen und blickte erschrocken, schuldbewusst darauf. Artjoms Herz stockte.

»Das geht alles vorbei. Du wirst noch Ratten jagen, sag ich dir! Was soll schon das bisschen Blut!«

»Mama schimpft immer. Zeig's ihr bitte nicht, ja?«

»Spinnst du? Wir zwei sind doch … ein Team! Du verrätst mich nicht, und ich dich auch nicht!«

»Schwör's beim Orden.«

»Beim Orden.«

»Feierlich.«

»Ich schwöre feierlich beim Orden.«

Kirill kletterte auf seinen Schoß.

»Los, erzähl.«

»Also«, begann Artjom. »Es gibt genaue Informationen, dass ein Signal aus dem Norden empfangen wurde. Von der Halbinsel Kola. Das Atomkraftwerk dort ist völlig unversehrt geblieben. Und gleich daneben liegt eine Stadt, die heißt Poljarnyje Sori. Toll, was? Also sind wir hier nicht allein. Verstehst du, Kirjuscha? Wir sind nicht allein! Es gibt noch andere Überlebende! Und wir haben sie gefunden! Na?«

»Klasse!«, sagte Kirill, die blassen Augen weit aufgerissen. »Aber ist das echt wahr?«

»Echt wahr. Das Kraftwerk liefert so viel Strom, dass die Stadt das ganze Jahr über damit beheizt werden kann. Und über die Stadt haben sie eine riesige Glaskuppel gebaut. Kannst du dir das vorstellen?«

»Nö.«

»Wie ein Trinkglas, nur riesengroß.«

»Wozu?«

»Damit die Wärme nicht entweicht. Draußen liegt dann Schnee, und es stürmt, aber drinnen ist es mollig warm. Bäume blühen. So wie in deinem Buch da. Richtige Obstgärten gibt es, Äpfel und … übrigens auch Tomaten. Die Leute spazieren in T-Shirts auf der Straße. Überall Blumen. Essen gibt es mehr als genug. Alle möglichen Süßigkeiten. Spielzeug, aber nicht solches wie hier, keine leeren Patronenhülsen, sondern verschiedene Spielsachen.«

Kirill kniff die Augen zusammen und versuchte ehrlich, sich all das vorzustellen. Ein paar Mal hüstelte er leise mit geschlossenem Mund, beherrschte sich aber. Dann atmete er langsam aus. Wahrscheinlich fehlte ihm die Fantasie. Sogar Artjom war außerstande, sich das alles einzubilden.

»Und im Sommer geht die Kuppel wieder auf, und die Leute leben dann an der frischen Luft. Nicht unter der Erde, sondern draußen, in Häusern mit Fenstern. Durch die Fenster sehen sie andere Häuser oder den Wald. Und so leben sie dann. Überall ist es sauber, trocken und frisch. Die Sonne scheint ihnen direkt ins Gesicht. In so einer Luft überlebt keine einzige Mikrobe, die gehen alle drauf. Und natürlich gehen die Menschen ohne Schutzmaske raus.«

»Keine einzige Mikrobe?«

Kirill war mit einem Schlag hellwach.

»Auch die von TB?«

»Keine einzige. Und besonders die von TB.«

»Das heißt, man muss nur hinfahren und ohne Maske atmen, um gesund zu werden?«

»Ich denke, ja«, antwortete Artjom. »Hier, in diesen Tunneln, dieser feuchten Schwüle, da fühlen sich die TB-Bakterien besonders wohl. Aber an der frischen Luft sterben sie sofort ab.«

»Wow! Das müssen wir Mama sagen! Die wird sich freuen! Und wirst du da hinfahren?«

»Na ja, dieses Poljarnyje Sori ist sehr weit weg. Da fährt man nicht einfach so hin. Dazu muss man erst Kräfte sammeln.«

»Die sammle ich!« Kirill hüpfte auf Artjoms Schoß in die Höhe. »Wie viel braucht man dafür?«

»Viel. Weißt du, wie lange man bis dahin braucht? Mit Geländefahrzeugen wahrscheinlich ... ein halbes Jahr! An der Oberfläche. Durch Wälder und Sümpfe. Auf kaputten Straßen.«

»Na und? Ich fahre hin!«

»Nein, wahrscheinlich kann ich dich nicht mitnehmen. Ich fahre nur mit anderen Ordenskämpfern hin.«

»Aber warum?«

»Deine Mutter sagt, dass du nichts isst. So eine halbe Portion können wir in unserem Geländewagen nicht brauchen. Das behindert uns nur. Die Reise wird ja nicht einfach. Alle möglichen Hindernisse. Ungeheuer auf Schritt und Tritt. Und jede Menge Abenteuer, die man bestehen muss. Und wie willst du die bestehen, wenn du nichts futterst? Da machst du doch gleich beim ersten Abenteuer schlapp! Nein, unser Orden braucht richtige Kämpfer, nicht so einen Spargeltarzan wie dich.«

»Aber ich kann diese Pilze nicht mehr sehen, Artjom! Buäh ...«

»Und Gemüse? Deine Mama hat dir extra Gemüse besorgt. Hast du die Tomate gesehen? Diese Tomate ist von der *Sewastopolskaja* durch die ganze Metro zu dir gereist.«

»Bäh.«

»Genau so eine Tomate übrigens wie die, die in Poljarnyje Sori in den Gärten unter freiem Himmel wachsen. Da, probier mal. Ist ne ganze Tonne Vitamine drin.«

»Na gut, dann ess ich die Tomate eben. Wenn da auch solche wachsen.«

»Na dann, hau rein, und zwar gleich. Ich will das sehen.«

»Dann erzählst du mir aber noch was von diesem Sori und von der Glasbecherkuppel.«

Kirills Mutter Natalja stand draußen. Durch die Zeltplane hatte sie alles mit angehört, jedes Wort. Ein Schatten lief ihr übers Gesicht, die eine Hand hatte die andere fest umklammert.

»Ich habe ihn dazu gebracht, die Tomate zu essen.«

Artjom lächelte ihr freundlich zu, aber Natalja reagierte nicht.

»Warum musstest du ihm diesen Unsinn erzählen? Jetzt wird er mich damit zum Wahnsinn treiben.«

»Wieso denn Unsinn? Vielleicht gibt es dieses Poljarnyje Sori tatsächlich. Soll er ruhig ein bisschen träumen.«

»Gestern war der Arzt da. Ist eigens von der Hanse gekommen.«

Artjom vergaß, was er als Nächstes sagen wollte. Aus Angst zu erraten, was Natalja ihm jetzt mitteilen würde, versuchte er, an gar nichts zu denken. Wenn er es nämlich vorher erriet, brachte es Unglück.

»Er hat doch nur noch drei Monate. Und da kommst du jetzt mit deinem Poljarnyje Sori …«

Nataljas Mund verzog sich, und Artjom begriff, was da schon die ganze Zeit in ihren Augen gewesen war.

»Also gar keine …«

Ein Film. Getrocknete Tränen.

»Mama! Artjom nimmt mich im Geländewagen mit nach Norden! Darf ich?«

Er hatte gedacht, Anja würde bereits schlafen – oder so tun als ob, wie immer, nur um nicht mit ihm reden zu müssen. Doch da saß sie jetzt, auf dem Bett, die nackten Beine im Schneidersitz verschränkt. Eine Halbliter-Plastikflasche mit irgendeiner trüben Flüssigkeit fest mit beiden Händen umschlossen, als fürchtete sie, man könnte sie ihr wegnehmen. Alkoholdunst lag in der Luft.

»Da.« Sie hielt ihm die Flanke hin. »Nimm einen Schluck.«

Artjom gehorchte, würgte das brennende Zeug herunter, hielt den Atem an, blinzelte. Es entspannte und wärmte ihn ein wenig. Was jetzt?

»Setz dich her.« Anja klopfte mit der flachen Hand auf die Decke neben sich. »Bitte.«

Er ließ sich dort nieder, wohin sie gezeigt hatte.

Wandte sich ihr halb zu, blickte sie an.

Ein einfaches Top.

Der Flaum auf ihren Armen hatte sich aufgerichtet – von der Kälte?

Sie sah aus wie vor zwei Jahren. Die schwarzen Haare jungenhaft kurzgeschoren. Dünne, blasse Lippen. Die Nase etwas zu groß für das schmale Gesicht, mit einem kleinen Buckel, machte sie erst so richtig interessant. Die Hände überzogen von einem sehnigen Geflecht, wie bei einem anatomischen Modell, ohne jegliche mädchenhafte Weichheit. Auf ihren Schultern zeichneten sich Muskeln ab wie Achselklappen. Ihr Hals war lang, die Schlagader pochte schnell, und dieser eine Wirbelknochen da … Die Schlüsselbeine standen hervor; früher hatte er sie wegen dieser Schlüsselbeine zugleich geliebt und bedauert – und bis zur Erschöpfung gemartert. Spitz zeichneten sich die Brustwarzen durch den weißen Stoff ab. Warum brennt eine Lampe erst, und dann brennt sie irgendwann durch?

»Nimm mich in die Arme.«

Artjom streckte die Hand aus, legte unbeholfen seinen Arm um Anja, eher wie ein Bruder, oder wie wenn er einem Kind auf die Schulter klopfte. Sie lehnte sich gegen ihn, schien sich an ihn schmiegen zu wollen, doch all ihre Sehnen blieben angespannt, verdrillt. Auch Artjom war steif wie ein Brett. Er setzte die Flasche noch einmal an. Vielleicht ...

Er fand keine passenden Worte. Er war es nicht mehr gewohnt.

Anja berührte ihn. Dann fuhr sie mit den Lippen über seine Wange.

»Stachelig bist du.«

Artjom schüttelte den trüben Bodensatz in der Plastikflasche auf und nahm noch einen Schluck – diesmal einen kräftigen. In seinem Kopf wirbelten der hohe Norden und ein Geländefahrzeug durcheinander.

»Komm ... Komm, lass es uns noch mal probieren, Artjom. Noch einmal. Wir müssen. Einmal noch. Alles von vorn.«

Sie schob ihre kalten, steifen Finger in seinen Gürtel. Geschickt öffnete sie die Schnalle.

»Küss mich. Bitte.«

»Ja. Ich ...«

»Komm her.«

»Warte ... gleich.«

»Was ist denn? Da ... Zieh mir das aus, es ist zu eng. Ja, und das auch. Ich will, dass du mich ausziehst. Du.«

»Anja.«

»Was denn? Da ... Sssss... kalt.«

»Ja. Ich ...«

»Komm her. So ... Jetzt du auch ... Komm schon ... bitte ... Dieses eklige Hemd ...«

»Gleich. Gleich.«

»So. Mein Gott. Gib mir die Flasche.«

»Da.«

»… Aah … Und jetzt … jetzt hier. Was du früher immer gemacht hast. Weißt du noch?«

»A-Anetschka …«

»Was hast du denn? … Was ist?«

»Du … du bist so …«

»Mach nicht so lang. Komm schon.«

»Ich bin's einfach nicht mehr gewohnt … Verzeih mir …«

»Mach's mir … Was ist denn? … Komm schon.«

»Anja …«

»Los, komm! Bitte … Hier … Spürst du das?«

»Ja … Ja.«

»Wir haben schon so lange nicht … Du bist ganz … Warum? … Verstehst du nicht? Ich will. Dich. Ja?«

»Gleich. Ich … gleich. Es ist einfach … der Tag heute war …«

»Sei still. Komm, lass mich versuchen … Leg dich einfach hin.«

»Ich hab heute …«

»Halt die Klappe. Sei still und schließ die Augen. So. Jetzt … Und jetzt … Was ist denn los mit dir? Was?«

»Ich weiß auch nicht. Es klappt einfach nicht.«

»Wieso?«

»Keine Ahnung. Nein. Mir geht alles Mögliche durch den Kopf …«

»Was denn? Was geht dir durch den Kopf?«

»Tut mir leid.«

»Geh weg. Geh!«

»Anja …«

»Wo ist mein Hemd?«

»Warte.«

»Wo ist mein Hemd? Mir ist kalt!«

»Was … Warum denn? Es liegt doch nicht an dir, du hast damit nichts …«

»Schluss, es reicht. Und hör auf mit deiner Leidenstour.«

»Das stimmt doch gar nicht …«

»Hau ab, hörst du?! Zieh einfach Leine!«

»Gut. Ich …«

»Wo ist dieser Scheißslip? Na gut, du willst nicht – dann eben nicht. Oder ist bei dir schon alles tot da unten? Von der Strahlung?«

»Nein, natürlich, wieso sagst du …«

»Du willst also nicht mehr mit mir …«

»Ich sag dir doch … Der Tag heute.«

»Deswegen kriegen wir auch keine … weil du nicht willst!«

»Das stimmt überhaupt nicht!«

»Ich … Artjom! Für dich bin ich damals weg. Hab mich mit meinem Vater verkracht … Alles nur wegen dir. Seit dem Krieg … gegen die Roten … Im Rollstuhl – er, verstehst du! Die Beine hinüber … Und einen Arm haben sie ihm weggefetzt … Begreifst du überhaupt, was das für ihn heißt? Behindert zu sein! Und von ihm, von meinem Vater bin ich – zu dir … Gegen seinen Willen!«

»Was soll ich denn tun? Er hat mich doch nie als Mensch … Ich wollte ihm die ganze Wahrheit … aber er … er will eben nicht, dass wir beide … Was kann ich dafür?«

»Um mit dir Kinder zu kriegen, verstehst du, mit dir! Bin ich nie wieder dort oben gewesen! Wegen der Gesundheit … Bei den Frauen saugen die Organe alles wie ein Schwamm auf … Die

Strahlung ... Das weißt du doch! Diese verdammten Pilze ... Nur um einigermaßen akzeptiert zu werden ... an deiner Station! Glaubst du, ich hab mir ... meine Zukunft so vorgestellt? Schweine zu hüten! Wozu, sag? Du aber – machst einfach so weiter! Hast nicht einen Tag ausgelassen! Hast dir alles da unten schon verstrahlt! Verstehst du, vielleicht klappt es ja deswegen nicht mit uns. Wie oft hab ich dich gebeten! Und dein Vater auch!«

»Suchoj hat überhaupt ...«

»Warum bist du so? Du willst einfach keine, ja? Magst du keine Kinder, ist es das? Nicht von mir! Oder überhaupt nicht?! Dir ist das alles scheißegal. Das Einzige, was du kannst, ist die Welt retten! Und ich? Was ist mit mir? Hier bin ich! Aber das ist dir egal! Und jetzt bist du dabei, mich zu verlieren! Willst du das – mich verlieren?«

»Anja. Warum ...«

»Ich kann nicht mehr. Und ich will nicht mehr. Ich will nicht mehr warten. Nicht mehr um Sex betteln müssen. Nicht mehr davon träumen, schwanger zu werden. Und ich will keine Angst mehr haben, dass es, sollten wir wider Erwarten doch noch irgendwas hinkriegen, eine Missgeburt wird.«

»Hör auf! Sei still!«

»Und du kriegst ganz sicher eine Missgeburt, Artjom! Du saugst es nämlich genauso in dich auf! Und dann fällt jeder deiner blöden Streifzüge wieder auf dich zurück. Kapierst du das nicht?«

»Halt die Klappe, sag ich!«

»Geh. Geh, Artjom. Geh fort, für immer.«

»Gut, ich gehe.«

»Ja, geh.«

Das alles flüsternd. Flüsterndes Schreien, flüsterndes Stöhnen. Flüsternde Tränen.

Lautlos, wie bei den Ameisen.

Die Nachbarn taten so, als schliefen sie.

Sie wussten ja sowieso alle Bescheid.

Der Strahlenschutzanzug passte gerade so in den Rucksack. Oben-auf legte Artjom die ihm zugeteilte Kalaschnikow, deren Ge-brauch außerhalb der Station nicht erlaubt war, sechs Magazine, paarweise mit blauem Isoband umwickelt, sowie eine Tüte ge-trocknete Pilze. Die Atemschutzmaske starrte ihn trübselig an, bis Artjom mit einer heftigen, beinahe gewaltsamen Bewegung den Reißverschluss darüber zuzog, wie über einem steif gewor-denen Leichnam in einem Sack. Dann hievte er sich den Ran-zen – seinen Fluch, seinen Sisyphos-Stein – über die Schultern.

»Alter! Steh auf! Pack deine Sachen! Aber ohne Lärm.«

Der Alte war sofort wach – als hätte er mit offenen Augen ge-schlafen.

»Wohin?«

»Das mit der *Teatralnaja* – stimmt das? Von dem Funker? Dass er dort ist?«

»Ja ... Ja.«

»Also dann ... Führst du mich zu ihm?«

»Zur *Teatralnaja*?«

Homer zögerte.

»Du hast wohl geglaubt, ich bekomm kalte Füße? Von wegen, Großväterchen. Für andere mag dies die Hölle auf Erden sein. Für uns ist es eine Stätte des Waffenruhms. Also? Oder hast du doch gelogen?«

»Nein.«

»Dann begleite mich zur *Teatralnaja*. Ich muss den Mann treffen, von dem du erzählt hast. Selbst. Und ihn über all das ausfragen. Ich will, dass er es mir beibringt. Und er soll mir seinen Empfänger geben … Damit ich es überprüfen kann.«

»Aber das war vor zwei Jahren …«

»Ich schlage dir ein Geschäft vor: Du bringst mich zu diesem Funker, und ich erzähle dir alles, was du wissen willst. Ohne Ausflüchte. Über Schwarze, Gelbe, Grüne – was das Herz begehrt. Du bekommst von mir die komplette Geschichte meiner Heldentaten. All den Scheiß, den ich den anderen verschwiegen habe. Eine griechische Tragödie kriegst du von mir, von Alpha bis Omega, Ehrenwort. Abgemacht? Dann schlag ein.«

Homer streckte seine Hand aus, erst langsam, zweifelnd, als befürchtete er, Artjom habe sich auf die seine gespuckt – aber dann drückte er sie fest.

Während der Alte seine Reisetasche packte, befasste sich Artjom mit der handbetriebenen Taschenlampe: Immer wieder drückte er den Hebel ein, lauschte dem Surren des Dynamos, während sich der Akku füllte. Ihm galt seine ganze Aufmerksamkeit. Dann brach er ab.

»Erklär mir was. Dieses Buch von dir. Wozu?«

»Das Buch? Na ja, es ist doch so: Wir leben hier unten, aber die Zeit steht still, verstehen Sie? Es gibt niemanden, der aufschreibt, dass wir auch gelebt haben. Und das heißt doch, dass unser Leben hier sozusagen ganz umsonst abläuft. Und das ist doch nicht recht!«

Homer saß unbeweglich. Er hielt einen zerknüllten grauen Kissenbezug in der Hand.

»Und in zehntausend Jahren gräbt uns dann irgendwer aus, und wir haben keine einzige Zeile aufgeschrieben. Sie werden anhand von unseren Knochen und Schüsseln erraten müssen, an wen wir geglaubt und wovon wir geträumt haben. Und am Ende ziehen sie die falschen Schlüsse.«

»Aber wer soll uns denn ausgraben, Opa?«

»Archäologen. Unsere Nachfahren.«

Artjom schüttelte den Kopf. Er fuhr mit der Zunge über die Lippen, versuchte, seine hochkochende Wut zu unterdrücken. Aber sie brannte zu heftig in ihm, und schließlich brach es wie Galle aus ihm hervor:

»Vielleicht will ich aber nicht, dass man uns hier ausgräbt! Ich will nicht nur Knochen und Schüsseln sein, in irgendeinem Massengrab. Ich will selber ausgraben, nicht ausgegraben werden. Solche, die hier unten ihr ganzes Leben fristen wollen, gibt es nämlich schon genug. Da hol ich mir lieber oben eine tödliche Strahlendosis und geb den Löffel ab, als dass ich in der Metro hocke, bis ich grau werde. Das ist doch kein menschenwürdiges Leben, die Metro. Unsere Nachkommen, sagst du ... Verdammt! Sollen meine Nachkommen etwa ihr ganzes Leben im Untergrund herumhängen, als Futter für Tuberkulosebazillen? Nein! Damit sie sich gegenseitig an die Kehle gehen wegen der letzten Konservendose? Nein! Damit sie sich zusammen mit den Schweinen grunzend im Dreck suhlen? Du willst dieses Buch für sie schreiben, Opa, aber sie werden es nicht mal lesen können, weil ihnen irgendwann die Augen vor lauter Dunkelheit wegschrumpeln, verstehst du? Dafür werden sie einen Spürsinn wie die Ratten haben! Sie werden keine Menschen mehr sein! Wozu sollen wir dann überhaupt noch Nachkommen zeugen?! Deswegen: Wenn es nur eine Chance von eins zu einer Million gibt, dass man irgendwo da oben, egal wo, noch leben kann, unter freiem Himmel, unter den Sternen, unter der Sonne, und wenn man irgendwo auf dieser beschissenen Welt noch durch den Mund statt durch einen Rüssel atmen kann, dann werde ich diesen Ort finden, kapiert? Wenn es diesen Ort gibt, dann können wir dort von mir aus gern ein neues Leben aufbauen. Und Kinder zur Welt bringen. Damit sie nicht als Ratten oder Morlocks aufwachsen, sondern als Menschen. Aber dafür muss man kämpfen! Nicht sich einfach auf Lebenszeit einbuddeln, sich zusammenrollen und still und heimlich abkratzen!«

Homer schwieg, verstrahlt, betäubt von Artjoms Worten. Artjom hatte gehofft, der Alte würde zu streiten beginnen, damit er ihm noch eine reinwürgen könnte. Aber stattdessen lächelte der ihn nur an, aufrichtig, warmherzig – und zahnlückig.

»Es war also nicht umsonst. Ich wusste doch, ich würde den Weg nicht umsonst machen.«

Als Antwort spuckte Artjom nur aus – aber was er ausspie, war Gift, Galle. Und das schartige Lächeln des Alten erleichterte ihn plötzlich, die Anspannung ließ nach. So unbeholfen, ja, komisch dieser auch erschien, plötzlich hatte Artjom das Gefühl, dass er und der Alte gemeinsame Sache machten. Homer schien etwas Ähnliches zu empfinden und vermeldete plötzlich mit einer fast kumpelhaften, jugendlichen Handbewegung:

»Bereit.«

Schleichend durchquerten sie die Station. Die Uhr über der Tunnelhöhle, das Heiligtum der Station, zeigte an: Es war Nacht. Also war Nacht für alle. Außer für Artjom, denn er war ja schon dabei, die Station zu verlassen. Der Saal war fast leer, nur in der Küche kochte sich jemand noch einen späten Tee. Die purpurne Beleuchtung war gedämpft, die Bewohner hatten sich in ihre

Zelte verpackt und innen schwache LEDs angemacht, die jedes Zelttuch in ein Schattentheater verwandelten, mit jeweils unterschiedlichen Darbietungen. In Suchojs Bleibe erkannten sie eine über den Tisch gebeugte Silhouette; dann kamen sie an dem Zelt vorbei, in dem Anja saß, das Gesicht auf die angezogenen Knie gedrückt.

Vorsichtig fragte der Alte:

»Willst du nicht auf Wiedersehen sagen?«

»Wem?«

Homer sagte nichts weiter.

»Zur *Alexejewskaja*!«, erklärte Artjom den Wachleuten am Eingang zum Südtunnel. »Suchoj weiß Bescheid.«

Sie grüßten militärisch: Wenn er Bescheid wusste, gab es kein Problem. Wenigstens ging Artjom diesmal nicht wieder nach oben.

Über eine an den Bahnsteig geschweißte Eisenleiter stiegen sie auf die Gleise hinab.

»Die Röhre«, sagte Artjom zu sich selbst, als er die Dunkelheit betrat. Sanft berührte er das raue, schimmlige Eisen eines Tübbings, durchmaß mit dem Blick dessen fünf Meter hohe Decke und blickte voraus ins Unermessliche. »Die Röhre ruft.«

4

BEZAHLUNG

ie *Alexejewskaja* war sozusagen die räudige Version der *WDNCh*. Auch hier versuchte man, Pilze zu züchten und mühte sich mit Schweinen ab, aber beides gedieh hier so kümmerlich, dass sich die Alexejewsker davon gerade mal selbst ernähren konnten. Für den Handel blieb nichts übrig. Wie ihre Schweine vegetierten auch die Bewohner der Station dahin und hatten sich damit abgefunden, dass ihre Geschichte todlangweilig war und alle längst wussten, was für ein Ende sie nehmen würde. Waren die Wände früher einmal marmorweiß gewesen, so war jetzt nicht einmal mehr zu erkennen, aus welchem Material sie eigentlich bestanden. Was immer man hier abkratzen und verkaufen konnte, hatte man abgekratzt und verkauft. Zurück blieben nur Beton und ein paar Menschenleben. Den Beton loszuschlagen war schwierig, zumal niemand in der Metro etwas damit anfangen konnte. Folglich hatten sich die Alexejewsker darauf verlegt, ihr eigenes Leben dem Schutz anderer zu widmen. Hätte es mehrere potenzielle Käufer für diese Dienstleistung gegeben, wäre der Preis wohl höher gewesen. Aber außer der *WDNCh* gab es keine Interessenten. Also diente die Existenz der *Alexejewskaja* vor allem einem Zweck: die *WDNCh* zu schützen.

Der Südtunnel von der *WDNCh* zur verbündeten *Alexejewskaja* galt daher auch als ruhig. Es gab Tunnel, bei denen man erst nach einer Woche am anderen Ende wieder herauskam; Artjom und Homer benötigten für diesen trotz der stets gebotenen Vorsicht gerade mal eine halbe Stunde. Aber eigentlich hatten sie die

Zeit an der *WDNCh* zurückgelassen: Die Uhren der *Alexejew-skaja* waren schon vor gut zehn Jahren geklaut worden, und seither lebte dort jeder nach dem eigenen Rhythmus. Wer sich gerade müde fühlte, für den war es Nacht. Und letztlich hörte die Nacht in der Metro ja niemals auf. Was man sich einbilden musste, war der Tag.

Die Wachleute blickten den Wanderern gelangweilt entgegen; ihre Pupillen hatten sich zu Nadelöhren verengt. Über dem Posten hing eine Übelkeit erregende weiße Wolke in der Luft, es roch nach Fußlappen: Man rauchte *dur*. Der Schichtführer seufzte tief. Es fiel ihm sichtlich schwer zu sprechen.

»Wohin?«

»Zum *Prospekt Mira*. Zum Basar«, antwortete Artjom. Er versuchte erst gar nicht, durch dieses Nadelöhr zu schlüpfen.

»Kommt keiner rein. Dort.«

Artjom lächelte ihn freundlich an.

»Das lass mal meine Sorge sein, Kollege.«

»Tangens mal Tangens ergibt Kotangens«, entgegnete der Wachmann, erquickt von Artjoms Güte und erfüllt von dem Wunsch, auch etwas Nettes zu sagen.

Damit trennten sie sich.

»Wie gehen wir weiter?«, fragte Homer Artjom.

»Vom *Prospekt*? Wenn man uns zur Hanse lässt, auf dem Ring. Besser, als auf unserer Linie weiterzugehen. Nicht die besten Erinnerungen, weißt du. Die Hanse ist sicherer. Ich habe ein Visum im Pass, das hat mir seinerzeit Melnik besorgt. Und du, kommst du auch durch?«

»Was ist mit der Quarantäne?«

»Irgendeine Quarantäne gibt es dort immer. Wir werden schon durchkommen. Die wahren Probleme kommen erst danach, an der *Teatralnaja*. Egal, von wo man sich ihr nähert. Einen schönen Ort hast du dir da als Wohnsitz für deinen Funker ausgesucht, Opa. Mitten in einem Minenfeld.«

»Aber ...«

»War nur ein Scherz.«

Der Alte hatte auf einmal einen seltsamen Gesichtsausdruck, er schien, durch seine Augenhöhlen nach innen zu blicken, als ob sich dort eine ausgebreitete Metrokarte befände. Artjom hatte sie immer vor Augen, er vermochte, direkt durch sie hindurchzusehen. Er hatte das in dem einen Jahr Dienst bei Melnik gelernt.

»Ich würde sagen ... wir nehmen besser die Route über die *Pawelezkaja*. Das ist weiter, geht aber dafür schneller. Und von dort über die grüne Linie wieder nach oben. Wenn wir Glück haben, schaffen wir es in einem Tag.«

Weiter ging es durch die Röhre.

Die schnarrende Taschenlampe mühte sich nach Kräften – doch das Lichtfleckchen, das sie erzeugte, reichte gerade mal zehn Schritt weit, bevor die Finsternis es auffraß. Von der Decke tropfte es, die Wände glänzten feucht, irgendwo gurgelte es hohl. Die herabfallenden Tropfen reizten die Kopfhaut, als bestünden sie nicht aus Wasser, sondern aus Magensaft.

Mitunter tauchten in den Wänden Türen auf, oder es öffneten sich schwarz gähnende Seitengänge, meist mit Bewehrungsstahl vernagelt und verschweißt.

Bekanntlich zeigten die bunten Fahrpläne, die den Passagieren zur Orientierung gedient hatten, nicht einmal ein Drittel der ganzen Metro. Wozu die Leute auch unnötig verwirren? Man raste von einer Marmorstation zur anderen, gebannt auf das eigene Telefon starrend, machte einen Sprung von einer Stunde –

und schon war man am Ziel. Da blieb gar keine Zeit darüber nachzudenken, in welchen Tiefen man sich aufgehalten hatte. Oder sich zu fragen, was sich eigentlich noch dort befand, hinter den Stationswänden, und wohin die vergitterten Abzweige führten. Gut so. Schau auf dein Telefon, denk an deine wichtigen Angelegenheiten, und steck deine Nase nicht in Dinge, die dich nichts angehen.

Artjom und Homer bewegten sich jetzt mit jenem besonderen – anderthalbfachen, kupierten – Tunnelschritt vorwärts, mit dem man immer genau auf die Schwellen traf. Man musste viel wandern, bis sich die Beine daran gewöhnten. Wer nur an den Stationen herumsaß, beherrschte es nicht, kam irgendwann unweigerlich aus dem Tritt und ins Stolpern.

»Und du, Opa … Bist du allein?«

»Ja.«

Das ganze Licht fiel nach vorn. Es war nicht zu erkennen, was auf dem Gesicht des Alten lag. Wahrscheinlich gar nichts: ein Bart und lauter Falten.

Sie schritten noch einmal ein halbes Hundert Schwellen ab. Der Rucksack mit dem Funkgerät füllte sich mit Schwere, brachte sich wieder in Erinnerung. Die Schläfen wurden feucht, am Rücken lief der Schweiß herab.

»Ich hatte mal eine Frau. An der *Sewastopolskaja*.«

»Du lebst also an der *Sewastopolskaja*?«

»Lebte.«

»Hat sie dich verlassen?« Artjom erschien diese Antwort am wahrscheinlichsten. »Deine Frau?«

»Nein, ich sie. Um das Buch zu schreiben. Ich dachte, das Buch sei wichtiger. Ich wollte der Nachwelt etwas hinterlassen. Meine Frau würde mir ja nicht weglaufen. Verstehst du?«

»Du hast deine Frau verlassen, um ein Buch zu schreiben? Und sie … hat dich gehen lassen?«

»Ich bin abgehauen. Und als ich zurückkam, war sie nicht mehr da.«

»Ist sie fortgegangen?«

»Gestorben.«

Artjom wechselte den Seesack mit dem Schutzanzug von der rechten Hand in die linke.

»Ich weiß nicht.«

»Was?«

»Ich weiß nicht, ob ich das verstehe oder nicht.«

»Natürlich verstehst du das«, sagte der Alte müde, aber überzeugt.

Auf einmal bekam Artjom Angst.

Angst, etwas Unwiderrufliches zu tun.

Weiter zählten sie schweigend die Schwellen und lauschten dem glucksenden Echo und einem fernen Stöhnen. Das war die Metro, die gerade jemanden verdaute.

Von hinten fürchteten sie keine Gefahr. Sie starrten nur nach vorne, versuchten, im Tunnel, diesem Brunnen voller Tinte, das leichte Kräuseln auf der Oberfläche zu entdecken, das stets dem Grauenvollen, Namenlosen vorangeht, bevor es plötzlich aus dem Dunkel hervorschnellt. Mit dem Nacken dagegen spähten sie nicht.

Ein Fehler.

Quietsch-quietsch. Quietsch-quietsch.

Leise, allmählich schlich es sich ihnen ins Ohr.

Aber sie bemerkten es erst, als es schon zu spät war, sich umzudrehen und die Gewehrläufe nach hinten zu richten.

»Heda!«

Hätte jemand ihnen eine Ladung Blei in den Rücken pumpen wollen, damit sie mit dem Gesicht nach vorn auf die morschen Schwellen fielen, er hätte ausreichend Zeit dazu gehabt. Merke: In der Röhre darf man nie den eigenen Gedanken nachhängen – sie wird nämlich leicht eifersüchtig. Du wirst vergesslich, Artjom.

»Stehen bleiben! Wer ist da?«

Ruck- und Seesack hingen an seinen Armen und hinderten ihn am Zielen.

Eine Draisine rollte aus der Dunkelheit heran.

»Hallo! Freund!«

Es war der Wachmann, Kotangens. Allein auf der Draisine, offenbar ein furchtloser Mensch. Er hatte seinen Posten verlassen und war ihnen bis hierher gefolgt. Das *dur*-Kraut hatte ihn angetrieben.

Was zum Teufel wollte er?

»Jungs, ich hab nachgedacht. Vielleicht sollte ich euch hinbringen. Zur nächsten Station.«

Er schenkte den beiden sein bestes Lächeln, in all seiner schartigen, rissigen Schönheit.

Natürlich sehnte sich der Rücken danach, zu fahren, anstatt sich zu Fuß weiterschleppen zu müssen.

Er musterte den Samariter: wattierte Jacke, Geheimratsecken, aufgedunsene Augenringe. Durch das Nadelöhr der Pupille leuchtete es wie durch ein Schlüsselloch.

»Wie viel?«

»Hör auf. Du bist doch der Sohn von Suchoj. Vom Stationschef. Ich mach das für umsonst. Für den Frieden auf der Welt.«

Artjom zuckte mit den Schultern, der Rucksack hüpfte in die Höhe. Jetzt saß er bequemer.

»Danke«, sagte Artjom nach kurzem Zögern.

»Aber nicht doch!«, entgegnete der Wachmann freudig und ruderte mit den Armen, wie um den über die Jahre angerauchten Nebel in seiner Birne zu verscheuchen. »Bist ja ein großer Junge, du kennst dich doch aus. Immer schön kalibrieren, sonst geht nix!«

Bis zur *Rischskaja* sagte er kein einziges Wort mehr.

»Habt ihr ne Ladung Scheiße dabei?«

Als Erstes trafen sie – noch vor der Stationswache – auf einen kurzrasierten Kerl mit scharfkantigen Wangen und leicht zusammengerollten Ohren. Seine Augen standen etwas schräg, waren aber zementfarben wie der Himmel. Seine Lederjacke war ihm zu klein, und durch das offenstehende Hemd blickte zwischen dichten Locken und blauen Zeichnungen ein ziemlich großer Jesus ruhig und selbstbewusst vom Kreuz herab.

Der Kerl hatte einen Blecheimer fest zwischen die Beine geklemmt, und an seiner Schulter hing eine Tasche, auf die er jetzt klopfte, damit sie ein verführerisches Klingeln von sich gab.

»Ich zahle euch den besten Preis!«

Das Geklimper klang ziemlich dünn.

Früher hatte sich direkt über der Station der Rigaer Markt befunden, den man in ganz Moskau wegen seiner billigen Rosen kannte. Als damals die Sirenen aufheulten, hatten die Menschen sieben Minuten Zeit, um zu begreifen, zu glauben, die eigenen Dokumente hervorzukramen und bis zum nächsten Metro-Eingang zu laufen. Die schlauen Blumenverkäufer, die den kürzesten Weg hatten, drängten sich zuerst hinein, wobei sie mit den Ellenbogen andere Todgeweihte beiseitestießen.

Erst als sich die Frage stellte, wovon man unter der Erde leben sollte, öffneten sie die hermetischen Tore wieder, schoben die Leichenhaufen beiseite und kehrten auf den Markt zurück, um sich Rosen und Tulpen zu holen. Die waren in der Zwischenzeit verwelkt, aber für ein Herbarium durchaus noch zu gebrauchen, sodass die Bewohner der *Rischskaja* noch lange mit Trockenblumen handeln konnten. Obwohl diese bereits schimmelten und verstrahlt waren, kauften sie die Menschen, denn etwas Besseres war in der Metro nicht zu finden. Schließlich liebten und trauerten sie noch immer – und wie sollte das ohne Blumen gehen?

Mit getrockneten Rosen, mit der Erinnerung an das scheinbar noch so nahe und doch unwiederbringlich verlorene Glück breitete die *Rischskaja* ihre Flügel aus, um aufzufliegen. Aber Blumen ließen sich unter der Erde nicht züchten: Anders als Pilze und Menschen benötigten sie Sonne. Und auch die scheinbar unerschöpfliche Quelle über der Station – der einstige Markt – versiegte irgendwann.

Es kam zur Krise.

Die Rischsker hatten sich bereits an ein gutes Leben gewöhnt, doch nun mussten sie ihre Portionen halbieren und würden am Ende wahrscheinlich sogar Ratten fressen, genauso wie die armen Schlucker an anderen Stationen, die nicht durch irgendeine Besonderheit gesegnet waren. Aber davor bewahrte sie ihr Geschäftssinn.

Sie analysierten ihre Möglichkeiten, bewerteten die Vorteile ihrer Lage in der Metro und schlugen den nördlichen Stationen einen Deal vor: Sie würden ihnen den überschüssigen Schweinemist abkaufen und damit Handel treiben, ihn all den Stationen als Dünger anbieten, die Champignons züchten. Die *WDNCh* nahm den Vorschlag an, denn von diesem Produkt besaß man schließlich mehr als genug.

So kam die schon fast erloschene, von grauer Armut bedrohte *Rischskaja* zu einer zweiten Blüte. Die neue Ware duftete zwar anders, unterlag aber keinen Schwankungen. Zumal man in diesen schwierigen Zeiten nicht wählerisch sein durfte.

»Hey, Jungs, ihr seid doch nicht etwa komplett leer?«

Der Rasierte schniefte enttäuscht.

Im nächsten Augenblick kam, etwas verspätet, ein Haufen anderer Typen mit ähnlichen Eimern herangeflogen und begann wild durcheinanderzuschreien:

»Scheiße!«

»Haste Scheiße dabei? Kriegst gutes Geld!«

»Ich geb euch eine Kugel pro Kilo!«

Wie überall in der Metro zahlte man auch hier mit Kalaschnikow-Patronen, der einzigen harten Währung, die es noch gab. Der Rubel hatte gleich zu Beginn seinen Sinn verloren: In dieser Welt gab es nichts, worauf er sich hätte stützen können, denn ein Ehrenwort galt nichts mehr, und einen Staat gab es nicht. Patronen waren da etwas ganz anderes.

Die Banknoten hatte man längst als Zigarettenpapier aufgeraucht, wobei größere Scheine höher geschätzt wurden als kleine, denn sie waren sauberer, brannten besser und rußten nicht so viel. Mit Münzen spielten die ärmeren Kinder, die keine Patronenhülsen abbekommen hatten. Der wahre Preis aller Dinge wurde jetzt aber in »Kugeln« gemessen, wie man die Patronen allseits liebevoll nannte.

Eine Patrone pro Kilo an der *Rischskaja* – an der *Sewastopolskaja* beispielsweise bekam man unter Umständen ganze drei dafür. Natürlich war nicht jeder auf diese Art von »Geschäft« erpicht. Umso besser: So gab es weniger Wettbewerber.

»Ljocha, zieh Leine! Ich bin zuerst an der Reihe!«

Ein dunkler, flinker Schnauzbart stieß dem Tätowierten gegen seinen Christus; der bleckte die Zähne, zog sich aber zurück.

»Was suchst du hier, verflucht?«

Ein anderer sprang dazu, mit graublauen Wangen und Glatze.

»Glaubst du vielleicht, wenn du sie im Tunnel abfängst, gehört die ganze Scheiße dir?«

»Sieh an, was der Grünschnabel sich erlaubt!«

»Ist ja gut, Leute, bleibt cool … Die haben sowieso nichts dabei.«

»Das will ich sehen!«

Den rasierten Ljocha mit dem Kreuz hatte sein Gespür nicht getrogen. Auch Kotangens hatte nichts zu verzollen. Gutmütig breitete er die Arme aus und setzte Artjom und Homer ab.

»Hier sind meine Ländereien zu Ende!«

Dann rollte er, eine unerträgliche Melodie vor sich hin pfeifend, zurück in die Dunkelheit.

Die Wache machte sich vorschriftsmäßig mit den Gästen bekannt und ließ sie passieren. Die aufdringlichen Händler verschwanden wieder in den Nischen, aus denen sie aufgetaucht waren. Nur der erste, den sie Ljocha genannt hatten, blieb zurück. Offenbar war er der hungrigste.

»Vielleicht ne Stationsführung, Jungs? Hier gibt's für Touristen so einiges. Wann habt ihr das letzte Mal einen Zug gesehen? Wir haben da jetzt unser Hotel drin. Total schick, die Zimmer! Mit Strom. Im Gang. Ich könnte euch nen Rabatt aushandeln.«

»Ich kenn mich hier schon aus«, erklärte Artjom geduldig und ging voran. Homer schlurfte hinterher.

Die *Rischskaja* war ursprünglich in zwei positiven Farben, nämlich Rot und Gelb, gehalten. Um dies zu bemerken, hätte man jedoch erst mit dem Fingernagel eine Fettschicht von den Kacheln kratzen müssen. Einen der beiden Tunnel blockierte ein lebloser Metrozug, der jetzt als Wohnheim genutzt wurde. Das Leben an dieser Station wurde daher ausschließlich über den zweiten Tunnel gewährleistet.

»Kennt ihr schon unsere Bar? Hat gerade erst aufgemacht. Erstklassige *braga*. Obwohl sie die angeblich auch aus ...«

»Lass gut sein.«

»Aber irgendwie müsst ihr euch doch bei Laune halten, Jungs. Der *Prospekt Mira* ist zu. Quarantäne. Da ist ne Absperrung quer über die Gleise, mit MGs und Hunden. Seid ihr etwa nicht auf dem Laufenden?«

Artjom zuckte mit den Schultern.

»Gibt es da keine Möglichkeiten? Mit denen kann man doch sicher reden?«

Ljocha schnaubte.

»Versuch's doch mal. Die von der Hanse haben gerade eine Riesenkampagne gestartet. Gegen Korruption. Da kommst du denen gerade recht, von wegen versuchte Bestechung und so. Wobei diejenigen, die die Hand aufhalten, meistens glimpflich davonkommen. Sind ja ihre eigenen Leute. Aber irgendwen buchten sie immer ein.«

»Und warum haben sie zugemacht?«

»Irgendeine Pilzkrankheit. So ne Art Schimmel. Kommt angeblich durch die Luft, oder wird von Menschen übertragen. Deswegen haben die jetzt erst mal auf Pause gedrückt.«

»Sie verfolgen mich«, murmelte Artjom. »Sie lassen mich einfach nicht los.«

»Was?«

Ljocha runzelte die Stirn.

»Zur Hölle mit den Pilzen«, sagte Artjom deutlich.

»Verstehe«, stimmte Ljocha zu. »Ziemlich ödes Geschäft.«

Einige Männer hasteten mit scheppernden Blecheimern vorbei. Ljocha wollte ihnen schon nachlaufen, doch dann hielt er inne. Offenbar interessierten ihn diese starrsinnigen Touristen mehr.

»Ihr Geschäft macht natürlich viel mehr Spaß«, bemerkte Homer.

»Nicht so voreilig, Opa«, entgegnete Ljocha stirnrunzelnd. »Nicht jeder ist zum Broker geboren. Dazu braucht man Begabung.«

»Zum Broker?«

»Genau. So wie ich. Wie die Jungs da hinten. Zum Broker. Was glaubst du denn, wie das heißt?«

Homer sah sich außerstande, einen anderen Vorschlag zu machen. Er war damit beschäftigt, ein Grinsen zu unterdrücken. Aber seine Mundwinkel strebten nach oben, sosehr er auch dagegen ankämpfte.

Doch dann veränderte sich sein Gesicht auf einmal, sein Blick wurde kalt und ängstlich, wie bei einem Toten. Er starrte seitlich an dem Broker vorbei.

»Halt dich mal lieber zurück«, belehrte Ljocha Homer, ohne zu bemerken, dass dieser plötzlich taub geworden war. »Scheiße ist heute doch das Blut der Wirtschaft. Worauf wachsen die Pilze denn? Womit werden die Tomaten an der *Sewastopolskaja* gedüngt? Also bitte nicht so voreilig.«

Homer nickte dem Broker mitten im Satz zu – und begann sich vorsichtig mit seitlichen Schritten von ihm und Artjom zu entfernen. Artjom folgte seiner Bahn mit den Augen, ohne zu begreifen, was er sah.

In einigen Schritten Entfernung stand eine schlanke, blonde junge Frau mit dem Rücken zu ihnen. Sie küsste gerade einen fleischigen, nicht gerade seriös aussehenden Broker, während dieser versuchte, unbemerkt mit dem Fuß seinen Eimer wegzuschieben, um sich nicht den romantischen Augenblick verderben zu lassen.

»Glaubst du etwa, wir machen damit den großen Reibach?«, sagte Ljocha jetzt, da er den Alten verloren hatte, zu Artjom.

Homer hatte sich inzwischen dem Pärchen genähert und versuchte, den richtigen Blickwinkel zu erhaschen, um den beiden Verliebten ins Gesicht zu sehen. Hatte er jemanden erkannt? Jedenfalls wagte er es nicht, sich einzumischen und die beiden aus ihrem Kuss herauszureißen.

»Was gibt's?«

Der Fleischklops schien ihn mit seinen Hautfalten im Genick sondiert zu haben.

»Irgendwas unklar, Alter?«

Das Gesicht des aus dem Kuss herausgerissenen Mädchens war verschwitzt und schrumpelig, wie der Saugnapf eines Blutegels, wenn man ihm vom Arm abnimmt. Es war nicht das richtige Gesicht, nicht das gesuchte, das begriff Artjom, ohne Homer zu fragen.

»Verzeihen Sie.«

»Verpiss dich«, sagte der Blutegel.

Homer kehrte zu Artjom und Ljocha zurück. Seine Aufregung war zwar abgeebbt, aber noch nicht ganz erloschen.

»Hab mich geirrt«, erklärte er.

Dabei hatte Artjom gar nicht erst nachgefragt. Er fürchtete sich, das Ventil zu den Offenbarungen des Alten noch weiter aufzudrehen. Nicht dass am Ende noch das Gewinde mit abriss.

»Aber natürlich wäre sie niemals mit so einem …«, sagte Homer zu sich selbst. »Ich alter Dummkopf …«

»Ihr macht mit eurem Geschäft also Verlust?«, erkundigte sich Artjom bei Ljocha.

»Was heißt schon Verlust … Von jeder Lieferung kassiert die Hanse fünfzig Prozent als Zoll. Aber jetzt erst recht, mit dieser Quarantäne.«

»Hanse« – so nannte sich die Allianz der Ringstationen. Ihre Märkte und Zollstellen regelten den Transit sämtlicher Waren in der Metro. Um sich nicht unter Lebensgefahr von einem Ende des Systems zum anderen durchschlagen zu müssen, lieferten die meisten fahrenden Händler ihre Güter nur bis zum nächstgelegenen Markt – jeweils dort, wo sich die Ringlinie mit den Radiallinien schnitt – und überließen den Rest den dortigen Geschäftemachern. Auch den Erlös ließ man besser gleich in einer der hanseatischen Banken: So konnte man beruhigt sein, dass einem nicht irgendwelche Spießgesellen, die den erfolgreichen Deal beobachtet hatten, im nächsten Tunnel den Kopf abschnitten. Bestand jemand darauf, seine Waren selbst weiterzutransportieren, hatte er dennoch eine Gebühr zu zahlen. Und so wurde die Hanse reicher und reicher, egal wie es den anderen Stationen ging. Niemand in der Metro machte ihr Vorschriften. Ihre Bürger erfüllte dies mit Stolz und Zufriedenheit; alle anderen träumten davon, eines Tages selbst Bürger der Hanse zu werden.

Etwa ab Mitte des Bahnsteigs zog sich eine lange Reihe von Güterdraisinen bis in den Tunnel hinein. Der Zutritt zur *Rischskaja* selbst war ihnen verwehrt. Der Job der Broker bestand ja nur darin, so schnell wie möglich Waren im Nordtunnel zu kaufen und im Südtunnel wieder zu verkaufen. Danach machten andere Leute damit Geschäfte.

»Der ganze Handel steckt fest«, beschwerte sich Ljocha. »Diese Schweine haben uns Unternehmern wieder mal den Hahn zugedreht. Scheißmonopolisten. Da macht einer ehrlich seine Arbeit, aber nein! Wer gibt ihnen eigentlich das Recht, sich auf unsere Kosten zu bereichern? Ich muss hier buckeln, während deren Wanst immer größer wird. Das ist doch Unterdrückung, verdammt! Die sollten uns frei handeln lassen, dann würde die ganze Metro aufblühen!«

Trotz des strengen Aromas verspürte Artjom so etwas wie Sympathie für den jungen Mann. Das Gespräch versprach lustig zu werden.

»Der Hanse geht's ohnehin gut genug«, fiel ihm ein. »Ich musste da mal arbeiten. An der *Pawelezkaja*, der Ringstation. Da musste ich die Abtritte ausgraben. Zu einem Jahr hatten die mich verurteilt. Nach einer Woche hab ich mich vom Acker gemacht.«

Ljocha nickte.

»Dann hast du ja die Feuertaufe bestanden.«

»Bei denen ging das ganze Zeug in irgendwelche Gruben und Schächte. Die waren sich zu schade, damit zu handeln.«

Ljocha grinste grimmig.

»Die können sich das leisten.«

Er zog ein Zigarettenetui mit geschnittenem Papier sowie einen Tabakbeutel hervor. Und bot den beiden davon an. Homer verzichtete, Artjom nahm an. Er stellte sich unter eine von der Decke hängende Glühbirne und vertiefte sich in die Buchstaben auf dem Zigarettenpapier. Es stammte von einer vergilbten Buchseite, die Lettern waren sorgfältig gesetzt. Das Stück Papier war von Hand ausgerissen, natürlich für eine Selbstgedrehte mit Hausmachertabak, nicht für die Lektüre irgendeines Textes, der sowieso niemanden interessierte:

Und außerdem die junge Schwerkraft:
Ja, so begann die Macht der Wenigen.

Nun gilt's, in einer Zeit zu wandeln,
Wo weder Wolf es gibt noch Tapir,
Der Himmel ist mit Zukunft schwanger –
Mit Weizen eines satten Äthers.
Doch heute haben jene Sieger
Des Fluges Friedhof abgeschritten,
Und brachen die Libellenflügel

Und da brachen die Flügel auch schon ab. Artjom stopfte sein Kraut in diese sinnlosen Buchstaben, drehte sie akkurat zusammen, benetzte die Ränder mit Spucke, klebte sie zusammen, bat um Feuer. Ljocha schnalzte mit einem aus einer MG-Patronenhülse gebastelten Benzinfeuerzeug. Das Papier brannte wohlschmeckend und süß. Das Kraut war miserabel.

»Ihr müsst also dringend zum *Prospekt*?«, flüsterte Ljocha. Der Rauch ließ ihn die Augen zusammenkneifen.

»Ja, zur Hanse, unbedingt.«

»Visa habt ihr?«

»Ja.«

Sie inhalierten erneut. Homer musste husten. Artjom beachtete ihn nicht.

»Was zahlst du?«

»Nenn einen Preis.«

»Das bestimme nicht ich, Bruder. Das entscheiden andere Leute. Ich bring euch nur zusammen.«

»Dann mach das.«

Ljocha schlug vor, vor der Abfahrt in einer wild ausgelassenen Bar mit dem Namen »Zum letzten Mal« noch einen zu trinken, aber Artjom musste daran denken, woraus sie hier ihren Alkohol machten.

Sie einigten sich auf zehn Patronen für die Begleitung und die Herstellung des Kontakts. Es war ein fairer, brüderlicher Handel.

Die Absperrung kreuzte den Tunnel unmittelbar vor der Einfahrt zur Station *Prospekt Mira*. Formal gehörten nur die Ringstationen zur Hanse, die benachbarten Radialstationen gleichen Namens waren eigentlich selbstständig – aber nur eigentlich. Ging es darum, eine der Radiallinien zu blockieren, machte die Hanse nicht viel Federlesens.

Die Grenzer der Hanse in ihrer grauen Tarnuniform stießen den Menschen das weiße, scharfe Licht ihrer Taschenlampen ins Gesicht, bellten sie an und forderten sie auf, dorthin zurückzukehren, von wo sie gekommen waren. Wie eine Vogelscheuche hockte auf einem Stock ein Plakat mit der Aufschrift »QUARANTÄNE!« und dem Porträt eines von Geschwüren überzogenen Pilzes. Die Wachleute weigerten sich, mit den fahrenden Händlern zu reden. Nicht einmal in die Augen wollten sie ihnen sehen: Die Schirme ihrer gefleckten Käppis hatten sie tief ins Gesicht gezogen. Diese Barrikade ließ sich höchstens im Sturm überwinden.

Ljocha, ganz der Broker, suchte unter den Käppis nach bekannten Gesichtern. Endlich tauchte er unter eine der Schirmmützen, flüsterte etwas, drehte sich halb zu Artjom, blinzelte ihm zu und zuckte mit dem Kinn: Los, hierher.

»Die sind verhaftet!«, verkündete die zur Schirmmütze gehörige Visage, als die Menge aufbrausend nach einer Erklärung verlangte, warum die drei so ohne Weiteres durchgelassen wurden. »Zurück, sag ich! Ihr bringt nur eine Infektion herein!«

In Begleitung von Wachleuten durchquerten sie die Station. Kaum ein Geräusch war zu hören: Die Handelsreihen waren mit

Brettern verbarrikadiert, die potenziellen Käufer belagerten die Absperrung, während sich die verfilzten Marktfrauen auf dem Granit den Hintern abfroren und über das Leben, den Tod und das Schicksal schnatterten. Und – es war fast dunkel: Der Markt war geschlossen, also musste Strom gespart werden. Zu einer anderen Zeit wäre es hier hoch hergegangen. Der *Prospekt Mira* war ein zentraler Ort – hierher schaffte man alles Mögliche aus der ganzen Umgebung. Es gab Kleidung für jeden Geschmack, Bücherstände, an denen Artjom früher nicht hätte vorbeigehen können, jede Menge durchgeschmorte Smartphones, unter denen man aber sicher noch das eine oder andere funktionsfähige finden konnte, mit Fotos, so bunt, als hätte man sie eben erst jemandes Gedächtnis entrissen … Ob man eins kaufen sollte? Wenn, dann höchstens, um sich an fremde Kinder zu erinnern; anrufen konnte man damit niemanden mehr. Und Waffen, natürlich. Jeder Art. Die Preise stets in Patronen. Verkauf, was du loswerden willst, und kauf, was du brauchst – und dann mach, dass du weiterkommst.

Die Wachen achteten strengstens darauf, dass Artjom und Homer nicht wegliefen, und schoben sie bis zu der Stelle, wo der Übergang von der Radiallinie auf den Ring begann. Dort mussten sie vor einer Eisentür in einer weißen Wand warten.

Nach etwa zehn Minuten rief man sie hinein.

Sie mussten sich bücken, dann noch einmal, und wieder: Die Diensträume waren so niedrig, als wären sie für Morlocks gemacht. Allerdings war die junge, unter der Erde geborene Generation insgesamt ziemlich kleinwüchsig geraten – sie würde hier sicher bequem hineinpassen.

In der kleinen Kammer tagten zwei. Der Erste hatte ein beeindruckend breites Gesicht mit Brille, aber ohne Haare. Der übrige Körper war irgendwo unter einem schweren, polierten Tisch verborgen. Man hatte fast den Eindruck, der Kopf sei völlig autonom.

An dem zweiten Mann war überhaupt nichts Interessantes.

»Der stellvertretende Stationsvorsteher des *Prospekt Mira*, Ringstation, Sergej Sergejewitsch Roschin«, sagte der Unauffällige und deutete ehrerbietig auf das Breitmaul.

»Ich höre«, ließ dieser seinen soliden Bass vernehmen.

»Folgendes, Sergej Sergejitsch«, sagte Ljocha. »Die Jungs hier müssen zur Hanse. Visa sind vorhanden.«

Der bebrillte Kopf drehte seine geschwollene Nase angestrengt, wie eingerostet, in seine Richtung und atmete hörbar ein. Dann verzerrte sich die Miene krampfhaft. Offenbar durften Broker dieses Büro nur selten betreten.

»Der Zutritt zum Hoheitsgebiet der Hanse ist sofort und bis auf Weiteres zu verweigern, Punkt!«, nahm Roschin Stellung.

Jetzt wurde es peinlich.

»Gibt es denn gar keine Möglichkeit?«, fragte Artjom mürrisch, aber Ljocha zischte ihn nur an.

»Was für eine Möglichkeit, hier Bestechung einer Amtsperson und so weiter, jetzt ein für alle, und dass mir keiner mehr wagt, ist das klar oder nicht!«, sprach Roschins Kopf streng. »Während die Leute in der ganzen Metro, haben Sie einfach nicht das Recht! Dafür hat der Mensch doch die Quarantäne, um, sonst könnte die Situation außer, verstehen Sie das, oder nicht! Und wenn wir hier sind, um für die Einhaltung, dann sorgen wir dafür, und zwar bis zum Letzten, denn was hier auf dem Spiel, wissen Sie selbst! Phytosanitäre Kontrolle! Trockenfäule im Übrigen! Diese Unterredung ist zu Ende!«

Als Roschin verstummte, breitete sich im Zimmer ein Schweigen aus, als wäre diese Absage zuvor auf Band aufgenommen worden, das jetzt zu Ende war. Ein Klick – und die Musik war aus.

Roschins Blick brannte Artjom und Ljocha durch die dicken Gläser seiner Brille entgegen, die Stille wurde immer dichter und dichter, als ob man von ihnen etwas erwartete.

Eine Mistfliege summte vorbei – schwer wie ein Bomber. Hatte Ljocha sie in einer seiner Taschen mitgebracht?

Artjom breitete die Arme aus.

»Dann geh ich eben obenrum. Alexej, du bist ein Schwätzer.«

»Aber meine zehn gibst du mir …«

»Wozu denn obenrum?«, ließ sich endlich der Unauffällige vernehmen. »Das ist doch nicht sicher.«

Im Unterschied zu Roschin hatte er während des ganzen Gesprächs nicht ein einziges Mal die Stirn gerunzelt oder geschnaubt. Überhaupt schien er selten das Gesicht zu verziehen. Dieses war glatt, die Züge seelenruhig, die Stimme einschläfernd.

»Sergej Sergejewitsch hat die offizielle Position verlautbart. Er ist schließlich im Dienst, das ist doch verständlich. Und Sergej Sergejewitsch hat das Problem völlig richtig umrissen: Unsere Aufgabe ist es, die Ausbreitung der Trockenfäule zu verhindern, einer gefährlichen Pilzinfektion, die Champignons befällt. Sollten Sie an einen Kompromiss gedacht haben, so können Sie ihn mit mir diskutieren. Die Lage ist ernst. Hundert Patronen für alle drei.«

»Ich gehöre nicht dazu«, warf Ljocha ein.

»Hundert Patronen für beide.«

Artjom warf einen Blick auf Roschin: Dieser Regelverstoß musste bei ihm doch wildeste Zuckungen auslösen. Aber nein, der stellvertretende Stationsvorsteher litt keineswegs. Es war, als spräche der Unauffällige in einer Art Infraschall, den Roschins Ohr nicht wahrnehmen konnte.

»Hundert Patronen.«

Drei Hörner und ein paar Zerquetschte – von sechs, die Artjom mitgenommen hatte. Nur für die Genehmigung, die Hanse zu betreten. Und das schon am Anfang ihrer Reise. Trotzdem … Alle anderen Routen, einschließlich der über die Oberfläche, konnten sie noch mehr kosten – zum Beispiel die Köpfe.

Die Karte vor Augen: Auf der Ringlinie hinab, mit ihren praktischen und schnellen Draisinen, direkt bis zur *Pawelezkaja*, und von dort direkt, ohne Schwierigkeiten und Hindernisse, in null Komma nichts zur *Teatralnaja*. So würden sie weder die Grenze der Roten Linie überqueren müssen noch dem Reich zu nahe kommen …

»Abgemacht«, sagte Artjom. »Soll ich gleich?«

»Aber selbstverständlich«, antwortete der Unauffällige sanft.

Artjom warf den Rucksack ab, öffnete die Reisetasche, fischte die unter allerlei Kram verborgenen Magazine hervor und schüttelte noch einige matt glänzende, spitz zulaufende Patronen dazu auf den Tisch.

»Zehn.«

Er schob die erste Rate zu Sergej Sergejewitsch hinüber.

»Wo bleibt denn Ihr Taktgefühl!«, sagte der Unauffällige enttäuscht, erhob sich und nahm die Kugeln an sich. »Der Mann ist doch im Dienst! Was denken Sie denn, wozu ich hier bin?«

Glücklicherweise hatte Sergej Sergejewitsch die Patronen nicht bemerkt.

Mit finsterer, verschlossener Miene räusperte er sich und begann die auf dem Tisch herumliegenden Unterlagen zu sortieren, indem er sie von einem Haufen auf den anderen legte. Er schien zu glauben, er sei allein im Büro zurückgeblieben. Die Anwesenheit der anderen nahm er mit keinem seiner Sinnesorgane mehr wahr.

Acht, neun, zehn: hundert.

»Alles korrekt«, schloss der Unauffällige. »Besten Dank. Man wird Sie begleiten.«

Ljocha klopfte sich wohlwollend auf seinen Christus.

»Und dass mir so etwas nie wieder!«, hob Roschins Kopf erneut an. »Es muss doch noch irgendwelche Prinzipien! Gerade in so einem schwierigen Augenblick, wo Solidarität gefordert! Trockenfäule! Unaufschiebbar! Alles Gute!«

Homer, der die ganze Zeit vor lauter Verwunderung kein einziges Wort gesagt hatte, verneigte sich in aufrichtiger Ehrerbietung vor dem sprechenden Kopf.

»Sehr schön«, sagte er.

»Alles Gute!«, wiederholte der Kopf streng.

Artjom warf sich den Rucksack auf die Schultern. Die Bewegung geriet ihm so heftig, dass eine grüne Metallkante aus der oberen Ecke hervorlugte.

Sofort lebte Sergej Sergejewitsch auf und begann seinen kurzen, aufgedunsenen Rumpf – es gab also doch einen – emporzuhieven.

»Haben Sie da etwa ein Funkgerät, nicht wahr? Sieht ganz wie ein Armeefunkgerät aus, gewissermaßen, im Sinne einer unbefugten Einfuhr auf das Hoheitsgebiet der Hanse!«

Artjom schielte zu dem Unauffälligen hinüber. Doch nun, da Roschin aufgewacht war, schien dieser, kaum dass er die hundert Patronen irgendwo unter den Tisch gewischt hatte, jegliches Interesse an der Realität verloren zu haben und war damit beschäftigt, sich zerstreut die Fingernägel zu reinigen.

»Besten Dank!«, entgegnete Artjom, hob die Reisetasche auf und zog Homer in Richtung Ausgang.

»Vergiss nicht meine zehn!«, rief der Broker und sprang ihm hinterher.

Als die Tür hinter ihnen zuschlug, hörte Artjom noch Gemurmel aus dem Büro.

Auf dem Bahnsteig wurden sie bereits erwartet.

Jedoch nicht von den Wachleuten in Tarnuniform, die sie hierhergebracht hatten. Es waren Männer in Zivil, mit offenen Notizbüchern, in denen wegen des Dämmerlichts ohnehin nichts zu entziffern war.

»Sicherheitsdienst«, erklärte einer von ihnen, ein Hochgewachsener, mit betont deutlicher Aussprache. »Major Swinolup, Boris Iwanowitsch. Bitte händigen Sie Ihre Waffen sowie die Funkausrüstung aus. Sie sind verhaftet wegen des Verdachts auf Spionage für die Rote Linie.«

5

FEINDE

Das Büro des Majors erwies sich als durchaus behaglich. Ein wenig erinnerte es sogar an eine Junggesellenwohnung. Man begriff sofort, dass sein Besitzer hier auch übernachtete: Ein Winkel des Raums war durch einen Vorhang abgetrennt, hinter dem ein hastig mit einer Kunstfaserdecke überzogenes Bett hervorlugte. Fast schon gemütlich sah das aus. Der mottenzerfressene Teppich hatte ein verschlungenes orientalisches Muster, dessen Einzelheiten kaum noch zu erkennen waren. In der anderen Ecke war eine reich verzierte Ikone angebracht: traurige Gesichter und zerbrechlich wirkende Schwerter, die von zarten, langen Fingern gehalten wurden.

Nachdem er die Tür aufgeschlossen hatte, ließ der Major einen kritischen Blick durchs Zimmer schweifen, hob ächzend ein auf verschiedene Ecken verteiltes Paar Plüschpantoffeln auf und ließ diese verlegen unter dem Tisch verschwinden.

»Entschuldigen Sie bitte das Durcheinander. Ich bin in Eile aufgebrochen.«

Artjom und die anderen drängten sich noch im Vorzimmer. Erst als Boris Iwanowitsch bei sich aufgeräumt hatte, bat er sie hinein. Allerdings nicht alle.

»Broker?«, fragte er Ljocha und hielt ihn mit ausgestreckter Hand auf Abstand.

»Ja«, gestand dieser.

»Warte erst mal draußen, Freundchen. Wir reden später. Ich esse nämlich auch hier im Büro. Tja, die ganze Arbeit. Der Feind schläft nicht.«

Mit diesen Worten verbannte er Ljocha mit seiner etwas strengen Ausdünstung nach draußen. Die Tür, an der ein weiches, gesteppes Lederpolster angebracht war, fiel mit stählernem Klang ins Schloss.

»Nehmen Sie doch mal Platz.«

Er fegte ein paar Krümel vom Tisch, warf einen Blick in seine mit einem hübschen blauen Pflanzenmuster verzierte Porzellantasse und schnalzte mit der Zunge. Wollte er ihnen am Ende etwa einen Tee anbieten? Nein, den Gefallen tat Boris Iwanowitsch ihnen nicht. Er schob die Messinglampe mit dem grünen Glasschirm beiseite, damit sie ihn nicht blendete. Und fragte aus seinem behaglichen Halbdunkel heraus:

»Woher des Wegs?«

»Von der *WDNCh*.«

»Aha.«

Boris Iwanowitsch ließ sich den Namen *WDNCh* auf der Zunge zergehen wie ein Vitaminbonbon, rieb sich die Nase und kramte offenbar in seiner Erinnerung.

»Wie heißt noch mal die Obrigkeit bei euch? Kaljapin, Alexander Nikolajewitsch, oder? Kommt er zurecht?«

»Kaljapin ist vor einem halben Jahr in Rente gegangen. Jetzt ist es Suchoj.«

»Suchoj … Ach ja, Suchoj! Der ehemalige Sicherheitschef, nicht wahr? Ein Kollege also!« Der Major war sichtlich angetan. »Das freut mich für ihn!«

»Jawohl.«

»Und Sie selbst sind auch von dort, sehe ich das richtig?« Swinolup blätterte Artjoms Pass durch. »Als was dienen Sie?«

»Als Stalker«, antwortete Artjom.

»Hab ich mir gleich gedacht.« Boris Iwanowitsch wandte sich Homer zu. »Und Sie?«

»Ich komme von der *Sewastopolskaja*.«

»Na, das ist doch mal interessant! Nicht gerade die nächsten Nachbarn. Die *Sewastopolskaja*! Dort ist doch Denis … Denis … meine Güte, wie war noch mal der Vatersname …«

»Michailowitsch.«

»Richtig! Denis Michalytsch. Wie geht es ihm?«

»Er ist gut in Form.«

»In Form – und in Uniform! Ha-ha!« Boris Iwanowitsch zwinkerte Homer zu. »Hatte schon mal das Vergnügen mit ihm. Muss sagen, er verdient meine Hochachtung. Ein wahrer Profi, mnja.«

Swinolup warf erneut einen Blick in seine Tasse, als hoffte er, sie würde sich von selbst füllen. Dann berührte er vorsichtig seine Wangen. Irgendetwas war nicht in Ordnung mit ihnen, aber in dem Halbdunkel konnte Artjom nicht erkennen, was genau. Das Gesicht des Majors wirkte … bemalt?

Insgesamt war seine äußere Erscheinung durchaus angenehm: Er war großgewachsen, mit einer breiten und dank der Geheimratsecken besonders hoch wirkenden Stirn. Seine Figur jedoch, die von einer sportlichen Jugend zeugte, war von der vielen Büroarbeit etwas außer Form geraten. Die Augen glänzten warm und prüfend aus dem Halbschatten heraus. Sein Nachname – »Schweineprügel« – passte überhaupt nicht zu ihm, war fast eine Beleidigung. Dies war kein Mann des einfachen Volkes.

»Sie sind nicht zufällig Jude?«, fragte Boris Iwanowitsch Homer.

»Nein. Wieso?«

»Nein, wieso?« Der Gastgeber lachte auf. »Sie gefallen mir definitiv. Ich begegne Ihren Brüdern übrigens mit größter Pietät, im Gegensatz zu vielen meiner Kollegen …«

»Ich bin kein Jude. Sie haben doch meinen Pass gesehen. Spielt das denn eine Rolle?«

»Den Pass! Pässe werden von Menschen gemalt. Ich spreche doch nicht von Ihrem Pass, sondern von Ihrer seelischen Verfassung. Aber um auf Ihre Frage zu antworten: Es spielt nicht die geringste Rolle! Wir sind hier doch nicht im Reich, also wirklich.«

An der Wand tickten die Zeiger einer mechanischen Uhr mit Gewichten: Es war eine einfache Variante, ein rundes Glas in blauem Plastik. Auf dem Zifferblatt war, wie es schien, ein Schild dargestellt, auf dem, von Gedankenstrichen unterbrochen, Buchstaben zu erkennen waren. Im dunklen Widerschein der Tischlampe las Artjom für sich: »WTschK – NKWD – MGB – KGB – FSK – FSB – SD GdR«.

»Sicherheitsdienst Gemeinschaft der Ringlinie«, entzifferte Artjom mechanisch den wahren Namen der Hanse.

»Eine Rarität«, erklärte Boris Iwanowitsch. »Davon gibt es in der ganzen Metro nur ein paar Stück. Kenner wissen das zu schätzen.«

»Haben Sie irgendwelche Fragen an uns?«, sagte Artjom.

»Natürlich. Und nicht wenige. Würden Sie mal Ihre Hände hier ins Licht … die Handflächen nach oben?«

Das Gesicht des Majors blieb noch immer im Schatten.

»Aha, danke. Und jetzt die Finger. Darf ich mal anfassen? So, als würde ich Ihnen die Hand drücken. Hoppla, da sind aber ein paar Schwielen. Und das ist eine Schmauchspur, nicht wahr? Und jetzt zeigen Sie mir doch mal Ihre Schulter, ja? Die rechte, wenn ich bitten darf. Nein, das Hemd können Sie anlassen. Na also, ein Bluterguss. Sieht so aus, als müssten Sie hin und wieder ein Sturmgewehr benutzen, nicht wahr?«

Was noch seltsam war: Seine Finger fühlten sich ein wenig feucht und klebrig an. Aber das war kein Schweiß, sondern ... Artjom unterdrückte im letzten Augenblick das Verlangen, an seinen Händen zu riechen, kaum dass diese sich aus dem Griff des Majors befreit hatten.

»Ich bin Stalker. Wie bereits gesagt.«

»Sicher, sicher. Aber Stalker tragen doch immer Schutzanzug und Handschuhe, nicht wahr? Das da haben Sie sich also nicht an der Oberfläche geholt. Und Sie, Nikolai Iwanowitsch?« Der Major betastete erneut seine Wangen, während er Homer mit dessen richtigen Namen ansprach. »Ihre Hände, seien Sie so gut. Danke. Ja, daran erkennt man den wahren Intellektuellen.«

Während er nachdachte, knetete er seine Finger. Sie waren dick und stark. Es war, als hätte er mit ihnen etwas getan, wovon sie angeschwollen waren und schmerzten. Vielleicht hatte er lange eine mechanische Taschenlampe antreiben müssen?

Die Raritätenuhr wanderte mit gleichmäßigem Ticken die Zeit entlang: t-k, t-k, t-k, t-k. Schweigend erduldeten alle das Geräusch der Uhr. Die Stahltür schnitt sämtliche Stimmen von außen ab. Ohne das abgehackte, deutlich hörbare Ticken wären sich die Männer in dem Raum vorgekommen, als wären sie nach einer Explosion ertaubt.

Plötzlich kam Boris Iwanowitsch wieder zu sich.

»Darf ich fragen, welchem Zweck Ihr Aufenthalt in der Hanse dient?«

»Transit«, antwortete Artjom.

»Mit dem Ziel?«

»Zur *Teatralnaja* zu gelangen.«

»Sie sind sich im Klaren, dass die Einfuhr nicht zertifizierter Funkgeräte in das Hoheitsgebiet der Hanse verboten ist?«

»So etwas gab es noch nie!«

»Ich bitte Sie. Wahrscheinlich haben Sie es früher nur nicht versucht, Artjom Alexandrowitsch.«

Der Vatersname ließ Artjom kurz zusammenzucken. Den ersten Pass hatte ihm Suchoj ausgestellt. Den Namen von Artjoms richtigem Vater kannte er nicht. Nicht einmal den seiner Mutter hatte er verstanden. Den hätte Artjom selbst eigentlich wissen müssen, aber er hatte ihn vergessen. Onkel Sascha hatte seinen eigenen als Vatersnamen eingetragen, und Artjom hatte nicht den Mumm gehabt, ihm zu widersprechen. So blieb der Vatersname Alexandrowitsch hängen. Den Nachnamen änderte er später. Als Melnik ihm neue Dokumente ausstellen ließ.

»Noch eine Frage: Laut Stempel leben und arbeiten Sie an der *WDNCh*, aber ausgestellt wurde der Pass in der Polis. Müssen Sie viel reisen? Sind Sie oft dort?«

»Ich hab ein Jahr dort gelebt. Ich hatte einen Job dort.«

»Nicht zufällig an der *Biblioteka imeni Lenina*?«

»Doch.«

»In der Nähe der Roten Linie?«

»Nein, eher in der Nähe der Bibliothek selbst.«

Swinolup lächelte verbindlich.

»Und zur *Teatralnaja* wollen Sie wohl, weil diese in der Nähe des Theaters ist? Nicht weil beide Übergangsstationen zur Roten Linie gehören? Verstehen Sie mich nicht falsch, es interessiert mich nur. Rein dienstlich.«

»Fast. Es geht um einen geplanten Aufstieg an die Oberfläche. An der *Teatralnaja*.«

»Mit einem Armeefunkgerät. Natürlich. Und an wen wollen Sie von dort aus verschlüsselte Meldungen abgeben? An das

Ballettensemble? Oder sollte ich besser Skelettensemble sagen, ha-ha …«

»Hören Sie«, unterbrach Artjom. »Wir haben nichts mit den Roten zu tun. Ich habe Ihnen bereits erklärt, dass ich Stalker bin. Das sieht man ja auch so, oder nicht? Am Gesicht, an den Haaren. Ich brauche nachts auf dem Klo kein Licht mehr anzuschalten. Ja, ich habe ein Funkgerät dabei. Und, was ist daran so schlimm? Was, wenn ich da oben feststecke? Wenn irgendwas mich zum Frühstück verputzen will? Darf ich dann nicht mal mehr jemanden zu Hilfe rufen?«

»Gäbe es denn jemanden?«, fragte Boris Iwanowitsch.

Er neigte sich vor, aus dem Schatten heraus. Sofort wurde klar, warum er ständig sein Gesicht berührt hatte. Es war komplett von tiefen Schrammen durchzogen, die bereits angeschwollen waren und aus denen Blutserum heraustropfte. Eine der Schrammen durchpflügte schräg eine Augenbraue und dann – weiter unten – seine Wange, als hätte jemand versucht, dem Major ein Auge auszukratzen, das er gerade noch rechtzeitig hatte schließen können.

Das war also das klebrige Zeug an den Fingern: der Saft, der aus diesen Kratzern trat. Sie waren ganz frisch, noch nicht vernarbt; etwas war mit dem Major passiert, nur wenige Minuten bevor er sie festgenommen hatte.

Ich bin in Eile aufgebrochen …

»Vielleicht schon«, antwortete Artjom langsam.

Sollte er ihn fragen: Was ist mit Ihrem Gesicht passiert, Boris Iwanowitsch? Was würde das jetzt bringen? Nichts, höchstens eine Minute Ablenkung.

»Nun, dann sollten Sie die Person vielleicht jetzt kontaktieren?«

Boris Iwanowitsch lächelte, was ihm wegen der Schrammen nicht besonders gut gelang.

»Sie könnten gut Hilfe gebrauchen. Registriert sind Sie an der einen Station, Ihre Dokumente sind aber von einer anderen ausgestellt worden. Sie führen eine Schusswaffe mit sich. Mit drei Ersatzmagazinen. Und einem verbotenen Funkgerät. Sie verstehen mich doch? Dieses Funkgerät da … Wir haben allen Grund, Sie festzunehmen, Artjom Alexandrowitsch. Bis die Umstände geklärt sind, sozusagen.«

Sollte er sich rechtfertigen? Diesem Mann erklären, wozu er, Artjom, das Funkgerät brauchte? Swinolups Antwort konnte er sich denken: Seit über zwanzig Jahren hat es keine Signale mehr gegeben, keinerlei Anzeichen, dass noch jemand anders überlebt hat. Wen wollen Sie auf den Arm nehmen, Artjom Alexandrowitsch?

Der Major kam hinter seiner Brustwehr hervor und marschierte mit seinen schmutzigen Stiefeln über das von der Zeit und der Dunkelheit halb erblindete Muster des Teppichs bis in die Mitte des Zimmers.

»Und Sie auch, Nikolai Iwanowitsch … Vielleicht haben Sie ja etwas zu erzählen? Nicht unbedingt hier, in Anwesenheit dieses jungen Mannes. In Ihrem Gepäck ist außer einem Tagebuch nichts weiter gefunden worden. Will sagen: Ihre netten Kritzeleien lassen sich natürlich unterschiedlich auslegen. Möglich, dass dies Ihre ›Nestorchronik‹ ist, aber vielleicht schreiben Sie ja auch gerade einen Bericht an die Staatssicherheit der Roten Linie. Nicht wahr?«

Homer zog den Kopf zwischen die Schultern, hielt seine Zunge im Zaum, versuchte aber auch nicht, sich von Artjom loszusagen. Also zog Swinolup die Daumenschrauben noch ein wenig an:

»Nun, wie Sie wollen. Die Zeiten sind hart, und harte Zeiten erfordern harte Entscheidungen. Sie verstehen, was ich meine?«

Artjom suchte die Antwort irgendwo unten, auf dem räudigen Teppich.

Unter dem Tisch lugten verloren die Plüschpantoffeln hervor. Irgendwie schienen sie nicht zu diesem Büro zu gehören.

Zu klein für Boris Iwanowitschs stattliche Füße.

Weiblich?

»Sicherlich haben Sie für all das eine Erklärung. Aber bislang kenne ich diese ja nicht. Versetzen Sie sich in meine Lage: Ich muss mir meine eigene Version zurechtlegen. Und die Version, die sich vor meinen Augen bislang abzeichnet …«

Er war in Eile aufgebrochen. Hatte es nicht geschafft, die Pantoffeln wegzuräumen. Das Gesicht blutig zerschrammt. Wer hat ihn so …, dachte Artjom, anstatt darüber nachzudenken, wie er sich verteidigen könnte. Eine Frau. Mit den Fingernägeln. Übers ganze Gesicht. Sie wollte ihm das Auge auskratzen. Und das war kein Spiel. Was hatte er mit ihr gemacht?

»Dass Sie, meine Herren, versucht haben, durch Bestechung einer Amtsperson und unter Umgehung der Grenzkontrolle auf das Hoheitsgebiet der Hanse zu gelangen. Natürlich mit dem Ziel der Spionage, denn die Hanse ist für Sie der Feind. Oder vielleicht, um einen Terroranschlag vorzubereiten?«

Was hatte er mit ihr gemacht?

Die verfluchte Lampe geizte mit dem Licht, und in dem Dämmerschein war nicht zu erkennen, ob das Teppichmuster vielleicht blutrote Flecken umspielte. Die Junggesellenbude machte einen aufgeräumten Eindruck, hier war nicht gekämpft worden, niemand hatte sich auf dem Boden gewälzt oder Möbel umgestoßen. Aber die Pantoffeln … Die Pantoffeln hatten weit voneinander entfernt gelegen. Also war sie hierhergekommen. Man hatte sie hierhergebracht ... Die Tür war mit dem gleichen metallischen Schlag zugefallen, der Schlüssel hatte sich im Schloss gedreht. So wie vorhin.

»Die Hanse hat nicht wenige Feinde. Alles Neider. Aber das Funkgerät ... Ein nicht deklariertes, nicht zertifiziertes, eingeschmuggeltes Funkgerät ... Was bedeutet das? Das bedeutet, Sie sind nicht allein. Ihr unzulässiges Eindringen ist Teil irgendeines Plans. Jemand wollte Ihre Aktionen koordinieren. Sich heimlich im Hoheitsgebiet des Rings festsetzen, hier irgendwelche Bunker einrichten, möglicherweise Verbindungsleute treffen, um von ihnen falsche Dokumente zu erhalten und dann im Untergrund verschwinden, auf den Einsatzbefehl warten ... Um zur vereinbarten Stunde zusammen mit anderen Schläfern in Aktion zu treten.«

Homer hatte seine durchsichtigen, ehrlichen Augen auf Artjom geheftet. Aber dieser weigerte sich, zu antworten, ließ seinen Blick an ihm vorübergleiten.

Wer war sie? Was war mit ihr passiert?

»Ihrem Schweigen entnehme ich, dass Sie mir nichts zu entgegnen haben. Ich habe also die Wahrheit erraten?«

Das Büro hatte nur diesen einen Ausgang. Nur diese Tür, deren Polsterung jegliches Geräusch erstickte. Der Tisch. Die Uhr. Das Telefon. Die Ikone. Das Bett mit dem Vorhang in der Ecke. Das Bett. Mit der Decke aus Kunstfaser. Was, wenn darauf ... Der Vorhang war dick und undurchsichtig, und dahinter ... auf dem Bett ...

»Nun?«

Artjom öffnete den Mund, um ein Geständnis abzulegen. Swinolup richtete sich auf und erstarrte, ohne ein weiteres Wort

120

zu sagen. Die Tschekistenuhr zog die Zeit noch ein Stück weiter. T-k. T-k. T-k. Homer holte tief Luft und wagte kaum zu atmen.

Keiner atmete mehr.

Sie hatte mit letzter Kraft versucht, dem Major das Auge auszukratzen, weil er sie ermorden wollte. Vielleicht hatte er sich auf sie geworfen … und sie erwürgt.

Dieser Vorhang. Dahinter. Das gemachte Bett. Direkt darauf. Wo er schläft.

Tot. Oder vielleicht doch noch am Leben?

Sollte er aufspringen? Den Vorhang zurückreißen? Losbrüllen? Eine Schlägerei anfangen?

Keiner atmete. Und wenn das Bett leer war?

»Welche Botschaft wollten Sie senden?« Der Major schien die Geduld zu verlieren. »An wen? Von wo aus?«

Artjom starrte ihn wie versteinert an. Schmutziges Tiefenwasser flutete seinen Kopf, der vor Schmerz zu bersten drohte.

Wer war sie? Wer war diese Frau? Wofür hatte er sie …

Er musste etwas tun. Sie durften hier nicht bleiben. Und dieser Vorhang … Ging ihn das alles überhaupt etwas an?

Artjom erhob sich halb. »Du willst mir also wirklich Spionage vorwerfen, Major? Für die Roten?«

Swinolup holte aus dem Nichts eine kleine, matt schimmernde Makarow hervor, legte sie neben sich auf den Tisch, die schwarze Pupille genau auf Artjom gerichtet. Jetzt war es zu spät zum Rückzug. Er musste die gepolsterte Tür aufbekommen. Er musste unbedingt raus aus dieser behaglichen kleinen Wohnung. Und er musste den Alten hier rausbringen.

»Du hast also Schwielen an mir gefunden, ja? Schmauchspuren? Na gut. Ich sag dir, woher die Schwielen kommen. Erinnerst du dich an die Sache mit dem Bunker letztes Jahr? Solltest du eigentlich. Und an Korbut von der Roten Linie? Solltest du auch. Ist schließlich dein Kollege. Die Geschichte, als der Orden die Hälfte seiner Kämpfer verlor? Weil sie die Verteidigung gegen die Roten aufrechterhielten. Gegen eure Feinde, ja, eure! Wenn die sich nämlich den Bunker geholt hätten … Von euch, von der Hanse, haben wir damals Hilfe angefordert, weißt du noch? Als wir dachten, dass wir es allein nicht mehr schaffen! Aber bei euch Mistkerlen waren damals gerade leider alle Kräfte an irgendeiner unsichtbaren Front gebunden. Und genau daher kommen diese Schwielen! Von demselben Ort, an dem sich Melnik seinen Rollstuhl geholt hat!«

»Krempeln Sie Ihren Ärmel hoch«, befal der Major mit veränderter Stimme.

Mit verzerrtem Grinsen befolgte Artjom die Anweisung.

Wenn nicht wir, wer dann?

Die Tätowierung war bereits grau geworden.

Boris Iwanowitsch räusperte sich.

»Nun, zumindest die Sache mit dem Pass wäre damit geklärt.«

»Sonst noch Fragen?«

»Sie sollten nicht so nervös reagieren. Ich hatte schließlich gute Gründe, Sie hier zur Klärung festzusetzen. Sie wissen das vielleicht nicht, aber wir stehen kurz vor der Ausrufung des Notstands. Allein letzte Woche wurden hier fünfzehn Agenten der Roten Linie enttarnt und unschädlich gemacht. Spione, Saboteure und Terroristen. Der Orden ist natürlich mit anderem beschäftigt. Das verstehe ich. Aber bei allem Respekt: Ihr Orden versteht einfach nichts von Spionageabwehr. Sie mögen glauben, dass das Schicksal des Planeten allein in Ihren Händen liegt. Offenbar denken Sie, der Friede und die Stabilität der

122

Hanse verstehen sich von selbst. Aber wenn ich Ihnen sage, dass wir erst gestern jemanden aufgegriffen haben, der sich bereits Zugang zu unserer Wasserversorgung verschafft hatte? Und bei dem wir zwanzig Kilo Rattengift sichergestellt haben? Wissen Sie, wie qualvoll man an Rattengift verreckt? Oder dass genau so ein harmlos erscheinender Kothändler wie Ihr Begleiter neulich in demselben Fass, in dem sich seine Ware befand, eine Panzermine in die *Belorusskaja* eingeschmuggelt hat? Wenn man die an der richtigen Stelle anbringt, wissen Sie, was dann passiert? Und das sind ja nur die Saboteure. Provokateure dagegen greifen wir haufenweise auf. Agitatoren. Erst nörgeln sie herum, dass hier Ungerechtigkeit herrscht, dass die Reichen immer reicher werden und die Armen immer ärmer, dass die Hanse angeblich die Unternehmer drangsaliert oder dass die Arbeiterschaft in der ganzen Metro unter uns Blutsaugern leidet … Irgendwann kommen dann noch die Flugblätter – hier, bitte!«

Er legte Artjom ein graues Blatt Papier hin, auf dem die Metrokarte als Spinnennetz dargestellt war. Auf dem Rücken der fetten Spinne, die im Zentrum saß, stand »HANSE«.

»Drehen Sie mal um, was auf der anderen Seite steht: ›Gib es deinem Genossen weiter!‹, oder ›Komm zur Versammlung!‹ Ja, so ist das. So entstehen diese kleinen Zellen. Na, zählen wir schon eins und eins zusammen? Da bereitet jemand vor unserer Nase eine Revolution vor, verstanden? Tag und Nacht. Waren Sie schon mal bei denen, frage ich Sie? Wissen Sie, was uns allen hier blüht, wenn … Denen sind sogar die Kugeln zu schade. Stattdessen prügeln sie uns mit irgendwelchen Eisenstangen tot. Dabei werden all die Menschen, die diese Revolutionäre zu ihrem Glück zwingen wollen, sich früher oder später gegenseitig auffressen –

und am besten auf Essensmarken. Da, bitte! Alle Macht den Sowjets! Und was können Sie gegen einen Volksaufstand ausrichten? Über wie viel Mann verfügt der Orden noch? Dreißig? Vierzig? Eine Sondereinheit, schon klar, Helden, ›wenn nicht wir, wer dann‹ – natürlich. Aber was können Sie gegen eine von Provokateuren angeheizte, wütende Masse ausrichten? Werden Sie auf Frauen schießen? Auf Kinder? Nein, mein Freund! Ihr kennt euch vielleicht im Nahkampf aus oder bei der Erstürmung von Wehranlagen, aber leider gibt es im Leben nicht nur das. Hast du denn überhaupt eine Ahnung, wie viele unterschiedliche Lebenssituationen es gibt?«

T-k. T-k. T-k.

Boris Iwanowitsch faltete die Hände vor sich auf dem Tisch. Dies schien ihn an etwas zu erinnern, und er betrachtete nachdenklich seine dicken, starken Finger. Dann betastete er erneut seine Wange.

»Was willst du an der *Teatralnaja*?«, fragte er noch einmal, diesmal mit ruhiger Stimme. Dann deutete er mit dem Kopf auf Homer. »Und wer ist der da?«

»Ich bin in Melniks Auftrag unterwegs«, antwortete Artjom. »Wenn Sie wollen, kontaktieren Sie ihn und fragen bei ihm nach. Ich bin dazu nicht befugt. Der Alte hier führt mich. Unser Ziel ist die *Pawelezkaja*.«

Bei dem Namen Melnik musste Homer blinzeln. Er wusste ja, wohin jener Artjom tatsächlich geschickt hatte. *Den Verstand verloren.* Auch er wusste nicht alles. Die Tätowierung war geblieben. Aber wenn jemand Melnik verriet, dass Artjom nach wie vor dem Orden diente … Wenn jemand jetzt tatsächlich diesen kantigen Hörer abnahm und darum bat, mit Melnik verbunden zu werden …

»Er führt Sie, soso«, wiederholte der Major gedehnt und verzog das Gesicht zu einem Grinsen. »Ist aber ein bisschen alt dafür, oder? Und was ist mit dem Broker?«

»Der Broker … gehört zu uns.«

»Gehörte. Jetzt bleibt er erst mal hier. Schließlich hat er Sie durch den Wachposten geschleust, nicht wahr? Entgegen den Bestimmungen der phytosanitären Quarantäne? Irgendjemand muss den Beamten der Gemeinschaft der Ringlinie ja bestochen haben, nicht wahr? Wenn nicht Sie, wer dann, sozusagen?«

»Nein.« Artjom schüttelte den Kopf. »Der Broker gehört zu uns.«

Swinolup hörte nicht hin.

»Der Broker wird sich also mit uns … unterhalten müssen. Und Sie lasse ich mit einem Transport zur *Nowoslobodskaja* bringen. Auf dem schnellsten Weg. Eine Sorge weniger.«

Homer schielte zu Artjom hinüber. Dieser brachte es nicht übers Herz, den einfältigen Kerl zurückzulassen. Nicht bei diesem Boris Iwanowitsch. Nicht in diesen unruhigen Zeiten.

»Du lässt uns alle gehen. Oder wir rufen jetzt Melnik an.«

Swinolup klopfte mit den Fingern auf den Tisch, ließ die kleine, schwere Makarow kreiseln, machte mit einer Hand eine Faust und öffnete sie wieder.

»Du drohst mir mit Melnik?«, sagte er schließlich. »Dabei würde gerade der mich verstehen. Melnik ist Offizier, genau wie ich. Das wäre einfach dumm. Wir haben doch die gleichen Feinde. Wir sollten gemeinsam kämpfen, Seite an Seite. Ihr auf eure Art und wir auf unsere. Wir schützen die Metro vor dem Chaos. Wir bewahren sie vor dem großen Blutvergießen. Jeder auf seine Weise.«

Es war heiß. Keine Luft zum Atmen. Trübes Wasser pochte in den Ohren. Keine Luft, drehte es sich ständig in seinem Kopf. Die Liege in der Ecke mit dem Vorhang. Die Pantoffeln unter dem Tisch. Einfach diesen verfluchten Vorhang packen und … zur Seite ziehen.

»Du lässt uns alle gehen«, wiederholte Artjom. »Alle drei.«

»Bis zur *Nowoslobodskaja*. Das ist mein Bereich. Auf der anderen Seite sind Fremde. Und ich will nicht jedem erklären müssen, was es mit dir, dem Broker und deinem Melnik auf sich hat. Irgendwer steckt es der Obrigkeit sowieso. Und das gibt wieder jede Menge Aktenarbeit.«

»Sofort«, legte Artjom nach.

»Ach, der Herr hätt's gern sofort …«

T-k. T-k. T-k. Die beiden Heiligen in der Ecke berieten sich flüsternd, die blanken Schwerter gezückt. Homer versuchte, sich mit dem Handrücken den Schweiß von der Stirn zu wischen, doch bekam er damit die Stirn nicht trocken.

Endlich nahm Boris Iwanowitsch den Hörer des flachen Tastaturtelefons ab.

»Agapow! Den Broker zum Ausgang. Ja. Das war's. Was? Was ist mit Leonow? Na, dann gib's ihm eben. Gute Arbeit will entlohnt werden. Ja. Genau der, ein Märchenonkel von Gottes Gnaden! Besonders gut kriegt er das mit den Unsichtbaren Beobachtern hin … Da kannst du dich einfach nicht losreißen!« Er lachte auf. »Ja. Und erledige das mit dem Broker.«

Artjom stieß Homer gegen die Schulter: Wir gehen. Der Alte erhob sich, aber langsam, als ob er an etwas festhinge.

»Gebt uns unsere Sachen zurück«, sagte Artjom.

»An der Grenze«, versprach Boris Iwanowitsch, wieder ernst. »Am Ende entkommt ihr uns noch und versteckt euch irgendwo. Schließlich haben wir die Einzelheiten eurer Mission nicht geklärt. Aber keine Sorge. An der Grenze bekommt ihr alles zurück.«

Bevor er das Büro abschloss, ließ er noch einen routinemäßigen Blick durch den Raum schweifen. Alles dort war in Ordnung. Flüchtig sah Boris Iwanowitsch zu der Ecke mit der Ikone hinüber, stieß vor den Schwertträgern mit den Heiligenscheinen wie vor einem Kommandeur militärisch die Hacken zusammen und löschte das Licht. Artjom blickte ein letztes Mal über die Schulter auf den Vorhang. Geht mich nichts an, sagte er zu sich.

»An der Gre-e-enze wandern düstre Wo-o-olken ...«, begann Swinolup leise vor sich hin zu singen.

Die Ringstation *Prospekt Mira* trug ein völlig anderes Gesicht als ihr siamesischer Zwilling. Starrte die Radialstation blind in die Dunkelheit, so kniff die Ringstation geblendet die Augen zusammen. Während die Radialstation vollgestopft war mit Auslagen, Kiosken, haufenweise Trödel und Gebrauchsartikeln und überhaupt aussah wie ein Penner, der sich auf einer Müllhalde neu eingedeckt hatte, so hatte sich die Ringstation, obwohl durch den Übergang quasi mit ihrem Nachbarn verwachsen, bei ihm trotzdem keine Läuse geholt. Das schwarz-weiße Schachbrettmuster des Bodens war geschrubbt und poliert, das Blattgold an der Decke erneuert, und selbst dem inzwischen recht verrußten rautenförmigen Kassettenmuster sah man deutlich an, dass es einst schneeweiß gewesen war. Schwere Messinglüster mit unzähligen Lampen hingen von dort herab. Zwar brannte jeweils nur eine davon, doch das genügte vollauf, um die Station lückenlos auszuleuchten.

Ein Teil des Bahnsteigs wurde als Frachtterminal genutzt. Neben einem Hebekran, der sich über eine Draisine beugte, rauchten Packer in Blaumännern etwas Aromatisches, offenbar kein billiges Zeug. Kisten waren in geraden, disziplinierten Reihen aufgeschichtet, gerade kam aus dem Tunnel ein weiteres, mit Ballen beladenes Fuhrwerk an, gut gelaunte Flüche waren zu hören. Die Arbeit war in vollem Gang, das Leben stand im Saft.

Die Wohnungen der Ansässigen befanden sich in den bogenförmigen Durchgängen zum Bahnsteig, damit sie nicht den Mittelsaal besetzten und dessen Schönheit verdarben: Die Durchgänge waren mit Ziegeln vermauert und sogar weiß verputzt, schmale Türen ermöglichten den Zugang von der Innenseite, und daneben waren sogar kleine Fenster angebracht, die auf die Leuchter hinausgingen. Blickte man durch die Vorhänge nach draußen, konnte man sich mit etwas Fantasie eine Abendstimmung einbilden. Und klopfte von draußen jemand an die Tür, so zog man erst die Vorhänge beiseite, um nachzusehen, bevor man aufmachte. Die Menschen hier waren sauber, anständig gekleidet und gut genährt. Der *Prospekt Mira* gehörte sicher zu den Stationen, an denen ein Paradies auf Erden noch möglich war.

Boris Iwanowitsch hatte sich von ihnen verabschiedet, bevor sie ins Licht traten: Er entschuldigte sich, er müsse jetzt doch einmal den Notarzt aufsuchen. An seine Stelle trat aus einem der Diensträume ein schnauzbärtiges Männchen mit so anständigem wie gewöhnlichem Äußeren, den Broker Ljocha im Schlepptau. Dessen Lippe war aufgeplatzt, aber seinem Grinsen tat dies keinen Abbruch.

»Du fährst mit uns zur *Nowoslobodskaja*«, teilte ihm Artjom mit. »Und dann zur *Mendelejewskaja*.«

»Wohin auch immer!«, erwiderte Ljocha.

Das Männchen zog seinen verwaschenen Strickpullover zurecht, der natürlich nicht Teil einer Uniform war, sondern mit seinem Schneeflockenmuster einen geradezu häuslichen Eindruck machte. Dann klopfte er Ljocha auf die Schulter und bedeutete den dreien, ihm zu folgen. Von außen betrachtet, mochte es scheinen, als gingen da vier Freunde den Bahnsteig entlang. Vier Freunde, die miteinander scherzten, während sie an einem Zwischenhalt eine Rauchpause einlegten.

Exakt zur vorbestimmten Zeit traf einer der berühmten Schienenbusse der Ringlinie ein: eine rauchende Motordraisine mit angehängtem kleinem Passagierwaggon. Dieser hatte zwar kein Dach, dafür aber gepolsterte Sitze, die aus einem Metrozug herausgeschraubt worden waren. Der Zugbegleiter sammelte für jeden zwei Patronen ein: Das Pullovermännchen bezahlte für die ganze Gruppe. Sie setzten sich einander gegenüber, und schon zog die Draisine an.

Der Waggon war bis auf den letzten Platz besetzt. Links von ihnen saß ein schon leicht in die Jahre gekommenes Weib mit gebleichten Haaren und Kropf. Rechts ein finster dreinblickender, nachlässig gekleideter Bürger mit großer Nase. Hinter ihnen ein übernächtigter junger Vater mit Ringen unter den Augen, auf den Armen ein schnaufendes Bündel, dann ein Mann mit schlichtweg unanständigem Wanst, und ein etwas dunkelhäutiges, vielleicht sechzehnjähriges Mädchen, dessen Rock keusch bis zum Boden reichte. Dann noch weitere Leute, und ganz am Ende wie auch an der Spitze der Draisine Männer mit Maschinenpistolen und Kevlarwesten sowie Titanhelmen auf den Knien. Sie dienten jedoch nicht nur Artjom als Begleitschutz. Selbst hier, in der Hanse, mit ihrem ständigen Verkehr und der niemals erlöschenden Beleuchtung, konnte in den Tunneln alles Mögliche passieren.

»… und dann auch noch dreißig Kilo Rattengift dabei!« Die stark geschminkte Alte mit dem Kropf setzte offenbar ein Gespräch aus dem vorherigen Tunnel fort. »Sie haben ihn im letzten Moment geschnappt.«

»Was für ein Monster!«, polterte der Dicke. »Mit Rattengift! Man sollte dieses Schwein zwingen, es selbst zu fressen. Wie viele von denen müssen wir noch ertragen? Neulich ist doch der eine von den Roten übergelaufen, von der … von der *Sokolniki*. Er sagt, dass sie dort schon ihre eigenen Kinder fressen! Er ist der Antichrist, dieser Moskwin. Und jetzt will er uns alle holen! Satan!«

»Na ja, also das mit den Kindern …«, sprach der übernächtigte Vater mit dem Bündel gedehnt. »Niemand würde doch seine eigenen Kinder essen.«

»Was verstehst du schon vom Leben!«, grunzte der Fettwanst zurück.

Doch der andere gab nicht klein bei: »Die eigenen Kinder – nein, dazu ist doch keiner imstande.«

»Wenn sie erst mal hier sind, werden wir es ja erfahren«, mischte sich ihr Begleiter im Pulli ein.

»Es wird immer schlimmer!«, rief das Weib mit dem Kropf dazwischen. »Wisst ihr noch, letztes Jahr? Die Geschichte mit dem Bunker? Der Orden hat damals gerade noch standgehalten. Was wollen die eigentlich von uns?«

»Die krepieren vor Hunger!« Der Dicke rieb sich den enormen Wanst. »Genau deshalb stehen sie jetzt vor unserer Tür. Sie wollen uns alles wegnehmen und aufteilen.«

»Das verhüte Gott!«, flehte eine greise Stimme von ganz hinten.

»Ich hab einmal an der Roten Linie umsteigen müssen. Da ist überhaupt nichts Schlimmes zu sehen. Sogar eigentlich ganz or-

130

dentlich. Sind alle mustergültig angezogen. Man will uns doch nur Angst einjagen!«

»Bist du mal einen Schritt über die Pufferzone hinausgegangen? Ich nämlich schon! Da haben sie mich gleich in den Polizeigriff genommen, fehlte nicht viel, und sie hätten mich an die Wand gestellt. Die ganze Ordnung dort ist nämlich nur Fassade, jawohl!«

»Die sind doch einfach zu faul zum Arbeiten«, kommentierte der mit der langen Nase. »Wir tragen hier alle etwas bei. Mehr als zwanzig Jahre buckeln wir schon. Die dagegen … wie die Heuschrecken. Natürlich, jetzt brauchen sie neue Stationen, ihre eigenen haben sie ja schon kahlgefressen. Die verputzen uns, so schnell können wir gar nicht schauen.«

»Aber was haben wir damit zu tun? Warum müssen wir herhalten?«

»Wir haben doch gerade erst angefangen, wie normale Menschen zu leben!«

»Hauptsache, es gibt keinen Krieg … Bloß das nicht …«

»Sollen sie doch ihre eigenen Kinder fressen, aber uns in Ruhe lassen! Was haben wir damit zu tun …«

»Ach, Gott bewahre! Lass das nicht zu!«

Die ganze Zeit über zuckelte die Draisine friedlich und ohne Eile durch den Tunnel. Der Rauch, den sie dabei ausstieß, roch angenehm nach Benzin, wie in der Kindheit. Es war ein vorbildlicher Tunnel: trocken, schweigsam und alle hundert Meter mit einer Energiesparlampe beleuchtet.

Dann wurde es auf einmal stockdunkel.

Im gesamten Tunnel. Die Lampen erloschen, und es war, als wäre Gott eingeschlafen.

»Bremsen! Bremsen!«

Die Bremsen quietschten, sodass das bekropfte Weib, der Mann mit der großen Nase und all die anderen, die in der Dunkelheit nicht zu unterscheiden waren, wahllos durcheinanderpurzelten. Das Kleinkind miaute auf und schrie sich in Fahrt. Der Vater war ratlos, wie er es beruhigen sollte.

»Alle bleiben auf ihren Plätzen! Keiner verlässt die Draisine!«

Mit einem Klick flammte eine Taschenlampe auf, dann noch eine. In den hüpfenden Lichtstrahlen konnte man sehen, wie sich die Kevlarkämpfer mit fahrigen Bewegungen ihre Helme aufsetzten, zögerlich auf die Gleise hinabstiegen und einen Ring um den Schienenbus bildeten, sich zwischen den Leuten und dem Tunnel aufstellten.

»Was?«

»Was ist passiert?!«

Das Funkgerät eines der Kevlarjungs begann zu knistern, er wandte sich von den Passagieren ab und murmelte eine Antwort. Wartete vergeblich auf einen Befehl, und da er ohne diesen nicht wusste, was er tun sollte, blieb er hilf- und reglos stehen.

»Was ist dort?«, fragte Artjom.

»Lass gut sein, hier kann uns nichts passieren«, entgegnete der Pullover sorglos. »Oder seid ihr irgendwo verabredet?«

»Also, eigentlich würde ich schon gern …«, nuschelte Ljocha und lutschte an seiner Lippe.

Homer schwieg angespannt.

»Ich bin schon verabredet!« Der Mann mit dem schreienden Bündel erhob sich. »Ich muss dieses Kind hier zu seiner Mutter bringen! Oder soll ich ihm vielleicht selbst die Brust geben?«

»Jungs, was ist denn da los?«, wandte sich die gebleichte Tante mit wallendem Kropf an die Wachleute.

»Bleiben Sie sitzen«, entgegnete einer der Kevlarjungs hart. »Wir warten, bis die Situation geklärt ist.«

Eine Minute dehnte sich wie eine Saite. Dann die zweite.

Das Bündel, das der ungeschickte Vater nicht zu trösten vermochte, hatte inzwischen zu kreischen begonnen. Vom Kopfende der Draisine her leuchteten ihm Millionen von Kerzen entnervt in die Augen, auf der Suche nach der Quelle für das Geschrei.

»Leuchtet euch doch in den Arsch!«, rief der Vater. »Nichts bringen sie zustande! Sollen doch die Roten hier alles übernehmen, vielleicht sorgen die ja für Ordnung! Jeden Tag wird hier der Strom abgeschaltet!«

»Worauf warten wir?«, kam Unterstützung von hinten.

»Hast du's noch weit?« In der Stimme des Pullovers schwang Mitgefühl mit.

»Bis zum *Park kultury*. Noch die halbe Metro! Jaja, ist ja gut … Ganz ruhig …«

»Los, fahren wir wenigstens im Schritttempo weiter!«

»Wir fahren doch nicht mit Strom! Mach schon an! Nur noch bis zur Station, und dann …«

»Was, wenn es Sabotage ist?«

»Und was macht unser Sicherheitsdienst? Wo ist er, wenn man ihn braucht? Das musste ja passieren …«

»Ja, geht es denn jetzt schon los, großer Gott?!«

»Ich sag doch, wenigstens im Schritttempo! Ganz langsam …«

»Und dafür zahlen wir Steuern!«

»Wir warten auf Anweisungen«, murmelte der Kämpfer in sein Funkgerät, doch am anderen Ende war nur heiseres Rauschen zu vernehmen.

»Sabotage, ist doch klar!«

»Und was ist das da?« Der Pulli kniff die Augen zusammen und deutete mit dem Finger ins Dunkel. »Leuchte mal da rüber …«

Einer der Kevlarmänner folgte seiner Handbewegung mit der Taschenlampe – und traf auf ein schwarzes Loch. Vom Tunnel zweigte ein Gang ab, ein enger Korridor.

»Was ist das jetzt schon wieder?«, wunderte sich der Pulli.

Der Mann mit der Kevlarweste schnitt ihm mit dem Lichtstrahl direkt in die Augen.

»Nur keine Abenteuer, mein Herr«, sagte er scharf. »Wer weiß.«

Der mit dem Pulli war keineswegs beleidigt. Er schirmte seine Augen mit der Hand ab und machte sich damit lichtunempfindlich.

»Da fallen einem doch gleich die Unsichtbaren Beobachter ein … Kennt ihr die Geschichte?«

»Wie?«

»Na … Von der Metro-2. Dass die Regierung … Die alte Führung Russlands … als es noch groß war, meine ich. Dass sie nie weg waren. Nicht geflohen sind. Nicht umgekommen. Sich nicht irgendwo in den Ural abgesetzt haben.«

»Das mit dem Ural habe ich gehört. Jamandau, oder wie das hieß. Eine Stadt unter dem Berg. Da sind die doch alle schnurstracks hin! Nach dem Motto: Lasst den Plebs doch verfaulen, wir sind schließlich die ersten Leute im Staat … Angeblich leben sie noch immer dort.«

»Quatsch! Von wegen, die haben uns sitzen gelassen. Niemals hätten sie uns verraten, uns, das Volk. Die sind immer noch hier. In irgendwelchen Bunkern nebenan. Um uns herum. Da sind schon eher wir die Verräter. Weil wir sie vergessen haben. Und deswegen haben sie sich von uns ... abgewandt. Aber hier irgendwo ... warten sie. Und kümmern sich immer noch um uns. Sorgen sich um uns. Denn wir sind für sie wie Kinder. Vielleicht befinden sich ihre Bunker genau hinter den Mauern unserer Stationen. Und ihre geheimen Tunnel verlaufen neben unseren. Direkt um uns herum. Sie beobachten uns. Und eines Tages, wenn wir es wieder verdient haben ... werden sie sich an uns erinnern. Und uns retten. Sie werden aus der Metro-2 herauskommen und uns retten.«

Auf der Draisine war es still geworden, alle starrten in den schwarzen Gang, den lichtlosen Abgrund. Dann begannen sie untereinander zu flüstern.

»Ja, weiß der Teufel ...«

»Das ist doch totaler Bockmist!«, warf Artjom wütend ein. »Ketzerisches Geschwätz! Ich bin selber in dieser Metro-2 gewesen.«

»Und?«

»Nichts. Leere Tunnel. Leere Tunnel und ein Haufen Wilder, die sich von Menschenfleisch ernähren. Das sind sie, eure Beobachter. Also bleibt sitzen und wartet. Man wird uns hier schon rausholen.«

»Ich weiß nicht«, meinte der Pulli schmunzelnd. »Ich bin kein besonders guter Erzähler. Aber du solltest mal dem Typen zuhören, der mir das Ganze berichtet hat. Das hat mich richtig reingezogen!«

»Wirklich, Menschenfresser?« Es war der Vater mit dem Bündel, der jetzt bei Artjom nachhakte.

In diesem Augenblick ging das Licht wieder an.

Die Wachleute erhielten ihren per Funk gemurmelten Segen. Die Draisine fuhr niesend an. Die Räder quietschten. Es ging weiter.

Die Leute atmeten auf, sogar das Kind war jetzt wieder ruhig. Als sie an dem schwarzen Gang vorbeischwammen, schauten alle leicht verängstigt hinein.

Der Gang erwies sich als Abstellkammer. Als Sackgasse.

Die *Nowoslobodskaja* war eine einzige, endlose Baustelle. Auf dem freien Gleis stand eine mit Säcken beladene Karawane – wahrscheinlich Sand oder Zement; Ziegel wurden herumgeschleppt, Beton gemischt, abbindender Mörtel tropfte auf den Boden, Risse wurden zugekleistert, Wasser von den Gleisen abgepumpt. Irgendwo an der Oberfläche hatte man Heizaggregate aufgetrieben, die mit ihren Ventilatoren heiße Luft gegen den feuchten Putz schaufelten. Neben jedem davon stand ein Wachmann in grauer Uniform.

»Undicht«, erklärte der Pulli.

Die *Nowoslobodskaja* hatte sich verändert. Einst hatte es hier bunte Glasfenster gegeben, und die Station war in Dämmerlicht getaucht gewesen, damit die Glasmalerei noch heller strahlte. Damals hatten prachtvolle gebogene Doppelrahmen mit Blattgold die Fenster eingerahmt, der Boden war mit schwarz-weißen Granitplatten belegt gewesen. Ein Passagier musste sich damals vorkommen, als schreite er auf einem kostbaren Schachbrett dahin, einem Geschenk des persischen Schahs an den russischen Zaren … Nun war hier überall Zement.

»Viel zu spröde«, murmelte Homer.

»Hm?« Artjom drehte sich zu ihm um. Der Alte hatte schon so lang nichts mehr gesagt, dass es seltsam war, seine Stimme zu hören.

»Ich kannte mal einen, der erzählte mir, an der *Nowoslobodskaja* seien die Glasfenster längst kaputt, weil sie angeblich viel zu spröde seien. Hatte ich völlig vergessen. Auf der Fahrt hierher musste ich die ganze Zeit daran denken, dass ich sie nun endlich zu Gesicht bekommen würde.«

»Macht nichts. Das schaffen wir schon«, sagte der Pulli selbstbewusst. »Wir werden die Station retten. Unsere Väter haben das hingekriegt, also können wir das auch. Wenn es keinen Krieg gibt, schaffen wir alles.«

»Wahrscheinlich«, stimmte Homer zu. »Es ist nur ein komisches Gefühl. Ich habe diese Glasfenster nie gemocht, und deswegen auch die *Nowoslobodskaja* nicht. Ich hielt sie immer für geschmacklos. Aber jetzt, auf der Fahrt hierher, habe ich mich doch auf sie gefreut.«

»Wer weiß, vielleicht stellen wir auch die Glasfenster wieder her.«

Artjom schüttelte den Kopf.

»Unwahrscheinlich.«

»Na und, zum Henker damit!« Ljocha zeigte sein aufgeplatztes Grinsen. »Das Leben geht auch ohne sie weiter. Wo ist hier der Ausgang?«

»Wir werden alles wiederaufbauen! Hauptsache, es gibt keinen Krieg!«, wiederholte der Pulli und klopfte Ljocha auf den Rücken.

Er führte sie eine Treppe hinauf, die über den Gleisen in den Gang zur *Mendelejewskaja* mündete. Sie passierten einen getarnten Posten, dann einen zweiten, und erst dahinter kam allmählich die Grenze in Sicht, Standarten mit dem braunen Kreis der Hanse, eine MG-Stellung.

Aus irgendeinem Grund drehte sich Ljocha immer wieder um. Seine Fröhlichkeit hatte etwas Verkrampftes, Unechtes an sich. Homer presste die Lippen aufeinander und blickte nach oben, gleichsam auf eine unsichtbare Kinoleinwand. Der Pulli fuhr fort, lebensbejahende Phrasen von sich zu geben.

Beim letzten Wachposten hingen neben den grauen Grenzbeamten noch zwei weitere Typen herum. Sie waren wie Arbeiter gekleidet: verschmierte Overalls und Schweißerbrillen auf dem Kopf. Zu ihren Füßen lagen Artjoms Sachen: die Tasche mit dem Schutzanzug und der Rucksack mit dem Funkgerät.

Man grüßte ihn höflich, zog den Reißverschluss auf, bot ihm an, sich zu vergewissern, dass sowohl das Sturmgewehr als auch die Patronen an Ort und Stelle waren. Zählen Sie ruhig nach, wenn Sie wollen. Artjom verzichtete. Nichts wie weg hier, bloß lebend herauskommen, alles andere war zweitrangig.

Es war unmöglich, allein gegen diesen Sicherheitsapparat zu kämpfen. Gegen die gesamte Hanse. Dort, in jenem Zimmer, hinter dem Vorhang … Da war nichts gewesen. Paranoia.

»Also dann!« Der Pulli schüttelte Ljochas schmutzige Pfote energisch und hielt Artjom die Hand hin. »Gott schütze Sie!«

Von außen betrachtet, verabschiedeten sich da vier alte Freunde, die nicht wussten, ob sie sich je wiedersehen würden.

Erst als sie die Grenze zur *Mendelejewskaja* überschritten hatten und die Leute in Zivil sie nicht mehr hören konnten, nahm Homer Artjom am Ärmel und flüsterte:

»Das war sehr richtig, wie Sie mit denen da geredet haben. Um ein Haar wären wir da nicht mehr heil herausgekommen.«

Artjom zuckte mit den Schultern.

»Ich muss ständig daran denken«, fuhr Homer fort. »Als wir sein Büro betraten, da hat er die Pantoffeln aufgeräumt, erinnern Sie sich?«

»Und?«

»Das waren doch nicht seine Pantoffeln. Ist Ihnen das aufgefallen? Die gehörten einer Frau. Und die Schrammen …«

»Unsinn!«, knurrte Artjom ihn an. »Völliger Stuss!«

»Was zwischen die Beißer wär jetzt nicht schlecht«, unterbrach Ljocha. »Bis wir wieder nach Hause kommen, das kann dauern.«

6

ACHT METER

■as hier ist ne Einbahnstraße«, hatte der Kommandeur des Grenzkontrollpunkts zum Abschied gesagt, während er mit seinem Fingernagel an einem fetten Pickel am Hals herumpulte.

Das ließ sie aufhorchen. Wo waren sie gelandet?

Die *Mendelejewskaja* lag in halbdunklen Dampfschwaden und war komplett durchnässt. Die Treppe vom Übergang zur benachbarten *Nowoslobodskaja* endete nicht auf Granitboden, sondern in einem See: Die Menschen hier lebten in knöchelhohem, kaltem, braunem Wasser. Artjom öffnete seine Tasche, nahm die Sumpfstiefel heraus und schulterte sein Sturmgewehr. Auch Homer trug – als erfahrener Metroreisender – Gummistiefel.

Ljocha schüttelte sich. »Ich hatte keine Ahnung, dass sie undicht geworden ist«, murmelte er.

Hier und dort lagen aus faulem Holz zusammengenagelte Rahmen im Wasser, auf denen die Menschen etwas erhöht stehen konnten. Doch schienen diese vollkommen willkürlich ausgelegt worden zu sein. Niemand hatte versucht, sie zu einer Insel oder einem Pfad zusammenzufügen.

»Paletten«, erkannte Homer, während er in die klamme Trübe hinabstieg, um zu einem der hölzernen Stege zu gelangen. »Die hat man früher für Warentransporte verwendet. Die ganze Gegend rund um Moskau hing voller Werbetafeln: Kaufe Paletten, verkaufe Paletten … ein richtiger Schwarzmarkt war das. Und

143

jeder dachte: Wer zum Teufel braucht denn all diese Paletten? Tja, wie man sieht, haben sich die Leute offenbar schon damals für die Sintflut gerüstet.«

Aber auch die Paletten hatten sich längst mit Wasser vollgesogen und lagen ein paar Zentimeter tief unter Wasser. Nur aus allernächster Nähe konnte man sie durch den Schmutz erkennen, und nur, wenn man direkt vor die eigenen Füße blickte. Von der Seite schien es tatsächlich, als wäre dies ein einziges biblisches Meer.

»Die gehen ja übers Wasser wie Propheten«, bemerkte Homer schmunzelnd, während er die herumstapfenden Bewohner beobachtete.

Auch der Broker war angetan: »Sieht aus, als wäre alles mit Scheiße überschwemmt!«

Bald hatten ihre Pupillen das helle Strahlen der Hanse vergessen, und das spärliche Licht genügte ihnen vollauf. Hier und da brannte in einer Schale etwas Fett, das jemand erübrigen konnte, manchmal hinter einem Lampenschirm aus einer fast ausgebleichten Einkaufstüte.

»Wie chinesische Papierlampen«, bemerkte Homer. »Schön, was?«

Artjom teilte diese Meinung nicht.

Durch die Bögen, die anfangs schwarz und undurchdringlich erschienen waren, konnte man jetzt zu den Gleisen hindurchsehen. Doch es waren keine gewöhnlichen Gleise wie an den anderen Stationen. An der *Mendelejewskaja* war zwischen dem Bahnsteig und den Gleisen keine Grenze zu erkennen, die trübe Brühe machte alles gleich. Man konnte nur vermuten, wo man vielleicht noch stehen konnte und wo man wahrscheinlich in die Tiefe sinken und Wasser schlucken würde.

Die wichtigste Frage war jedoch: Wie kam man von hier überhaupt weiter?

Der Ausgang zur Oberfläche war verbarrikadiert und versiegelt. Der Übergang abgeschnitten. Im Tunnel stand bis zum Hals kaltes und schmutziges Wasser. Das wahrscheinlich auch noch verstrahlt war – viel Spaß beim Schwimmen. Ein Krampf, die Taschenlampe würde ins Wasser fallen und erlöschen, und im nächsten Augenblick trieb man mit dem Gesicht nach unten, bis sich einem die Lungen gefüllt hatten.

Entlang der unsichtbaren Gleise saßen Einheimische und kratzten sich. Mit irgendwelchen Käschern fischten sie nach etwas, woran man lieber nicht denken wollte, und verschlangen es sogleich roh.

»Du hast mir meinen Wurm weggeschnappt!«, schrie einer der Fischer und fuhr einem anderen in die Zotteln. »Gib ihn zurück, Arschloch!«

Sie hatten weder Boote noch Flöße. Sie würden die *Mendelejewskaja* niemals verlassen und schienen es auch nicht vorzuhaben. Aber was sollten Artjom und Homer tun?

»Warum ist hier alles überschwemmt? Liegt die Station etwa tiefer als die *Nowoslobodskaja*?«, dachte Artjom laut.

»Ja, acht Meter«, erinnerte sich Homer. »Deswegen fließt das ganze Wasser von dort hierher.«

Kaum hatten sie sich ein paar Schritte von der Treppe zum Übergang entfernt, als sich ihnen bereits hagere Kinder an die Hosenbeine hängten. Dem Kontrollpunkt der Hanse wagten sich diese nicht zu nähern – das hatte man ihnen offenbar abgewöhnt.

»Onkel, gib Kugel. Onkel, gib Kugel. Onkel, gib Kugel.«

Die Kinder waren hager, aber sehnig. Plötzlich ertappte Artjom – hallo! – eine kleine Hand in seiner Tasche. Eine schlüpfrige, schnelle, geschickte Hand. Eben noch glaubte er, er hätte sie gepackt – aber seine Faust war leer. Und wer von den kleinen Teufeln es gewesen war, würde er nie herausfinden.

Die ganze Metro war von unterirdischen Flüssen umströmt, die an dem Beton nagten und die tieferen Stationen bedrängten. Wer konnte, ruderte sich frei: befestigte die Mauern, pumpte die Brühe ab, trocknete die feuchten Stellen. Wer dazu nicht in der Lage war, ging still und langsam unter.

An der *Mendelejewskaja* waren die Leute zu faul, um zu rudern oder unterzugehen. Sie behalfen sich notdürftig und je nach Bedarf. Irgendwoher hatten sie sich Rohre von Baugerüsten beschafft, zusammengeschraubt und so den Saal in eine Art Dschungel aus lauter kleinen Parzellen verwandelt. Darauf waren die Menschen in die Höhe geklettert, bis unter die Decke, wo sie sich, gleichsam an eisernen Lianen hängend, eingerichtet hatten. Die Schamhafteren hatten ihr Nest mit Plastiktüten ausgelegt, damit ihnen niemand von außen ins Privatleben starrte. Die einfacher gestrickten Individuen dagegen machten sogar ihr Geschäft noch aus den obersten Etagen deutlich hörbar direkt ins Wasser, ohne irgendwas dabei zu empfinden.

Früher hätte der Saal der *Mendelejewskaja*, der mit seinen ausgreifenden Rundbögen in weißem Marmor zugleich feierlich und dezent wirkte, auch als Hochzeitspalast herhalten können. Inzwischen aber hatte die glitschige Schlammflut die Marmorplatten von den Wänden geleckt, die Stromversorgung kurzgeschlossen, die kunstvoll stilisierten Messinglüster gelöscht und die Menschen in Amphibien verwandelt. Kaum jemand hätte sich hier jetzt noch vermählen wollen – stattdessen kletterte man zur hastigen Paarung einfach ein Stück weiter hinauf, damit der eigene Hintern trocken blieb.

Wer nicht nach Würmern fischte, hockte oben unbeteiligt und schwermütig auf seiner Pritsche, starrte in die Dunkelheit, plapperte irgendwelchen Unsinn oder kicherte hirnlos vor sich hin. Andere Beschäftigungen schien es hier nicht zu geben.

»Was gibt's hier wohl zu futtern?«, vermeldete Ljocha erneut. Er hatte sich aufs Trockene gerettet, versuchte, sich die Bettler vom Leib zu halten und betrachtete gramerfüllt seine Stiefel.

Seine Beharrlichkeit ließ auch Artjoms Magen verkrampfen. Sie hätten am *Prospekt Mira* noch etwas essen sollen: Dort hatte es gegrillten Schweineschaschlik gegeben, und man hätte ihnen geschmorte Pilze in die Näpfe geklatscht. Hier dagegen …

»Gib Kugel, Onkel!«

Artjom packte seine Reisetasche fester und verscheuchte das kleine Gesocks. Wieder hatten sich irgendwelche Finger in seine Tasche getrickst, etwas gefunden, zuckten zurück – doch diesmal war Artjom auf der Hut. Er hatte ein kleines Mädchen erwischt, vielleicht sechs Jahre alt. Wirre Haare, von den Zähnen fehlte jeder zweite.

»Jetzt reicht's aber, du freche Maus! Gib her, was hast du da?«

Er bog jeden der kleinen Finger einzeln auf und tat so, als wäre er böse. Das Mädchen schien erschrocken, gab sich aber frech. Es bot Artjom an ihn zu küssen, wenn er es freiließ. In ihrer Hand hatte sie – einen Pilz. Woher hatte Artjom den auf einmal in der Tasche? Es war ein roher Pilz, frisch geerntet. Was sollte das?

»Ach komm, lass ihn mir!«, piepste das Mädchen. »Oder bist du ein Geizhals?«

Jetzt begriff er: Anja.

Sie hatte ihm den Pilz zum Abschied eingesteckt: Das bist du, Artjom. So bist du, so ist dein Charakter, dein ganzes Wesen, denk daran auf deiner Heldenreise. Denk an dich, und denk an mich.

»Nein, den kriegst du nicht«, sagte Artjom hart und drückte die Kinderhand fester zusammen als beabsichtigt.

»Au, das tut weh!«, schrie sie. »Du böser Unmensch!«

Artjom löste den Griff und ließ das Wolfsjunge frei.

»Halt. Warte.«

Sie hatte bereits irgendein Eisenteil gepackt und wollte es aus sicherer Entfernung auf ihn werfen, doch dann hielt sie inne, bereit zu warten. Offenbar war da noch ein wenig Glaube an die Menschlichkeit in ihr.

»Da.«

Er hielt ihr zwei Patronen hin.

»Wirf!«, befahl das Mädchen. »Ich komm nicht zu dir, Unmensch.«

Wirklich nur ganz wenig.

»Wie kommt man hier raus? Zum *Zwetnoi bulwar*?«

»Gar nicht!« Sie schnäuzte sich in die Hand. »Wenn's sein muss, holen sie einen ab.«

»Wer?«

»Wer's braucht!«

Artjom warf ihr erst eine Patrone, dann die zweite zu. Die erste fing sie auf, die zweite aber tauchte unter, und sofort fischten drei Kleine danach in der kalten Trübe. Das Mädchen trat ihnen mit der Ferse gegen Nase und Ohren: *Weg da, das ist meins!* Schon hatte einer von ihnen die Patrone ergattert, aber anstatt gekränkt loszuheulen, rief sie dem Glückspilz beherzt nach:

»Schon gut, du Blödmann, ich krieg dich noch!«

»He, Freundin, hör mal«, rief Ljocha ihr zu. »Gibt's hier vielleicht irgendwo was zu mampfen? Ohne dass sich einer gleich vergiftet? Wenn du's mir zeigst, lege ich noch ne Kugel drauf.«

Sie musterte ihn zweifelnd, dann schniefte sie und sagte:

»Willst du'n Ei?«

»Ein Hühnerei?«

»Nein, von nem Saurier. Natürlich ein Hühnerei! Am anderen Ende vom Dorf hat einer eins.«

Ljocha strahlte, und auch Artjom wollte auf einmal an dieses Ei glauben: ein gekochtes, mit einem Weiß wie ein menschliches Auge und einem Gelb wie die Sonne auf den Kinderzeichnungen, frisch und weich. Er konnte dieses Ei förmlich vor sich sehen, besser noch gleich ein dreifaches Spiegelei, gebraten in reichlich Schweinefett. An der *WDNCh* gab es keine Hühner, und zuletzt hatte er ein gebratenes Ei vor über einem Jahr an der Polis gegessen. Als er und Anja ganz frisch zusammengekommen waren.

Artjom ließ den Pilzgruß in einer Innentasche verschwinden.

»Ich bin dabei«, sagte er zu Ljocha.

»Das Ei wird gegessen!«, verkündete das Mädchen.

Diese Nachricht versetzte die Bälger in Aufregung. Wer immer bisher versucht hatte, Artjom eine Patrone abzubetteln, verschob seine Träume auf später und hörte sofort mit dem Schnorren auf. Stattdessen rotteten sich alle schweigend und mit großen Augen um die Neuankömmlinge zusammen.

Die gesamte Delegation hüpfte nun wie frisch geschlüpfte Küken von Palette zu Palette bis ans gegenüberliegende Ende des Bahnsteigs, wo sich angeblich der Hühnerstall verbarg. Die Kinder kletterten ihnen auf den oberen Etagen der Baugerüste nach und überholten sie, wobei das eine oder andere von ihnen ausglitt und kreischend in den Sumpf plumpste.

Die halb dahindösenden Bewohner folgten ihnen von ihren Pritschen aus mit dumpfen und kraftlosen Blicken. Träge versuchten sie, ihre verhedderten Gedanken zu entwirren:

»Gehen wir heute vielleicht ins *Soljanka*? Ich hab auf *afisha* gelesen, da tritt ein cooler Schwede auf. Irgend so ein Elektrotyp.«

»Der will sich nur deine Seele krallen. Die sind doch alle schwul in Schweden. Habe ich gestern in der Glotze gesehen …«

»Die haben zu viel Würmer geraucht«, erklärte das Mädchen im Vorbeigehen.

Auf einer der Paletten, die etwas abseits lag, blähte sich eine Leiche.

Artjom sah zu, wie eine Ratte mit erhobener Schnauze darauf zuschwamm, um zu fressen, und dachte laut:

»Der Höhenunterschied beträgt nur acht Meter, und doch ist es, als wären wir in der Hölle gelandet.«

»Mach dir nicht in die Hose!«, munterte ihn Ljocha auf. »Das bedeutet doch immerhin, dass auch in der Hölle welche von uns sitzen. Und Russisch können die auch noch, ist doch klasse!«

Endlich waren sie bis ans andere Ende dieses verfluchten Dorfes gehüpft. Bis zum Ende der Sackgasse.

»Da!« Das Mädchen spuckte aus. »Da ist er. Her mit der Kugel!«

»He, Wirtin!«, rief der Broker nach oben. »Es heißt, du handelst mit Eiern?«

»Das stimmt.«

Von oben hing ein wirrer Bart herab.

»Gib Kugel! Gib Kugel, Unmensch!«, wiederholte das Mädchen, hörbar besorgt.

Der geizige Ljocha seufzte bitter, gab der Wegführerin aber doch den versprochenen Lohn. Von den umliegenden Pritschen beobachtete man dies neidisch.

»Was ist dein Preis?«

»Zwei!«, forderte der Bart. »Zwei Kugeln!«

»Für mich zwei Stück und ... und für die Kameraden hier noch drei. Bruder, du machst heute das Geschäft deines Lebens!«

Von oben hörte man Bewegung und Ächzen. Nach etwa einer Minute stand vor den Gästen ein kleines Männchen, das über seinem nackten Oberkörper ein Jackett trug. Seine Scham bedeckte ein weißer Rock aus einer breiten, unten aufgeschnittenen Plastiktüte mit der verwitterten Aufschrift »Auchan«. Der Bart war struppig und verdreckt, in den Augen brannte heißes Fett.

In der einen Hand trug das Männchen selbstbewusst, wie einen Reichsapfel, das Symbol der Macht: ein kotverschmiertes Hühnerei. Mit dem anderen Arm hielt er sanft, aber unnachgiebig ein abgemagertes Huhn fest, dass gehetzt um sich blickte.

»Oleg«, stellte sich der Bärtige würdevoll vor.

»Gibt's vielleicht auch einen Rabatt, Oleschek?«, fragte der Broker und klimperte mit seiner Tasche.

»Alles hat seinen Preis«, antwortete Oleg fest. »Ein Ei kostet zwei Patronen.«

»Na gut ... Zum Teufel mit dir. Gib her. Ist es gekocht? Und noch vier davon. Da hast du ... Eins, zwei ... Fünf. Zehn.«

»Das geht nicht!«

Oleg schüttelte den Kopf.

»Was geht nicht?«

»Es gibt nur ein Ei. Ich will zwei Kugeln. Mehr nehm ich nicht.«

»Wie, nur eins?«, fragte Artjom verwirrt.

»Es gibt nur ein Ei in der ganzen Station. Heute. Nimm's, sonst kaufen es die anderen. Und es ist roh. Hier gibt's nichts zum Kochen.«

»Und wie ...«

Ljocha runzelte die Augenbrauen.

»Trink es. Klopf es da auf und trink.« Oleg zeigte, wie. »Aber zuerst das Geld.«

»Na schön. Hier hast du die Patronen. Aber vor rohen Eiern habe ich Schiss. Einmal bin ich fast einen ganzen Monat gelegen, ich wäre beinahe dran krepiert. Ich koch's mir selber irgendwo unterwegs.«

»Nee!« Oleg hielt das Ei noch immer fest und nahm auch die Patronen nicht. »Du musst es hier trinken. Vor mir! Sonst verkauf ich es nicht!«

»Warum das?«, wunderte sich der Broker.

»Weil eben. Meine Rjaba braucht Kalzium. Was glaubst du, woraus sie sonst die Schale macht?«

Das Wolfsmädchen stand daneben, beobachtete. Offensichtlich lernte sie gerade eine Menge dazu. Auch andere kamen jetzt erwartungsvoll aus dem Zwielicht herangekrochen. Nicht nur Kinder, auch Erwachsene, die in der Nähe lebten.

»Wie bitte?«, fragte Ljocha nach.

»Die Schale besteht aus Kalzium. Bist du nicht zur Schule gegangen? Um ein neues Ei zu legen, braucht meine Rjaba Kalzium. Wo soll ich das hier herkriegen? Also lass es dir schmecken, von mir aus. Aber die Schale krieg ich zurück. Die pickt meine Rjaba dann auf, und morgen könnt ihr euch das zweite holen.«

»Und dafür zwei Patronen?«

»Alles hat seinen Preis.« Oleg blieb unerschütterlich. »Ich nutze niemanden aus! Für eine Patrone kauf ich Pilze für Rjaba, für die zweite Pilze für mich selber. Für einen Tag. Morgen gibt's dann ein neues Ei. Alles ist genau berechnet. Und funktioniert wie eine Schweizer Uhr. Wenn du's nicht willst, verkauf ich es an ein Sonderkommando. Die schlagen's gern mit Zucker auf. Also was? Nimmst du's jetzt?«

»An wen?«, fragte Homer.

»Gib schon her, dein Zucker-Ei«, brummte Ljocha.

»Aber Vorsicht mit der Schale, nur nach innen aufschlagen.«

»Weiß ich selber!«

Tick.

»Aufgeschlagen wie ein Profi!«, flüsterte jemand anerkennend in der Menge.

»Lecker, hm?«, erkundigte sich ein Junge mit Blähbauch neidisch.

»Trink nicht so schnell! Genieß es, lass dir Zeit!«, riet eine Frau, die von den Männern kaum zu unterscheiden war.

»Das Gelb, kommt das Gelb schon raus, kann das jemand sehen?«

»Als würde er jeden Tag Eier fressen!«

Ljocha ließ sich von seinen Fans nicht stören. Er nahm sie überhaupt nicht zur Kenntnis.

»Kochen wollte er es!«, kommentierte Oleg und kratzte sich den Bart. »Dabei schmeckt ein Ei roh am besten. Das Weiße, wie flüssiges Glas. So ungefähr muss die menschliche Seele aussehen.«

»Hör mal«, sprach ihn Artjom an. »Wie kommt man hier eigentlich raus?«

»Wohin? Wozu?«

»Was kommt gleich nach euch? Richtung *Zwetnoi bulwar*.«

»Was gibt's da schon zu holen? Rein gar nichts!«, erklärte Oleg kategorisch.

Während sich der Broker das restliche Ei schmecken ließ, fing er an, laut nachzudenken. »Aber nehmen wir doch mal an, du fängst an, Würmer zu fangen, und legst dir jeden Tag ein Ei zurück, und dann verkaufst du gleich zwei Dutzend an die Hanse, und für den Erlös legst du dir ein neues Huhn zu? Dann würdest du nicht mehr auf null arbeiten, sondern wärst in spätestens einem Monat im Plus. Oder?«

»Ich soll sie mit Würmern füttern? So ein Huhn ist ein empfindliches Tier, an Würmern krepiert die mir nur. Tu nicht so gescheit!«

»Und wenn du wartest, bis Küken schlüpfen? Ich könnte dir ein paar Kugeln als Kredit geben, damit du dir einen Hahn kaufst.« Ljocha ließ erneut seine restlichen Patronen klimpern. »Oder sogar den Hahn als Investition einbringen, gegen einen Anteil von fünfzig Prozent an unserer künftigen Aktiengesellschaft. Wie wär das?«

In diesem Augenblick hielt das Wolfsmädchen, das dem Geschehen bis dahin gebannt gefolgt war, die Langeweile des ehrlichen Lebens nicht mehr aus, schoss nach vorn, tauchte hinab und schlug dem Broker von unten gegen die Hand. Die spitzen Messingspillen spritzten daraus hervor, fielen durch die Bretter der Palette in die schmutzige Brühe und sanken dort zu Boden.

Die Eierfreunde gerieten in Erregung.

»Du kleines Miststück!«, heulte der Broker auf. »Ich schlag dich grün und blau! Alle einen Schritt zurück!«

»Da liegt er, dein Kredit!«, freute sich Oleg. »Knebeln wollte er mich! Wozu brauch ich das?«

»Zum Henker mit dir!« Ljocha ließ sich auf die Knie nieder und begann, in dem trüben, kalten Wasser nach seinen versunkenen Patronen zu tasten; das noch nicht ganz ausgetrunkene Ei hielt er dabei hoch in der anderen Hand.

Das Mädchen war bis in sichere Entfernung davongeklettert und hielt sich zwischen zerrissenen Plastiktüten versteckt. Wahrscheinlich betete sie dort zu ihrem obdachlosen Gott, der Broker möge nicht alle Kugeln wiederfinden. Die anderen wagten sich angesichts von Artjoms Sturmgewehr nicht nach vorn.

»Geld macht nicht glücklich«, murmelte Oleg. »Der Mensch braucht nicht viel. Was soll ich mit zehn Eiern? Eins reicht mir genau. Von zehn krieg ich höchstens Darmverklemmung. Ich hab schon immer so gelebt und werd auch weiter so leben …«

Aber in diesem Augenblick erhörte der hinterlistige Gott der Penner das kindliche Flüstern, riss sich ein Knäuel Haare aus dem Bart, sprach ein Abrakadabra, und anstelle einer Patrone traf die rudernde Hand des Brokers auf die Scherbe einer Flasche. Als er sie herauszog, sah man einen Schnitt, offen wie der Mund eines Kleinkinds, der schwarzes Blut erbrach.

»Schweine! Schweine seid ihr alle!«

Ljocha brach vor Wut in Tränen aus, zerdrückte das verteufelte Ei und schleuderte es ins Dunkel.

Verblüfft hielten die Leute inne.

»Nein! Was hast du … Was …«

Oleg stand da wie vom Schlag getroffen, so schnell und brutal hatte die Schale geknackt und war im nächsten Augenblick verschwunden.

»Du räudiger Lump! Ein verdammter Mistkerl!«

Gemeinsam mit dem Huhn stieg Oleg mit seinen nackten Füßen in das spitze Wasser, um nach der verlorenen Schale zu suchen. Da drüben, schien es, leuchtete sie weiß – doch entdeckte eine hungrige Ratte sie zuerst, schnappte sie sich, schleppte sie fort, irgendwohin in ihren Einflussbereich, und verschwand dort auf Nimmerwiedersehen.

Das brachte Oleg zur Verzweiflung.

Er setzte das Huhn auf eine Stange und ging auf den Broker los, wobei er ungeschickt mit den Händen herumfuchtelte. So viele Jahre lebte er schon in der Metro, aber sich zu prügeln hatte er nicht gelernt. Der Broker schlug ihm nur kurz mit der Linken gegen das Kinn, worauf er sofort zu Boden ging. Da lag er jetzt, auf der Palette, badete seinen Bart durch die Bretter hindurch und greinte verzweifelt und gekränkt vor sich hin:

»Mein ganzes Leben hat er ... Dieser Mistkerl ... Mein ganzes Leben ... zerbrochen ... Verdammter Händler ... Besserwisser ... Warum ...«

Die Leute waren vor lauter Aufregung nun doch nähergetreten. Artjom entsicherte für alle Fälle sein Sturmgewehr und hob den Lauf. Aber es sah nicht so aus, als hätte irgendjemand vor, dem armen Kerl beizustehen.

»Jetzt hat's auch den Oleg erwischt«, flüsterte es ringsum.

»Selber schuld.«

»Aus und vorbei mit dem fetten Leben.«

»Soll's ihm ruhig auch mal so gehen wie uns allen.«

Oleg begann zu weinen.

»An der Hanse gibt's Sand«, sprach Homer ihm ruhig zu. »Die *Nowoslobodskaja* wird doch gerade renoviert. Deine Rjaba könnte den Sand picken ... Und außerdem, vielleicht kriegt sie ja auch so noch eins hin, mit ihren inneren Reserven ...«

»Schlaukopf! Was weißt du schon von den Reserven eines Huhns! Und zur Hanse kannst du selber gehen! Die werden euch schon Sand hinstreuen!«

Ljocha drückte verwirrt mit seinen gesunden Fingern auf den Puls der verletzten Hand. Der gruselige Kindermund auf seiner

Handfläche wollte sich einfach nicht schließen, und allen war klar, dass der Broker jetzt, sofort mit Alkohol begossen werden musste, denn in diesem fauligen Flachwasser gedieh sicher so manches, das dem guten Ljocha innerhalb eines Tages einen Wundbrand verschaffen würde.

»Hat hier jemand Selbstgebrannten?«, rief Artjom in den heruntergekommenen Dschungel. »Wir brauchen was zum Spülen!«

Als Antwort kam ein affenartiges, höhnisches Kichern. Selbstgebrannter, ja klar. Zum Spülen.

»Eure Station ist doch voller Müll! Daraus brennt ihr doch sicher was?«

»Und wenn's aus Scheiße ist!«, bat Ljocha.

»Die zuzeln Würmer hier«, erklärte einer, der offenbar Mitleid hatte. »Und die Würmer sorgen dafür, dass sie Filme sehen. Aber Alkohol ist da keiner drin.«

»Nichts können die!«, kommentierte der Broker wütend. »Versager!«

»Frag doch mal bei den Soldatchen«, riet jemand.

»Ja, ja, bei den Soldatchen«, fiel ein anderer lachend ein.

»Die haben recht.« Artjom fasste Ljocha an der Schulter. »Gehen wir zum Grenzposten. Du gehst zur Hanse zurück. Visa haben wir ja. Und der mit dem Pulli ist längst weg. Da verarzten sie dich, und dann trennen wir uns.«

»Wohin?«, schrie Oleg auf. »Wohin wollt ihr? Und ich? Was soll ich denn jetzt machen?«

»Zu denen gehe ich nicht wieder zurück!«, sträubte sich der Broker.

»Wohin wollt ihr?« Oleg hatte nichts gehört. »Ihr habt mir meine ganze Algebra kaputtgemacht!«

157

»Also, pass auf …« Artjom griff nach dem Magazin, um Oleg einen Trostpreis herauszudrücken, doch der verstand das ganz anders.

»Du Henker! Umbringen willst du mich?! Dann schieß doch!« Er erhob sich von den Knien, packte den Lauf und stieß ihn sich in den Bauch.

Ein Knall ertönte.

Das Huhn flatterte mit seinen gerupften Flügeln auf und begann panisch auf der Palette hin und her zu rennen. Die Leute starrten perplex und taub ins Leere. Ein endloses Echo schwamm über dem unterirdischen Fluss dahin.

»Spinnst du?«, fragte Artjom Oleg.

Der setzte sich.

»So, jetzt aber«, sagte er.

Das Jackett vor Olegs Bauch tränkte sich mit etwas Glänzendem. Als es hinablief, konnte man auf dem weißen Plastikrock deutlich erkennen, dass es flüssiges, orangefarbenes Blut war.

So was Blödes.

»Spinnst du, Mann?«, fragte Artjom noch einmal. »Was sollte das denn?«

Oleg suchte mit dem Blick nach dem Huhn.

»Bei wem kann ich meine Rjaba lassen?«, sagte er traurig und schwach. »Bei wem? Die fressen sie doch auf.«

»Warum hast du das gemacht, du Idiot?!« Artjom schrie vor lauter Sinnlosigkeit – seiner eigenen, Olegs und der anderen.

»Schrei nicht so«, bat Oleg. »Sterben ist ekelhaft. Komm, Rjabuschka … Komm zu mir …«

»Was bist du für ein Arschloch! Idiot! Los, nimm ihn!«, schrie Artjom den Broker an und packte Oleg unter den Armen. »Schnell, an den Beinen! Zur Hanse!«

Aber Ljocha mit seiner offenen Hand war außerstande, irgendetwas zu tragen. Also drückte Artjom Homer die Reisetasche in die Arme, lud dem Broker das Funkgerät auf, nahm Oleg – der leicht und schlaff war – selbst huckepack und schleppte ihn in Richtung Übergang.

»Das war's dann mit Oleschek«, sagte jemand in der Menge.

»Wie gewonnen, so zerronnen.«

»Sein Ei hat ihn auch nicht gerettet.«

Homer folgte Artjom und Ljocha auch, der weiter dumpf auf seine Hand starrte. Das Huhn hatte sich inzwischen von seinem Schock erholt und eilte gackernd, von Palette zu Palette flatternd, seinem Herrn hinterher. Dahinter folgten alle Zuschauer in einer langen Prozession, sich die Hände reibend und kichernd.

Fast alle.

Kaum hatte sich die Menge etwas entfernt, als ein Halbschatten von dem Baugerüst herabglitt, das Gesicht auf die Bretter drückte, eine kleine Hand in den Schlamm, zwischen all das kaputte Glas steckte. Macht nichts, bei den Obdachlosen wächst sowieso alles von selbst zu, deren Blut lässt jede Gangrän alt aussehen. Der Tod schnappt sich nur die verzärtelten Hauskinder, der hat keine Lust, sich an den knorpeligen Waisen die Zähne auszubeißen.

Als sie wieder ins Zentrum des Saals zurückkehrten, zu den Stufen, die aus dem unterirdischen Meer um ebenjene acht Meter in den fernen Himmel hinaufstiegen, war das Baugerüst ringsum bereits komplett mit Bewohnern der Station behängt. Der Lärm erstarb, alle schienen auf etwas zu warten.

Artjom betrat mit seinen Sumpfstiefeln das Ufer und stampfte den Granit hinauf, wobei er schmutzige Pfützen zurückließ.

»Hey, Leute!«, rief er den Grenzposten zu, während er schwer hinaufging. »Wir haben hier einen Notfall! Der muss ins Lazarett! Hört ihr?«

Die Leute von der *Mendelejewskaja* ballten sich zischelnd zusammen und starrten begierig hinterher.

Von der anderen Seite kam keine Antwort. Totenstille.

»Jungs! Hört ihr mich?«

Ein schmales Rinnsal gurgelte ihm über die Stufen entgegen. Es übertrug das verdorbene Blut der allmählich gesundenden *Nowoslobodskaja* auf die fiebernde *Mendelejewskaja*. Das Gurgeln war klar und deutlich zu hören. Artjom trat noch eine Stufe höher und bedeutete Ljocha und Homer mit einem Zischen, ihm endlich auf der Himmelsleiter nachzukommen.

Der Broker schüttelte störrisch den Kopf.

»Ich geh da nicht hin!«

»Dann geh doch zum Teufel!«

Aber wie kann es sein, dachte Artjom, dass hier, auf der einen Seite, die Hanse ist, satt, sauber herausgeputzt, mit feinem Scheitel, und gleich daneben, nur acht Meter tiefer, eine Höhle mit Höhlenmenschen? Das sind doch kommunizierende Röhren, wie ist es möglich, dass …

Sie waren immer noch da. Der Kommandeur machte einen verdutzten Eindruck: Die ganze Zeit über berührte er seinen Hals und blickte dann auf seine Hand. Die beiden anderen rauchten, was Artjom irgendwie beruhigte. Sie rauchten, also waren sie Menschen.

»Der Mann hier muss ins Lazarett …«, erklärte er, während er schnaufend Oleg auf die Brustwehr zuschleppte. »Eine Schusswunde … Ein Unfall …«

Stimmt, viel Sand hier, dachte Artjom. Warum muss Oleschek eigentlich sterben?

»Der Zugang zur Station *Nowoslobodskaja* ist gesperrt«, bekam er zur Antwort. »Wegen Quarantäne. Wir haben Sie gewarnt.«

Artjom ging so nah heran, wie er konnte, doch irgendwann ließen die Männer ihre Selbstgedrehten hängen und hoben ihre Läufe.

»Stehen bleiben«, sprach der Kommandeur.

Worüber ärgerte er sich so? Artjom sah genauer hin.

Von hier aus war es gut zu erkennen: Dem Kommandeur war es also doch gelungen, seinen Pickel aufzukratzen. Aus diesem trat nun langsam, Tropfen für Tropfen, Blut hervor. Kaum hatte der Kommandeur es abgewischt, schon sammelte es sich erneut und schwoll an. Wieder Zeit zum Melken.

»Wir haben Visa! Wir kommen doch gerade von hier!«

»Wo ist meine Rjaba?«

»Treten Sie zurück!«

Er sah sie nicht einmal an: weder Artjom noch den verwundeten Oleg. Nur seine Finger, die roten Tropfen. Und schielte komisch zur Seite, als hoffte er, so seinen aufgepopelten Hals sehen zu können.

»Vielleicht können wir uns einigen? Nur bis zum Notarzt … Wir zahlen auch. Ich zahle.«

Den Soldaten war es egal: Das Zeug, das sie geraucht hatten, machte sie ruhig. Jetzt warteten sie geduldig auf den Befehl ihres Vorgesetzten zu schießen oder nicht. Oleg ging sie nichts an.

»Willst du etwa einen Wilden hier reinbringen?«, fragte der Kommandeur ärgerlich seinen Pickel.

»Rjabuschka …«

»Schaut mal, das ist doch der mit dem Ei«, rief einer der beiden Soldaten schließlich. Es klang erfreut. »Ich erkenne ihn an dem Kilt!«

Homer hatte das Huhn eingefangen, das mit seinen dummen, schwachen Flügeln um sich schlug. Es wollte zu seinem Herrn – in den Himmel.

»Einen Wilden? Was soll das heißen, einen Wilden?«

»Treten Sie zurück!«

»Der kann jeden Augenblick krepieren!«

»Hat er ein Visum?«

Dem Kommandeur war plötzlich etwas eingefallen. Er zog den Fetzen einer Papierserviette hervor und drückte ihn gegen die Wunde.

»Nein, hat er nicht. Keine Ahnung!«

»Treten Sie zurück! Ich zähle bis drei. Eins.«

»Wenigstens vorübergehend! Damit ihm jemand das Loch im Bauch flickt!«

»Zwei.«

Der Kommandeur nahm die Serviette ab, sah nach, ob viel Blut nachgeflossen war, und machte eine unzufriedene Miene.

»Das war gemein. Mit dem Ei. Einfach gemein.«

»Lasst uns rein, ihr Schweine!«

»Hör zu, Don Quijote«, sagte einer der beiden Soldaten. »Die krepieren da drüben doch wie die Fliegen …«

»Willst du die etwa alle retten? Dazu hast du doch gar nicht die Eier!«, meinte der andere grinsend und spuckte seine verglimmte Selbstgedrehte beiseite.

»Bitte, verdammt! Bitte!«

»Drei. Verletzung der Staatsgrenze.«

Der Kommandeur runzelte die Stirn: Der Pickel ließ sich einfach nicht stopfen.

Zum ersten Mal sah er Oleg an, um auf ihn anzulegen.

Ein Ratschen, wie von einem Feuerstein, dann ein »Plopp«. Es waren Sturmgewehre mit Schalldämpfer, die Hanse schonte nämlich die Ohren ihrer Soldaten. Im nächsten Moment splitterte eine Kugel in die Wand, und gleich darauf hackte eine zweite in die Decke. Von oben fiel Staub herab wie ein Vorhang.

Was ihn rettete, war der Dienst bei Melnik. Die Wissenschaft vom Körper braucht keinen Verstand. Mit der Haut zu spüren, wohin ein Gewehrlauf juckenden Tod versprüht, und sich zu Boden zu werfen, sich vor dem Untergang wegzuducken, noch bevor du mit dem Kopf irgendetwas davon kapiert hast.

Er fiel, warf den lebenden Rucksack von sich, kroch weiter und zog Oleg hinter sich her. Sie schossen immer noch auf ihn, versuchten, ihn zu treffen, aber der Staub behinderte die Sicht.

»Schweine!«

Sofort peitschte es wieder los – auf die Stimme hin. Beton rieselte herab.

Die Affen weiter hinten heulten triumphierend auf.

»Na, wie schmeckt's dir so bei uns?!«

»Jetzt bekommst du reichlich Sand ab, wie?«

»Dachtest wohl, du bist was Besonderes, oder?«

»Los, probier's noch einmal!«

Hier würde er nur nutzlos sterben. Weiter nichts.

Artjom rutschte noch eine Stufe tiefer, dann noch eine, und zog Oleg hinter sich her. Der atmete verkrampft, versuchte nicht allzu sehr zu bluten, wurde aber von Minute zu Minute blasser.

»Hör zu, Mann! Denk nicht mal dran, verstanden? Wie kommt man hier raus? Am *Zwetnoi bulwar* muss es doch irgendwas … Da muss doch irgendwas … oder, Opa?«

»Ein Bordell gab es da«, fiel Homer ein.

»Na also. Bei dem Bordell könnte es doch auch einen Arzt geben. Oder? Da fahren wir jetzt hin. He, schlaf mir bloß nicht ein, Arschloch! Ich zeig's dir gleich … Nicht einschlafen!«

Aber bis zum Bordell gab es nichts zu fahren. Weder für Oleg noch für sonst wen. Nirgends ein schwimmender Untersatz. Die Kanäle an beiden Ufern des Bahnsteigs waren leer.

»Lohnt sich nicht. Der ist schon hinüber«, sprach der Broker mit schläfriger Stimme das Urteil.

»Warte«, sagte Artjom. »Gleich.«

»Ich will sterben«, bestätigte Oleg. »Und mein Ei habt ihr auch kaputtgemacht. Ich hab überhaupt keine Lust mehr zu leben.«

»Maul halten!« Artjom stieß den erstarrten Broker mit seinem Gewehrlauf an. »Los, such uns was, womit wir hier rausrudern können. Und du, zeig deinen Bauch!«

Tja: schmutzige Haut, und in der Haut ein Loch, aus dem irgendwas leicht heraussuppte, alles verschmiert. Auch Homer warf einen Blick darauf und zuckte mit den Schultern. Ob der sterben würde oder nicht, wusste nur der Allmächtige. Wahrscheinlich aber ging's mit ihm dahin.

Ljocha packte seinen Christus wie eine Reißleine, rappelte sich auf und lief gebückt, immer wieder ausrutschend, auf die Suche nach Rettung. Nach einem Ausweg aus dieser Wolfsgrube.

Wer ist schuld, wollte Artjom für sich wissen. Er selbst ist schuld, dieser Mensch mit dem Ei. Ich habe nicht auf ihn geschossen. Wenn er stirbt, ist er selbst daran schuld.

»Das Huhn hat er übrigens mir versprochen, wenn er krepiert«, sagte direkt über seinem Ohr eine knorrige Frau mit plattem Busen und einem angeschwollenen Auge. »Uns beide verbindet so einiges.«

»Geh weg«, bat Oleg schwach. »Hexe.«

»Versündige dich nicht. Das Huhn kannst du dort sowieso nicht brauchen. Sag's ihnen, los. Solang du noch kannst.«

»Geh weg. Lass mich an Gott denken.«

»Vermach mir das Huhn, dann kannst du weiterdenken. Oder gib's mir am besten gleich …«

Das Huhn hatte unter Homers Hand die Augen geschlossen. Ihm war alles gleich.

»Wie kommen wir hier raus, Alte?«, fragte Artjom die mit dem Veilchen.

»Wohin willst du denn, mein Süßer? Und wozu? Hier leben doch auch Menschen. Wir könnten das Huhn zusammen halten. Oleschek wird doch schon steif … Und wir zwei einigen uns schon!«

Sie zwinkerte ihm mit dem einen Auge zu, das sie noch bewegen konnte.

Nicht ich habe ihn umgebracht, entschied Artjom.

»Hey! Hey!«

Ein Lied war plötzlich zu hören, wehte von fern heran.

Ein Marsch.

»Hey! Da drüben!«

»Was?«

»Da kommt jemand! Aus dem Tunnel!«

Ljocha stand da und starrte erstaunt auf seinen Jesus, der offenbar geholfen hatte.

Artjom packte Oleg, der immer leichter wurde, je mehr er austrocknete, und lief mit ihm langsam Richtung Gleiskanal. Tatsächlich, dort war etwas zu sehen. Ein Floß?

Ein Floß!

Eine Stirnlampe leuchtete, Ruder klatschten, ein kräftiger, wenn auch verstimmter Chor ertönte. Das Floß näherte sich von der *Sawjolowskaja* – und war folglich genau in Richtung *Zwetnoi bulwar* unterwegs.

Artjom wankte ihm entgegen und wäre beinahe zusammen mit dem Verletzten in den Kanal gestürzt, um im letzten Moment noch auf völlig idiotische Weise unterzugehen.

»Halt! Bleibt stehen!«

Die Ruder hörten auf sich zu bewegen. Aber noch war nicht zu erkennen, was dort war. Wer dort war.

»Nicht schießen! Nicht schießen! Nehmt uns mit! Bis zum *Zwetnoi*! Wir haben Geld!«

Das Floß kroch näher heran. Sträubte sich mit Gewehrläufen. Fünf Mann befanden sich darauf, alle bewaffnet. Und wie jetzt deutlich zu sehen war, gab es noch Platz für weitere Passagiere.

Alle versammelten sich am Rand: Artjom mit dem Sterbenden, Homer mit dem Huhn und Ljocha mit seiner Hand. Der Reihe nach wurden sie von einem breiten Lichtstrahl untersucht.

»Sehen nicht aus wie Degenerierte!«

»Für ein Magazin bringen wir euch hin! Kommt rüber …«

»Gelobt sei …«

Artjom sprach nicht zu Ende. Er hätte singen können.

Sein Herz fühlte sich an, als hätte man seinen leiblichen Bruder begnadigt. Er legte Oleg auf das Floß, das wohl gut tausend zusammengebundene, mit Leere gefüllte Plastikflaschen über Wasser hielten, und ließ sich selbst neben ihn fallen.

»Ich warne dich«, schärfte er Oleg ein. »Versuch mir ja nicht vor dem *Zwetnoi* abzunippeln!«

»Ich fahr nirgendwohin«, entgegnete dieser. »Wohin fahren. Wozu.«

»Schaff ihn nicht fort! Brich mir nicht das Herz!«, klagte die Alte mit dem Veilchen.

»Wo willst du ihn denn hinbringen?«, pflichteten ihr weitere Stimmen aus dem Dschungel bei. »Quäl den Mann doch nicht unnötig, lass ihn hier. Er hat hier gelebt, hier soll er auch seine Seele abgeben.«

»Ihr verputzt ihn doch noch, ehe er den Löffel abgibt!«

»Unverschämt!«

Für Streitereien war jedoch keine Zeit: Sie mussten ablegen.

»Das Huhn! Lass das Huhn hier! Du sollst auf beiden Augen erblinden!«

Die *Mendelejewskaja* verschwand in der Vergangenheit. Vor ihnen lag der Weg durch ein Abwasserrohr ans andere Ende der Welt, wo ihnen wie ein Leuchtturm das Leben entgegenflackerte.

»Wo wollt ihr denn hin, Brüder?«, fragte der Broker die Plastikflaschenruderer.

»Wir fahren ins Vierte Reich«, kam die Antwort. »Als Freiwillige.«

7

ZWETNOI BULWAR

Mit einer Seite stießen sie gegen eine Wasserleiche. Der Mann schwamm mit dem Buckel nach oben und befühlte mit den Händen den Boden. Wahrscheinlich hatte er dort etwas verloren. Er war zu bedauern, denn fast hätte er den *Zwetnoi bulwar* schwimmend erreicht. Oder hatte er von dort fliehen wollen und es nicht weit geschafft?

»Wie sieht's bei euch mit Degenerierten aus?«

Artjom tat so, als gelte die Frage nicht ihm, und schwieg. Aber der andere gab nicht auf.

»He, Freund! Ja, ich rede mit dir, genau! Ich sag, wie sieht's bei euch an der *Alexejewskaja* mit Degenerierten aus?«

»Gut.«

»Gut, das heißt, es gibt sie, oder habt ihr bei euch alle abgemurkst?«

»Bei uns gibt's keine Degenerierten.«

»O doch. Die gibt's überall, mein Freund. Die sind wie Ratten. Auch bei euch muss es welche geben. Die halten nur den Kopf unten, die Schweine.«

»Ich werd beim nächsten Mal dran denken.«

»Aber ewig können die sich nicht verstecken. Wir werden sie schon ausfindig machen. Alle, jeden einzelnen von diesen Säcken. Alle, mit Lineal und Zirkel … Stimmt's, Beljasch?«

»Korrekt. In der Metro ist kein Platz für Degenerierte. Wir haben ja selber kaum Luft zum Atmen.«

»Die fressen nicht einfach nur Pilze, sondern die fressen unsere, unsere Pilze, gecheckt? Meine und deine! Unsere Kinder haben nicht genügend Platz in der Metro, weil denen ihre alles besetzen! Entweder sie oder wir …«

»Wir Normalen müssen zusammenhalten. Diese Monster sitzen schließlich auch alle aufeinander …«

Jemand legte Artjom die Hand auf die Schulter. Freundschaftlich.

Der eine: leicht aufgedunsen, schwarze Ringe unter den Augen, Ziegenbärtchen, die Hände angeschwollen von zu viel Wasser. Der zweite: übersät mit »Pulverspitze«, das Gesicht pockennarbig, die Stirn gerade mal zwei Finger hoch. Der dritte: ein kahlrasierter Trottel mit zusammengewachsenen schwarzen Augenbrauen; ganz sicher kein Arier. Zwei weitere verschmolzen mit der Dunkelheit.

»Menschen wie Schweine, verstehst du? Stecken ihren Rüssel in den Trog und grunzen. Solange man ihnen genug Abfälle zu fressen gibt, sind sie mit allem zufrieden. Keiner macht sich die Mühe, ein bisschen nachzudenken. Weißt du, wie mich der Führer rumgekriegt hat? Er sagt: Denk mit deinem eigenen Kopf! Wenn du für alles Antworten parat hast, dann heißt das, dass jemand sie für dich vorbereitet hat! Man muss selber Fragen stellen, kapiert?«

»Wart ihr denn schon mal im Reich?«, fragte Artjom.

»Ich schon«, sagte der Pockennarbige. »Auf der Durchreise. Das hat mich überzeugt. Denn da stimmt alles. Alles passt zusammen. Du denkst dir: Verdammt, warum bin ich nicht früher hierhergekommen?«

»Korrekt«, bestätigte der Rasierte.

»Jeder muss bei sich selbst anfangen. Bei seiner Station. Im Kleinen, im Kleinen muss man anfangen. Zum Beispiel bei den

172

Nachbarn, erst mal die auschecken. Keiner wird als Held geboren.«

»Und ich sag dir, es gibt sie. Überall. Die haben so ne Art eigene Mafia. Damit schleppen sie jeden durch. Normale lassen sie da nicht rein.«

»Bei uns an der *Rischskaja* ist es genauso«, bemerkte Ljocha. »Was man auch tut, man rennt ständig gegen eine Wand. Ist das etwa wegen denen? Wie sehen die denn aus?«

»Check das: Die verstecken sich manchmal so, dass man sie von normalen Menschen gar nicht unterscheiden kann. Da muss man erst an der Oberfläche kratzen, um draufzukommen.«

»Leider machen da nicht alle mit!«, pflichtete der Aufgedunsene bei. »Bei uns an der Station hab ich damit angefangen, den Degenerierten beizukommen …« Er rieb sich den Kiefer. »Also, jedenfalls sind noch nicht alle bereit. Einige paaren sich sogar mit denen, stell dir vor, so was Ekliges!«

»Hauptsache, man merkt sie sich. Alle, die gegen die Unsrigen die Hand erhoben haben. Die unsere Brüder ersticken wollen. Die Zeit wird kommen.«

»Ich sag dir: Schließt euch uns an!«

Der Pockennarbige wollte die Hand noch immer nicht von Artjoms Schulter nehmen.

»Als Freiwillige! Zur Eisernen Legion! Du bist doch einer von uns! Einer von uns, oder?«

»Nee, Leute. Wir haben mit Politik nichts am Hut. Wir wollen in den Puff.«

Es war, als drückte ihm etwas den Hals zu. Und diese Hand auf seiner Schulter brannte durch seinen Rollkragenpulli, bald würde es nach Schmorfleisch riechen. Er verspürte den Wunsch, sich wie ein Aal aus diesem Griff herauszuwinden. Nur wohin?

»Schämst du dich nicht? Da ruft man ihn, die Metro zu retten, aber er steckt seinen Rüssel lieber in den Trog. Hast du eigentlich schon mal nachgedacht, warum wir uns in dieser Lage befinden? Wie sollen wir Menschen überleben, hast du dir das mal überlegt? Mit deinem eigenen Kopf? Einen Scheiß hast du. Dir geht's nur um die Nutten. Junge Fickspalten interessieren dich, die Zukunft der Nation dagegen kümmert dich einen Dreck.«

»Hör mal, Panzer, lass stecken! Vielleicht nagelt er dort ja ne Degenerierte? H-ha! Was?«

»He, Opa, und was ist mit dir? In deinem Alter solltest du dir auch mal Gedanken über deine Seele machen! Du bist doch sicher normal. Oder hast du Krebs? Das hat der Führer nämlich gleichgesetzt mit ...«

»Egal ... Sobald sie die Eiserne Legion zusammengestellt haben ... Jetzt trainieren wir erst mal ... Und dann kehren wir zurück und zeigen es allen ... all den Monstern. Dann marschieren wir durch die ganze Metro.«

»Was für ne Eiserne Legion?«, fragte Ljocha neugierig.

»Freiwillige. Für unsere Sache. Für alle, denen die Degenerierten das Leben vermiesen.«

»Das ist genau mein Fall!«

»Leise! Da hinten ... Wir sind gleich da.«

Vom *Zwetnoi bulwar* leuchtete ihnen ein Scheinwerfer entgegen, weshalb sie sich der Station fast blind, mit zusammengekniffenen Augen näherten. Anstatt der üblichen Wachposten standen hier muskelbepackte Rausschmeißer, die sich weder für Visa noch für Pässe interessierten. Nur für Patronen: War man gekommen, um etwas auszugeben, oder nur um zu spannen?

»Wir brauchen einen Arzt! Gibt es hier einen Arzt?«

Kaum hatten sie angelegt, kletterte Artjom schon auf den Bahnsteig und zog den Broker am Kragen hinter sich her.

Oleg hatte sich inzwischen komplett aufgegeben und sprach nicht einmal mehr im Fieberwahn. Aus seinem Mund flossen rote Blasen. Das treue Huhn hockte auf seinem durchlöcherten Bauch, wie um zu verhindern, dass Olegs Seele vorzeitig daraus entschwand.

»Einen Arzt – oder eine Krankenschwester?«, wieherte ein ziemlich demolierter Bodyguard mit plattgedrückter Nase und Blumenkohlohren.

»Der Typ hier stirbt gleich!«

»Wir hätten auch Engel im Angebot.«

Aber schließlich halfen sie doch: Na gut, da geht's lang zur Ärztin.

»Allerdings hat's die eher mit Geschlechtskrankheiten. Einen Tripper erkennt sie dir im Handumdrehen, aber für den Bauchschuss geb ich keine Garantie.«

»Pack an!«, befahl Artjom dem Broker.

»Aber zum letzten Mal«, warnte der. »Schließlich hab nicht ich ihn …«

»Keiner braucht dich hier«, sprach Homer zu dem bewusstlosen Oleg und hob eines seiner Beine an. »Außer deinem Huhn.«

»Übrigens, das Huhn …«, wollte Ljocha hinzufügen, doch da marschierten sie schon los.

Nach Homers Berechnung lag die Station eigentlich noch tiefer als die *Mendelejewskaja*, doch stand das Wasser hier nur gerade so hoch, dass die Gleise zu Kanälen geworden waren, der Bahnsteig dagegen war trocken. Homer rätselte noch immer, aber Ljocha fand eine Erklärung: »Gewisse Dinge« schwammen eben immer oben.

Was immer der *Zwetnoi bulwar* früher gewesen war, es war nicht mehr zu erkennen. Jetzt war er jedenfalls eine einzige Lasterhöhle. Mit Schicht- und Spanplatten, Faltkarton, Wandschirmen, Jalousien und Vorhängen hatte man ihn in ein Labyrinth aus unzähligen Kabinen, Kammern und Stuben verwandelt und sämtliche Dimensionen völlig verzerrt. Die Station verfügte weder über einen Boden noch eine Decke. An einer Stelle hatte man zwei zusätzliche Ebenen eingezogen, an einer anderen sogar drei. Irgendwelche Türen führten über verschlungene, enge Korridore in Zimmer, in die gerade mal ein Bett hineinpasste, andere wiederum in unterirdische Gemächer von der Größe der ganzen Station, dritte wiederum auf vollkommen unbekanntes Territorium.

Es herrschte ein Heidenlärm: Aus jedem Zimmer drangen andere Laute, und es gab Tausende davon. Irgendwo weinte jemand, während woanders jemand stöhnte oder lachte, in einer Kammer übertönte hektische Musik wildes Schreien, daneben brüllte man betrunkene Lieder, und von irgendwoher erhob sich entsetztes Heulen. Es war die kollektive Stimme des *Zwetnoi bulwar*: ein Chor der Teufel.

Nun ja, und dann waren da natürlich die Frauen.

Engelsgleiche Huren und Dominas mit Schulterklappen, Femmes fatales mit löchrigen Strumpfhosen und Krankenschwestern mit nacktem Hintern. Und natürlich einfach nur vulgäre, einfallslose Nutten – davon aber eine ganze Division. Exakt so viele, wie hier hineinpassten, hatten hier Platz gefunden. Sie alle schrien und riefen, priesen in schamloser Übertreibung ihre Reize an, versuchten, die Blicke auf sich zu ziehen und bloß nicht ihre Chance zu verpassen. Denn jede von ihnen hatte gerade genug Zeit, um wie eine Schlange hervorzuschnellen, wenn ein potenzieller Freier an dem für sie reservierten halben Meter vorbeiging; verfehlte ihr Biss sein Ziel, schaffte sie es nicht, ihr betörendes Gift in die kleine Wunde zu injizieren, so war es zu spät, und der Mann war weg.

Wer nicht arbeitet, isst nicht.

Ljochas Schmerzen waren sofort vorbei, sogar seine Wunde schien plötzlich von selbst zu heilen. Homer dagegen war nicht in seinem Element. Nur anfangs, als sie in einen der unendlichen gewundenen Korridore eintauchten, drehte er seinen steifen Hals plötzlich so weit, wie er nur konnte, nach hinten – und sah sich den ganzen Weg über immer wieder um.

»Was ist, Opa?«, fragte Artjom.

»Ich ... ich habe die ganze Zeit das Gefühl ... Überall ... Ständig ...«, antwortete Homer. »Ein Mädchen ... mit dem ...«

Olegs nackter Fuß begann Homer zu entgleiten.

»Nicht schlecht, der Alte, was?«, schnaufte Ljocha.

»Halt fest. Da drüben. Die Tür!«

Sie trugen den Sterbenden in einen Raum. Dort gab es bereits eine lange Schlange aus ramponierten Seelen und juckenden Körpern. Alles Weiber. Die Ärztin kam heraus – mit einer dicken Brille auf der Nase und einer Selbstgedrehten im Mundwinkel, heiser und irgendwie männlich wirkend.

»Der ist so gut wie hinüber!«, informierte der Broker sie für alle Fälle.

Damit Oleg das Wartezimmer nicht mit seinem letzten Blut verschmierte, willigte die Ärztin ein, ihn gleich in die Mangel zu nehmen. Sie verfrachteten ihn auf einen spreizbeinigen gynäkologischen Behandlungsstuhl. Die Ärztin nahm ein Magazin Patronen als Vorauszahlung für den Fall, dass er doch den Löffel abgab, und erklärte ihnen, sie sollten nicht warten.

Ljocha bekam etwas Alkohol, um den Kindermund auf seiner Hand zu tränken, blieb aber trotzdem im Wartezimmer sitzen.

»Die sitzen hier doch nicht von Berufs wegen, sondern als Menschen«, erklärte er Artjom flüsternd und deutete mit dem Kopf auf die traurigen Damen. »Vielleicht begegnet mir hier ja die Eine?«

Ausgerechnet hier. Na gut, sie verabschiedeten sich.

Was du konntest, hast du getan, redete sich Artjom zu. Diesmal hast du getan, was du konntest.

Dann geh, du bist frei.

»So: entweder hier lang oder da lang.«

Sie saßen in einer Kammer. Neben ihnen verbog sich ein hässliches, unterernährtes Mädchen von vielleicht vierzehn Jahren an einer Stange. Sie hatte fast keine Brüste, und ihre Rippen standen mitleiderregend hervor, umspannt von einem völlig ausgewaschenen Trikot. Ständig fuhr sie mit ihren Knochen vor Artjoms Suppenschüssel herum, und er fürchtete sie zu kränken, wenn er sie verscheuchte, denn sie schien keine anderen Kunden zu haben. Also tat er einfach so, als gäbe es weder die Stange noch das Mädchen. Oder würde sie das nur noch mehr beleidigen? Wo saß bei Prostituierten der Stolz, an welcher Stelle? Keine Ahnung. Dafür war die Suppe billig, und sparen mussten sie jetzt. Die Patronen waren schnell zur Neige gegangen – und noch hatten sie überhaupt nichts erreicht.

An der Wand hing eine Metrokarte. Von ihr war jetzt die Rede.

Vom *Zwetnoi bulwar* führten zwei Wege weiter. Einer direkt über die *Tschechowskaja*. Ein anderer – via Übergang – zur *Trub-*

naja, und dann weiter zum *Sretenski bulwar.* Wenn man der Karte glaubte, kam man auf beiden Wegen zur *Teatralnaja.* Aber tatsächlich waren beide Wege unmöglich. Die Karte war vor langer Zeit gezeichnet worden.

Die drei Umsteigestationen *Tschechowskaja, Puschkinskaja* und *Twerskaja* hießen jetzt anders: Sie bildeten das Vierte Reich, welches angeblich das Erbe des Dritten angetreten hatte. Vielleicht hatte es das Testament gefälscht, oder es war eine Art Reinkarnation.

Ein Regime kann man umbringen, Imperien werden alt und gehen zugrunde, aber Ideologien sind wie Pestbazillen. Sie trocknen ein in den Leichen, die sie auf dem Gewissen haben, und überdauern so locker fünf Jahrhunderte. Dann gräbt irgendwer irgendwo einen Tunnel, stößt plötzlich auf einen Pestfriedhof ... berührt die alten Knochen ... und schon spielt es keine Rolle mehr, welche Sprache er spricht und woran er glaubt. Dem Bazillus ist alles recht.

Die ehemalige Sokolnitscheski-Linie, die die Metro genau in der Mitte durchschnitt, war schon vor langer Zeit zur Roten Linie geworden. Nicht aufgrund ihrer Farbe, sondern aufgrund ihrer Konfession. Ein einzigartiges Experiment: der Aufbau des Kommunismus auf einer einzelnen Linie. Die Formel war dieselbe geblieben: allgemeine Elektrifizierung plus Sowjetmacht. Okay, vielleicht gab es noch ein paar andere Variablen in dieser Gleichung, wobei es im Grunde keine Variablen waren, egal wie viel Zeit auch vergangen sein mochte.

Manche Leichen sind ja fitter als die Lebenden.

Artjom schüttelte den Kopf.

»Ich kann unmöglich ins Reich. Keine Chance. Die *Tschechowskaja* kannst du gleich streichen.«

Homer blickte ihn fragend an.

»Aber das ist der kürzeste Weg. Von der *Tschechowskaja* zur *Twerskaja*, und dann ist die *Teatralnaja* gleich die nächste.«

»Vergiss es! Ich hab da …«

»Du bist doch Russe? Also ein Weißer.«

»Darum geht es nicht. Mich haben sie dort mal …« Artjom machte dem verzweifelt herumhüpfenden Mädchen ein Zeichen mit der Hand. »Komm her, und iss was von der Suppe. Auf meine Kosten. Und hör auf, da rumzuhängen.«

Nach den Gesprächen an der Hanse war er außerstande, offen zu reden. Überall glaubte er jetzt »Pullover« zu sehen.

»Egal. Durchs Reich gehe ich nicht. Weißt du, diese Scheißkerle … auf dem Floß hierher … Ich hab's kaum ausgehalten. Wären sie nicht zu fünft gewesen … Gegen fünf, das hätte nicht funktioniert. Mit unserem Todeskandidaten da …«

»Blöde Situation …« Homer streichelte das Huhn, das auf seinem Schoß döste. »Der Mann tut mir leid.«

»War heute irgendwie ein langer Tag.«

Artjom wischte sich den Mund ab.

»Hallo! Bedienung!«

»Was ist?«

Die Bedienung war ein älterer, ungepflegter, gleichgültiger Mann.

»Haben Sie Selbstgebrannten?«

»Aus Pilzen. Siebenundvierzig Prozent.«

»In Ordnung. Du auch, Alter?«

»Höchstens fünfzig Gramm. Und Wurst dazu. Sonst kriege ich eine weiche Birne.«

»Für mich hundert Gramm.«

Die Bestellung wurde gebracht.

»Irgendwie endlos, dieser Tag. Also dann, auf diesen Idioten. Auf Oleschek. Er soll leben. Und darauf, dass ich nicht von ihm und seinem Ei träumen muss.«

»Einverstanden. Wirklich eine dumme Geschichte. Richtig peinlich.«

»An mir ist es gerade noch so vorbeigeschrammt. Weißt du, man merkt eigentlich gar nichts. Plopp, und schon ist es vorbei. Und jetzt denke ich mir: Wär gar nicht mal so schlecht, wenn ich es schon hinter mir hätte. Würde dir so ein Ende passen, für dein Buch? Peng, eine verirrte Kugel – und aus?«

»Glaubst du wirklich, die hätten dich dort umbringen können?«

»Wer weiß, vielleicht wäre das sogar besser gewesen. Oder?«

»Drei Stationen von der *Teatralnaja* entfernt?«

»Drei Stationen …«

Artjom kippte noch ein Glas, dann blickte er sich nach der Tänzerin um, die in der Suppe versunken war, und nach dem säuerlichen Kellner.

»Gibt's den überhaupt, deinen Funker? Sag die Wahrheit, Opa. Wohin gehe ich überhaupt? Und wozu?«

»Doch, den gibt es. Pjotr heißt er. Umbach mit Nachnamen, glaube ich. Pjotr Sergejewitsch. Ich kenne ihn persönlich. Er ist in meinem Alter.«

»Umbach. Ist das ein Spitzname? Klingt, als wäre er aus dem Reich geflohen. Vor diesen Drecksäcken.«

»Für Sie auch noch einen?«

»Nein. Nein-nein. Na gut. Danke. Ich glaube nicht, dass er aus dem Reich kam. Er ist einfach …«

»Die hätten mich nämlich dort beinahe aufgeknüpft.«

»Was? Aber du bist doch kein … Oder?«

»Ich hab einen ihrer Offiziere erschossen. Hat sich so ergeben. Und dann noch ... Egal. Jedenfalls hat jemand meinen Kopf gerade noch aus der Schlinge gezogen.«

»Darf ich? Nur noch sooo ein bisschen. Halt-halt! Also gerade noch aus der Schlinge gezogen, was? Ich hab nachgedacht, weißt du ... Wer so alles stirbt, und wie. Wohin es einen im Leben verschlägt. Das heißt, ich bin natürlich ein romantischer alter Dummkopf, aber ... Du bist ja heute nicht gestorben, und damals auch nicht. Vielleicht ist das ja Schicksal? Vielleicht ist deine Zeit noch nicht gekommen?«

»Und? Aber die Jungs, all die Kerle, mit denen wir ... mit denen wir den Bunker vor den Roten ... Die Jungs aus dem Orden. Aus meinem Glied ist nur Letjaga übriggeblieben. Und der auch nur ganz knapp. Aber wie viele hat's dort erwischt? Ulman, Schljapa, Desjaty ... Was ist mit denen zum Beispiel? Warum mussten sie sterben? Hatten sie sich vielleicht schlecht benommen?«

»Aber nein, Gott bewahre!«

»Genau. Genau, Alter. He, Mister! Bring mir noch was von deinem Schlangengift! Tu was für dein Geld!«

Homer wartete, bis der Mann nachgeschenkt und sich wieder entfernt hatte. Dann fragte er vorsichtig:

»Das ... das ist die Geschichte, die du bei Swinolup im Büro erwähnt hast? Es geht um Korbut, richtig? Den Chef der Spionageabwehr der Roten. Er hatte all seine Leute auf Melnik losgelassen ... Ohne Erlaubnis der Parteiführung, stimmt's?«

Von der anderen Seite begann jemand gegen die Sperrholzwand zu schlagen, entweder mit dem Kopfende eines Betts oder direkt mit dem Schädel. Je mehr dieser jemand in Fahrt geriet, desto lauter wurde das Stöhnen.

Sie schwiegen, horchten und blickten sich mit großen Augen an. Artjom beugte sich über den zwergenhaften Tisch zu Homer hinüber und sagte kaum hörbar:

»Spionageabwehr … Er war der Vorsitzende des KGB. Der Roten Linie. Und mit Erlaubnis oder ohne … Denk doch mal nach: der Vorsitzende! Jedenfalls war ich damals mit den Jungs in dem Bunker. Der gesamte Orden. Wie viele waren wir? Vielleicht fünfzig? Gegen ein ganzes Bataillon. Und zwar nicht irgendeines. Wenn die Roten den Bunker bekommen hätten … Dort befand sich ein Vorratslager.«

»Ich habe so etwas gehört. Konserven oder Medikamente.«

»Konserven, von wegen! Glaubst du etwa, die Roten brauchen was zum Futtern? Das haben die sich längst abgewöhnt. Chemische Waffen waren das. Aber wir haben sie zurückgeschlagen und die sogenannten Konserven nach oben gebracht. Die Hälfte von uns ist dabei draufgegangen. Das ist die ganze Geschichte. Darauf trinken wir noch einen, aber ohne anzustoßen.«

»Ohne anzustoßen.«

»Und was Melnik angeht … Du hast ihn also schon mal im Rollstuhl gesehen. Kanntest du ihn vorher?«

»Ja. Aber sogar im Rollstuhl … ist er noch immer ein Kämpfer.«

»Der Mann hat den Orden höchstpersönlich – ganz allein! – Mann für Mann zusammengestellt. Nur die besten. Zwanzig Jahre lang. Und dann, innerhalb eines einzigen Tages … Ich habe nur ein Jahr bei ihm gedient, aber für mich war das eine Familie. Wie muss das erst für ihn gewesen sein? Und jetzt, ein Krüppel. Der rechte Arm fehlt, ausgerechnet. Die Beine nicht zu gebrauchen. Stell dir das vor. Er – im Rollstuhl!«

»Dann hast du also in diesem Orden gedient, seit die Schwarzen mit den Raketen … Die Raketen habt ihr doch gemeinsam mit Melnik gefunden, stimmt's? Hättet ihr sie nicht gefunden, hätten die Schwarzen die ganze Metro aufgefressen. Und danach hat er dich in den Orden aufgenommen. Als Helden. Richtig?«

»Komm, kippen wir noch einen, Alter.«

Hinter der Wand schrien sie jetzt so laut, dass selbst Rjaba aufwachte. Das Schlafhäutchen glitt von ihrem Augapfel, und das Huhn begann zu flattern.

»*You're My Heart, You're My Soul*«, sagte Artjom und grapschte betrunken nach dem Huhn. »Und jetzt kommt das Interessante. Die Route ist genau dieselbe. Schau. Wie geht's jetzt von hier weiter? Nur zur *Trubnaja*. Und von dort zum *Sretenski bulwar*. Aber auf die Rote Linie will ich auch nicht. Tut mir leid, aber so bin ich nun mal. Also bleibt nur noch ein Weg. Zur *Turgenewskaja*, und dann auf unserer Linie … bis zur *Kitai-Gorod*. Der Tunnel dort ist allerdings ziemlich mies … irgendwie böse. Dann bis zur *Tretjakowskaja*. Vor zwei Jahren bin ich die gleiche Route gegangen … Teufel! Was alles in diese zwei Jahre reingepasst hat. Und von da aus geht's dann weiter zur *Teatralnaja*. Damals wollte ich aber zur Polis …«

»Meinst du etwa *den* Marsch? Als das mit den Schwarzen …«

»Genau das mit den Schwarzen. Hör zu, Mädchen, iss lieber noch was von der Suppe. Wirklich. Ich bin verheiratet. Glaube ich zumindest.«

»Nein, nein … Ich brauch das auch nicht, danke … Aber … warum? … Melniks Tochter ist doch deine Frau?«

»Stimmt. Sie war früher mal Scharfschützin. Ihr Papa hat sie trainiert. Und jetzt macht sie eben Pilze … Irgendwo hatte ich doch noch einen … Pilz …«

»Und Melnik? … Weswegen hat er dich …«

»Er hat mich, weil sie mich … Aber sag du mal lieber, Alter …
Was ist das für eine Geschichte? Mit dir und den Blondinen?«

»Ich … ich versteh nicht.«

»Du hast von so nem Mädchen gesprochen. Irgendwas hattest
du da. Du fragst mich schon die ganze Zeit aus. Jetzt lass mich
auch mal.«

»Nein, da war nichts … Sie … sie war mir wie eine Tochter.
Letztes Jahr. Ich selbst hab keine Kinder. Und … da war dieses
Mädchen. Sie ist mir ans Herz gewachsen. Ich hab mich gefühlt
wie ihr Großvater … Und dann ist sie umgekommen.«

»Wie hieß sie?«

»Sascha. Alexandra. Die Station … Es gab einen Wassereinbruch. Es hat alle erwischt. Na ja, jedenfalls … Trinken wir noch
mal, ohne anzustoßen.«

»Heda, hallo! Noch eine Runde, und Wurst dazu!«

»Wurst ist aus. Ich hab noch eingelegte Würmer. Aber von
denen … Da muss man wissen, wie man die isst.«

»Kann man hier eigentlich auch übernachten?«

»Das Zimmer gibt's aber nur mit Frau.«

»Mit Frau … Mit der da etwa? Nehm ich. Hey, du. Heute hast
du frei. Geh schon. Geh.«

»Und … Ich sag dir, sie ist umgekommen. Sie ist nicht mehr
da. Aber trotzdem seh ich sie überall. An jeder Ecke. Sogar mit
dieser furchtbaren Schlampe hab ich sie verwechselt … Wie konnte
ich nur? Sie … Sascha … war so zart … ein so helles Mädchen.
Dabei hatte sie es grad erst aus ihrer Station rausgeschafft … Das
ganze Leben, stell dir vor? An einer Station. Da ist sie auf genauso einem Fahrrad ohne Räder gesessen … um Strom zu erzeugen. Und hat sich irgendwas zusammenfantasiert. Sie hat immer so einen Teebeutel dabeigehabt, mit Verpackung drum rum.

Und einer Zeichnung drauf. So ... grüne Berge. China, oder so. Wie in einem Bilderbuch. Das war für sie die ganze Welt, stell dir vor, dieser eine Teebeutel. Aber ... wer ist eigentlich Schenja?«

»Sch-schenja?«

»Ja genau. Wenn du dich nicht unter Kontrolle hast, fängst du immer an, mit irgendeinem Schenja zu reden.«

»Ein Freund von mir. Aus Kindertagen.«

»Und was ist mit dem? Wo ist er? Immer bei dir? Hört er dich?«

»Wo schon. Genau da, wo auch deine Sascha ist. Anders kann ich gar nicht mit ihm reden.«

»T-tschuldige. Das wollt ich nicht.«

»Ich will das auch nicht. Dass jeder das hört. Kommt nicht wieder vor. Alles, was ich weiß, ist: Schenja ist weg. Punkt.«

»Verzeihst du mir?«

»Schluss, zum Henker mit Schenja! Aus und vorbei. Hallo, äh, Ober! Du hast mich überzeugt! Lass mal deine Würmer rüberwachsen. Aber bitte ... schön klein schneiden. Damit man's nicht so sieht. Tut mir leid um deine Sascha.«

»Saschenka.«

»Vielleicht hätte sie an ihrer Station bleiben sollen? Vielleicht sollten wir das alle, was? Hast du das nie gedacht? Ich denk mir das schon manchmal ... Einfach zu Hause sitzen und nirgendwo hingehen. Pilze züchten. Obwohl ... Schenja zum Beispiel, der ist zu Hause geblieben, und was hat's ihm gebracht?«

»Also ich. Ich sag dir was ... Ich war doch früher Zugführer. In der Metro. Jaja, ein echter Metro-Zugführer. Und ... Also ich hab da so ne Theorie ... So ne Art Vergleich. Dass das Leben wie eine Metrolinie ist ... wie ... Gleise. Und zwischendurch gibt es Weichen, die dich auf ein anderes Gleis führen. Und es gibt nicht nur eine Endstation, sondern mehrere. Manche wollen einfach nur von hier nach da, mehr nicht. Andere wollen ins Depot, um sich auszuruhen. Und wieder andere wechseln über geheime Verbindungsgänge auf eine andere Linie. Will sagen … Natürlich kann immer was passieren. Aber! Jeder hat nur einen Zielpunkt! Seinen eigenen! Und man muss eben einfach die Weichen immer schön richtig stellen, damit man seinen Zielpunkt erreicht! Man muss das tun, wofür man auf die Welt gekommen ist. Rede ich verständlich? Vielleicht bin ich ja nur ein alter Idiot, und das alles ist bloß schwachsinnige Romantik … Aber an einem Querschläger zu krepieren … Oder einfach nur rumzusitzen … Das ist nicht dein Schicksal, Artjom. Denke ich jedenfalls. Nicht dein Zielpunkt. Du hast einen anderen. Irgendwo.«

»Wenn du das sagst.«

Artjom atmete hörbar aus.

»Auf welcher Linie warst du im Dienst? Wo ist dein Zielpunkt, oder sollte ich sagen: Schwachpunkt?«

»Ich?« Homer winkte dem Kellner: noch einen. »Auf der Ringlinie.«

Artjom zog eine Grimasse. Zwinkerte dem Alten zu.

»Witzig. Die Würmer sind gar nicht schlecht. Wenn man nicht weiß, was es eigentlich ist … Oder?«

»Ich verzichte.«

»Ich nicht. Aber jetzt sag ich dir mal was, Opa: Ich hab schon oft Leute getroffen, die mir vom Leben und vom Schicksal erzählt haben … von irgendeiner Vorbestimmung. Alles ein Riesenkäse. Reines Gelaber. Kapiert? Das alles gibt's überhaupt nicht. Was es gibt, sind leere Tunnel. Und Wind, der da durchbläst. Das war's!«

Artjom schaufelte sich die restlichen Würmer in den saugenden Magen und erhob sich mit watteweichen Beinen.

»Ich g-geh mal p-pinkeln.«

Er fiel aus einem Zimmer ins andere, und hinter der Sperrholzwand sah plötzlich alles ganz anders aus. Dort war die Bar mit einer Stange und dem armen Mädel im Trikot gewesen, zwei Meter Deckenhöhe, und hier sah er auf einmal ein Durchgangszimmer vor sich, einen Korridor, in dem lauter Matratzen herumlagen, und auf diesen Matratzen wanden sich lauter nackte Menschen, einige langsam, andere stießen blindwütig ineinander, suchten nach einem Haltepunkt, die nackten Fersen ausgestreckt, tastend nach festem Untergrund. Die Wände waren beklebt mit vergilbten, abgestandenen Seiten aus Pornomagazinen. Die Raumhöhe war hier so niedrig, dass man nicht aufrecht stehen konnte. Er wankte weiter …

Ein riesiger Bauch voller Locken, auf dem Kopf dagegen kein einziges Haar mehr, gestreifte Hosenträger, sitzt einer auf einem eingesunkenen Sofa, auf jedem Knie eine Nymphe, die Wände beklebt mit biederen Tapeten, wie man sie in den verlassenen Wohnungen an der Oberfläche findet … Er streicht den Mädchen über ihre nackten Rücken, diese verbiegen sich wie Katzen … Eine küsst die andere … Waberndes, zitterndes Fett … Er packt die eine am Genick, anders jetzt, grob. Das Licht erlischt … Weiter muss er sich vorantasten.

»Wo ist hier das Klo?«

»Weiter!«

Ein kaputter Flügel klimpert, ein echter Flügel! Auf seinem Deckel liegt eine feiste Madame, die eine Haxe nach rechts, die andere nach links, sie quiekt mit dünnem Stimmchen, während in der Mitte ein Mann in Jeansjacke zugange ist; ein dürrer Hintern mit Grübchen versinkt in üppigem Fleisch … Die Decke schwimmt … Was ist da oben aufgemalt? Nein … Er muss weiter.

Drei in schwarzer Uniform, die in der alten Welt angeblich eigens für die Eisenbahner genäht wurde. Na, auch in der neuen hat man Abnehmer dafür gefunden. Auf den Ärmeln dreibeinige Spinnen, schwarz auf weißem Kreis: das Triumvirat aus *Tschechowskaja*, *Twerskaja* und … ja, genau: *Puschkinskaja*. Von hier aus sind sie ja nur noch einen Tunnel entfernt. Wahrscheinlich kommen sie jeden Tag hierher … jede Nacht. Gleich im Stehen, sie rafft es hoch, er lässt es runter … Sie beißt sich auf die Lippe, hält es aus … Zwei andere stehen bereits Schlange, bereiten sich vor. Disziplin. Der Flügel ist hier noch zu hören, und der Schwarze fügt sich ein … Hier gibt es gleich zwei Ausgänge: nach rechts und nach links.

»Wo …«

Und schon wieder ganz einfach. Null Dekor, ein Haufen Körper, dahingestreckt wie Erschossene in einem Graben, und sie bewegen sich auch so träge, als wären sie noch nicht ganz tot … *dur* qualmt überall, kriecht durch die Ritzen der Zimmer, kitzelt dem Nachbarn die Nüstern. Der Qualm dringt in Augen, Lungen, Kopf und Herz. Weiter, weiter … Woher ist er, Artjom, gekommen? Wie soll er wieder zurückfinden?

Geradeaus oder nach links?

Da: ein Teufel, den Hintern voller Striemen, und über ihm rackert so eine mit breiten Schultern … Wo nehmen die bloß die Wäsche her, mein Gott? Wahrscheinlich haben sie sie den Leichen oben ausgezogen … Ziemlich gute Qualität, wahrscheinlich Importware …

Ein als Mädchen gekleideter Junge kommt ihm entgegen, wischt sich die Lippen am Ärmel seines Kleides, dabei hat er schon einen Schnurrbart. Wie im Panoptikum – die bärtige Frau … Früher war hier ja mal ein Zirkus, direkt über der Station … Der berühmte alte Zirkus am Zwetnoi-Boulevard …

Und wieder eine Tür. Vielleicht hier? Irgendwo muss bei denen doch …

Eine Art Gelage. Ein Maskenball. Das heißt, sie hätten wohl gern Masken … Ob sie sich das selbst aufgemalt haben? War der von vorhin etwa … auf der Flucht?

Jemand erhebt sich und kommt ihm entgegen, eine zerbrechliche, elegante und ganz … Nur mit ihrer Hand verdeckt sie … In der Hand … Und zum Hals … Sie spürt, dass der Hals … dass dort …

»Setz dich. Komm. Geh nicht weg. Bleib doch ein wenig.«

»Ich hab … einen Pilz dabei. Anja.«

Er kramt nach dem Pilz in der Tasche, hält ihn fest wie einen Talisman.

»Du bist ja ein komischer Typ.«

»Wo ist bei euch das … Ich muss … ich muss mal!«

»Da drüben. Aber komm danach wieder zurück. Bitte.«

Nein, dorthin geht er nicht wieder zurück. Er hat sich verirrt.

Und dann ist er plötzlich müde. Irgendein Tisch. Um diesen Tisch: Menschen. Unter dem Tisch: Mädchen. Ihm ist schlecht, er hat keine Kraft mehr weiterzugehen. Er setzt sich. Die Decke dreht sich und dreht sich, ein Beweis, dass sich das Universum um die Erde dreht. Dann wird eine herausgeführt, nackt – und bekommt eins mit der Gerte auf ihre gefesselten Arme. Die anderen blicken sich um und klatschen.

»Hört auf!« Artjom erhebt sich so gut es geht.

»Was bist du denn für einer?«

»Dass mir keiner die da! … Erniedrigt!«

Er stürzt los, um draufzuschlagen, aber vorbei, jemand fängt ihn ab und hält ihn fest.

»Sie will es doch selber! Wer hat sie denn … Wir ernähren sie!«

»Idiot!«, schreit das Mädchen. »Verzieh dich! Ich arbeite hier!«

»Gib ihr noch eins!«

»Ja, tu dir keinen Zwang an!«, bittet sie.

Tatsächlich: Sie bittet die Männer darum.

»Und du … Du misch dich nicht ein! Du bist doch … Denn …«

»Du willst das nicht! Sie will das nicht! Sie hat bloß keine andere Wahl! Wohin soll sie denn sonst …«

»Schlaukopf! Und wir, was sollen wir? Hau drauf, los! Und jetzt auf die Titten!«

»Aah!«

»Genau! Gib, ich treff besser!«

»Setz dich, und trink was. Trink was mit uns! Ein Stalker? Du bist doch ein Stalker, stimmt's?«

»Nein, ich werde nicht mit … mit euch! Nein! Fasst mich nicht an! Ihr seid doch Tiere! Alle miteinander! Wohin soll sie denn … Ich weiß ja, wohin!«

»Und zwar? Sag!«

»Suchen! Suchen, wo noch Leute überlebt haben! Suchen! Weggehen von diesem verfluchten Ort! Hier werden wir doch alle … wozu? Zu Vieh! Ich muss gleich …«

»Der Stalker ist ja ein Fantast! Habt ihr das gehört? Nach oben will er. Hast du dir mal auf die Birne geschaut? Du wirst schon kahl, Bruder. Und wir sollen dir folgen? Klar!«

»Aaah!«

»Ja, genau! Wie geil! Gefällt's dir, du Schlampe?«

»Und dass wir hier, in der Metro ... alle degenerieren! Dass Kinder mit ... zwei Köpfen geboren werden! Fingerlose! Bucklige! Anstatt Augen nur Schleim! Krebs bei jedem dritten! Kröpfe! Zählt doch mal, wie viele von uns mit Kropf herumlaufen! Solang ihr noch zählen könnt! Eure Kinder werden nämlich gar nichts mehr können! Ihr schlagt hier Mädchen zum Spaß! Während an der Nachbar ... an der *Mendel* ... der *Mendelejewskaja* ... Da sind doch ... Das sind schon ... Höhlen! Nach zwanzig Jahren! Höh-len!«

»Warte mal ... Warte, Stalker! Da hast du allerdings recht. Recht hat er, oder? Das ist unser Mann!«

»Die *Mendelejewskaja* ist nämlich eine tolle Station! Dagegen ist dieses Bordell voll eklig ...«

»Ja, da hat er recht! Wir degenerieren! Die Gene ... Unsere Gene sind total vermüllt. Darauf trinken wir, Stalker! Wie heißt du?«

»Unsere Gene sind versaut! Keine Sauberkeit! Schenkt ihm mal was ein ... Wir haben da nämlich was mit nem kleinen Geheimnis drin, Stalker. Auf dich! Auf die Reinheit der Gene!«

»Hm, was?«

»Sonst sind wir dem Untergang geweiht. Ist ne schwere Arbeit. Ne schmutzige Arbeit. Aber jemand muss sie ja machen. Auf uns!«

»Auf uns!«

»Auf das Reich!«

»Auf das Reich!«

»Lasst mich in Ruhe! Ich werde für Faschisten ... Wir haben doch gekämpft ... Unsere Großväter ...«

»Schau an, der Stalker, was? Gekämpft hat er! Faschisten! Du folgst wohl nicht den Reden des Führers? Faschisten gibt's seit hundert Jahren nicht mehr! Die Generallinie ist jetzt eine andere! Und die Schwarzärsche … Also Folgendes! Alle Menschen sind Brüder, gecheckt? Wenn die Gene stimmen! Die Menschen müssen zusammenhalten. Gegen die Degenerierten! Denn aus der Metro gibt's nur eine Rettung … Und zwa-a-a-r …«

Alle im Chor:

»Die Reinheit! Der Gene! Ist die Rettung! Des Volkes!«

»Der Darwin war schon echt ein Supertyp!«

Auf diesen Beinen kommt er jetzt nicht weg.

»Und deshalb müssen wir für Reinheit sorgen, Stalker. Du lauf ruhig da draußen rum! Such für uns ein Plätzchen, wo wir leben können! Ha-ha! Wir, wir machen hier … einstweilen ein bisschen sauber. So hat jeder … seine Arbeit! Du bist doch cool! Cool bist du! Mach dir nicht in die Hosen! Hau drauf!«

Endlich hat er genug Kraft gesammelt, um vom Stuhl unter den Tisch zu gleiten. Aber dort stecken ja nackte Mädchen zwischen den Beinen der Redner.

Er übergibt sich. Kriecht auf allen vieren davon. Beifall folgt ihm.

»Ihr seid Vieh … Durch und durch Vieh seid ihr geworden … Und ich genauso … ein Stück Vieh …«

Dann beginnen sich alle Zimmer-Zimmerchen-Zimmerlein zu drehen, seltsam, sind sie wirklich echt, angemalt, aus pappe, verklebt mit nacktheit, nichts als nacktheit, nackte geistern ihm vor dem gesicht herum und jemand nacktes versucht auf ihm zu reiten und außerdem schleicht da jemand schon die ganze zeit die ganze zeit hinter ihm her ist das der teufel oder haben die zecher ihm einen mörder auf den hals die sollten am galgen baumeln war da nicht jemand von denen die ihn vor zwei jahren verurteilt vielleicht ja und immer noch hinter ihm die schritte

193

muss schneller aber wie auf allen vieren wahrscheinlich doch kein killer sondern der teufel der satan holt ihn holt ihn will ihn noch mal acht meter nach unten ziehen in den nächsten kreis und was ist dort geh weg geh weg ich will dich nicht wo ist mein pilz wo ist der pilz den sie mir reingelegt hat wo ist mein talisman vor diesem teufelszeug lieber gott bewahre …

»Hier lang. So. Da haben wir nämlich auch ein bequemes Sofa.«

Ein seltsamer raum ist das was für ein seltsamer und dieser lüster und die decke hier wie viel meter vier die decke ist das denn möglich und wo her so viel licht was schlägt er mir vor und wer ist dieser mann überhaupt ich hab keine kraft keine kraft hab ich warum steht da eine wache vor der tür?

Verzeihen Sie, ich hab Ihr Gespräch aus Versehen mit angehört. Da wurde ich neugierig. Sie sind ein Stalker, richtig? Und Sie träumen davon, andere Überlebende zu finden? Sie glauben nicht, dass wir ganz allein übriggeblieben sind? Furchtbar, ich verstehe. Allein die Vorstellung, dass nirgends, wirklich nirgends außer in unserer Metro jemand überlebt haben sollte.

»Wer … wer bist du?«

Aber was würden Sie sagen, wenn sich plötzlich herausstellte, dass die Welt in Wirklichkeit gar nicht vernichtet ist? Glauben Sie, die Menschen würden die Metro verlassen? Hier alles zurücklassen? Sie würden sich ein neues Leben aufbauen, irgendwo an einem anderen Ort? Ich bitte Sie.

»Sofort! Unsere Not … Das ganze Unglück … Wir können nirgendwohin … Wir sitzen hier … wie im Straflager … im Untergrund …«

Wie, mit Verlaub, wir können nirgendwohin? Es gibt doch so viel Auswahl. Bitte: Da haben Sie die Faschisten, hier die Kommunisten, dort alle möglichen Sektierer, suchen Sie sich nur einen Gott aus, oder meinetwegen erfinden Sie sich einen nach Ihrem Geschmack, oder graben Sie sich eine Treppe in die Hölle, und überhaupt, lassen Sie sich nieder, wo Sie wollen! Es gibt so viele Stationen. Wenn Sie wollen, retten Sie Bücher, oder tun Sie sich gütlich an Menschenfleisch, oder wenn Sie Krieg spielen wollen – gern! Was noch? Denken Sie, den Menschen fehlt hier irgendetwas? Was wäre das? Was fehlt Ihnen zum Beispiel? Das ist doch lachhaft. Ja, selbst bei den Frauen können Sie sich nach Belieben bedienen, die gehen nirgendwohin. Übrigens haben wir da heute jemanden für Sie. Sascha, Saschenka, komm doch mal. Hier haben wir einen Gast. Ja, er ist ungewaschen und verwildert, aber du weißt doch, du weißt, dass ich gerade solche besonders gern glücklich mache. Komm, meine Kleine, sei lieb zu ihm, er ist ein Mensch, siehst du, was für ein Schorf sich da gebildet hat, er hat wie Kai einen Eissplitter im Herzen, sein Herz muss erst wieder atmen lernen, man muss es mit den Händen wärmen, sonst taut es nicht auf. Ja, ich will zusehen, wie du ihn, wie er dich, aber du kannst dir Zeit lassen, wir haben keine Eile. Küss ihn. Hier. Und vergiss mich dabei nicht, meine Kleine.

Nein nicht warte hier ich habe einen pilz und er wird mich schützen natürlich du bist der teufel der teufel aber du musst dich doch vor pilzen fürchten in ihnen ist alle heiligkeit du bist Sascha wo hab ich diesen namen schon gehört deinen namen Sascha Sascha Sascha Sascha Sascha

»Hey! Hörst du mich? He-ey! Atmet der überhaupt?«

»Ich dachte schon. Halt ihm die Nase zu. Wenn er lebt, muss er das Maul aufmachen.«

»Hey! Bruder! Wie geht's dir? Ist er das wirklich?«

Etwas Weißes. Weiß und aufgeplatzt. Ein schwarzer Riss. Wie wenn der Moskwa-Fluss aufbricht zwischen seinen noch schnee-bedeckten Ufern. Und es tut weh, wie es dem Fluss weh tut, wenn das Eis bricht! Schmelzwasser. Wahrscheinlich Frühling.

»Dreh ihn um. Warum liegt er mit der Fresse auf den Kacheln?«

Das Bild wechselt: Weder Schnee noch Fluss sind jetzt zu sehen. Aber der Schmerz fließt noch immer darin, seltsam. Die Wange brennt. Im Arm ein juckender Schmerz. Ein Auge erscheint in der Leere. Sieht in Artjom hinein, ein ungebetener Gast.

»Ah! Steh auf, Artjom! Was habt ihr mit ihm gemacht?«

»Was haben wir damit zu tun? Der war schon so!«

»Und wo sind seine Kleider? Seine Jacke? Das Unterhemd? Und was ist das da, auf dem Arm? T-teufel …«

»Also das war ganz bestimmt nicht ich. Ich schwör's, bei mei-ner Mutter.«

»Bei deiner Mutter … Na gut, heb ihn auf. Heb auf, sag ich! So, mit dem Rücken zur Wand. Und bring Wasser.«

Die Ferne öffnet sich. Ein Gang, Türen, Türen, und Licht am Ende. Vielleicht muss er dorthin? Wartet dort seine Mutter auf ihn?

»Mutter …«, ruft Artjom.

»Er hört wieder normal. Alles im grünen Bereich. Er kommt nur gerade aus dem Weltall zurück. Würmer und Selbstgebrann-ter, was? Eine tödliche Mischung! Und obendrauf noch irgend-was anderes. Sucht ihr ihn schon lang?«

»Wir haben uns vorgestern getrennt.«

»Gut, dass ihr euch rechtzeitig gekümmert habt. Das hier ist so ein Ort … Er hätte auch noch eine ganze Woche herumlie-gen können. Oder ein halbes Jahr.«

»Wir lassen unsere Freunde nicht im Stich. Da hast du drei, wie abgemacht. Hey, Artjomytsch! Jetzt wird alles wieder gut. Hoch mit dir. Die Fahne ruft.«

Etwas machte klick, der Schmerz verblasste ein wenig. Jemand hatte die Linsen gewechselt. Erst hatten sie eine vor die Welt gelegt, dann eine andere, aber erst jetzt war die richtige gefunden: Die Umrisse wurden klar. Das Bild war scharf gestellt.

»Wer bist du?«

»Der Grubenstecher im Ledermantel! Ljocha, wer sonst?«

»Warum? Warum du?«

Seltsam. Seltsam, dachte Artjom gequält. Und was noch seltsamer war: Das war nicht *der* Ljocha. Irgendwas fehlte. Irgendwas.

Der Gestank.

Homer selbst hatte Artjom am *Zwetnoi bulwar* nicht finden können. Dafür war ihm Ljocha im Labyrinth begegnet, hatte ihn erkannt und ihm bei der Suche geholfen. Vielen Dank auch. Nach zwei Tagen fanden sie Artjom in einer stillgelegten Toilette, völlig verschmiert, seine Kleidung in Fetzen.

»Was ist passiert?«

»Keine Ahnung.«

Du tastest mit den Händen in deinem Gedächtnis, aber sie bekommen nichts zu fassen. Schwärze, wie im Tunnel. Ob da überhaupt etwas ist, oder doch nichts, bleibt unklar. Vielleicht ist alles leer. Aber vielleicht steht auch jemand direkt hinter dir, atmet dir ins Genick und grinst. Oder vielleicht ist das gar kein Grinsen, sondern ein aufgerissenes Maul. Nichts zu sehen, alles stockfinster.

»Dein Arm. Was ist mit deinem Arm?«

Artjom langte hin und verzog das Gesicht.

»Nicht einmal das weißt du noch?«

Homer klang alarmiert.

»Nichts.«

»Deine Tätowierung.«

»Was ist damit?«

Auf dem Unterarm hatte gestanden: *Wenn nicht wir, wer dann?* Nicht ein Buchstabe davon war mehr übrig. Alles war bedeckt mit Verkohltem, Angeschwollenem, unter dem Rotes und Weißes hervorkroch. Für jeden Buchstaben gab es da ein kleines rundes Brandzeichen.

»Das hat jemand mit einer Papirossa ausgebrannt«, stellte Ljocha fest. »Was stand denn da? Ljussja, für immer dein? Du hast es wohl mit einer Eifersüchtigen zu tun gehabt?«

Es war eine spartanische Tätowierung gewesen. Alle im Orden hatten so eine. Man ließ sie sich stechen, sobald man aufgenommen wurde. Als Mahnung: Dies hier ist für immer, der Orden kennt keine Ehemaligen. Für Artjom galt dies genauso. Auch wenn er schon seit einem Jahr nicht mehr dazugehörte, hätte er sich eher erwürgt als diese Worte ausradiert.

»Wer kann das gewesen sein?«, fragte Homer.

Artjom berührte schweigend die Brandbeulen. Es schmerzte, aber nicht so stark, wie er sich gewünscht hätte. Immerhin war mehr als ein Tag vergangen, und es begann sich bereits Schorf zu bilden. Schorf?

In einem See aus Selbstgebranntem schwamm – wie eine Art Rettungsfloß – ein Tisch, dahinter irgendwelche Visagen, und da war er, Artjom, und klammerte sich vorübergehend an dieses Floß. Aber dort folterte man ihn nicht, verbrannte ihm nicht die Haut, sondern applaudierte ihm aus irgendeinem Grund … Danach kam nur noch völliger Unsinn. War das Ganze nicht sowieso ein Fiebertraum? Traum und Wirklichkeit ließen sich nicht mehr voneinander trennen.

»Keine Ahnung. Ich weiß nicht mehr.«

»Kipp einen gegen den Kater«, schlug Ljocha vor. »Dann fühlst du dich wie neugeboren. Da, ich hab dir noch eine Jacke besorgt, als Ersatz.«

Artjom wickelte sich ein. Die Jacke war ihm zwei Nummern zu groß.

Es war nicht zu erkennen, ob am *Zwetnoi bulwar* jetzt Nacht war oder Tag. Es war noch immer die gleiche Suppe in dem Schälchen, noch immer stöhnten die rastlosen Nachbarn und brachten die morschen Wände zum Wanken, noch immer köchelte klebrige Musik in der trüben Luft und wirbelte an der polierten Stange ein – neues – Mädchen herum. Artjom schluckte etwas Bitteres herunter, das Gleiche wie an der *WDNCh*, wie in der ganzen Metro, und dachte langsam nach: Woher kam dieses Brandzeichen? Wer konnte das gewesen sein? Wer konnte das gewagt haben?

Der Orden mischte sich niemals in die Beißereien zwischen den Linien ein. Er stand über jeglichem Konflikt. Melnik hasste Politik. Er duldete keine Obrigkeit über sich, gehorchte niemandes Befehl und ließ sich von niemandem aushalten. Vor zwei Jahrzehnten hatte er als Erster geschworen, sich niemals auf die eine oder andere Seite zu stellen und alle Menschen in der Metro, und zwar ohne Ausnahme, zu schützen. Vor Gefahren, denen sonst niemand widerstehen konnte, oder solchen, die noch niemand kannte. Nur wenige wurden in den Orden aufgenommen, und erst nach langer und genauer Prüfung. Melnik brauchte keine Armee. Die ehemaligen Speznas-Leute, Stalker und Agenten des Ordens wanderten unsichtbar durch die Metro, holten Informationen ein, merkten sich diese und berichteten. Melnik hörte zu. Und wenn eine Gefahr am Entstehen war – eine echte, unausweichliche Gefahr für die ganze Metro –, so versetzte ihr der Orden einen genau gezielten, tödlichen Schlag. Aufgrund seiner geringen Mannstärke konnte er keine offenen Kriege führen. Also versuchte Melnik, den Feind insgeheim zu vernichten, urplötzlich, im Keim, in den Anfängen. So kam es, dass nur wenige vom Orden wussten, und alle, die ihn kannten, ihm lieber aus dem Weg gingen.

Hier jedoch hatte sich jemand offenbar nicht gefürchtet.

Warum aber hatte dieser Jemand die Sache nicht zu Ende gebracht?

»Auf der Suche nach dir bin ich in eine Sackgasse geraten. Da sehe ich plötzlich: Glasfenster. An der *Nowoslobodskaja* sind sie kaputtgegangen, aber hier sind sie ganz geblieben!«

Homer schwieg eine Weile und fügte hinzu:

»Eine miese Station.«

»Wir müssen weg hier.«

Artjom stellte seine leere Schale ab.

»In einer Stunde leg ich ab!«, teilte Ljocha mit.

»Wieder zurück? Glaubst du, die lassen dich an der Hanse durch?«

»Nein. Ich hab nachgedacht, und mir ist klargeworden: Ich bin der Scheiße entwachsen. Ich geh zur Eisernen Legion.«

»Wie bitte?« Artjom richtete seine roten, überreizten Augen auf den Broker.

Also deswegen hatte sich Ljocha gewaschen.

»Ich hab zugehört, was die Typen gesagt haben. Na klar! Solange wir Normalen die Degenerierten nicht rausschmeißen, haben wir hier unten keine Ruhe. Jedenfalls mache ich mich jetzt auf ins Reich, zusammen mit den Freiwilligen. Nichts für ungut.«

Homer zwinkerte nur mit feuchten Augen: Anscheinend war er bereits im Bilde.

»Bist du ein Idiot, oder was?«, fragte Artjom.

»Selber Idiot! Was weißt du schon von den Degenerierten? Weißt du überhaupt, was für eine brutale Mafia die in der ganzen Metro haben? Und all diese widerlichen Kerle an der *Rischskaja* ... Stimmt doch! Wenn ich da wieder hinkomme, dann mit eisenbeschlagenen Stiefelsohlen. Ich krieg nämlich Superstiefel dort, sagen sie.«

»Mit Degenerierten kenne ich mich aus«, erwiderte Artjom.

»Jedenfalls!«, sagte Ljocha, als wäre für ihn das Gespräch damit beendet.

»Na dann«, sagte Artjom. »Man sieht sich.«

»Unbedingt«, entgegnete Ljocha freudig. »Unbedingt, man sieht sich, klar.«

Er stand auf und knackte glücklich mit den Fingern: Zeit, das Leben in die eigenen Hände zu nehmen. Dann fiel sein Blick auf das Huhn, das auf dem Boden herumpickte.

»Teilen wir's?«, schlug er vor.

»Was ist eigentlich mit Oleg?«, fiel Artjom ein.

»Hat den Löffel abgegeben«, verkündete der Broker munter. »Hab ich doch gleich gesagt.«

Noch wankte der Boden unter ihm. Aber am *Zwetnoi bulwar* wollte er jetzt nicht mehr eine Sekunde länger bleiben als nötig.

Mit Rucksack und Reisetasche war es noch schwieriger, durch dieses Gomorrha zu gelangen, als nackt.

Das Labyrinth lebte. Das Kaleidoskop dieses Schlangennests war geschüttelt worden und hatte sich zu einem neuen Muster zusammengefügt. Der ehemals sichere Weg nach draußen war inzwischen veraltet.

Statt beim Übergang zur *Trubnaja* spülte es sie an dem Gleiskanal heraus.

»Schaut mal, das ist doch unser Mitstreiter! Der Stalker!«

Das kam von hinten.

Artjom bezog es erst gar nicht auf sich. Doch dann klopfte ihm jemand auf die Schulter und zwang ihn, sich umzudrehen.

Da standen vier in schwarzer Uniform, dreifingrige Hakenkreuze an den Ärmeln. Artjom erkannte sie zuerst gar nicht, doch dann war es, als blickte er in ein Dreiliterglas mit eingelegten Pilzen, und aus der trüben Salzlake drehten sie ihm plötzlich ihre Gesichter entgegen. Von vorgestern. Der da hatte, wie es schien, am Tisch gesessen. Er hatte Artjom gut zugeredet und ihm das Gift eingeschenkt. Das Muttermal auf dem Nasenrücken. Das hatte Artjom angestarrt, während die anderen ... Ja, wovon hatten sie eigentlich gesprochen? Warum freuten sie sich so, ihn nach diesem Gespräch wiederzusehen? Eigentlich müssten sie ihm doch an die Kehle gehen.

»Wisst ihr noch, Freunde? Der Stalker, oder? Unser Mann! Der auf allen vieren davongekrochen ist.«

»Na, das ist doch mal ne Überraschung!«

Ein aufrichtigeres Lächeln hatte Artjom lang nicht mehr gesehen.

»Wollt ihr vielleicht mit? Wir können Idealisten gebrauchen!«, sagte der mit dem Muttermal.

Die Kragenspiegel der vier wiesen sie als Unteroffiziere aus. Hinter ihnen hatte sich in Dreierreihen eine ganze Kolonne dieses Gesindels zur Abfahrt aufgestellt. Irgendwo am Ende erhaschte Artjom einen kurzen Blick auf den ehemaligen Broker. Klar:

Freiwillige. Die Eiserne Legion. Für die Reinheit der Gene. Hatte er nicht auch darauf getrunken? Auch wenn er sich danach hatte übergeben müssen.

»Fickt euch doch.«

Und trollte sich, entfernte sich aus ihrer Reichweite.

Jetzt schien es ihm, dass alle Bewohner dieser wunderbaren Stadt Gomorrha ihn mit zusammengekniffenen Augen ansahen, ihn wiedererkannten, ihm zublinzelten: Was denn, was denn, dich haben wir doch neulich auf allen vieren und ohne Hosen gesehen, warum grüßt du denn nicht?

Jetzt fiel es ihm wieder ein: Er hatte sich übergeben.

Und etwas anderes: Jemand war ihm gefolgt, hatte ihn verfolgt, nicht von ihm abgelassen, nüchtern, hochmütig, erwachsen, während Artjom wie ein einjähriges Baby auf staksigen Händen und Füßen vor der Schande geflohen war. Und irgendetwas hatte dieser Mann von ihm gewollt.

Zäh wie ein Albtraum. Aber war es einer?

In Gomorrha, dachte er, gibt es nur wenige Ansässige. Alle kamen von woanders her. Die Faschisten waren deutlich zu erkennen – diese Idioten erschienen hier in Uniform. Aber wer war noch hier, in Zivil? Von der *Trubnaja* aus kam man zur Hanse, zur Roten Linie, zu den Freibeutern der Station *Kitai-Gorod* – und von dort aus überallhin. Also konnten Leute von überall hier anlegen: jeder dahergelaufene Halunke, der irgendein Gelüst verspürte.

Vielleicht war er ja noch gut davongekommen. Die Frage war nur, zu welchem Preis.

Irgendwie fanden sie wieder aus dem Labyrinth heraus und standen nun vor dem Übergang zur *Trubnaja*. Artjom mit seinem Gepäck, Homer mit dem Huhn: Der Alte hatte sich standhaft geweigert, den Vogel zu schlachten und die Hälfte dem Ex-Broker abzugeben. Wie Oleg vorausgesagt hatte, legte Rjaba jetzt keine Eier mehr.

Hier erwartete sie eine Überraschung: eine Passkontrolle. Womit sich die *Trubnaja* ihr Geld verdiente, wusste Artjom nicht mehr, aber offenbar nicht mit demselben Gewerbe wie hier, denn die Grenzer waren ziemlich wählerisch. Ein Visum forderte man nicht, aber ohne gültige Dokumente wurde niemand eingelassen. Homer holte sein grünes Büchlein mit dem gekrönten Adler hervor: Nikolajew, Nikolai Iwanowitsch, geboren 1973, Gebiet Archangelsk, St. *Sewastopolskaja*, verheiratet und durchgestrichen. Auf dem laminierten Foto war er ohne Bart und noch nicht grau, wahrscheinlich noch nicht mal vierzig. Aber zu erkennen war er schon.

Artjom warf seine Last ab und durchsuchte seine Taschen.

In der Hose war nichts. Es lief ihm kalt den Rücken hinunter.

Doch nicht in der Jacke, oder? Doch nicht in der Jacke, die verschwunden war, doch nicht zusammen mit dem Pilz, der Artjom behüten und erden sollte? Er öffnete die Reisetasche, während es sich klebrig über seine Haut verteilte – das vor Kurzem getrunkene Gift trat jetzt panisch aus seinen Poren hervor –, und kramte wie wild herum, steckte seine Hand hierhin, dann dorthin, drehte durch, riss den Schutzanzug heraus, breitete vor aller Augen seine zweite Haut auf dem Boden aus, suchte in den Seitenfächern der Reisetasche, legte das Sturmgewehr vor sich ab, kippte schließlich alles heraus und durchsuchte jeden Winkel. Nichts! Er war fort!

»Ich habe ihn doch nicht irgendwo liegen gelassen?«, fragte er Homer tonlos. »Am Tisch ist nichts rausgefallen?«

Dieser hob hilflos die Hände.

Ohne Pass.

Ohne Pass kam man in der Metro nirgendwohin. Nicht zur Hanse, nicht in die Polis, nicht zur Roten Linie. Nicht zur *Alexejewskaja*, und auch zu keiner anderen Station, wo die Menschen wenigstens versuchten, an morgen zu denken. Das Einzige, was man konnte, war, an irgendeinem wilden Haltepunkt verhungern oder im Tunnel aufgefressen werden.

Menschen sammelten sich und schauten zu – teils misstrauisch, teils mitfühlend. Scheiß auf die Gaffer. Jetzt war keine Zeit sich zu verstecken: Er musste die Wahrheit herausfinden. Vor aller Augen durchsuchte er den Rucksack. Zeigte die grüne Seitenfläche des Funkgeräts. Die Grenzer registrierten dies mit gerunzelter Stirn. Dann legte er alles aus – das Funkgerät und die Dynamomaschine. Die Menge begann zu schnattern.

Nichts. Nichts, verdammt!

Homer war schon weiter: Er winkte ab, trat seitlich an die Grenzer heran und begann sie zu verführen – nur womit? Anderthalb Magazine hatten sie noch – höchstens. Hoffentlich mussten sie nicht irgendwann schießen.

»Abgelehnt!«, fauchte der dicke Grenzkommandeur. »Wenn wir Sie reinlassen, ziehen uns die Roten das Fell über die Ohren. Außerdem kommen Sie sowieso nicht weiter als bis zum *Sretenski bulwar.*«

»Wieso das?«

»Die Roten haben gestern den *Sretenski* besetzt und überprüfen bei jedem die Dokumente. Alles ist abgeschnitten: Zur Linie selbst hat niemand Zugang, und keiner kommt dort raus. Irgendwas ist da los, nur weiß keiner, was. Also … Jetzt haben die schon den *Sretenski*. Und von dort bis zu uns ist es … Deshalb wollen wir jegliche Provokation vermeiden.«

»Es heißt, die Roten werden auch die *Teatralnaja* besetzen.«

»Wer sagt das?«

»Die Leute. Damit das Reich sie nicht bekommt. Sie haben Angst, dass die Faschos als Erste zuschlagen. Das hier sind nur die Vorbereitungen. Alle Nachbarstationen zum Reich abzuschneiden.«

»Und wann?« Artjom verharrte unbeweglich über seinem zerfledderten Rucksack.

»Wann, wann. Frag sie doch selber. Die können jede Minute damit anfangen. Wenn das Gerücht schon rumgeht ...«

»Wir müssen ...« Artjom begann mit nervöser Wut, die Dynamomaschine, das Funkgerät und all den anderen verfluchten Kram wieder zurückzustopfen. »Wir müssen einfach ... Komm her, Alter. Du gehst allein vor, über den *Sretenski*. Du hast einen Pass, du hast gute Augen, einen Bart wie Väterchen Frost und dieses idiotische Huhn, dich wird keiner anrühren. Ich geh obenrum ... Wir treffen uns dort. An der *Teatralnaja*. Wenn die Roten sie nicht vorher einnehmen. Und wenn doch ...«

Homer sah ihm zu und nickte verwirrt – was blieb ihm anderes übrig?

»Wenn ... wenn ich nicht beschlossen hätte, damals ... Wegen Oleschek ... Damit er durchkommt ...«, murmelte Artjom und starrte das Huhn hasserfüllt an, während er die letzten Sachen in die Reisetasche legte. »Und alles umsonst! Kippt einfach aus den Latschen, so ein Blödmann!«

Er hievte sich seinen Reiter auf die Schultern, wandte sich erneut den Grenzern zu, verschwitzt, wütend – und vor Wut beinahe wieder ganz gesund.

»Wo ist hier der Ausgang? Nach oben – was gibt's da hier? Eine Rolltreppe? Oder einfach Stufen?«

Der Kommandeur schüttelte seinen Glatzkopf und sagte fast bedauernd: »Du bist Stalker, was? Hier gibt's keinen Aufstieg. Ist schon seit Jahren alles eingestürzt. Und wer von den hiesigen Bewohnern will schon da oben rumschwadronieren? Die Bordsteinschwalben etwa?«

»Und bei euch? An der *Trubnaja*? Gibt's da einen?«

»Der ist versiegelt.«

»Ja, was seid ihr denn für Leute!« Artjom war kurz davor, die Beherrschung zu verlieren. »Ist euch das da oben denn völlig gleichgültig?!«

Der Kommandeur machte sich nicht einmal die Mühe zu antworten. Stattdessen drehte er Artjom seinen dicken Hintern zu, über dem sich die Hose bis zum Zerreißen spannte: Verpiss dich, wer bist du denn, mir Lehren zu erteilen!

Artjom pumpte Luft in seine Lungen und versuchte, wieder runterzukommen. Da war er die ganze Zeit durch dieses Labyrinth gelaufen, den Ausgang schon fast vor Augen, und auf einmal endeten alle Gänge in einer Sackgasse. Und sämtliche Planken, über die er gesprungen war, waren in einen Abgrund gefallen. Wohin jetzt? Er saß fest.

»Artjom.« Der Alte berührte ihn. »Und wenn wir trotzdem durchs Reich gehen? Bis zur *Tschechowskaja* … Von da müssten wir es nur bis zur *Twerskaja* schaffen … Und dann ist da schon die *Teatralnaja*. Wir könnten das noch heute schaffen, wenn alles glattläuft … Sonst kommst du doch nirgends hin …«

Artjom schwieg. Kein Wort kam über seine Lippen. Stattdessen rieb er sich den Hals: Er spürte ein seltsames Kratzen in der Kehle.

»Wir sind noch nicht zu spät dran?«

Der Unteroffizier mit dem Muttermal strahlte sie großzügig an.

»Wir haben auf euch gewartet!«

Artjom zögerte, während er die Kolonne betrachtete: Sollte er sich da jetzt wirklich hinten ranhängen?

»Ich habe ...« Er senkte seine Stimme. »Ich habe keine Dokumente. Nehmt ihr solche auch? Und – ich sag's lieber gleich – das da ist eine Stalker-Ausrüstung. Plus Funkgerät. Damit es nachher keine Fragen gibt.«

»Klar nehmen wir auch Leute ohne Dokumente«, versicherte der Uffz. »Dein Lebenslauf wird jetzt sowieso komplett umgeschrieben. Wen interessiert es, wer oder was ein Held des Reichs früher mal war?«

8

HEIL

Sie verließen den *Zwetnoi bulwar* mit dem letzten Plastik-flaschenkahn: Homer, Artjom, Ljocha, den das unerwartet schnelle Wiedersehen freute, sowie der Uffz mit dem Mutter-mal zwischen den Augen, der sich Artjom mit dem Namen Diet-mar vorstellte. Die beiden anderen Uniformierten, die namenlos blieben, legten sich in die Riemen, sodass vom *Zwetnoi bulwar* bald nur noch ein kupfernes Kopekenstück am Ende des Tunnels zu sehen war. Und schließlich verschwand auch die Kopeke.

Es roch nach Schimmel. Klatschend zerstreuten die Ruder den schillernden Benzinfilm auf dem Wasser und vertrieben den Müll, der darauf herumschwamm. Unten, unter dem Film und den Algen, schlängelten vage Schatten dahin, glaubte man arm-dicke Amphibien sich bewegen zu sehen, die es früher hier nicht gegeben haben konnte. Die Radioaktivität hatte ihre eigenen aufgeblähten, verzerrten, absurden, garstigen Geschöpfe hervor-gebracht.

»Wisst ihr, wen die Roten als Vorhut hernehmen?«, fragte der Uffz. »Lauter Degenerierte. Aus denen stellen sie Vorauskom-mandos zusammen. Bewaffnen sie. Trainieren sie. Dreiarmige. Zweiköpfige. Verkrebste, die nichts zu verlieren haben. Die schi-cken sie dann an unsere Grenzen. Immer näher und näher. Sie wissen nämlich genau, wie sehr diese Monster uns hassen. Sie werben sie in der ganzen Metro an. Dank unserer Aufklärer wis-sen wir, dass sie am *Sretenski* einen Kontrollposten aufgestellt und die Linie von der *Trubnaja* abgeschnitten haben. Der Kommandeur von dem Posten dort soll eine geschuppte Haut haben. Da weiß man gar nicht mehr ... ob die Roten die Degenerierten beherrschen ... oder umgekehrt. Ich glaube ja fast Letzteres. Und deswegen wollen die uns den Garaus machen. Irgendwas ist da im Anzug ... Irgendwas ...«

Artjom hörte zu, ohne ein Wort zu hören. Er war mit anderem beschäftigt: damit, dass ihn hoffentlich niemand dort, im Reich, wiedererkannte; dass sich niemand an den jungen Kerl erinnerte, der eigentlich vor einer triumphierenden Menge an der *Puschkinskaja* an einem Gerüst hatte erhängt werden sollen; dass ihn die Zelleninsassen in den Kasematten der *Twerskaja* nicht identifizierten. Die Flucht eines zum Galgen Verurteilten war eine ungute Sache. Konnte so etwas in Vergessenheit geraten?

»Sag, Stalker?«

Dietmar berührte seinen Arm – und fasste durch den Ärmel genau auf die verbrannte Stelle.

»Was?«

»Welches sind deine Bezirke, frag ich? Wo bist du im Einsatz gewesen, da oben?«

»Ich ... bei der Bibliothek. Auf dem Arbat. Hab für die Brahmanen Bücher geholt.«

Homer blickte an ihm vorbei, während er Rjaba den Schopf kraulte. Im Bordell hatten sie es nicht geschafft, sie jemandem zu geben, noch sie aufzuessen. Also lebte das Huhn einstweilen weiter.

»Ein guter Bezirk.«

Der Schwarze blickte Artjom an. Gebrochene Reflexionen einer Taschenlampe klebten auf seinem Gesicht.

»Kennst du dich da gut aus? Auch beim *Ochotny Rjad*? Und weiter Richtung Bolschoi?«

»War ich schon mal«, sagte Artjom vorsichtig.

»Und warum hast du für die Brahmanen gearbeitet?«

»Ich lese gern.«

»Bravo!«, lobte Dietmar. »Respekt. Solche Leute wie dich braucht das Reich.«

»Und solche wie mich?«, fragte Ljocha.

»Das Reich kann alle möglichen Leute brauchen«, sagte der Uffz augenzwinkernd. »Besonders jetzt.«

Sie erreichten das Ende.

Der unterirdische Fluss stieß gegen ein Wehr. Als Ufer hatte man hier Säcke mit Erdreich aufgehäuft, an denen das Plastikflaschenboot anlegte. Gleich hinter den Säcken begann eine richtige Wand, etwa in der Mitte des Tunnels. Eine elektrische Pumpe sorgte brummend dafür, dass sich die Lache jenseits des Wehrs nicht weiter ausbreitete. Überall waren Standarten aufgepflanzt: ein weißer Kreis auf rotem Feld, darin die dreiarmige Swastika. Das Triumvirat der *Tschechowskaja*, *Twerskaja* und *Puschkinskaja*. Diese waren natürlich längst umbenannt worden: Die *Tschechowskaja* hieß jetzt *Wagnerowskaja*, die *Puschkinskaja Schillerowskaja* und die *Twerskaja* noch irgendwie anders. Das Reich hatte eben eigene Idole.

Als sie ans Ufer sprangen, begrüßten sich der Uffz und die Wache sogleich mit »Sieg Heil«. Allesamt waren sie makellos ausstaffiert. Sie hatten oben die Zentrale der Russischen Eisenbahnen ausfindig gemacht und deren schwarzgraue Uniformen übernommen – worüber sie allerdings nur ungern sprachen.

Bei der Gepäckkontrolle kam natürlich alles sofort zum Vorschein: das Funkgerät, das Sturmgewehr. Hier rettete sie der Uffz:

Er flüsterte etwas, lächelte Artjom über seine schwarze Schulter hinweg zu, und die Grenzer wurden weich.

Doch auf die Station selbst ließ man sie nicht.

Im Tunnel befand sich ein vergitterter und bewachter Seitengang.

»Erst die medizinische Untersuchung«, teilte ihnen Dietmar munter mit. »Die Eiserne Legion nimmt keine Schwächlinge auf. Die Ausrüstung und auch das Huhn ... müsst ihr vorübergehend abgeben.«

Sie ließen alles bei der Wache.

Ein Zimmer. Alles weiß gekachelt. Es roch nach Phenol. Eine Liege, daneben stand ein Arzt mit Mundschutz und OP-Mütze, buschige Augenbrauen ragten hervor. Irgendwelche Türen. Der Uffz trat zusammen mit ihnen ein und nahm auf einem Hocker Platz. Der Arzt lächelte mit seinen leicht angegrauten Brauen und ölte sie mit seinen Olivenaugen ein. Er begann in einem Singsang zu sprechen, aus dem ein nicht ganz bezwungener Akzent zu hören war.

»Nun, wer von uns macht den Ersten?«

»Na, dann also ich!«, sagte der Broker fröstelnd.

»Ziehen Sie alles aus bis auf die Unterhosen. Sind Sie schon mal gemustert worden?«

Der Doktor musterte, klopfte, fühlte mit Gummihandschuhen, bat darum, den Mund zu öffnen. Setzte sich das Stethoskop auf und bat, tief einzuatmen.

»Und nun lassen wir mal kurz die Unterhose runter. Ja, nur zu. So. Darf ich mal? Aha. Und was haben wir denn hier?«

»Was denn?« Ljochas Stimme klang angespannt.

»Nun, der linke Hoden scheint mir ... Spüren Sie das nicht?«

»Ja ... Ja, also so natürlich ... spür ich was.«

»Das haben Sie aber schon ein wenig verschleppt. Hmja, verschleppt.«

»Aber … Herr Doktor … Ich kann doch immer noch tanzen!« Der Broker grinste hilflos. »Sonst ist mit mir doch alles in Ordnung, und das stört mich gar nicht.«

»Na, wenn Sie's nicht stört, ist ja alles gut. Ziehen Sie sich wieder an, mein Bester. Das wäre dann so weit alles. Hier, bitte durch die rechte Tür.«

Ljocha zog über und knöpfte zu, während der Arzt etwas auf einen Zettel schrieb. Der Uffz las es sich durch und nickte.

»Herzlich willkommen.«

Der Broker zwinkerte Homer und Artjom zu: Das kriegt ihr auch hin. Dann tauchte er durch die vorgeschriebene Tür und verschwand eine Treppe hinab.

»Jetzt vielleicht Sie, wenn's beliebt.«

Das galt Homer.

Der Alte trat vor. Sah sich nach Artjom um: Wer wusste schon, was das für eine Musterung war? Artjom ließ den Opa nicht aus den Augen. Auf einmal, völlig überraschend, wogte ein Déjà-vu heran, überwältigte ihn, als wäre er plötzlich aus einem Traum erwacht. Er räusperte sich: wieder dieses raue Gefühl im Hals. Der Arzt blickte ihn aufmerksam an.

Homer faltete seinen speckigen Mantel viermal zusammen und legte ihn auf die Liege, am Rand des Fußendes. Dann zog er seinen Pullover über den Kopf, dann ein schmutziges Unterhemd mit Flecken unter den Achseln. Er stand auf, nackt, die Brust eingefallen, der Bauch blass, auf den Schultern ein paar spärliche Lockenbüschel.

»So … Dann schauen wir uns mal den Hals an … Die Schilddrüse … Jetzt unter dem Bart …« Der Arzt griff mit einer Hand in Homers silbrigen Bewuchs. »Tja, also … ein Kropf ist da nicht zu fühlen. Dann tasten wir mal weiter …«

Er knetete Homer den Bauch, was dieser verkrampft und mit finsterer Miene geschehen ließ, dann ließ er auch ihn die Hose ausziehen und begann dort mit der Untersuchung.

»Keine erkennbaren Tumore«, murmelte der Arzt respektvoll und sogar ein wenig verwundert. »Sie geben wohl Acht auf sich, wie? Gehen nicht nach oben, kaufen nur gefiltertes Wasser? Gratuliere. Ich wäre froh, wenn ich in Ihrem Alter noch so gut in Form wäre … Ziehen Sie sich wieder an.«

Wieder kritzelte er etwas auf ein Stück Papier und reichte es dem Alten.

»Durch die linke Tür.«

Homer zögerte, zog betont langsam den Mantel wieder an. Im Gehen suchte er den Blick des Unteroffiziers, der Obrigkeit.

»Warum durch die linke?«, fragte Artjom für ihn.

»Weil, mein Bester, mit Ihrem Großvater hier alles in Ordnung ist«, antwortete der Arzt. »Schauen Sie auf den Befund.«

»*Unauffällig. Dienst- und einreisetauglich*«, las Homer von dem Zettel ab, den er misstrauisch auf Abstand hielt.

Einreisetauglich. Sie suchten nach Tumoren. Was, wenn sie bei ihm welche fanden?

»Und wohin führt die rechte Tür?«

Dietmar, dem die Frage galt, lächelte nur.

»Ach so! Der junge Mann muss noch mal zur Nachuntersuchung«, erklärte der Arzt ziemlich ungeduldig, aber nicht grob. »Da ist noch etwas nicht hundertprozentig geklärt. Das muss sich ein Spezialist ansehen. Gehen Sie ruhig weiter, Großväterchen, Sie brauchen nicht zu warten. Ich muss mich jetzt mit Ihrem Enkel hier befassen.«

Homer drückte verzagt die Klinke herunter, noch immer nicht ganz in der Lage, sich von Artjom zu lösen. Dieser wiederum dachte verkrampft: Und jetzt? Kann ich es noch? Kann ich mich so für den Alten einsetzen, wie ich es damals konnte?

Eine Art Summen war zu hören aus dem größer werdenden Spalt.

Hinter der linken Tür begann ein steinerner, grün getünchter Darm, vollgestopft mit Freiwilligen, allesamt nackt bis zum Gürtel. Ein schnauzbärtiger Hüne fuhr der Reihe nach mit einer ratternden elektrischen Maschine über ihre Köpfe, um ihnen die Haare abzurasieren.

»Keinerlei Grund zur Beunruhigung!«, erklärte der Uffz.

Homer ließ mit einem geräuschvollen Atemstoß Dampf ab. Er trat durch die Tür, zu den anderen Unauffälligen. Und verschwand. Artjom wurde ein wenig leichter zumute.

»Dann befassen wir uns einmal mit Ihnen, junger Mann. Ein Stalker, wie ich sehe?«

»Korrekt.« Artjom fuhr mit der Hand über seinen Hinterkopf, diesen Verräter, der vorzeitig Haare ließ.

»Sie riskieren so einiges, mein Bester! Also: Es gibt einen Husten, wie ich höre. Lassen Sie mich mal den Rücken ... Ihnen ist nicht kalt? Keine Tuberkulose? Atmen Sie mal. Tiefer.«

»Glauben Sie, das bringt noch was?« Artjom verzog das Gesicht zu einem schiefen Grinsen.

»Na, na. Nichts Besorgniserregendes. Es rasselt nur ein bisschen ... Jetzt schauen wir mal nach irgendwelchen Neubildungen.«

Er steckte den Kopf in den Gang hinaus.

»Würden Sie uns mal kurz Gesellschaft leisten?«

Die beiden Holzfällertypen, die draußen Wache gestanden hatten, kamen herein.

»Wozu denn das?«

»Na ja ... Sie sind Stalker. Die Hintergrundstrahlung nimmt nicht ab, das wissen Sie selbst. Leute Ihres Schlages müssen oft genug nicht mal vierzig werden, damit ... Jetzt stellen Sie sich doch nicht so an, nur nicht nervös werden. Jungs, haltet fest. Na, na. Legen Sie sich mal hierhin. Ein Stalker. So, den Hals. A-a-a-a...«

Der Hals. Manch einer bekommt Schilddrüsenkrebs, die häufigste Variante bei erhöhter Strahlendosis, andere kriegen erst einen Kropf. Aber es kommt auch vor, dass einer ohne Kropf innerhalb eines Monats verbrennt, und manche wursteln sich mit Kropf bis ins hohe Alter durch.

Was, wenn er jetzt etwas ertastet? Wenn er sagt: Du hast noch ein halbes Jahr. Er hat recht, unter Stalkern ist so was an der Tagesordnung.

»Was ist das für eine Nachuntersuchung? Ein Röntgenbild?«

»Ein Röntgenbild! Sie sind gut ... Warten Sie mal ... Nein, das war nur ein Eindruck. So, jetzt auf die Seite. Bisher alles im grünen Bereich. Jetzt mal den Bauch ... Nicht anspannen, ganz locker.«

Die Gummifinger – weich, kalt – schienen auf einmal, an Haut und Muskeln vorbei, direkt die Leber zu berühren, kitzelten den erschrockenen Darm.

»Also so direkt lässt sich da nichts Großartiges abgreifen. Schauen wir uns mal die Geschlechtsorgane an. Wie sieht's denn aus, noch in Gebrauch?«

»Häufiger als bei Ihnen.«

»Nun, Sie sind hier der Stalker, deswegen frage ich. Einen schönen Beruf haben Sie sich da ausgesucht ... Na gut, ich sehe keine besonderen Pathologien. Sie können aufstehen. Aber eigentlich sollten Sie, mein Bester, schön brav in der Metro sitzen bleiben, wie alle normalen Leute. Aber Sie müssen ja unbedingt! Nicht dass ich Sie nächstes Mal auch zur Nachuntersuchung schicken muss ...«

»Und wie ... wie lange dauert diese Nachuntersuchung?«

Artjom horchte unwillkürlich: Was tat sich da, hinter der rechten Tür? Schweigen.

Und in ihm, Artjom, was tat sich da? Interessierte es ihn, ob der Broker eine Röntgenuntersuchung bekam oder nicht? Ebenfalls Schweigen.

Jetzt war es wichtig, schlau zu sein, Homer wieder zu fassen zu kriegen und lebend hier rauszubringen. Und dann die *Teatralnaja* zu erreichen, bevor die Roten dort ankamen. Nur ein einziger Tunnel. Ein Schritt bis zum Ziel. Und Ljocha ... Der wollte ja unbedingt gegen Degenerierte kämpfen. Sollte er erst mal zusehen, dass mit ihm selbst alles in Ordnung war. Idiot.

»Na ja ... So lange wie eben nötig«, sagte der Arzt nachdenklich, während er Artjom den Persilschein ausstellte. »In solchen Dingen, mein Bester, lässt sich leider überhaupt nichts voraussagen.«

Dietmar blickte sich stolz um.

»Na dann, herzlich willkommen! Die Station *Darwinowskaja*, vormals *Twerskaja*. Früher schon mal hier gewesen?«

»Nein. Noch nie.«

Das raue Gefühl im Hals.

»Schade eigentlich. Die Station ist nämlich überhaupt nicht wiederzuerkennen!«

Tatsächlich: Artjom erkannte die *Twerskaja* nicht wieder.

Vor zwei Jahren waren die niedrigen Bögen komplett vergittert gewesen und hatten als Zellen gedient. Damals hatten dort Nichtrussen, die man an den Nachbarstationen gefangen hatte, in der eigenen Scheiße gehockt. Auch Artjom selbst hatte in einer dieser Zellen eine Nacht verbracht und die Minuten gezählt bis zur morgendlichen Hinrichtung, hatte nach Luft und um einen Ausweg aus seiner Lage gerungen.

»Alles komplett renoviert!«

Die Zellen waren verschwunden. Weder Fackelruß an der Decke noch Rostflecken ausgelaufener Menschenflüssigkeit am Boden. Alles gesäubert, gewaschen, desinfiziert und vergessen.

Statt der Kasematten standen hier jetzt Handelskioske, ordentlich, frisch gestrichen, mit Nummern versehen. Ein festlicher Basar. Die Menschenmenge, die darin herumplätscherte, machte einen glücklichen, friedlichen und trägen Eindruck. Da gingen Familien spazieren, Kinder saßen auf den Schultern ihrer Väter und ließen die Beine baumeln. Andere suchten an den Auslagen nach etwas Passendem. Musik spielte.

Artjom wollte sich die Augen reiben. Er suchte nach dem Platz, wo man ihn hatte hängen wollen … und fand ihn nicht.

»Ihr werdet das gesamte Reich nicht wiedererkennen!«, sagte der Uffz. »Seit sich die Generallinie der Partei geändert hat, haben wir Reformen durchgeführt. Wir sind dabei, ein moderner Staat zu werden. Ohne Exzesse.«

Nur einzelne Tröpfchen schwarzer Uniform waren in der Menge auszumachen, sie störten das Auge kaum. Die handgepinselten Plakate, auf denen die Überlegenheit der weißen Rasse verkündet wurde, waren verschwunden, ebenso die Transparente mit dem Schriftzug: »DIE METRO DEN RUSSEN!« Von den alten Parolen war nur noch eine übriggeblieben: »IN EINEM

GESUNDEN KÖRPER WOHNT EIN GESUNDER GEIST!« Tatsächlich gab es hier alle möglichen Gesichter, nicht nur stumpf- nasige und milchig-sommersprossige. Vor allem aber machten die Menschen hier alle einen kräftigen und gepflegten Eindruck, so wie an der *Tschechowskaja-Wagnerowskaja*, zu der sie zuvor einen Abstecher gemacht hatten. Nirgends war jenes krampfhafte Hus- ten zu hören, das an der *WDNCh* zum Alltag gehörte, nirgends waren Strahlenkröpfe zu erkennen, und auch die kleinen Mätze kamen einem vor wie die beste Auslese: zwei Beine, zwei Arme, die Wangen rot wie die Tomaten von der *Sewastopolskaja*.

Artjom musste an Kirill denken, der auf seine Expedition in den Hohen Norden wartete.

»Das ist ja wie in deinem Poljarnyje Sori«, sagte er zu Homer.

Dieser schlurfte hinter ihm her und drehte seinen Bart hin und her: Er sog all das auf, für sein Buch, wofür sonst? Das Huhn baumelte unter seiner Achsel, sein Notizheft ragte zusammen- gedreht aus der hinteren Hosentasche. Die übrigen Sachen, ein- schließlich Artjoms Ausrüstung, hatte der Uffz einstweilen ein- behalten.

»Hinter dieser Ecke da, in den Diensträumen, haben wir ein Krankenhaus. Natürlich ist die Behandlung kostenlos. Zweimal im Jahr geht die Bevölkerung zur Vorsorgeuntersuchung. Die Kinder sogar vierteljährlich! Wollt ihr euch das ansehen?«

»Nein, danke«, sagte Artjom. »Ich komm gerade vom Arzt.«

»Verstehe! Na gut, wisst ihr, was ich euch dann zeige … Das hier!«

Entlang der Gleise spreizten sich Ladekräne, Draisinen stan- den Schlange. Sie gingen hin, um das Treiben zu bewundern.

»Die *Darwinowskaja* ist jetzt unser wichtigster Umschlag- platz!«, erklärte Dietmar stolz. »Besonders hoch ist der Warenaustausch mit der Hanse, und da ist noch Luft nach oben. Ich bin der Meinung, in diesen schwierigen, unruhigen Zeiten müssen alle zivilisierten Kräfte der Metro zusammenstehen!«

Artjom nickte.

Was wollte Dietmar bloß von ihm? Warum hatte er ihm, im Gegensatz zu allen anderen Freiwilligen, das Rasieren und Exerzieren erspart? Warum hatte er sich überreden lassen, als Artjom verlangt hatte, dass Homer ihn begleitete? Womit hatte sich dieser einfache Freiwillige eine kostenlose Führung durch die Stationen, erst die *Tschechowskaja* und jetzt noch diese hier, verdient?

In diesen schwierigen … unruhigen …

»Das da ist der Tunnel zur *Teatralnaja*.«

Alles hinwerfen und einfach losrennen.

»Der unruhigste Grenzabschnitt von allen. Wir befestigen uns. Bereiten uns vor. Damit sich nicht mal mehr eine Maus unbemerkt durchmogeln kann. Deswegen können wir jetzt leider nicht hin.«

Aber wie dann? Wie sollten sie dann zur *Teatralnaja* kommen? Rjaba begann zu gackern und mit den Flügeln zu schlagen: Offenbar drückte Homer sie zu fest, dass sie kaum noch Luft bekam. Aber sie kam ihm nicht aus: Der Alte hatte sie im Griff. Artjom fühlte sich genauso wie das Huhn. Wie würde es jetzt weitergehen?

»An dem Ende da hinten werden Fettkerzen produziert, eine der wenigen Stellen in der Metro seltsamerweise. Dort drüben sitzt unsere Webereigenossenschaft, richtige Stoßarbeiterinnen! Die Socken, die sie dort machen, sind einfach fantastisch, wer Rheuma hat, zahlt dafür jeden Preis! So … Was noch? Kommt, wir gehen runter zum Übergang! Das ist hier der Wohnbereich.«

In den Übergang zur *Puschkinskaja-Schillerowskaja* führten zwei Rolltreppen hinab, die direkt in den Granitboden des Mittelbahnsteigs abtauchten. Nachdem sie die gerippten schwarzen Stufen hinabgelaufen waren, fanden sie sich auf einem wahren Boulevard wieder: Der Übergang war zu beiden Seiten mit kleinen Kabinen verbaut, zwischen denen bronzene Fackelleuchter den Marmor streichelten. In einem dieser Lebkuchenhäuschen befand sich sogar eine Schule, und gemeinsam mit einer rasselnden Klingel schwappten gerade in diesem Augenblick saubere, gesund und lebendig aussehende Kinder in die Pause heraus und Artjom entgegen, direkt gegen seine Brust.

»Gehen wir rein?«

Drinnen sprachen sie den Lehrer Ilja Stepanowitsch an, der gerade nachdenklich in einer Zeitschrift las, und dieser zeigte ihnen sein Klassenzimmer: ein mit Bleistift gezeichnetes Porträt des Führers, eines jung aussehenden Mannes mit strengen Zügen und Dreitagebart, eine Karte des Reichs, Karikaturen der Roten, Aufrufe zu regelmäßiger Gymnastik.

»Artjom denkt wie wir, er wird sich als Freiwilliger der Eisernen Legion anschließen«, lobte Dietmar. »Und dies hier ist …«

»Homer.«

»Was für ein interessanter Name!« Ilja Stepanowitsch, ein schmächtiges Männlein, nahm die Brille ab und rieb sich den Nasenrücken. »Sie sind Russe?«

»Il-ja Ste-pa-no-witsch«, warf Dietmar vorwurfsvoll ein. »Spielt das denn eine Rolle?«

»Es ist ein Spitzname«, antwortete Homer. »Dietmar ist ja wahrscheinlich auch ein Dmitri, nicht?«

»War ich mal«, gab der Uffz grinsend zu. »Und wie sind Sie Homer geworden?«

»Die Leute machen sich eben gern lustig. Ich habe versucht Bücher zu schreiben. Eine Geschichte unserer Zeit.«

»Was Sie nicht sagen!« Ilja Stepanowitsch zupfte sich am Bärtchen. »Ich bin fasziniert. Ob ich Sie nachher wohl zum Tee einladen dürfte? Meine Frau macht Ihnen auch gern etwas zu essen, wenn Sie Hunger haben.«

»Das tun wir! Auf jeden Fall!«, antwortete Dietmar erfreut. »Wie stark ist denn Ihr Tee?«

»So stark wie die Liebe zur Heimat!« Ilja Stepanowitsch lächelte mit gelben Pferdezähnen. »Wir sind ganz am Ende des Übergangs, gegenüber von der Zigeunerfamilie.«

»Sozialwohnungen!« Dietmar hob den Zeigefinger zum Stuckhimmel. »Dafür hat der Führer gesorgt!«

Der erwähnte Wohnblock überstieg sämtliche Vorstellungskraft: Der Boden war auf der ganzen unendlichen Länge des Korridors mit behaglichen Dielenbrettern ausgelegt. An den Wänden hingen Reproduktionen alter Meister sowie Katzen- und Blumenkalender. Auf dem Mittelgang zeigten sich mal Frauen in Schürzen, mal Männer mit Hosenträgern auf nacktem Oberleib, der Luftzug trug aus irgendeiner Küche Dampfschwaden von einem Pilzragout heran, und plötzlich sauste ihnen hinter irgendeiner Biegung, die Augen zusammengekniffen und wild lachend, ein Knirps auf seinem Dreirad entgegen und weiter, den Boulevard hinab.

»Es gibt also doch Leben auf dem Mars«, stellte Artjom fest.

Der Uffz lächelte ihm über die Schulter zu.

»Seht ihr? Dabei werden wir so dämonisiert.«

Der Übergang zur *Schillerowskaja* war eine mit Ziegelsteinen vermauerte Sackgasse. Dietmar erklärte, die Station werde derzeit renoviert, es bestehe daher keine Möglichkeit, sie zu besuchen. Sie wanderten noch ein wenig in den zugänglichen Bereichen herum und zählten dabei die langsam heruntertickenden Sekunden ab. Nicht eine einzige dieser Sekunden ließ der Uffz sie aus den Augen. All ihre Hypothesen mussten sie also schweigend mit sich selbst ausdiskutieren.

Zur vereinbarten Zeit klopften sie bei ihrem Gastgeber an.

An der Schwelle trat ihnen eine dunkelhaarige, schwarzäugige junge Frau mit einem riesigen runden Bauch entgegen.

»Narine«, stellte sie sich vor.

Dietmar zauberte aus seinem Ärmel eine Champagnerflasche hervor, die mit irgendeiner rätselhaften Flüssigkeit gefüllt war. Wann er die wohl gekauft hatte? Galant überreichte er sie der Hausherrin.

»Schade, dass Sie das jetzt nicht probieren können!«, sagte er augenzwinkernd. »Ich wette, es ist ein Junge! Meine Mutter meinte immer: Wenn der Bauch rund ist, wird es ein Junge. Sieht er dagegen eher aus wie eine Birne, ist ein Mädchen unterwegs.«

»Ein Junge, das wäre schön«, antwortete sie mit blassem Lächeln. »Ein Ernährer.«

»Ein Beschützer!«, ergänzte Dietmar und lachte.

»Kommen Sie doch herein. Ilja kommt gleich. In der Toilette können Sie sich die Hände waschen.«

Tatsächlich gab es hier eine eigene, winzige Toilette. Ein separater Raum, wie in den verlassenen Häusern an der Oberfläche. Mit einem richtigen Sitzklo anstelle eines Lochs im Boden, einer Waschschüssel aus Porzellan und einem kleinen Riegel an der Holztür; an einer Wand hing sogar ein dicker Teppich.

»Wunderbar!«, bemerkte Dietmar.

»Es kommt sehr kalt von dort …«, erklärte die Gastgeberin leise und reichte ihm ein Frotteehandtuch. »Wir versuchen, unsere Wohnung so gut es geht abzudichten.«

Homers Huhn wurde in der Toilette eingesperrt. Es bekam sogar ein paar Krümel zum Picken hingestreut.

Schließlich kam auch der Hausherr vom Dienst zurück und schien Homer mit seinen neugierigen Blicken geradezu auffressen zu wollen. Er führte sie in das nett eingerichtete Zimmer, ließ sie auf einem Klappsofa Platz nehmen, rieb sich die Hände und schenkte allen einen »Tee mit Schuss« in saubere kleine Gläser ein.

»Nun, wie gefällt es Ihnen hier? Im Reich?«

»Es ist erstaunlich«, gab Homer zu.

»Und trotzdem erzählen die Menschen in der großen Metro ihren Kindern Schauergeschichten über uns, nicht wahr?« Ilja Stepanowitsch verzog komisch das Gesicht, als er sein Gläschen herunterstürzte. »Bei uns hat sich viel verändert! Erst recht seit der Neujahrsansprache des Führers!« Er drehte sich zu dem Bleistiftporträt um – es war exakt das gleiche wie in der Schule. »Wie dem auch sei. Sollen sie doch herkommen und sich mit eigenen Augen überzeugen. Ein solches System der sozialen Absicherung, wie es hier im Reich existiert, hat nicht einmal die Hanse! Übrigens wird derzeit ein Programm zur Aufnahme von Immigranten aufgerollt. Deshalb befindet sich die *Schillerowskaja* ja gerade im Umbau …«

»Sie meinen, für die Eiserne Legion?«

»Für die auch. Sie können sich ja gar nicht vorstellen, wie viele Freiwillige aus der ganzen Metro hierherkommen wollen! Viele davon mit ihren Familien. In meiner Klasse hatte ich in diesem Monat schon zwei Neue. Ich muss zugeben: Der Ausstieg aus

226

dem Nationalismus war eine absolut geniale Idee. Was für ein Wagnis! Stellen Sie sich vor, welcher Mut dazu gehört, um öffentlich, auf dem Parteitag, zu bekennen, dass der politische Kurs der gesamten letzten Jahre, ach, was sag ich: des letzten Jahrhunderts, ein Fehler war? Was für ein kühner Schritt! Dies den Delegierten direkt ins Gesicht zu sagen! Glauben Sie, die Partei besteht aus willenlosen Marionetten? Oh nein! Ich darf Ihnen versichern, es gibt eine Opposition, und die ist durchaus ernst zu nehmen. Einige davon sind schon länger in der Partei als der Führer selbst. Und diese Bonzen nun einfach so herauszufordern! Wissen Sie, darauf möchte ich trinken.«

Dietmar erhob sich zackig.

»Auf den Führer!«

Sogar Narine nippte an ihrem Glas.

Es wäre unhöflich gewesen, nicht mitzutrinken. Also leerten auch Artjom und Homer ihre Gläser.

»Warum sollte ich es verheimlichen? Auch Narine und mir … hat der Führer eine Chance gegeben.« Ilja Stepanowitsch berührte zärtlich den Arm seiner Frau. »Er hat gemischte Ehen zugelassen. Und noch dazu diese Wohnung … Narine hat früher an der *Pawelezkaja* gelebt, und zwar an der Radialstation. Ein Unterschied wie Tag und Nacht. Tag und Nacht!«

»Die kenne ich«, brummte Artjom, dem der flammende Blick des Lehrers langsam unangenehm wurde. »Die hatte ein kaputtes hermetisches Tor, stimmt's? Ich erinnere mich, dass damals von oben alles mögliche Getier anrückte. Und … es gab dort viele Kranke … wegen der Strahlung.«

»Bei uns – hat es – niemals – Kranke gegeben«, stieß die kleine Narine unerwartet heftig, sogar böse hervor. »Das ist Blödsinn, was Sie da sagen.«

Artjom hielt verblüfft den Mund.

»Die Geschichte verändert sich also vor unseren Augen!«, rief Ilja Stepanowitsch freudig und strich seiner Gattin beruhigend über den Arm. »Und Sie haben verdammt recht, wenn Sie gerade jetzt mit dem Schreiben anfangen wollen! Auch ich, wissen Sie … Nun ja, ich bringe meinen Schülern doch die Geschichte des Reichs bei. Von Hitlerdeutschland bis heute. Und da lässt mir ein Gedanke keine Ruhe: Sollte ich mich nicht an ein Lehrbuch wagen? Etwas über unsere Metro schreiben? Und da, auf einmal – ein Konkurrent!«

Er lachte auf.

»Trinken wir, Kollege? Auf all die Dummköpfe, die sich fragen, wozu man noch Geschichtslehrbücher schreiben soll! Auf alle, die uns verspotten! Und deren Kinder später aus unseren Büchern erfahren werden, wie das alles gewesen ist!«

Homer blinzelte perplex, willigte aber ein.

Währenddessen blickte Artjom verstohlen zu Narine hinüber. Diese aß nichts und achtete offenbar auch nicht auf das Gespräch. Ihre Arme umfassten schützend den großen runden Bauch, in dem ein Junge saß, dessen Blut aus zwei Arten gemischt war.

»Aber ja, natürlich, schreiben Sie das, Ilja Stepanowitsch!« rief Dietmar aus, angesteckt von der Begeisterung des Lehrers. »Soll ich mit der Obrigkeit reden? Wir haben schließlich auch eine Druckerpresse. Wenn wir schon die ›Eisenfaust‹ für die Armee herausgeben, warum nicht auch ein Buch?«

»Meinen Sie das ernst?« Das Gesicht des Lehrers hatte sich gerötet.

»Natürlich! Die Erziehung unserer Kinder ist eine Aufgabe von allergrößter Bedeutung!«

228

»Von allergrößter!«

»Und dabei ist es doch besonders wichtig, wie man was formuliert, nicht wahr?«

»Oh ja! Von fundamentaler Bedeutung!«

»Zum Beispiel unser Konflikt mit den Roten. Wissen Sie, die rote Propaganda wirft uns ja immer schreckliche Todsünden vor ... Sie konnten sich ja jetzt selbst vom Gegenteil überzeugen ...« Dietmar wandte sich Homer zu. »Und dennoch gibt es nicht wenige Menschen, die nur das Schlimmste annehmen! Und uns deswegen meiden wie der Teufel das Weihwasser!«

»Stellen Sie sich nur vor«, fuhr Ilja Stepanowitsch fort, »Sie hätten angefangen, über das Reich zu schreiben, ohne je hier gewesen zu sein. Was hätten Sie dann den Nachfahren über uns berichtet? Schauermärchen! Irgendeinen Unsinn!«

»Was wollen Sie denn berichten?«, platzte es aus Homer heraus.

»Die Wahrheit! Natürlich die Wahrheit!«

»Aber jeder hat doch seine eigene Wahrheit, oder nicht?«, erkundigte sich der Alte. »Sogar die Roten wahrscheinlich. Wenn so viele Menschen ihnen glauben ...«

»Bei den Roten ist die Propaganda längst an die Stelle der Wahrheit getreten«, mischte sich Dietmar ein. »Diese ständige Gleichmacherei ... Ich sage Ihnen, bei denen haben die Degenerierten insgeheim die Macht übernommen und den Normalen eine Gehirnwäsche verpasst! Sie hetzen sie auf uns! Treiben sie in den Krieg! Wo ist da die Wahrheit?«

»Hungrige, bettelarme Menschen sind das!«, assistierte Ilja Stepanowitsch. »Glauben Sie, es ist schwierig, sie glauben zu machen, was immer man will? Glauben Sie, die werden irgendwann auch nur versuchen, die Wahrheit von der Lüge zu unterscheiden, wie die Spreu vom Weizen? Die würden doch niemals zugeben, dass hier, im Reich, ein Gesellschaftsmodell geschaffen worden ist, das in der ganzen Metro seinesgleichen sucht. Nein! Stattdessen werden sie ihnen auf alle Zeiten Angst einjagen mit irgendwelchen Konzentrationslagern und Öfen!«

Narine hielt sich die zierliche Hand vor den Mund, als befürchtete sie, ihr könnte ein unerlaubtes Wort entschlüpfen. Dann erhob sie sich hastig und ging hinaus. Ilja Stepanowitsch bemerkte dies nicht einmal, Artjom aber schon.

»Und was werden Sie in Ihrem Lehrbuch über die Degenerierten schreiben?«, fragte Homer.

»Was sollte ich denn über sie schreiben?«

»Nun ja … Wenn ich das richtig sehe, sind sie jetzt … also, sind die es jetzt, gegen die das Reich kämpft, richtig? Nicht mehr …«

»Richtig«, bestätigte Ilja Stepanowitsch.

»Und wie? Wie kämpft man gegen sie?«

»Gnadenlos!«, fiel Dietmar ein.

»Und wohin bringen Sie sie? Wenn Sie sie ausfindig gemacht haben?«

Der Lehrer runzelte die Stirn.

»Was spielt das für eine Rolle? Nun, man lässt sie arbeiten, zur Besserung.«

»Das heißt, die Degeneriertheit bessert sich durch Arbeit? Und wie steht es mit Krebs?«

»Was?!«

»Krebs. Ich hörte vorhin, der Führer habe Krebs gleichgestellt mit einer genetischen Missbildung. Da frage ich mich doch, was das für eine Arbeit ist.«

»Nun, wenn es Sie interessiert, so können wir Ihnen das gern zeigen.« Dietmar ging lächelnd dazwischen. »Aber was, wenn

Ihre Hände sich irgendwann an den Griff der Spitzhacke gewöhnen? Dann können Sie ja Ihren Kugelschreiber nicht mehr halten.«

»Na, das wird ja ein tolles Lehrbuch!«

»Scheint es nur so, oder spüre ich da bei Ihnen ein Mitgefühl für die Degenerierten?«, fragte Ilja Stepanowitsch. »Wollen Sie die in Ihrem Buch etwa als blondgelockte Engel darstellen? Der Führer hat diesbezüglich ein für alle Mal klargestellt: Wenn wir diesen Monstern erlauben, sich zu vermehren, wird bereits die nächste Generation der Menschen nicht mehr überlebensfähig sein! Wollen Sie etwa, dass die unser Blut mit ihrem verwässern? Dass Ihre Kinder mit zwei Köpfen geboren werden? Wollen Sie das?«

»Kinder mit zwei Köpfen kann in dieser verfluchten Metro jeder bekommen! Jeder beliebige!«, schrie Homer auf und hüpfte dabei leicht in die Höhe. »Die armen kranken Kinder! Und Sie, was machen Sie denn mit Ihren Doppelköpfigen?«

Ilja Stepanowitsch schwieg.

Auch Homer sagte nichts mehr, sondern atmete nur noch schwer. Artjom, der sich nicht eingemischt hatte, begriff auf einmal, dass der Alte mutiger war als er selbst. Und verspürte plötzlich den Drang, jemanden für diesen Alten umzubringen, um sich als genauso mutig zu erweisen wie er.

»Dann schauen wir doch mal, was dieser verehrte Historiker und Schriftsteller in seinem Buch schreibt.«

Dietmar beugte sich über den Tisch, wobei der Rand seiner Uniformjacke im Salat landete, und fischte geschickt das Manuskript aus Homers Hosentasche.

Artjom sprang auf, aber Dietmar legte seine Hand aufs Halfter.

»Setz dich!«

»Lassen Sie das!«, sagte der Alte.

Narine kam hereingelaufen, die Stirn gerunzelt, die Augen glänzend. Die Vorstellung, in diesem winzigen Zimmer mit Dietmar kämpfen zu müssen, war furchtbar. Ein zufälliger Schuss konnte hier so gut wie jeden treffen.

Verängstigt drückte sich Narine an ihren Ehemann.

»Es ist alles in Ordnung, Liebste.«

»Ilja Stepanowitsch, machen Sie sich selbst ein Bild!«

Dietmar reichte dem Lehrer das Heft, ohne die andere Hand vom Halfter zu nehmen.

»Gern«, antwortete der mit einem herablassenden Lächeln. »Also. Nehmen wir doch mal den Anfang. Aha. *Sie waren nicht zurückgekehrt, weder am Dienstag noch am Mittwoch noch am Donnerstag – dem letzten vereinbarten Termin* … Tja, also die Handschrift natürlich … *und hätten die Wachen auch nur das Echo eines Hilferufs gehört oder den schwachen* … äh, *Wi-der-schein einer Lampe* … Und was ist das? Ach so, *Stoßtrupp.* Sagen Sie mal, setzen Sie überhaupt keine Kommata? Also, bisher ist das ja eher belletristisch. Gehen wir mal in die Mitte … Langweilig … Langweilig … Oh, hier: *So würde Homer, der Chronist und Mythenschöpfer, dadurch erst als herrlicher, wenn auch kurzlebiger Schmetterling ans Licht kommen!* Haben Sie das gehört? Mythenschöpfer! Mit einer Schöpfkelle, oder was? Und da, wieder die Satzzeichen … Da dreht sich einem ja der Magen um! Und so schreiben Sie über sich selbst, Herr Kollege? Oder hier … *Sie stand allein … gegen eine Legion von Killern … Trotzig sagte sie:* ›*Ich will ein Wunder!*‹ Oho! Pathos, Pathos. Und wie weiter? *Immer lauter rauschte ein dunkler Strom heran* … Aha. ›*Ein Durchbruch!*‹, *schrie jemand.* ›*Das ist der Regen!*‹, *rief sie.* Ach so! Sie vergleicht einen Wassereinbruch mit dem Regen. Sehr romantisch.«

Homer schien seine Zunge verschluckt zu haben. Artjom ließ die Revolvertasche nicht aus den Augen.

»Und dann nehmen wir uns noch das Ende vor, obwohl ich glaube, mit dieser Geschichte ist sowieso schon alles klar. *Ganz leise, wie eine Art Wiegenlied* ... Das ist jetzt aber wirklich nur noch mit der Lupe zu entziffern ... Ah, ja ... *Saschas Leiche hatte Homer an der* Tulskaja *nicht gefunden. Was noch?* Und aus. Wieder von sich selbst in der dritten Person. Großartig! Bitte!«

Der Lehrer schlenzte das Heft auf das feuchte Wachstuch.

»Nichts Aufrührerisches zu entdecken. Alles nur prätentiöses Gewäsch.«

»Gehen Sie doch zum Teufel«, sagte Homer, wischte das Heft an der Hose ab und stopfte es in eine Innentasche seines Mantels.

»Ach, lassen Sie doch! Lernen Sie erst mal, ohne Fehler zu schreiben, dann können Sie meinetwegen weiter an Ihrer ›Ilias‹ meißeln. Wahrscheinlich haben Sie sich doch selbst Homer genannt, und nicht irgendwer anders, oder?«

»Gehen Sie doch ...«, wiederholte Homer und senkte störrisch den Kopf.

»Die Hälfte des Buchs handelt ja von Ihnen selber! Was ist denn das für eine Geschichtsschreibung? Für die Historie ist da doch gar kein Platz mehr!«

»Das ist ein altes Buch. Das nächste wird anders.«

»Na, hoffentlich wird es besser!« Dietmar ließ seine Revolvertasche los, um nach seinem Glas zu greifen. »So, wir haben uns gestritten, aber jetzt ist es gut. Auf Ihr nächstes Buch! Oder, Ilja Stepanowitsch? Irgendwie sollte man Gästen gegenüber ... Verzeihen Sie. Wir verderben doch noch Ihrer Frau die Laune – so eine Schönheit. Etwas von dem, was Ilja Stepanowitsch vorgelesen hat, hat mir übrigens durchaus gefallen, zumindest an ein paar Stellen. Und bei Kommas bin ich selbst kein Experte, auch wenn bei mir sonst alles problemlos funktioniert. Ich bitte Sie also um Verzeihung, Homer Iwanowitsch, wir haben uns so ereifert, weil das ein sehr sensibles Thema ist. Für uns alle.«

»Ja, für alle«, bestätigte der Lehrer und legte die Hand auf den Bauch seiner Frau. »Das mit den zweiköpfigen Kindern von Ihrer Seite ... das war einfach taktlos!«

»Ich denke, das wissen Sie selbst, Homer Iwanowitsch«, pflichtete Dietmar bei und fügte streng hinzu. »Das wissen Sie doch, oder? Wir haben den gebotenen Takt vermissen lassen, aber Sie auch. Wie wär's, wenn wir damit den Vorfall für erledigt erklären?«

»Ja. In Ordnung.«

Homer schaufelte sein Glas vom Tisch und stürzte dessen Inhalt mit Schwung herunter.

Artjom tat es ihm gleich.

»Du hast nicht zufällig Tabak dabei?«, sprach er an Dietmar vorbei.

»Damit kann ich dienen.«

»Wenn es geht, rauchen Sie doch bitte in der Toilette«, bat Narine.

Artjom ließ das Huhn hinaus, sperrte sich in der Toilette ein, setzte sich auf die echte Kloschüssel, drehte sich eine Papirossa aus feindlichem Tabak, entzündete ein Streichholz, setzte der Selbstgedrehten ein Glühwürmchen auf, zog und blies langsam seine inneren Dämonen aus sich heraus. Er musste jetzt irgendwie sein Mütchen kühlen.

Dann fiel ihm die Wand ein, und dieser herrliche Teppich, der dazu da war, sie warm zu halten.

Er befühlte die Fasern mit der Hand: Vielleicht war er wenigstens ein wenig kühl? Nein. Aber wozu war er sonst da? Er ließ die Finger unter den Teppich wandern. Die Wand war ganz normal, kein bisschen kühl. Warum hatte Narine gelogen?

Artjom rauchte seine Papirossa hastig zu Ende, warf die Kippe ins Klo und horchte: Ging sich im Zimmer auch niemand an die Kehle? Offenbar gerade nicht. Dietmar, der Witzbold, lachte polternd auf.

Artjom stieg auf die Kloschüssel, ertastete die Befestigung des Teppichs, spannte die Muskeln, hob ihn an und – löste ihn von der Wand.

Was hoffte er dort zu finden?

Eine Tür mit einem Schloss, in das der goldene Schlüssel passte? Für die Dorothys dieser Station lag das magische Land doch auf dieser Seite des Teppichs – was befand sich also auf der anderen?

Gar nichts. Eine nackte Wand. Mit Putz beschmierte Ziegel. Der Teppich ließ das Ganze einfach netter aussehen.

Jetzt musste er diesen schwergewichtigen, sinnlosen Teppich wieder zurückhängen, die Schlaufen genau über die Nägel fädeln. Dazu hatte er überhaupt keine Lust.

Stattdessen drückte Artjom Stirn und Wange gegen diese dumme, raue Wand. Dabei kühlte sie kein bisschen. Die Papirossa hatte da schon besser geholfen.

Aber …

Da war etwas. Oder hatte er sich geirrt?

Er drehte den Kopf und legte sein Ohr gegen den kratzigen Putz.

Hinter der Wand, auf der anderen Seite, der Rückseite … war ein gedämpftes Heulen zu vernehmen.

Ein gedämpftes Heulen und Brüllen, kaum zu hören, denn die Wand war dick, aber das Brüllen war wild und grauenerregend. Dann brach es ab, nicht lang, eine Sekunde nur, um Luft zu holen, dann ging es wieder los. Jemand weinte, flehte Unverständliches, heulte erneut auf. Unterbrach sich, schnappte nach Luft und schrie weiter. Es war, als würde dort jemand in siedendem Öl gebraten.

Artjom zuckte zurück.

Was war das?

Die *Schillerowskaja*. Dies hier war der Übergang dorthin. Der jetzt eine Sackgasse war, weil die *Schillerowskaja* umgebaut wurde. Die Kasematten an der *Twerskaja* waren nur abgerissen worden, um sie an der *Puschkinskaja* – der *Schillerowskaja* – wieder zu errichten. Das waren also die ganzen Reformen, mehr nicht.

»Hey, Stalker, was ist?«, ertönte Dietmars Stimme hinter der Tür.

»Dünnschiss! Komme gleich.«

Artjom spannte sich an, hob den zentnerschweren Teppich auf – hoffentlich fiel die Kloschüssel jetzt nicht um – und ertastete gerade noch rechtzeitig die Haken, bevor die Kraft in den Armen ganz nachließ.

Vorsichtig, leise stieg er hinunter.

In der Toilette herrschte tiefstes Schweigen.

Jetzt konnte man hier wieder in Ruhe scheißen.

»Na, wie gefällt dir die Wohnung?«

Dietmar hing noch immer vor der Tür rum, offenbar musste auch er mal.

»Klasse.«

»Unter uns: Ganz in der Nähe gibt's noch mal genauso eine. Und die ist frei.«

Artjom blickte ihn direkt an.

236

»Sozialwohnungen. Werden gerade fertig renoviert. Wir vom Militär bekommen davon immer eine bestimmte Quote. Wär das nicht was für dich?«

»Das wär ein Traum.«

»Wir könnten damit zum Beispiel einen Helden der Legion belohnen. Für seine Großtat. Als Beispiel für die anderen.«

»Was denn für eine Großtat?«

Dietmar entzündete schmunzelnd einen weiteren Glimmstängel.

»Dass wir deinen Alten so rangenommen haben, hat dich ziemlich gewurmt, oder? Kein Grund, das war nur ein kleiner Test. Wir wollten wissen, wie du reagierst. Alles in Ordnung, du hast bestanden.«

»Was für eine Großtat?«

»Die Wohnung hat eine separate Nasszelle. Na, wie klingt das? Und dazu gibt's eine Militärrente. Dann kannst du die Ausflüge an die Oberfläche endlich einstellen. Denk daran, was der Arzt gesagt hat …«

»Was soll ich tun?«

Der Uffz tippte die Asche auf den Boden. Er musterte Artjom noch einmal, diesmal mit kaltem Blick. Sein Lächeln war verschwunden, und das schwarze Muttermal auf seinem emotionslosen Gesicht sah jetzt aus wie ein Einschussloch.

»Die Roten werden versuchen, die *Teatralnaja* zu besetzen. Eine neutrale Station, das war sie schon immer, und sie steckt ihnen wie eine Gräte im Hals. In ihr Gebiet gehören der *Ochotny Rjad* und die *Ploschtschad Rewoljuzii*, aber zwischen den beiden gibt es keinen direkten Übergang. Das geht nur über die *Teatralnaja*. Nach unseren Informationen wollen sie jetzt die Verbindung herstellen. Und das können wir nicht zulassen. Die *Teatralnaja* ist nur einen Tunnel von hier entfernt. Der nächste Schlag würde also dem Reich gelten. Hörst du mir überhaupt zu?«

»Ja.«

»Wir planen eine Operation, um die *Teatralnaja* vor ihnen zu retten. Es ist alles bereit. Wir müssen die Übergänge zwischen der *Teatralnaja* und dem *Ochotny Rjad* abriegeln, bevor die Roten ihr Militär da durchschicken. Es gibt insgesamt drei. Du bekommst den oberen, der durch die Eingangshalle führt. Du gehst obenrum, über die Twerskaja-Straße. In der Eingangshalle montierst du eine Mine. Dann baust du dein Funkgerät auf und berichtest. Und wartest auf unser Signal.«

Artjom atmete den fremden Rauch mit voller Brust ein.

»Und warum lasst ihr das nicht eure eigenen Leute machen? Habt ihr etwa keine Stalker?«

»Die sind uns ausgegangen. Vor zwei Tagen haben wir eine Vierergruppe mit der gleichen Aufgabe an die Oberfläche geschickt – seither ist sie spurlos verschwunden. Und erst andere auszubilden ist jetzt keine Zeit. Wir müssen sofort handeln. Vielleicht sind unsere Leute an der *Teatralnaja* enttarnt worden. Dann können die Roten jede Sekunde angreifen.«

»Die Eingangshalle an der *Teatralnaja* … Ist die überhaupt offen? Oder verbarrikadiert?«

»Müsstest du das nicht wissen? Das ist doch dein Bezirk, oder?«

»Ja, das ist meiner.«

»Also machst du es?«

»Wenn der Alte mit mir kommt. Ich brauche ihn.«

»Vergiss es.« Der Uffz lächelte. Das Einschussloch verwandelte sich wieder in ein Muttermal. »Ich brauche ihn mehr als du. Wenn du nämlich nicht rechtzeitig Funkkontakt aufnimmst oder diesen Scheißübergang nicht rechtzeitig in die Luft

jagst oder nicht rechtzeitig zurückkommst, dann werde ich jemand ganz Bestimmten ... zur Nachuntersuchung schicken müssen.«

Artjom machte einen Schritt auf ihn zu.

Dietmar pfiff, woraufhin die Tür aufgerissen wurde, und im
nächsten Augenblick standen drei Männer in schwarzen Uniformen in der Wohnung, ihre kurzen MPs im Anschlag. Die
schienen ziemlich genau zu wissen, wo sie in Artjom Löcher machen würden.

»Tu es«, sagte der Uffz. »Damit leistest du einen Beitrag zu
einer großen Sache. Einer guten und notwendigen Sache.«

9

THEATER

Er spuckt auf die Sichtfenster der Gasmaske und verreibt es mit dem Finger. Damit es nicht anläuft. Legt den Kippschalter am Funkgerät um, hört auf das Rauschen. Stellt die gewünschte Frequenz ein.

»Kommen.«

»Nächster Kontakt in einer Stunde. Bis dahin muss alles bereit sein.«

»Ich bin hier im Freien. Keine Garantie, dass ich es in einer Stunde schaffe.«

»Wenn du dich in einer Stunde nicht meldest, hast du mich entweder versetzt oder bist krepiert. In beiden Fällen ist für den Alten dann Schicht im Schacht.«

»Von euren eigenen Leuten habt ihr seit Tagen nicht gehört, aber mir …«

»Viel Erfolg.«

Wieder leeres Rauschen.

Er bleibt noch eine Minute sitzen. Lauscht dem Geräusch, dreht an dem Knopf – um was genau zu hören? Dann macht er den Rucksack zu, schlüpft vorsichtig in die Gurte, steht auf und beginnt ihn sanft, wie ein verletztes Kind, zu tragen. Zehn Kilo Sprengstoff.

Er stößt die zerkratzte Glastür auf und betritt den überdachten Durchgang. Eine unendliche Reihe von Verkaufsbuden, die Vitrinen ausnahmslos eingeschlagen, alles verdreckt und beschmiert. Die Taschenlampe lässt er aus, sie ist von Weitem zu sehen. Wo sind wohl die anderen Stalker abgekratzt? Vier Mann. Alle bewaffnet. Mit Funkgerät. Und keiner von ihnen hat es geschafft, auch nur einen einzigen Pieps in dieses verdammte Funkgerät zu sagen.

Er geht an der Wand entlang, vorbei an den Kiosken. Was hier wohl früher verkauft wurde? Bücher. Und Smartphones wahrscheinlich. Davon gibt es jede Menge in der Metro ... Auf den Trödelmärkten werden sie kilogrammweise verkauft – die meisten so gut wie tot. Irgendwo müssen die Leute sie ja früher gekauft haben. Um ihre Verwandten anzurufen. Du legst das flache rechteckige Kästchen ans Ohr ... und von dort kommt die Stimme deiner Mutter. Artjom hat Suchoj einmal dazu gebracht, dass er ihm so ein Telefon am *Prospekt Mira* besorgte, damals, als er noch klein war. Der trieb sogar eines auf, das noch funktionierte. Artjom spielte ein halbes Jahr damit, rief seine Mutter immer wieder nachts unter der Decke an, bis die Batterie endgültig übersäuert war.

Danach rief er noch drei Jahre lang mit dem kaputten Handy an.

Jetzt dagegen ... Wenn man jetzt mit irgendwem sprechen will, muss man so ein Mordsgerät mit sich rumschleppen. Wenn man damit wenigstens ins Jenseits telefonieren könnte ... Wär schon cool, im Jenseits anzurufen, oder?

Blinzelnd steigt er die Stufen hinauf. Es herrscht Dämmerung.

Sei gegrüßt, Moskau.

Die Welt öffnet sich nach allen Seiten. Ein riesiger Platz, steinerne, zehnstöckige Häuser stehen da wie eine Schlucht, ausgebrannt und verkohlt, die Twerskaja-Straße verstopft mit kollidierten, verrosteten Autos, deren Türen weit offen stehen, als hätten sie versucht mit vier Libellenflügeln zu schlagen, um sich aus dem Stau aufzuschwingen, der Rettung entgegen. Sie alle sind komplett ausgeweidet: die Sitze herausgerissen, die Kofferräume aufgebrochen. Quer zur Twerskaja verlaufen die Boulevards: ein schwarzes Dickicht, knotige, nackte Wurzeln kriechen von beiden Seiten am Boden aufeinander zu. Um den Ring zu schließen, schieben sie nach und nach die Fahrzeugskelette auseinander.

Auf den Häusern – riesige Reklameschilder. Ohne die Alten versteht man gar nicht mehr, was da verkauft werden soll: Uhren? Mineralwasser? Kleidung? Die schiefen lateinischen Buchstaben, jeder einzelne mannshoch, bedeuten nichts mehr. Artjom wüsste gar nicht, was Werbung ist, hätte es ihm nicht jemand aus der älteren Generation erklärt. Nichts als Abrakadabra. Nostalgische Erinnerungen von Sklerotikern. Sollen dieses Abrakadabra doch die nackten Baumskelette, die schwarzen Zweige, die streunenden Hunde, die Steppenläufer und die von Plünderern entkleideten Knochen kaufen.

Er blickt prüfend ins Dickicht: niemand da? Lieber nicht zu nah rangehen. Die Stadt macht einen toten Eindruck, aber irgendwer muss die vier Kämpfer in voller Montur doch aufgefressen haben. Bis zur *Teatralnaja* ist es nicht weit: nur fünfzehn Minuten Fußmarsch. Die Stalker haben sich sicher dasselbe gedacht. Wenn es nicht hier, nicht bei den Boulevards passiert ist, dann irgendwo unterwegs.

An den Häusern entlang oder mitten auf der Straße? Wenn er der Straße folgt, zwischen den Autos hindurch, fällt er zu sehr auf. Aber auf dem Bürgersteig muss er die ganze Zeit horchen und sich umsehen – man darf nämlich nicht darauf vertrauen, dass die Häuser wirklich leer sind. Zu Hause, an der *WDNCh*, kennt Artjom jeden Winkel, aber hier …

Er hängt sich das Sturmgewehr bequemer um, packt es am Griff und geht los, auf dem Bürgersteig, vorbei an riesigen Schaufenstern, zwei Stockwerke hoch. Bis zur Straße hin ist der Asphalt übersät mit winzigen Teilchen, Glasspritzern, Schaufensterpuppen liegen herum wie Mordopfer. Es gibt verschiedene Typen: die einen so ähnlich wie Menschen, die anderen eher wie die Schwarzen – aus glänzender dunkler Kunststoffmasse, gesicht-, nasen- und mundlos. Sie alle liegen hier zusammen. Keine von ihnen ist weggegangen.

Der Juwelierladen ist ausgeraubt, die Modeboutique ist ausgeraubt, das Weiß-der-Teufel-was-Geschäft ist ausgeraubt und ausgebrannt. Auf der anderen Seite der Straße dasselbe. Eine gute Straße, die Twerskaja-Straße. Fett. Wer seinerzeit an den Stationen der Umgebung wohnte, konnte von Glück reden. Nur Nahrungsmittelgeschäfte gab es hier keine. Schade.

Die Häuser stehen wie eine dichte Wand zusammen. Der Abendhimmel legt sich mit seinem dicken Wanst und seiner gesteppten Wattejacke direkt auf sie. So sieht die Twerskaja aus wie ein riesiger Tunnel, und die Fahrbahn, ein gefrorener Fluss aus Eisen, ist das Schienenbett.

Am Ende dieses Tunnels ragen, wie Reißzähne in einem Maul, die Türme des Museums der Revolution in die Höhe, und seitlich davon noch die des Kremls. Die Sterne auf den Türmen sind erloschen, haben all ihre magische Kraft ausgehaucht, geblieben sind nur schiefe Silhouetten aus schwarzem Papier vor dem Hintergrund schmutziger Wolken. Sie bieten einen trostlosen Anblick: Eine lebende Leiche ist irgendwie lustiger als eine tote.

Außerdem: Es ist still.

Ganz, ganz still, wie es in der Metro nie ist.

»Was glaubst du, Schenja? Früher ist das wahrscheinlich ein Heidenlärm gewesen, hier in dieser Stadt. All diese Autos haben

246

gedröhnt und sich gegenseitig angehupt! Und die Menschen alle wild durcheinandergeschrien. Klar, jeder hat geglaubt, dass er mehr zu sagen hat als die anderen. Und dann noch das Echo von diesen Häusern, wie von Felsen … Aber jetzt halten sie alle die Klappe. War wohl doch nicht so wichtig. Nur schade, dass es nicht alle geschafft haben, sich voneinander zu verabschieden. War doch das Einzige, was noch eine Rolle spielte.«

Er erblickt etwas vor sich.

Auf dem Bürgersteig.

Keine Schaufensterpuppe. Eine Schaufensterpuppe kann sich so nicht hinlegen: so weich. Die haben immer diesen Starrkrampf, ihre Arme verbiegen sich nicht, die Beine ragen steif ab, ihr Rücken, als hätten sie einen Besenstiel verschluckt. Der da hingegen hat sich zusammengerafft, sich eingerollt wie ein kleines Kind. Und ist gestorben.

Artjom blickt sich schnell um. Niemand.

Ein schwarzer Schutzanzug, uniformiert. Das Sturmgewehr in den Händen. Der Helm ist ab, er liegt nicht weit entfernt. Der Blick ist auf den Asphalt, auf das vertrocknete Blut gerichtet. Im Nacken ein Loch. Noch mal hinsehen – auch aus dem Bauch ist es herausgelaufen, da zieht sich der Streifen über den Boden hin. Man hat ihn also erst verletzt und ist dann noch mal hergekommen, um dem Kriechenden den finalen Schuss zu verpassen. Offenbar hat er mächtig gelitten: So sehr war er damit beschäftigt, nicht zu sterben, weiterzukriechen, nur darauf konzentriert, dass er sich nicht mal umgedreht hat, nicht mal dem Schützen ins Gesicht gesehen hat. Und den hat das offenbar auch gar nicht interessiert.

Nummer eins.

Gefressen worden sind sie also nicht.

Nicht mal das Sturmgewehr haben die mitgenommen. Dafür waren sie sich zu fein. Seltsam.

Artjom hockt sich neben den Leichnam und versucht, das Gewehr an sich zu nehmen. Aber die Hände des Toten sind zu steif, selbst Fingerbrechen bringt nichts. Na gut, dann behalt deine Knarre eben.

Nur das Magazin montiert er ab und findet sogar noch eines, die Reserve. Sofort hebt sich seine Stimmung etwas. Sozusagen eine Art Vorauszahlung von Dietmar für diese Operation. Stalker glauben nicht an Plünderei. Stalker glauben: Nimmst du von einer Leiche die Munition, hast du damit ihrer gedacht. Dem Toten bringt es nichts, hier mit der Ammo rumzuliegen. Im Gegenteil: Er freut sich, wenn seine Patronen noch einem guten Mann gute Dienste leisten.

Jetzt muss er so schnell wie möglich weiter.

Woher haben sie dem Opfer die Kugel verpasst? Warum sind seine Kameraden nicht stehen geblieben, haben den Verletzten nicht zu dritt aufgehoben und in Deckung gebracht?

Kam die tödliche Kugel vielleicht sogar von ihnen? Wenn ja, warum haben sie dann das Sturmgewehr liegen gelassen – das ist doch sicher irgendwo registriert? Waren sie in Eile? So viele Fragen.

Aber sie selbst zu fragen ist offenbar nicht mehr möglich.

Der Zweite liegt etwa dreihundert Meter weiter. Auf dem Rücken, wie ein »toter Mann«. Wollte am Ende wohl noch einmal in den Himmel sehen, was ihm aber kaum gelungen sein dürfte: Ein Sichtglas seiner Gasmaske ist durchschossen, das andere von innen mit braunem Zeugs gefüllt. Er liegt in einer Pfütze. Es ist also nach dem gleichen Schema abgelaufen: Erst haben sie ihn angeschossen und ihm dann aus nächster Nähe den Kontrollschuss verpasst.

Auch hier haben sich seine Kollegen offenbar nicht länger aufgehalten.

Irgendwas tut sich, in der Ferne.

Ein Windstoß trägt es heran. Ein Dröhnen. Wie ein Motor. Genau ist es nicht zu erkennen, zu laut rauscht die Luft in den Filtern, und der Gummi der Gasmaske sitzt fest auf den Ohren.

Artjom nimmt dem Toten eilig das Magazin ab, duckt sich nun doch gegen die Wand und hastet weiter. Immer wieder blickt er sich um. Bis zum *Ochotny Rjad* ist es nur noch ein halber Kilometer. Jetzt bloß nicht stolpern.

Den Dritten bemerkt er eher zufällig, aus dem Augenwinkel. Der ist schlauer gewesen, hat die offene Straße verlassen und wollte sich offenbar in einem Restaurant verstecken. Aber wie, wo doch alle Wände aus Glas sind? Natürlich haben sie auch ihn ausfindig gemacht und komplett durchsiebt. Einen Menschen in einen löchrigen Schlauch verwandelt. Wahrscheinlich haben sie ihn unter einem Tisch hervorgezogen und dann fertiggemacht.

Ja, jetzt ist es deutlich zu erkennen. Das Geräusch.

Das Brüllen eines Motors.

Artjom hält den Atem an. Hilft nichts. Er zieht die Maske vom Gesicht – wen kümmert es, was nächstes Jahr ist? –, dreht ein Ohr in den Wind, um besser zu hören. Da ist es wieder: ein angestrengtes Röhren. Irgendwo in der Ferne, hinter den Häusern, drückt jemand aufs Gas.

Ein funktionsfähiger Wagen. Wer?

Artjom spurtet los, jetzt aus Leibeskräften.

So ist das also gelaufen.

Deswegen sind sie geflüchtet, und deswegen hatten sie keine Chance zu entkommen.

Einen nach dem anderen haben sie eingeholt und kaltgemacht, sodass die anderen jedes Mal einen Vorsprung von zweihundert oder dreihundert Metern bekamen, bis der Nächste an der Reihe war. Aber warum haben die Stalker nicht zurückgeschossen? Warum haben sie sich nicht in irgendeinem Schaufenster verschanzt und sich verteidigt?

Dachten sie, sie würden es doch bis zur *Teatralnaja* schaffen?

Anfangs versucht Artjom noch, den Rucksack möglichst wenig durchzurütteln, doch dann brüllt der Motor plötzlich deutlich vernehmbar auf, und zwar hinter ihm, aus dem Tunnel der Straße. Artjom rennt jetzt mit großen Sprüngen dahin, ohne sich umzusehen oder stehen zu bleiben, weiter, weiter. Wenn das Ding auf seinem Rücken in die Luft fliegt, ist das weniger schlimm für ihn, als erst angeschossen und dann hingerichtet zu werden … Hoffentlich kracht es bald …

Plötzlich teilt sich der dröhnende Lärm: nicht mehr nur ein Motor, sondern zwei. Direkt hinter ihm und seitlich … wie es scheint. Auf der einen Seite der Straße – und auf der anderen. Wollen sie ihn in die Enge treiben?

Wer kann das sein? Wer?!

Sich verschanzen? In eines der Häuser eintauchen? Fliehen, sich in irgendeiner Wohnung verstecken? Nein … In den Fassaden dieser Straße gibt es keine Hauseingänge. Nichts als Shopping-Aquarien, ausgebrannt, leer, ohne Ausgang.

Da, bis zu der Kurve, nur noch ein bisschen.

Dahinter beginnt der *Ochotny Rjad* … Dann nur noch an der Duma vorbei … Und schon ist er am Ziel.

Der vierte Stalker ist nirgends auf der Twerskaja zu sehen, er hat es geschafft abzubiegen, also muss es auch Artjom schaffen, vielleicht – er muss einfach.

Er sieht seinen eigenen Schatten vor sich – lang und verschwommen. Und einen Lichtstreifen.

Sie haben das Vorderlicht eingeschaltet. Oder einen Suchscheinwerfer?

Es fühlt sich an, als zöge ihm jemand ein Stück Stacheldraht durch die Kehle. Als reibe jemand damit hin und her, um Artjoms Bronchien zu reinigen, wie mit einer Flaschenbürste.

Er hält es nicht mehr aus und blickt sich im Laufen um.

Ein Geländefahrzeug. Ein verdammt breites. Es rast den Bürgersteig entlang, die Fahrbahn ist ja mit rostigem Schrott versperrt. Dann kreischen die Bremsen: Irgendwas steht ihm anscheinend im Weg.

Artjom schluckt kalte Luft und biegt um die Ecke.

Sofort ist von der Seite der zweite Motor zu hören – ein angestrengtes, mückenartiges Sirren.

Ein Motorrad.

Die Staatsduma steht schwer und solide da wie ein gigantischer Grabstein – das Erdgeschoss aus düsterem Granit, die oberen Geschosse steingrau. Wer ist darunter beerdigt?

Das Motorrad schießt nach vorn, rast seitlich weiter. Ohne die Spur zu verlieren, wirft der Fahrer den linken Arm aus und spuckt aufs Geratewohl blitzendes Feuer aus; ein zirpendes Geräusch, das von den Grabwänden zurückspringt. Artjom kann gerade noch ausweichen.

Dann richtet auch er, ohne stehen zu bleiben oder langsamer zu werden, sein hüpfendes Sturmgewehr zur Seite und hält einfach drauf, dorthin, wo er den Motorradfahrer vermutet. Vorbei. Aber der andere gibt Gas, um den verirrten Kugeln zu entgehen, prescht nach vorn und verschwindet irgendwo in der Ferne, um zu wenden.

Hinter ihm brüllt es erneut los. Der Offroader hat sich freige-schaufelt.

Bis zur *Teatralnaja*, bis zum Eingang sind es nur noch ganz we-nige Schritte, vielleicht hundert Meter. Ist der Eingang offen, Herr-gott? Lieber Herr Jesus, ist der Eingang überhaupt offen?

Wenn es dich gibt, muss er offen sein! Es gibt dich doch?!

Der letzte, vierte Stalker liegt direkt vor der Tür, das heißt, er sitzt sogar, mit dem Rücken gegen die geschlossenen Türflügel gelehnt. Trostlos sitzt er da, betrachtet seinen durchlöcherten Bauch und die Hände, sein Leben, das ihm durch die Finger ge-glitten ist.

Artjom springt auf die Türen der Eingangshalle zu, reißt an einer, einer zweiten, einer dritten.

Das hysterische Bike kehrt von seiner Wende zurück, lau-ter, immer lauter. Dann driftet der quadratische Jeep aus der Kurve – ist der etwa gepanzert? So ein Fahrzeug hat Artjom noch nie gesehen. So was kann niemandem aus der Metro gehö-ren. Keinem dieser läppischen unterirdischen Imperien kann so was gehören.

Er drückt sich mit dem Rücken gegen die Tür und reißt das Sturmgewehr hoch. Versucht die enge Windschutzscheibe ins Visier zu nehmen. Auf so was zu schießen hat doch gar keinen Sinn. Auf dem Dach des Geländewagens erscheint eine winzige Figur, wie eine Zielpuppe am Schießstand, ein Springteufelchen. Direkt neben Artjoms Kopf macht es pling – eine Kugel hinter-lässt ein kreisrundes Loch im Türglas. Ein Scharfschütze. Aus die Maus.

Er feuert aufs Geratewohl ins Milchweiße.

Auf dem Dach des Jeeps brennt eine Scheinwerferbatterie auf. Das Licht peitscht ihm blendend in die Augen. Jetzt kann er nicht mal mehr richtig zielen. Höchstens in die Luft schießen.

Gleich ist es vorbei. Gleich ist alles vorbei.

Jetzt bringt ihn der Schütze erst mal richtig ins Zielkreuz. Artjom kneift die Augen zusammen.

Eins.

Zwei.

Drei.

Vier.

Das Motorrad fliegt heran, bremst, stellt sich bequem hin und verstummt. Artjom hält sich den Arm vor die Augen und versucht etwas zu erkennen. Nein, beide sind unversehrt. Sie stehen unbewegt, und Artjom befindet sich genau im Schnittpunkt ihrer Lichtstrahlen.

»Hey! Nicht schießen!«, fleht er mit sich überschlagender Stimme.

Er hebt die Hände. Nehmt mich gefangen, bitte.

Es ist ihnen scheißegal, was er ihnen da zugekräht hat. Sie halten offenbar irgendeine wortlose Beratung untereinander ab. Und scheinen ihn nicht gefangen nehmen zu wollen.

»Wer seid ihr?!«

Siebenundsechzig. Achtundsechzig. Neunundsechzig.

Plötzlich macht das Motorrad einen Satz nach vorn, stößt eine blaue Abgaswolke aus und rast davon, bis es außer Sichtweite ist. Der Geländewagen folgt: Er löscht die Scheinwerfer, setzt zurück, wendet und verschwindet in der Dämmerung.

Es gibt dich also doch, oder? Ja?! Oder was, zum Henker, war das sonst?

Vor Freude und Verblüffung stößt er den letzten, vierten Pechvogel an: Du hast nicht so viel Schwein gehabt, was? Dieser gerät daraufhin in Schieflage und rutscht zu Boden. Neben ihm liegt eine Tasche, aus der Drähte hervorstehen. Die Mine. Dafür, sagt er zu Artjom, hätte ich dich jetzt bestrafen können.

Artjom entschuldigt sich, ohne zu bereuen.

Etwas fällt ihm ein. Er durchsucht den Toten.

Dann läuft er wieder los, außen herum, schnell, schneller, bevor die Leute im Jeep es sich noch anders überlegen. Er reißt an allen Türen: Eine muss doch offen sein! Und dann findet er sie, auf der anderen Seite. Er schlüpft hinein, rennt die rutschige Treppe hinab und hockt sich unten hin, um kurz Luft zu holen. Erst jetzt ist er sich sicher, dass er nicht sterben wird. Zumindest nicht gleich.

Die Treppe endet in dem Saal mit den Eingangsschleusen und den Fahrkartenschaltern. Von hier führen zwei Wege weiter: über eine leere, eingestürzte Rolltreppe nach unten zur Station *Ochotny Rjad* oder über eine Galerie zur *Teatralnaja*. Am meisten hat Artjom befürchtet, dass die Roten hier eine Patrouille aufgestellt haben, die das zu Ende führen könnte, was die Leute im Geländewagen offenbar ursprünglich beabsichtigt hatten. Aber der Übergang ist unbewacht: Sieht aus, als hätten sie hier nur das hermetische Tor unten an der Station versiegelt. Vermutlich gehen sie überhaupt nicht mehr nach oben, um sich nicht der Strahlung auszusetzen – genauso wie zu Hause, an der *WDNCh*.

Artjom zieht seine Mine hervor. Blickt sie an. Wie macht man sie scharf?

Die Mine ist dumm und schrecklich wie die Macht. Sie ist die Macht, die Artjom gegeben ist – über eine noch unbekannte Anzahl von Menschen.

Was soll er damit jetzt machen?

Im Trab ging es über die Galerie zum Eingang der *Teatralnaja*. Auch dort war alles verschlossen, verbaut und vermauert, aber man hatte eine Tür gelassen, damit die Stalker nach oben gehen konnten. Artjom zog sich seine Schutzmaske über und begann wie ein Wahnsinniger gegen die Tür zu hämmern. Fünf Minuten lang stieg jemand von unten, von der Station, herauf. Der wollte dann erst nicht aufmachen, befragte Artjom durch die Schiebeklappe hindurch, wollte nicht glauben, dass er allein war. Endlich öffnete sich ein Spalt – für die Dokumente – und Artjom steckte den Pass hindurch, den er der Leiche oben abgenommen hatte.

»Mach auf, schnell! Sonst beschwere ich mich beim Botschafter! Mach schon auf, hörst du? Die legen mich hier noch um! Einen Offizier der Truppe! Des Reichs! Und das hast du dann auf dem Gewissen! Mach auf, Arschloch!«

Endlich erfüllte man seine Forderung. Nicht einmal die Gasmaske musste er zur Identifikation abnehmen. Wie gut, wenn hinter einem ein ganzer Menschenfresserstaat stand. Wie gut, wenn im Gleichschritt mit dir die ganze Eiserne Legion marschierte. So lässt es sich leben!

Artjom ließ die Wachen gar nicht zur Besinnung kommen, geschweige denn den Rucksack kontrollieren, entriss ihnen nur den Pass, und während er bereits hinabstürzte, rief er ihnen über die Schulter zu, er habe einen wichtigen Auftrag, mehr brauchten sie, die Knechte, nicht zu wissen.

Kaum unten angekommen, versteckte er sich hinter einer Ecke, warf wie eine Schlange seine grüne Schutzanzughaut ab, schob die Gummimaske in einen Winkel, ließ das Funkgerät jedoch nicht zurück.

In vierzig Minuten musste er Dietmar anrufen. So viel Zeit hatte er, um Pjotr Sergejewitsch Umbach zu finden, den Mann, der über Funk gehört hatte, dass irgendwo noch Menschen lebten. Und dann diesen Pjotr Sergejewitsch aus der Station fortzuschaffen, bevor die Roten – oder die Braunen – hier einmarschierten.

Artjom warf einen Blick aus seinem Versteck: War jemand hinter ihm her? Nein. Wahrscheinlich hatte man Artjom längst vergessen und war zum Alltag zurückgekehrt. Offenbar gab es Wichtigeres zu tun, als Saboteure festzunehmen. Interessant, was waren das wohl für wichtige Dinge?

Erst da fiel ihm wieder ein, was die *Teatralnaja* eigentlich war.

Der zentrale Saal der Station – klein, behaglich, niedrig, mit einer rautenförmig gesteppten Decke – war der Zuschauersaal eines Theaters. Überall waren Stühle aufgestellt, und weiter vorn, bevor hinter Samtvorhängen die Bühne begann, standen sogar kleine Tische. Auch die Rundbögen hatte man verhängt, allerdings nicht mit Samt, sondern mit dem, was man gerade hatte. Von der Decke hingen rechteckige, trüb angeleuchtete und schon leicht verbeulte Hinweisschilder herab, die jedoch nicht mehr die einzelnen Stationen der Linie anzeigten, sondern die verschlungene Aufschrift »Willkommen im Bolschoi-Theater!« trugen.

Die Bewohner der Station lebten in den Metrozügen, die auf beiden Gleisen standen: Einer hatte offenbar gerade an der Station haltgemacht, als der Strom auf der ganzen Welt ausfiel, der andere hatte sich bereits in den Tunnel verdrückt, unterwegs Richtung *Nowokusnezkaja*. Trotzdem machte das Ganze einen ziemlich wohnlichen Eindruck. Besser als auf irgendwelchen Baugerüsten über dem Wasser. Oder als in einer Sozialwohnung direkt neben der Hölle.

Obwohl diese Züge nirgendwohin fuhren und ihre Fenster immer nur eine Aussicht zeigten – Stein und Erde –, lebten die Bewohner hier ein fröhliches Leben: Sie lachten und scherzten, kniffen einander in den Hintern, ohne es sich übel zu nehmen. Es schien fast, als warteten sie in ihren Abteilen nur darauf, dass sich der Zugführer per Durchsage für die mehr als zwanzigjährige Verspätung entschuldigte, woraufhin der Zug wieder losrucken und weiterfahren würde, bis er an der nächsten Station herauskam, wo sonst, und natürlich an demselben Tag, an dem sie losgefahren waren: dem letzten Tag vor dem Ende der Welt. Mit dem einzigen Unterschied, dass sie sich in den Waggons einstweilen häuslich eingerichtet hatten.

Schmutzige Kinder liefen hier herum. Sie alle hatten sich etwas ausgedacht, kämpften mit Kunststoff-Isolationsröhren wie mit Schwertern, warfen einander geschraubte Sätze zu, die sie aus irgendwelchen halb verwesten Theaterstücken herausgerissen hatten, prügelten sich auf Leben und Tod um ein geklautes, mit Wasserfarbe bemaltes Requisit, kicherten und quietschten.

Sämtliche Bewohner der Station, und das waren nicht wenige, lebten vom Theater. Die einen spielten, andere malten Bühnenbilder, wieder andere versorgten die Gäste oder beförderten Betrunkene hinaus. Auf den Bahnsteigen liefen bebrillte Babuschkas auf und ab, wedelten mit Fächern aus Eintrittskarten herum und lockten mit brüchiger Stimme: »Für die heutige Vorstellung! Die letzten Plätze!« Sie gingen vor bis an den Rand, blickten in den Tunnel zur *Nowokusnezkaja*. Wie viele Dummköpfe würden von dort noch kommen?

Artjom dagegen interessierte sich für das entgegengesetzte Ende. Dort führten beide Tunnel Richtung *Twerskaja*. Zum Reich. Und irgendwo dort in der Dunkelheit warteten bereits Kolonnen in schwarzer Uniform auf den Marschbefehl. Vielleicht fünfzehn Minuten würden sie im Gleichschritt bis hierher brauchen. Wenn sie auf einer Benzindraisine heranflogen, zwei. Zwei Minuten würde es dauern, sobald Artjom Dietmar angefunkt hatte, dass alles bereit war, dann würde die Vorhut des Sturmtrupps hier eintreffen.

In der Mitte des Saals führten zwei Treppen in entgegengesetzte Richtungen hinauf und über die Gleise hinweg. Beide dienten als Übergang zu Stationen der Roten Linie. Die eine zum *Ochotny Rjad*, dem die Kommunisten den alten Namen *Prospekt Marxa* zurückgegeben hatten, die andere zur *Ploschtschad Rewoljuzii*. Diese hatte früher eigentlich zur Arbatsko-Pokrowskaja-Linie gehört, aber nach dem ersten Krieg mit der Hanse hatten die Roten sie gegen die *Biblioteka imeni Lenina* eingetauscht.

Beide Übergänge waren durch Metallgitter abgetrennt. Dahinter standen Rotarmisten in verblichener grüner Uniform sowie auf jeder Seite ein Offizier mit Schirmmütze und einem mit der Zeit himbeerfarben gewordenen Emaille-Stern als Kokarde. Sie standen einander gegenüber, auf zehn Schritt Entfernung, und warfen sich gegenseitig Scherze zu. Dieser Zwischenraum war jedoch das Hoheitsgebiet einer neutralen Station, über die sie keine Macht hatten. Außerdem stellten diese zehn Schritt einen Teil des Zuschauerraums des Bolschoi-Theaters dar, wenn auch nur den Rang.

So lebte die *Teatralnaja*: eingezwängt zwischen zwei Umsteige-Vorposten der Roten Linie und des Reichs. Zwischen Hammer und Amboss. Doch irgendwie war es ihr immer gelungen, dem Schicksal von der Schippe zu springen, zu lavieren, das Eisen zu betrügen, den Krieg zu vermeiden, die Neutralität zu behalten – bis zum heutigen Tag.

Nur Artjom schien die Spannung des heraufziehenden Gewitters zu spüren. Offenbar ahnte sonst niemand etwas von dem bevorstehenden, unausweichlichen Gemetzel. Auf den engen

Promenaden entlang der stecken gebliebenen Züge führten beurlaubte Eisenbahnoffiziere mit Hakenkreuzen an den Ärmeln ihre Damen spazieren und gingen dabei vollkommen friedfertig an beurlaubten blassgrünen Offizieren mit himbeerfarbenen Sternen vorbei, die, nur einen Schritt entfernt, am Theaterbüfett einen Toast auf die Gesundheit des Genossen Moskwin, des Generalsekretärs der Kommunistischen Partei der Lenin-Metro, ausbrachten. Sie alle trugen auf exakt die gleiche Art ihre Eintrittskarten in den Brusttaschen. Alle waren hier, um die Vorstellung zu besuchen.

Alle? Nein, nicht alle. Sicher befand sich hier so mancher in ganz anderer Mission, nämlich um auf ein bestimmtes Signal hin die Übergänge zum *Ochotny Rjad* zu blockieren und den Menschen hier die Kehlen durchzuschneiden. Außer dem zentralen Übergang gab es noch zwei weitere: einen im hinteren Teil der Station, ganz am Ende des Bahnsteigs, sowie einen, der nach oben durch die Eingangshalle führte. Keine leichte Aufgabe, alle drei im selben Augenblick zu blockieren. Eine ziemlich idiotische Operation hatte sich Dietmar da ausgedacht.

Artjoms Aufgabe wurde noch durch etwas anderes erschwert.

Seit jener Unterredung bei der Toilette hatte Dietmar Artjom keine Sekunde mit Homer alleingelassen. Der Alte hatte ihm also nicht mehr sagen können, wie der Funker aussah, als was er arbeitete und wo er wohnte. Such ihn, Artjom. Wen? Keine Ahnung. Schon über eine halbe Stunde.

»Entschuldigen Sie …« Er steckte den Kopf zu wildfremden Leuten ins Abteil. »Pjotr Sergejewitsch wohnt nicht zufällig hier? Umbach?«

»Wer? So einen hat es hier noch nie …«

»Verzeihung.«

Weiter ins nächste.

»Pjotr Sergejewitsch? Umbach? Ich bin sein Neffe ...«

»Also, ich lass die Wache gleich ... Einfach so zu den Leuten ins ... Tanja, sind die Löffel weggesperrt?«

»Stecken Sie sich Ihre Löffel doch ... Blöde Ziege ...«

Noch zwei weitere Türen schritt er ab, sich immer wieder umblickend, zur Sicherheit.

»Wissen Sie, wo ich hier Pjotr Sergejewitsch finden kann?«

»Äh ... Wen?«

»Umbach, Pjotr Sergejewitsch. Er ist Techniker. Und mein Onkel.«

»Techniker? Dein Onkel? Aha.«

»Funker, scheint's. Lebt der nicht hier?«

»Einen Funker kenn ich nicht. Ähm ... Es gibt einen Pjotr Sergejewitsch im Theater, der arbeitet dort als Ingenieur. Er macht die Bühne, also ... Du verstehst, was ich meine, oder?«

»Wo könnte ich ihn jetzt finden?«

»Na ja, frag doch einfach dort. Oder? Beim Direktor halt. Meine Güte, ist doch nicht so schwer zu kapieren, oder?«

»Alles Gute.«

»Hau schon ab. Wahnsinn, die Jugend von heute. Aber auch gar nichts kriegen die selber gebacken.«

Aus dem Mittelsaal hörte man Gedudel. Die Musiker spielten sich warm. Artjom bewegte sich auf den Eingang zu, doch dann biss ihm eine Kartenabreißerin beinah in den Arm:

»Wenn wir alle umsonst reinließen! Nichts ist euch mehr heilig! Frecher Kerl! Das hier ist das Bolschoi-Theater!«

Also lief er wieder zurück, kaufte sich mit den Patronen, die er von den Toten auf Kredit bekommen hatte, eine Eintrittskarte. Währenddessen ließ er den Blick ständig schweifen: Irgendwo hier, irgendwo unter den Promenierenden, denen, die von der *Nowokusnezkaja* und wer weiß noch woher aus der ganzen Metro gekommen waren, um sich die Vorführung anzusehen, hatten sich zwei Gruppen von feindlichen Agenten verteilt. Sprengmeister, als Theaterliebhaber getarnt, oder gar Selbstmordattentäter, die jetzt die liebenden Familienväter spielten, aber bereits ihre Sprengstoffgürtel trugen. Sobald sie das Signal bekamen, dass es Zeit war, für das Reich zu sterben, würden sie sich schweißgebadet den Grenzabsperrungen der Roten Linie nähern, auf ihre Uhren sehen und alle zugleich blind drauflos stürzen. Und weitere fünfzehn Minuten später würden die Sturmbrigaden der Eisernen Legion aus zwei Tunneln zugleich über die Station hereinbrechen.

Er blickte auf seine Uhr.

Wenn er alles rechtzeitig ausführte, würde das genau mit dem Anfang der Vorführung zusammenfallen. Nicht Artjom hatte das so berechnet, sondern Dietmar. Und Artjom hatte schon allein dadurch zum Gelingen von Dietmars Plan beigetragen, dass er dort oben überlebt hatte.

Tat er dagegen nichts, würde man Homer aufknüpfen. Statt der Faschisten würden dann die Roten die *Teatralnaja* besetzen – wenn nicht heute, dann eben morgen. Offenbar kann ein einzelner Mensch tatsächlich die ganze Welt verändern, wenn auch nur ein kleines bisschen. Die Welt war schwer wie ein Metrozug. Nicht besonders beweglich.

Er raste zurück zu der Zerberusdame, steckte ihr das Ticket zwischen die Zähne und schüttete ihr ein paar Patronen in die Tasche. Von all diesen Patronen lief ihre Brille an, und durch den Nebel der Rührung entging es ihr, dass er als Erster, noch vor den anderen Zuschauern, in den Saal schlüpfte. An den beiden Rotarmisten, die dort Wache schoben, ging er geschäftig vorüber, ohne sie anzusehen, damit sie sich sein Gesicht nicht merkten. Er kletterte auf die Bühne und steckte das Gesicht durch den Samt.

Hinter dem Vorhang war es dunkel. Im hinteren Teil der kleinen Bühne ließ sich die Silhouette einer Laube oder eines undeutlich angemalten antiken Tempels erahnen … Artjom berührte ihn: Sperrholz. Dahinter, als könne man tatsächlich dort hineingehen und leben, waren Stimmen zu hören.

»Glaub mir, auch ich würde lieber etwas anderes auf die Bühne bringen! Denkst du etwa, dass mich unser derzeitiges Repertoire zufrieden stellt? Aber dir ist doch klar, dass wir in unserer Lage …«

»Gar nichts ist mir klar, Arkadi. Mich langweilt dieses blöde Zeug. Wenn es in dieser Metro, in dieser Welt noch ein anderes Theater gäbe, ich würde sofort dorthin gehen, ohne zu überlegen! Und bei Gott, mir ist heute überhaupt nicht danach aufzutreten!«

»Sag das nicht! Was kann ich denn tun? Ich wollte ja Ionescos ›Nashorn‹ machen. Ein gutes Stück, in jeder Hinsicht! Vor allem hätten wir als Kostüme nur Nashornköpfe gebraucht, die hätte man zur Not auch aus Papier machen können. Aber dann wurde mir klar: Es geht nicht! Denn wovon handelt es? Davon, wie ganz normale Menschen unter dem Einfluss der Ideologie zu Tieren werden. Wie kann ich das bringen? Das Reich würde es auf sich beziehen, und die Rote Linie genauso. Und dann wäre alles aus! Im besten Fall ein Boykott! Und im schlimmsten … Und außerdem, Menschen mit Nashornköpfen … Das würden die im Reich doch gleich als Anspielung auf die Degenerierten interpretieren. Und dann heißt es, dass wir uns über ihre Furcht vor Mutationen lustig machen …«

»Mein Gott, Arkadi ... Das ist doch paranoid.«

Artjom machte einen vorsichtigen Schritt vorwärts. Einige kleine Zimmer kamen in Sicht: die Maske, eine Requisitenkammer und eine geschlossene Tür, offenbar zu einer Garderobe.

»Glaubst du, ich suche nicht nach neuem Material? Ständig tue ich das! Die ganze Zeit! Aber mach doch mal die Klassiker auf. ›Hamlet‹ zum Beispiel, was siehst du da?«

»Ich? Die Frage ist doch, was *du* darin siehst!«

»Die Frage ist, was unsere Zuschauer von der Roten Linie darin sehen! Worum geht es? Hamlet erfährt, dass sein Vater von seinem Bruder ermordet wurde! Von Hamlets Onkel also! Erinnert dich das an nichts?«

Der Streit spielte sich hinter der verschlossenen Tür ab. Nebenan, in der Requisitenkammer, saß ein grauer Herr mit herabhängendem Schnurrbart über einen Tisch gebeugt und lötete irgendetwas. Seine Augen tränten von dem Rauch. Ungefähr so hatte sich Artjom diesen Umbach vorgestellt.

»Keine Ahnung ...«

»Wie ist der ehemalige Generalsekretär der Roten Linie denn gestorben? In der Blüte seiner Jahre! Und was war er in Bezug auf Moskwin? Ein Vetter! Da erkennt doch sogar ein blinder Idiot die Anspielung! Wollen wir das? Hör zu, Olga, wir haben einfach nicht das Recht, sie zu provozieren! Darauf warten sie doch nur. Und zwar die einen genauso wie die anderen!«

Artjom trat an die Schwelle der Kammer, wo der Mann mit dem Hängebart saß. Dieser bemerkte seine Anwesenheit und richtete seinen fragenden Blick auf ihn.

»Pjotr Sergejewitsch?«

Plötzlich flogen von irgendwo aus dem Zuschauersaal Schritte heran – böse, abgehackte, kreischende Schritte –, eisenbeschlagene

Stiefel, die über den Boden kratzten. Mehrere Personen. Die kein Wort sagten. Artjom hielt inne und drehte das Ohr so, dass er durch den Samt horchen konnte.

»Du bist einfach ein Feigling, Arkascha.«

»Ein Feigling?!«

»Für dich ist jedes Stück zu riskant, egal was du angehst! Sag mir doch noch mal, warum wir die läppische ›Möwe‹ nicht machen können. Diese läppische, vollkommen unschuldige ›Möwe‹. Da gäbe es wenigstens mal eine anständige Rolle für mich.«

»Weil sie von Tschechow ist! Tschechow! Genau wie der ›Kirschgarten‹.«

»Und?«

»Und das ist genau das Problem! Tschechow, nicht Wagner! Ich bin mir hundertprozentig sicher, dass unsere Nachbarn an der *Wagnerowskaja* sofort denken, dass das ein Wink mit dem Zaunpfahl ist. Dass wir absichtlich Tschechow gewählt haben, nur um sie zu ärgern!«

Die Schritte flogen durch den Saal und zerstreuten sich.

»Zwei behalten den Saal im Auge, vier gehen auf die Bühne«, flüsterte jemand. »Der Funker muss hier sein!«

Artjom legte warnend den Finger auf die Lippen, fiel zu Boden, kroch und rollte blindlings irgendwohin und fand zufällig einen Spalt unter der Bühne.

Sie suchten einen Funker. Ihn, Artjom. Die Wachleute hatten also nicht gleich nach ihm gesucht, sondern es jemandem gemeldet. Dem Sicherheitsdienst. Hoffentlich verriet ihn der Schnurrbärtige nicht!

Die beiden, die sich hinter verschlossener Tür stritten, hatten die Schritte nicht gehört.

»Oder ›Endstation Sehnsucht‹. Ich könnte die Stella spielen.«

»Aber da geht es doch die ganze Zeit nur darum, dass Blanche im Halbdunkel sitzt, weil sie sich für ihr Äußeres schämt.«

»Ja, und? Verstehe ich nicht …«

»Hast du etwa nicht von der Frau des Führers gehört?«

»Das sind doch nur Gerüchte!«

»Liebe … Olenka. Jetzt hör doch mal zu. Die Leute kommen doch wegen dir … Sie sind alle da … Die Vorstellung ist ausverkauft … Darf ich dich umarmen?«

»Feigling … Banause …«

»Wir geben eine neutrale, verstehst du, eine neutrale Vorstellung! Eine Vorstellung, die niemandes Gefühle verletzen kann. Die Kunst soll den Menschen nicht beleidigen. Sie soll ihm Trost bieten! Das Beste in ihm wecken!«

Seine Arme wurden steif, der Rücken begann zu schmerzen. Ganz, ganz vorsichtig schob Artjom das Handgelenk mit der Uhr auf einen winzigen Lichtteil zu. Das Zifferblatt zeigte: In zehn Minuten musste er auf Empfang gehen, Dietmar mitteilen, dass die Mine in Position war, und den nächsten Befehl ausführen.

Die weibliche Stimme erscholl jetzt laut:

»Und was glaubst du, was ich bei ihnen wecke? Hm?«

»Ich verstehe, was du meinst. Aber im ›Schwanensee‹ sind die Tänzerinnen schließlich auch mit nackten Beinen aufgetreten. Ach, wenn wir den doch machen könnten … Aber hier haben wir genaue Anweisungen: Der ›Schwanensee‹ wird im Volk als Anspielung auf Staatsstreiche und Palastrevolutionen aufgefasst. Die Situation ist ohnehin schon aufgeheizt, also dürfen wir weder die einen noch die anderen nervös machen! Und außerdem, deine Beine … Also genau diese Beine hier …«

»Du Tier. Du Nashorn.«

»Los, sag schon, dass du heute auftrittst … Sag, dass du spielen wirst … Die Girls kommen doch gleich …«

»Wahrscheinlich fickst du eine von ihnen, stimmt's? Fickst du Sina?«

»Mein Gott, was für ein Schwachsinn! Da rede ich mit dir über Kunst, und du machst mir … Warum sollte ich mich mit diesen Flittchen abgeben, wenn ich doch meine Primadonna liebe?«

»Und was soll das ganze Gewäsch von der Kunst, du mieses Nashorn? Los, sag die Wahrheit!«

»Du weißt doch, wie mir das alles zum Hals raushängt … Diese ganze Neutralität … Das ganze Blabla, von wegen Kunst und so … Irgendwann will man nur noch eines … Verstehst du? Egal mit wem.«

»Fang jetzt nicht damit an. Bis zur Vorstellung sind es sowieso nur noch …«

»Von mir aus die Roten oder die Braunen, Hauptsache irgendjemand …«

»Ich versteh dich nur zu gut … Hör auf, wir sollten nicht …«

»Doch, wir sollten.«

»Wir haben doch keine Zeit.«

Direkt über Artjom zischte jemand, und jemand anderes trat ungeschickt auf der Stelle und begann heftig zu atmen. Wer immer das war, und auf wessen Seele sie es auch abgesehen hatten, jetzt standen sie jedenfalls vor der geschlossenen Tür – und lauschten begierig. Noch sechs Minuten bis zum Funkkontakt.

»Doch, haben wir. Ist doch egal, mit wem. Wer um Gottes willen hat sich das bloß ausgedacht, dass die Kunst unabhängig sein soll?«

»Du kitzelst mich am Ohr, Arkascha.«

»Wessen Idee war es, dass ein Künstler immer hungrig bleiben muss? Was für ein Idiot muss das gewesen sein.«

»Du hast ja so recht. Weißt du, auch ich … Auch ich will endlich Klarheit. Eindeutigkeit. Härte. Das will ich.«

»Du verstehst mich also, ja? Sollen sie uns doch übernehmen, damit wir endlich eindeutige Regeln kriegen. Von mir aus können sie auch einen Zensor einsetzen – Hauptsache, es ist nur einer. Dann könnten wir zum Beispiel ›Endstation Sehnsucht‹ machen und ›Die Möwe‹ … Oder umgekehrt, ›Hamlet‹ und …«

»Ja! Ja …«

»Zum Trost, verstehst du? Die Kunst für dich … und mich …«

»Leise … Ja, so …«

Ein Klopfen an der Tür.

»Guten Abend, Arkadi Pawlowitsch.«

Die Stimme war heiser, tief – und kam Artjom seltsam bekannt vor.

»Wer … Wer ist dort?«

»Mein Gott …«

»Ach, auch Olga Konstantinowna ist vor Ort? Ob Sie wohl die Güte hätten, die Tür zu öffnen?«

»Äh … Oh! Genosse Major! Gleb Iwanytsch! Wie kommt's … Gleich. Womit haben wir die Ehre … Einen Augenblick, wir öffnen gleich. Wir waren gerade dabei … Olga Konstantinowna … zu schminken. Für die Vorstellung. Komme sofort.«

Artjom sah durch den Spalt: vier Paar beschlagene Stiefel sowie ein Paar Schnürschuhe. Die Tür wurde geöffnet.

»Oh … Was geht hier vor sich? Haben Sie denn überhaupt das Recht, hier … Mit bewaffneten Leuten … Gleb Iwanowitsch! Dies ist eine neutrale Station! Natürlich freuen wir uns immer, wenn Sie … uns als Gast besuchen … Aber was hat das denn zu bedeuten?«

»In Ausnahmefällen. Und dies ist genau so ein Ausnahmefall. Wir haben einen Hinweis bekommen. Dass sich an dieser Station ein Spion verbirgt. Hier ist das Schreiben. Alles offiziell, vom Komitee für Staatssicherheit. Wir haben Informationen, dass er in Funkkontakt mit dem Feind steht. Und einen Sabotageakt vorbereitet.«

Artjom hörte auf zu atmen. Ihm fiel ein, dass keiner der vier erschossenen Stalker dort oben ein Funkgerät bei sich gehabt hatte. Die Mine hatte er gefunden, aber kein Funkgerät.

»Gibt es hier Personen, die über eine Funkerausrüstung verfügen?«

»Halt, stehen bleiben! Dokumente!«, donnerte es aus der benachbarten Kammer. »Halt ihn fest!«

»Wer ist das da?«

»Unser Mitarbeiter. Vom technischen Bereich. Pjotr Sergejewitsch.«

»Wohin wollen Sie denn, Pjotr Sergejewitsch?«

Ein Rumpeln, dann ein Stöhnen. In dem Spalt erschien der zu Boden geworfene Umbach: Das eine Ende seines Hängebarts wurde von einem Schneeschuh flachgedrückt. Hoffentlich sah Umbach ihn nicht in der Dunkelheit unter der Bühne, und wenn doch, vergaß er hoffentlich vor lauter Angst, ihn diesen Stiefeln auszuliefern, um sich sein Leben zu erkaufen.

»Jungs, schaut doch mal, was hier bei Pjotr Sergejewitsch alles für Zeug herumliegt …«

»Das … das brauche ich beruflich … Ich bin Ingenieur …«

»Wir wissen schon, wer Sie sind. Wir haben nämlich einen kleinen Hinweis bekommen. Sie wollten wohl Terrorakte vorbereiten?«

»Um Himmels willen … Nein! Ich bin Ingenieur! Ich bin hier für die Technik zuständig! Im Theater!«

»Nehmt den Dummschwätzer mit. Der kommt zur *Lubjanka*.«

»Ich protestiere!« Arkadis Stimme überschlug sich vor Entschlossenheit.

»Doch, doch, nehmt ihn ruhig mit. Und Sie, Arkadi Palytsch, kommen Sie doch mal her. Nur ganz kurz.«

Die Stimmen verlagerten sich auf der Bühne weiter nach hinten, von wo ein leises, aber deutliches Flüstern ertönte.

»Hör zu, du kleine Ratte. Wen hast du denn hier in deine Obhut genommen? Glaubst du vielleicht, es wäre ein Problem für uns, dich auch gleich noch mitzunehmen? Dann fährst du auf der Roten Linie bis zur Endstation, und keiner wird dich hier vermissen. Und deine Olenka … Wenn du sie noch einmal anrührst, schneide ich dir den Schwanz ab. Und die Eier. Eigenhändig. Keine Sorge, das krieg ich hin, du Möchtegern-Casanova. Geh schon, kümmere dich um deine Girls, aber wenn du Olga in Zukunft auch nur ansiehst … Kapiert? Hast du kapiert, du Stück Scheiße?!«

»Ich … h…«

»Jawohl heißt das! Jawohl, Genosse Major!«

»Jawohl. G-Gleb Iwanytsch.«

»Das war's. Zieh Leine.«

»Wohin?«

»Mir egal. Hau schon ab!«

Die Bühne über ihm begann zu knarzen: ungleichmäßige, verwirrte Schritte. Arkadi Pawlowitsch wusste nicht, wohin er gehen sollte. Dann sprang er von der Bühne, fluchte und schlurfte wie ein geprügelter Hund davon. Es wurde still: Umbach hatte man bereits aufgehoben und weggeführt, die beschlagenen Stiefel waren am Horizont verschwunden.

Die Zeit, um mit Dietmar in Verbindung zu treten, war abgelaufen.

Wieder klopfte es an der Tür. Diesmal aber anders: grob, herrisch, ohne Verstellung.

»Olga.«

»Ah … Gleb. Gleb, ich freue mich so …«

»Ich hab vor der Tür gestanden. Tu nicht so, als ob du dich freust, du Schlampe.«

»Aber Gleb. Er erpresst mich. Gibt mir keine richtigen Rollen. Mal liegt es daran, dann wieder an was anderem … Er lässt mich hängen, hält mich mit Versprechungen hin!«

»Sei ruhig. Komm her.«

Lautes, saftiges Schmatzen. Den beiden fiel es hörbar schwer, sich wieder voneinander loszureißen.

»Also. Ich komme heute Nacht. Abends habe ich Erschießungen. Ein paar Verräter. Aber danach … brauch ich, wie immer, was ganz Scharfes. Du bleibst also hier und wartest. Verstanden? Und zwar in deinem Tutu.«

»Ich werde hier sein.«

»Und dass du mir mit keinem mehr … weder mit deinem Arkascha noch …«

»Natürlich, natürlich. Gleb … Was … was für Verräter?«

»Wir haben einen Priester beim Predigen erwischt. Die anderen sind Überläufer. An der Linie gibt's ein Problem mit den Pilzen. Irgendeine Krankheit. Und sofort wollten sie abhauen, diese Hosenscheißer. Die denken wohl noch an ihre geschwollenen Bäuche vom letzten Jahr. Egal, die kommen nicht weit. Jetzt knallen wir erst mal zur Abschreckung ein paar Dutzend von denen ab, dann geben die anderen gleich Ruhe. Na, egal, das geht euch Weibsbilder sowieso nichts an. Geh und wasch dich besser, anstatt hier lauter Fragen zu stellen. Und vergiss das Tutu nicht.«

»Jawohl.«

Ein genüsslicher Klaps auf einen Hintern ertönte, dann knallten Absätze über die Bühne, jemand sprang schwer auf den Granit und verschwand im Nirgendwo, in demselben Abgrund, der ihn zuvor hervorgespien hatte.

Artjom blieb liegen und wartete: Würde sie weinen? Würde sie einen hysterischen Anfall bekommen, ihren Arkadi zurückrufen?

Von wegen. Sie fing an zu singen:

»Auf in den Kampf, To-re-e-e-ero …«

»Meine Damen und Herren! Begrüßen Sie nun! Mit mir! Den Superstar! Des Bolschoi-Theaters! … Olga Aisenberg!«

Eine Trompete ertönte traurig und wunderbar, und Olga Aisenberg trat mit ihren langen, für das Leben in diesen Katakomben gänzlich ungeeigneten Beinen auf die Bühne – und an die Stange. Ihr Gesicht war von hinter den Kulissen nicht zu erkennen, nur ihr mit Tusche gezeichneter Schatten, doch dieser war unglaublich.

Sie betrat die Bühne in einem langen Kleid, von dem sie sich jedoch als Allererstes, noch bevor sie ihre wunderbaren Beine um die Stange schlang, befreite.

Artjom steckte auf dem Boden die Antenne zusammen und richtete sie dorthin, wo sich nach seiner Vorstellung die *Twerskaja* befand, befinden musste. Er stülpte sich den Kopfhörer über und warf den Schalter um. Es fehlte ihm die Zeit und die Tollkühnheit, sich mit dem Funkgerät auf den Schultern durch den bis auf den letzten Platz gefüllten Saal zu schlagen, sich mit den Wachleuten zu streiten und dann die Treppe nach oben zu klettern. Hoffentlich kam das Signal von hier durch den Tunnel bis zur *Twerskaja-Darwinowskaja*. Hoffentlich kam es durch.

»Kommen … Bitte kommen …«

Es raschelte im Kopf, hüstelte, dann endlich ließ es sich herab: »Sieh mal an, der Stalker? Du bist spät dran. Wir waren schon dabei, deinem Opa eine Krawatte anzulegen.«

»Blast die Operation ab! Blast sie ab! Die Roten wollen die *Teatralnaja* nicht stürmen! Dort herrscht Hunger … auf ihrer Linie. Und sie haben Absperrungen aufgestellt … um Überläufer abzufangen …«

Dietmar machte ein undefinierbares Geräusch: etwas zwischen einem Räuspern und einem Grunzen.

»Und du glaubst, dass du mir etwas Neues sagst?«

»Was?«

»Wo ist die Mine, Idiot? Hast du die Mine angebracht?«

»Hast du mich nicht verstanden? Es wird keine Invasion der *Teatralnaja* geben!«

Jetzt begriff er, was das Geräusch war. Dietmar lachte.

»Wie kommst du denn darauf? Natürlich wird es eine geben!«

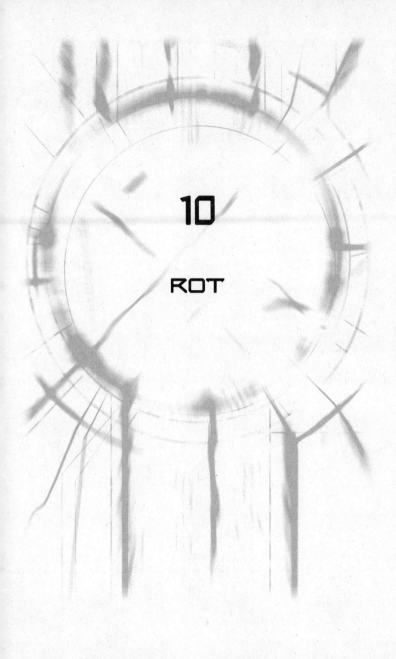

10

ROT

He, Mann! Was willst du hier?«

Artjom blickte den an, der gefragt hatte: Ein himbeerfarbener Stern schwamm im Trüben.

Er zuckte mit den Achseln.

Bei den Rundbögen standen schiefe Stangen mit verblichenen roten Fahnen. Sie machten einen müden Eindruck. In den Bögen hingen, etwas mehr als mannshoch, Schilder mit der Aufschrift: ROTE LINIE. STAATSGRENZE.

»Genug gestarrt, geh weiter.«

Der Offizier blickte ständig auf Artjoms Hände. Die Rotarmisten hinter ihm warteten auf einen Befehl.

Was will ich hier eigentlich, fragte sich Artjom.

Was er auf keinen Fall durfte: die Hände heben und nach vorn treten. Es war ausgeschlossen, dem Unglückspilz Umbach dorthin zu folgen, wo man Pjotr Sergejewitsch jetzt wahrscheinlich schon auf die Streckbank legte. Ausgeschlossen zu offenbaren, dass nicht Umbach der gesuchte Funker, der Saboteur war, sondern er, Artjom. So käme er erst recht nicht an Umbach ran, sondern wäre nur der nächste Kandidat für die Streckbank.

Was also dann?

Umbach vergessen? Vergessen, was dieser im tuberkulösen Moskauer Äther gehört oder nicht gehört hatte? Homer vergessen, der irgendwo dort, an der *Puschkinskaja*, mit einer Schlinge um den Hals auf ihn wartete? Dietmar und den Auftrag vergessen? All die Leute vergessen, die jetzt hinter ihm saßen und diesen Mist genossen, und denen womöglich eine Nacht der langen Bajonette bevorstand? Sich einfach von dem himbeerfarbenen Stern verabschieden und zur *Nowokusnezkaja* hinüberspazieren? Was weiter hier geschah, ging ihn doch nichts an – nach mir die Sintflut.

Aber was war dort an der *Nowokusnezkaja*?

Nichts.

Das Gleiche wie an der *WDNCh*.

Leere. Schwüle. Pilze. Ein Leben, das Artjom widerspruchslos mit sich schleppen würde, bis er krepierte. Vielleicht einen Kreis machen und irgendwann zu Anja zurückkehren. Mit fremden, toten Dokumenten.

Die Dokumente wären zwar fremd, aber das Leben wäre immer noch das eigene, frühere, Artjoms Leben – schwarz, gekrümmt und trocken wie ein verbranntes Streichholz. Wollte er so ein Leben? Würde er das ertragen?

Olga Aisenberg zog ihr Mieder aus. Die Scheinwerfer, die ohne Pjotr Sergejewitschs Hände auskommen mussten, zielten ungeschickt auf sie. Viel zu hell, blendend, warfen sie Olgas Silhouette tiefschwarz an die Rückwand.

Auch die Trompete spielte zu schnell, dünn und ekelhaft, dass sich einem der Magen drehte. Zu ihrer Melodie schlug und drehte sich die weibliche Silhouette rasend um die Stange, als säße sie auf einem Pfahl.

»Bist du taub? Los, zieh Leine!«

Auf der Suche nach Umbach, unterwegs mit Homer, hatte Artjom für kurze Zeit vergessen, wie das war, wenn man kein Ziel vor Augen hatte. Der Alte hatte ihm etwas gegeben. Zumindest eine Richtung. Tut mir leid, Opa.

Wie kann ich dich retten? Soll ich tun, was mir der Teufel befiehlt? Ihm helfen, hier ein Blutbad anzurichten? Würde er dich dann freilassen? Nein, würde er nicht.

Die Qual der Wahl: Was immer man tat, es war aussichtslos.

»Los, filzen!«

Die Beine machten von selbst einen Schritt zurück. Sie hatten noch keine Entscheidung getroffen.

Im Zuschauerraum begannen sich einzelne Leute umzudrehen und zu zischen.

Jemand in einer Eisenbahneruniform, der gerade nichts zu tun hatte, hielt Artjom fest. Wahrscheinlich hatte er sehnsüchtig auf ihn, Artjom, gewartet, während er gelangweilt die Darstellerin betrachtete, wie sie sich um die Stange wand.

Wenn du auf die andere Seite gehst, nach vorn, kommst du nicht mehr zurück, wussten die Beine. Für den Körper war es noch zu früh zum Sterben. Doch die Seele konnte nicht mehr in das alte Leben zurück.

Ich will keine Kinder von ihr, begriff Artjom jetzt. Ein für alle Mal. Ganz einfach.

Was gab es dort für ihn, an der *WDNCh*? Nichts. All das, was Artjom nicht geworden war. Und all das, was er um keinen Preis werden wollte. Dann lieber verrecken.

Sein Verstand zwang ihn, die Hände zu heben – die eine etwas schneller als die andere. Schweiß lief über seine Schläfen, tropfte brennend in seine Augen. Darin schwamm der himbeerfarbene Stern.

Vielleicht haben sie dich noch nicht umgebracht, Pjotr Sergejewitsch? Ich habe immerhin die halbe Metro durchquert, um dich zu finden. Jetzt bin ich da. Und jetzt kann ich nicht mehr weiter. Komm schon, sie haben dich noch nicht umgebracht, einverstanden?

»Ich habe Informationen.«

»Was murmelst du da?«

Artjom spürte einen spinnenartigen Blick aus dem Zuschauerraum – auf seiner Haut. Also wiederholte er noch einmal genauso leise:

»Ich verfüge über wichtige Informationen. Es geht um einen bevorstehenden Sabotageakt. Seitens des Reichs. Ich will verhandeln. Mit einem Offizier. Der Staatssicherheit.«

»Ich höre nichts!«

Artjom wischte sich den Schweiß ab und machte den Schritt nach vorn.

Der Übergang zur Station *Ochotny Rjad* war endlos, als wäre er eigens dafür errichtet worden, Artjom Zeit zum Nachdenken zu geben.

An ihren äußeren Rändern wirkte die Grenze der Roten Linie nur dünn: ein Absperrgitter und ein paar verschlafene Soldaten. Innen jedoch, für Fremde nicht sichtbar, hatte man sich dreifach abgesichert: Sandsäcke, Stacheldraht und Maschinengewehre. Die Waffenläufe waren auf die Wand gerichtet, weder nach innen noch nach außen, denn noch war ungewiss, von welcher Seite der Feind angreifen würde.

Überall an den Wänden war mit Hilfe einer Schablone ein Doppelprofil aufgemalt worden: zwei finster dreinblickende Männer mit dicken Wangen und beginnender Glatze, einander erschreckend ähnlich, wie eine versehentliche Doppelprägung auf einer Medaille. Es war unklar, ob der eine dem anderen Deckung gab oder ihn aus dem Bild drängte. Die Moskwin-Vettern, erkannte Artjom. Der im Vordergrund war Maxim. Der derzeitige Generalsekretär. Der andere, dem man Maxim aufgedrückt hatte, war der alte, bereits verstorbene Chef der Linie.

Mit jedem Schritt von der *Teatralnaja* weg war die miserable, verbeulte Trompete des Bolschoi-Theaters schlechter zu hören, denn von der Gegenseite, vom *Prospekt Marxa*, tönte es immer lauter durch den Korridor und ihm direkt ins Gesicht: ein schmetternder Marsch, beschwingt, vielstimmig – das musste ein ganzes Blasorchester sein. Schon auf dem zweiten Drittel des Weges begann sich dieses gegen die schmachtende Trompete zu stemmen und schob sie zurück ins Theater.

Die Beleuchtung war schlecht und ärmlich. Nur bei der Stacheldraht-Barriere gab es einen Graben aus Licht, weiter hinten herrschte gallertartige Finsternis. Bis zum nächsten Stacheldraht. Lebenden Menschen begegneten sie unterwegs nicht, nur mürrischem Soldatenpack. Artjom strebte vorwärts, begierig, sein Schicksal zu entscheiden. Die ihn bewachenden Soldaten hatten dagegen überhaupt keine Eile – ihre Zukunft war ihnen völlig gleich.

Beinahe hätte er es nicht mehr ausgehalten, aber dann erreichten sie endlich den *Prospekt Marxa* alias *Ochotny Rjad*. Da war die letzte Absperrung, die genauso aussah wie die erste, nämlich so windig, dass man sie hätte umblasen können. Der Rest der Station war von hier aus nicht zu erkennen, hinter einer Treppe verborgen, und deshalb schien es, dass sich niemand hier, auf der Roten Linie, für die *Teatralnaja* interessierte.

Das Orchester war aber echt. Es stand direkt am Eingang, dicht bei der Grenze, und blies, schepperte und trommelte, was das Zeug hielt. Unwillkürlich wollte man die Schultern strammziehen, und natürlich hatten weder die Trompete noch irgendwelche anderen Theatergeräusche dagegen eine Chance.

Die Station – behaglich und klein wie alle frühen Stationen der Metro – war angefüllt mit Menschen ein und derselben Farbe. Schmutzig war es nicht, kein Wasser tropfte von der Decke, und die Lampen brannten. Mit einem Wort, es war alles, wie es sich gehörte.

Aber in den wenigen Sekunden, in denen das Orchester Atem holte, um gleich darauf einen neuen Marsch anzustimmen, konnte man die zweite Stimme der Station hören. Es war eine ungewöhnliche Stimme: Anstelle des Lärms, den eine Menschenmenge normalerweise erzeugt, war am *Ochotny Rjad* nur Rascheln zu hören. Die Leute raschelten, sich immer wieder umblickend, in den gewundenen Warteschlangen, jeder mit einer auf die Handfläche gemalten Nummer, sie raschelten in den Torbögen an kleinen Tischen, während sie eine Artjom unbegreifliche bürokratische Arbeit erledigten, alte Frauen raschelten, Kinder raschelten. Und in diesem einen Augenblick, da Trommeln und Pauken kurz innehielten, erschien die Station auf einmal weniger hell und sauber. Doch dann lief das Orchesterfließband wieder an, und die darauf produzierte Fröhlichkeit ließ die Station wie ausgewechselt erscheinen. Die Lampen brannten heller, die Lippen der Passanten zogen sich in die Breite, und der Marmor begann zu strahlen.

Als weiterer Stimmungsaufheller dienten Parolen, die ebenfalls schablonenhaft gedruckt waren:

WIR BEENDEN DIE ARMUT, DEN ANALPHABE-TISMUS UND DEN KAPITALISMUS AN DER ROTEN LINIE!

NEIN ZUM RAUB AN DEN ARMEN! JA ZUR ALL-GEMEINEN GLEICHHEIT!

DIE OLIGARCHEN FRESSEN DIE PILZE UNSERER KINDER!

JEDEM DIE VOLLE NORM!

LENIN, STALIN, MOSKWIN, MOSKWIN

Lenins Glatzkopf und Stalins schnurrbärtiges Konterfei hingen in goldenen Rahmen am Kopfende der Station. Daneben stand eine Ehrenwache aus blassen Jungs mit roten Tüchern um den Hals, am Boden lagen ein paar Plastikblumen.

Die Anwohner schienen Artjom und seine Bewacher gar nicht zur Kenntnis zu nehmen: Wo immer er vorbeikam, hatten die Leute Wichtigeres zu tun. Niemand sah ihn an. Doch wenn er sich dann entfernte, fokussierten sich die vermeintlich zerstreuten Blicke in ihren neugierigen Linsen so sehr, dass sein Nacken brannte.

Während er so voranging, vereinbarte er mit Pjotr Sergejewitsch, er solle bitte noch ein wenig mit dem Sterben warten und nirgendwo hinfahren, sondern auf ihn warten. Es war erst eine Stunde vergangen, die Chance stand also gut.

Der KGB befand sich auf der Kehrseite der Station. Unter dem Boden, auf dem all diese einfarbigen Bürger umherliefen, gab es nämlich ein weiteres, niedriges, völlig unbekanntes Geschoss. Der Eingang dazu sah aus wie die Tür zu einem Putzschrank.

Dahinter jedoch war alles wie überall auf der ganzen Welt: ein Korridor, in Ölfarbe gestrichen, bis zum Gürtel grün, dann weiß, der Putz von der Feuchtigkeit braun angelaufen und Blasen werfend, überall die obligatorischen Glühbirnen sowie eine endlose Reihe von Zimmern.

Einer der Begleitsoldaten öffnete eines davon und stieß Artjom hinein.

»Ich habe keine Zeit! Ich muss dringend Meldung machen!«

»Meldungen macht man in der Armee«, kommentierte der Soldat augenzwinkernd. »Hierher kommt man, um jemanden ranzuhängen.«

Von außen knallte ein Riegel auf die Ohren, die nackten Nerven.

Er betrachtete seine Zellengenossen: eine Frau mit getuschten Augen und gelb gebeiztem Pony, die restlichen Haare im Nacken zu einem Knäuel gerafft, sowie ein mürrischer, kleingewachsener Kerl mit weißen Augenbrauen und Wimpern sowie einem völlig willkürlich geschorenen Kopf. Seine Haut war gegerbt wie die eines Alkoholikers.

Umbach befand sich nicht in dieser Zelle.

»Setz dich«, sagte die Frau. »Vom Stehen wirst du auch nicht schlauer.«

Der Mann schnäuzte sich.

Artjom musterte die Bank und blieb stehen. Vielleicht würde man ihn so schneller empfangen und anhören und daher beschließen, den Funker laufen zu lassen.

»Du glaubst wohl auch, dass sich deine Angelegenheit sofort regeln lässt, was?« Die Frau seufzte. »Wir sind schon zwei Tage hier. Vielleicht ist das ja auch gut so. So, wie die Dinge hier geregelt werden … wäre es vielleicht besser, es bliebe alles, wie es ist.«

»Sei ruhig«, stöhnte der Mann. »Sei wenigstens jetzt ruhig.«

»Vor mir war nicht zufällig so ein Typ hier?«, fragte Artjom. »Mit einem Schnauzer?«

Er deutete mit den Händen Umbachs kraftlos herabhängenden Schnurrbart an.

»Nein, niemand«, antwortete sie. »Nicht mal ohne Schnauzer. Wir hängen hier allein herum. Und gehen uns auf die Nerven.«

Der Mann drehte sich zur Wand und begann hasserfüllt mit dem Fingernagel darin herumzubohren.

»Was hast du angestellt?«

»Ich? Gar nichts. Ich muss den Typen hier rausholen.«

»Und was hat der Typ angestellt?«

Artjom betrachtete ihre hautfarbene Strumpfhose voller Stopf-narben und die Hände, aufgebläht von blauem Blut, das dicht unter der Haut floss. Die schwarze Umrandung hatte ihre Augen zunächst groß und leidenschaftlich erscheinen lassen, doch in Wirklichkeit waren sie ganz gewöhnlich. Das Lächeln war müde und faltig.

»Auch nichts. Wir sind von der *Teatralnaja*. Und haben eigent-lich nur so vor uns hingelebt.«

»Und wie ist es dort, an der *Teatralnaja*?« In ihrer Stimme schwang Mitgefühl mit. »Ziemlich mies, oder?«

»Ganz okay.«

»Bei uns heißt es, ihr hättet euch schon fast alle gegenseitig aufgefressen. Stimmt das etwa nicht?«

»Julka! Bist du wirklich so blöd?«, fuhr der Mann sie an.

»Uns geht's jedenfalls gut hier«, bemerkte Julka. »Kann uns ja eigentlich scheißegal sein, was bei euch los ist.« Dann zögerte sie und dachte einen Augenblick nach. »Ihr müsst wahrscheinlich lange für Pilze anstehen?«

»Wieso anstehen?«

»Na ja, am Ende der Schlange eben. Was für eine Nummer hast du?«

»Was für eine Schlange? Wenn du Geld hast, kaufst du dir welche.«

»Geld? Du meinst, Essensmarken?«

»Bei uns ist es so, wir brauchen kein Geld«, mischte sich der Mann ein. »Wer hier arbeitet, der bekommt auch zu essen. Nicht so wie bei euch an der *Teatralnaja*. Bei uns genießt der arbeitende Mensch Schutz.«

»Schon klar«, sagte Artjom.

»Fresst doch euer Geld selber«, fügte der Mann hinzu.

»Aber Andrjuscha, was fällst du denn gleich so über ihn her?« Julka sah sich offenbar genötigt, Artjom zu verteidigen.

»Einen Widerling haben wir da reinbekommen. Zeig ihm doch gleich deine Titten!«, grummelte Andrjuscha vor sich hin, aber auch gegen Artjom.

Lächelnd gab sie zurück: »Was kümmern dich auf einmal meine Titten?«

»Ich bin kein Provokateur«, sagte Artjom zu sich selbst.

»Ich will überhaupt nichts wissen«, entgegnete Andrjuscha. »Das geht mich nichts an.«

Sie schwiegen.

Artjom lehnte ein Ohr an die Tür. Es war still.

Er blickte auf die Uhr. Was war mit Dietmar los? Glaubte er ihm etwa noch? Und wie lange würde er bereit sein, ihm noch zu glauben?

»Es muss bei euch also niemand anstehen für die Pilze?«, fragte Julka. »Und wie viel bekommt einer auf die Hand?«

»So viel, wie er Geld hat«, erklärte Artjom und fügte zur Sicherheit hinzu: »Patronen, mein ich.«

»Ist ja irre!«, kommentierte Julka begeistert. »Und wenn man zu zweit kommt?«

»Was?«

»Bekommen dann beide so viel, wie sie Geld haben?«

»Nun ja.«

»Wie die Maden im Speck«, sagte Andrjuscha. »Was glaubst du, wessen Pilze die verspeisen? Unsere, deine und meine! Unsere

Kinder müssen hungern, während diese Hurensöhne sich fett fressen!«

»Gar nicht hungern die!«, entgegnete Julka erschrocken. »Wir haben doch überhaupt keine Kinder.«

»Ich meine das konfigurativ. Also, äh, bildlich.«

Er fixierte Artjom mit jenem verzweifelten Ausdruck, der verriet, dass ihnen soeben ein irreparabler Fehler unterlaufen war. Sein Gesicht lief tiefrot an.

»Er hat das eben nicht gesagt, ja?«, bat Julka Artjom.

Artjom zuckte mit den Schultern und nickte.

»Pass lieber auf dich selber auf!«, bellte Andrjuscha seine Frau an. »Fotze! Hättest du nicht so blödes Zeug geschwätzt, wären wir jetzt zu Hause. Als hättest du von den Jefimows nichts gelernt!«

»Aber die Jefimows haben doch geschwiegen, Andrjuscha«, flüsterte sie. »Die wurden doch einfach so mitgenommen. Kein Wort haben die jemals gegen … Na ja.«

»Dann muss es einen anderen Grund gegeben haben!«, schrie er flüsternd zurück. »Muss es doch. Wie denn sonst, wenn einfach so mir nichts, dir nichts Leute mitgenommen werden und … und dann die ganze Familie …«

Er spuckte aus.

»Wie – die ganze Familie?«, fragte Artjom.

»Warum nicht! Wenn es sein muss!«

»Was hab ich denn Schlimmes gesagt? Dass die Pilze für dieses Jahr nicht reichen werden. Dass wir in der Sowchose eine Missernte haben wegen der Krankheit … diesem weißen Schimmel. Dass wir hungern werden. Das sagen doch alle! Das hab ich mir doch nicht einfach ausgedacht! Aber nein, die kommen einem gleich mit Verleumdung … Immer diese Propaganda …«

»Und wem hast du's gesagt, du strunzdumme Ziege? Der Swetka Dementjewa hast du's gesagt! Weißt du denn nicht, was das für Leute sind, die Dementjews?«

»Die Daschka von den Dementjews steht doch in der Konservenfabrik und tut so, als ob sie nichts versteht!«

»Genau, die steht da und hält's Maul! Sie nehmen einen doch schon wegen viel unwichtigeren Sachen mit! Die Wassiljewa zum Beispiel – wofür? Weil sie ›Herr, steh uns bei‹ gesagt und sich bekreuzigt hat! Und den Sujew Igor aus Nummer 105 haben sie weswegen abgeholt? Weil er in der Rauchpause ausgeplaudert hat, dass an der *Tscherkisowskaja* Leute von außen angekommen sind.«

»Wie, von außen?«

»Nicht aus Moskau eben. Irgendwo von oben. Aus irgendeiner anderen Stadt. Und dass sie angeblich ohne Schutzanzüge gekommen sind. Also was soll denn das bitte? Was ist denn da dran? Ist doch klar, dass das ein Märchen ist. Angeblich haben sie all diese Leute aus anderen Städten sofort geschnappt und am gleichen Tag …«

Er fuhr sich mit dem Finger über die Kehle.

»Zeig das nicht an dir selbst!«, bat Julka ängstlich.

»Ist doch sowieso ein Märchen, oder? Totaler Quatsch! Die Scheißamis haben doch bei uns reinen Tisch gemacht. Weiß doch jedes Kind, dass nur Moskau noch steht. Von wegen, eine andere Stadt! Den Igor haben sie aber am nächsten Tag wieder rausgelassen. Da hatte der Judin den Vorsitz, und der Judin ist selber … Da müsste man schon eine taube Nuss sein, um bei dem Judin …«

»Aus welcher Stadt?« Artjom straffte sich. »Aus welcher Stadt sind die gekommen? Zur *Tscherkisowskaja*?«

»Schon klar«, entgegnete Andrjuscha. »Das werd ich *dir* jetzt natürlich brühwarm verraten.«

Artjom löste sich von der Tür, ging auf den Mann zu und beugte sich zu ihm herab.

»Aber er hat es doch gesagt? Oder? Dieser Igor?«

»Tja, hat sich verplaudert.«

»Sag schon! Das ist wichtig!«

Andrjuscha grinste böse.

»Schau zu, dass du erst mal deinen ›Typen‹ ranhängst! Kannst wohl nicht genug kriegen?«

»Du Riesenidiot! Sag es einfach! Woher waren die?!«

Artjom packte den Mann am Kragen, wickelte sich den Hemdstoff um die Faust und drückte ihn gegen die Wand.

»Lass ihn los! Lass ihn!«, sagte Julka mit zitternder Stimme. »Er weiß nichts, überhaupt nichts! Wache! Hilfe!«

»Das ist doch alles Bockmist.«

»Und was, wenn nicht?!«

»Ja, genau, was denn?!«

»Dann können wir von hier abhauen! Aus dieser Metro!«

Andrjuscha, der noch immer halb in der Luft hing, schüttelte den Kopf und verzog das Gesicht.

»Wenn es denen da oben so gut geht, würden die dann bei uns anklopfen?«

Artjom holte Luft, um zu widersprechen, fand aber keine Antwort.

»Lass mich runter«, sagte Andrjuscha. »Stell mich wieder dahin, wo ich gestanden habe, Arschloch.«

Artjom stellte ihn ab. Drehte sich um, ging zur Tür zurück.

Gerade wollte er sich mit der Stirn dagegenlehnen, als sie sich plötzlich öffnete.

»Der von der *Teatralnaja*. Raustreten!«

»Chance verpasst«, sagte Artjom zu Andrjuscha.

»Jetzt kannst du sie ja selber fragen«, entgegnete dieser mit rauer Stimme.

»Hier, Genosse Major. Das ist der Saboteur.«

»Und die Handschellen? Das wäre mir schon lieber.«

Es klickte.

»Also, wenn jemand selber gestehen will … sollte er immer Handschellen tragen«, erklärte der Genosse Major noch an der Schwelle seines Büros. »Nenn mich Gleb Iwanytsch. Und wer bist du?«

Dass dies Gleb Iwanytsch war, wusste Artjom bereits. Er hatte ihn an der heiseren, tiefen Stimme erkannt. Und an den Schnürschuhen.

»Kolesnikow, Fjodor.«

Wie in dem Pass des toten Stalkers.

»Na, dann berichte mal, Fjodor.«

Gleb Iwanytsch war untersetzt und kräftig, eine schwere Rasse. Auf der hohen Stirn war deutlich eine beginnende Glatze zu erkennen, und er hatte rote, fleischige Lippen. Wie Artjom war auch er von nicht besonders hohem Wuchs, dafür aber doppelt so breit und wahrscheinlich viermal so kräftig. Die Uniformjacke, die er trug, ließ sich nicht schließen, der Kragen war zu eng für seinen Stiernacken, und seine Hose an einigen Stellen stark ausgebeult.

Gleb Iwanytsch setzte sich an seinen Schreibtisch und ließ Artjom einfach stehen.

»Sie haben den Falschen verhaftet.«

Der Major horchte auf. »Welchen Falschen?«

»Umbach. An der *Teatralnaja*. Er hat nichts getan. Eine Verwechslung.«

»Wen hätten wir denn verhaften sollen?«

»Einen anderen.«

Der Major verlor sogleich das Interesse.

»Soso. Und du bist jetzt hier, um ihn rauszuholen?«

»Er ist überhaupt kein Saboteur. Er ist Theatertechniker, weiter nichts.«

»Er hat aber gestanden.«

»Das … Das hat er nur erfunden. Um sich selbst zu belasten.«

»Das ist sein Problem. Wir haben ein unterschriebenes Protokoll.«

»Und was jetzt?«

Der Raum war groß, aber einfach, ja fast streng. Der Boden aus Linoleum, das sich an den Rändern bereits aufzurollen begann, in einer Ecke ein grauer, quadratischer Safe, der Tisch vielleicht etwas edler, wahrscheinlich ein Beutestück, das obligatorische Doppelprofil an der Wand – mehr nicht.

Nein, halt.

Etwas tickte noch. Artjom blickte sich um: Hinter ihm, über dem Eingang, hing eine Uhr. Er hatte sie erst vor Kurzem gesehen – an einem ganz anderen Ort. Ein einfaches Modell, ein Stück Glas in blauem Plastik. Auf dem Zifferblatt ein Schild dargestellt, ein Schwert, das darin steckte, und eine Zeile aus lauter Großbuchstaben, getrennt durch Gedankenstriche: »WTschK – NKWD – MGB – KGB …«

Es war zehn vor zehn.

»Hast du noch einen Termin, Fjodor?«, fragte der Major schmunzelnd. »Bist du spät dran?«

»Eine interessante Uhr.«

»Eine praktische Uhr. Und auf dieser Uhr sehe ich, dass ich noch zu tun habe. War's das von deiner Seite, Fjodor? Dann würde ich nämlich später mit dir weitermachen.«

»Ich muss mit ihm reden.«

»Nun, das wird leider überhaupt nicht gehen. Wie stehst du zu ihm? Seid ihr verwandt? Oder Kollegen?«

»Was hat er gestanden? Er ist kein Saboteur. Er war noch nie im Reich. Nicht ihn haben Sie gesucht, sondern einen anderen.«

»Oh nein, Fjodor. Wir haben genau ihn gesucht. Pjotr Sergejewitsch. Mit dem Reich hat das nichts zu tun. Sondern damit.«

Der Major wedelte mit einem speckigen Stück Papier.

»Ein Hinweis. Aus dem Zentralapparat. Und der Zentralapparat irrt sich nie.«

Also hatten sie doch nicht ihn, nicht Artjom gesucht? War Umbach selbst schuld?

»War's das?« Gleb Iwanytsch erhob sich. »Um zehn Uhr ist nämlich mein nächster Termin.«

Er beugte sich zum Safe hinab, fuhrwerkte dort herum, schob quietschend den Riegel beiseite und holte einen schwarzgrauen, vom vielen Gebrauch ganz zerkratzten, matt glänzenden Revolver hervor.

In diesem Augenblick fiel Artjom ein, was das für ein Termin war, der dem Major jetzt bevorstand.

»Und was …«, fragte er mit trockenem Hals. »Was wird jetzt aus ihm, aus Pjotr Sergejewitsch?«

»Höchststrafe«, verkündete der Major. »Also dann, Fjodor. Warte bis morgen. Morgen reden wir beide weiter. Ich habe das Gefühl, dass das ein längeres Gespräch wird. Irgendetwas willst du mir sagen, aber noch rückst du damit nicht raus. Ich müsste dich wohl erst irgendwie zum Sprechen bringen, aber ausgerechnet heute ist meine Zeit knapp bemessen. Die Arbeit ruft.«

Wieder kramte er im Safe herum und holte aus einer Schachtel eine Handvoll kupferner Patronen, die er auf den Tisch fallen ließ. Er klappte die Revolvertrommel aus und begann den stumpfköpfigen Tod hineinzustopfen. Eins, zwei, drei, vier, fünf, sechs, sieben. Es blieben noch welche übrig.

»Sie dürfen ihn nicht erschießen!«, rief Artjom. »Umbach!«

»Warum?«

»Er verfügt über Erkenntnisse … Er ist Funker. Und er weiß etwas …«

»Alles, was er weiß, wissen wir auch«, beruhigte ihn der Major. »Vor uns hat niemand Geheimnisse. So, jetzt geh und schlaf dich aus. Ich … werde erwartet.«

Gleb Iwanytsch kratzte sich am angespannten Hosenlatz und streckte sich genüsslich.

»Sie haben ja keine Vorstellung! Er verfügt über wertvolle Informationen … Er …« Artjom biss sich auf die Lippe und wog ein letztes Mal seine Worte. »Er hat Überlebende gefunden! Und ist mit ihnen in Verbindung getreten! Mit anderen! Verstehen Sie? Mit anderen Überlebenden! Nicht in Moskau!«

Er blickte dem Major direkt in das breite, ausdruckslose Gesicht. Dort veränderte oder bewegte sich nichts.

»Was für ein Blödsinn.«

Dann lief plötzlich der Schatten eines Lächelns über Gleb Iwanytschs Lippen. Er strich sich durch die Haare. Sein Gesicht hatte einen träumerischen Ausdruck. Er hatte gewartet, auf diesen Abend, auf zehn Uhr, und darauf, was danach sein würde – das Rendezvous mit einem schönen Flittchen mit Ballettröckchen. Und nur daran wollte er jetzt denken.

Artjom hob die gefesselten Hände.

»Was, wenn es noch irgendwo Orte gibt, an denen man leben kann? Wenn wir nicht hier in der Metro leben müssen … bis zum Ende … Was dann? Und er – er! – könnte das wissen!«

Der Major wog den Revolver in der Hand, kniff ein Auge zusammen und nahm den Tisch ins Visier.

»Das ist Qualitätsarbeit«, sprach er nachdenklich. »Damit hat man wahrscheinlich schon vor hundert Jahren Leute erschossen. Und trotzdem … Es gibt kein zuverlässigeres Werkzeug als den Nagant. Besonders für diese Aufgabe. Da klemmt nichts, und es überhitzt sich auch nichts.«

»Sag mal, hörst du mir überhaupt zu?!« Artjom geriet allmählich in Rage. »Oder weißt du vielleicht etwas?!«

»So, jetzt reicht's. Wache!«

»Nein, es reicht nicht! Wenn du ihn jetzt erschießt, werden wir niemals etwas … Niemals!«

»Wache, verdammt!«, bellte der Major Richtung Tür.

»Niemals! Er ist der Einzige, verstehst du? Sonst hat es niemand geschafft! Ein Signal abzufangen, in Kontakt zu treten … Du darfst ihn nicht umbringen!«

»Darf ich nicht?«

»Darfst du nicht!«

»Wertvolle Informationen?«

»Ja!«

»Überlebende!«

»Überlebende!«

»Na schön, komm mit.«

Der Major packte Artjom mit seiner Pranke an der Schulter, wie mit einer hydraulischen Presse, stieß die Tür mit dem Fuß auf und führte ihn in den Gang. Eine Wache lief herzu, ängstlich und erschrocken, gerade dabei, eine Selbstgedrehte fertig zu rauchen, aber der Major hielt dem Mann nur den brünierten Lauf seines Revolvers in die Visage und stieß ihn zur Seite.

Er zog einen Schlüsselbund aus seiner Tasche und klapperte damit an irgendeiner Tür herum. Dann stieß es sie weit auf und schob Artjom in die Zelle. Sieben Personen saßen dort, bleich und verschwitzt.

»Umbach!«

»Hier.«

Der hängebärtige Pjotr Sergejewitsch erhob sich mit suchendem, unruhigem Blick. Er war überall verschmiert mit einer braunen Flüssigkeit, die allmählich trocknete; der Nasenrücken war ramponiert, der Mund schartig. Er hielt seinen Kopf leicht nach hinten geneigt, damit es ihm nicht aus der Nase floss.

Ein Schatten schien über sein Gesicht zu flackern, oder war es ein Lichtfleck? Was hatte er zu erwarten?

Der Major riss den Revolver hoch, hielt ihn gegen Umbachs Stirn, und im nächsten Augenblick gab es einen Schlag auf die Ohren, wie mit einem Hammer, winzige rote Spritzer prusteten umher, auf seine Hand, ins Gesicht, auf die Jacke. Umbach erschlaffte und sank zu Boden wie ein Sandsack. Die übrigen bleichen Insassen hielten sich die Ohren zu, ein altes Weib kreischte auf. Die Wand war übersät mit nassen, glänzenden Fetzen. Einer der Gefängniswärter steckte den Kopf durch die Tür, fluchte unhörbar und stellte eine unhörbare Frage. Alles war überdeckt von einem grellen Pfeifen.

Der Major packte Artjom an der Schulter, schleifte ihn hinaus in den Gang und schmiss die Tür zu. Dann brüllte er durch das Pfeifen hindurch:

»Wer darf das nicht? Ich? Ich darf nicht? Du kleiner Wichser! Ich soll was nicht dürfen?!«

Alles drehte sich. Ein Gefühl der Übelkeit.

Artjom schluckte herunter, behielt es in sich. Jetzt zu kotzen hätte bedeutet, Schwäche zu zeigen.

»Bringt die Hinrichtungskandidaten heraus! So viele wie möglich!« Der Befehl des Majors an die Gefängniswärter war durch das Pfeifen kaum zu hören. »Wie viele sind es?«

»Sieben, mit Umbach.«

»Also gerade genug für ein Magazin. Und macht die Zelle sauber!«

Der Major machte einen Schritt nach vorn und stand jetzt direkt vor Artjoms Augen. Den Soldaten, die aus der Wachstube herbeigeeilt kamen, sagte er:

»Der hier kommt mit mir!«

Sie kehrten in sein Büro zurück.

»Du sagst, ich darf das nicht. Oh doch, ich muss sogar! Ich muss euch erschießen. Und zwar öffentlich. So eine Erschießung ist eine nützliche Sache. Sonst glaubt hier am Ende jeder, dass er den großen Helden spielen kann, verdammt, wie in einem Film, in dem er die Hauptrolle hat. Aber da sieht man dann, wie schnell sich ein Mensch in einen Sack voll Scheiße verwandeln kann. Klick! Und fertig. Schon bildet man sich nicht mehr so viel ein!«

Er nahm eine herrenlose Patrone vom Tisch und hielt sie Artjom unter die Nase.

»Sieh her. Die ist für dich. Eigentlich wollte ich mich morgen in aller Ruhe mit dir befassen. Mit deinen ganzen Fantasien. Aber du musstest ja hier unbedingt auf die Barrikaden steigen.«

Er klappte die Trommel aus und schob Artjoms persönliches Geschoss hinein.

»Der kommt zu den anderen!«

»Nein«, Artjom schüttelte seinen dröhnenden Kopf. »Nein!«

»Vorwärts!«

»Heute ... Jetzt gleich ... wird ... das Reich ... die *Teatralnaja* ...«

»Vorwärts, Mistkerl!«

»Umbach ... Er ist ihr Agent. War ihr ... Ich sollte ... ihn rausholen. Ich bin auch ... auch ein Saboteur.«

»Ein Schwätzer bist du ...«

»Warte. Warte. Das mit dem Funker war gelogen. Lasst mich leben. Ich sag die Wahrheit. Ich schwöre ... Es sind jetzt schon zwei ... Gruppen dort. Sie verminen die Übergänge.«

Endlich drehte sich Gleb Iwanytsch zu ihm um.

»Wozu?«

»Um die *Teatralnaja* einzunehmen.«

»Und, weiter?«

»Sie haben Sturmbrigaden in den Tunneln aufgestellt. Bereit zum Angriff. Und zwei Sabotageteams an der *Teatralnaja*. Sie wollen die Übergänge, die hierherführen, in die Luft sprengen. Und sobald sie die *Teatralnaja* isoliert haben ... sind sie in fünf Minuten dort.«

»Was ist mit Umbach? Was hatte er damit zu tun?«

»Er ist Funker. Er sollte das Startsignal empfangen.«

»Und du?«

»Ich gehörte zu ihm. Als Verbindungsmann.«

»Wer hat den Auftrag erteilt? Dir persönlich – wer?«

»Dietmar.«

»Bekannt.«

Der Major erstarrte zu Stein. Die Uhr über Artjoms Kopf zählte die Sekunden: t-k, t-k, t-k. Es war exakt die gleiche Uhr wie bei dem Major der Hanse. Nur ging die Abkürzungshistorie hier anders zu Ende – sie brach vorzeitig ab.

»Aber jetzt bist du hier. Bei uns. Und Umbach auch. Das heißt, sie warten dort auf euer Signal. Wie lange noch?«

»Wir sollten noch vor dem Ende der Vorstellung zuschlagen. Wenn es länger dauert … werden sie jemanden schicken, um die Lage zu prüfen. Und dann trotzdem angreifen.«

T-k. T-k. Die Augenbrauen des Majors zogen sich zusammen.

»Kannst du die anderen identifizieren? Aus den beiden Gruppen?«

»Ja. Die Kommandeure.«

»Und du würdest uns helfen?«

Er nickte einmal. Ein angestrengtes, gleichsam verrostetes Nicken.

»So schnell bekommen wir unsere Leute nicht zusammen …«, sagte der Major. »Wir müssen Zeit gewinnen.«

Der Vorschlag für den Major lag Artjom auf der Zunge, doch er fürchtete, dass dieser dann genau das Gegenteil tun würde. Der Mann musste von selbst darauf kommen. Denk nach, denk nach, Major. Komm schon!

»Und wenn wir bluffen? Wenn wir ihnen eine Information zukommen lassen, dass die beiden Gruppen bereits neutralisiert sind?«

»Wie? Das schaffen wir nicht.«

Artjom wollte die Augen zusammenkneifen, sich verstecken, seine Gedanken verhüllen, damit der Major seinen Hinweis, seine Bitte nicht entschlüsselte. Aber er zwang sich, die Augen weiter aufzureißen, wie um Gleb Iwanytsch in sein Innerstes hineinzulassen. Und dieser war jetzt tatsächlich durch Artjoms Pupillen in ihn hineingestiegen, hatte dabei die Hornhaut zerkratzt, war überall angestoßen und hatte alles mit Pjotr Sergejewitschs winzigen Spritzern versaut.

Endlich fasste er einen Beschluss.

»Parole und Antwort für den Funkkontakt hast du?«

Artjom senkte schweigend den Kopf und hob ihn vorsichtig wieder, um die Entscheidung des Majors – Artjoms einzige Rettung – nicht zu verscheuchen.

»Gehen wir.«

Artjom ging neben dem Major den Gang entlang, vorbei an der bereits geöffneten Zelle, wo die Todeskandidaten standen und den Blick zu Boden oder an die Wand richteten, krampfhaft versuchten, ihre Seelen in den Fugen zwischen den Kacheln oder hinter dem aufgerollten Linoleumrand zu verbergen. Die beiden erreichten ein Zimmer mit der Aufschrift »Funkraum«.

Ein ausgemergelter Funker mit Hasenscharte nahm Habacht-Stellung ein. Ein Tisch mit einem Telefon, grüne Kästen mit Kippschaltern und Zeigern, Kopfhörer.

Ein Wachsoldat stellte sich in der Tür auf, jemand versetzte Artjom einen Tritt in Richtung Funkapparat. Doch erst nahm Gleb Iwanytsch den Telefonhörer ab und drückte die piepsenden Tasten.

»Hallo. Hier Swinolup. Ja, Swinolup. Verbinden Sie mich mit Anziferow.«

Artjom fing an zu schwimmen. Die Zwillingsuhren legten sich auf diesen idiotischen, seltenen Nachnamen. Ein solcher Zufall war einfach nicht möglich.

Jener war Boris Iwanowitsch gewesen. Dieser hier Gleb. Der gleiche Vatersname. Besonders ähnlich sahen sie sich nicht. Und doch glaubte Artjom es sofort, auch wenn es absolut fantastisch war.

»Ja, Genosse Oberst. Ich habe hier das Geständnis eines Agenten. Er sagt, das Reich steht kurz davor, die *Teatralnaja* zu stürmen.
Jeden Augenblick.«

Die Stimme. Deswegen also hatte Artjom die Stimme sofort
wiedererkannt, als er unter der Bühne lag. Die Stimmen der beiden Brüder waren kaum zu unterscheiden. Sie hatten mit dieser
Stimme unterschiedliche Dinge gesagt, unterschiedliche Worte
zu Sätzen geformt; sie trugen unterschiedliche Uniformen, und
ihre Uhren waren jede in einer anderen Zeit stehen geblieben.
Ihre Stimmen waren jedoch wie eine.

Gleb war wahrscheinlich der ältere. Zumindest äußerlich. Also
war Boris schneller die Karriereleiter hinaufgestiegen. Wie war
das bloß passiert mit den beiden, dachte Artjom auf einmal. Anstatt darüber nachzudenken, ob der weiße Faden, auf dem er über
dem Abgrund balancierte, nicht vielleicht doch reißen würde.
Wie war es dazu gekommen, dass die beiden Brüder den gleichen Rang erreicht hatten, aber auf unterschiedlichen Seiten der
Front kämpften? Ob sie voneinander wussten? Mit großer Wahrscheinlichkeit. Alles andere war ausgeschlossen. Kämpften sie ge-
geneinander? Hassten sie einander? Versuchten sie sich gegenseitig zu töten? Oder war das alles nur ein Spiel?

»Ich habe Ihre Genehmigung? Jawohl. Und Sie werden uns
rechtzeitig Verstärkung … Ja. Einverstanden. Nicht wir haben
damit angefangen. Ich sehe auch keinen anderen … Jawohl. Verstanden.«

Artjom wartete still, dachte an nichts mehr, um mit dem Rauschen seiner Gedanken nicht den magischen Feuervogel des Glücks
zu verscheuchen, der auf einmal auf seiner Schulter gelandet war.
Die Chance war eins zu tausend gewesen.

»Was für eine Frequenz?«

Der schiefmäulige Funker setzte sich an den Apparat, Artjom diktierte ihm die Frequenz. Sie begannen den Äther zu durchkämmen. Den Kopfhörer musste Artjom schief aufsetzen, nur ein Ohr abgedeckt, das andere den Personen im Raum zugewandt.

»Haben Sie die Antennen nach oben gerichtet?«, fragte er. »Wie ist der Empfang von hier?«

»Konzentrier dich auf deine Sache«, riet ihm Swinolup. »Den Rest übernehmen wir.«

»Aber haben Sie … Haben Sie niemals … Signale aus anderen Städten empfangen?«

Der Funker schüttelte den Kopf, als hätte die Frage ihm gegolten.

»Es gibt keine anderen Städte, Junge«, sagte der Major. »Vergiss es.«

»Aber es kommen doch Leute an … Es gab doch Leute aus anderen Städten? Die in die Metro gekommen sind.«

»Lügenmärchen.«

»Und sie wurden beseitigt. Von euren Leuten.«

»Alles Lügenmärchen.«

»Und diejenigen, die darüber ein Wort verloren haben …«

Gleb Iwanowitschs Augen verengten sich. Er klopfte mit dem Lauf auf den Metallkasten.

»Weil es, verflucht noch mal, nicht ihre Sache ist, irgendwelche Lügen weiterzuerzählen! Wir sitzen nun einmal hier unten – und basta! Warum die Leute durcheinanderbringen? Die sollen besser von dem träumen, was man ihnen sagt. Davon, dass wir die Hanse besiegen, alle Bonzen an die Wand stellen und dass irgendwann in der ganzen Metro der Kommunismus herrschen wird. Und alle die volle Norm Pilze erhalten. Hier wird alles gut. Hier unten. Bei uns. Man muss seine Heimat lieben, kapiert? Wo du geboren bist, da mach dich nützlich.«

»Ich bin oben geboren.«

»Und wirst unten verrecken!«

Swinolup klopfte ihm auf die Schulter und lachte schallend. Das war sein erster Witz gewesen.

Aus der Funkwellensuppe tauchte eine Stimme auf. Der Major nickte Artjom zu und hielt ihm den Lauf des Revolvers zugleich aufmunternd und mahnend an den Kopf.

»Dietmar.«

»Hier ist der Stalker.«

»Oh! Der Stalker. Was geht?«

»Die Maiglöckchen blühen.«

»Also ist es Frühling.«

Der Lauf kroch Artjom kalt und eisern in das freie Ohr. Direkt in den Gehörgang. Da war jemand nervös, wollte sichergehen, dass man ihn nicht an der Nase herumführte.

»Ich mochte den Winter lieber.«

»Na dann, such dir ein Versteck.«

Er versuchte, zu Swinolup hinüberzuschielen – aber der Revolver hinderte ihn daran. Er hätte zählen müssen, aber das hatte nicht geklappt. Kratzend zwängte sich der Lauf ins Loch und verschloss das Ohr.

»Was ist das für ein Scheiß?«, knirschte ihm der Major durch die Mündung direkt ins Gehirn.

»Operation abbrechen«, sagte Artjom. »Dietmar, brich …«

Und da – im nächsten Augenblick.

Krach!

Alles machte einen Satz, die Decke barst auseinander, eine Staubwolke fiel von oben herab, blieb in der Luft hängen, das Licht blinkte und verschwand, dann war alles blind und taub.

Darauf hatte Artjom gewartet. Nur darauf hatte er gewartet.

Er tauchte ab, packte mit den gefesselten Händen die Waffe, entriss sie dem geschwächten Griff dicker Finger, sprang zur Seite.

Das Licht blinzelte wieder auf.

Der Wachsoldat lag am Boden unter einem Betonteil. Swinolup, offenbar von kleineren Steinen getroffen und blutend, tastete umher. Der Funker saß noch immer vor seinem Gerät, ohne irgendetwas zu begreifen.

Wie durch Watte hörte man Schreie … und Schritte.

Endlich sah Swinolup Artjom.

»Deine Hände! Ich will sie sehen!«

Der Major hob sie träge. Seine Augen rannten hin und her. Er überlegte wohl bereits, wie er am geschicktesten an Artjom herankam.

»Aufstehen! Zum Ausgang! Wird's bald? Los, beweg dich!«

Der Nagant lag unbequem in der Hand, fühlte sich fremdartig an.

»Was war das?«, fragte Swinolup, ohne sich wesentlich vom Fleck zu rühren.

Natürlich mit Absicht, das Schwein.

Artjom begann den Abzug zu drücken: Es ging schwer. Der Hahn löste sich, holte Schwung.

»Aufstehen! Los jetzt!«

»Wo hat es bloß gekracht?«

Er drückte ab: Es donnerte noch einmal, aber nicht mehr so schmerzhaft wie in der Zelle, als Umbach dran glauben musste. Seine Ohren waren sowieso schon verstopft. Swinolup griff mit der Linken nach der rechten Schulter. Endlich gehorchte er und stand auf. Stieg über den Wachsoldaten hinweg und warf einen Blick in den Gang hinaus.

Dort wurstelte noch ein weiterer, offenbar verletzter Gefängniswärter herum, versuchte, sein Sturmgewehr hochzureißen, doch Artjom schoss ihm aufs Geratewohl irgendwo in den Bauch und beförderte das Gewehr mit einem Tritt beiseite.

»Wer hat die Schlüssel? Die Zellenschlüssel, wer hat die?!«

»Ich.«

»Aufmachen! Alle aufmachen! Wo ist hier der … Der mit den Lügengeschichten von irgendwelchen Überlebenden? Sujew! Wo ist er?!«

»Der ist nicht mehr da. Den haben wir zur *Lubjanka* geschickt. Auf Anfrage. Er ist weg!«

»Da lang. Wo ist meine Zelle? Die hier? Aufmachen!«

Der Major fuhrwerkte lautlos mit seinem Schlüsselbund herum und öffnete die Tür. Die gefärbte Julka und der griesgrämige Raubart waren putzmunter.

»Raus hier! Wir hauen ab!«

Swinolup zog eine Grimasse.

»Wohin denn auf einmal?«, fragte Andrjuscha.

»Wohin? Weg von hier, in die Freiheit!«

»Die gehen nirgendwohin«, sagte Swinolup.

»Fort von der Linie! Ich bring euch hier raus!«

Julka schwieg. Der Mann klapperte mit den bepuderten Augenlidern. Fasste sich und holte tief Luft. Und dann – nein, schrie er nicht, sondern brüllte ihn an:

»Hau ab, du Arschloch! Dreckiges Provo-Schwein! Mach, dass du hier rauskommst! Wir gehen nirgendwohin! Wir leben hier! Hier!«

»Geschnallt?«, fragte Swinolup grinsend. »Das ist wahre Heimatliebe.«

»Die stellen euch doch an die Wand! Dieser Typ hier! Swino-lup!«

»Fick dich doch! Bleib sitzen, Julka, was springst du gleich auf, dumme Kuh?!«

»Ganz recht«, sagte Swinolup. »So ist's richtig. Und du, Milch-bubi …«

Artjom war blind vor Wut.

»In die Zelle! Rein da! Die haben Angst vor dir! Jetzt die Schlüssel her! Wirf! Der kann hier nicht raus, klar? Schaut, da steht er! Also, gehen wir! Wie heißt du noch mal? Andrej. Ich will euch hier rausbringen, verstehst du das nicht? Los jetzt! Wir haben keine Zeit!«

Doch nun folgte auch Julka dem Beispiel ihres Mannes.

»Wir bleiben hier.«

»Du bist ein Dummkopf, Fjodor!«, lachte Swinolup. »Ein Ein-faltspinsel … Das sind doch alles Karnickel! Zahm und brav! Wohin sollen die bitte fliehen?«

»Was für Karnickel?!«

»Zahme! Schau hier!«

Swinolup zog Julkas Kleid hoch, riss ihr die gestopfte Strumpf-hose samt dem Slip herunter und präsentierte ihren roten Flaum. Die Frau hielt sich nur die Hand vor den Mund.

»Na?!«, schrie er Andrjuscha an. »Na?! Was stehst du so blöd da?!«

Mit seiner Pranke packte er Julkas schlaffen Hintern. Dann fuhr er ihr zwischen die Beine und griff zu.

»Was stehst du noch da?!«

Andrjuscha starrte zu Boden.

»Du Stück Scheiße!« Swinolup versetzte ihm mit der Lin-ken eine Ohrfeige – und schleuderte ihn damit zu Boden.

»Geh doch! Lauf weg! Und nimm deine Schlampe gleich mit! Na?!«

Andrjuscha kroch zur Bank, setzte sich und hielt sich die Wange.

Julka heulte leise. Tusche lief ihr übers Gesicht.

»Keiner wird dir folgen!«

»Du lügst, Mistkerl. Du lügst!«

Jemand lief den Gang entlang, das hohle Geräusch von Stiefeln war zu hören. War das bereits die Verstärkung? Artjom feuerte durch den Staub in die Richtung. Jemand krümmte sich, verbarg sich oder starb zufällig.

Wo waren die Todeskandidaten noch mal?

Mit ein paar Sprüngen erreichte er die Zelle. Die Tür stand weit offen. Eine Wache war nicht zu sehen. Sie standen noch immer dort. Alle sechs. Zwei Frauen und vier Männer.

»Flieht! Folgt mir! Ich bring euch hier raus!«

Keiner glaubte ihm. Keiner bewegte sich.

»Ihr werdet sonst erschossen … Euch alle wird man an die Wand stellen! Also, was ist? Wovor fürchtet ihr euch? Was habt ihr zu verlieren?«

Nicht eine Antwort kam.

Schwankend kam Swinolup den Gang entlang auf ihn zu. Lächelnd roch er an seiner Hand.

»Karnickel. Kar-ni-ckel. Die hier haben es schon mal versucht. Und wissen genau, womit es endet.«

»Du Schwein.«

»Geh ruhig und mach alle Zellen auf. Ja, Mann. Befreie sie. Du hast jetzt die Schlüssel und eine Waffe. Du bist doch Herr der Lage. Oder nicht?«

»Halt's Maul.«

Swinolup ging jetzt direkt auf ihn zu, schmutzig, breit und furchterregend, sodass Artjom unwillkürlich erst einen Schritt zurück machte, und dann noch einen.

»Keiner wird dir folgen. Scheiß auf deine Freiheit. Scheiß auf dich, du Held, du Befreier.«

»Er wollte euch zur Hinrichtung führen!«, rief Artjom den Verurteilten zu. »Jetzt! Sofort!«

»Vielleicht begnadigt man uns ja jetzt?«, murmelte einer. »Schließlich sind wir immer noch hier, wir sind nicht abgehauen.«

»Vielleicht!«, bestätigte Swinolup. »Kann alles sein! Verstehst du jetzt, du mieses Stück Scheiße? Hast du's endlich kapiert?«

Artjom schoss ihm in die Brust, schoss in die Mitte dieses Menschen. Die Kugel blieb in ihm stecken, er wankte und lachte erneut. Also feuerte Artjom noch eine weitere Kugel aus diesem fremden, unsicheren Revolver – diesmal in den Bauch. Ins Gesicht konnte er ihm nicht schießen, er konnte Swinolup nicht in die Augen sehen. Diese selbstbewussten, dreisten, herrischen Augen.

Nun fiel Swinolup doch, wenn auch widerwillig, zu Boden.

»Und jetzt?«, wiederholte Artjom. »Es ist aus mit ihm! Gehen wir!«

»Mit ihm schon«, entgegnete jemand leise. »Aber es gibt noch andere. Wohin sollen wir denn fliehen? Von hier geht es doch nirgendwohin.«

Von oben drangen Schreie heran, gebellte Befehle. Gleich würden sie herunterkommen.

»Dann bleibt doch!«, brüllte Artjom. »Und verreckt hier! Wenn es das ist, was ihr wollt!«

Er steckte den Lauf des Revolvers in die Hose, hob das Sturmgewehr des angeschossenen Wachsoldaten auf, versuchte den

Schlüssel für seine Handschellen zu finden, doch da hörte er bereits, wie sich schnelle Schritte näherten. Er gab eine Salve aus dem Sturmgewehr ab, rannte unbeschadet durch den Korridor, kletterte die Treppe hinauf und sprang in den Mittelsaal hinaus.

Hier herrschte Rauch, Schmutz und Chaos.

Das Orchester lärmte trotzdem fröhlich weiter, wie auf der Titanic.

Die Mine war genau dort explodiert, wo Artjom sie platziert hatte – am unteren Ende der Rolltreppe, auf der anderen Seite des Tors. Direkt über den Zellen. Es war jedoch nichts eingestürzt, sondern im Gegenteil: Die Explosion hatte, wie erhofft, das Tor herausgerissen.

Zum Glück lag die Station nicht tief, und das Signal hatte bis hierher gereicht. Und zum Glück hatte Dietmar seinem Söldner nicht vertraut: Er hatte ihm keine Mine mit Zeitzünder, sondern eine mit Funksteuerung mitgegeben.

Er erreichte den Durchbruch, stieß die herumeilenden, staubweißen Retter beiseite – und begann die Stufen hinaufzusprinten.

Außer ihm war hier niemand auf diese Idee gekommen.

11

NIEDERSCHLAG

Jemand ruft ihm etwas hinterher, während er die Rolltreppe hochläuft. Aber Artjom dreht sich kein einziges Mal um. Vielleicht trauen sie sich ja nicht, ihm in den Rücken zu schießen, sondern nur ins Gesicht?

Er kommt bei den Eingangsschleusen und Ticketschaltern an, genau dort, wo er seinen Abstieg ins Theater begonnen hat.

Von unten dringt ein dumpfes Donnern herauf. Es klingt, als ob in der Tiefe, noch unterhalb der Metro, die von den Menschen durchlöcherte Erde auf einmal hochkocht, als ob sich Lava durch ihre dünne Kruste frisst, um sich Station um Station, Tunnel um Tunnel zu holen. Als ob. In Wirklichkeit ist an der *Teatralnaja* ein Krieg im Gange. Ein Krieg, dessen Ausbruch Artjom befohlen hat. Vielleicht sterben dort gerade dieser Idiot von Regisseur und sein promiskes Starlet: vielleicht in ebendieser Sekunde. Er dagegen, Artjom, lebt jetzt wieder.

Er setzt sich hin und sitzt dort, an die kalten Stufen gedrückt, obwohl er eigentlich abhauen müsste von hier, solange der Krieg noch nicht heraufsteigt, noch nicht in den Treppenkratern hochschwappt und ihn verbrüht.

Er kann einfach noch nicht weitergehen. Er muss … Er muss ein wenig warten. Nach Umbach. Nach all diesem Untergrund. Nach Swinolup. Nach den Todeskandidaten in den Zellen. Dann wieder nach Umbach. Nur ein ganz klein wenig noch hier sein, auf dem Kalten sitzen. Dem Echo dessen lauschen, was dort unten, jetzt nicht mehr mit ihm, geschieht.

Die Handschellen fallen ihm ein, er fummelt mit einem kleinen Schlüssel daran herum und reißt sie auf.

Ein Schütteln erfasst ihn. Dann lässt es etwas nach.

Von den Eingangsschleusen aus geht er weiter nach oben zum Ausgang. Er drückt die Tür auf.

Und erst jetzt, als ihm der Wind über die Brust, die Beine, die Wangen streicht, begreift er: Er hat keinen Anzug an. An der Oberfläche – ohne Schutz!

Das geht nicht. Auf keinen Fall. Er hat ohnehin schon genug von dem Zeug eingeatmet.

Er läuft um das Gebäude herum in der Hoffnung, dort den echten Fjodor Kolesnikow zu finden. Fjodor hat doch viel Nützliches bei sich gehabt: zum Beispiel einen Schutzanzug.

Aber dort, wo Fjodor gesessen hat, ist nichts mehr. Jemand hat Fjodor mit all seiner Habe fortgeschafft. Und Artjom steht jetzt an der Oberfläche in Hose und Jacke: ohne Panzer, nackt.

Und da geht er los, einfach so: nackt.

Ein seltsames Gefühl.

Wann ist er das letzte Mal ohne Montur oben gewesen? Mit vier Jahren. Als seine Mutter sich mit ihm auf den Armen in die Metro durchschlug. Doch an diesen Tag erinnert er sich nicht. Er erinnert sich an einen anderen, an ein Eis, an Enten in einem Teich, an bunte Kreidezeichnungen auf dem Asphalt. Ob der Maiwind damals genauso spielerisch sein Gesicht umschmeichelt, seine Knie gekitzelt hat? Oder anders?

Jetzt hebt sich der Wind. Steigt herab vom Himmel zu Artjom, streift singend durch die Gassen, die sich hinter prachtvollen Fassaden verbergen, fliegt ihm entgegen, umspült sein Gesicht. Was trägt er mit sich?

Etwas Schweres rutscht seine Hose hinab, kratzt am Bein entlang, hakt am Stoff fest, klammert sich an Artjom, wie ein Parasit an seinen Wirt, bis es endlich klappernd auf das Pflaster fällt.

Der schwarze Revolver.

Artjom bückt sich, hebt ihn auf. Betrachtet, befühlt ihn. Eine merkwürdige Waffe. Sie scheint magnetisch zu sein: Es fällt ihm schwer, sie loszulassen. Und es tut weh, daran festzuhalten.

Er holt aus und schleudert sie in Richtung Kreml. Und erst in diesem Augenblick lässt sie ihn los. Beginnt ihn loszulassen.

Ihn schaudert.

Er müsste jetzt losrennen, gegen die Häuser gedrückt, zu dem Restaurant, wo einer der vier Stalker unter einem Tisch liegt, jener, der klug genug gewesen ist, die Straße zu verlassen, um sich vor seinen Verfolgern zu verstecken. Er müsste den angeschwollenen Leichnam hastig entkleiden und sich dessen gedehnten Anzug überziehen, die Luft atmen, die dieser nicht mehr atmen kann, und die Twerskaja-Straße durch dessen Gasmaske betrachten. Dies alles müsste er jetzt tun, um noch einmal zu überleben, um zu leben.

Aber Artjom kann jetzt nicht. Er hat nicht das Recht, die Stadt durch eine mit Spucke verwischte Glasscheibe zu sehen. Und den Staub durch Filterdosen zu atmen.

»Leben«, das ist für ihn jetzt – wenigstens für kurze Zeit, für eine halbe Stunde, für zehn Minuten – dies hier: in gewöhnlicher Kleidung, ohne engen Gummi durch die mitternächtlichen Straßen zu gehen, so wie er vor gut zwanzig Jahren an der Hand seiner Mutter gegangen ist. Wie vor gut zwanzig Jahren alle Menschen gegangen sind.

Oder wie vor siebenundzwanzig Jahren, vielleicht in ebenso einer Nacht, ja, vielleicht sogar auf dieser Straße, seine Mutter, jung und ganz sicher wunderschön, Arm in Arm mit Artjoms künftigem, namenlosem Vater gegangen ist. Wer war er? Was hat er zu ihr gesagt? Warum ist er fortgegangen? Wie wäre Artjom geworden, wenn der Vater geblieben wäre?

Artjom hat sich einfach angewöhnt, ihn zu hassen, schon allein aus dem Grund, weil er seine Mutter abgöttisch verehrt. Suchoj jedoch hat es nicht hinbekommen, an der Stelle anzuwachsen, wo sein Vater abgebrochen ist. Und außer ihm gibt es niemanden, der es hätte versuchen können.

Doch jetzt ...

Jetzt kann sich Artjom vorstellen, wie dieser Mann neben seiner Mutter hergeht. Ganz gewöhnlich geht er, hat ihren warmen, lebendigen Arm untergehakt und redet über alles Mögliche. Und er atmet so, wie Artjom jetzt atmet: nicht durch irgendeinen gefalteten Rüssel hindurch, nicht mal durch die Nase, sondern mit dem ganzen Körper, mit jeder Pore. Und ebenso hört er ihr, diesem Mädchen, mit dem ganzen Körper zu, wie man jemandem ganz am Anfang zuhört, wenn man sich noch ganz vorsichtig, tastend aufeinander zu bewegt.

Sein Vater war ein lebendiger Mensch, genauso wie seine Mutter, das versteht Artjom jetzt. Genauso lebendig wie er selbst.

Und er ist jetzt sehr lebendig.

Gerade eben noch hat er dem unausweichlichen Tod ins Auge geblickt, hat sogar die Kugel gesehen, die dafür bestimmt war, seinem Leben ein Ende zu machen, und fremder Tod ist auf ihn gespritzt, gleichsam als Beweis, dass Menschen sehr wohl sterben können, und zwar einen augenblicklichen, dummen und völlig sinnlosen Tod.

Aber jetzt – jetzt lebt er. Niemals zuvor hat er mehr und wahrhafter gelebt als jetzt. Etwas beginnt sich in Artjom auszubreiten.

Es ist, als wäre sein Herz zuvor zusammengeballt gewesen, wie eine Faust. Und als ob es sich jetzt öffnet.

Etwas entkrampft sich, zumindest ein wenig.

Immerhin kann er sich vorstellen, wie sein Vater neben seiner Mutter geht. Und dabei verspürt er nicht den Wusch, sich einzumischen, sich zwischen die beiden zu drängen, ihn von ihr wegzustoßen.

Sollen sie ruhig miteinander spazieren gehen, damals, vor siebenundzwanzig Jahren, sollen sie ruhig so atmen wie er jetzt. Sollen sie sich aneinander erfreuen, so viel sie können. Soll er ruhig auf die Welt kommen. Hier, an der Oberfläche.

Es ist, als wäre das dort unter der Erde nur ein Albtraum, ein langer, typhöser Fieberwahn, ein zäher Morast gewesen, und erst jetzt beginnt das Wahre, Wirkliche.

Der Wind lässt ihn glauben, dass etwas Wunderbares auf ihn wartet. Dass das Großartigste in seinem Leben noch vor ihm liegt.

Artjom überquert die Twerskaja-Straße. Er geht weiter.

Völlig sorglos geht er mitten auf der Straße, zwischen Scylla und Charybdis, all diesen Kremls, Palästen, Staatsdumas hindurch. Es ist ihm egal, was da jetzt aus allen möglichen Ecken hervorkriechen, sich zu ihm herabbeugen, ihn auffressen könnte – er spaziert einfach nur dahin. Auch den Gedanken an diejenigen, die ihn erst vor Kurzem über die Twerskaja-Straße gejagt haben, verscheucht er. Wenn sie ihn beim ersten Mal wie durch ein Wunder begnadigt haben, wird das auch diesmal wieder geschehen.

Wahrscheinlich ist eben doch noch nicht Endstation für Artjom, zumindest nicht an der *Teatralnaja*. Sein Zielpunkt liegt woanders.

Die bombastischen, auf Jahrhunderte errichteten Regierungs-gebäude erscheinen ihm nicht mehr wie granitene Grabsteine, der Wind hat die Friedhofsstimmung verscheucht. Sie rufen nicht mehr Furcht hervor, sondern Mitleid. Hier stehen ihre leeren Hüllen, mitten in der Nacht. Wahrscheinlich grämen sie sich, dass sie länger überdauert haben als jene, für die sie errich-tet wurden. Wie alte Leute, die sich voller Schmerz und Grauen bewusstwerden, dass sie ihre Kinder überlebt haben.

Etwas leckt seinen Arm.

Da, noch einmal. Diesmal leckt es die Nase.

Regen.

Regen setzt ein.

Er ist genauso schmeichelnd und giftig wie die Luft hier oben: Er schmeckt nach Wasser, aber auch die Luft hier schmeckt nach Leben, und wie viele hat sie schon auf dem Gewissen. Natürlich darf man in diesem Regen nicht ohne Schutz gehen. Artjom aber geht weiter und freut sich sogar darüber. Er geht langsamer, will nass werden.

Regen …

Artjom bleibt stehen, legt den Kopf zurück, hält ihm das Ge-sicht hin.

Und plötzlich sieht er es vor sich.

Straßen. Wunderliche Riesen spazieren in grellbunten Klei-dern auf ihnen. Dickbauchige, weiße Flugzeuge, die ganz nied-rig, fast direkt über den Dächern der Häuser dahinfliegen – keine echten Flugzeuge, sondern von irgendwem ausgedachte: Anstatt der flachen Aluminiumstreben, mit denen sich die echten Flie-ger am Himmel festhalten, haben diese hier transparente, zitternde Flügel – wie Libellen etwa? Und sie jagen auch nicht über den Himmel, sondern schweben darin. Auch die Autos sehen nicht so aus wie die üblichen rostigen Konserven mit Leichen wie eingelegte Sprotten, aber auch nicht so wie früher, sondern wie winzige, komische Waggons, haargenau wie Metrowaggons, halt mit nur vier Plätzen.

Auch dort, in dieser seltsamen Welt, fällt Regen. Warm und liebkosend.

Woher erscheint ihm das alles? Ist es eine Erinnerung? Nein, diese Welt hat es nie gegeben. Was dann? Ein quälendes, beklemmendes Gefühl macht sich in seiner Brust bemerkbar. Artjom wischt sich die Tropfen vom Gesicht.

Es ist wie eine Vision. Wie der Splitter eines Traums, der plötzlich hervorgetreten ist und an der Stelle das Gewebe entzündet hat. Wer ist das? Wem gehört das? Artjom bewegt sich nicht, um es nicht zu vertreiben.

Dies ist nicht sein Traum. Was soll er mit solchen Träumen? Wer kann so etwas überhaupt geträumt haben? Seine Mutter? Nein. Nein. Es ist etwas anderes.

Er wirft sich das Sturmgewehr über die Schulter, hält den Wolken seine zu einem Gefäß geformten Hände hin, sie weinen ein wenig hinein, er wäscht sich die Augen mit dem Gift, um äußerlich zu erblinden und innerlich sehend zu werden.

Nein. Es lässt sich nicht erinnern. Seltsam.

Artjom geht weiter – vorbei am Hotel National, an den verstummten Fakultäten, an Denkmälern von Leuten, derer vielleicht gerade mal noch eine halbe Generation gedenkt, vorbei an den sinnlosen Türmen, die nichts mehr bedeuten, den Mauern, die niemals mehr jemand wird erstürmen wollen – dorthin, vorwärts, zur Großen Bibliothek. Zu dem, was darunter ist.

Zur Polis.

Dieses Wort könnte jetzt seine Vergangenheit wie eine riesige Woge zu ihm zurückkehren lassen. Doch vor seinen Augen steht noch immer dieses unmögliche Hirngespinst, diese wunderschöne Posse: Libellenflieger und Riesen in komischen Miniwaggons.

Und es ist unmöglich, dieses Fremde loszuwerden, sich davon loszumachen.

Was ist das?

Artjom läutete am Tor mit einem besonderen, geheimen Signal. Es war das Signal aller Stalker, wenn sie von ihren Raubzügen in der Großen Bibliothek zurückkamen. Manchmal mussten sie den Klingelknopf mit der linken Hand betätigen, weil sie mit der rechten ihre herausfallenden Gedärme festhielten. Manchmal konnte nur einer aus der Gruppe am Tor läuten – derjenige, der die anderen, die verletzt oder noch nicht endgültig krepiert waren, bis hierher geschleppt hatte. Und vielleicht selbst gerade noch genug Kraft und Blut für dieses eine spezielle Läuten in sich hatte. Deshalb wurde an der *Borowizkaja* allen, die dieses Signal kannten, ohne Verzögerung geöffnet.

Auch Artjom ging es so.

Wer auch immer den Riegel des hermetischen Tors beiseiteschob und sich in der Eingangshalle der *Borowizkaja* nur für eine Minute zeigte, war komplett in Segeltuch und Gummi gehüllt. Man wusste ja, welches Risiko man einging.

Deshalb blickten die diensthabenden Wachleute Artjom – dem, vom Regen durchnässt, Hose und Jacke dunkel am Körper klebten – durch die Sichtfenster ihrer Atemmasken an wie ein Wunder, einen Wilden, einen Selbstmörder. Rissen die Waffen hoch, durchsuchten ihn. Nahmen ihm das Sturmgewehr ab. Holten einen Geigerzähler und ließen ihn Artjoms ganzen Körper abschnüffeln. Der Geigerzähler schlug hysterisch aus.

Artjom stand mit erhobenen Händen da und lächelte.

»Kannst du sprechen?«, fragte man ihn.

Er holte den ins Blickfeld, der ihn angesprochen hatte: einen kleinen grünen Elefanten mit vor Verwunderung angelaufenen Augengläsern.

»Kannst du? Sprechen?«, wiederholte der Elefant langsam.

Artjom verkniff sich ein Lachen. Natürlich waren die Leute nervös – wer weiß, wer noch alles hier vorbeikam?

»Ruft Melnik an. An der *Arbatskaja*. Sagt ihm, es ist Artjom.«

»Hast du deine Dokumente dabei?«

»Sagt es Melnik. Sagt ihm, es ist *sein* Artjom. Er weiß Bescheid.«

Den Namen Melnik kannten sie – wie alle hier.

Sie führten ihn hinein, wobei sie zu Artjom den größtmöglichen Abstand hielten – wie zu einem Pestkranken. Dann peitschten sie ihn mit einem Strahl aus einer Feuerspritze ab, um ihm das Zeug vom Körper zu waschen. Nahmen ihm die kontaminierte Kleidung ab. Entledigten sich ihrer Hüllen. Führten ihn nackt bis zum Wachhäuschen am unteren Ende, wo sie ihm irgendeine Uniform reichten. Und setzten sich mit der *Arbatskaja* in Verbindung, ohne Artjom aus den Augen zu lassen.

»Ein ganz schönes Aroma habt ihr hier unten«, sagte er zu ihnen.

»Geh doch zum …«, brummte einer von ihnen zurück. »Es riecht völlig normal hier.«

»Klar doch«, antwortete Artjom lächelnd.

»Bist du breit oder was?«

Derjenige, der mit dem Hörer am Ohr wartete, sah sich zweifelnd nach ihm um: Lohnte es sich, ihm zu glauben? Melnik deswegen zu behelligen? War es nicht besser, diesen verdächtigen Typen gleich in den Karzer zu werfen? Doch da kam schon die Antwort am anderen Ende.

»Hier Wache ›Bor oben‹. Verbindet mich mit Oberst Melnikow. Ich weiß, es ist spät. Nein, es ist dringend.«

Wie damals, dachte Artjom.

Wie beim ersten Mal. Als er zur Polis gegangen war, um sie vor den Schwarzen zu warnen. Vor der furchtbaren Bedrohung für die *WDNCh*, die Metro und die ganze Menschheit. Idiot. Auch damals war es Melnikow gewesen, und auch damals war er über die »Bor« hereingekommen. Ihm war, als wäre es erst gestern gewesen – oder vor einem Jahrhundert. In den letzten knapp drei Jahren hatte er mehr durchlebt als in den vierundzwanzig davor.

»Melnik«, knirschte es im Lautsprecher.

Im selben Augenblick war die gedankenlose Stimmung verflogen. Sofort wogte es wieder heran und presste seine Innereien zusammen. Was, wenn Melnik ihn nicht erkannte?

»Hier ist so ein komischer Vogel. Kam von oben nackt hier an. Also, ohne Montur, meine ich. Ja! Er sagt, er ist Artjom. Einfach nur Artjom. Ja. Ihr Artjom. Also, äh, Ihrer eben, Genosse Oberst. So hat er sich ausgedrückt.«

Das Knirschen im Hörer verstummte.

Was, wenn er ihn jetzt abwies? Er hatte ihn ja nicht gerufen. Kein einziges Mal in den letzten zwei Jahren hatte er nach ihm geschickt. Sich nicht mal erkundigt, wie es seiner Anja ging. Es war, als wäre ein unsichtbares Band zertrennt worden. Artjom hatte vergeblich gewartet.

»Ich bin beschäftigt«, drehte sich das dornige Zahnrad am anderen Ende weiter.

»Kann ich mal … den Hörer?«, platzte es aus Artjom heraus.

Widerwillig ließ ihn der Wachmann ans Telefon.

»Swjatoslaw Konstantinowitsch. Hier ist Artjom. Von Anja.«

»Artjom«, sprach ihm eine rostige, brüchige Stimme nach. »Was willst du hier?«

»Sagen Sie ihnen, dass sie mich reinlassen sollen, Swjatoslaw Konstantinowitsch. Ich habe weder einen Gummianzug noch Dokumente bei mir.«

»Ich hab jetzt keine Zeit. Hier läuft ein Sondereinsatz. Ich muss los.«

»Soll ich wieder nach oben gehen?«

Der Hörer war wieder leer. Die Wachleute horchten gemeinsam mit Artjom, aber das Einzige, was dort rauschte, war Stille. Die gleiche Stille wie in den letzten zwei Jahren. Melnik wollte ihm nicht antworten. Der Kommandeur der Wache öffnete und schloss die Finger seiner Hand, als wollte er den Dynamo einer unsichtbaren Taschenlampe in Bewegung setzen, um Artjom zu signalisieren, ihm den Hörer zurückzugeben. In dem Wachhäuschen schien es plötzlich dunkler geworden zu sein.

»Dieser Sondereinsatz – der läuft an der *Teatralnaja*, stimmt's?«, fragte Artjom.

Widerwillig erwachte die Stimme am anderen Ende der Leitung.

»Wieso an der *Teatralnaja*? Eine Explosion am *Ochotny Rjad*. Nur einen Tunnel entfernt von der Polis. Wir müssen klären, was …«

»Das am *Ochotny Rjad* ist eine Lappalie. Ich komme gerade von dort.«

»Was zum Teufel hast du dort …«

»Und Sie … Von der *Teatralnaja* wissen Sie noch gar nichts? Von der Invasion? Hat man das noch nicht gemeldet?«

»Was für eine Invasion? Was faselst du da?«

»Sagen Sie denen hier, dass sie mich reinlassen sollen. Ich kann das am Telefon nicht besprechen. Das sage ich nur Ihnen persönlich.«

Ein dumpfer Schlag. Melnik hatte den Hörer auf den Tisch gelegt. Dann ertönte, zur Seite gerufen: »Ansor! Was ist mit der *Smolenskaja*? Sind die schon unterwegs? Ja, es geht los! Nimm Letjaga mit! In einer Minute holt ihr mich hier ab!«

Artjom klammerte sich an den warmen Kunststoff.

»Swjato …«

»Na gut. Gib mir den Chef der Wache. In zehn Minuten an der Bibliothek.«

Die Polis.

In der Moskauer Metro gab es Stationen, die ein sattes Leben lebten. Es waren nicht viele, aber es gab sie. Im Vergleich zu den armen, wilden oder verlassenen Stationen erschienen sie wie das Paradies. Im Vergleich zur Polis jedoch waren sie ein Schweinestall – wenn auch, zugegeben, ein satter.

Wenn die Metro ein Herz hatte, so befand es sich hier, an diesen vier Stationen: der *Borowizkaja*, dem *Alexandrowski sad*, der *Biblioteka imeni Lenina* und der *Arbatskaja*, die durch Übergänge wie durch Gefäße miteinander verbunden waren.

Nur hier weigerten sich die Menschen, auf ihr früheres Leben zu verzichten. Eingebildete Universitätsprofessoren, selbstverliebte Akademiemitglieder, unfähige Buchmenschen und Künstler aller Art (ausgenommen vielleicht die von der Straße) teilten in der übrigen Metro alle ein und dasselbe Schicksal: Sie fraßen Scheiße. Niemand konnte diese verwöhnten Faulpelze gebrauchen. Ihre Wissenschaften erklärten in dieser neuen Welt überhaupt nichts, und für ihre Kunst hatte niemand mehr Zeit. Man ging entweder Pilze putzen oder Tunnel bewachen. Man konnte auch in die Pedale treten, denn in der Metro brachte nur der Strom Erleuchtung, Kenntnisse hatte hier jeder genug, dazu brauchte man keine Klugscheißer. Wer zu kompliziert sprach oder sich aufplusterte, konnte sich leicht eine einfangen.

So war es überall – außer in der Polis.

Hier hieß man sie willkommen und ernährte sie. Hier gab man ihnen das Gefühl, dass sie Menschen waren. Hier durften sie sich waschen, ihre blauen Flecken auskurieren. In der Metro hatten viele der alten Wörter ihren Sinn verloren, waren zu einer hohlen Schale mit einem verkümmerten, schwarzen Kern geworden. Etwa der Begriff »Kultur«. Das Wort an sich existierte, aber wenn man hineinbiss, empfand man nur Fäule und Bitterkeit auf der Zunge. So war es an der *WDNCh*, auf der Roten Linie ebenso wie in der Hanse.

Nicht so in der Polis. Hier schmeckte dieses Wort noch süß. Hier trank man es, kaute es und füllte ganze Speicher damit. Der Mensch lebt schließlich nicht vom Pilz allein.

Die Metrostation *Biblioteka imeni Lenina* besaß Ausgänge, die direkt ins Gebäude der großen, einstmals Russischen Staatlichen Bibliothek führten. Damit von dort niemand in die Metro einbrechen konnte, waren diese Ausgänge vor langer Zeit fest vermauert worden. Seither kam man zur Bibliothek nur über den Eingang der *Borowizkaja*. Die beiden Stationen lagen unmittelbar nebeneinander, sodass Artjom und seine Begleiter die *Biblioteka* erreichten, noch bevor Melniks zehn Minuten abgelaufen waren.

Die *Biblioteka imeni Lenina* war eine der ganz alten Stationen. Man hätte glauben können, die Metroerbauer wären beim Tunnelvortrieb im Moskauer Lehmboden auf eine antike Gruft gestoßen und hätten diese einfach für ihre Zwecke ausgebaut. Die Bahnsteighalle passte gar nicht zur restlichen Metro: ein hohes, breites Gewölbe, viel zu viel Luft für die Passagiere. Man hatte gebaut, ohne sich darum zu sorgen, dass die massive Lehmschicht das Gewölbe zum Einsturz bringen könnte. Die neueren Stationen waren dagegen fast alle in engen, niedrigen Tunneln versteckt, versehen mit einem Panzer aus Tübbings, damit die Erde, die auf ihnen lastete, ihnen nicht das Rückgrat brach. Damit die Bomben von oben nicht bis hierher reichten. Hier hingegen hatte man beim Bau noch an die Schönheit gedacht. Als ob sie die Welt retten könnte.

Das Licht strahlte hier so intensiv wie nirgends sonst. Sämtliche Lampen loderten hell, weiße Kugeln, verteilt über die zwei Stockwerke hohe Decke. Reinste Verschwendung, ein Festmahl in Zeiten der Pest: Kein Mensch brauchte so viel Licht. Aber hier ließ man es ohne Reue brennen – der Zauber der Polis bestand ja genau darin, es jedem Fremden einen Tag oder auch nur eine Stunde lang zu ermöglichen, sich so wie in der alten, verschwundenen Welt zu fühlen.

Genauso erging es Artjom: Eine Sekunde lang kniff er die Augen zusammen, und für diesen Augenblick gab er sich der Illusion hin.

Wieder flackerte vor ihm jenes fremde Traumbild auf, irgendetwas erinnerte ihn an die irreale Stadt dort oben. Er wischte sie beiseite, sie und all die Flugzeuge mit den Libellenflügeln. Genug jetzt.

An der Station herrschte allgemeine Verwirrung.

Verlotterte Greise, alte Frauen mit Brillen so dick wie Lupen, vierzigjährige Studenten längst untergegangener Fakultäten, androgyne Künstler aller Couleur, Brahmanen in Kitteln mit Büchern unter den Armen – all diese liebenswerten, sinnlosen und aussterbenden Intellektuellen – drängten sich aufgeregt entlang der Gleise, reckten die Hälse, um das schwarze Quadrat des Tunnels besser zu sehen, das in Richtung *Ochotny Rjad* führte. Dabei hätten sie eigentlich schlafen sollen: Die Uhren zeigten Mitternacht.

Das Quadrat rauchte.

Dort, wo es begann, standen Wachleute der Roten Linie. Bis zur *Biblioteka* sowie gleich dahinter befand sich ihr Hoheitsgebiet, beide Tunnel gehörten zur Gänze ihr. Nur die Station gehörte inzwischen zur Hanse, war nach dem Krieg der beiden Fraktionen gegen die *Ploschtschad Rewoljuzii* eingetauscht worden.

»Was ist los?«, bestürmten die Leute die Rotarmisten. »Was ist bei euch passiert? Da ist doch was explodiert, oder? Ein Anschlag?«

»Nichts ist explodiert. Die Situation ist unter Kontrolle. Sie haben sich das nur eingebildet«, logen die Wachleute, obwohl der Rauch aus dem schwarzen Quadrat ihnen die Lungen ätzte und sie ihr Märchen hervorhusteten.

»Sieht so aus, als hätte es dort begonnen: Endlich wird das Volk befreit«, sprach ein bebrillter Herr aus tiefer Überzeugung zu einem anderen, während sich beide von den Zinnsoldaten der Roten Armee abwandten.

»Wir müssen sie aufhalten«, rief eine aufgeregte Dame im Zigeunerrock, den sie nachlässig über ihr breites Heck geschlungen hatte. »Das ist unsere Pflicht! Ich werde ein Solidaritätsplakat malen. Wollen Sie nicht mitmachen, Sachar?«

Ein langbärtiger Alter sprach mit erhobenem Zeigefinger. »Ich wusste es, ich wusste, dass es so kommen würde. Aber so schnell! Die Geduld des russischen Menschen ist zu Ende!«

»Da haben wir's ja: von wegen Gleichheit und Brüderlichkeit.«

»Sehen Sie? Kein Zufall, dass es zuerst am *Ochotny Rjad* losgeht! Weil wir nämlich gleich nebenan sind. Die Polis. *Soft Power* in Aktion, sozusagen! Allein durch unsere Anwesenheit, unseren kulturellen Einfluss! Unser Beispiel! Demokratische Werte lassen sich eben nicht auf Bajonette spießen! Und unser … Geist der Freiheit, verzeihen Sie mir das Pathos …«

»Ich finde, wir sollten ihnen die Hand reichen«, sprach eine Frau mit toupierter Frisur und dramatischem Dekolleté. »Die Grenze für Flüchtlinge öffnen. Eine Essensausgabe organisieren. Dort herrscht Hungersnot, hab ich gehört. Einfach furchtbar! Ich hol mal für alle Fälle ein paar Kekse von zu Hause, hab gerade gestern wieder welche gebacken, als hätte ich's geahnt.«

»Es wird keine Flüchtlinge geben«, sagte Artjom zu ihnen allen. »Und auch keinen Aufstand. Nichts dergleichen. Nur ein wenig Rauch, dann ist alles vorbei.«

»Woher wollen Sie das wissen?«, fragte jemand gekränkt.

Artjom hob die Schultern. Wie sollte er es ihnen erklären?

Und sie hatten ihn auch schon wieder vergessen: Ihre Blicke wanderten von dem rauchenden Quadrat zu der kleinen Brücke, die über eines der Gleise hinweg bis unter die Decke hinaufführte. Von dort, von dieser Brücke, schob sich eine lautlose Lawine schwarz gekleideter Männer herab. Die Gesichter maskiert, die Oberkörper in Kevlar gehüllt, brünierte Helme mit geöffneten Visieren auf den Köpfen, in den Händen AK-74-Sturmgewehre mit Schalldämpfern.

»Der Orden!«, tönte es über und in den Köpfen.

»Der Orden«, wiederholte Artjom flüsternd.

Sein Herz schlug wild. Und plötzlich machten sich die Zigarettennarben wieder bemerkbar, an der Stelle, wo einmal gestanden hatte: *Wenn nicht wir, wer dann?*

Wie immer. Niemand sonst.

Die Kolonne strömte zum Tunneleingang und stellte sich dort auf. Artjom drängte sich zu ihnen durch und zog seine Begleiter mit sich. Er zählte: fünfzig Mann. Ganz schön viele. Melnik hatte also in der Zwischenzeit die Verluste wieder wettgemacht ...

Artjom starrte in die Sehschlitze der Masken, die schwarz umrandeten Augen und Nasenrücken. Ob seine Kameraden dabei waren? Letjagas Namen hatte er gehört. Was war mit Sam? Stjopa? Timur? Knjas? Aber niemand bemerkte ihn, alle blickten starr auf den Tunnel.

Melnik konnte doch nicht alle ersetzt haben? Manche von ihnen waren durch niemanden zu ersetzen.

Melnik selbst war nicht unter ihnen. Wahrscheinlich war dies die Truppe von der *Smolenskaja*, wo sich die Basis des Ordens befand. Jetzt warteten sie auf ihren Befehlshaber, der von der *Arbatskaja* kam.

Die zehn Minuten, die Melnik verfügt hatte, verstrichen. Dann fünfzehn. Zwanzig. Durch die Kolonne lief eine Welle: Die Männer traten von einem Bein aufs andere und streckten die Rücken. Sie waren Menschen, keine Götzenbilder.

Endlich erschien er.

Ein Mann trug einen Rollstuhl die Treppe herunter. Zwei andere – kräftige Kerle – kamen dahinter, auf den Armen ihn selbst: Melnik. Sie setzten ihn in den Rollstuhl, richteten ihn auf und schoben ihn heran.

Über seinen breiten Schultern lag eine gefleckte Seemannsjacke – es sah beinahe so aus, als ob er einfach nur fror. Doch auf den knochigen Knien lag nur eine Hand, die linke. Der ganze rechte Arm bis zur Schulter fehlte, und genau dafür war die Jacke gedacht. Zwei Jahre waren vergangen, aber noch immer bedeckte er seinen Stumpf, verbarg ihn. Er wollte sich nicht daran gewöhnen. Als könnte der Arm wieder nachwachsen, wenn man ihm nur etwas Zeit gab.

Die ganze Formation drehte sich wie ein Mann auf dem Absatz um, das Gesicht dem Kommandeur zugewandt. Ein kollektiver Krampf ließ sie Haltung annehmen. Artjom merkte plötzlich, dass er sich ebenfalls unwillkürlich gestreckt hatte, denn sein untrainierter Rücken begann auf einmal zu schmerzen.

»Rühren«, knarzte ihnen Melnik zu.

Er war völlig vertrocknet und vergilbt. Das rote Fleisch war abgefallen. Die einst schwarzen Haare mit den weißen Nadelstreifen waren jetzt ausgebleicht, komplett grau geworden. Als man ihn näher heranfuhr, wurde jedoch deutlich: An Härte hatte er nichts eingebüßt, seine Falten zeichneten sich nur noch deutlicher ab, und seine Augen waren nicht verblasst. Im Gegenteil: Sie brannten.

Artjom bewegte sich durch die Menge auf ihn zu.

»Lasst mich durch! Ich muss zum Oberst …«

Sofort schnitt man ihm den Weg ab, blockierte ihn mit schwarzen Armen. Doch dann stutzte einer der beiden Gorillas, die ihn aufgehalten hatten:

»Artjom? Du?«

»Letjaga!«

Sie trauten sich nicht, sich zu umarmen, zwinkerten sich aber heimlich zu. Letjaga tippte sich mit einem Finger auf eine auf den Ärmel genähte Litze: »A(II)Rh-« war da zu lesen, die zweite Blutgruppe mit negativem Rhesusfaktor. Genau wie bei Artjom.

Melnik warf einen Blick über seine Schulter und erkannte ihn ebenfalls.

»Her mit ihm.«

»Genosse Oberst«, begrüßte Artjom vor allen Leuten seinen Schwiegervater; seine Hand flog wie von selbst an die Schläfe.

»Du grüßt mit leerem Kopf«, sagte Melnik zu ihm.

»Jawohl.«

Artjom musste unwillkürlich lächeln, Melniks Gesicht dagegen blieb unbewegt.

»Dein Bericht. Was ist dort los? Ein Terroranschlag? Sabotage?«

»Darum geht es gar nicht. Viel wichtiger ist, was an der *Teatralnaja* passiert.«

»Ich spreche vom *Ochotny Rjad* …«

»An der *Teatralnaja*, Swjatoslaw Konstantinowitsch. Ein Angriff der Faschisten. Sie wollen sich die *Teatralnaja* holen. Und die Explosion … Es gab nicht nur eine, sondern drei. Damit wollen sie die Rote Linie abschneiden, damit die keine Verstärkung schicken kann.«

»Woher weißt du das alles? Das mit den Faschisten.«

»Ich war … Ich war dort, an der *Teatralnaja*. Ich konnte fliehen.«

»Ansor!« Melnik winkte seinem Adjutanten. Dabei glitt ihm die Jacke von der Schulter und landete auf dem Granit.

Die Menge seufzte auf, man deutete auf den Armstumpf, es erhob sich ein hingebungsvolles Raunen.

»Schaff die da fort …« Melnik nickte missmutig in Richtung Volk.

Sofort zerfiel die Formation und bildete eine halbkreisförmige Kette, die sich immer weiter ausdehnte und so die unzufriedenen Schaulustigen von Melnik und dem Tunneleingang wegdrängte.

»Verfluchte Militärs!«, ertönte es beleidigt aus der Menge.

»Bist du sicher, dass sie die Station erobern wollen?«, fragte Melnik misstrauisch. »Das wäre Vertragsbruch.«

»Sie behaupten, wenn sie es nicht tun, fällt sie an die Roten.«

»Was hattest du dort zu schaffen?« Melnik musterte ihn von unten herauf, obwohl es Artjom genau umgekehrt vorkam.

»Ich … Darf ich das später berichten? Ihnen persönlich?«

»Mir persönlich …« Er berührte sein spitzes Knie. Seine Beine waren dünn, kraftlos, zu nichts zu gebrauchen. »Mir persönlich, ja? Ansor!«, sagte er mürrisch, halblaut. »Darauf hätten wir doch auch selber kommen können, oder? Auf die Faschisten. Hätten wir doch?«

Endlich wandten sich einige aus dem Sperrgürtel, die Artjom erkannt hatten, ihm zu. Artjom wurde warm ums Herz. Vielleicht lächelten sie sogar hinter ihren Masken. Immerhin hatte er sich zwei Jahre lang nicht blicken lassen. Aber selbst wenn es hundertzwei gewesen wären – mit wem man einmal Seite an Seite gekämpft hatte, den vergaß man nie. Artjoms Zweifel waren unberechtigt gewesen.

»Sie schon, Genosse Oberst.«

»Warte. Aber wenn sie den *Ochotny Rjad* abschneiden … dann hat auch die *Ploschtschad Rewoljuzii* keine Unterstützung mehr. Die einzige Verbindung von dort zur Roten Linie führt doch über die *Teatralnaja*, nicht wahr?«

»Jawohl«, bestätigte der rothaarige Ansor.

»Wenn das alles stimmt …« Melnik bewegte das linke Rad, beschrieb mit dem Rollstuhl einen nachdenklichen Halbkreis. »… würde ich mir an ihrer Stelle die *Ploschtschad* auch gleich schnappen. Dann hätten sie auf einen Schlag zwei Stationen mehr.«

Stimmt, begriff Artjom. Es wäre doch Sünde, sich die nicht auch noch zu holen. Blut würde ja sowieso fließen. Natürlich würde Dietmar es zumindest versuchen.

»Die Frage ist, ob sie sich an dem Stück nicht verschlucken. Haben sie es denn geschafft, die Übergänge zu blockieren?«

»Einen ganz sicher nicht«, antwortete Artjom nach kurzem Überlegen.

»Also werden die Roten ihre Kräfte dorthin verlagern und versuchen zurückzuschlagen. Und was ist das? Ein großer Krieg, nur einen Schritt entfernt von uns. Von der Polis. Und das gleich in drei Richtungen.«

Er hob die linke Hand und begann an den Fingern abzuzählen.

»Die *Ploschtschad Rewoljuzii* ist einen Tunnel von unserer *Arbatskaja* entfernt. Der *Ochotny Rjad* ist mit der *Biblioteka* hier verbunden. Und *Borowizkaja* mit dem Reich, nämlich der *Tschechowskaja*. Es wird uns treffen. Die Frage ist nur, wann. Morgen, übermorgen oder in einer Woche.«

Melnik musterte seine Männer. Es waren gerade genug, um die Hälfte des Bahnsteigs freizuräumen.

»Eine Hälfte bleibt hier«, befahl er Ansor. »Die andere geht zur *Ploschtschad Rewoljuzii*.«

Und rollte selbst los, ruckartig, in Richtung Treppe.

»Swjatoslaw Konstantinowitsch … Ich wollte Ihnen doch …«

»Komm mit.«

Melnik rollte weiter, ohne stehen zu bleiben.

Man schob ihn zur *Arbatskaja* zurück, wo der Oberst ein eigenes Zimmer hatte. Unterwegs sprachen sie kein einziges Wort. Artjom, weil er nicht vor Zeugen reden wollte, und Melnik aus Prinzip. Artjom ließ er im Vorzimmer mit Letjaga zurück und schloss sich ein. Ansor, den beide nicht kannten, machte sich mit irgendeinem Auftrag davon, und erst jetzt umarmte der dunkelblonde Letjaga Artjom so fest, dass er ihm beinahe die Knochen brach, und zwinkerte ihm mit einem leicht schielenden Auge zu.

»Wie geht es dir?«, flüsterte er.

»Ihr fehlt mir«, gab Artjom zu.

»Er weigert sich immer noch?« Letjaga deutete mit dem Kopf in Richtung Tür. »Weshalb ist er so sauer?«

»Wegen Anja.«

»Na ja, du hast ihm ja auch … sein Ein und Alles geklaut!« Letjaga lachte lautlos und stieß Artjom in die Brust, dass der ins Wanken geriet. »Glaubst du, er hat sie für so einen Taugenichts wie dich großgezogen?«

»Und wie geht es bei euch?«

»Wir haben viele Neue angeheuert. Nach der Geschichte mit dem Bunker …«

Sie blickten einander an und schwiegen.

»Ja. Bisher keine Antwort. Verweigert den Kontakt«, war kaum hörbar durch den Türspalt aus Melnikows Büro zu hören. »Wir schnappen ihn, Alexej Felixowitsch. Und liefern ihn aus. Verstanden. Jawohl!«

Ein Gedanke flackerte auf: Wem erstattete Melnik da Bericht? Einem gewissen Alexej Felixowitsch? Melnik! Damit man ihn nicht beim Lauschen ertappte, fragte Artjom, zur Tür gewandt:

»Wie geht es ihm?«

»Wie schon …« Letjaga wand sich und flüsterte nun noch leiser. »Bevor wir zur *Biblioteka* losmarschierten, musste er noch mal … Und auf dem Klo ist er dann von diesem blöden Rollstuhl runtergefallen. Wir standen natürlich daneben, vor der Tür. Wir wollten schon rein, um ihm aufzuhelfen … Seine Beine funktionieren ja nicht mehr, und er hat nur einen Arm. Wie er da geschrien hat: Raus mit euch! Zehn Minuten hat er dann auf dem Boden rumgeeiert … Bis er schließlich selbst wieder raufgeklettert ist. Weiß der Geier, wie er das gemacht hat, mit nur einem Arm. Nur damit wir ihn nicht mit heruntergelassener Hose auf dem Boden sehen. So ist das.«

»Ja …«

»Ja, genau. Egal. Sag mal lieber … Wie kommst du eigentlich hierher?«

»Ich, also …«

Artjom maß Letjaga mit prüfendem Blick. Im Bunker hatte Letjaga gleich mehrere Kugeln, die Artjom gegolten hatten, auf sich genommen. Als er bemerkte, wie dieser mit klemmendem Verschluss auf dem Boden saß, war er aus seiner Deckung hervorgeschnellt und hatte das feindliche Feuer auf sich gelenkt. Artjom schleppte den hünenhaften, mit Blei vollgepumpten Körper daraufhin Huckepack zum Sanitäter. Dieser stellte massiven Blutverlust fest und schrieb Letjaga bereits ab, doch dann stellte sich heraus, dass Artjom nach Blutgruppe und Rhesusfaktor sein Zwilling war, und so pumpten sie aus seinem Körper eineinhalb Liter in Letjagas mächtigen Leib. Das genügte. Das Blei holte man aus ihm als unförmige Klumpen heraus: Sämtliche Kugeln waren beim Zusammenprall mit Letjagas festem Fleisch zerdrückt worden. Seither gluckerten also eineinhalb Liter von Artjoms Blut in ihm. Er hatte geschworen, es eines Tages wieder zurückzugeben.

»Ich habe einen Funker gesucht. An der *Teatralnaja*.«

Letjaga horchte auf.

»Was für einen Funker?«

»Da war so einer … Er behauptete, er hätte Überlebende gefunden. Außer uns. Irgendwo im Norden. Seltsame Geschichte. Ich … Weißt du … wie oft ich es versucht habe? Ein Signal zu empfangen? Nichts … nur Leere. Aber der … Also, ich …«

Letjaga nickte ihm zu. Irgendwie mitleidig.

»Fick dich doch.«

Artjom grinste und knuffte ihn in den steinharten Bauch.

»Artjom!«, rief es von jenseits der Tür.

»Benimm dich so normal wie möglich«, sagte Letjaga. »Vielleicht nimmt er dich dann wieder zurück. Wir vermissen dich hier nämlich auch.«

Das Zimmer war groß, passend zu seinem Bewohner. Melnik war hinter einen breiten Eichentisch gerollt, auf dem sich Papierhaufen stapelten. Die Seemannsjacke hatte er so hergerichtet, dass der Rollstuhl nicht mehr zu sehen war. Es war, als säße dort einfach ein durchfrorener Mensch auf einem Stuhl. Das Büro war eben ungeheizt, mehr nicht.

»Letjaga!«, bellte Melnik durch die Türöffnung. »Ich brauche drei Mann, Freiwillige. Dem Führer einen Umschlag zu überbringen. Einer davon bist du. Die anderen kannst du dir aussuchen!«

Die Wände waren voller Karten, darauf kleine Flaggen und Pfeile. Namenslisten, und neben jedem Namen Eintragungen, wer gerade welchen Dienst tat.

An einer Wand hing eine besondere Liste. Eine lange. Darunter war ein kleines Brett angebracht, auf dem ein geschliffenes Glas stand, das bis zur Hälfte mit einer trüb-weißlichen Flüssigkeit gefüllt war. Als hätte jemand bereits – japsend – von dem Selbstgebrannten gekostet; jemand von dieser besonderen Liste.

Dabei war es Melnik selbst, der seiner Jungs auf diese Weise gedachte. In der ersten Zeit hatte er ihrer jeden Tag gedacht, dieser kauzige Mann. Und trotzdem war der eine Ärmel der Seemannsjacke immer noch leer.

Artjom spürte einen Kloß im Hals.

»Danke … dass Sie mich empfangen haben, Swjatoslaw Konstantinowitsch.«

Ob Hunter auf dieser Liste stand? Er war damals nicht in jenem Bunker umgekommen.

»Mach die Tür zu. Warum bist du hier, Artjom?« Jetzt, unter vier Augen, war seine Stimme hart und ungeduldig. »Was suchst du hier, und was hattest du an der *Teatralnaja* zu suchen?«

»Ich bin hier, um mit Ihnen zu sprechen. Das, was ich zu sagen habe, kann ich sonst niemandem anvertrauen. Und dort …«

Melnik sah ihn nicht an – ungeschickt drehte er sich mit einer Hand eine Papirossa. Artjom traute sich nicht, ihm Hilfe anzubieten.

»Das … ist eine ziemlich seltsame Geschichte. Also, ich bin fast sicher, dass …« Artjom holte tief Luft. »… fast sicher, dass wir nicht die einzigen Überlebenden sind.«

»Soll heißen?«

»Ich habe an der *Teatralnaja* jemanden getroffen, der Funksignale aus einer anderen Stadt abgefangen hat. Angeblich Poljarnyje Sori. Irgendwo bei Murmansk, glaube ich. Er hat mit den Leuten gesprochen. Und dort … kann man leben. Außerdem … gibt es Informationen oder besser: Gerüchte, dass Menschen nach Moskau gekommen sind … von außen. Wahrscheinlich von dort. Von Poljarnyje Sori. Sie sind an der *Tscherkisowskaja* gelandet, auf der Roten Linie. Dort haben sie berichtet, woher sie kommen … Aber das Merkwürdige dabei ist: Sie alle wurden angeblich sofort beseitigt.«

»Von wem?«

»Vom Komitee. Und dann hat man alle verhaftet, die sie gesehen haben. Und diejenigen, die diese Geschichte weitererzählt haben. Sie wurden, so scheint es, allesamt zur *Lubjanka* geschickt. Sieht nach einer ernsten Sache aus. Verstehen Sie?«

»Nein.«

Artjom fuhr sich mit der Hand über seinen Bürstenschnitt.

»Nein!«, wiederholte Melnik.

»Hat man … hat man Ihnen denn nie etwas Ähnliches berichtet? Von Menschen aus Poljarnyje Sori? Sie haben doch eigene Quellen. Vielleicht war die Gruppe, die es bis zur *Tscherkisowskaja* geschafft hat, ja nicht die einzige?«

»Wo ist dein Funker jetzt?«, unterbrach ihn Melnik.

»Er ist … nicht mehr am Leben. Erschossen. Von den Roten. Sie sind an der *Teatralnaja* aufgetaucht und haben ihn mitgenommen. Und …« Artjom verstummte, während sich ihm endlich das ganze Bild erschloss. »Die waren wirklich hinter ihm her … Sie wollten ihn, nicht mich. Er sagte, ein Hinweis aus dem Zentralapparat … der zu ihm führen sollte. Von mir hatten sie doch noch überhaupt keine …«

»Was? Wer?«

Melnik hatte sich die Zigarette angesteckt. Der Rauch stieg ihm in die Augen, aber seine Augen tränten nicht. Der Rauch tat sich schwer, bis zur Decke aufzusteigen, blieb wie eine Wolke über dem Kopf des Obersts hängen.

»Und wenn sie über Poljarnyje Sori Bescheid wissen? Wenn die Rote Linie im Bild ist? Und diese Information zu verbergen versucht … Wenn man dort alle beseitigt, die es erfahren … die mit ihnen gesprochen haben … Mit den einen und den anderen … Man spürt sie auf und …«

»Folgendes.« Melnik jagte den Rauch auseinander, indem er sogleich neuen hineinpaffte. »Die Rote Linie interessiert mich jetzt am meisten. Denn die sind kurz davor, oder haben schon angefangen, sich mit dem Reich zu prügeln. Kannst du dir eigentlich vorstellen, wohin das führt? Die ganze Metro kann jetzt in die *Teatralnaja* hineingezogen werden wie in einen Fleischwolf. Darüber, Artjom, muss ich jetzt nachdenken. Als Befehlshaber des Ordens. Darüber, wie ich es verhindere, dass sich diese Tiere gegenseitig an die Kehle gehen. Wie ich die Polis vor ihnen schütze. All diese bebrillten Intelligenzler in ihren Bademänteln. Und mit ihnen …« Er deutete mit dem Kinn nach oben, wo über der Station *Arbatskaja* der weiße Fels des Generalstabs die Stadt erdrückte. »… mit ihnen all diese Rentner, die überzeugt sind, dass sie den Letzten Krieg gewonnen haben und die einzigen Verteidiger unserer Heimat sind. Dieses ganze magische Landschaftsschutzgebiet eben. Die ganze Metro. Ich bin gegen das Reich und gegen die Rote Linie. Weißt du, wie viel Mann in der Eisernen Legion unter Waffen stehen? Und wie viele in der Roten Armee? Und weißt du, wie viele ich habe? Einhundertacht Kämpfer. Die Ordonnanz eingeschlossen.«

»Ich bin bereit … Erlauben Sie mir, in die Formation zurückzukehren.«

»Ich bin aber nicht bereit, Artjom. Was soll ich hier mit jemandem, der draußen im Regen herumspaziert mit nichts als einem Hemd auf dem Leib? Mit jemandem, der irgendwelche fantastischen Verschwörungen aufdecken will? Mit Marsmenschen hat nicht zufällig auch jemand Kontakt aufgenommen?«

»Swjatoslaw Konstantinowitsch …«

»Oder vielleicht mit deinen Schwarzen? Hm?«

»Ist Ihnen das denn völlig gleich?!« Artjom explodierte förmlich. »Dieser ganze unterirdische Stress hier! Kommen Sie! Reptilien fressen einander immer auf! Sie haben hier nicht genug Platz! Wasser! Luft! Pilze! Sie werden sie nicht aufhalten können!

Na gut, lassen Sie noch mal die Hälfte unserer Jungs dafür draufgehen! Oder gleich alle! Was bringt das? Und was soll das da lösen?« Artjom deutete auf das Glas, das die Toten nicht ausgetrunken hatten.

»Die Jungs haben einen Eid geleistet. Ich habe ihn geleistet. Und du auch, Artjom. Und wenn man sein Leben dafür geben muss, um diese verdammte Metro zu retten, so muss man eben sein Leben dafür geben. Damit brauchst du mir nicht vor der Fresse herumzuwedeln, Rotznase. Ich bin aus diesem Bunker als einarmiger Wurm herausgekommen. Du dagegen vollkommen unversehrt, und wozu? Damit du dich jetzt mit deinen Spaziergängen selbst ins Grab bringst? Hast du mal an deine Kinder gedacht?! Daran, was du nach so einer Regenpartie zeugen wirst, hast du daran gedacht? Was meine Tochter zur Welt bringen wird?!«

»Ja, das hab ich!«

»Einen Scheißdreck hast du!«

»Und Sie, haben Sie mal nachgedacht? Was, wenn wir von hier fortgehen könnten? Nach oben zurückkehren? Die alle hier hinausführen … nach draußen. Wenn es auch nur einen einzigen Ort gibt da oben, der zum Leben geeignet ist? Dann ist unser Platz dort! Heute, in diesem Regen … habe ich mich zum ersten Mal wie ein Mensch gefühlt. Da oben! Auch wenn ich jetzt daran krepieren muss! Aber dann bin ich … wieder heruntergekommen … in diesen Gestank hier. Nicht nur die Roten und die Faschisten sind zu Tieren geworden, sondern wir alle. Das sind doch Höhlen! Wir verwandeln uns allmählich in Höhlenmenschen. Im Bunker haben Sie Ihre Beine und Ihren Arm zurückgelassen. Und nächstes Mal vielleicht Ihren Kopf! Und wer tritt dann an Ihre Stelle? Gibt es da irgendwen? Nein, niemanden!

Deswegen sage ich Ihnen: Wenn es irgendwo einen Ort gibt, irgendwo – dann müssen wir gehen! Und wie es aussieht, gibt es so einen Ort! Und vielleicht wissen die Roten, wohin ...«

»Pass auf, Artjom ...« Melniks Stimme war nur noch ein tonloses Zischen. »Ich habe dir zugehört. Jetzt hör du mir zu. Blamier dich nicht. Und mich auch nicht. Die Leute wissen, wessen Tochter du geheiratet hast. Und jetzt dieses ganze Geschwafel ... Am Ende muss ich das alles ausbaden, hast du kapiert? Wage es ja nicht, noch jemandem ...«

»Geschwafel?! Warum mussten dann alle beseitigt werden, die diese Leute gehört oder gesehen haben ... Die anderen ...«

»Artjom! Herrgott, verflucht! Was hat sie bloß an dir gefunden? Sieht sie das nicht?«

»Was nicht?«, fragte Artjom leise, denn ihm fehlte der Atem, um laut zu sprechen.

»Dass du schizophren bist! Es hat mit den Schwarzen begonnen, und jetzt geht es mit einer Verschwörung weiter. Sie haben dir das Hirn weggefressen, deine Schwarzen! Ihr hast du wahrscheinlich dieselbe Predigt gehalten, oder? Dass wir die Schwarzen niemals mit Raketen ... Dass sie ja sooo gut waren. Wahre Engel auf Erden. Eine göttliche Gesandtschaft. Die letzte Chance der Menschheit zu überleben. Dass wir einfach mit ihnen hätten reden sollen. Diese Kreaturen in unsere Köpfe hineinlassen. Ganz entspannt genießen. Wie du. Wie du!«

»Ich ...«, sagte Artjom. »Ja, ich habe das alles gesagt, und ich sage es noch einmal. Mit der Vernichtung der Schwarzen haben wir den schlimmsten Fehler gemacht, den man sich vorstellen kann. Ich habe ihn gemacht. Ich weiß nicht, ob sie Engel waren, aber Dämonen waren sie auf keinen Fall. Wie auch immer sie ausgesehen haben ... Und ja, sie haben den Kontakt zu uns gesucht. Ja, sie haben mich erwählt. Weil … weil ich sie gefunden habe. Als Junge. Als Erster. Wie ich ja bereits gesagt habe … Und ja, sie haben mich … adoptiert, könnte man vielleicht sagen. Aber ich widersetzte mich. Ich hatte Angst, dass sie mich wie eine Jahrmarktpuppe auf ihre Finger ziehen … und mich in etwas verwandeln … etwas, das ihnen gehören würde. Denn ich war ahnungslos, und ich war feige. So feige war ich, dass ich sie zur Sicherheit alle … bis auf den Letzten … mit Ihren Raketen … Um nicht ausprobieren zu müssen, wie es wäre, wenn sie zu mir sprechen würden. Ich war feige, und ich wusste, dass ich gerade eine neue vernünftige Lebensform vernichtet hatte! Unsere letzte Chance zu überleben! Aber alle klatschten mir Beifall – alte Frauen, Kinder, Männer –, denn sie dachten, ich hätte sie vor Ungeheuern, vor Monstern gerettet! Armselige Idioten! Dabei hatte ich … ich hatte sie alle verdammt! Verdammt! Für immer! Unter der Erde zu hocken! Bis sie alle verrecken! Die alten Frauen! Und die Kinder! Und die, die noch nicht geboren waren! Wenn sie überhaupt zur Welt kommen würden!«

Melnik betrachtete ihn kalt und gefühllos. Artjom hatte ihn mit nichts anstecken können: nicht mit Schuld, nicht mit Verzweiflung, nicht mit Hoffnung.

»Wir hätten das nicht tun dürfen! Wir sind hier unten einfach schon so verwildert, dass wir uns auf jeden stürzen, jedem an die Kehle gehen, der uns zu nahe kommt … Die Schwarzen … Sie haben uns gesucht. Eine Symbiose mit uns. Wir hätten nach oben zurückkehren können, wenn wir uns vereinigt hätten. Sie waren uns zur Rettung … gegeben … geschickt … uns zu prüfen. Ob wir ihr Vertrauen verdienen … Nach dem, was wir getan hatten … mit der Erde. Mit uns.«

»Das hast du mir alles schon mal gepredigt.«

»Ja. Und Anja auch. Nur Ihnen beiden habe ich es erzählt. Sonst niemandem. Den anderen dagegen … Selbst jetzt noch schäme ich mich es zuzugeben. Ich war schon immer ein Feigling, und ein Feigling bin ich geblieben.«

»Zum Glück. Zum Glück bist du ein Feigling! Dafür läufst du in Freiheit herum und steckst nicht im Irrenhaus mit einer Zwangsjacke am Leib und schlägst den Kopf gegen die Wand … Ich habe sie gewarnt. Das dumme Huhn. Du bist zu ungestüm! Dabei solltest du dich jetzt mal im Spiegel ansehen! Wenn es nach mir ginge …«

Artjom schüttelte den Kopf.

»Das ist alles … vorbei. Aber … Wenn es einen anderen Ort gibt, wo man leben kann … Wo Menschen leben … Dann ist noch nicht alles verloren.«

»Und dann ist es auch nicht mehr so schlimm, was du deinen Brüdern im Geiste angetan hast, was? Treibst du dich deswegen ständig oben herum? Horchst du deswegen ständig nach Funksignalen? Damit man dir deine Sünden erlässt?«

Die Papirossa zwischen den Zähnen, betätigte er mit der Linken flink das Rad seines Rollstuhls und umfuhr geschickt den Schreibtisch. Er kam ganz nah heran.

»Haben Sie was zum Rauchen?«, bat Artjom.

»Du bist durchgeknallt, Artjom! Verstehst du? Damals auf dem Turm! Und das, was du jetzt machst … Das ist alles deine Fantasie. Schizophrenie. Nein, zum Rauchen kriegst du nichts. Und jetzt ist Schluss, Artjom. Ich habe hier einen Krieg, der gerade an zwei Stationen ausbricht, und du … Geh, Artjom. Geh einfach. Hast du meine Tochter dort allein zurückgelassen?«

»Ich … Ja.

»Wie geht es ihr?«

»Gut. Normal. Alles in Ordnung mit ihr.«

»Ich hoffe sehr, Artjom, dass sie dich verlässt. Und einen anständigen Kerl für sich findet. Sie verdient etwas Besseres als so einen durchgedrehten Psychopathen, der sich ohne Schutz an der Oberfläche herumtreibt. Wozu? Lass sie los, Artjom. Lass sie gehen. Sie soll zurückkehren. Ich verzeihe ihr. Richte ihr aus, dass sie zu mir zurückkommen soll.«

»Das werde ich. Unter einer Bedingung.«

Melnik stieß Rauch und Hitze durch seine Selbstgedrehte aus.

»Und die wäre? Wogegen willst du deine Frau eintauschen?«

»Die drei, die mit dem Umschlag ins Reich gehen sollen. Ich bin der Vierte.«

12

ORDEN

Ihr Marsch begann an der *Borowizkaja*. Dieser ziegelroten, heimeligen Station, die dem Lesesaal einer mittelalterlichen Universität glich. Zugestellt mit Regalen voller Bücher, die oben, in der Großen Bibliothek gestohlen worden waren, sowie Holztischen, an denen diese Bücher studiert und diskutiert wurden. Bewohnt von ihren Lesern, kauzigen Gelehrten, die sich selbst »Brahmanen« nannten – oder »Hüter des Wissens«.

Über den Tischen hingen Lampen mit Stoffschirmen tief von der Decke, sodass ein weiches, wohlwollendes Licht die Station durchströmte und sich in diesem Mittelalter, das Artjom aus bebilderten Geschichtsbüchern für Kinder kannte, eine Atmosphäre wie in einer Moskauer Wohnung verbreitete, an die er sich sogar selbst erinnerte. Diese Seiten stammten nämlich aus dem Buch seiner eigenen, kurzen – nur vier Jahre währenden – Kindheit.

Die bogenartigen Durchgänge zu beiden Seiten des Mittelsaals waren zu Wohnräumen umfunktioniert worden. Als Artjom an einem davon vorbeiging, holte ihn etwas aus der Vergangenheit ein, von seinem ersten Aufenthalt in der Polis: eine Übernachtung bei einem guten Menschen, Gespräche bis spät in die Nacht, ein seltsames Buch, das behauptete, in den rubinroten Sternen des Kremls seien Dämonen gefangen, und in jedem kleinen Stern eines kommunistischen Oktoberkinds säße ein kleiner Teufel ... Lächerlich. Die Wahrheit war immer viel einfacher und schrecklicher als die Fantasie der Menschen.

Dieser gute Mann war nicht mehr, und die Sterne waren erloschen.

Und auch jener Melnik, der Artjom hier mit über die Schulter geworfenem Petscheneg begegnet war, jener mit MG-Munitionsgürteln behängte Stalker Melnik, jener Feldkommandeur, der seinen Jungs immer vorausgegangen war, immer als Erster ins Feuer, wie brenzlig die Situation auch sein mochte, dieser Melnik existierte nicht mehr.

Ebenso wie jener Artjom. Beide waren verkohlt.

Letjaga hingegen war immer noch derselbe: das schielende Auge, der breite Rücken, mit dem man einen ganzen Tunnel blockieren konnte, und dieses Grinsen, als hätte er soeben die Schnürsenkel deiner Schuhe zusammengebunden und wartete nur darauf, dass du auf die Nase fielst; dabei war er bereits siebenundzwanzig, aber sein Grinsen war das eines Zehnjährigen. Er war feuerfest, dieser Letjaga.

»Na also!« Schon hatte er sein Grinsen wieder ausgepackt. »Darf man gratulieren? Hat dich der Alte wieder genommen?«

Artjom schüttelte den Kopf.

»Was dann … ein Probeauftrag?«

»Eher ein Schwanengesang. Ich gehe bis zum Reich mit euch.«

Letjaga hörte auf zu grinsen.

»Was hast du da verloren?«

»Ich muss jemanden rausholen. Dringend. Wenn nicht, landet die Person am Galgen.«

»Du riskierst ganz schön was. Hoffentlich handelt es sich wenigstens um eine Frau?«

Letjaga zwinkerte ihm zu.

»Ein alter Mann. Mit Bart.«

»Tja …« Letjaga grunzte. »Geht mich natürlich nichts an, aber … äh …«

»Halt's Maul, Idiot«, sagte Artjom und hielt die auseinanderstrebenden Mundwinkel gerade so zusammen. Der alte Homer hatte das nicht verdient.

Aber er schaffte es nicht, das Lachen zu unterdrücken. Es brach aus ihm heraus, erst zäh und ätzend, wie zerkaut. Aber dann krümmte er sich, das Lachen zermürbte ihn, entkräftete ihn so sehr, dass er sich auf eine Bank setzen musste, um nicht in die Knie zu sinken. Lachend kam all das Unverdaute, das ihn die Metro in den letzten Tagen hatte fressen lassen, wieder heraus. Er lachte, bis ihm die Tränen kamen, bis er Schluckauf bekam. Dann holte er Luft – und wieder ging es los. Letjaga lachte mit ihm – vielleicht über etwas ganz anderes, vielleicht auch über gar nichts.

Dann war es vorüber.

»Eine geheime Mission, schon klar«, fasste Letjaga, inzwischen wieder vollkommen nüchtern, zusammen. »Solche wie dich, Bruder, sollte man nie abschreiben.«

Nein, das sollte man nicht.

»Ich wollte dich schon lange fragen«, sagte Artjom. »Wie zielst du überhaupt?« Er verdrehte die Augen Richtung Nase. »Du musst doch alles doppelt sehen.«

»Stimmt«, gab Letjaga zu. »Deswegen verbrauche ich auch ziemlich viel Munition. Alle normalen Leute haben ein Ziel, ich hab zwei. Und ich muss beide treffen. Der Alte hat mich nicht umsonst ins Reich geschickt. Der will mich loswerden, der Geizhals.«

»Du glaubst, er hat die Rückfahrt für dich gar nicht gebucht?«

»Ich fahr mit Jetons.« Letjaga zwinkerte ihm zu und schnippte mit dem Fingernagel gegen die Ordensmarken, die zur Identifizierung anstelle eines Kreuzes an seinem Stiernacken hingen.

»Wozu brauchst du die? Dich verwechselt doch sowieso niemand.«

»Wär ja noch schöner«, gluckste Letjaga. »Das ist für was anderes. Für den Fall nämlich, weißt du, wenn ich mal aufwache und plötzlich denke: Wer bin ich eigentlich? Und was hab ich da getrunken? Und dann: Na gut, Schwamm drüber, aber wer bin ich denn wenigstens?«

»Kenn ich«, seufzte Artjom.

Die beiden anderen näherten sich. Einer mit breiten Wangenknochen, etwas schmalen Augen und einem Bürstenschnitt, der andere mit einer Boxerknolle statt einer Nase, ein beweglicher, zappeliger Typ.

»Na, ihr habt aber lang gebraucht!«, sagte Letjaga zu ihnen. »Wie eine Tussi vor einem Date. Bloß habt ihr vergessen, euch die Lippen zu schminken. Na schön, dann also Abmarsch, oder?«

»Wer ist der da?« Der Zappelige stieß Artjom im Vorbeigehen an.

»Du hast vielleicht ne Art, dich vorzustellen«, meinte Letjaga kopfschüttelnd. »Die Frage ist nicht, wer der ist, sondern wer du bist, Jurez. Artjom war schon im Bunker dabei. Eine lebende Legende, das ist er. Du hast noch mit deiner Rassel Ratten durch die Hanse gejagt, als Artjom und der Oberst die Schwarzen mit Raketen plattgemacht haben.«

»Und wo hat der die ganze Zeit gesteckt?«, fragte der andere.

»Kräfte gesammelt, Nigmatullin, für neue Heldentaten. Stimmt's, Artjom?«

»Besonders viel ist dabei aber nicht rausgekommen«, bemerkte Nigmatullin mit skeptischem Seitenblick auf den Stalker.

»Für mich ist jeder Tag eine neue Heldentat«, entgegnete dieser. »Da bleibt nicht viel übrig.«

»Und wieder Kampf. Das Girl ist nur ein Traum«, assistierte ihm Letjaga. »Auf geht's, Männer. Der Führer wartet. Und der Führer wartet nicht!«

Finster salutierte er vor den melancholischen, leicht begriffsstutzigen Grenzern der *Borowizkaja*, und alle vier kletterten über eine Leiter hinunter auf die Gleise. Der Tunnel kam auf sie zu, zunächst noch beleuchtet, dann dämmerig und schließlich stockfinster. Die beiden anderen hielten sich zurück und ließen Artjom und Letjaga den Vortritt.

»Der ist von der Hanse?«, sagte Artjom.

»Beide. Nigmatullin von der *Komsomolskaja* und Jureż vom *Park kultury*, glaube ich. Die Jungs sind in Ordnung, sowohl der eine als auch der andere. Man kann sich auf sie verlassen.«

Letjaga dachte einen Augenblick nach.

»Sie sind fast alle von der Hanse.«

»Wer?«

»Die Neuen.«

»Warum das?«

»Na ja, woher soll man sonst gut ausgebildete Leute bekommen? Hat ja keinen Sinn, auf irgendwelchen dunklen Stationen herumzusuchen. Oder bei den Faschos, mit ihrer Legion … Nichts als Abschaum. Das ist nichts für uns. Melnik hat da irgendeinen Deal mit der Hanse ausgeheckt. Und die haben sich drauf eingelassen … unseren Fehlbestand auszugleichen.«

Artjom warf ihm einen fragenden Blick zu.

»Und dazu war er bereit? Er hat sie doch verflucht. Weißt du noch? Wir waren doch damals … im Bunker. Sie hatten uns

Hilfe versprochen. Und uns dann geleimt. Wenn sie damals dazugestoßen wären … Wenn sie uns damals Leute gegeben hätten … Dann wäre das mit dem Fehlbestand vielleicht … So viele von unseren Jungs … Jedenfalls …«

»Jedenfalls«, sagte Letjaga, »haben sie uns danach schon Leute geschickt. Als sie konnten. Und noch jede Menge Technik dazu. Und Munition. Die Hanse, weißt du ja, hat Geld wie Heu. Sie haben es von selber angeboten. Tja, und … der Alte hat natürlich schon lang getrauert, mit der Liste angestoßen … Aber es gab sowieso keine andere Möglichkeit. Wo sollte er sonst fünfzig Mann herkriegen? Also hat er sich mit dem Volk beraten. Das Volk weiß immer am besten Bescheid. Und dann haben wir angefangen, nach und nach Leute anzuheuern. Klar, mit Tests und Einstellungsgesprächen. Das ganze Gesindel haben wir sofort ausgesiebt. Und letztlich ist es ganz okay jetzt. Hauptsächlich ehemalige Sondereinsatzkräfte der Hanse … Aber eigentlich alles im grünen Bereich. Keine Grüppchen, wir für uns, und die für sich. Nein, wir sind alle zusammen.«

»Klar«, murmelte Artjom und deutete mit dem Kopf auf die beiden, die ihnen folgten. »Alle zusammen.«

»Alle an einem Ort«, bekräftigte Letjaga.

»Glaub ich nicht«, sagte Artjom nach kurzem Zögern.

»Was?«

»Dass die Hanse einfach so, um ihre Schuld auszubügeln, uns ein halbes Hundert Kämpfer plus Technik abgibt. Bei denen gibt es nichts umsonst.«

»Ist es auch nicht. Der Alte hat unterschrieben, ihre Sonderkommandos zu trainieren.« Letjaga schnalzte mit der Zunge gegen die Vorderzähne. »So besonders sind die nämlich nicht. Vor allem wenn's um Einsätze an der Oberfläche geht. Da oben stolpern die herum wie blinde Kätzchen. Das sind eben Kinder des Untergrunds, verdammt.«

Die letzte Lampe hing jetzt irgendwo weit hinter ihnen. Letjaga holte aus seinem Feldrucksack eine Stablampe, die aussah wie ein Gummiknüppel. Die beiden anderen kamen etwas näher von hinten heran und entsicherten ihre Sturmgewehre. Der Tunnel war eigentlich kurz und allen bekannt, aber trotzdem kein Vergnügungspark. Es war besser, wenn man zusammenblieb.

Die Stablampe stieß augenblicklich durch die Dunkelheit des Tunnels, goss Milch hinein und mischte das Ganze durch.

»Kinder des Untergrunds …« Artjom erinnerte sich: »Du bist doch genauso alt wie ich. Das heißt, du warst damals auch vier, stimmt's? Als der Letzte Krieg …«

»Nein, Kleiner«, sagte Letjaga. »Ich bin ein Jahr älter als du. Das hatten wir schon durch. Ich war damals fünf.«

Artjom wollte sich sein Moskau vorstellen, aber wieder poppten in seinem Kopf nur diese dickbauchigen Libellenflügler auf, fuhren knatternde Automobilwaggons durchs Bild, nieselte warmer Regen. Er schüttelte den Kopf und warf den ganzen aufdringlichen Quark, all die Fantastereien wieder hinaus.

»Und woran erinnerst du dich? Deine Eltern … eure Wohnung?«

»Den Fernseher. Ich weiß noch, wie im Fernseher – wir hatten so einen richtig großen – der Präsident gezeigt wurde. Und wie der Präsident sagt: *Wir haben keine andere Wahl. Wir sehen uns gezwungen. Man hat uns in die Ecke getrieben. Das hätten sie nicht tun sollen. Deshalb habe ich beschlossen …* Und genau da kommt meine Mutter aus der Küche, und sie hat einen Teller in der Hand für mich. Mit Hühnersuppe. Und Nudeln drin. Und sie sagt: Was schaust du denn da für schlimmes Zeug? Komm, ich schalte dir lieber Zeichentrickfilme ein. Und ich zu ihr: Ich will keine Nudeln. Wahrscheinlich war das genau der Moment. Der Anfang von allem. Na ja, und das Ende. Danach gab's nie wieder Zeichentrickfilme, und auch keine Nudeln.«

»Du erinnerst dich also an deine Eltern?«

»Oh ja. Aber lieber hätte ich sie vergessen.«

»Hör mal, Letjaga«, unterbrach Jurez aufgedreht. »Die haben uns doch zuerst angegriffen. Nicht wir die, sondern die uns. Das war Verrat. Die erste Salve haben wir abgefangen und erst danach zurückgeschlagen. Ich sag dir, ich weiß es noch genau. Ich war sieben.«

»Und ich sag dir: Nudeln! Nudeln, und ›in die Ecke‹, und ›wir sind gezwungen‹. Ich dachte damals: Da ist er, der Präsident, und den hat jemand jetzt also in die Ecke gestellt.«

»Was für einen Unterschied macht das jetzt?«, sagte Artjom. »Wir oder sie?«

»Klar macht das einen Unterschied«, widersprach Nigmatullin. »Wir hätten so was doch nicht angefangen. Wir sind doch ein vernünftiges Volk. Wir waren schon immer für den Frieden. Diese Arschlöcher haben uns umzingelt, uns in einen Rüstungswettlauf reingezogen, um uns mürbe zu machen. Die wollten unser Land zerstückeln. In lauter kleine Teile zerteilen. Wegen dem Öl und dem Gas. Weil ihnen unser Staat wie eine Gräte im Hals steckte. Unabhängige Länder passten ihnen nämlich nicht. Alle anderen hatten ja längst vor ihnen gekuscht und die Beine breitgemacht. Nur wir … haben uns gewehrt. Und diese Schweine, diese Drecksäue … Die haben nicht einfach gewartet, bis wir selber am Ende sind. Die dachten, wir machen uns gleich in die Hose. Aber wir … Um uns aufzuteilen, ja klar. Dem Feind ergeben wir uns nie. Von wegen ihr kriegt unser Öl, fickt euch doch. Uns einfach so zu kolonisieren. Und am Ende haben sie sich selber in die Hosen geschissen, die Penner. Als sie in ihrer Glotze gesehen haben, was da auf sie zufliegt. Hätten sie eben nicht so mit den Säbeln rasseln sollen. Wir können nämlich auch unter der Erde überleben.«

»Wie alt warst du damals?«, fragte Artjom.

»Was geht dich das an? Ich war eins. Ich hab's von anderen Typen gehört. Und?«

»Nichts«, antwortete Artjom. »Weder auf dieser Seite des Ozeans noch auf der anderen. Nichts.«

Letjaga räusperte sich beschwichtigend. Weiter sprachen sie kein Wort.

»Stehen bleiben! Lampe aus!«

Nigmatullin und Jurez traten zur Seite, drückten sich gegen die Tunnelwand und hoben ihre Sturmgewehre leicht an. Artjom blieb mit Letjaga in der Mitte. Ein gehorsames Klicken, und das Licht verdrückte sich. Es wurde Nacht.

»Die Grenze ist geschlossen! Kehrt um und geht zurück!«

»Wir sind vom Orden!«, rief Letjaga in den hallenden Schacht. »Eine Depesche für eure Führung!«

»Umdrehen! Und zurück!«, kam es erneut aus dem Schacht.

»Ich sage doch, ein Brief an den Führer! Persönlich! Von Oberst Melnikow!«

Aus der Dunkelheit sprangen die roten Punkte einiger Laser-zielvorrichtungen hervor, nahmen Anlauf und hüpften auf Letjagas Stirn und Artjoms Brust.

»Zurück! Wir haben Befehl, das Feuer zu eröffnen!«

»So viel zum Thema Diplomatie«, resümierte Letjaga. »Was für ein Bullshit.«

»Sie lassen uns nicht rein«, flüsterte Jurez.

»Wir haben keinen Befehl durchzubrechen«, ergänzte Nigmatullin.

»Aber den Umschlag abzuliefern«, widersprach Letjaga. »Sonst reißt uns der Alte die Köpfe ab. Ich weiß zwar nicht, was genau … Aber er hat gesagt: Wenn du ihm den Umschlag nicht persönlich in die Flossen drückst, geht alles den Bach runter.«

Es roch süß und widerlich nach abgestandenem Urin: Offenbar gab es an dem Posten keine Vorrichtung für die Notdurft, und so verschwanden die Wachen, wenn sie mal mussten, einfach in der Dunkelheit des Tunnels, im Niemandsland.

Artjom betrachtete den rubinroten Fleck, der sein Herz anleuchtete. Er dachte an Melnik. An die letzte Mission, die ihm noch bevorstand: Er musste zu Anja zurückkehren und ihr erklären, dass er sie verließ. Es ihr ins Gesicht sagen, nicht heimlich, mit eingezogenem Schwanz davonlaufen, in irgendeiner großartigen Mission.

Wegen dieser Mission hatte er ohnehin schon genug angerichtet. Oleschek hatte er der Ärztin überlassen: Er hatte getan, was er konnte. Hatte den durchlöcherten Körper abgeladen, sich die Hände abgewischt und war Wodka trinken gegangen. Ljocha hatte er pfeifend die Treppe ins Nichts hinabsteigen lassen, ohne sich einzumischen oder zu versuchen, ihn wieder zurückzuholen. Durch die rechte Tür oder durch die linke: Jeder bekam, was er verdiente. Die Todeskandidaten hatte er mit Swinolups Hinrichtungswaffe nicht in die Freiheit hinausgejagt. Sich nicht nach den Frauenpantoffeln im Büro des Majors erkundigt. Den Vorhang nicht zurückgezogen. Egal: Dann hatte er eben nicht gesehen, ob da jemand lag oder nicht. Und wenn er es nicht gesehen hatte, war da auch niemand gewesen. Das konnte man sich so einreden und damit völlig ungestört weiterleben. Auch in Sachen Homer konnte man sich irgendeine Erklärung einfallen lassen, von einem nichtsnutzigen Greis, einem unfähigen Schreiberling. Das mit den Gewissensbissen war doch gelogen: Der Mensch ist stark, er kann alles überwinden. Eine große Mission entschuldigt alles.

Er versuchte, den zitternden Lichtfleck mit der Hand zu verdecken, doch der sprang sogleich auf seinen Arm.

»Letzte Warnung!«, rief es aus dem Schacht.

»Gehen wir, oder?«, fragte Letjaga sich selbst.

Lass den Alten. Lass all deine Leichen, wirf sie in diesen Schacht, und mach den Deckel drauf. Du hast eine wichtigere Mission, Artjom: die Welt zu retten. Du darfst dich nicht für irgendwelche Pilze verausgaben.

»Ruft Dietmar!«, schrie Artjom in die Tiefe; seine Stimme überschlug sich.

»Wen?!«

»Dietmar! Sagt ihm, der Stalker ist zurück!«

»Was soll das?« Letjaga drehte sich zu ihm. »Was ist das jetzt für eine Geschichte?«

»Immer noch dieselbe. Von einem alten Mann mit Bart.« Artjom versuchte, zu grinsen. »Und von noch so einem Idioten. Mein Geheimauftrag.«

In diesem Augenblick flammte in ihrem schäbigen Kosmos eine Supernova auf.

Dietmar betrat den vordersten Kontrollposten, das MG-Nest. Wahrscheinlich betrachtete er jetzt die kühnen Ordenskämpfer, wie sie sich hinter ihren Handflächen verbargen, mit seinem unverwechselbaren Grinsen. Aber den Scheinwerfer ließ er nicht ausschalten.

»Wer hat mich gerufen?«

Artjom sah nur eine Silhouette in dem Meer blendenden Lichts; er musste also auf die Stimme vertrauen.

»Ich! Artjom!«

»Artjom?« Dietmar schien ihn vergessen zu haben. »Welcher Artjom?«

»Ich wusste es doch!«, schnaufte Nigmatullin.

»Der Stalker! Eine Depesche! Für den Führer! Persönlich zu übergeben! Von Melnik! Dem Kommandeur des Ordens! Es geht um die aktuelle Lage!«

»Welche Lage?«

Dietmar weigerte sich noch immer, ihn zu verstehen.

»An der *Teatralnaja*! Wegen eurer Invasion!«

»Unserer Invasion? Von Melnik?« Dietmar klang überrascht. »Es hat keine Invasion gegeben, sondern Unruhen, an der *Teatralnaja*. Wir haben einen Massenandrang von Flüchtlingen zu bewältigen. Der Führer hat eine friedensschaffende Mission an der Station angeordnet, um weitere Opfer zu verhindern. Aber jetzt ist es vier Uhr nachts. Er schläft. Und er erwartet keinen Brief von Herrn Melnikow. Wenn ihr wollt, könnt ihr die Depesche mir überreichen. Ich werde sie morgen früh an sein Sekretariat weiterleiten.«

»Ausgeschlossen«, flüsterte Letjaga Artjom zu. »Die Anweisung lautet, das Dokument entweder persönlich zu überbringen oder zu vernichten.«

»Ausgeschlossen!«, wiederholte Artjom laut. »Nur dem Führer persönlich, in die Hand!«

»Das ist wirklich bedauerlich«, seufzte Dietmar. »Der Führer empfängt niemanden. Vor allem keine Profikiller. Das Dokument würde ohnehin in jedem Fall zunächst geöffnet und untersucht werden, um einen Giftanschlag zu verhindern.«

»Ich habe Informationen«, sagte Artjom, der nun wieder klar denken konnte, »dass das an der *Teatralnaja* keine Unruhen sind. Sondern eine geplante Sabotageaktion. Mit dem Ziel, die Station einzunehmen.«

»Da haben wir andere Informationen«, entgegnete Dietmar gleichgültig. »Und diese werden nicht allen gefallen, Bürger Stalker. Auch ihren Kameraden nicht, zum Beispiel. Auf Wiedersehen.«

Er salutierte, drehte sich um und begann zur Station zurückzugehen.

»Warte!«, schrie Letjaga. »Halt! Der Umschlag kommt gar nicht von Melnik!«

Dietmar war das egal. Der MG-Schütze regte bereits seinen Stachel, um die Bahn für sein Blei ins Visier zu nehmen. Die Scharfschützen ließen ihre roten Punkte wieder frei; sogar durch dieses Scheinwerferlicht, das weiß und grell war wie die erste Sekunde des Todes, hüpften diese Punkte hindurch.

»Hörst du?!«, brüllte Letjaga. »Der Umschlag ist nicht von Melnik! Sondern von Bessolow!«

Die schwarze Gestalt, die sich schon fast im Weißen aufgelöst hatte, erstarrte.

»Sag das noch mal.«

»Von Bessolow! Für den Führer! Persönlich! Dringend!«

Artjom wandte sich zu Letjaga um. Hier ging etwas vor sich, was er nicht begriff. Auch Nigmatullin und Jurez deklinierten nervös den unbekannten Namen durch. Dietmar schwieg, aber er brachte es nicht fertig, sich von der Stelle zu bewegen.

»Gut. Einer von euch kommt rein. Die anderen können warten.«

Letjaga hob seine mächtigen Schultern als Zeichen, dass er die Bedingung annahm. Machte einen Schritt nach vorn.

»Nicht du!«, rief Dietmar. »Gib die Depesche dem da. Artjom.«

»Ich habe den Befehl …«

»Und ich habe auch einen. Ich lasse nur einen von euch durch. Und erst nach gründlicher Durchsuchung.«

»Warum ihn?! Artjom, was ist das für …«

»Gib mir den Umschlag, Letjaga«, antwortete Artjom. »Los. Okay, du hast mich überführt. Das hier ist ein Geheimauftrag. Genau deswegen hat mich Melnik mit euch geschickt. Wenn sie euch nicht reinlassen … Ich hab hier meine eigene Geschichte am Laufen. Du darfst da nicht rein. Woher, glaubst du, wusste ich das mit der *Teatralnaja*?«

»Jeder hat hier seine eigene Geschichte, Himmelarsch!«, fauchte Letjaga. »Dieser alte Paranoiker …«

»Halt, gib's ihm bloß nicht. Was hast du?«, zischte Nigmatullin. »Wer ist der schon? Der Chef hat gesagt, dass du … oder wir …«

»Halt die Klappe, Ruslan«, unterbrach Letjaga. »Das ist Artjom, klar? Der gehört zu uns! Klar?«

»Wie ihr wollt!«, rief Dietmar kalt. »Ich habe keine Zeit mehr für eure Spielchen. Ich müsste nämlich längst an der *Teatralnaja* sein, um humanitäre Hilfe an die Bevölkerung zu verteilen.«

Letjaga verfluchte ihn, spuckte verärgert aus und zog aus der Tasche über seinem Herzen einen festen, undurchsichtigen Umschlag hervor. Einen kleinen, braunen Umschlag. Er hielt ihn Artjom hin.

»Das ist unser Mann, ist das klar?!«, brüllte er dem MG, den Scharfschützengewehren, den schwarzen Holzschnitten, dem vollgepissten Kosmos und dem blendenden Stern entgegen. »Wir werden hier auf ihn warten!«

»Wie ihr wollt«, entgegnete Dietmar. »Aber der Führer schläft manchmal auch bis mittags. Viel Spaß beim Warten.«

»Wir werden hier warten, Artjom, wir bleiben hier«, flüsterte Letjaga fieberhaft. »Du kommst hierher zurück. Wenn sie dir auch nur ein Haar ... Der Alte hat dich vielleicht angepflaumt, aber für seine Leute versetzt er Berge, wenn es sein muss ... Wir sind doch Blutsbrüder, wir zwei ... richtig?«

»Ja«, sagte Artjom, aber er hörte nicht mehr viel. »Ja, Letjaga. Danke. Keine Ahnung.«

Und nachdem er sich den verfluchten Umschlag auf die Haut geklebt hatte, flog er, über die Schwellen stolpernd, auf die Supernova zu, direkt in sie hinein – in eine Milliarde Grad.

»FEINDE DES REICHS! FEINDE DER MENSCHHEIT! VOR UNSERER TÜR! STEHT EINE HORDE VON DE-GENERIERTEN!«

Es war die Stimme eines einzigen Sprechers, die jedoch leicht versetzt aus einem guten Dutzend Megafone tönte und so in Bruchstücke zerfiel, sich selbst als Echo wiederholte. Dieser aus einem einzigen Mann bestehende Chor klang wie die Stimme der Hydra – grausig und hypnotisch zugleich. Gift tropfte aus seiner Stimme.

»WENN WIR NICHT BIS ZUM ENDE KÄMPFEN! DROHT UNS DIE VOLLKOMMENE VERNICHTUNG!«

Sie empfing Artjom noch vor dem Licht der *Tschechowskaja* alias *Wagnerowskaja*: Das Licht war nicht in der Lage, von den Biegungen und Windungen der Tunnelwände zu reflektieren, die Stimme dagegen schon.

»ALS ICH VON DEN VERRÄTERISCHEN PLÄNEN DER ROTEN LINIE ERFUHR! DIE STATION *TEATRALNAJA* EINZUNEHMEN! UND SOMIT UNSEREN FRIEDENSVERTRAG ZU VERLETZEN! HABE ICH! BESCHLOSSEN! EINEN PRÄVENTIVSCHLAG ZU FÜHREN!«

»Der Führer? Du hast doch gesagt, dass er schläft ...«, sagte Artjom zu Dietmar.

»Im Augenblick schläft niemand im Reich«, entgegnete dieser.

Als sie an der *Tschechowskaja-Wagnerowskaja* ankamen, erblickte Artjom ein Plakat mit dem Schriftzug: »Herzlich willkommen, liebe Gäste aus der Polis!«. In der Mitte des Saals hatten sich Männer unterschiedlichen Alters in Reihen aufgestellt – offenbar in den Kleidern, die sie gerade angehabt hatten. Viele starrten aus roten, verschlafenen Augen, einige tuschelten unsicher miteinander. Die Reihen entlang patrouillierten schäferhundartige Feldwebel, die von Zeit zu Zeit etwas riefen, jemandem auf die Schulter klopften oder jemand anderem einen Schlag mit der Rute verpassten. Mehrere Tische mit Schildern wurden aufgestellt und Berge von Tarnuniformen darauf abgeladen, donnernd rollten mit Waffen beladene Karren heran. Am anderen Ende des Bahnsteigs hatte man ein Zelt mit einem roten Kreuz darauf aufgeschlagen, und die Blicke aus der Formation wanderten immer wieder magnetisch dorthin zurück.

»ABER DIE ROTE LINIE WIRD VOR NICHTS ZURÜCKSCHRECKEN! UM DIE BÜRGER DER *TEATRALNAJA*! IHRER GESETZLICH VERANKERTEN RECHTE

ZU BERAUBEN! EIN RUHIGES UND GLÜCKLICHES LEBEN ZU FÜHREN!«

Es war eine seltsame Station – ein rundes, tunnelartiges Gewölbe mit Durchgängen zu beiden Seiten, die wie in die Wand gesägte Schießscharten aussahen. Ihr weißer Marmor glänzte, und auch die alten Originalleuchter waren gründlich poliert. Es war ein wunderlicher Anblick: nicht getrennt voneinander wie an den anderen Stationen, nicht paarweise oder zu Dolden verschweißt, sondern jeweils gut zwanzig davon zusammen, die in jeweils zwei Reihen in gondelartigen Halterungen steckten. Als hätte man auch diese Leuchter mitten in der Nacht aufgeweckt und antreten lassen. Sie erinnerten an Seelen von Sklaven, die auf fliegenden Galeeren durch einen seltsamen weißen Tunnel in ihr ehrlich verdientes Paradies ruderten.

»Wo hast du die Mine angebracht?«

Dietmar ging so schnell, dass Artjom kaum hinterherkam. Die Gesichter der Formation glitten an ihm vorbei, ohne dass ein einziges davon Gestalt annehmen konnte. Hinter ihm kreischten genagelte Absätze über den Granit: der stampfende Schritt der Wache.

»Beim hermetischen Tor«, berichtete Artjom. »Ich bin die Rolltreppe runter.«

»Und der Effekt?«

»Ziemlich viel eingestürzt.«

»Pass mir bloß auf. An der *Teatralnaja* haben wir bisher alles unter Kontrolle, also will ich dir einstweilen glauben. Aber ich werde das natürlich kontrollieren. Wenn du alles wie befohlen ausgeführt hast, gibt es eine Auszeichnung … einen Orden!«

Dietmar grinste breit.

»Einen Orden bekommst du dafür.«

Plötzlich sprang jemand aus dem Glied hervor und schnitt ihnen den Weg ab. Einige Wachleute stürzten hinzu, rissen ihre Kalaschnikows hoch, doch dies war nur eine kleine, närrische, harmlose Person: ein spärlicher Bart, eine angelaufene Brille ...

»Verzeihen Sie! Verzeihen Sie! Herr Offizier ... Herr Dietmar ... Bei allem, was mir heilig ist! Es muss sich hier um einen Fehler handeln. Dass ich mobilisiert wurde. Meine Frau ... Narine ... Sie waren doch erst neulich bei uns ...«

Dietmar erinnerte sich, blieb stehen und schickte mit einer Handbewegung die Wachleute wieder zurück.

»Ilja Stepanowitsch. Sehen Sie mal, ich habe hier einen Bekannten von Ihnen dabei. Was meinen Sie mit Fehler?«

»UNSERE STATION MIT DEGENERIERTEN ÜBERFLUTEN! DAS WOLLEN SIE! RASEND VOR WUT! ÜBER UNSEREN WIDERSTAND! UND DIESE HORDE STEHT BEREITS! AN! UNSEREN! GRENZEN!«

»Meine Narine ... Bei ihr haben die Wehen begonnen. Nach den Explosionen an der *Teatralnaja* ... Sie haben sie mitgenommen. In die Entbindungsklinik. Sie haben gesagt, dass bei ihr jederzeit das Fruchtwasser ... Dabei ist ihr Termin noch gar nicht ... verstehen Sie? Vielleicht kann sie ja, bei entsprechender Schonung ... Wir haben so eine wunderbare Entbindungsklinik! Aber wenn ich eingezogen werde ... Oder wenn jetzt etwas passiert ... Was wird dann aus ihr? In diesem Zustand? Wer kümmert sich um sie? Und wenn sie niederkommt? Da sollte ich doch eigentlich ... Ich muss doch wissen ... was es wird ... ein Junge oder ...«

»GERADE DESHALB! BEFEHLE ICH HIERMIT! DIE ALLGEMEINE! MOBILMACHUNG!«

Der Uffz lächelte den Lehrer an und legte ihm die Hand auf die Schulter.

»Nach dem Motto: ›Die Zarin hat in jener Nacht ... nicht Sohn, nicht Tochter zur Welt gebracht‹ ... Nicht wahr, Ilja Stepanowitsch?«

»Wa... warum sagen Sie das?«

»Ach Gottchen, war doch nur ein Scherz. Natürlich erinnere ich mich an unser Gespräch. Kommen Sie, gehen wir ein Stückchen.«

Er gab den Feldwebel-Schäferhunden ein Zeichen, legte Ilja Stepanowitsch eine Hand auf die Schulter und zog ihn mit sich. Artjom ging nebenher, den Umschlag in der Tasche. Was befand sich dort? Der Umschlag war steif, etwas lag darin ... Wonach fühlte sich das an? Kein Brief, kein Papier ... Sein Kopf drohte zu zerspringen. Sein Aufziehmechanismus war so ziemlich am Ende.

»Sie wollten doch unbedingt ein Geschichtslehrbuch schreiben, nicht wahr?«, sagte Dietmar zu dem Lehrer.

»Herr Offizier ... Was, wenn ... Wenn bei der Geburt etwas ...«

»Wissen Sie was, setzen Sie sich hin – und schreiben Sie es! Fangen Sie am besten gleich damit an! Hier wird ja gerade vor Ihren Augen Geschichte geschrieben!«

Er blieb stehen, nahm Ilja Stepanowitsch die Brille ab, hauchte sie an, rieb sie sauber und pflanzte sie ihm wieder auf.

»Ich werde Ihnen bei mir im Stab einen Winkel frei räumen. Nicht dass man Sie noch umbringt, das wäre doch ...«

»EINE NEUTRALE STATION VOR DER ROTEN HORDE ZU SCHÜTZEN! DAS IST UNSERE PFLICHT! SIE HABEN UNS ANGEFLEHT, IHNEN ZU HILFE ZU EILEN! UND DAS TUN WIR!«

»Danke. Ich danke Ihnen. Herr ... Dietmar ... Aber ... dürfte ich nicht vielleicht zu meiner Frau ... Sie braucht jetzt Unter-

361

stützung … Sie war ganz außer sich … Damit sie weiß, dass alles gut ist … Dass Sie sich einsetzen … Und wenn die Geburt …«

»Aber wozu denn?«, fragte Dietmar. »Dort können weder Sie noch ich jetzt etwas ausrichten. Wenn es ein gesunder Junge wird, umso besser. Auf der Entbindungsstation findet sich sicher jemand, der die junge Mutter im Namen der Partei beglückwünschen wird.«

»Aber … aber wenn doch … was das Schicksal verhüten möge …«

»Wenn es eine Missgeburt ist … nur die Ruhe. Wir haben eine hervorragende Entbindungsstation, das haben Sie doch selbst gesagt. Sie bekommt eine Narkose, und wenn sie aufwacht, ist alles schon vorbei. Das Kindchen wird überhaupt nichts spüren, glauben Sie mir. Das sind doch alles Profis. Die gleiche Narkose, nur eine andere Dosis. Alles human. Zack, peng, und das war's.«

»Natürlich … Ich verstehe …« Ilja Stepanowitsch stand das Grauen ins Gesicht geschrieben. »Es ist nur einfach so schnell passiert. Das mit den Wehen. Sie war so aufgeregt, meine Narine … Und ich dachte, es wäre noch Zeit …«

»Es ist ja noch Zeit, Ilja Stepanowitsch!« Der Uffz drückte ihn jetzt etwas fester. »Was für eine wunderbare Zeit uns noch bevorsteht! Deshalb haben Sie auf der Entbindungsstation jetzt überhaupt nichts verloren. Also. Papier und Bleistift bekommen Sie vor Ort ausgehändigt. Ich drücke Ihnen die Daumen!« Er schob den völlig verdatterten Lehrer auf eine der Wachen zu. »Sorg dafür, dass der Bürger mir zugewiesen wird.«

»NIEMAND WIRD UNS AUFHALTEN! WENN WIR! UNSERE! HEILIGE! PFLICHT! ERFÜLLEN!«

»Wohin gehen wir?«, fragte Artjom besorgt, als sie schon fast die ganze Station durchquert hatten; sie endete bei der bewachten Treppe, die zum Übergang führte.

»Na, du musst doch deine komische Depesche abliefern, oder nicht?« Dietmar sah sich zu ihm um. »Übrigens: Was ist das eigentlich? Ein Ultimatum? Ein Bittbrief? Ein Angebot, die *Teatralnaja* zwischen allen betroffenen Parteien aufzuteilen?«

»Ich weiß nicht«, sagte Artjom.

»Der Orden also? Hätte ich Idiot mir gleich denken können, was du in der Polis gemacht hast, Stalker.«

»WIR WERDEN FRIEDLICHE BEWOHNER NIEMALS IM STICH LASSEN! WIR WERDEN DIE *TEATRALNAJA* IN UNSERE OBHUT NEHMEN! WIR WERDEN SIE VOR DEN SCHAREN VON DEGENERIERTEN SCHÜTZEN!«

»Wer ist Bessolow?«

»Du hast also wirklich keine Ahnung, was du dem Führer übergeben willst?«

»Das geht mich nichts an. Ich führe nur einen Befehl aus.«

»Du gefällst mir immer mehr! Ich würde sagen, du bist mein Ideal.« Dietmar grinste. »Wenn man ihm sagt, jag den Übergang in die Luft, jagt er den Übergang in die Luft. Wenn man ihm sagt, übergib den Umschlag von weiß der Teufel wem und weiß der Teufel welchen Inhalts, so erledigt er das gehorsam. Und wenn der Befehl lautet: Steck deine Eier in die Stanzpresse, wird er sich auch nicht weigern! Hätten wir nur mehr von dieser Sorte!«

»WIR SIND BEREIT, JEDEN PREIS ZU ZAHLEN FÜR DAS RECHT, UNS ALS MENSCHEN ZU BEZEICHNEN!«

»Lebt Homer?«, fragte Artjom. »Was ist mit meinem Alten? Wo ist er?«

»Er lebt«, beruhigte ihn Dietmar. »Und wartet auf dich.«

»Ich will ihn zuerst abholen.«

»Das war vorauszusehen. Deshalb gehen wir auch gerade zu ihm. Das ist noch so eine gute Seite an dir, Stalker: deine Berechenbarkeit. Mit solchen Leuten zu arbeiten ist das reinste Vergnügen.«

Die Wachleute kratzten mit ihren Absätzen über den Granit, und der Kommandeur der Wache streckte den Arm aus. Er wagte es nicht einmal, Dietmar in die Augen zu sehen.

Sie begannen die abgewetzten Stufen hinaufzugehen.

»Du ... Wozu trägst du diese Achselklappen? Du bist doch gar kein Unteroffizier, stimmt's? Wer bist du?«

»Ich? Ein Ingenieur menschlicher Seelen!«, antwortete Dietmar augenzwinkernd. »Und ein wenig ein Magier.«

Im Übergang waren die Kasernen untergebracht. Beim letzten Mal hatte man Artjom und Homer hier nicht hineingelassen. In mehreren Reihen zogen sich Feldbetten hin. Die Stubenältesten salutierten. Von Plakaten blickte finster der Führer herab. Von der Decke hingen die Standarten der Eisernen Legion: eine graue Faust, das schwarze dreibeinige Hakenkreuz. Lautsprecher ragten aus der Wand hervor wie Pilze und versuchten, einander zu übertönen:

»ES GIBT KEINEN WEG ZURÜCK! UND WIR WERDEN NICHT ZURÜCKWEICHEN! UM EURER UND UM UNSERER ZUKUNFT WILLEN! DER ZUKUNFT UNSERER KINDER! DER ZUKUNFT DER MENSCHHEIT!«

»Was wollt ihr mit diesem Umschlag erreichen?« Dietmar schnaubte spöttisch. »Der Zug ist bereits abgefahren, er lässt sich nicht aufhalten, selbst wenn ihr euch jetzt vor die Gleise werft.

Die *Teatralnaja* wird uns gehören. Genauso wie die *Ploschtschad Rewoljuzii*. Die Roten bekommen nichts gebacken. Die haben genug zu tun, ihre Hungeraufstände zu unterdrücken. Die Hälfte aller Pilze ist wegen dieser Trockenfäule schon verdorben. Das verbreitet sich wie ein Lauffeuer.«

»Wer ist Bessolow?«, wiederholte Artjom. Von wem würde Melnik Befehle annehmen?

»Keine Ahnung.«

»Warum ist dann ein Brief von ihm wichtiger als einer von Melnikow?«

»Nicht der Brief von irgendeinem Bessolow ist mir wichtig, Stalker. Du bist mir wichtig.«

Hinter den Kasernen türmten sich Befestigungen, Panzerigel, Stacheldraht. Schwarz drohten Maschinengewehre, die Läufe nach vorn gewandt – dorthin, wohin Dietmar Artjom führte. Wachhunde bellten los, als wollten sie den Führer nachäffen. Und dann mischte sich da noch ein Gesang in ihr abgerissenes Metrum, das langgezogene Stöhnen eines Mannes, der in diesem Augenblick sein Leben aushauchte.

Die *Puschkinskaja*, begriff Artjom. Dietmar führte ihn zur *Puschkinskaja*.

»Ist er dort? An der *Puschkinskaja*? Du hast versprochen, dass du ihn nicht anrührst!«

Sie blieben vor einer deckenhohen Ziegelmauer mit einer eisernen Tür stehen. Dietmar verscheuchte die Wache mit dem Wink seines Zeigefingers. Dann zog er einen Tabaksbeutel hervor, fischte aus seiner Tasche in Streifen geschnittenes Zeitungspapier, bestreute die verschnörkelten, fetten Buchstaben mit getrocknetem Rausch, leckte und drehte.

»Da, zieh auch mal dran.«

Artjom zögerte keinen Augenblick. Schon in Melniks Büro hatte seine Seele nach Gift verlangt, aber der hatte ihm die letzte Papirossa verweigert, bevor er Artjom für immer von sich wegstieß. Dietmar dagegen teilte sie soeben mit ihm.

Der Uffz lehnte sich mit dem Rücken gegen die Wand, legte den Kopf nach hinten und blickte zur Decke.

»Was, wenn die kleine Armenierin ihm ein Scheusal zur Welt bringt, glaubst du, der Lehrer wird uns trotzdem das Buch schreiben?«

»Wenn ihr es umbringt? Das Kind?«

»Wenn wir es einschläfern. Wird er uns dann in seinem Buch trotzdem lobend erwähnen?«

»Nein«, antwortete Artjom. »So ein Charakterschwein kann er nicht sein.«

»Tja, siehst du …« Dietmar verengte seinen Blick, während er den Rauch ausstieß. »Ich glaube nämlich schon. Die Armenierin wird natürlich aufgebracht sein, und sie wird unserem Ilja Stepanowitsch die Ohren vollheulen, aber er wird sie irgendwann überzeugen, dass das alles seine Richtigkeit hat. Dass sie es einfach noch einmal versuchen müssen. Und er wird sein Buch über das Reich schreiben, und wir werden es dann mit einer Auflage von zehntausend Stück herausbringen. Damit es jeder in der Metro liest, der lesen kann. Und den anderen werden wir mit diesem Buch das Lesen beibringen. Jeder wird Ilja Stepanowitschs Namen kennen. Und dann wird uns Ilja Stepanowitsch verzeihen, dass wir sein Kind eingeschläfert haben.«

»Wegen zehntausend Exemplaren? Da könntest du eine Überraschung erleben.« Artjom lächelte Dietmar schief an. »Der flieht von der Station, vielleicht verübt er sogar noch einen Anschlag. So was kann man nicht verzeihen.«

»Vielleicht nicht verzeihen, aber vergessen. Jeder versucht schließlich, mit sich selbst einen Pakt zu schließen. Weißt du, Stalker, die Menschen überraschen mich nur selten. Sie sind so einfach gestrickt. Jeder hat die gleichen Zahnrädchen im Schädel. Dort sitzt das Verlangen nach einem besseren Leben, da die Angst, und hier das Schuldgefühl. Mehr Rädchen hat der Mensch nicht. Die Gierigen gilt es zu verführen, die Furchtlosen mit Schuld zu quälen, die Gewissenlosen einzuschüchtern. Du zum Beispiel: Warum zum Henker bist du zurückgekommen? Du wusstest doch, dass du Kopf und Kragen riskierst. Aber nein, dein Gewissen war stärker. Du hast dir Sorgen gemacht um deinen Alten. Hast den Übergang in die Luft gejagt, weil es dir dein Gewissen befohlen hat. Hast dem Krieg geholfen, weil dein Gewissen es so wollte. Und schon sitzt der Haken fest – da, da schaut er schon heraus!«

Dietmar berührte Artjoms Wange mit seinem tabakgelben Finger – Artjom zuckte zurück.

»Du hast ihn geschluckt, und jetzt kommst du mir nicht mehr aus. Wohin willst du abhauen? Deinen Orden hast du verraten. Hast dich mit dem Feind zusammengetan. Da hinten stehen deine tollen Freunde und warten auf dich. Sie glauben, du bist ihr Mann. Aber nein, du gehörst mir.«

Artjom hatte sogar vergessen weiterzurauchen. Die Selbstgedrehte war erloschen.

»Dein Tabak ist scheiße«, sagte er zu Dietmar.

»Sobald das Reich in der ganzen Metro gesiegt hat, wird jeder hier hervorragenden Tabak haben!«, versprach ihm Dietmar. »Na gut. Gehen wir zu Homer Iwanytsch.«

Er zwinkerte der Wache zu. Ein Riegel von gut einem Meter Länge und mit einem kiloschweren Schloss fuhr zur Seite, und sie betraten die Station *Schillerowskaja*.

Artjom erinnerte sich an sie, als sie noch *Puschkinskaja* geheißen hatte: Sie war genauso weiß und marmorn gewesen wie ihre Nachbarin, die *Tschechowskaja*, jedoch mit Hassparolen gegen jegliche Nichtrussen verschmiert. An der *Puschkinskaja* hatte man Artjom der Menge präsentiert und erklärt, warum er zum Tod durch den Strang verurteilt worden war: wegen Mordes an einem faschistischen Offizier. Den Offizier hatte Artjom ganz einfach getötet: Er hatte sein Sturmgewehr auf ihn gerichtet und den Abzug gedrückt. Ein Krampf hatte seinen Finger zusammenzucken lassen, als der Offizier einem Teenager mit Down-Syndrom eine Kugel in den Kopf gejagt hatte. Verzeihlich: Artjom war damals jung und empfindsam gewesen. Jetzt hätte er es wahrscheinlich hingenommen und sich einfach abgewendet. Hätte er doch, oder? Zumindest hätte er es versucht. Die Schlinge kratzte ihm noch zu sehr am Hals.

Doch wo sie sich jetzt befanden, das war weder die *Puschkinskaja* noch die *Schillerowskaja*.

Sie waren im Nirgendwo.

Die ganze Station war komplett auseinandergenommen, demoliert worden. Von dem Marmor war nicht eine Platte übrig, alles war abgeklopft und irgendwohin geschafft worden. Zu sehen war nur noch der nackte, zerschrammte Beton sowie Berge von Erde, Flüsse aus Dreck und Stützen aus morschem Holz. Die Luft ersetzte hier ein feuchter Nebel, vermischt mit Zementstaub: Es war, als ob man Beton atmete. Durch diesen Dampf peitschten Scheinwerfer, und ihre Strahlen waren von Anfang bis Ende zu sehen, wie riesige Gummiknüppel.

Diese Knüppel droschen auf die Rücken und Gesichter grausiger nackter Menschen ein – manche hatten ihre Scham verhüllt, andere sorgten sich nicht mehr darum. Alle waren schwarz bedruckt und troffen vor Blut. Die Männer waren behaart bis zu den Augen, die man bei den Frauen aufgrund ihrer wild herabhängenden Strähnen gar nicht mehr erkennen konnte. Aber sie alle waren gewöhnliche Menschen, mit zwei Armen und zwei Beinen. Nur die Jugendlichen waren geschädigt: Hier ein schiefer Rücken, dort ein paar zusammengewachsene Finger, anderswo ein plattgedrückter Kopf, Einäugige, Zweiköpfige und solche mit Fellen wie Tiere. Missgeburten eben, Degenerierte.

Alltagskleidung trug hier niemand: Die einen waren nackt, die anderen trugen Uniform.

Die Männer mit den Sturmgewehren hatten Atemmasken auf, damit ihre Gesundheit keinen Schaden nahm. Von Weitem sahen die Atemmasken aus wie Maulkörbe, damit sich die Wachen nicht auf die Nackten stürzten und sie mit den Zähnen in Stücke rissen. Also behalfen sie sich anders: mit Ketten und Peitschen aus Stacheldraht. Sie waren die Ursache für jenes Geheul, das Artjom auf der anderen Seite der Wand, von der Toilette des Lehrers aus, gehört hatte.

Das Furchtbarste an dieser Station war jedoch, dass sie nirgends endete. Diese nackten Tiermenschen gruben sich in alle Richtungen aus ihr heraus – mit Spitzhacken, Schaufeln, Hämmern, Fingernägeln –, verzweifelt kratzten sie Erde und Stein, nagten sich durch Leere nach rechts, links, oben, unten. Die *Schillerowskaja* war schon jetzt größer als alle Stationen, an denen Artjom jemals gewesen war; und jede Minute blähte sie sich weiter auf.

»Ihr haltet sie als Sklaven?!«, fragte Artjom.

»Na und? Ist doch humaner, als sie einfach zu entsorgen, oder?«, schrie Dietmar über das Brüllen der Degenerierten hinweg. »Die sollen ruhig was Nützliches tun! Wir erweitern gerade unseren

Lebensraum! So ein Zustrom von Freiwilligen aus der ganzen Metro, wir haben ja gar keinen Platz, die alle unterzubringen! Wenn der Umbau fertig ist, wird das hier eine Gartenstadt! Die größte Station der Metro! Die Hauptstadt des Reichs! Mit Kino, Sporthalle, Bibliothek und Krankenhaus!«

»Hat er sich deshalb das mit den Degenerierten ausgedacht, euer Führer? Damit ihr wieder die Sklaverei einführen könnt? Hier haben doch höchstens ein Viertel der Leute Missbildungen!«

»Das entscheidest nicht du, wer ein Degenerierter ist und wer nicht!«, lachte Dietmar. »Der Führer ist ein Genie! Es ist doch dumm, Menschen dafür zu verfolgen, dass sie Armenier sind! Oder Juden! Der Effekt ist gleich null. Wenn ein Mensch nun mal als Jude geboren ist, kann man eben nichts machen. Einigen ist es ja sogar ins Gesicht geschrieben: Jude, Tschetschene, Kasache. Und schon ist er deine Zielscheibe, dein Feind, und er wird dir niemals Treue schwören. Aber was ist mit dem Russen, ist der automatisch immun? Gehört er qua Geburt zum auserwählten Volk? Darf er alles? Braucht er sich vor gar nichts mehr zu fürchten? Das ist doch absurd! Degeneration dagegen, ja, das ist doch eine ganz andere Verpackung! Degeneration, da muss man schon aufpassen! Da genügt schon eine einzige Mutation! Du wirst gesund geboren, aber auf einmal fängt bei dir ein Geschwür an zu wachsen! Oder ein Kropf! Oder irgendwelche Anomalien! Vielleicht kann man das mit bloßem Auge gar nicht sehen! Nur ein Arzt kann das mit Sicherheit sagen! Und deshalb muss jedes Schwein zittern und vor Angst vergehen, wenn es zum Arzt zur Untersuchung geht. Und sogar der Arzt selbst muss zittern. Denn die Entscheidung, wer degeneriert ist und wer nicht, die trifft er gemeinsam mit uns im Konsilium. Niemand kann sich mehr sicher sein. Niemals. Ein Leben lang, kapierst du, das ganze Leben lang muss man sich rechtfertigen. Und uns recht-fertigen. Ist das nicht herrlich?! Ein wunderschönes Konzept!«

Er legte Artjom die Hand auf die Schulter. Das Muttermal auf seinem Nasenrücken war jenes dritte Auge, das diesem Dämon gewachsen war, um das Faule, Weiche in jedem Menschen bes-ser zu erkennen.

»Wo ist er? Wo ist Homer?!«, brüllte ihm Artjom zu.

»Gib mir den Umschlag!«

»Was?!«

»Gib den Umschlag her!«

»Wir hatten eine Abmachung!«

Funken bröckelten hervor, Zähne knirschten, die Höhle ge-riet in Schieflage: Dietmar hatte Artjom den Griff seiner Pistole mit voller Wucht gegen das Jochbein gerammt. Dann wechselte er den Griff, wie es sich gehört, und hielt Artjom den Lauf gegen die Stirn: Es war eine Stetschkin – eine Killerwaffe.

»Willst du, dass ich ihn deiner Leiche aus der Tasche ziehe?«

Artjom machte einen Schritt zurück und überlegte, wie er die Depesche am schnellsten vernichten könnte, doch hinter ihm standen bereits Wachleute. Sie verdrehten ihm die Arme, war-fen ihn vornüber, drückten ihn in den Schmutz und rissen ihm den Umschlag aus der Hand. Vorsichtig übergaben sie ihn an Dietmar. Dieser drehte ihn in den Fingern hin und her, ver-suchte ihn zusammenzufalten, hielt ihn ins Licht eines Schein-werfers. Dann ging er neben Artjom in die Hocke.

»Fotografien, wie es scheint«, sagte er. »Äußerst interessant. Die Fotos, die den Krieg beendeten. Klingt schön, nicht wahr?«

Er ließ sie in einer Innentasche verschwinden.

»Das müssen verteufelt gute Fotos sein. Und ganz besonders müssen sie dem Führer gefallen, wenn sie schon niemand sonst zu Gesicht bekommen darf. Nicht wahr? Wer könnte schon der Versuchung widerstehen, wenigstens einen winzigen Blick darauf zu werfen? Du zum Beispiel, würde dich das nicht reizen?«

»Wo ist Homer?«

»Hier irgendwo. Such ihn ruhig. Ich habe jetzt keine Zeit. Ich muss zur *Teatralnaja*. Humanitäre Hilfe, Entlarvung von Agenten … Bleib du einstweilen hier. Gewöhn dich ein … Arbeite ein wenig.«

»Sie werden mich nicht im Stich lassen! Letjaga! Der Orden! Sie warten auf mich! Ihr habt verschissen! Hast du gehört, du Drecksack?! Du mieses Schwein, hast du gehört?!«

Artjom wollte sich losreißen, doch die offenbar gut genährten und erfahrenen Aufpasser hatten ihn im Griff: So blieb er auf den Knien, das Gesicht in den Schlamm gedrückt.

Bevor Dietmar sich wieder erhob, strich er Artjom über den Kopf.

»Stimmt, sie warten ja auf dich. Da hast du recht. Da gehe ich wohl lieber und erzähle ihnen, auf wessen Seite du wirklich stehst.«

Dann gab er Artjom einen zärtlichen Klaps auf den Hintern.

13

LEBENSRAUM

Er dachte, irgendwann würde es wieder Tag werden, und die Arbeit der Nacht wäre vorüber. Aber hier gab es weder Nacht noch Tag, und es gab nur eine Schicht: von Anfang bis Ende. Zu trinken gab es aus einem Schlauch, Kehle für Kehle, sich Wasser aufzuheben war unmöglich. Abtritte gab es hier nicht, die Tunnel waren alle außer einem komplett mit Stacheldraht blockiert wie mit einem Spinnennetz: keine Chance fortzulaufen oder fortzukriechen. Die Tiermenschen verrichteten ihre Notdurft im Stehen, ohne dabei mit der Arbeit aufzuhören: Männer neben Frauen, und Frauen neben Männern, Neuankömmlinge lernten dies gleich am ersten Tag. Beigebracht wurde es ihnen mit Peitschen aus Stacheldraht. Man tötete ohne Mitleid, routinemäßig: jene, die nicht arbeiten wollten, jene, die bereits kurz davor waren zu sterben und deswegen nicht arbeiten konnten, und jene, die sich für schlau hielten und tot stellten. Um die Arbeiter war es nicht schade – zweimal täglich wurden neue angeliefert, die auch fressen mussten, aber das Futter wurde ja nicht mehr.

Jedes Mal wenn sich die Eisentür öffnete und völlig verdattert neue Arbeiter in die grenzenlose Höhle der *Schillerowskaja* hereingezerrt und -gestoßen wurden, zog sich Artjoms Magen zusammen, denn er fürchtete, es könnte Dietmar sein. Vielleicht flog sein Betrug gerade auf, die Roten schickten Soldaten vom *Ochotny Rjad* über das gesprengte hermetische Tor und die obere Eingangshalle zur *Teatralnaja*, der Blitzkrieg ging über in einen endlosen Stellungskampf, und Dietmar kam zurück, um Artjom wegen Hochverrats am Galgen aufzuknüpfen.

Wann würde er kommen? Vielleicht schon bald?

Zu Beginn hatte man Artjom abgetastet und noch für kräftig genug befunden, eine Schubkarre zu fahren. Alles, was die behaarten Nager abgekratzt und abgeschlagen hatten, sammelte er ein, warf es in die Schubkarre und transportierte es in den einen offenen Tunnel, der zum *Kusnezki most* führte. Über die Schwellen des Gleisbetts hatte man einen Bretterboden verlegt, auf dem man vielleicht dreihundert Meter den Tunnel hinablaufen musste, um dort das Erdreich und die Steine auf einen Hügel zu werfen, der bereits bis zur Decke reichte.

Artjom hatte eine gute Arbeit ergattert, das begriff er sofort: Ihm wurden die Beine nicht gefesselt, und er musste nicht ständig an einem Ort stehen bleiben, sondern durfte an allen anderen Arbeitern entlanglaufen und nachsehen, bei wem sich am meisten Erdreich angehäuft hatte. Leider gab es hier keine Möglichkeit zu fliehen. Dafür fand er aber auf diese Weise Homer.

Der Alte hatte nur einen halben Tag hier zugebracht und trug noch seine Kleider. Aber er wusste bereits, was man durfte und was nicht. Man durfte nicht trödeln. Nicht faul herumhängen. Beim Sprechen niemandem in die Augen sehen. Redete man mit jemandem, ohne diese Person anzusehen, so wurde das geduldet. In dieser Fabrik des Erdreichs und der Körper war sowieso ab einem Schritt Entfernung nichts mehr zu hören.

Obwohl Homer alt war, hielt er sich gut. Weder stöhnte noch weinte er. Konzentriert schlug er auf das Gestein ein, nicht langsam, aber auch nicht zu schnell, um seine Kräfte nicht vorzeitig zu verschleudern. Er war völlig durchnässt und mit Erde beschmiert, seine Schultern rissig und braun befleckt, die Lippen blutig gekaut.

»Ich wollte dich hier rausholen, Nikolai Iwanowitsch«, sagte Artjom an Homer vorbei. »Aber so wie es aussieht, bleiben wir jetzt beide hier.«

»Danke. Umsonst«, erwiderte Homer, indem er mit jedem Schlag ausatmete. »Dieses. Schwein. Verlogenes. Arschloch. Lässt. Niemals. Wen. Raus.«

»Irgendwie werden wir es schon schaffen«, versprach Artjom.

Es war ein Gespräch mit Unterbrechungen: Allzu oft durfte man nicht in dieselbe Ecke zurückkehren, denn die Aufseher bemerkten dies sofort und peitschten einen dafür aus. Sie hatten biegsame Peitschen aus Draht, deren Stacheln nach allen Seiten hin abstanden: Die einen stachen während des Schlags zu, die anderen, wenn der Peiniger seinen Arm wieder zurückriss.

»Warst. Du. An. Der. *Teatralnaja.*«

»Ja.«

»Hast. Du. Umbach. Gesehen.«

»Die Roten haben ihn verhaftet. Jemand muss ihn denunziert haben. Wegen seiner Funker-Leidenschaft. Sie haben ihn mitgenommen und erschossen. Ich war dabei. Hab's nicht geschafft, mit ihm zu reden.«

»Schade. War. Ein. Guter. Mann.«

Artjom sammelte Homers Bruchstücke ein. Dann nahm er noch bei einem buckligen Mann am anderen Ende der Station Erdreich auf. Dann half er einer Frau mit herabhängendem Busen auf die Beine, als es der Aufseher durch den Steinnebel nicht sehen konnte. Dann wieder zu Homer.

»Er war nicht allein, Umbach. Andere haben auch Kontakt auf-genommen. Menschen sind aus einer anderen Stadt nach Moskau gekommen, wahrscheinlich aus Poljarnyje Sori.«

»Menschen. Sagst du. Wo sind sie. Ich. Hab keine. Getroffen.«

»Die Roten finden alle und beseitigen sie. Sie erschießen sie oder bringen Sie zur *Lubjanka*, zum Komitee. Alle Neuankömm-linge und jeden, der sie gesehen oder von ihnen gehört hat.«

»Vielleicht. Aus Angst. Dass die. Der Hanse. Helfen.«

Wieder nahm er Homers Steine auf. Dann lief er zu einem Jungen – einem langsamen, krummen, der zu wenig Finger hatte –, um dessen Zusammengekratztes einzusammeln. Dann zu einem hageren Kaukasier, der sich wütend dagegen sträubte, den Löffel abzugeben, und so bereits einen ganzen Hügel zusammenge-schaufelt hatte. Durch die trübe Suppe glaubte er etwas Be-kanntes zu erblicken, doch bot sich kein Anlass näher hinzu-gehen.

»Du glaubst mir also? Ich hab es Melnik erzählt, er glaubt es nicht. Er sagt, es ist totaler Stuss.«

»Ich hab. Umbach. Selbst gehört. Ich versteh's nicht. Aber ich glaub dir.«

»Danke, Alter. Danke.«

»Oder. Spione. Vielleicht. Irgendwelche. Agenten. Oder.«

»Keine Ahnung.«

Er nahm alles mit. Lief weiter. Jemand winkte ihm, nach dem Motto: Hol mein Zeug ab. Ein freudiger Moment: Es war Ljocha, der Broker. Erschöpft, Striemen am ganzen Körper, aber grinsend.

»Welch Glanz in unserer Hütte!«

»Du lebst?!« Artjom lächelte aufrichtig zurück. Ein wenig wurde ihm leichter ums Herz.

»Bin wohl doch zu wertvoll«, ächzte der Broker, »um mich einfach wegzukürzen!«

»Mit der Legion hat's nicht geklappt?«

»Nee!« Ljocha blickte sich verstohlen um und half Artjom, das Gestein in die Schubkarre zu werfen. »Ist wohl doch nicht meins. Seiner Berufung entkommt man eben nicht.«

Er deutete mit dem Kopf auf ein paar trocknende Häufchen.

In diesem Augenblick sprang ein Aufseher herzu und zog sowohl Artjom als auch Ljocha mit der Kette eins über.

Artjom zog den Kopf zwischen die Schultern und lief in den Tunnel. Leerte die Schubkarre aus, kehrte zurück, blickte sich um: Ein Wachmann rief ihn. Zu der Frau, der Artjom vorhin aufgeholfen hatte, damit sie weiterlebte. Sie hatte sich noch ein wenig gehalten, dann war sie wieder hingefallen. Man leuchtete ihr mit der Taschenlampe in die Augen, doch sie sah nur noch Dunkelheit. Einer der Wachleute hielt Artjom mit dem Gewehr in Schach, ein anderer packte ein Stück Bewehrungsstahl, holte aus – und spaltete der Frau den Kopf, als würde er ein Ei aufschlagen. Artjom vergaß das Gewehr, stürzte nach vorn – und bekam eins mit der Stange auf die Schulter, dann mit dem Gewehrkolben auf den Unterkiefer, und am Boden mehrere Stiefeltritte. Einer stopfte ihm einen feuchten eisernen Lauf in den Mund, dass das Korn seinen Gaumen kratzte.

»Machst du das noch mal, Arschloch?! Machst du das noch mal?! Aufstehen!«

Sie stellten ihn auf und legten ihm die Frau in die Schubkarre: Los, Abmarsch.

»Wohin?«

Jemand verpasste ihm einen Nackenschlag und begleitete ihn auf dem letzten Weg. Die Leichen kamen dorthin, wohin er auch

das Erdreich beförderte. Die Frau lag unbequem in der Schubkarre: Die Beine schleiften am Boden, der aufgeplatzte Schädel
hing zur Seite. Da musste sie jetzt durch.

Dann zeigte man ihm, was in solchen Fällen zu tun war.

Die Toten waren auf dem Bretterboden bis zu dem Erdhügel
zu bringen, der den Tunnel zum *Kusnezki most* verstopfte. Dort
wurden sie einfach zusammen mit dem Gestein auf einen Haufen geworfen. Das Erdreich glitt von Zeit zu Zeit herab, deckte
die Nackten zu, stopfte ihnen Münder und Ohren mit Lehm und
Sand. Auch eine Art Begräbnis.

Danach vermied es Artjom, Homer oder Ljocha anzusteuern,
denn die Aufseher behielten ihn im Auge. Neben Homer gab
es verschiedene andere – teils noch kräftige, teils bereits ausge-
laugte Kirgisen und Russen, Russen und Aserbaidschaner, Aserbaidschaner und Tadschiken. Jeder von ihnen gab Artjom Steine,
jeder raubte ihm Kraft. Bald genügte die Minute nicht mehr,
während der er die Schubkarre belud, damit sich seine Beine
erholten, und auch die Minute, die er mit der Schubkarre lief,
reichte nicht aus, um seinen Armen Erleichterung zu verschaffen. Jedes Mal, wenn die Eingangstür knallte, fuhr er herum: War
Dietmar gekommen? Um ihn zu holen?

Er biss sich durch, bis er selbst zu stürzen begann. Dann kehrte
er zu seinem Alten zurück. Dieser wartete auf ihn, nun auch
schon deutlich erschöpft.

»Warum. Die Roten. Warum. Weiß es. Niemand. Außer.
Ihnen.«

»Warum sie es verheimlichen? Glaubst du, sie stehen selbst in
Verbindung mit Sori? Und verbergen es vor allen anderen?«

»Sie belügen. Die von Sori. Sie führen. Verhandlungen. Oder.«

»Worüber?«

»Weiß. Der Teufel. Was. Die Roten. Brauchen.«

»Bei ihnen herrscht Hunger … Die Pilze verfaulen. Vielleicht sollen die ihnen Lebensmittel liefern? Wenn das stimmt, gibt es dort … fruchtbaren Boden!«

»Schon klar. Du Spinner.«

Ein Aufseher kam vorbei und pfiff: Du und du und du und du, los, ihr seid dran mit Fressen. Eine Wanne mit Küchenabfällen wurde herangeschleppt, die Leute mussten sich mit den Händen bedienen. Artjom ertrug nicht einmal den Gestank davon, die anderen aber schmatzten und schlabberten, so viel sie konnten.

Homer war zur selben Zeit an der Reihe. Sie hatten also ganze zehn Minuten ohne Spitzhacke und Schubkarre.

»Ich war oben. Bin über die Twerskaja-Straße bis zur *Teatralnaja* gekommen. Dort … dort macht jemand Jagd auf alle, die auf der Twerskaja unterwegs sind. Ein gepanzerter Jeep und ein Motorrad. Vier Stalker haben sie umgelegt. Mich … wollten sie zuerst auch. Aber dann haben sie mich komischerweise in Ruhe gelassen. Dabei haben sie mich ziemlich schnell entdeckt.«

Homer zuckte mit den Schultern, formte mit seinen Händen einen Napf, schöpfte etwas von dem wässrigen Brei, roch daran und überlegte.

»Und dann, auf dem Rückweg … war keiner mehr da. Ich hab es wieder zurückgeschafft. Ohne Montur. Und weißt du, was? Es hat angefangen zu regnen.«

»Zu regnen?«

Der Alte hob den Blick.

»Zu regnen.«

Artjom seufzte.

Ringsum hatten sie sich wie die Schweine um den Trog gelagert, stießen sich und mampften um die Wette. Artjom sah das alles nicht. Stattdessen sah er hochgewachsene, schlanke Menschen mit breitkrempigen Hüten, sah, wie Regen aus einem wolkenlosen Himmel fiel, und dann sah er noch fliegende Bärtierchen.

»Idiot«, sagte er zu sich selbst. »Kannst du dir das vorstellen? Da gehe ich durch den Regen und stelle mir so etwas vor … Flugzeuge … Wie Luftschiffe, nur mit durchsichtigen Flügeln. Wie bei Fliegen, aber größer. Wie bei Libellen. Und das alles so … festlich geschmückt. Und es regnet auch. Ein Traum.«

Er sprach jetzt leiser, denn irgendwie war es ihm peinlich. Die Tiermenschen fraßen weiter, er durfte sie nicht mit derart abwegigem Gefasel ablenken.

Den Tiermenschen jedoch waren Artjoms Träume vollkommen schnurz. Ihre Wanne wurde immer seichter, dabei mussten sie hier doch noch eine Weile leben, und ohne diese Abfälle würden sie das niemals schaffen.

Homer dagegen hörte ihm zu. Er aß nichts.

»Und so kleine Waggons … Ganz kleine …«, sagte er auf einmal und musste sich räuspern. »Statt Autos … auf den Straßen …«

»Genau«, bestätigte Artjom verblüfft. »Mit vier Plätzen.«

»Das hast du gesehen? Dort oben?«

»Es war, als würde ich mich an einen Traum erinnern, weißt du? Und du … Woher hast du es?«

»Das ist aus meinem Buch. Aus dem Manuskript. Es steht in meinem Manuskript!«

Homers Augen verengten sich, er musterte Artjom, blinzelte, versuchte, zu begreifen: Wollte er ihn nur foppen? Sich lustig machen?

»Hast du es genommen? Mein Heft? Darin gelesen? Wann?«

»Hab ich nicht. Wo ist es überhaupt?«

»Sie haben es sofort konfisziert. Dieser Dietmar. Meine Dokumente, mein Heft ... Alles. Aber wenn du es nicht gelesen hast, woher weißt du es dann?«

»Ich sag dir doch, ich hab's geträumt!«

»Das ist nicht dein Traum, Artjom. Es ist gar kein Traum.«

»Was?«

»Ich habe dir doch von dem Mädchen erzählt. Von Sascha. Die an der *Tulskaja* ... ertrunken ist. Als die Station überflutet wurde.«

»Ja ... ich erinnere mich. Das war, als wir beide uns am *Zwetnoi bulwar* haben volllaufen lassen, nicht wahr?«

»Ja. Diese ... diese Sascha ... Das ist von ihr ... So hat sie sich die Welt dort oben vorgestellt. Sie ist in der Metro geboren. Und war niemals irgendwo an der Oberfläche. Und deshalb ... Natürlich ist es idiotisch ... naiv.«

»Sascha? Mit blonden Haaren, sagst du?«

Artjom fuhr zurück, die Welt geriet ins Wanken, wie von einem heißen Luftstoß. Er rieb sich die Schläfen. Sein Kopf dröhnte.

»Friss, warum frisst du nicht?«, fragte ein Typ mit Blähbauch müde, als er sich vom Trog aufrichtete. Sein Bart war völlig verfilzt, und dunkles Wasser strömte davon herab. »Hör auf zu labern! Futter gibt's nur einmal am Tag!«

Sein Körper krampfte sich zusammen, und er ließ einen langgezogenen Furz ertönen. Dann legte er sich auf den Rücken und sah zur Decke. Zu Artjoms Rettung hatte er beigetragen, was er konnte. Doch Artjom konnte nicht einmal einen Blick in den Trog werfen, ihm wurde sofort schlecht davon.

»Ja, sie ist blond. Und dünn. Etwa achtzehn Jahre. Woher weißt du das?«

Homer erhob sich ebenfalls, die Hand ins Kreuz gestützt.

»Ich verstehe das nicht. Ich weiß nicht mehr, woher. Aber ich habe das alles selbst gesehen. Ich stelle es mir vor … mit meinen eigenen Augen.«

Artjom hob die Hand, als wollte er nach einem der an ihm vorbeifliegenden Spielzeugflieger greifen.

»Du hast es genommen. Mein Manuskript. Gib es zu«, stieß der Alte böse hervor. »Es kann gar nicht anders sein. Warum lügst du mich an?«

»Ich hab dein blödes Heft nicht genommen!«, gab Artjom wütend zurück. »Du gehst mir auf den Sack mit deiner blöden Chronik!«

»Du machst dich über mich lustig, ja? Du Mistkerl!«

Noch bevor der Pfiff ertönte, packte Artjom seine Schubkarre.

Später tat es ihm leid. Er sollte mehr als genug Zeit haben, es zu bereuen.

Weiter ging es wie am Fließband: aufladen, laufen, abladen. Steine, Erde, Leichen. Mal eins auf das andere, mal eins unter das andere. Seine Arme und Beine brannten erst, dann verstummten sie, dann fielen sie kraftlos herab, und dann fand sich irgendwo in ihnen, ganz tief im Innern, doch noch ein wenig Leben. Es lag ein ständiger, dumpfer Schmerz unter all dem Reißen, dem Heben, dem Senken, dem Gehen und dem Zeitschinden.

Wenn er im Gehen einzuschlafen drohte – er war nun schon vierundzwanzig Stunden auf den Beinen –, weckte man ihn mit stählernen Dornen. Wenn er versuchte, jemandem zu helfen, der hingefallen war, jagte man ihn mit Ketten fort. Er hatte aufgehört sich umzudrehen, zu reagieren, wenn die Tür donnernd ins Schloss fiel, hatte Dietmar völlig vergessen. Er wollte von ihm nichts wissen, interessierte sich nicht für die winselnden, armseligen Tiermenschen mit ihren Geschichten: wer wie hierher geraten war, wer für welche Degeneration bestraft wurde. Einige von ihnen stammelten es trotzdem vor sich hin, nicht für Artjom, sondern für alle, damit diese zumindest ein wenig von ihnen wussten und sich an sie erinnern würden, wenn sie hier krepierten und unter der immer näher rückenden Abraumhalde begraben wurden. Er war nicht mehr in der Lage, Verbindungslinien und Kausalketten zwischen dem erschossenen Funker und dem Tschekisten Swinolup, zwischen dem redseligen Sujew und der *Lubjanka*, zwischen Melnik und einem gewissen Bessolow, zwischen Bessolow und dem Führer sowie zwischen dem Führer und Dietmar herzustellen: Nichts passte mehr zusammen, nichts ergab mehr Sinn.

Artjom sah keine mit unsichtbarem Bleistift gezeichnete Verbindungen, keine staubigen Grabstollen und mit Abfall gefüllte Fresströge, stattdessen beschwor er in der Betonluft Bärtierchen herauf, baute in der Höhle Häuser bis zum Himmel. Die Flugapparate ermöglichten es ihm, bis zum Zapfenstreich durchzuhalten, evakuierten ihn in diese Welt, die sich jenes ertrunkene Mädchen vorgestellt hatte. Nein – er selbst hatte alles gesehen, ganz sicher. Mit eigenen Augen. Aber wann? Wie?

Endlich war die Schicht zu Ende.

Mit Stößen scheuchte man sie in eine Ecke, sodass sie fast übereinander zu liegen kamen. Als Artjom einschlief, hoffte er von Saschas Stadt zu träumen. Doch stattdessen erschienen ihm Zellen, ein aus dem Jenseits auferstandener Swinolup und die eigene Flucht. Aber im Traum rannte er nicht einen geraden Korridor entlang in Richtung Freiheit, sondern durch ein Labyrinth – noch dazu ein verhextes, das keinen Ausgang hatte.

Dann war der Traum zu Ende, und eine neue Schicht lärmte heran.

Ein weiterer Tag verging, oder war es eine Nacht, oder beides, in deren Verlauf Artjom lernte, gegen seinen Brechreiz mit allen anderen zusammen die matschige Plörre zu schlürfen, sich zwang, nicht als Erster auf den beleidigten Alten zuzugehen, und aufhörte, die Schubkarren voll Erde und die Schubkarren voller Leichen zu zählen.

Von dem Stacheldraht war seine Kleidung zerrissen, aus den Striemen, die die Dornen hinterließen, nässte eine rote Flüssigkeit hervor, die immer durchsichtiger, immer dürftiger wurde. Die zweite Blutgruppe trat aus, der negative Rhesusfaktor, ein verdünnter Cocktail. Es war niemand da, der Artjoms Blut mit dem eigenen hätte auffüllen können: Letjaga war ja nur herumgestanden, hatte nach irgendwelchen Lichtreflexen gegriffen, sich dann irgendwann umgedreht – und war wieder zurückgestapft. Ohne Befehl durfte er nicht. Und Melniks Befehl bezüglich Artjom konnte nur eines bedeuten: ihn auszustreichen. Auch Dietmar kam nicht. Führte ihn nicht zum Richtplatz. Wahrscheinlich war er an der Front beschäftigt.

Artjom stand somit weder Rettung zu noch Hinrichtung.

Dann drehten sich noch einmal vierundzwanzig Stunden im Kreis.

Homers Steine nahm er schweigend entgegen, und dieser überließ sie ihm schweigend. Schlecht sah Nikolai Iwanowitsch jetzt aus: Seine Haut war gelb geworden, und er wankte stark. Artjom hätte ihn bemitleidet, doch der Alte ließ das nicht zu. Er war gekränkt wegen seiner Chronik – und weil Artjom ihm neue Hoffnung eingeflößt hatte.

Mit letzter Kraft fragte er den kraftlosen Ljocha: Wie sollten diese Prunkgemächer eigentlich gegraben werden, wer war für die Koordinierung der Arbeiter zuständig, wer bestimmte, welche Tunnelsegmente eingerissen werden sollten? Ljocha deutete auf einen Typen mit Schielauge. Farukh hieß der Typ, hatte angeblich an Moskau City mitgebaut und seine eigenen Leute dabei: Abdurrakhim und Ali. Ihnen hatte man das Ganze anvertraut, denn andere Fachleute hatte man nicht finden können. Farukh und seine Stellvertreter stolzierten überall ohne Fesseln herum. Er tat wichtig, schöpfte aber wie alle Abfälle aus dem gemeinsamen Trog. Den Bau leitete er mit sicherer Hand und wusste immer, wer gerade zu graben, wer Beton zu mischen und wer Stützkonstruktionen aufzustellen hatte.

»Wir müssen hier raus«, sagte Artjom zu dem Broker. »Sonst kratzen wir ab.«

Ljocha grinste schwach: »Abzukratzen ist momentan die sicherste Methode, hier rauszukommen.«

»Okay, dann geh du vor.« Artjom lachte mit der einen Hälfte seines Gesichts. »Und schau, ob die Luft rein ist.«

Nicht einmal am vierten Tag ließ sich Dietmar blicken. Auch von Letjaga war nichts zu bemerken. Artjom hatte keine Kraft mehr, an Flucht zu denken. Aber leben wollte er unbedingt, mit jeder Stunde immer verzweifelter. Nicht um seine Angelegenheiten zu Ende zu bringen, Rache zu nehmen, die Wahrheit zu erfahren oder seine Familie noch einmal wiederzusehen, nein: einfach leben, um zu leben.

Also lernte Artjom, sich keine neuen Stacheldraht-Striemen einzufangen. Noch immer drehte sich ihm von dem furchtbaren Geschmack der Abfälle der Magen um, aber er zwang sich, zu dem Futtertrog zurückzukehren, um daraus zumindest etwas neue Kraft zu schöpfen. Er lernte so zu arbeiten, dass er ringsum nichts mehr sah außer seinen Libellenflugzeugen.

Diese Blindheit war jedoch nicht umsonst. Wenn man vor deinen Augen jemandem, der am Boden liegt, den Kopf einschlägt, und du schweigst, dann sammelt sich das Nichtgesagte in dir an, wird sauer und beginnt zu faulen. Solange sie ihn mit Dornen peitschten, floss der seelische Eiter zusammen mit dem Schmerz und dem Blut aus ihm heraus. Doch als seine Wunden zu trocknen begannen und sich eine Kruste bildete, begann Artjom von innen zu gären.

Nach Schichtende konnte er nicht einschlafen: Er wälzte sich, kratzte sich an seinen Narben, riss den Schorf ab … den Schorf.

Schorf.

Auf einmal schwamm er vor lauter Schlaflosigkeit, vor lauter Schwüle, vor allzu großer körperlicher Nähe zu anderen Menschen, wie in einem Graben voller Leichen. Jemand hatte zu ihm von Schorf gesprochen. Jemand hatte ihm Schorf abwaschen wollen. Wer?

Sein Kopf hatte im Schoß einer Frau gelegen. *Dieser eine Mensch, siehst du, was für ein Schorf sich da gebildet hat? Komm, meine Kleine, sei lieb zu ihm …* Es war verschwommen, als ob er durch eine schmutzige Plastikfolie blickte … Aber nein, es war kein Traum gewesen. Wirklich. Sein Kopf hatte im Schoß … eines Mädchens gelegen. Er hatte ihr von unten in die Augen gesehen, und sie von oben herab, über ihn gebeugt. Die kleinen Brüste erscheinen von unten wie weiße Halbmonde. Sie ist nackt. Auch Artjom ist nackt. Er dreht den Kopf, küsst sie auf ihren weichen, eingezogenen Bauch … Purpurrote Male sind dort … wie Punkte … Brandspuren von Zigaretten … Sie sind alt. Die Spur einer trägen Folter. Er küsst sie dort. Dort ist es zarter, verwundbarer. Danke, Sascha … Sie berührt mit den Fingern seine Haare, streicht mit der Hand darüber, sie sind weich, doch danach richten sie sich trotzig wieder auf. Sie lächelt zerstreut. Alles schwimmt. Schließ die Augen. Weißt du, wie ich mir die Welt da oben immer vorgestellt habe?

Während der nächsten Schicht blickte sich Artjom ständig um, ob Homer endlich genug Erdreich angehäuft hatte. Er brannte darauf, ihm zu erzählen, es ihm mitzuteilen, ihm die freudige Nachricht zu überbringen – und sich zu rechtfertigen.

Aber der Alte arbeitete langsam, schien es nicht eilig zu haben. Er war dünn geworden, die Haut hing an ihm herab, sein Blick irrte umher. Vorsichtig schlug Homer auf die Wand ein, sodass nur kleine Stücke von ihr absplitterten und winzige Einschnitte zurückblieben.

Und dann hielt er auf einmal inne, ohne einen nennenswerten Haufen Geröll produziert zu haben, und setzte sich auf den Boden.

Er lehnte sich mit dem Rücken gegen die Wand, streckte die Beine aus und schloss die Augen.

Artjom bemerkte es als Erster, noch vor den Aufsehern, und warf einen Stein nach Ljocha: Lenk sie ab. Dann hievte er den ausgetrockneten Alten auf seine Schubkarre und tat so, als führe er ihn zum Tunnel, um ihn zu begraben, lud ihn aber bei den Schlafenden ab. Ein paar Peitschenhiebe fing er sich ein, weil er mit leerer Schubkarre unterwegs war – jedoch nicht für die Eskapade mit Homer.

Artjom schickte ein Stoßgebet zum Himmel, er möge den Alten einstweilen noch nicht abschreiben. Im Laufe der vergangenen Woche hatte er allerdings schon eine ganze Menge erfleht, wie sollte er das jemals zurückzahlen? Doch er bekam noch einmal Kredit. Homer starb nicht, sondern erwachte mit dem Signal der anderen Schicht.

Artjom schaffte es, ihn am Futtertrog zu treffen. Er musste jetzt einfach mit ihm sprechen.

»Hörst du? Ich weiß es jetzt wieder. Ich weiß wieder, woher ich diese Flugzeuge im Kopf habe!«

»Was?« Der Alte hörte noch schlecht.

»Damals, am *Zwetnoi bulwar*. Als du mich abgefüllt hast. Ich glaube, ich habe sie gesehen. Weißt du, ich sehe ihre Erscheinung ... direkt vor meinen Augen. Aber ... werd jetzt nicht sauer, ja?«

»Du hast sie gesehen?«

»Ja. Dort, am *Zwetnoi bulwar*. Sie hat mir das alles erzählt. Mit deinem Manuskript hat das nichts zu tun. Ehrlich.«

»Sie ... ist am *Zwetnoi bulwar*? Was ... Wie ist sie ...«

»Ein Mädchen. Mit blonden Haaren. Irgendwie zerbrechlich. Sascha. Saschenka.«

»Du ... lügst mich doch nicht an?«

Die Stimme des Alten klang schwach. Er wollte Artjom glauben, versuchte es.

»Ich lüge nicht«, antwortete Artjom fest. »Und ich mache mich auch nicht lustig über dich«

»Sie lebt? Aber du ... Du hast damals dieses Zeug gegessen ... Davon kriegt man alle möglichen ...«

»Ich habe sie gesehen. Und mit ihr gesprochen. Ich weiß es jetzt. Es ist mir wieder eingefallen.«

»Warte ... Sascha? Meine Sascha? In diesem Schlangennest? Dieser Räuberhöhle? Sie? Was ... was hat sie dort gemacht? Du hast sie gesehen – aber wie? Was ist mit ihr?«

»Nichts. Mit ihr ist ... war alles in Ordnung. Vor einer Woche war sie noch am Leben.«

»Aber wie konnte sie bloß ... Wie ist sie entkommen? Wie?«

»Ich hab das von ihr. Diese Bilder. Die Flugzeuge. Den Regen. Sie sagte: Schließ die Augen, stell dir vor ...«

»Aber … warum war sie in einem Bordell?!«

»Ruhig … Ganz ruhig, Mann. Du darfst dich nicht … aufregen. Sie war im Bordell, ja, aber schau mal … wo wir beide jetzt sind. Vielleicht ist ein Bordell gar nicht unbedingt der schlimmste Ort.«

»Wir müssen sie holen. Wir müssen sie dort rausholen.«

»Das werden wir, mein Alter. Unbedingt. Zuerst müsste allerdings jemand uns hier rausholen. He, setz dich wieder hin, was springst du gleich auf?«

Die Nachricht von Sascha hatte Homer neue Kraft gegeben, die Hoffnung überlistete den Körper. Doch diese List hielt nicht lange an. Die Spitzhacke bewegte der Alte weiterhin schwach, nicht er befehligte sein Werkzeug, sondern das Werkzeug ihn, es führte Homer, ließ ihn Schwung holen.

Wenn Artjom früher keinen Weg gesehen hatte, gemeinsam von der Station zu fliehen, so war dies jetzt schlicht unmöglich.

Sich bei den Bewachern für Homer einzusetzen hätte bedeutet, ihn zu verurteilen. Nur eines zögerte seine Hinrichtung hinaus: Der Nachschub an neuen Arbeitern geriet auf einmal ins Stocken, und daher gingen die Aufseher mit dem Bestand etwas nachsichtiger um. So hielt Homer noch einen weiteren Tag durch.

Und dann kamen sie, um ihn zu holen.

»Nikolajew!«, rief jemand von der Tür aus durch ein Megafon. »Nikolajew Nikolai!«

Homer zog den Kopf ein und begann mit seiner Spitzhacke schneller zu hantieren, als wollte er noch vor der Erschießung seine Norm Gehacktes abliefern.

Artjom schlich sich mit der Schubkarre zum Ausgang, um die Lage zu sondieren. In der Türöffnung stand, angeekelt und erschrocken um sich blickend, von Gewehrschützen verstärkt, der Lehrer Ilja Stepanowitsch. Er wirkte aufgedunsen, war aber unversehrt, und er trug Uniform. Noch einmal hielt er das Megafon vor sein Bärtchen und rief:

»Nikolajew! Homer!«

Jetzt erst begriffen die Wachleute, wen er meinte, nahmen den Alten in den Blick und schleiften ihn zu Ilja Stepanowitsch hinüber. Der Lehrer stieg ein, zwei Stufen hinunter und murmelte dem Alten etwas in dessen schmutziges Ohr, das Gesicht noch immer verzerrt von dem Gestank. Homer sah ihn nicht an, sondern blickte zu Boden. Artjom bekam für sein untätiges Herumstehen und seine Neugier einen Schlag mit der Peitsche und musste weitergehen. Ilja Stepanowitsch stand eine Weile vor diesem Nikolajew Nikolai, dann machte er mit seiner sauberen Hand eine abfällige Bewegung – und ging.

»Was wollte er?«, fragte Artjom den Alten, als sich ein günstiger Moment am Futtertrog bot.

»Mich mitnehmen. Er sitzt wohl an seinem Buch, kommt aber nicht weiter. Dabei hat er die besten Bedingungen, ein eigenes Arbeitszimmer und bekommt eine Sonderration. Und trotzdem. Er sagt, er hat mein Manuskript gelesen. Er will, dass ich ihm helfe. Ihm Tipps gebe. Dafür würde er mich hier rausholen, für immer.«

»Mach das! Sag, dass du einverstanden bist!«

»Womit? Sein Buch zu schreiben?«

»Was kümmert dich das? Hier krepierst du doch!«

»Ich soll ein Buch über die ruhmvolle Geschichte des Reichs schreiben – mit meinen Worten?!«

»Aber sonst gibt es gar kein Buch! Und dich auch nicht! Nichts bleibt von dir übrig!«

Homer schlürfte den Wasserbrei und schluckte ihn herunter. Er schmeckte ganz gewöhnlich, ungefähr so wie das Leben.

»Ich habe ihm gesagt, dass ich nicht ohne dich gehe.«

»Doch, Alter! Das tust du!«

»Aber das kriegt er nicht hin. Eine Hilfskraft konnte er für seine Arbeit erbetteln, aber zwei gibt man ihm nicht, sagt er.«

»Und was … was ist mit Dietmar?«

»Dietmar ist tot. Es hat ihn an der *Teatralnaja* erwischt. Die Roten sind irgendwie durchgebrochen und haben ihn getötet. Und noch viele andere. Noch am selben Tag. Der Lehrer ist jetzt dem Führer selbst unterstellt. Offenbar hat dem die Idee mit dem Buch gefallen.«

Dietmar war tot.

Artjom saß in einem leeren Tunnel fest.

Jetzt kannte ihn hier niemand, niemand erinnerte sich an ihn; war er vorher eine Geisel, ein Kriegsgefangener, ein Doppelagent gewesen, so war er jetzt nur noch ein namenloser Degenerierter, ein Sklave wie alle anderen. Es hatte keinen Sinn mehr zu warten, er brauchte sich vor nichts zu fürchten und hatte nichts, woran er sich festhalten konnte. Man hatte ihn hier verloren, in diesem grenzenlosen Lebensraum, und es gab niemanden, der ihn suchte. Er hatte all seine Kraft aus sich herausgeholt und in den Tunnel gelegt: Dieser hatte sich damit gefüllt wie ein Darm, während Artjom sich immer mehr verausgabte und zunehmend schlechter aussah. Ein rostiger Geschmack breitete sich in seinem Mund aus, er brachte nichts mehr herunter, sein Kopf dröhnte. Der Mensch, dieser Mistkerl, war eben nicht unerschöpflich. Offenbar sah auch Artjom bereits das Ende seines Tunnels vor sich.

»Geh, Alter. Geh trotzdem.«

»Wie kann ich dich hierlassen? Du bist doch auch zurückgekommen, um mich zu holen.«

»So gibt es wenigstens eine Hoffnung. Mich brauchen sie nicht mehr. Aber zumindest einen von uns. Wenn du stirbst, sterbe ich auch, das ist sicher. Bitte sie, dass sie den Lehrer noch mal herholen. Und geh.«

»So will ich das aber nicht.«

»Wie willst du dein Mädchen retten, wenn du hier abnippelst? Und du bist ja auch schon, entschuldige … Du hältst dich kaum noch auf den Beinen! Also?«

»Ich kann nicht.«

Doch gegen Abend, kurz vor Zapfenstreich, als man Homers Nachbarn, einen Mann mit aufgeblähtem Kropf, mit der Schubkarre fortbrachte, um ihn mit Steinen zu überhäufen, hatte der Alte endlich genug zusammengekratzt, dass Artjom einen Grund hatte, auch bei ihm vorbeizukommen.

»Wenn ich mich doch darauf einlasse … Dann könnte ich irgendwo Arbeit finden und versuchen, auch dich hier rauszuholen …«

»Natürlich!«, sagte Artjom. »Meine Rede!«

»Du glaubst also, ich sollte fragen …«

»Unbedingt!«

»Aber wirst du durchhalten? Und wie lang?«

»So lang wie nötig, Alter!«, versprach Artjom so überzeugt, wie er nur konnte. »Warte, ich hol gleich die Wachen.«

Später, während sie auf den Lehrer warteten (die Aufseher hüteten sich jetzt, Homer etwas anzutun, und selbst auf Artjom fiel etwas von dessen Unantastbarkeit ab), gelang es ihnen noch einmal, ein paar Worte zu wechseln.

»Es ist gut, Alter, dass du jetzt rausgehst. Dass du schreiben wirst. Du wirst ja sicher nicht nur sein Buch schreiben, sondern auch an deinem eigenen weiterarbeiten, stimmt's?«

»Ich weiß nicht.«

»Doch, das wirst du. Ganz sicher. Ich finde es richtig, wenn ein Mensch etwas auf dieser Welt hinterlässt. Du hast da ganz recht.«

»Hör schon auf.«

»Nein, hör zu … Wir haben nicht mehr genug Zeit … Aber ich wollte dir vor allem etwas über die Schwarzen sagen. Wolltest du sie in deinem Buch auch erwähnen?«

»Wieso?«

»Die Schwarzen, Alter … Die sind nicht das, was wir über sie … Sie waren überhaupt keine Dämonen, keine Gefahr für die Menschheit. Im Gegenteil, sie waren unsere einzige Rettung. Und außerdem … Ich war es, der ihnen das Tor zur Metro geöffnet hat. Als ich noch viel jünger war. Ich musste damals immer an einen Tag aus meiner Kindheit denken … Und deshalb …«

Und deshalb hatte er Witalik und Schenja, diese beiden Jungs in seinem Alter, dazu angestachelt, mit ihm Stalker zu spielen und sich zur verlassenen Station *Botanitscheski sad* zu schleichen, obwohl es Kindern strengstens verboten war, die Tunnel zu betreten. Deshalb hatte er die Sperrschraube des hermetischen Tors aufgedreht, um den Weg nach oben freizumachen, und war er als Erster die eingefallenen Rolltreppenstufen hinaufgerannt. Weil … Ja, wie war dies am besten zu erklären? … Weil er seine Mutter wiedersehen wollte, die Mutter von damals, an jenem Tag mit den Enten und dem Eis, er war mit ihr verabredet, denn er vermisste sie sehr. Die anderen hatte er nur mitgenommen, weil er sich allein fürchtete.

Und die Schwarzen … Die Schwarzen hatten ihn nicht von außen betrachtet, sondern sofort in ihn hineingeblickt: ein einsames Waisenkind, verloren in ihrer Welt. Sie hatten ihn erblickt und – ihn unterworfen? Nein, sie hatten ihn adoptiert. Er dachte, er stünde unter ihrem Einfluss, fürchtete, sie würden ihn an die Kette legen, ihm ihre Befehle aufzwingen und ihn auf die Menschen loshetzen. Er glaubte, ihre Absicht wäre es, ihn zu beherrschen. Doch nicht das war es, was sie wollten. Sie hatten einfach Mitleid mit ihm, und aus Mitleid verschonten sie ihn. Ebenso wie sie aus Mitleid bereit waren, die Menschen dieser Erde zu retten. Aber diese waren schon zu sehr zu Tieren geworden. Die Schwarzen benötigten einen Vermittler, einen Dolmetscher. Und ebenjener Artjom, den sie aufgelesen hatten, hatte die Gabe, ihre Sprache zu fühlen, und vielleicht würde er lernen, sie in die Sprache der Menschen zu übertragen. Dies war seine Bestimmung: eine Brücke zu bilden zwischen dem neuen und dem alten Menschen.

Doch Artjom bekam Angst. Angst, sich anzuvertrauen, Furcht vor der Stimme in seinem Kopf, vor den Träumen, den Bildern. Er glaubte ihnen nicht, glaubte sich selbst nicht. Jenen unseligen Auftrag, einen Weg zur Vernichtung der Schwarzen zu finden, nahm er nur an, weil er Angst hatte, sie in sich hineinzulassen, ihnen zuzuhören und zu gehorchen. Es war einfacher, Raketen zu finden, die im Krieg nicht eingesetzt worden waren, und damit alle Schwarzen auf einen Schlag zu vernichten. Mit orangem Feuer den Ort zu vernichten, an dem der neue, vernunftbegabte Mensch entstanden war. Den botanischen Garten. Denselben Ort, wo der vierjährige Artjom an der Hand seiner Mutter spazieren gegangen war.

Bevor er den Raketen die Starterlaubnis gab und Melnik die Koordinaten übermittelte, hatte Artjom noch eine Sekunde Zeit.

Und in dieser einen Sekunde ließ er die Schwarzen doch noch in sich hinein. Und nicht um sich zu retten, sondern aus Mitleid mit ihm, denn sie wussten bereits, dass Artjom ihre Hinrichtung ohnehin nicht mehr abwenden würde, zeigten sie ihm zuletzt doch noch das Bild seiner Mutter. Ihr lächelndes Gesicht. Und sagten ihm – mit ihrer Stimme –, dass sie ihn liebten und dass sie ihm verziehen.

Er hätte damals alles richten können. Hätte Melnik Einhalt gebieten, die Funkverbindung kappen können … Doch wieder hatte er Angst gehabt.

Und als die Raketen zu fallen begannen, gab es niemanden mehr, der Artjom hätte lieben können. Niemanden, den er um Verzeihung hätte bitten können. Das Gesicht seiner Mutter verschwand für immer. Und der botanische Garten verwandelte sich in geschmolzenen Asphalt und schwarze Kohle. Quadratkilometerweit nichts als Kohle und Asche. Es gab keinen Ort mehr, an den Artjom zurückkehren konnte.

Er stieg den Ostankino-Turm hinab, fuhr nach Hause zur *WDNCh* – und dort empfing man ihn als Helden, als Erlöser. Wie einen Heiligen, der den scheußlichen Lindwurm zur Strecke gebracht hatte. Doch er hatte immer noch Angst: weniger davor, selbst wahnsinnig zu werden, sondern eher, dass man ihn für geistesgestört hielt. Und so erzählte er niemandem außer seiner Anja und Melnik davon, was dort in Wahrheit geschehen war. Dass er womöglich die letzte Chance der Menschheit, sich die Erde zurückzuerobern, zunichtegemacht hatte. Nur zwei Menschen öffnete er sein Herz, und keiner von beiden glaubte ihm.

Erst später, ein Jahr danach, begann er sich zu erinnern: Als er und Ulman die Antenne auf dem Ostankino-Turm ausgelegt hatten, hatte dieser einen Augenblick lang etwas in der Leitung gehört, noch bevor sich Melnik bei ihm meldete. Ein Funksignal ... Doch Artjom hatte damals keine Kopfhörer aufgehabt, vielleicht war es auch nur Einbildung gewesen.

Aber wenn es Einbildung gewesen war, so hieß das ...

Schluss. Endgültig. Unwiderruflich. Mit seinen ungeschickten, pilzverschmierten Fingern hatte er die einzige Hoffnung für sich und für alle – erdrosselt. Er selbst. Ganz allein. Er, Artjom, hatte die Menschen an seiner Station und in der ganzen Metro zu lebenslanger Haft verurteilt. Sie, ihre Kinder und Kindeskinder.

Doch wenn es nur einen Ort auf der Erde gab, wo Menschen noch überlebt hatten ...

Einen einzigen ...

»Einen einzigen.«

»Nikolajew! Nikolajew Nikolai!«

»Geh. Ich begleite dich noch bis ... Vielleicht verjagen sie mich nicht.«

»Ist das alles wahr?«

Homer hielt Artjom am Arm fest. Es sah so aus, als ob er sich auf ihn stützte, dabei war in Wirklichkeit er es, der Artjom beim Gehen half.

»Ja. Das war die Kurzfassung ... Ich hab es erzählt, so gut es ging, um es rechtzeitig zu schaffen.«

»Wenn ich dich hier raushole, berichtest du mir alles noch genauer, ja? Mit mehr Einzelheiten?«

Homer blickte ihm in die Augen.

»Damit in dem Buch alles komplett ist und ich nichts durcheinanderbringe.«

»Natürlich. Wenn du mich rausholst. Aber hör mal, das ist jetzt die Hauptsache. Ich wollte es dir ... einfach sagen. Glaubst du mir?«

»Ja.«

»Und so wirst du das alles aufschreiben?«

»So werde ich es aufschreiben.«

»Gut«, sagte Artjom. »So ist es recht.«

Ilja Stepanowitsch stand ungeduldig an der Tür und blickte immer wieder auf die Tiermenschen. Vielleicht dachte er daran, wie er sie am geschicktesten aus seinem Lehrbuch heraushalten konnte. Er war froh, Homer zu sehen, und legte ihm lächelnd eine Steppjacke über die Schultern. Der Alte reichte Artjom zum Abschied die Hand.

»Auf Wiedersehen.«

Das Gesicht des Lehrers zuckte kurz. Er wusste, dass es kein Wiedersehen geben würde, aber er wollte Homer nicht widersprechen.

Auch Artjom wusste dies, aber auch er wollte nicht widersprechen.

»Ilja Stepanytsch!«, rief er, während dieser den Alten ins Leben zurückführte.

Der Lehrer blickte sich widerwillig um. Die Aufpasser wurden wach und hoben bereits ihre dornenbesetzten Peitschen über Artjom.

»Wie geht es Ihrer Frau? Ist sie inzwischen niedergekommen?«, fragte Artjom gut hörbar. »Was ist es denn geworden?«

Ilja Stepanowitsch wurde von einem Augenblick auf den anderen aschfahl und sah plötzlich ganz alt aus.

»Eine Totgeburt.«

Er sprach tonlos, aber Artjom las es an den Lippen ab.

Die Tür fiel donnernd ins Schloss, und auf Artjoms Rücken brannte süß die Dornenpeitsche. Blut trat hervor. Gut so. Sollte es ruhig fließen. Sollte ruhig alles herausfließen.

Als die Küchenabfälle aufgetischt wurden, fraß Artjom nicht nur einfach so.

Er beging Dietmars Leichenschmaus.

Gut, dass er den Alten rausgebracht hatte.

Gut, dass er ihn davon überzeugt hatte, er könne Artjom hier rausholen.

Gut, dass er selbst nicht auch noch angefangen hatte, daran zu glauben. Zumindest zuckte er jetzt nicht mehr zusammen, wenn die Eingangstür knallte. Er hoffte nichts mehr. Zählte die Tage nicht. So war es einfacher, ganz ohne Zeit.

Und wie gut vor allem, dass er Homer von sich und von den Schwarzen hatte erzählen können. Dass die Minuten und sein Atem gereicht hatten. Jetzt war es nicht ganz so furchtbar, hier zu bleiben, in Vergessenheit.

Etwas ging dort vor sich, an den anderen Stationen: ein Krieg vielleicht. Aber die *Schillerowskaja* merkte davon nichts. Hier nahm alles seinen gewohnten Gang: Der neue Lebensraum ätzte das Gestein weiter fort, der Tunnel zum *Kusnezki most* wurde weiter mit Erdreich und Menschen gefüttert und kroch immer näher an die Station heran. Artjom wurde immer schwächer, bemühte sich aber noch, weiter zu existieren. Ljocha, der Broker, sah inzwischen aus wie ein wandelndes Skelett, hatte sich aber in den Kopf gesetzt, noch widerspenstiger zu sein als Artjom.

Sie sprachen nicht mehr miteinander. Worüber auch. Einmal versuchten Gefangene, zu fliehen, stürzten sich mit ihren Spitzhacken auf den Stacheldraht, auf die Wachen – doch sie alle wurden erschossen, und zur Abschreckung erschoss man gleich noch ein paar andere mit. Seither wagte niemand mehr eine Flucht, sprach nicht mehr darüber, ja, dachte nicht mal daran.

Ein einziger Gedanke hielt Artjom am Leben: Wenn er sich nach Schichtende im Schlafgraben auf irgendeinen fremden Körper legte, verriegelte er die Augen und stellte sich vor, sein Kopf läge auf dem Schoß jenes Mädchens, Sascha, und sie war nackt und wunderschön. Er strich sich selbst über die Haare, ohne die Schwere seiner eigenen Hand zu spüren. Stellte sich vor, wie sie ihm die Stadt dort oben zeigte. Ohne Sascha wäre er schon längst krepiert.

Er schlief die vorgesehenen vier Stunden, erhob sich und lief und warf und hob auf und transportierte und lud ab. Und ging und kroch und fiel. Und stand wieder auf. Wie viele Tage schon? Wie viele Nächte? Er wusste es nicht. In seiner Schubkarre transportierte er nur noch halb so viel, mehr brachte er nicht von der Stelle. Zum Glück waren auch die Degenerierten nur noch halb so schwer wegen der miesen Ernährung. Andernfalls hätte er sie weder aufheben noch vergraben können.

Tagsüber leistete er sich noch ein geheimes Vergnügen: Er wusste, warum niemand die Wand dort drüben bearbeitete. Dahinter befand sich jener Übergang mit den Sozialwohnungen. Dort, hinter dieser Wand, befand sich nach seiner Berechnung auch die gemütliche Bleibe von Ilja Stepanowitsch und Narine. Einmal pro Tag sah sich Artjom verstohlen um, lief zu dieser Wand und klopfte, poch-poch. Die Wache hörte es nicht, Ilja Stepanowitsch hörte es nicht, nicht einmal Artjom selbst hörte es; und doch schüttelte ihn jedes Mal ein wildes, lautloses Lachen.

Aber dann, mitten in dieser Ewigkeit, kam der Tag der Erlösung, auf den die Menschen bereits zu hoffen vergessen hatten. Es war eine furchtbare Erlösung.

Aus der Welt da draußen brach der Krieg in ihre kleine Welt herein.

Die Tür knallte mehrfach auf und zu, und die *Schillerowskaja* füllte sich schlagartig mit wohlgenährten Männern, die Uniformen der Eisernen Legion trugen. Die Degenerierten und Tiermenschen hörten auf herumzulaufen, standen still, starrten die Gäste dumpf an. Ihre widerspenstigen, verknöcherten Gehirne versuchten, angestrengt ein Mosaik zusammenzusetzen aus den Worten, die all die Fremden sich gegenseitig zuwarfen.

»Die Roten haben den *Kusnezki most* erobert!«

»Eine Truppenverlagerung von der *Lubjanka*! Sie werden versuchen hier durchzubrechen!«

»Es kann jede Minute passieren! Befehl zur Blockade!«

»Wo bleibt der Sprengtrupp? Warum verspätet er sich?«

»Den Tunnel zum *Kusnezki most* verminen! Möglichst weit entfernt von der Station!«

»Wo ist der Sprengstoff? Und der Trupp?«

»Ihre Vorhut ist bereits im Anmarsch! Ihre MG-Schützen! Schnell! Was ist?!«

»Schneiden! Den Draht zurechtschneiden! Die Minen weiter weg von der Station!«

»Weiter! Sofort!«

Verschwitzte Sprengpioniere kamen mit schweren Sprengstoffkisten hereingelaufen. Die Tiermenschen begriffen immer noch nichts. Artjom beobachtete das Getümmel durch die gewohnte zerkratzte, feuchte Plastikfolie. Ihm war, als ginge ihn das alles gar nichts an.

»Wir schaffen das nicht! Sie sind zu nah! Wir müssen Zeit gewinnen! Zeit!«

»Was tun? Die werden bald hier sein! Sie sind uns zahlenmäßig überlegen! Wir werden die Station verlieren! Ausgeschlossen!«

Irgendeinem kam die Erleuchtung.

»Treibt die Degenerierten in den Tunnel!«

»Was?!«

»Die Degenerierten in den Tunnel! Die sollen den ersten Schlag abfangen! Mit Spitzhacken und Schaufeln! Und die Roten aufhalten! Bis die sie fertiggemacht haben, schaffen wir es, die Minen zu legen!«

»Die werden doch nicht kämpfen! Schau sie dir doch an …«

»Dann machen wir ihnen eben mit einem Sperrtrupp Beine … Sobolew! Borman! Klyk! Los, treibt sie zusammen! Tempo! Hier geht's um jede Sekunde, ihr Scheißefresser! Dalli!«

Die Wachen begannen jetzt mit ihren Peitschen und Ketten durch die Luft zu pfeifen, rissen die versteinerten Schaufler von den Wänden weg und trieben sie wie eine Herde auf den Schlund des Tunnels zu. Eben war hier noch eine unüberwindliche Barriere aus drei Lagen Stacheldraht gewesen. Jetzt hing das Spinnennetz in Fetzen herab, und der Tunnel dahinter lag frei. Die zweite Verbindung zum *Kusnezki most*. Und dort, in der Tiefe, brodelte etwas Böses.

Hilflos, wie betäubt trotteten die Tiermenschen in den Tunnel. Immer wieder drehten sie sich nach ihren Aufpassern um: Was wollten die bloß von ihnen? Jeder von ihnen trug das Werkzeug, mit dem er immer arbeitete: mal eine Spitzhacke, mal einen Hammer. Artjom ging mit seiner Schubkarre los, doch sie behinderte die anderen, stieß ihnen in die Knie, blieb zwischen den Schwellen stecken, und so befahl man ihm, sie stehen zu lassen. Er tat wie geheißen und ging mit leeren Händen weiter. Diese fühlten sich unwohl, vermissten die Berührung ihres Werkzeugs. Seine Finger waren zu knorrigen Greifern verknöchert, hatten sich optimal an die Griffe der Schubkarre und des Spatens angepasst.

Die Leute am Ende der Kolonne wurden von den Soldaten mit Sturmgewehren angetrieben. Dahinter folgten die Pioniere mit Kisten und Kabelrollen.

»Wohin? Wohin? Warum?«, blökten die Nackten, während sie in die Dunkelheit starrten oder sich nach den Lampen und Läufen ihrer Bewacher umsahen.

Aus dem schwarzen Loch, das vor ihnen gähnt, und in das sie in wenigen Augenblicken alle hineingezogen werden, fließen ihnen dünne, parallel zu den Gleisen laufende Rinnsale entgegen. Und dann noch ein Geräusch. Der Widerhall eines fernen: »Uaaaaaaa…«

»Was? Was ist dort?«

»Wohin gehen wir? Werden wir befreit?«

»Es heißt, wir werden befreit! Jemand da hinten hat das gesagt!«

»Klappe! Maul halten, und zwar alle! Vorwärts, ihr Säcke!«

»…uaaaaaaaa…«

»Hast du das gehört? Habt ihr gehört?! Mit diesem Geschmeiß hier schaffen wir die hundert Meter nie … Die bewegen ja kaum ihre Beine! Das ist Sabotage!«

»Hier! Hier! Fang an zu verminen!«

»Jag die Missgeburten weiter! Nehmt die Bajonette!«

»…huraaaaaaaaaaaaaa…«

»Wir schaffen es nicht! Hier! Weiter mit denen!«

Die Pioniere bleiben stehen und fangen hastig an herumzufuhr-werken, öffnen ihre Kisten, holen irgendwelche Briketts her-aus, beginnen sie an den Tunnelwänden zu befestigen und in die Hohlräume der Tübbings zu legen.

Jemand knufft Artjom mit einem Gewehrkolben in den Rü-cken, er beginnt seine Füße schneller zu bewegen, und der hek-tische Sprengtrupp bleibt zurück. Peitschen schneiden durch die Luft, Millionen Watt starke Lampen leuchten durch die ins Schwarze wankende Menge hindurch und zeichnen auf den feuch-ten Schwellen langgezogene, bucklige Schatten. Ein bellender Laut-sprecher treibt sie voran.

»Hey, ihr da! Ihr alle! Ihr steht kurz davor, etwas ganz Gro-ßes zu tun! Nämlich das Reich zu retten! Wir werden bedroht von Heerscharen von Degenerierten! Roten Menschenfressern, die vor nichts haltmachen! Heute, hier und jetzt könnt ihr euch Vergebung verdienen! Mit eurem Blut euch das Recht erkau-fen, euch Menschen zu nennen! Unsere Feinde planen, zuerst das Reich zu vernichten, und dann die ganze Metro! Niemand außer euch kann sie jetzt noch aufhalten! Sie wollen uns einen Dolch-stoß versetzen, aber sie haben nicht damit gerechnet, dass ihr uns den Rücken freihaltet! Sie sind besser bewaffnet, aber auch ihr habt Waffen! Ihr habt nichts zu verlieren – und deshalb auch nichts zu befürchten!«

»Ich … Ich geh da nicht hin! Nein, ich will nicht! Ich kann nicht kämpfen!«

Ein ohrenbetäubendes Krachen. Das Echo des Schusses frisst den Widerhall des Schreis. Und im nächsten Augenblick, noch bevor alle in der Herde begriffen, was geschehen war, donnern die Sturmgewehre auf die Hinterköpfe der Langsameren ein. Jemand macht seinen letzten Atemzug. Ein Verletzter heult auf. Eine Frau kreischt los. Artjoms Nachbar blickt sich um – ein pfeifendes Geräusch, gurgelnd sackt er zusammen.

»Vorwärts, ihr Wichser! Lauft! Wagt es nicht, stehen zu bleiben!«

»Sie schießen! Bleibt nicht stehen! Lauft!«

Artjom stößt gegen jemandes schiefen Rücken, drängt sich an denen, die nicht weiterkönnen, vorbei, zieht einen gestürzten Teenager unter jemandes Beinen hervor, vergisst ihn sogleich wieder, blickt sich im Sekundentakt nach den Verfolgern um, arbeitet sich langsam in die sichere Mitte des Pulks vor.

»Vorwärts! Vorwärts!«

Die Erschossenen kippen wie Dominosteine nach vorn aufs Gleis und schlagen ihren Vorderleuten in den Rücken. Diese geraten ins Stolpern oder stürzen nur noch schneller jenem verschwommenen, furchtbaren »HURRRAAAAA« entgegen, das ihnen durch den Tunnel rasend, wirbelnd entgegenschäumt, wie plötzlich eingebrochenes Grundwasser.

»Wir sind doch keine Schlachthammel!«, brüllt plötzlich jemand ganz vorn, einer der Degenerierten. »Wir geben uns nicht geschlagen!«

»Ja, los! Wehren wir uns!«

»Tod den Feinden!«

»Schlagt sie!«, heult ein anderer in der Menge. »Vorwärts! Vorwääärts!«

Und ganz langsam, wie das Schwungrad einer Dampflok, wie ein allmählich aus der Narkose erwachender Patient, beginnt diese lange, nackte Menge behaarter und geprügelter Wesen – halb Tier, halb Mensch – schneller zu laufen, Kraft zu schöpfen, ihre

Spitzhacken und Hämmer zu heben, um wenigstens noch irgendwen umzubringen, bevor sie selbst untergehen.

»Tod den Feinden! Wir ergeben uns nicht! Vorwärts!«

»VORWÄÄÄÄÄRTS!«

Eine Minute später rennt die ganze Herde, brüllend, schreiend, weinend durch den Tunnel. Ihre bewaffneten Schäfer würden nur noch im Laufschritt mithalten können, doch dazu sind sie zu faul und zu angewidert. Das Licht von hinten verblasst, die Verfolger bleiben zurück, um nicht aus Versehen selbst unter das Kanonenfutter zu geraten. Vorn breitet sich zähes Dämmerlicht aus, die laufenden Schatten beginnen sich in der heranwogenden Finsternis aufzulösen.

Noch immer hat Artjom nichts in der Hand, aber stehen bleiben kann er jetzt nicht mehr. Wer auch nur daran denkt, in dieser menschlichen Lawine haltzumachen, wird augenblicklich hinweggefegt und zertrampelt. Er liegt jetzt gleichauf mit Ljocha, der starrt ihn mit wildem, wahnsinnigem Blick an, ohne ihn zu erkennen. Dann lässt er ihn hinter sich zurück.

»HURRRAAAAAAA!«

Schlagartig brechen die Roten über sie herein.

Sie durchbrechen den finsteren Schleier – und sind auf einmal direkt vor den Tiermenschen, Kopf an Kopf, Visage an Visage. Der Tunnel hat sie eben erst geboren, und im nächsten Augenblick krachen sie gegen ihre Widersacher.

»AAAAAAAAAA!!!!«

Anders als die Herde von der *Schillerowskaja* sind sie ohne Lampen aufs Geratewohl in der Dunkelheit herangestürmt. Die Vordersten in der Herde schaffen es gerade noch, ihre Spitzhacken zu heben, als …

»WWWRRRAAAAAMMM!«

Wie es hinter ihnen aufbrüllt!

Wie die ganze Erde erbebt!

Wie die hintersten Reihen der Flüchtenden vom heißen Atem der Explosion hinweggefegt werden, die Posaunen von Jericho im Tunnel erschallen, auf einmal sämtliche Lampen erlöschen und alle Sturmgewehre verstummen, und nichts mehr ist – nichts als Schwarz, undurchdringliches Schwarz rings umher, als wäre die Welt gänzlich verschwunden, so ist die Dunkelheit aufgeplatzt und hat alles überflutet, totale Dunkelheit, absolut und hoffnungslos.

Artjom ist auf einmal blind und taub, wie alle, die vor und hinter ihm laufen. Die Gestürzten versuchen sofort wieder auf die Beine zu kommen, wirr tasten sie in der Dunkelheit nach einer Hacke, einem Hammer ...

Denn nicht mit den Ohren, sondern mit der Haut, dem Haarflaum nehmen sie wahr, dass an der Spitze der Herde der Tod arbeitet, seine Sense schwingt, blind auf Menschen einschlägt. Deshalb müssen sie aufstehen, sich mit der Spitzhacke vor ihm schützen oder, besser noch, selbst ausholen und seinen leeren Schädel zertrümmern, ihm das spitze Ende in die trockenen Augenhöhlen treiben und wieder herausreißen, erneut ausholen und wieder zuschlagen.

Niemand treibt sie mehr an, sie alle rennen von selbst dorthin, denn der Tod ruft sie, und es ist schlimmer, sich zu verstecken und zu warten, bis er dich findet, als zuerst loszuschlagen, bevor man selbst getroffen wird.

Kein einziger Schuss ertönt: Auch die anderen, die Roten, haben weder Flinten noch Sturmgewehre, alle stürzen sich ins Handgemenge mit dem, was sie gerade haben, und im Stockdunkeln ist nicht zu erkennen, was das ist.

Artjom streckt seine Hände zur Seite aus, bekommt einen Griff zu fassen, reißt jemandes Spitzhacke an sich und rückt ebenfalls vor, trunken vor Angst und Leidenschaft, steigt über nackte Menschen, um sich kopfüber ins Mahlwerk zu stürzen, um in diesem Schlachtfest nicht das blinde Vieh zu sein, sondern wenigstens der blinde Schlächter, wenn sonst nichts anderes zur Wahl steht.

Dort – nun schon ganz nah – schlagen sie aufeinander ein, zertrümmern und zerhacken einander – verbissen, unmenschlich, ohne zu wissen, wen sie gerade umbringen und wofür, und niemand schreit mehr »Tod!« oder »Hurra!«, denn alle haben das Russische und auch jede andere Sprache vergessen, sondern sie stöhnen, ächzen, brüllen und heulen einfach irgendetwas Unzusammenhängendes, Sinnloses.

Überall pfeift, schwirrt und schneidet es durch die Luft.

Spitzhacken scheppern auf Beton, wenn sie das Fleisch verfehlen. Sie schmatzen, wenn sie ihr Ziel erraten haben und sich hineinbohren.

Ein rostiger Luftzug streicht ihm übers Gesicht: Scharfes Eisen ist soeben eine Handbreit an seinem Gesicht vorbeigefegt. Artjom taumelt zurück und schlägt ebenfalls zu – auf die eigenen Leute, die Gegner? Gehören die Leute hier überhaupt zu ihm? Es ist das Blut, das rostig riecht; die Menschen stinken nach Kot.

Tiermenschen und die Menschentiere auf beiden Seiten hasten aufeinander zu, mit aller, mit letzter Kraft hasten sie aufeinander zu, um sich gegenseitig umzubringen und somit alles zu beenden und endlich keine Angst mehr zu haben.

Artjom schlägt einmal zu, zweimal, dreimal – und trifft mehrmals. Ein Glucksen ertönt, etwas Heißes spritzt ihm entgegen, die Spitzhacke bleibt stecken und zieht ihn mit sich hinab, was seine Rettung ist, denn im selben Moment fliegt etwas Schweres über ihn hinweg, um ihm den Kopf zu spalten, trifft ihn aber nicht.

Dann platzt etwas in seinem Knie, und er wird auf die Gleise geschleudert. Er kann nicht mehr aufstehen, also kriecht er weiter, versucht sich zwischen Weichem zu verstecken, doch das Weiche schlägt aus, so gut es noch kann, versucht ihn zu wegzuschubsen, wehrt sich wortlos, beschmiert ihn mit Klebrigem, Heißem.

Unendlich viel Zeit vergeht, und immer noch will es nicht hell werden. Immer noch zermalmen die Menschen einander, heulen und stöhnen auf, prügeln wahllos um sich, erzeugen, wenn sie ihr Ziel verfehlt haben, auf den Schienen ein Sturmläuten. Artjom hört den Klang, bekreuzigt sich vorsichtig und lässt keinen Laut mehr aus seiner Kehle dringen. Er legt sich mit dem Nacken auf einen der Toten und stellt sich vor, es wäre Sascha, die seinen Kopf auf ihrem Schoß gebettet hat. Dann zieht er eine andere Leiche über sich und verbirgt sich darunter.

Es dauert lange, bis sich alles legt.

Das Morden hört erst auf, als niemand mehr auf den Beinen stehen kann.

Da regen sich die Noch-nicht-ganz-Gestorbenen, lernen wieder zu sprechen. Artjom hält sein zertrümmertes Knie, trennt sich von Saschas Schoß, setzt sich auf und flüstert:

»Schluss … aus. Vorbei. Ich will nicht mehr. Ich werde niemanden mehr töten. Wer bist du?«

Er tastet mit den Händen um sich.

»Wer ist das hier? Bist du von der *Schillerowskaja*?«

»Ich bin von der *Schillerowskaja*«, antwortet ihm jemand irgendwo.

»Wir sind von der *Lubjanka*«, sagt noch jemand ganz in der Nähe.

»Von der *Lubjanka*?«

»Seid ihr Faschisten? Eiserne Legion? Menschenfresser?«

»Wir sind von der *Schillerowskaja*«, sagt Artjom. »Wir sind Degenerierte, Gefangene. Sie haben uns vor sich hergetrieben. Mit einem Sperrtrupp.«

»Wir sind von der *Lubjanka*«, wiederholt eine Stimme. »Wir sind Gefangene. Politische. Wir mussten vorausmarschieren … An der *Puschkinskaja*. Wie Kanonenfutter … Vor den regulären Einheiten … Auf die Feuernester zu … als Puffer …«

»Damit wir den ersten Ansturm … Wie Kanonenfutter haben sie uns …«, wiederholt nun auch Artjom. »Damit wir den ersten Ansturm … Wir als Degenerierte …«

»Hier sind alle von der *Lubjanka*, alle aus den Zellen, Häftlinge«, sagt jemand zu ihm. »Sie haben uns mit einem Sperrtrupp … Die Tschekisten haben von hinten auf uns geschossen … Damit wir …«

»Sie … sie haben auf uns geschossen … Die Aufseher …«

»Irgendwann sind sie uns nicht mehr gefolgt … Der Sperrtrupp ist zurückgeblieben …«

»Sie haben hinter uns den Tunnel gesprengt. Da ging es nicht weiter … Wir konnten nirgends … Sie sind uns nicht gefolgt. Sie haben uns im Stich gelassen …«

»Aber was … Wieso habt ihr uns …«

»Und ihr?! Weshalb habt ihr uns … Sag!«

Jemand schiebt sich schwer und schmerzhaft, mit gebrochenen Beinen, wie ein Wurm, auf Artjoms Stimme zu. Dieser hört es – ist aber nicht mehr imstande zu schlagen. Dem anderen fällt es hörbar schwer näher zu kommen, also bewegt sich Artjom ebenfalls auf ihn zu. Er streckt die Hand aus, verschränkt seine Finger mit denen des anderen Mannes und zieht ihn zu sich heran.

»Warum habt ihr uns … Herrgott?«

»Verzeih … Verzeih … Um Gottes willen, verzeih.«

Sie drücken sich aneinander. Artjom umarmt ihn – es scheint ein erwachsener Mann zu sein – und berührt dessen Stirn mit der seinen. Der andere weint zitternd, und da krampft sich auch in Artjom alles zusammen – es schüttelt ihn, und Tränen laufen ihm übers Gesicht. Als er ausgeweint hat, seufzt der Mann noch einmal und stirbt. Und da lässt auch Artjom ihn los.

Er bleibt eine Weile liegen.

Dann springt eine winzige Feder in seinem Kopf heraus, und er erinnert sich an etwas.

»Von der *Lubjanka* … Wer ist noch von der *Lubjanka* hier?«

Hier und dort leben menschliche Körper auf, versuchen ihre gebrochenen Arme zu bewegen, mit ihren eingeschlagenen Köpfen zu denken, ächzen und faseln vor sich hin.

»Nataschenka … Stell doch den Teekessel auf, meine Liebe … Ich hab Kuchen mitgebracht.«

»Sobald ich aus der Türkei zurückkomme, rufen wir uns gleich zusammen!«

»Ich hab an Moskau City mitgebaut! Mitgebaut!«

»Warum ist es so dunkel? Ich hab Angst im Dunkeln! Mach das Licht an, Serjoscha!«

»Mein Gott, Oma, dass du hier bist? Warum bist du gekommen?«

»Wir erweitern unseren Lebensraum! Damit jeder Platz hat!«

»Wasser … Gib mir Wasser …«

»Aljonka! Aljonka, du freches Luder!«

»Ich bin von der *Lubjanka*. Ich …«

Artjom kriecht auf einem Knie und zwei Ellenbogen dorthin, wo sich die Stimme zu erkennen gegeben hat.

»Wer? Wer bist du? Sag etwas, hab keine Angst! Du, wo bist du?«

»Und wer bist du?«, sagt die Stimme einer Frau.

»Sujew. War ein Sujew bei euch?«

»Was für ein Sujew? Hier war keiner ...«

»Sujew!«, brüllt Artjom. »Sujew Igor! Sujew, lebst du?! Sujew!«
Er stellt sich auf sein gesundes Bein, lehnt sich gegen die Wand und beginnt blind loszuhüpfen, wobei er sich an den Tunnelsegmenten festhält.

»Sujew! Igor Sujew! Wer ist Igor Sujew vom *Ochotny Rjad*? Vom *Prospekt Marxa*, wer ist das?!«

»Hör auf zu schreien! Sonst kommen die gleich! Die ...«

»Gehen wir heute Abend ins Kino? Sag? Das Wetter ist so schön, warum sollen wir zu Hause rumsitzen.«

Igor antwortet nicht.

Vielleicht liegt er hier irgendwo, ganz nah, aber weil ihm der halbe Kopf fehlt, fällt es ihm nun mal schwer zu sprechen. Oder aber er hält still und schweigt, der Fuchs, damit man ihn nicht entdeckt.

»Igor! Sujew! Ist hier wer mit Sujew im Knast gewesen? Der von den Überlebenden in anderen Städten erzählt hat ... In Poljarnyje Sori ... Die nach Moskau gekommen sind ... Wer war mit ihm in einer Zelle?! Sujew!«

»Was?«

»Märchen hat er erzählt! Dass irgendwo in einer anderen Stadt noch Menschen überlebt haben! Und dass die nach Moskau gekommen sind!«

»Wie viel Scheiße an der *Schillerowskaja* vergeudet wird, Kinder, wenn ihr das wüsstet!«

»Er ist nicht hier. Chhh-brrrr. Sujew ist nicht hier.«

»Was? Wo bist du? Wer hat eben gesprochen?!«

»Sujew gibt's nicht mehr. Sie haben ihn an die Hanse ausgeliefert.«

»Warte. Halt. Sag das noch mal. Wo bist du? Wo, verdammt?! Sag schon, versteck dich nicht!«

»Warum suchst du ihn? Ist er dein Freund?«

»Ich muss das wissen! Ich muss wissen, was er gesagt hat! Was für Leute? Woher kamen sie? Woher?! Warum an die Hanse?«

»Die Leute, chhhhkch. Nicht aus Poljarnyje Sori. Alles Bockmist. Gefasel von irgendwelchen Provokateuren. Gerüchte … Bringen die in Umlauf … Das waren unsere Leute … Sie kamen zurück … vom *Bulwar Rokossowskogo*. Kchhhhhh. Unsere eigenen Stoßarbeiter waren das … Kch-kch. Die am Projekt des Jahrhunderts … Aus Balaschicha … Von dort kamen sie zurück. Balaschicha.«

»Warte. Wo bist du denn?!«

Er hüpft weiter, seine Hand greift ins Leere – ist da ein Durchgang?! Er fällt, setzt sich wieder auf und beginnt sich auf die Stimme, auf das krampfhafte Röcheln zuzubewegen.

»Schöne Stadt, Kasan. Die Moschee dort ist großartig.«

»Mit der Scheiße könnte ich reich werden, wenn ich den Auftrag bekäme.«

»Ich bin selber aus Kasan! Aber meine Oma kommt vom Lande. Chairullin heißt meine Familie, nach dem Opa. Die Oma kann nicht mal Russisch!«

»Wo bist du? Du, der du eben von den Arbeitern gesprochen hast? Ist Balaschicha unversehrt? Und wie sieht es mit Poljarnyje Sori aus? Sind die alle tot?! Ich versteh das nicht!«

»Vielleicht etwas Milch in den Tee?«

»Keine Ahnung, was dort überlebt hat. Das mit Poljarnyje Sori, das ist ein Märchen der Provokateure. Kch-kch. Eine schöne Geschichte. Nur Idioten fallen darauf rein. Kch-kch-kch. In Balaschicha … ein Vorposten. An der Oberfläche. Dort ist … ein Funk … eine Funkstation … Und mit den anderen Städten … Damit wenn … Sujew hat gesagt …«

»Was?! Was hat Sujew gesagt?!«

»Wer holt heute Tanja vom Kindergarten ab, ich oder du?«

»Weiche, Satan, rühr mich nicht an. Geh fort. Ich bin nicht dein. Auf mich wartet man im Himmel.«

»Ein Vorposten? Oben? Wer baut da was, ich verstehe das nicht! Was für eine Funkstation?!«

»Kchhhhh… Kchhhhh…«

»Wo bist du? Sag doch was! Wozu die Funkstation?!«

»Und überhaupt ist das eine ziemliche Schweinebande, diese Faschisten. Quälen einen einfach so. Und lassen die schöne Scheiße einfach so verderben.«

»Die Roten … Die Rote Linie baut da … Kchhhh… oben … in Balaschicha … ein Sonderobjekt … eine Station … und einen Vorposten … Damit … anstatt … Metro … Funk … Station … Leute abgestellt …«

»In Balaschicha – eine Station?! Was für eine Station?«

»Da hin … vom *Bulwar Rokossowskogo* … Und die … sind zurückgekommen … selber. Kchhhhh. Chhhhhh. Chhhhhh.«

»Sondieren sie dort? Haben sie Kontakt aufgenommen? Sag! Sag schon!«

»Aaachhhhh… ngchhhhh… chh.«

So geht der Mann unter, als hätte er nie existiert. So, wie er aus dem Dunkel gekommen ist, verschwindet er wieder darin. Artjom schüttelt wieder und wieder Lebende, redet auf Leichen ein, fleht sie an – alles vergebens.

»In Balaschicha!«, wiederholt er immer wieder, um es nicht zu vergessen, und um nicht zu glauben, er habe sich das ganze

Gespräch nur eingebildet. »In Balaschicha. In Balaschicha. In Balaschicha, in Balaschicha!«

Jetzt darf er auf keinen Fall sterben. Jetzt ist Artjom verpflichtet, aus diesem Haufen von Menschen hinauszukriechen, diesen Betonleib zu verlassen, neu geboren zu werden, sämtliche Löcher an sich zu flicken und in dieses verdammte, gelobte Balaschicha zu gehen oder, wenn es sein muss, zu kriechen, wer oder was auch immer dort ist.

Wieder steht er auf, hält sich an einem Tübbing fest wie an der Hand seiner Mutter. Die *Schillerowskaja* ist abgeschnitten. Am *Kusnezki most* sind die Roten. Noch kommen sie nicht hierher, wahrscheinlich weil sie gehört haben, dass der Tunnel eingestürzt ist; aber auch dorthin darf er nicht.

Da fällt ihm die Lücke in der Wand ein. Ist das ein Verbindungsgang zwischen den Linien? Er hüpft tastend die Wand entlang … Fällt hinein … Ratten spritzen zur Seite … Jetzt eine Ratte zu sein. Eine Ratte findet selbst mit ausgestochenen Augen noch den Weg.

Ein Luftzug. Das wilde Gestrüpp auf seinem Kopf regt sich.

Als würden ihm Saschas dünne Finger durchs Haar fahren.

Er reißt die Augen nach oben.

Wieder spürt er die Luft – sanft und spielerisch, wie wenn eine Mutter ihrem Baby ins Gesicht haucht.

Er greift ins Leere, reißt sich die Fingernägel am Beton auf … dann stößt er auf Eisen.

Ein Bügel. Und noch einer. Eine Leiter, die hinaufführt. Ein Lüftungsschacht. Von dort kommt die Luft. Von der Oberfläche.

»Heeey!«, ruft er. »Hey, Leute! Ihr alle! Kommt her! Hier ist ein Ausgang nach oben! Ein Schacht! Wir können nach oben raus! Hört ihr, ihr Degenerierten! Hier geht es nach oben!«

»Nach oben! Du spinnst wohl?!«, antworten die unsichtbaren Tiermenschen ächzend.

»Nach oben!«, ruft Artjom ihnen zu. »Mir nach! Mir nach, ihr Missgeburten!«

Sie fürchten sich, glauben ihm nicht. Wissen nicht, dass es dort Wind und Regen gibt und dass man nicht gleich beim ersten Besuch stirbt. Artjom muss wohl mit gutem Beispiel vorangehen.

Er umfasst den rostigen Bügel mit seinen krummen Fingern – der Bügel passt exakt in sie hinein. Er springt hoch und zieht das kaputte Bein nach. Packt den nächsten Bügel und zieht sich wieder hoch. Und wieder. Und wieder. Und wieder.

In seinem Kopf dreht sich alles.

Er gleitet ab, droht den Halt zu verlieren, bekommt aber doch noch einen Bügel zu fassen. Er spürt weder sein zertrümmertes Bein noch seinen gepeinigten Rücken noch die aufgeschürften Hände. Er klettert. Springt. Zieht sich hoch.

Er blickt nach unten – jemand folgt ihm.

Also doch nicht ganz umsonst.

Einen Augenblick hält er inne – dann steigt er weiter. Wenn du jetzt nicht rauskommst, kommst du nie raus.

Egal, wie lang es dauert – am Ende hievt er sich in eine winzige Kammer hinein, eine vergitterte Kabine. Die Tür hat einen Riegel innen. Er ist verrostet. An ihm zerfetzt er sich endgültig die Hände, verwandelt sie in blutigen Brei, Rost mischt sich mit Rost – aber schließlich überwindet er ihn. Drückt die Tür auf, kriecht auf allen vieren hinaus, dreht sich auf den Rücken. Es ist früher Morgen auf der Welt; kupfern hebt sich die Sonne.

Er bleibt einfach auf der Erde liegen. Auf der Erde, nicht unter der Erde. Und nein, nicht in seinem Kopf wirbelt alles umher –

der ganze beschissene Globus dreht sich wie ein Kreisel, von Artjom angetrieben.

Neben ihm fällt noch jemand zu Boden, bleibt liegen. Nur ein Einziger, mehr sind nicht nachgekommen.

»Wer bist du?«, fragt Artjom. Er wendet sich seinem einzigen Nachfolger nicht zu, sondern lächelt selig durch die geschlossenen Lider den rosaroten Morgenhimmel an. »Wer bist du, du verdammtes Menschenkind?«

»Ljocha, w-wer sonst«, antwortet ihm der. »Der B-broker. Mmmm… M-mit L-ledermantel.«

»Broker warst du vielleicht mal«, sagt Artjom, glücklich, dass er es so weit gebracht hat. »Von nun an bist du der Erste unter den Aposteln.«

Und dann geht beiden das Licht aus.

14

FREMDE

Ich dachte immer: Mensch, Poljarnyje Sori, tausend Kilometer weit weg, und dann stellt sich raus, es ist gleich um die Ecke, in Balaschicha! Kannst du dir das vorstellen, Schenja? Hier, in Balaschicha, gleich nebenan. Das ist ja quasi in Moskau! Und da bauen sie einen Vorposten! Das heißt, es muss dort sauberen Boden geben … Denn sie bauen ja! Was sind das nur für Arschlöcher, oder, sag? Die Roten? Verheimlichen es vor allen! Damit keiner Bescheid weiß. Und bauen einfach so eine Basis an der Oberfläche. Und wir dürfen weiter in der Metro hocken, was, Schenja? Während die Roten frische Luft atmen!«

»Arschlöcher, ja, das sind sie, Tjomitsch. Aber jetzt halt mal ein bisschen ruhig.«

»Und weißt du, was das Tollste ist? Zum Funken! Er sagt, der Typ, dass sie eine Funkstation bauen. Wozu wohl? Na klar! Damit sie – und zwar nur sie! – Kontakt aufnehmen können. Mit irgendwem. Vielleicht mit dem Ural? Vielleicht mit irgendwelchen Stützpunkten im Ural! Was, Schenja? Wenn schon nicht mit Poljarnyje Sori.«

»Du bist verdammt schwer.«

»Oder doch mit Poljarnyje Sori? Woher will er das denn wissen? Hm?«

»Zappel wenigstens nicht so mit den Beinen rum! Ich werf dich gleich ab, dann kannst du selber weiterkriechen!«

»Das mach ich auch, Schenja. Ich geh da hin. Will ja sonst keiner irgendwas … Nicht ein Schwein will es zugeben. Ich muss selber in dieses Balaschicha. Den Vorposten suchen. Sonst finden wir nie raus, was die da für ein Süppchen kochen! Kommst du mit, Schenja?«

»Weißt du, was? Soll ich ehrlich sein? Du gehst mir auf den Sack. Erst soll ich dich zum *Zwetnoi bulwar* schleppen, zu deiner Sascha. Und jetzt, da wir es mit Ach und Krach zur *Trubnaja* geschafft haben, jetzt willst du auf einmal nach Balaschicha! Geht's noch? Du bist schließlich kein Eimer mit Scheiße, dass ich hier eine Runde nach der anderen mit dir drehen könnte! Du wiegst gut und gern sechzig Kilo! Und übrigens hab ich genau wie du in dieser Hölle da meine Zeit abgesessen! Ich hab schon die Spitzhacke geschwungen, als du dich mit deiner minderjährigen Tussi vergnügt hast! Findest du das vielleicht gerecht? Hopp, runter da.«

»Warte, Schenja ... Wohin hast du mich ...«

»Wohin, wohin! Zu deiner Saschenka. Bleib liegen. Ich geh anklopfen. Wenn die jetzt nicht aufmachen ... dann hat's sich wirklich gelohnt, dort rauszuklettern.«

»Schenja. Glaubst du vielleicht, ich kapier das nicht? Du bist doch tot. Das weiß ich. Wie konntest du mich dann bis hierher tragen?«

»Selber tot!«

»Also, ich warne Sie gleich. Die lahme Ente neulich haben Sie zwar erfolgreich ins Jenseits befördert, aber Tjomitsch hier kommt mir schön wieder auf die Beine, ist das klar?«

»Was ist mit seinen Schultern passiert? Und mit dem Bein?«

»Ein Unfall. Bei der Arbeit. Jedenfalls, schmieren Sie ihn mit irgendwas ein.«

»Und womit bitte? Schau dich mal um.«

»An unserer Station nehmen wir für alles Scheiße her, aber ihr habt hoffentlich was Schärferes. Oder hab ich den etwa umsonst bis hierher geschleppt?«

»Mach mal halblang. Sonst kannst du ihn gleich wieder zurückschleppen.«

»Ich bin übrigens auch Patient! Schauen Sie sich mal meinen Rücken an, Tantchen! Die Kratzer hab ich nämlich nicht von irgendeiner Schnecke bekommen.«

»Das wär ja noch schöner. Der hier sieht dagegen aus, als hätte ihn ein Zug überfahren. Leuchten Sie mal her … Hör zu, das ist überhaupt nicht mein Fachgebiet. Ich bin für Geschlechtskrankheiten ausgebildet. Und draußen stehen jede Menge Leute Schlange.«

»Tantchen, ich weiß, wer Sie sind. Flicken Sie ihn einfach wieder so hin, wie er war. Und dann fassen Sie mir vielleicht noch an die Eier, damit ich mir keine Sorgen machen muss. Neulich hat mir da einer was gar nicht Nettes gesagt …«

»Warum ist er bewusstlos? Das kommt doch nicht von dem Knie. Und diese Röte im Gesicht. Ist das ein Sonnenbrand, oder was?«

»Ja, ich war an der Sonne. Und ich bin bei Bewusstsein. Ich will schlafen. Wo ist Sascha?«

»Wer ist Sascha? Oh, und was ist das hier …«

»Hey! Die hier?«

»Was …«

»Die Braut hier?«

»Warte … Verschwinde nicht wieder … Bleib …«

»Die da? Ist das deine Sascha?«

»Wie hast du mich gefunden?«

»Sie – dich?! Ha! Ich hab für dich dieses ganze Scheißbordell auf den Kopf gestellt! Ich! Ein undankbares Arschloch bist du, weißt du das?«

»Ich erinnere mich an ihn. Ja, ich erinnere mich. Du … Was machst du hier?«

»Ich habe mich auch an dich erinnert … Und seither bekomme ich dich nicht mehr aus dem Kopf.«

»Du bist Artjom, stimmt's? Der Stalker von der *WDNCh*. Richtig? Was ist mit ihm?«

»Na, was soll schon mit ihm sein … Das hier ist mit ihm.«

»Er darf hier nicht bleiben.«

»Warum nicht? Ich will nirgendwo sonst hin. Ich bin eigens den ganzen Weg hierhergegangen.«

»Gegangen bist du, soso. Gegangen ist er.«

»Es geht nicht, weil … weil ich hier arbeite. Das ist ein Arbeitszimmer.«

»Dann arbeite jetzt mit ihm. Oder hab ich mir etwa ganz umsonst das Kreuz verhoben?«

»Woran … Woran erinnerst du dich, Artjom? Von jener Nacht?«

»An dich. Ich erinnere mich, dass ich auf deinem Schoß lag. Und ich fühlte mich … so … Darf ich noch einmal meinen Kopf auf … Ich brauche das jetzt, sehr.«

»Er darf hier nicht bleiben. Du musst ihn wieder mitnehmen.«

»Bitte, nur fünf Minuten. Woher soll ich sonst die Kraft nehmen, wieder zu gehen?«

»Fünf Minuten. In Ordnung.«

»Und bitte streichle mir über den Kopf. Ja, genau so. Noch mal. Mein Gott, ist das wunderbar.«

»Na gut, ich bezahl für ihn eine Stunde! Schulde ihm sowieso was ... Wegen fünf Minuten hätte sich die ganze Schinderei doch nicht gelohnt!«

»Was? Artjom ... Siehst du das? Schau her ...«

»Nun ja. Genau das mein ich ja, im Grunde.«

»Hm? Bitte mach weiter.«

»Du verlierst Haare, Artjom. Deine Haare fallen aus.«

»Meine? Wirklich? Ist ja komisch ... wirklich komisch ...«

»Du hast doch gesagt, nur fünf Minuten ...«

»Sei still. Hier, nimm das. Trink nach. Komm schon, schluck's runter, das brauchst du jetzt. Das ist Jod.«

»Ist mir egal, was es ist. Gut, dass die fünf Minuten noch nicht vorbei sind. Für Jod ist es jetzt schon zu spät. Aber danke.«

»Du hast gesprochen ... im Schlaf. Über Homer. Unzusammenhängendes Zeug. Kennst du ihn?«

»Ja. Homer. Guter Mann, der Alte. Er sucht dich. Er denkt, du bist ertrunken. Das warst doch du, damals, an der *Tulskaja*?«

»Ja.«

»Und du bist damals nicht ertrunken? Ich will nicht, dass du ertrunken bist ...«

»Ist sie nicht! Da sitzt sie doch. Nur glüht sie nicht ganz so rot wie du im Moment ...«

»Weißt du, was? Ich habe mich an deine Geschichte erinnert. Von der Stadt da oben. Eine dumme Geschichte eigentlich. Ich bin ja selber jeden Tag an der Oberfläche gewesen. Und du erzählst mir da irgendwas ... von Flugzeugen mit Libellenflügeln. Von kleinen Autos, die aussehen wie Eisenbahnwaggons. Und Regen. Ich bin dort oben in Regen gekommen. Ohne Anzug.«

»Na, dann ist doch klar, wo du es dir geholt hast! Und mich hast du auch noch raufgelockt, ganz ohne Schutz! Los, komm, gehen wir ... Toller Stalker, das! Dabei könnte ich jetzt so schön im Tunnel sitzen, bei den anderen Hanswürsten ... Ach, ist sowieso alles im Arsch ...«

»Kannst du bitte rausgehen? Wie heißt du?«

»Ach so! Für die Stunde zahlen, das schon, aber sobald es losgeht, soll ich ne Runde drehen, was?«

»Ljocha ... Drehst du mal ne Runde?«

»Das finde ich jetzt echt mies von euch! Obwohl du eigentlich ganz nett bist. Na egal, kuschelt schön. Wenn dein Stecker da unten nicht sowieso schon durchgebrannt ist ...«

»Woran erinnerst du dich, Artjom? Was noch?«

»Ich weiß nicht. Ich erinnere mich, dass mich jemand im Korridor auflas. Und mich hierherbrachte ... oder nicht hierher?«

»Nein, nicht hierher.«

»Er rief dich. Und dann ... Ich weiß nicht. Ich erinnere mich, dass ich auf deinem Schoß lag. So wie jetzt. Und ... Kannst du ... Kannst du bitte dein Hemd da hochheben? Ja, genau da. Dein Bauch. Darf ich? Das da ... Warte ... Woher ist das? Das kommt von Zigaretten, oder?«

»Das spielt keine Rolle.«

»Ich habe die gleichen ... Hier, am Arm ... Schau ... Die waren auf einmal da. Was ist das?«

»Ich weiß nicht, Artjom. Kann ich es jetzt wieder runterlassen? Mir ist kalt. Und was ist mit Homer? Wo ist er jetzt?«

»Er ist ... im Reich. Schreibt an einem Buch. Über Geschichte. Und er hat noch ein anderes Buch geschrieben. Über dich.«

»Über mich? Ist ... das schon fertig?«

»Ja. Ich glaube, es hört so auf: ›Saschas Leiche hatte Homer an der *Tulskaja* nicht gefunden.‹«

»Ich bin durch einen Belüftungsschacht rausgekommen.«

»Ich … ich auch. Ist das nicht komisch?«

»Und steht da auch was über Hunter?«

»Über wen? Warte … Über wen?!«

»Bleib liegen … bitte … Du bist krank! Das darfst du nicht!«

»He, komm raus! Wo bist du? Ich bin ein Freund von Som.«

»Das ist für mich. Warte hier. Später.«

»Was soll das? Nicht so verkrampft. Los, hierher. Auf die Knie.«

»Zuerst das Geld.«

»Geld will sie! Aber ich will vielleicht zuerst ne Kostprobe! Erst mal testen! Ob die Qualität auch stimmt! Los!«

»Au!«

»Breiter! Mach schon, weiter auseinander! So. Genau. Genau-u-u…«

»Gleich. Augenblick. So mag ich es nicht.«

»Was du magst oder nicht, ist völlig egal, Süße. Egal, kapiert, du geile Maus? Egal, egal, egal.«

»Warum schaust du mich die ganze Zeit an?«

»Nur so.«

»Das reicht jetzt aber. Hast du denn nicht gewusst, was ich mache? Wo ich gelandet bin? Und überhaupt, deine Stunde ist schon vorbei.«

»Ich … Das hat mit dir nichts zu tun. Entschuldige. Soll ich gehen?«

»Wohin willst du denn … in dem Zustand. Bleib liegen … Wirst du die ganze Zeit schweigen?«

»Hunter. Hat Homer in seinem Buch auch über Hunter geschrieben?«

»Ich dachte, das erfahre ich von dir. Kennst du ihn?«

»Ob ich ihn kenne? Ist er ... Ist er etwa am Leben? Hast du ihn gesehen?!«

»Ja. Das Buch sollte eigentlich von ihm handeln, nicht von mir. Homer war zuerst mit ihm unterwegs. Und dann wir alle zusammen.«

»Wann war das?«

»Letztes Jahr. Diese ganze Geschichte, an der er schrieb – ich kam ihm da wohl einfach gelegen. Er war auf der Suche nach einem Helden. Aus der Mythologie. Er ist schon ein komischer Kauz, Homer. Ich habe ihm mal über die Schulter gesehen, als er in seinem Heft schrieb. Er hat Hunter so ... so geheimnisvoll dargestellt ... Dass in ihm ein Ungeheuer wohnt. Und dass das Ungeheuer aus ihm herausbrechen will. Homer ... Er will ein Dichter sein.«

»Er will Homer sein. Ich dagegen ...«

»Was?«

»Ich bin doch von der *WDNCh* ... Das habe ich dir schon alles erzählt, oder? Fast mein ganzes Leben habe ich dort verbracht. Mein Stiefvater hat mich nie weggelassen. Und dann kam plötzlich Hunter. Mit kugelsicherer Weste. Und Maschinengewehr. So ein schwarzer Ledermantel. Kahlrasiert. Er und Suchoj – mein Stiefvater – stritten sich. Hunter sagte, es gebe keine Gefahr, mit der wir Menschen nicht fertigwürden. Wir sollten bis zum bitteren Ende kämpfen. Wie der Frosch, der in den Milchtopf fiel und mit den Beinen strampelte, bis die Milch zu Butter geworden war, und so wieder herauskam. Ich sehe die beiden noch vor mir, als wäre es gestern gewesen. Mein Stiefvater dagegen … Er war weich geworden. Er war bereit, sich zu ergeben.«

»Wem?«

»Den Schwarzen. Wem auch immer. Egal. Wichtig ist, dass ich damals Hunter begegnet bin … Und damals begriff ich: So will ich auch werden. Er war nicht Homers Held … Tja. Er war mein Held. Und er schickte mich los … Er gab mir diesen Auftrag. Er sagte, ich gehe jetzt selbst nach oben, um die Schwarzen zu vernichten. Wenn ich nicht zurückkomme, schlag dich bis zur Polis durch. Nimm diese Patrone … und geh zu Melnik. Verstehst du? Alles, was ich geworden bin, bin ich wegen ihm. Dank ihm.«

»Ich habe mich auch in ihn verliebt. Und jetzt haben wir beide uns gefunden. Zwei schöne Idioten.«

»Sascha! Wo bist du, du Miststück?«

»Entschuldige. Versuch zu schlafen, okay?«

»Du warst lange weg.«

»Und stell dir vor, ich habe seither mit niemandem … nur mit dir. Ich habe gewartet, bis wir uns wiedersehen.«

»Bist du müde? Leg dich hin, den Rest mache ich selbst.«

»Aber du? Das ist doch nicht fair. Ich will, dass du auch, du weißt schon …«

»Nicht nötig. Ich mag das so. Wirklich. Ich fühle mich bei dir immer wohl. Du bist so vorsichtig und zärtlich.«

»Und du erst … Weißt du eigentlich, wie es mir geht, wenn ich mit dir bin? Ganz anders als mit meiner Frau.«

»Hör schon auf. Ich mach es mit dir nicht des Geldes wegen. Komm, zieh das aus.«

»Ah. Ooh, du … Was … Du bist … meine …«

»Schläfst du?«

»Als ob ich das hier könnte.«

»Warte, ich wasche mich kurz. Sonst rieche ich ... Ich rieche nach ihm. Wartest du so lange?«

»Ja.«

»Ich dachte, er wäre tot. Die ganze Zeit war ich davon überzeugt. Und jetzt sagst du mir, dass er am Leben ist.«

»Das war er zumindest. Ob immer noch, weiß ich nicht. Ich habe nicht nach ihm gesucht. Als ich es aus der *Tulskaja* raus geschafft hatte ... wollte ich nur weg, egal wohin, nur nicht zurück. Nur nicht dorthin, wo ich ihm hätte begegnen können.«

»Warum?«

»Steht bei Homer etwa nicht, was mit der *Tulskaja* passiert ist? Warum sie überschwemmt wurde?«

»Ich habe es nicht gelesen. Er hat mir nur gesagt, dass damals Wasser in die Station eingebrochen ist.«

»Nun ja. Homer wollte immer alles rechtfertigen. ›Das Ungeheuer war erwacht‹ und so weiter ... In seinem Manuskript war ich diejenige, die versuchte, das Ungeheuer zu zähmen. Wer glaubt denn so was?«

»Wie war es denn wirklich?«

»Er hat getrunken. Hunter. Ununterbrochen. Jeden Tag war er hackedicht, er konnte gar nicht mehr gerade gehen. Es war furchtbar, in seiner Nähe zu sein. Ich hatte richtig Angst. Er ist doch ein Killer. Und seine Pistole hatte immer ... den Schalldämpfer drauf. Bei der kleinsten Sache griff er danach. In der Rechten hatte er dann die Pistole, und in der Linken den Flach-

430

mann. Und das die ganze Zeit. Ständig hing er an der Flasche. Brachte kaum einen zusammenhängenden Satz heraus. Ich habe ihn gebeten, damit aufzuhören, aber er konnte einfach nicht. So war das. Schönen Gruß an Homer.«

»Hat … hat er dich belästigt?«

»Nein. Kein einziges Mal. Wie der Teufel das Weihwasser. Vielleicht hat er mich einfach geschont, wollte mich nicht verderben. Aber vielleicht brauchte er das gar nicht, die Frauen. Ich dagegen … Immer wenn sich unsere Blicke trafen, wurden meine Knie weich. Ich habe mir das manchmal vorgestellt … Wie es wäre, wenn er … Na ja, wenn er mich umarmen würde und so weiter. Was ich mir damals halt so vorstellen konnte.«

»Und was ist aus der *Tulskaja* geworden?«

»Er war es, der sie unter Wasser gesetzt hat. Er hat Minen gelegt, dort, wo das Grundwasser war, und damit die Station geflutet. Mit all den Kranken und den Gesunden. Um eine Epidemie in der Metro zu verhindern. Um Fluchtversuche zu verhindern, hat er Leute mit Feuerwerfern postiert. Ich war damals an der *Tulskaja*. Ich rief ihm zu, wir hätten eine Methode gefunden, die Leute zu heilen. Er hat es gehört. Er hat mich sogar gesehen. Und trotzdem hat er alles sprengen lassen. Von den Leuten an der Station haben es ganze drei nach draußen geschafft. Die anderen sind ertrunken.«

»Wozu? Wozu hat er das gemacht?«

»Er sagte, er muss die Metro retten. Mehr nicht, einfach retten. Aber ich glaube, er war einfach ein Getriebener. Verstehst du? Das Saufen allein war ihm nicht genug.«

»Bei Homer klang das anders.«

»Wie denn?«

»Bei ihm bittest du um ein Wunder, glaube ich. Und dann, als das Wasser hereinbricht … glaubst du, dass es angefangen hat zu regnen. Etwas in der Art.«

»Ein Wunder!«

»Ich … Mir ist schlecht. Hilf mir bitte … zur Toilette.«

»Du kannst auch hier, wenn du willst. Ich bin ziemlich viel gewöhnt. Soll ich dir eine Schüssel bringen?«

»Nein, ich will nicht hier. Nicht vor dir.«

»Ja! Mehr! Ich will mehr! Mach weiter! Bitte, mach weiter!«

»Ach mein Liebling, mein Schatz. Mein Gott, du machst mich wahnsinnig.«

»Hör nicht auf. Mach weiter. Ich will noch mal.«

»Ich kann … Ich kann nicht … Ich …«

»Nein. Nein-nein.«

»Aus. Ich kann nicht mehr. Mein Gott. Ich liebe dich.«

»Red keinen Unsinn.«

»Nein, wirklich. Ich spare mir noch ein bisschen was zusammen, dann hole ich dich hier raus. Ich will nicht, dass du hier bist. Du passt nicht hierher. Ich nehme dich mit.«

»Na gut, du hast mich überredet.«

»Ach, mein Liebling! Wie viel bekommst du?«

»Wie letztes Mal.«

»Und ein Rabatt? Wie wär's mit einem Rabatt! Ich bin doch Stammkunde?«

»Warum machst du das?«

»Was?«

»Warum machst du das hier? Ich will dir keine Moralpredigt halten, aber …«

»Es geht schon los, was?«

»Nein, wirklich. Homer sagte, dass … dass du anders wärst.«

»Wie anders? Begreifst du denn nicht? Was spielt es für eine Rolle, was Homer gesagt hat! Er lebt doch in seiner magischen Welt. Aber ich lebe in der echten. Und in meiner echten Welt ist es besser, das hier zu machen, als Menschen Löcher in den Kopf zu schießen. Was soll ich denn sonst tun? Davon träumen, dass wir irgendwann nach oben zurückkehren, und wie herrlich und wunderbar es dann sein wird? Irgendwann reicht mir aber nicht. Ich brauche das Geld jetzt.«

»Nur wegen des Geldes? Und was, wenn du Geld hättest?«

»Hast du denn welches?«

»Nein.«

»Wovon redest du dann?«

»Wie bist du hierhergekommen?«

»Ein guter Mensch hat mich hergebracht. Er hat mich aufgelesen und mir den Job hier verschafft. Ich habe sonst niemanden. Und keinen Ort, wo ich leben könnte. Hast du ein Zuhause?«

»Ja.«

»Und eine Frau?«

»Ja. Nein. Ja.«

»Gut. Und was machst du dann hier?«

»Ich will dort nicht hin. Hier habe ich mehr Ruhe.«

»Du wirst bald gehen müssen. Du kannst noch ein wenig hier liegen, aber dann musst du los. Irgendwann kannst du ja vielleicht wiederkommen.«

»Warum?«

»Mein Herr ... kommt bald. Er darf dich hier nicht sehen.«

»Was für ein Herr? Dein Zuhälter?«

»Bleib liegen. Beruhige dich. Hier ist etwas Brühe, trink das. Trink.«

»Ich will diesen Scheiß nicht ... Mir ist übel. Was für ein Herr?«

»Das spielt keine Rolle.«

»Bist du etwa ein Ding? Was für ein Herr?!«

»Idiot!«

»Macht dir das etwa Spaß? Mit all diesen schmutzigen Kerlen?«

»Spaß ... Übrigens wäre es nicht schlecht, wenn du dich auch mal wieder wäschst. Steh auf, ich bring dich hin.«

»Kannst du Ljocha ausfindig machen? Den Broker, der mich hergebracht hat? Sag ihm, er soll mich abholen. Ich muss ja irgendwo übernachten.«

»Du ... du kannst heute hierbleiben. Mein Herr kommt wahrscheinlich nicht. Wegen diesem Krieg ... Er kann jetzt nicht jeden Tag hier sein. Willst du?«

»Wo? Hier? Oder auf der Liege, wo du ...«

»Hier. Willst du mit mir essen? Pilze.«

»Danke. Ich weiß nicht, wie ... Ich zahle es dir später zurück.«

»Lass mich dein Knie ansehen. Jemand hat mir eine Salbe gegeben. Bleib ruhig liegen.«

»Sie ist kühl. Und brennt. Au.«

»Als man dir den Rücken zerfetzt hat, hat das denn nicht gebrannt?«

»Ja, aber ... dort gab es niemandem, bei dem ich es hätte rauslassen können. Aber hier bist du.«

»Genau.«

»Was – genau?«

»Du hast mich mal gefragt, warum. Warum ich eine Hure bin. Wie ich es geworden bin.«

»Ich frage dich nicht mehr.«

»Doch, frag ruhig. Ich schäme mich nicht dafür. Glaubst du, nur du bist so? Weißt du, wie viele von deiner Sorte es hier gibt? Verwilderte. Einsame. Die niemanden haben, bei dem sie es rauslassen können. Die kommen alle zu mir. Ich ziehe sie förmlich an. Wie ein Magnet. Verstehst du? In mich hinein. Würde ich sie nicht aufnehmen … ihnen nicht ermöglichen … das alles rauszulassen … ihren ganzen Schmutz, das Grauen … die Wut. Die Zärtlichkeit. Dann würden sie irgendwann ganz zu Tieren. Ihr Männer seid einfach so. Wenn sie zu mir kommen, diese Männer, zittern sie förmlich vor lauter Leben. Und bei mir kommen sie zur Ruhe. Ich gebe ihnen Frieden. Verstehst du? Frieden. Ich tröste sie. Sie stoßen und stoßen … schreien … wüten … weinen … und irgendwann werden sie still. Machen den Reißverschluss zu. Und sind wieder in der Lage, ein wenig weiterzuleben – ohne Krieg.«

»Wie du sprichst … So kann ein Mädchen gar nicht sprechen. Du bist doch ein Mädchen. So zerbrechlich. Und elegant. Zum Beispiel deine Hände hier … Diese kleinen, zarten Hände …«

»Im Bordell zählt ein Jahr wie zehn.«

»Dann sind wir beide also gleich alt?«

»He, das reicht jetzt aber!«

»Ich brauch was zu trinken. Das hilft gegen die Strahlenkrankheit. Du hast nicht zufällig was da?«

»Ich will auch.«

»Mach Platz.«

»Wolltest du dich nicht da drüben hinlegen? Bei dir?«

»Rück schon zur Seite.«

»Ich kann aber hier nicht einfach so neben dir liegen. Nur, damit du Bescheid weißt. Hast du dich mal im Spiegel gesehen? Du bist wunderschön.«

»Sag jetzt nichts.«

»Ich kann aber nicht schweigen.«

»Wohin so eilig, kühner Recke? Hast du dich mal im Spiegel gesehen? Eigentlich dürftest du jetzt auf überhaupt nichts Lust haben. Du hast bald gar keine Haare mehr. Dann wirst du so sein wie dein Hunter. Genau das, wovon du immer geträumt hast.«

»Wirst du dich dann in mich verlieben? Das würde ich mir sehr wünschen.«

»Warum?«

»Dann fiele es mir leichter zu leben und zu sterben.«

»Still jetzt. Dreh dich um. Dreh dich um zu mir.«

»Du … Nein, warte. Ich will das nicht.«

»Was?«

»Ich will nicht, dass du mit mir aus Mitleid … Weil ich dir leidtue. Wie bei den anderen. Du sollst nicht mit mir schlafen, weil mir die Haare ausfallen. Klar?«

»Na gut, dann nicht. Ist ja, ehrlich gesagt, auch kein besonders toller Anblick. Morgen rasieren wir dich. Gute Nacht.«

»Halt, nicht so schnell. Vielleicht finden sich ja noch andere Gründe?«

»Zum Beispiel?«

»Na ja … Weil es dir beim ersten Mal mit mir gefallen hat. Weil ich gut aussehe, zum Beispiel, ich weiß nicht … männlich halt.«

»Ich weiß nicht mehr genau, wie es das erste Mal war.«

»Gib mir noch einen Schluck. Und ja, ich glaube, dass nur ich so bin, wie ich bin. Zumindest bilde ich mir das ein. Darf ich das? Wenigstens eine Stunde lang?«

»Trink.«

»Oh Gott … Halt … Ich … Ich kann nicht mehr …«

»Du … du machst mich wahnsinnig … Ich will noch … Bitte, noch mal …«

»Du bist doch verstrahlt … Woher hast du nur … Sag?«

»Keine Ahnung … Ich will dich. Vielleicht ist es mein Körper, der glaubt, das ist das letzte Mal …«

»Idiot. Hey, du bist übrigens ganz schön schwer.«

»Es lässt sich medizinisch nicht erklären. Es ist ein Wunder. Aber ich will eben …«

»Na gut. Wenn es ein Wunder ist.«

»Du bist übrigens wunderschön. Hab ich dir das schon gesagt?«

»Ja, das hast du.«

»Besonders deine Augenbrauen. Und die Wimpern. Und die Augen. Und deine Mundwinkel. Und hier … dieser Knick. Sehr schön. Und der Hals. So schlank. Und diese dünnen Beine … wie Streichhölzer.«

»Vielen Dank auch!«

»Und deine Frisur … also, ich meine … die Haare.«

»Hab ich mir selber vor dem Spiegel gestutzt.«

»Weißt du, wenn ich so auf dich warte, tagsüber … Während du da drüben … Während sie dich …«

»Hör schon auf.«

»Ich krieg da alles Mögliche mit.«

»Du könntest ja aufstehen und rausgehen.«

»Nein, warte. Ich will dir noch so viel sagen ... Dass du umwerfend bist. Dass ich mich so wohl bei dir fühle. Dass ich das mit meiner Frau schon lange nicht mehr erlebt habe. Und dass ich dich hier rausholen möchte, und zwar sobald ich kann ... Aber das haben dir heute schon andere gesagt.«

»Und gestern auch.«

»Und gestern auch.«

»Und? Sagst du mir jetzt nichts davon?«

»Soll ich?«

»Gib mir lieber etwas Wasser. Da drüben.«

»Dieses kleine Kreuz ... Glaubst du?«

»Ich weiß nicht. Und du?«

»Früher nicht. Einmal bin ich zu den Zeugen Jehovas geraten. Das war total lächerlich. Danach war ich noch lange ... Jedenfalls, wenn ich drüber nachdenke ... Ja ... Ja, jetzt wahrscheinlich schon. Ich ... bete manchmal. Oft. Na ja, nicht direkt beten ... Ich bitte eher um etwas. Okay, Gott, machen wir es so: Du gibst mir dies, und ich geb dir das.«

»Das heißt, du machst mit Gott einen Deal. Wie alle Kerle.«

»Geht das schon wieder los?«

»Au!«

»Ist es bei den Frauen denn anders?«

»Oh ja.«

»Und zwar wie?«

»Und zwar so: Wenn es keinen Gott gibt, dann haben wir gar nichts mehr, woran wir uns festhalten können, in dieser Metro.

Und dann ist Schicht im Schacht. Er aber … vergibt. Er sagt: Versuch es zu ertragen. Du musst das jetzt ertragen, aber das hat auch seinen Sinn. Ja, die Menschen quälen sich, und sie sterben. Aber nicht einfach nur so. Es ist eine Art Prüfung. Die ihr bestehen müsst. Und dabei machst du dich nicht etwa schmutzig, sondern im Gegenteil, du reinigst dich. Denk einfach immer an mich. Bei mir kannst du dich immer aussprechen. Ich selbst kann nicht sprechen, aber ich höre ziemlich gut. Wenn du dich entschuldigen willst, entschuldige dich bei mir. Wenn du wütend sein willst, geht das auch. Los. Schlag mich. Halt es nicht zurück. Wenn du jemanden lieben willst, liebe mich. Ich bin dir Vater und Bräutigam zugleich. Komm zu mir in meine Arme. Ich ertrage alles. Ich habe schon ganz anderes ertragen. Verstehst du? Die Erde ohne Gott ist nicht rund, sondern wie Kies: nichts als spitze Ecken und Kanten. Gott ist es, der sie rund und glatt macht.«

»Ja. Ohne Ihn gibt es nichts, woran wir uns festhalten können. Das ist es.«

»Wir müssen Ihm nur verzeihen, was er mit dem Menschen gemacht hat, den Krieg, den zerstörten Planeten, all die Toten.«

»Dabei war das gar nicht Er, sondern wir. Und selbst dann hat Er uns noch die Hand gereicht, um uns aus der Grube zu ziehen. Aber wir haben Ihn in diese Hand gebissen. Er ist es, der uns verzeihen müsste. Aber wird er das? Ich würde es nicht tun an Seiner Stelle. Gott der Vater verzeiht niemandem. Das ganze Alte Testament ist nichts als Kriege und Sondereinsätze. Aber Jesus hat allen verziehen.«

»Ich hab das nicht gelesen. Die Bibel ist für alle, die nicht glauben. Um sie zu überzeugen. Aber wenn du einfach nur glaubst,

439

mehr nicht, dann gehen alle diese Märchen an dir vorbei. Aber jetzt reicht es erstmal. Es ist schon spät.«

»Und wenn er doch noch nicht ganz zerstört ist? Unser Planet?«

»Gute Nacht.«

»Schläfst du?«

»Wie denn. Versuch mal zu schlafen mit solchen Nachbarn.«

»Und wenn ich dir sage, dass nicht der ganze Planet zerstört ist? Dass nicht alles kontaminiert ist?«

»Hast du das geträumt?«

»Nein, es ist wahr. Ich weiß es. Ich hab es von jemandem gehört. Und gar nicht weit weg, sondern gleich hier, in der Nähe von Moskau. Irgendwer will dort die Oberfläche neu erschließen. Und sie halten es vor allen anderen geheim. In Balaschicha. Auf der Karte ist das weniger als eine Stunde entfernt. Irgendwas wird dort gebaut. Ein Vorposten an der Oberfläche. Und das heißt doch, dass die Erde dort …«

»Wie lange bist du ungeschützt da oben gewesen? Und was ist aus dir geworden? Denk doch mal nach.«

»Aber was das Wichtigste ist: Sie bauen diesen Vorposten neben einer Funkstation. Was bedeutet das? Dass sie mit jemandem Verbindung aufgenommen haben. Vielleicht bereiten sie eine Evakuierung vor? Stell dir vor, die Rückkehr nach oben! Wir müssen nur irgendwie nach Balaschicha gelangen.«

»Wer hat dir das erzählt?«

»Jemand. Was spielt das für eine Rolle?«

»Hier gibt es viele Menschen, die … verschiedene Dinge erzählen. Manchmal sind es einfach nur irgendwelche Menschen –

aber manchmal auch nicht. Man darf nicht alles glauben. Man darf nichts glauben.«

»Komm mit mir, ja? Nach Balaschicha?«

»Nein.«

»Du glaubst, da ist nichts? Du glaubst also auch, dass wir die Einzigen sind? Dass ich mich die ganze Zeit völlig umsonst nach oben schleppe? Dass ich ein hoffnungsloser Idiot bin? Dass meine Kinder alle Missgeburten werden? Und dass das alles überhaupt nichts bringt?«

»Ich will einfach nicht, dass du stirbst. Gerade jetzt könnte ich das nicht ertragen. Ich weiß auch nicht, warum.«

»Das habe ich auch nicht vor. Aber ich werde trotzdem dorthin gehen. Sobald ich wieder fit bin, gehe ich los.«

»Nimm mich in den Arm.«

»Tiefer! Tiefer! Tu nicht so, als wärst du noch ne Jungfrau!«

»Au! … Das tut weh!«

»Maul halten, Schlampe. Oder soll ich dich fesseln?«

»Nein. Bitte nicht.«

»Ständig zickt ihr rum, ihr Bräute, die ganze Zeit. Glaubst du, ich fall drauf rein, dass du so klein und sauber bist? Dreckig bist du, eine dreckige Fotze. Und du magst es doch, wenn man dich … wenn man dich so … von hinten nimmt?«

»Das tut weh!«

»Ach was?! Und so, tut's dir so nicht weh? Oder so! Oder so!«

»Du verdammtes Schwein … Wenn du …«

»Hey! Was bist du denn für einer? Hm? Spinnst du?«

»Du widerliches Arschloch. Dich mach ich fertig.«

»Hilfe! Wache! Der will mich umbringen! Mörder, zu Hilfe-e-e …«

»Du kannst nicht über Nacht bleiben. Er kommt heute Abend.«

»Wer? Dein Herr?«

»Egal.«

»Du hast da diese Narbe auf dem Bauch. Ein Brandfleck von einer Zigarette. War er das?«

»Nein. Nicht er.«

»Du lügst, oder? Ich hab nämlich auch eine verbrannte Stelle, hier. Das war nach der Nacht, als wir … Als man mich zu dir gebracht hat. Dieser Mann, der mich im Korridor gefunden hat. Ich bin da betrunken auf dem Boden herumgekrochen. Er hat mich zu dir geführt. Mich dir übergeben. Ist er dein Herr?«

»Was geht dich das an?«

»Hat er dich mit einer Zigarette verbrannt? Warum lässt du dir das gefallen? Und warum hat er mich … Da auf dem Arm, das ist eine Ordenstätowierung. War sie zumindest.«

»Ich weiß, was dort stand, Artjom. Ich hab es gelesen. Ich erinnere mich an jene Nacht.«

»Warum hat er sie weggebrannt, dein Herr? Und warum hat er dich gefoltert?!«

»Das war nicht er, Artjom. Er hat damit nichts zu tun.«

»Wer dann?«

»Ich selbst. Ich habe mich selbst verbrannt.«

»Du? Wozu? Was soll der Scheiß? Und mich? Wer hat mein Tattoo … Du etwa?«

»Du selbst, Artjom.«

»Was? Warum sollte ich das tun?«

»Du musst dich jetzt wirklich auf den Weg machen. Es ist besser, wenn du dich an nichts erinnerst. Wirklich.«

»Ich glaube dir nicht. Du deckst ihn doch. Was ist das für ein Mensch?«

»Heute kannst du bei meiner Freundin Kristina übernachten. Ich habe mit ihr gesprochen. Und komm nicht hierher. Ich will nicht, dass du herkommst. Und morgen auch.«

»Warum?!«

»Wenn du da bist, geht es mir schlechter. Dann bekomme ich Lust, mich wieder zu verbrennen.«

»Wie geht es dir? Wie fühlst du dich?«

»Keine Ahnung. Lebendig.«

»Ich habe nachgedacht … Was du mir über Balaschicha gesagt hast. Ich habe da einen … Verehrer. Er ist auch Stalker. Ein unabhängiger.«

»War er dort?«

»Nein. Aber er hat ein Auto. Irgendwo da oben, versteckt. Ich kann ihn bitten, dass er … dass er dich mitnimmt. Dorthin. Er fährt heute wieder los.«

»Einer deiner Kunden?«

»Ja. Einer meiner Kunden.«

»Ich will nicht. Ich geh lieber zu Fuß.«

»Artjom. Wo willst du denn hin? Hast du dein Bein gesehen? Und dann … Ich habe mich bei der Ärztin erkundigt … Wenn die Strahlenkrankheit nicht behandelt wird … bleiben dir vielleicht noch drei Wochen. Aber wie sollen sie dich hier behandeln? Wo?«

»Du willst mich doch nur rausschmeißen, stimmt's? Damit ich deinem Herrn nicht ins Gehege komme.«

»Du glaubst mir nicht, oder?«

»Wahrscheinlich weißt du einfach nicht, wohin mit mir. Und wenn ich ans andere Ende der Welt gehe, Hauptsache, ich bin heute Abend verschwunden.«

»Er geht heute nach oben, Artjom. Gehst du mit?«

»Ja.«

»Ich will nicht, dass dir irgendwas passiert.«

»Das glaube ich dir nicht.«

»Hier … Lass mich dir das umhängen.«

»Wozu?«

»Trag es einstweilen. Damit du etwas hast, woran du dich festhalten kannst. Wenn du zurückkommst, nehm ich es mir wieder.«

»Hallo, Saschenka. Heute bin ich todmüde, ich will nur einen Tee und dann ab in die Falle, ja? Gehen wir in mein Büro.«

»In Ordnung.«

»Diese Idioten, stell dir vor, haben den Übergang zum *Kusnezki most* in die Luft gejagt. Die ganze *Puschkinskaja* ist eingestürzt, und jetzt können sie nirgends mehr hin. Und die Roten wollen nichts hören. Absolutes Chaos. Ich bin völlig fertig. Erst vermasseln sie alles, und dann darf ich den Karren wieder aus dem Mist fahren.«

»Ich verstehe.«

»He, was machst du hier? Lauschst du etwa? Wer bist du überhaupt?«

»Ich …«

»Der gehört zu mir. Er wollte einen Termin ... sozusagen. Hat die Sprechzeiten durcheinandergebracht. Ich nehm ihn wieder mit ... Ich nehm ihn mit!«

»Hab's durcheinander ... 'tschuldigung. Zur falschen Zeit am falschen Ort.«

»Ist der etwa dicht?«

»Natürlich ist der dicht. Hackedicht, verdammte Scheiße, das sieht man doch. Los, wir gehen, du Held.«

»Wer ist das? Was ist hier los?«

»Nichts, Alexej Felixowitsch. Falscher Alarm.«

»Fa-alsch ... Alaaam.«

15

STRASSE DER ENTHUSIASTEN

Sie stiegen an der *Trubnaja* auf. Wie sich herausstellte, gab es dort sowohl einen Eingang als auch einen Ausgang. Und man kam auch ohne Dokumente dorthin. Man musste nur wissen, mit wem man in wessen Anwesenheit redete und welche Worte man zu gebrauchen hatte.

»Du kannst eben nicht mit den Leuten reden, du Dödel!«, sagte Ljocha zu Artjom.

Er dagegen konnte. Wahrlich, ein erstklassiger Apostel.

»Ich geh mit euch«, sagte er mit leicht schwankender Stimme. »Erstens habe ich von deiner ach so tollen Welt da oben bisher nicht wirklich was mitgekriegt. Zweitens ist der Stalkerjob auch nicht schlechter als alle anderen, wahrscheinlich sogar etwas einträglicher. Drittens schwellen meine Eier sowieso an, also machen ein paar Röntgen mehr oder weniger auch keinen Unterschied mehr. Also dann, latschen wir los. Aber von allem, was ihr findet, will ich ein Drittel.«

»Hör zu, Grünschnabel«, entgegnete der Stalker, der Artjom nach Balaschicha bringen sollte. »Du hast von mir die Montur und kriegst außerdem das Wichtigste beigebracht. Also bekomme ich von dem, was du findest, die Hälfte, und von meinem Zeug bekommst du einen Scheißdreck. Alles klar?«

»Wenigstens etwas«, seufzte Ljocha nach kurzem Überlegen. »Dann trainier mich aber richtig!«

Der Stalker hieß Saweli. Die Falten in seinem Gesicht verliefen nicht wie bei normalen Menschen, sondern irgendwie: senkrecht über die Stirn, vom Mund aus nach unten, rund um die Augen kreuz und quer, und zusätzlich noch dort, wo sich eigentlich die Brauen befanden. Von der Nase zu den Mundwinkeln waren sie wie mit einem Federmesser eingeschlitzt, unter der Stirn gab es eine tiefe Kerbe, wie mit einer Laubsäge, sodass die Nase in der Luft zu hängen schien. Die Haare waren bei ihm noch an Ort und Stelle, allerdings schon ziemlich ausgedünnt, man konnte den faltigen Schädel deutlich hindurchschimmern sehen. Seine Beißer waren aus Stahl, wenn auch nicht alle, denn ein Zahn fehlte ganz. Er ging wohl schon auf die fünfzig zu, war also ein guter Stalker.

Beim Gehen machte sich Artjoms Knie immer wieder mit stechendem Schmerz bemerkbar. Auch der zerfurchte Rücken marterte ihn bei jedem Schritt, als könnte die Haut jeden Moment aufplatzen und sich zusammenrollen, und darunter bliebe nur noch braunes, trockenes Fleisch.

Sie überquerten die Boulevards, ließen die knorrigen Kriechbäume links liegen, passierten das verwüstete Einkaufszentrum neben dem Zirkus. Der Zirkus war geschlossen. Das Einkaufszentrum hatte irgendein böser Schimmelpilz verschlungen. Sie umrundeten es und stiegen hinab in die Tiefgarage. Dort befand sich Sawelis Auto.

»Ist, als ob ich mal eben für ne Einkaufstour hergekommen wäre«, näselte der Stalker durch seine Maske. »Ein cooles Gefühl.«

Artjom gefiel er nicht. Die unsystematischen Falten gefielen ihm nicht, auch nicht die stählernen Zähne und die schmalen Augen. Ebenso wenig die Tatsache, dass dieser Mann Sascha besuchte, wann immer er wollte, und sich bei ihr einfach so bediente, mit diesen Zähnen und Augen. Am liebsten hätte er sich das alles erst gar nicht vorgestellt, aber er konnte nicht anders.

Und dann, das Entscheidende: Saweli ging Artjom gerade mal bis zur Schulter. Wie konnte sie überhaupt – mit so einem?!

»Du poppst Sascha also auch?«, erkundigte sich Saweli auf seine einfache Art. »Na, dann kennen wir uns ja. Braves Mädchen. Obwohl sie meine Tochter sein könnte. Ich hab aber keine Tochter, also ist mein Gewissen rein.«

»Fick dich doch«, kommentierte Artjom. Er hatte sowieso vorgehabt, ihm das irgendwann zu sagen.

»Verstehe!« Der Stalker zwinkerte ihm kein bisschen beleidigt zu. »Ich hätte mich auch in sie verknallt, wenn ich ein bisschen jünger wäre. Aber als ich jünger war, hatte ich andere Saschas.«

Und das gefiel Artjom nun überhaupt nicht.

Sawelis Fahrzeug war ein Kombi. Er befand sich unter einer Plane, silbern, gepflegt, geölt, mit schwarzen, spiegelnden Fenstern und einer eineinhalb Meter langen Antenne, die wie ein Fühler herausragte. Das Besondere daran: Das Steuer war rechts. Artjom betrachtete sich in dem schwarzen Glas. Er trug einen lächerlichen Helm, den ihm Saweli gegeben hatte. Die Wumme dazu war allerdings in Ordnung – mit Schalldämpfer. Und die Wumme war schließlich wichtiger.

Alles andere in dieser Tiefgarage war längst verrottet oder ausgeraubt worden. Nicht gerade lustig hat's der Wagen hier, dachte Artjom, so als einziger Überlebender. Als würde er seine Familie auf dem Friedhof besuchen.

Der Wagen sprang sofort an.

»Ein Japaner«, erklärte der Stalker nicht ohne Stolz. »Jedes Mal wenn ich oben bin, schaue ich unbedingt bei ihm vorbei. Jetzt ist natürlich nicht mehr so viel Gesocks unterwegs, aber irgendwie sorgt man sich doch immer.«

Sie verließen die Gruft und bogen auf den Gartenring ein.

»Nach Balaschicha also?«

»Nach Balaschicha.«

»Und wohin da? Ist ja nicht gerade klein, dieses Balaschicha. Eine Stadt quasi.«

»Wenn wir dort sind, finden wir's schon.«

»Sehr witzig«, sagte Saweli.

Inzwischen waren sie rechts auf den Gartenring eingebogen und fuhren weiter. Eile war nicht angesagt, denn die Schneise, die jemand inmitten all des rostigen Schrotts gebahnt hatte, war eng und kurvig. Mitunter gelangten sie auf einen Nebenpfad, der sich als Sackgasse erwies. Dann wieder zurück. Auch die Bürgersteige waren mit kollidierten Fahrzeugen blockiert. Als die Leute aus Moskau zu fliehen versucht hatten, waren sie auch auf den Gehwegen entlanggerast. Über andere Menschen hinweg. Aber hätte es denn überhaupt einen Ort gegeben, wo sie hätten hinfliehen können?

»Und, was ist dort?«

Sie waren frühmorgens aufgebrochen, damit ihnen für ihre Expedition der ganze Tag mit seinem dunklen Licht zur Verfügung stand. Der Himmel war mit Wolken verschmiert, und jene Zehn-Rubel-Sonne, die Artjom beim letzten Mal gesehen hatte, blieb diesmal verborgen. Die Nacht war schwarz gewesen, die Dämmerung grau und der Morgen völlig farblos.

Er hatte den ganzen Abend getrunken, um nicht daran denken zu müssen, dass nicht er Saschas »Herr« war. Am Ende war die Nacht so kurz, dass er beim Aufwachen gar keinen Kater hatte, sondern immer noch betrunken war. Ihm war übel – vielleicht von dem Gebräu, ganz sicher aber auch von seiner Krankheit.

Krähen waren auf den Straßen nicht zu sehen, auch keine Hunde oder Ratten. Die Häuser ringsum waren eingetrocknet. Nur der Wind bewegte sich, alles Übrige war längst erstarrt. Der Geigerzähler tickte, wie auch Artjoms persönlicher Countdown. Ljocha schwieg, als hätte er seine Zunge verschluckt. Ringsum waren nur Kadaver.

»Ein Vorposten. Die Rote Linie errichtet hier oben eine Kolonie.«

»Die Rote Linie? Eine Kolonie? Wozu?«

»Um die Oberfläche zu besiedeln«, antwortete Artjom mit verzweifelter Hoffnung.

»In Balaschicha? Aber Balaschicha ist doch gar nicht so weit weg. Gleich hinter dem Autobahnring. Schau mal auf deinen Zähler. Wer soll denn da leben können?«

»Menschen.«

»Woher hast du das denn, Junge?«

»Jemand hat es mir gesagt ... eine zuverlässige Quelle. Dass Leute vom *Bulwar Rokossowskogo* aus abkommandiert worden sind, um einen Vorposten zu errichten. Gefangene aus dem Lager an der Station. Die ist ja ganz in der Nähe von Balaschicha, da kommt man sogar zu Fuß hin. Passt alles zusammen, wenn man drüber nachdenkt.«

Saweli hakte nach: »Aber warum ausgerechnet in Balaschicha? Was gibt es dort denn? Bunker? Eine Militärbasis?«

»Eine Funkstation. Vielleicht. Angeblich ... Und logischerweise, wenn dort tatsächlich eine Funkstation ist, stehen sie mit jemandem in Kontakt.«

Artjom wandte den Kopf und blickte Saweli an. Wie würde er reagieren?

»Und deswegen glaube ich, dass es irgendwo noch Überlebende gibt.«

Ein Vorposten.

In Saschas Kammer, auf dem durchgelegenen Klappsofa, hatte er genügend Zeit gehabt, sich das vorzustellen. Wahrscheinlich war es eine Festung, die meterhohe Mauern und Wachtürme mit MG-Schützen hatte. Im Inneren befand sich dafür – wie in einer dieser Schneekugeln für Kinder – ein behagliches kleines Paradies. Und zwar was für eins? Die Menschen trugen dort natürlich keine Masken, sie atmeten die Luft. Kinder spielten … Alle waren satt. Es gab Haustiere. Vielleicht Enten? Ja, orangefarbene. Und Pilze wuchsen dort auch, klar, richtig große. Der ganze Innenhof war voll saftigem Grünzeug, das im Wind raschelte und in verschiedenen Tönen schillerte. Kurz gesagt: Die Menschen existierten dort nicht nur, sie lebten.

Statt einer Haut hatte Saweli jetzt blassgrünes Gummi auf dem Gesicht, dass sich bei Artjoms Worten weder in Falten legte noch anspannte. Sawelis Augen waren runde Sichtgläser, die sich nicht verengen, sondern nur offen starren konnten. Ob er das Ganze lächerlich fand? Oder sich ärgerte, dass er sich für so eine stümperhafte Aktion hatte anheuern lassen? Fragte er sich, wofür er gerade sein Leben riskierte? Hätte er nur gewusst, wer Artjom das mit Balaschicha erzählt, und was in diesem Augenblick die anderen dort gesprochen hatten.

Saweli schwieg eine Weile, dann streckte er die Hand aus, ertastete einen Knopf und schaltete das Radio ein. Er ließ FM durchlaufen, dann schaltete er auf AM und schließlich auf UKW um. Überall war ein schwaches Heulen zu hören, wie Wind in nackten Zweigen – der verlassene Äther. Von Pestiziden ausgelaugt, drehte sich die Erde vollkommen wüst im luftleeren Raum, und nur an einer Stelle saß auf ihr noch der Mensch, die letzte noch nicht vertilgte Laus. Saß da, unter der himmlischen

Käseglocke, reglos und schläfrig: Einen Ausweg gab es nicht, doch der Tod ließ auf sich warten.

»Wäre ganz gut, wenn es irgendwo noch Überlebende gäbe.« Saweli erwiderte Artjoms Blick. »Vielleicht gibt es sie ja wirklich?«

Artjom konnte gar nicht glauben, dass er es ernst meinte.

»Ich bin ja nicht aus Moskau, sondern aus der Gegend um Jekaterinburg«, fuhr der Stalker fort. »Nach dem Militärdienst bin ich hierhergekommen, um zu studieren. Wollte Kameramann werden. Kriegsfilme drehen. Sehr schlau. Mir war da in der Armee so ne Idee gekommen, nämlich einen Film über Panzer zu machen. Und damit die Hauptstadt zu erobern. Sie sind alle dortgeblieben. Mutter, Vater, meine jüngere Schwester. Sogar Oma und Opa waren noch am Leben. Mama hat immer so Andeutungen gemacht: Schlag erst mal Wurzeln in Moskau, dann kommt Warja nach. Und vielleicht ziehen wir dann im Alter in eure Nähe, irgendwo bei Moskau. Oder ihr schickt uns die Enkelkinder im Sommer, zum Pilze- und Beerensammeln. Die Ausbildung hab ich noch fertig gemacht. Aber mit der Arbeit sah es ziemlich scheiße aus. Ich also jedes Jahr wieder: jaja, gleich, gleich, bald. Die wollten hier einfach nicht wachsen, meine Wurzeln, in Moskau, verdammt. Ich wohnte ständig zur Miete, immer Einzimmerwohnung, immer am Arsch der Welt. Weiber für ne Fotosession ranzuschaffen war mir irgendwie zu peinlich, das ist ja was anderes, als die eigene Schwester übernachten zu lassen, und wenn das Schwesterherz erst da war, wo sollten dann die Weiber hin? Und als ich dann endlich verknallt war, hatte ich kein Geld für die Hochzeit. In die Arbeit ging's immer mit Bus und Metro, für ein eigenes Auto hat's nie gereicht. Gespart habe ich wie ein Weltmeister, aber dann, zack, war auf einmal der Rubel nichts mehr wert. Kurz, zum Heulen das Ganze. Habe ich damals gedacht. Heute bin ich anderer Meinung.«

»Hast du mal nach Funksignalen gehorcht?«, fragte Artjom.

»Ja, früher manchmal«, antwortete Saweli. »Alles leer. Im Grunde sind mir die aber scheißegal. Mein Wagen ist immer voll ausgerüstet und getankt, weil ich mir denke: Wär's nicht besser, einfach die Fliege zu machen? Eines schönen Morgens aus der Metro zu steigen, sich in den Wagen zu setzen, eine Prodigy-CD einzulegen und dieses verdammte Moskau zu verlassen, loszudüsen nach Osten, so weit ich komme? Oder? ... Bei den Chemikern hab ich mir schon Salz eingetauscht und mir Pilze eingelegt. Ist alles schon im Kofferraum verstaut. Schön mit Gummi ausgelegt, damit die Gläser nicht gegen mein MG deppern. Ich bin also längst bereit. Schon seit zwei Jahren.«

»Warum fährst du dann nicht los?«

»Weil eben. Weil der Mensch von Natur aus ein Hosenscheißer und ein Melancholiker ist. Die Entscheidung war einfach, aber den Arsch hochzukriegen ist schwer.«

»Klar.«

»Jede zweite Nacht träum ich von unserer Datscha. Mit Gemüsegarten, eigenem Brunnen, Himbeeren an den Büschen. Papa verteilt gerade Mist auf den Beeten, ruft mir zu, jetzt hilf doch mal, aber ich verstecke mich die ganze Zeit vor ihm. Und Mama ruft, sie hat frische Ziegenmilch für mich. Ist das etwa auch klar?«

»Mir schon«, ließ Ljocha vom Rücksitz mit schläfriger Stimme verlauten. »Nicht alles, aber manches davon.«

»Also, ich hätte nichts dagegen, wenn sie alle noch am Leben wären«, sagte Saweli. »Oder zumindest ein paar von ihnen. Wenigstens der Opa, der uns gegenüber wohnte, und der mir immer die Ohren langzog, wenn ich mit der Schleuder auf seine Hühner geschossen hab.«

Sie kamen am Leningrader Bahnhof vorbei, dann am Kasaner, dann am Kursker. Von dort aus führten rostige Gleise in verlassenes Ödland. Artjom war dort gewesen, als er unter Melnik gedient hatte: Er hatte sich mitten aufs Gleis gestellt, dorthin geschaut, wo die beiden Schienen in der Ferne aufeinandertrafen, und sich vorgestellt, was dort wohl sei, am anderen Ende der Welt. Komische Sache, die Eisenbahn: eigentlich wie die Metro, nur ohne Mauern drumrum.

»Ich hab mal gehört«, sprach er, »dass irgendwo aus der Metro-2 ein Tunnel bis in den Ural führt. Zu den Regierungsbunkern. Und dass die alte Führungsriege da immer noch herumsitzt. Dass sie dort Konserven futtern und abwarten, bis die Strahlung wieder sinkt.«

»Die futtern sich doch gegenseitig«, entgegnete Saweli. »Du kennst diese Leute nicht, du hast ja nie ferngesehen.«

Ja, diese Leute kannte Artjom nicht, dafür aber andere. Er musste an den geschlossenen Umschlag denken, der wahrscheinlich immer noch in Dietmars Brusttasche steckte, von Kugeln durchsiebt. Melnik und dieser Felixowitsch in seinem Telefonhörer hatten den Krieg also doch nicht aufhalten können.

»Felixowitsch«, sagte Artjom, schon fast wieder nüchtern. »Für Alexej Felixowitsch. Bessolow?«

»Schlaf ne Runde«, riet ihm Saweli. »Dein Freund da hinten hat sich schon verabschiedet, solltest du vielleicht auch. In dem Tempo dauert's noch bis Balaschicha.«

Aber Artjom konnte nicht schlafen. Vor lauter Anspannung begann sich alles im Kreis zu drehen.

»Halt mal an«, bat er. »Mir ist schlecht.«

Saweli hielt an, und Artjom stieg aus, um sich zu entleeren. Ohne Gasmaske fühlte er sich leichter, aber die Strahlung hinterließ einen bitteren Geschmack auf seiner Zunge. Ungut. Und alles war so ausgestorben ringsum, dass Artjom nicht mehr in der Lage war, weiter darüber nachzudenken, wer nun Saschas und wer Melniks Herr war.

Stattdessen begann es im Kopf zu jucken: Was bist du doch für ein Idiot, dich von einer Beinahe-Leiche im Tunnel reinlegen zu lassen und ihrem prämortalen Gefasel einfach so zu glauben. Nichts würde dort sein, weder in Balaschicha noch in Mytischtschi noch in Koroljow noch in Odinzowo, nirgends und niemals.

»Hast du ne Dosis abgekriegt?«, näselte Saweli. »Oder kommt das vom Saufen?«

Artjom knallte die Tür zu.

»Fahren wir weiter.«

Vom Gartenring fuhren sie auf die Uferstraße eines zäh dahinströmenden Flüsschens, von dem schwerer, gelber Dampf in langsamen Schwaden aufstieg. Dann ging es vorbei an tausend anderen leeren Häusern, vorbei an einer seltsam winzigen roten Kirche, eingezwängt zwischen zwei niedrigen Häuschen, die Kreuze glänzten nicht mehr. Seine Hand hob sich wie von selbst, ertastete durch den Schutzanzug den Talisman am Hals, streichelte ihn. Vorbei zog es an Kopf und Bewusstsein ...

Wenig später fanden sie sich auf einer geraden, breiten Straße wieder, sie war sehr breit und sehr gerade wie die große rote Linie selbst: nirgends eine Rundung, nirgends ein Knick – drei Spuren in die eine Richtung, drei in die andere, dazu noch Trambahngleise. Und all das war verstopft, und zwar nur in einer Richtung, nach Osten, hinaus aus der giftigen Stadt. Verstopft mit liegengebliebenen und ineinander verkeilten Fahrzeugen.

Moskaus Venen hatten Thrombose.

»Chaussee Entusiastow«, las Artjom auf einem blauen Straßenschild.

Die Fahrzeuge hatten sich in reine Hardware, in Konserven verwandelt. Längst hatte man ihnen das Benzin abgezapft, die Leichen aus den Konserven dagegen gar nicht erst herausgeholt. Was hätte man mit ihnen denn anfangen sollen? Außerdem standen die Autos so eng, dass die Türen sich nicht öffnen ließen. Und so fuhren ihre Besitzer noch immer mit ihnen nach Osten. Schwarz, vertrocknet, bis auf die Knochen abgenagt. Manche hatten den Kopf gegen das Steuer gelehnt, andere es sich auf dem Rücksitz bequem gemacht, wieder andere hielten ihre Kinder auf dem Schoß. Wenigstens waren sie nicht verhungert, sondern von der Strahlung oder vom Giftgas getötet worden. Sie hatten also nicht lange warten müssen, es vielleicht sogar überhaupt nicht mitbekommen.

In die acht Spuren hatten sich zwölf Fahrzeuge nebeneinander hineingezwängt. Alle vier Meter ein Fahrzeug. Im Durchschnitt etwa drei Personen pro Auto, viele sogar voll besetzt. Wie viele kamen da zusammen? Wie lang ging diese Straße wohl? Von wo kam und wo endete sie?

Der Geigerzähler fing an zu rattern. Der kleinwüchsige Saweli rutschte unruhig auf seinem Platz hin und her, den er um des Komforts oder der Sitzhöhe willen mit einem weißen Fell ausgelegt hatte. Er zwängte sich am Straßenrand vorbei, wo gerade noch genug Platz war.

»Wir sind also Enthusiasten?«, fragte er. »Nach Balaschicha, ja?«

»Hosenscheißer und Melancholiker«, antwortete ihm Artjom.

Bald hatte er es satt, die dahineilenden Passagiere in ihren erstarrten Jeeps und Limousinen zu betrachten, und schloss die

Augen. Im Mund hatte er noch immer den Geschmack von Rost. Er fuhr mit Saweli ins Nichts. Alle hatten recht, nur Artjom nicht. Er hatte den Verstand verloren.

Wie lange hatte ihm Sascha noch gegeben? Drei Wochen?

Und der Arzt genauso viel. Er hatte das Urteil mit seinem Arztstempel bestätigt. Der Stempel war das Einzige gewesen, was er gehabt hatte, Medikamente nicht.

Was sollte er in diesen drei Wochen noch tun? Was?

Zu allen zurückkehren und sie um Verzeihung bitten?

Anja, weil er mit ihr kein normales Leben hatte führen wollen und ihr keine Kinder hatte geben können. Melnik, weil er dessen einziger Tochter den Kopf verdreht hatte. Und Suchoj, weil er es niemals fertiggebracht hatte, ihn »Vater« zu nennen, weder mit sechs noch mit sechsundzwanzig Jahren. Und weil er ihm um Geld anhauen würde: »Pa, ich brauch Geld«, anstatt ihm »Lebewohl« zu sagen.

Wenn ihn seine Beine noch etwas länger trugen, würde er vielleicht Hunter ausfindig machen. Mit ihm noch ein letztes Mal einen trinken. Ihm sagen: Du hast es geschafft, ich nicht. Meine Haare sind zwar ausgefallen, aber sonst ähnele ich dir kein bisschen. Die Leute werden auch nach mir weiter in der Metro hocken, Würmer fressen, im Finstern umherirren, sich gegenseitig Märchen erzählen, mit Schweinemist handeln und bis zum letzten Atemzug Krieg führen. Ich werde ihnen die Zelle nicht öffnen, sie nicht in die Freiheit entlassen, ihnen nicht beibringen, unter der Sonne zu leben, ohne zu erblinden.

Dann würde er die Patronen nehmen, die ihm Suchoj hingeschüttet hatte, zum *Zwetnoi bulwar* zurückkehren, sie alle Sascha geben und sie ganz sanft umarmen, sich gegen sie drücken, sie mit Stirn und Nase berühren für dieses Geld und nichts anderes tun als einfach nur liegen und ihr aus der Nähe in die Augen schauen. Ach ja, und Homer bitten, dass er sie aus der Räuberhöhle rausholt, sobald Artjoms Schiff abgelegt hat.

Na, doch gar kein so schlechter Plan.

Kam es ihm nur so vor, oder fuhr der Japaner jetzt schneller?

»Schau.«

Artjom öffnete die Augen.

Der Pfad war frei, jemand hatte die Autos zur Seite gedrängt, zerdrückt und in die nebenstehenden Kolonnen hineingeschoben. Als wäre hier ein gigantischer Bulldozer entlanggefahren und hätte mit einem Stahlpflug alles zur Seite gewischt. Bis zum Horizont zog sich eine Asphaltspur durch das Rostmassiv.

»Da«, sagte Artjom. »Siehst du! Wer hat das deiner Meinung nach gemacht?«

Sein Herz machte einen Hüpfer, baumelte an Gummis in seiner hohlen Brust. Sein Körper wurde feucht unter der undurchdringlichen Montur. Die Aufregung trieb ihm erneut sauren Speichel in den Mund, aber Artjom hielt ihn auf, drückte ihn zurück. Er wollte jetzt nicht stehen bleiben, nicht eine Sekunde mehr verlieren.

Jemand hatte technisches Gerät gefunden und es hergeschafft, insgeheim hier an der Oberfläche gearbeitet, um diesen ewigen Stau aufzugraben und eine Trasse für den Verkehr nach Osten, nach Balaschicha freizuschaufeln. Außer den Roten hatte das niemand in solch absoluter Geheimhaltung durchziehen können. Der Typ im Tunnel hatte ihn also doch nicht reingelegt. Jetzt hieß es nur noch, im Eiltempo weiterzufahren bis zum Horizont, ihn zu durchstoßen wie das Band im Zieleinlauf, dann hätten sie ihn erreicht: den Vorposten. Den Ort, wo die Menschen auf wundersame Weise an der Oberfläche lebten.

Es war also doch nicht alles umsonst.

Er war kein Verrückter, kein Idiot, kein bemitleidenswerter Fantast.

»Gib Gas«, bat Artjom.

Ljocha pennte immer noch. Das Radio zischelte. Der Wind knallte gegen die Frontscheibe. Saweli beschleunigte bis auf hundert, die Spur verengte sich von der Geschwindigkeit, aber er dachte gar nicht daran, langsamer zu fahren. Artjom hatte den Eindruck, dass auch der Stalker jetzt unter der eng anliegenden Gummimaske mit seinem Stahlmund lächelte.

Die Häuserreihen lagen hinter ihnen, und ein seltsamer Dschungel begann: Von beiden Seiten neigten sich über die enger gewordene Straße hinweg Baumstämme, streckten einander die Äste zu, verflochten sich zu einem Dach, um sich entweder zu umarmen oder einander zu erdrücken. Sie trugen keine Blätter. Es war, als hätten sie in diesem Kampf um Sonne und Wasser auch noch den letzten Rest Leben in ihnen verloren. Dennoch waren jene, die sich den Weg durch die Autos gebahnt hatten, ohne Zögern auch durch dieses unheimliche Dickicht gefahren.

Dann wich die Wildnis wieder zurück, und es öffnete sich eine weite Landschaft, durchsetzt von schachtelförmigen Hochhäusern. Die Enthusiasten-Chaussee erweiterte sich noch einmal um zwei Spuren auf jeder Seite, alle, bis auf die besagte Schneise, gefüllt mit Fahrzeugleichen. Dann wand sich vor ihnen die gigantische Schleife einer Autobahnauffahrt.

»Wir queren jetzt den Autobahnring«, teilte Saweli mit. »Balaschicha liegt dahinter.«

Artjom richtete sich in seinem Sitz auf.

Wo lag es, das Wunder? Gleich hinter dem Ring? War jenseits davon die Hintergrundstrahlung geringer? Nein, im Gegenteil, der Zähler knatterte jetzt sogar noch heftiger. Die Spur verengte sich hier, die blechernen Kadaver waren hier weniger sorgfältig beiseitegeräumt, sodass sie nicht mehr so schnell vorwärtskamen.

Der Autobahnring war breit wie die Straße ins Reich der Toten – und ebenso unendlich. In die Schlange zum Jüngsten Gericht hatten sich Personen- und Lastkraftwagen gleichermaßen eingereiht, unansehnliche russische Blechkisten ebenso wie edle ausländische Limousinen. Bei einigen Lastern waren die Fahrerhäuser nach vorn gekippt, als hätte man ihnen den Kopf abzuschneiden versucht, es aber nicht ganz geschafft. Den Bauch hingegen hatte man ihnen allen komplett ausgeweidet. Die eiserne Herde zog sich von Horizont zu Horizont. Wo die Enden des Autobahnrings aufeinandertrafen, war genauso unbekannt wie das Ende der Welt.

Hier jedenfalls war es nicht. Die Welt ging weiter, und sie war noch immer dieselbe.

Sie passierten das Ortsschild »Balaschicha«.

Außerhalb des Autobahnrings war alles genauso wie innerhalb.

Die Häuser standen jetzt weniger dicht. Statt der typischen Chruschtschowkas krochen Fabrikruinen bis an den Rand der Straße vor. Was gab es hier noch? Zerschlagene Verkaufsbuden neben umgekippten Bushaltestellen, Busse wie Gaskammern mit Panoramablick, der Ostwind blies einem die Röntgen direkt ins Gesicht. Es wurde allmählich Tag, doch niemand nahm davon Kenntnis. Davon, den Glauben ganz zu verlieren und sein Gelübde aufzulösen, hielt Artjom nur eines ab: Die Schneise lief immer weiter. Wohin?

»Und? Was jetzt?«, fragte Saweli. »Wohin sollen wir fahren, Mister Sussanin?«

»Wohin?«, fragte Artjom jenen Mann, der im Tunnel nach Luft gerungen hatte.

Warum hatte er ihm geglaubt? Sascha hatte doch gesagt: Glaub niemandem.

Aber wie kann ich nicht glauben? Woran soll ich mich sonst festhalten, Sascha?

Ljocha regte sich auf dem Rücksitz.

»Da! Was is'n das?«

»Wo?«

»Da, links? Es bewegt sich! Und nicht nur eins!«

Es bewegte sich.

Es drehte sich.

Neben der Straße stand auf einem offenen Platz eine Art Turm … oder war es eine Windmühle? Eine aus gekreuzten Schienen zusammengeschweißte Konstruktion, vier Stockwerke hoch, unten breiter als oben, und im Scheitelpunkt war ein riesiger dreischaufeliger Propeller angepfropft. Der Ostwind, der vor lauter Eile nicht ausweichen konnte, geriet dort in eine Falle, und um sich wieder zu befreien, musste er diese Schaufeln drehen.

»Und da, noch eins! Schau! Und noch eins!«

Die Windräder pilgerten, eins nach dem anderen, in einer langen Reihe am Straßenrand entlang. Die Propellerblätter waren jeweils etwa drei Meter lang und ungleichmäßig, ummantelt von grauem Blech, so grau wie der Himmel. Ein Blick genügte, um festzustellen: Sie waren handgemacht, nicht in einer Fabrik hergestellt, sondern erst nach dem Ende, nach dem Krieg, vielleicht sogar erst vor Kurzem gefertigt worden.

Vor Kurzem, jetzt!

Vor Kurzem hatte jemand – an der Oberfläche! – diese Windräder, diese Mühlen aufgestellt, zu einem bestimmten Zweck!

Die Schaufelräder drehten sich mit unterschiedlicher Geschwindigkeit. Es schien, als wäre hier ein ganzes Geschwader unterwegs vom Flugplatz zur Startbahn – wie ein Geschwader weißbäuchiger Bärtierchen mit durchsichtigen Flügeln. Vielleicht trieben diese Propeller ja den ganzen Planeten an, beförderten ihn irgendwohin an einen anderen Ort – zu einem bewohnbaren Stern, damit die Menschen hinüberspringen und sich retten konnten?

»Wozu sind die?«, nuschelte Ljocha vom Rücksitz aus.

Artjom wusste es.

»Die sind wie die Fahrräder an unserer Station«, antwortete er gedehnt und mechanisch, gleichsam verzaubert. »Das sind Generatoren. Sie erzeugen Strom. Aus Wind.«

»Und wozu?«

»Bist du blöd? Das heißt, dass hier Menschen leben! Hier! Wozu braucht man sonst so eine Unmenge an Strom? Wie viele sind das denn? Schau doch: sechs, sieben, acht, neun! Zehn-elf-zwölf-dreizehn! Und da, noch mehr! Damit kann man ein ganzes Hochhaus versorgen! Oder zwei! Oder drei! Vierzehn! Fünfzehn! Sechzehn! Stell dir vor?! Und das alles hat irgendwer gebaut! Hier oben! Wie ist die Strahlung?«

»Wie immer«, sagte Saweli.

»Ach, scheiß drauf! Dann haben sie sich eben irgendwie dran gewöhnt. Oder sich was zur Abschottung gebaut. Aber auf jeden Fall an der Oberfläche! Zu irgendeinem Zweck müssen diese Roten doch sein, oder? Irgendwas wissen die, was wir nicht wissen. Sie haben Strom hier! Wir haben in der ganzen Metro nicht so viel Strom, wie diese Räder hier erzeugen! Damit kann doch ein ganzer Stadtteil voller Menschen Tag und Nacht leben … Bleib mal stehen, Mann!«, rief Artjom Saweli zu. »Bleib stehen, ich will mir das genauer ansehen!«

Saweli hielt am Straßenrand.

Artjom sprang aus dem Wagen, humpelte auf ein Windrad zu, hob blinzelnd den Kopf zum Himmel und besah sich die langsam quietschenden Radschaufeln. Alles war intakt: Aus Wind und Quietschen machten diese Dinger Strom. Und kein einziges davon stand still.

Saweli näherte sich, sein Wintores-Gewehr – eine Waffe der Sondereinsatzkräfte – schussbereit in den Händen. Er musterte die Windmühle, blickte sich um und lauschte.

»Und wo sind sie jetzt, die Leute, von denen du sprichst?«, fragte er Artjom. »Wo ist dein Stadtviertel voll lebender Menschen, die mit diesem Strom ihren Frühstücksbrei kochen und ihr Klo beleuchten? Hm?«

»Keine Ahnung, Mann. Die verstecken sich. Das hier ist eine befahrbare Straße. Warum sollten die sich gerade hier blicken lassen?«

»Das heißt, die beobachten jetzt uns?«

»Möglich.«

Saweli legte sein Wintores an. Blickte durch das Zielfernrohr und suchte die Umgebung ab.

»Sieht nicht so aus. Hier sieht es aus wie in Moskau, Artjom. Alles leer.«

»Es gibt diese Straße, und jemand hat diese Windräder gebaut. Jemand muss das doch gemacht haben: Arbeiter, Ingenieure, Elektriker!«

»Aber hier ist niemand, siehst du das nicht? Die haben das gebaut und sind wieder zurück in die Metro. Kein Wunder bei der Dosis! Das Experiment ist gescheitert!«

Sie fuhren weiter: im Schritttempo, diesmal mit heruntergelassenen Fenstern, um kein einziges, nicht einmal das kleinste

Menschlein zu verpassen. Aber es war niemand da. Nackte Bäume reckten ihre knorrigen Finger zum Himmel, flehten um etwas. Hinter den Bäumen ragten Hochspannungsmasten mit abgerissenen Leitungen, genau konnte man das aus der Ferne nicht erkennen, da die Häuser sie verdeckten. Der Himmel verfing sich in den Propellern. Die wuchtigen Schraubenräder quietschten verstimmt, unkoordiniert, und ihr kollektives Quietschen hörte nicht eine Sekunde auf. Dann erkannten sie, dass die Windräder weiter vorn aufhörten. Und der Vorposten war immer noch nicht aufgetaucht.

»Fahr zurück. Wir sind wahrscheinlich dran vorbei!«

Saweli gehorchte. Während er wendete, ging Artjom noch einmal ein Stück zu Fuß. Ungeduldig lauschte er und blickte sich um.

Wo seid ihr, Leute?

Ihr existiert doch! Ihr seid doch hier! Also?! Kommt raus! Habt keine Angst, ich gehöre zu euch!

Auch wenn ihr Rote seid. Egal welche. Was bedeuten oben schon diese unterirdischen Farben? Die bleichen doch sowieso alle aus an der Sonne, oder?

Am Straßenrand tauchte etwas auf. Ein Hund.

Er nahm Witterung auf und kläffte träge.

Artjom hinkte auf ihn zu. Das war kein Wachhund: ohne Halsband, ein Mischling, schmutzig weißliches Fell mit Brandflecken.

»Was ist?« Saweli hatte ihn eingeholt.

»Siehst du?!«

»Ein Köter.«

»Er hat vor uns keine Angst. Er hat vor Menschen keine Angst. Und schau, wie fett der ist! Der glänzt ja geradezu. Ein Haushund! Kapierst du? Hier muss eine Siedlung sein. Irgendwo hinter den Bäumen. Er ist zahm und lebt dort genauso wie die Streuner bei uns an der Station. So gut genährt, wie der ist!«

Hinter dem weißlichen tauchten jetzt noch ein paar weitere Hunde zwischen den Häusern auf. Wäre Artjom in Moskau auf Hunde getroffen, hätte er sofort das Leittier ins Visier genommen und niedergeschossen, sonst wäre er nicht davongekommen. Aber diese hier waren anders: Sie knurrten nicht, teilten sich nicht im Halbkreis auf, um ihre Beute in die Enge zu treiben, sondern blickten friedlich aus halb geschlossenen Augen und kläfften nur hin und wieder ein wenig. Die Strahlung hatte sie ein wenig verunstaltet: Einer hatte fünf Pfoten, und einem anderen wuchs neben dem eigentlichen Kopf noch ein zweiter, kleinerer, blinder. Verunstaltet waren sie, aber nicht böse. Sie waren satt, daran lag es.

»Woher kommen die nur? Da! Hinter den Bäumen gibt es einen Pfad! Da müssen Menschen sein!«, rief Artjom Saweli mit blecherner Stimme zu.

Saweli stellte den Wagen in einer Ecke ab und zog den Schlüssel. Auch Ljocha stieg aus und schlug die Tür zu. Gegen die Sonne trug er über seiner Gasmaske noch eine Sonnenbrille mit rosa Gestell und herzchenförmigen Gläsern. Saweli hatte sie ihm geliehen.

Die Hunde schnüffelten an den Menschen; Saweli verscheuchte sie mit seinem Gewehr, und sie trotteten ungläubig ein paar Schritte zurück. Ihr Wanst hinderte sie daran, schneller zu laufen. Sie waren gemästet.

Artjom hob die leeren Hände und bog vor den anderen beiden in den Pfad ein.

»He! Leute! Nicht schießen! Wir sind hier einfach nur vorbeigekommen!«

Es war unklar, ob ihn jemand hörte: Das Quietschen der Windräder war jetzt so dramatisch, dass Artjoms Stimme darin durchaus untergehen konnte.

»Ist da wer? Hallo! Keine Angst, wir wollen nichts Böses …«

Das Atmen fiel Artjom schwer: Durch die Filter kam weniger Luft, als er jetzt brauchte. Auch die Sichtgläser seiner Maske waren neblig angelaufen. Aber er wollte jetzt nicht noch mehr Strahlung riskieren: Die Dosis stieg sowieso immer weiter an, jeder Atemzug ging jetzt auf Kosten seines Lebens, dabei gab es noch so viel zu klären. Es verlangte ihn nach Trost und Hoffnung – für sich und die ganze Metro.

Saweli und Ljocha folgten ihm.

Die Hunde trotteten ohne Hast erst hinter ihnen, dann vor ihnen her und zeigten ihnen den Weg. Durch die nackten Bäume waren weder Häuser noch ein Zaun zu sehen, aber irgendetwas Rötliches ragte auf – etwa fünfzig Schritt von der Straße entfernt.

Sie erreichten eine Lichtung.

Die Hunde blickten den Gästen in die Augen, wedelten schuldbewusst mit den Schwänzen und liefen zur Mitte hin. Als sie dort ankamen, verschwanden sie im Boden. Artjom trat näher heran. Was war das: Erdhütten?

Es war eine Grube.

Eine gewaltige Grube, von einem Bagger ausgehoben. Keine Grube, sondern ein Graben. Das Rötliche hinter den Bäumen war der dahinter aufgehäufte Tonsand, ein ganzer Berg. Erdhütten waren hier nirgends zu sehen.

Dafür lag in dem Graben ein Haufen Menschen.

Jeder in dem, was er gerade getragen hatte.

Alles Männer. Mehr war nicht zu erkennen. Die Hunde hatten alles andere aufgefressen.

Wie viele waren es? Viele. Obenauf allein zwanzig vielleicht. Aber es war deutlich zu erkennen, dass darunter noch eine Schicht lag, und darunter noch eine dritte, und so immer weiter in die Tiefe.

Auch Hunde gab es hier viele – aber es war genug für alle da, und deshalb waren sie so harmlos und friedlich. Sie waren hinuntergesprungen und nagten in aller Ruhe weiter an irgendwas herum. Das war die Beschäftigung gewesen, von der sie Artjom mit seinen Rufen abgelenkt hatte.

»Da sind sie also, deine Arbeiter«, sagte Saweli von hinten. »Arbeiter, Ingenieure und Elektriker. Sie alle liegen hier. Nach getaner Arbeit ist gut ruhn.«

Artjom blickte sich zu ihm um.

»Was soll das?«, fragte er. »Was hat das für einen Sinn?«

»Was das soll?«, näselte Ljocha mit seiner Herzchenbrille. »Und was soll das dort, im Reich? Du tust ja so, als wärst du nicht von dieser Welt. Glaubst du, hier läuft es anders?«

Artjom griff sich an den Rüssel und riss sich die Gummimaske vom Gesicht. Er gierte nach Frischluft, um nicht überzuschnappen, dabei hatte er vergessen, dass Leichen stanken. Sofort traf ihn der süße, ekelerregende Geruch ins Mark. Er würgte und erbrach Galle.

Dann humpelte er los, schleppte sich fort, fort von diesem aufgebuddelten Grab. Über seine Ohren wälzten sich quietschend die Schaufeln der Windräder dahin, immer wieder. Er kam bei ihnen an – da standen sie in einer gleichmäßigen Kolonne. Sie hier aufzustellen war eine böse, harte Arbeit gewesen. Aber jemand hatte sie erledigt. Sicher hatten sie einige Zeit daran gebaut. Nach und nach waren die einen gestorben, und andere hatten sie abgelöst – nein, sie waren nicht von selbst gekommen, man hatte sie hierhergebracht, Politische und auch sonst alle Möglichen, um den Vorposten zu errichten. Und kaum einer war zurückgekehrt. Wahrscheinlich waren diese Leute, von denen Sujew berichtet hatte, von hier geflohen, aber in der Metro hatte man sie erwischt und auf die Schnelle kaltgemacht, damit sie nichts ausplauderten. So war das gewesen.

Die Blechflügel der Windmühlen drehten sich unaufhaltsam weiter, blinkten in der trüben Sonne auf, aber dies war kein Geschwader träumerischer Flugzeuge, dies waren die Messer eines Fleischwolfs, durch den die Menschen aus der Moskauer Metro gedreht wurden, um aus ihrem Leben elektrischen Strom herauszuquetschen und sie am Ende zu Hundefutter zu verarbeiten.

»Wozu?«, fragte Artjom. »Wozu braucht ihr so viel Strom?!« Er spuckte sauren, bitteren Speichel aus und zog sich die Maske wieder über.

Plötzlich vernahm er ein Brüllen hinter den Bäumen. Ein Fahrzeug.

Artjom warf sich zu Boden und winkte seinen Begleitern zu, die von der Grube zurückkamen. Auch diese legten sich flach, damit man sie zwischen den kahlen Bäumen nicht bemerkte.

Ein Lkw, ein Ural, kam in Sicht, auf sechs riesigen Rädern, grau lackiert, mit vergitterten Fenstern. Anstelle der Stoßstange hatte er eine gezackte Ramme und statt der Ladefläche einen zusammengenieteten Stahlkasten mit engen Schießscharten und einer kleinen Tür. Von einer Seitenstraße war er in die Schneise auf der unendlichen Chaussee Entusiastow eingebogen – an der Stelle waren sie zuvor mit ihrem Japaner vorbeigefahren. Jetzt bremste er und blieb stehen. Worauf wartete er?

Artjom hielt den Atem an. Hatte man sie gehört? Suchten sie nach ihnen? Hatten sie den Japaner gesehen, der gleich hinter ihnen parkte?

Nein. Ein zweiter Motor brüllte auf – und aus derselben Biegung rollte ein weiterer Laster auf die Straße, von exakt derselben Bauart. Frisch lackiert. Er reihte sich hinter dem anderen ein, dann rülpsten beide schwarzen Rauch hervor, heulten auf und fuhren los Richtung Moskau. Sie bretterten zwischen den aufgehäuften Konserven die Schneise entlang, in die sie gerade so hineinpassten, und waren bald darauf nicht mehr von dem grauen Asphalt zu unterscheiden.

»Von dort«, sagte Artjom. »Hinter der Kurve. Was ist da?«

Dort, über den Bäumen, ragten die Hochspannungsleitungen, die ihm zuvor aufgefallen waren.

Er ging am Straßenrand entlang, seine Finger packten den Gewehrgriff fester. Es war ihm jetzt egal, ob Saweli und Ljocha ihm folgten, oder ob sie zögerten. Er musste diesen Ort finden. Er musste wissen, was dort war. Wofür man all diese Leute umgebracht hatte.

Er bog von der Chaussee Entusiastow auf die daran angekoppelte Straße ein. Das Straßenschild zeigte den Namen »Objesdnoje-Chaussee« an.

Noch während er sich näherte, dämmerte es ihm: Das war gar keine Hochspannungsleitung.

Es waren Funktürme!

Eins, zwei, drei, zehn, wie viele noch? Hier also war die besagte Funkstation!

Er hüpfte humpelnd darauf zu, und auch die Funktürme krochen langsam hinter den Bäumen hervor, hinter denen sie sich zuvor versteckt hatten. Sie fuhren in den Himmel auf, eiserne Flechtwerke, luftig, riesenhoch. Was war im Vergleich dazu Artjoms mickriges Kabel auf dem Hochhausdach! Das hier waren Antennen, die bis zum Ende der Welt reichten! Wenn sie das Signal aus Poljarnyje Sori nicht empfangen konnten, wer dann?

»Warte!« Saweli hielt ihn am Arm fest. »Wo willst du so schnell hin? Etwa zum Haupteingang?! Zur Pforte?!«

»Mir scheißegal«, antwortete Artjom. »Von mir aus zum Haupteingang. Das ist hier die Funkstation, hast du das kapiert? Das sind Antennen! Jetzt ist klar, wozu die ganzen Generatoren dienen. Warum sie gerade hier in der Nähe stehen. Nicht für irgendeine Siedlung! Sondern um diese Antennen zu versorgen! Und auch all die Arbeitstiere in der Grube dort waren dazu da, um diese Anlage funktionsfähig zu halten! Hast du verstanden?! Und was bedeutet das?! Dass sie mit jemandem Kontakt aufgenommen haben! Vielleicht sogar mit deinem Ural! Mit dem Bunker in Jamantau! Mit irgendwem unterhalten sich die Rotärsche, verstehst du? Wozu sollten sie das hier sonst bewachen? … Tu, was du willst, Mann. Ich hab sowieso nur noch drei Wochen – ich muss das jetzt rauskriegen.«

Er riss sich los und ging weiter.

»Warte, du Schwachkopf!«, flüsterte ihm Saweli wütend zu. »Was rennst du gleich drauflos? Was sollen wir zu dritt … Jetzt setzen wir uns erst mal kurz hin und überlegen.«

»Ja, setz dich ruhig, ich sondiere derweil die Lage.«

Er hinkte unter den Bäumen hindurch, schon konnte er den Betonzaun erkennen, hinter dem die Türme standen. Jetzt nur noch irgendwie über diesen Zaun kommen … Vielleicht das Tor? Nein, das Tor war keine gute Idee.

An einer Stelle reichten die Bäume nah an die Umfriedung heran. Artjom kletterte die Äste hinauf. Oben auf dem Beton zog sich Stacheldraht entlang, aber das machte ihm jetzt keine Angst mehr. Er stieß mit dem Gewehr dagegen – kein Kurzschluss? Nein. Er packte zu, riss sich ein Hosenbein auf, wieder alles voller Blut, aber das war ihm jetzt egal. Schaffte es auf die andere Seite. Er achtete darauf, zuerst auf dem gesunden Bein zu landen. Was halbwegs klappte.

Wenn ihn jemand gesehen hatte, würde der ihn spätestens jetzt zur Strecke bringen.

Aber der Einstieg lag günstig. Hier war man nicht gleich zu entdecken: Dieser Bereich lag hinter Gebüsch und wurde von Ziegelbauten und irgendwelchem Schrott abgeschirmt. In einer Ecke parkte sogar ein schlafender Bagger – wahrscheinlich derselbe, mit dem man das Erdloch ausgehoben hatte.

Ein überraschter Schäferhund bellte los, sprang hinter einer Ecke hervor und rannte auf Artjom zu. Artjom verpasste ihm eine leise Kugel in die Schnauze. Der Hund jaulte auf und schlug einen Purzelbaum.

Er schlich sich an dem Gebäude entlang – es war das Wärterhäuschen beim Tor. Er blickte von hinten durchs Fenster: Menschen. Sie alle waren in Schutzanzüge gekleidet, sodass er nicht erkennen konnte, ob sie Rote waren oder irgendeine andere Farbe hatten.

Er ging um das Häuschen herum und klopfte. Als sie ihm öffneten, pumpte er sie mit Blei voll. Wie du mir, so ich dir. Ob ich jetzt falschgelegen habe, klären wir später – in drei Wochen.

Auf dem Tisch lief ein kleines Fernsehgerät, auf dem Bildschirm war das Tor und der Zaun zu erkennen. Die Aufnahme lief rückwärts: Vielleicht hatten sie seinen Sprung ja übersehen, sich gerade abgewandt, oder sie wollten sich noch einmal vergewissern und bis zu der betreffenden Stelle zurückspulen … Das hieß ja wohl, dass Gott ihm Deckung gegeben hatte … Der Vater. Er mochte solches Zeug … Das ganze Alte Testament … Nichts als Kriege … und Sondereinsätze.

Er entdeckte den Schalter mit der Aufschrift »Tor«, schlug darauf und betrat wieder den Hof.

Erst hier fing er sich die Kugel ein, auf die er von Anfang an gewartet hatte. In die Schulter. Er schaffte es, bis zu einer niedrigen Mauer in der Nähe zu laufen, duckte sich dahinter, hoffentlich auf der richtigen Seite, nicht direkt im Visier des Schützen. Mit dem unverletzten Arm hob er das schwere Gewehr und feuerte aufs Geratewohl. Nein, es war die falsche Mauer, die falsche! Eine weitere Kugel ratschte neben seinem Kopf in die Wand, ein Ziegelsplitter prallte gegen ein Glasauge, das sofort einen Sprung bekam. Er rannte auf die gegenüberliegende Seite zu – stolperte, ein rasender Schmerz durchzuckte sein verletztes Knie, schlug ihn nieder. Über den Boden kroch eine Salve auf ihn zu, hatte seinen Leib schon fast erreicht, als plötzlich vom Tor aus jemand losratterte. Aus dem Augenwinkel: Ljocha! Er gab ihm Feuerschutz, danke!

Artjom raffte sich auf, rutschte im Staub aus – kamen da jetzt etwa noch drei aus dem Gebäude? Sie alle waren in voller Montur, wahrscheinlich hatten sie so lang gebraucht, weil sie sich noch anziehen mussten. Ljocha hatte sich hinter einer Ecke verschanzt, auf die jetzt ganze Munitionsbänder abgefeuert wurden. Die drei Neuen bemerkten Artjom, der noch immer auf allen vieren war. Nur noch ein paar Schritte bis zur nächsten Deckung. Aber genau diese Schritte fehlten ihm jetzt, und er hätte wohl gleich hier den Staub rot gefärbt, wäre da nicht plötzlich der Japaner durchs Tor hereingeflogen. Mit quietschenden Reifen raste er auf die verdutzten Kämpfer zu und warf sie über die Motorhaube. Auf ihn, auf den Japaner tackerte es jetzt von oben, doch im nächsten Moment lugte Ljocha hervor und lenkte den MG-Schützen auf dem Dach erneut auf sich. Artjom hatte es inzwischen aus der Gefahrenzone heraus bis zur Tür geschafft, und Saweli war aus seinem Wagen herausgesprungen und hatte sich dahinter verschanzt. Der Stalker fand den Mann auf dem Dach in der Linse seines Wintores, schmatzte zweimal hintereinander mit dem Schalldämpfer, und das MG des Mannes verstummte. Einer der Angeschossenen erhob sich schwankend und rammte Ljocha stupide den Gewehrkolben gegen das Kinn. Dann begann er an seiner Waffe herumzufummeln wie ein Betrunkener, um den betäubten Broker fertigzumachen, aber im nächsten Augenblick stand Artjom neben ihm, feuerte ihm ins Gesicht und rettete so den Retter. Er stieß die Tür auf, lief den Gang entlang, jemand stürzte ihm mit einer Pistole entgegen. Artjom begriff gar nicht mehr, was eigentlich vor sich ging, sondern drückte einfach ab. Der Mann zuckte zurück, und das war's. Aus. Ende.

Auf einmal war alles still. Auch im Hof hatte man offenbar genug geschossen. Durchs Fenster war zu sehen, dass Saweli die anderen, die am Boden lagen, mit dem Fuß anstieß, um zu kontrollieren, ob sie auch wirklich tot waren.

Das Gebäude erwies sich als klein.

Ein Gang und ein paar Zimmer. Alle Türen weit geöffnet, die Treppe führte in den ersten Stock, dort das gleiche Bild. Es gab eine Pultanlage, aber den einzigen Mann, der sich damit vielleicht ausgekannt hätte, hatte Artjom soeben im Vorbeigehen niedergemacht.

Eine Unmenge von Knöpfen gab es dort und ein ganzes Gestrüpp aus Kippschaltern. Deren Beschriftung war – obwohl mit russischen Buchstaben – ein reines Kauderwelsch aus Abkürzungen, und nun gab es niemanden mehr, der daraus vollständige Wörter hätte basteln können.

Artjom setzte sich auf einen Bürostuhl mit Rollen.

Legte seine einäugige Maske ab.

Berührte die Knöpfe. Also? Welcher von euch verbindet mich jetzt mit Poljarnyje Sori?

Nach einer Weile glaubte er herausgefunden zu haben, wie man die Frequenzen umschaltete. Da war ein Kopfhörer. In dem Kopfhörer rauschte das Meer:

»Ffffschschschschfff…«

Weiter.

»Kchchchch… Kchchchch…«

Eine Isolierstation für Tuberkulosepatienten. Ein schwarzer Tunnel voller nackter Tiermenschen. Krampfhaftes Husten. Atmen durch Löcher, die von Spitzhacken geschlagen wurden. Niemand will weg. Niemand will ihm nach oben folgen. Es gibt dort nichts, wo man hingehen könnte. Alles ist zerbombt, vergiftet, kontaminiert. Geh doch allein nach oben, so durchgeknallt, wie du bist.

»Kchchch…«

Bamm! Voller Wut rammte er die Faust gegen das Pult.

»Los, funktioniere!«

Bammm!

»Funktioniere, du Scheißteil! Was habt ihr hier abgehört?! Mit wem habt ihr gesprochen?! All diese Leute in der Grube! Wozu waren die?! Und die im Hof! Wozu?! Los, mach schon!«

Bammmm!

»Kchchch…«

»Fffffschschschschchchchch…«

So riesige Antennen! Ganze Türme! Zehn Stück! Die können doch auf allen Wellen senden und empfangen! Warum seid ihr so riesig und doch so taub, ihr Schrottkisten?!

Wie sendete man hier? Wie konnte man hier der krepierten Welt alles sagen? Wie konnte man sie, alle sieben Milliarden Leichen auf einmal, zum Henker schicken?

Saweli trat ein.

»Na? Wie geht's meinen Eltern?«

»Gar nichts geht! Überhaupt nichts!«

»Antwortet denn wenigstens irgendwer? Oder war das jetzt alles umsonst?«

»Und was ist mit denen?! Sind die etwa auch umsonst hier gewesen?!«

Saweli schwieg. Rührte mit seinem Stiefel am Arm des toten Funkers, hoffnungsvoll. Aber der war unwiederbringlich tot.

»Na gut. Wir müssen Land gewinnen. Der hier hatte ja massig Zeit, seine Kollegen zu verständigen. Wenn die zurückkommen, sind wir im Arsch. Alexej zum Beispiel spielt gerade nicht mehr mit.«

»Lebt er noch?«

»Ist k. o. Hat einen fetten Kinnhaken abgekriegt. Ich hab ihn in den Wagen gepackt. Also los, sammeln wir die Knarren von den Jungs ein, und ab nach Hause. Dann hat der Trip wenigstens irgendeinen Sinn gehabt.«

Artjom nickte.

Hier war nichts mehr zu tun. Überhaupt war jetzt nirgends mehr etwas zu tun. Für ihn.

Er erhob sich von dem Stuhl mit den Rollen. Seine Beine waren steif. Die Augen ausgetrocknet. Die Finger, die an der *Puschkinskaja* noch gekrümmt waren, damit sie genau um die Schubkarrengriffe passten, lagen jetzt so, als hielten sie den Griff eines Sturmgewehrs – den Zeigefinger etwas nach vorn gestreckt.

Er nahm dem Funker die Pistole ab. Dem war's offenbar nicht leid drum, er gab sie sofort her. Seine Uniform war gesichtslos, ohne Abzeichen.

Wer warst du? Wozu warst du hier?

Er schlurfte nach draußen. Nahm dem einen das Gewehr ab, dem zweiten. Auf dem Dach war noch das MG, erinnerte er sich. Aber er wollte nicht mehr zurück in die Funkstation.

Die Türen des Wagens standen weit offen. Jemand stöhnte, kam allmählich wieder zu sich. Ljocha. Monoton rauschte der Äther im Autoradio – laut, deutlich vernehmbar. Genau wie in der Schaltanlage. Den Weg hätte er sich sparen können. Hätte es sich ersparen können, irgendwelche fremden Leute umzubringen. Sich noch eine Sünde aufzuhalsen, für die er sich in drei Wochen würde rechtfertigen müssen.

Artjom setzte sich auf die Erde. Starrte tumb in die Gegend.

Die Türen des Wächterhäuschens standen offen. Ein Menschenarm ragte aus der Öffnung heraus, die Hand in den Asphalt gekrallt. Daneben befand sich das Trafohäuschen, ein gelbes Schild mit Blitz an der Tür. Ein zweistöckiger Bau mit einem schweigsamen Funker. Was gab es hier zu bewachen? Warum waren hier zwei dieser Urals stationiert? Wozu hatten sie die Windmühlen gebaut? Wozu die Grube ausgebaggert? Die Menschen aus der Metro hierhergeschafft? Um die Hunde zu füttern? Um Flüchtlinge abzufangen?

Die Windmühlen quietschten, erzeugten Strom, füllten damit das Schaltpult, luden die verteufelten Sendemasten.

Mahlten Seelen zu Mehl, Leben zu Staub.

Sie quietschten, quietschten monoton, wickelten Artjoms Gedärm auf ihre Schaufeln: »Iiiii, iiiii, iiiii, iiiii…«

Taube, sinnlose Antennen ragten über ihm auf.

»Iiiii, iiiii, iiiii, iiiii, iiiii!«

Er sprang auf, hinkte so schnell, wie es ihm sein Hass ermöglichte, auf das Trafohäuschen zu. Mit dem Kolben rammte er das Vorhängeschloss weg, trat die Tür auf, die wie eine gesprungene Glocke ertönte, und stürzte ins Innere. Da war der Schrank: Lämpchen, Schalter.

Stupide, ungeschickt rammte er mit dem Lauf gegen die Schalttafel. Die Lämpchen knisterten.

»Wozu, ihr Drecksdinger? Wozu braucht ihr so viel Strom?«

Er griff um, nahm das Gewehr jetzt wie einen Stock, wie einen Prügel – und ließ den Kolben mit Schwung gegen die Schalttafel krachen.

Plastik spritzte, Glas spritzte, Sicherungen flogen heraus und landeten auf dem Boden, ein Lämpchen erlosch.

Er packte einen Strang bunter, irgendwie kindlich aussehender Kabel und riss sie heraus.

In Artjom brannte es jetzt, alles in ihm war verdreht, zusammengepresst; und es wollte einfach nicht nachlassen. Er wollte jetzt alles hier auslöschen, bis auf den Grund zerstören, diese verfickte, sinnlose Funkstation kleinhacken, den Strom der Fleischwölfe in die Erde, die Sonne, ins Weltall umleiten.

Tränen hätten geholfen. Aber in seinen Augen war etwas abgestorben, es konnten keine Tränen kommen.

»Hey! Artjom! Hierher!«

Er trat aus dem erloschenen Trafohäuschen nach draußen – angespannt, unbefriedigt, noch immer voller Ekel, Dummheit und Finsternis. In seinen Ohren dröhnte es. Sein Mund schmeckte wieder nach rostigem Blut.

Er sah, dass Saweli ihm von seinem weit offenstehenden Japaner aus zuwinkte.

Seltsamerweise hatte er seine Schutzmaske abgenommen.

»Was?!«, schrie Artjom, um das Dröhnen in sich zu übertönen.

Der Stalker antwortete ihm flüsternd, unhörbar, winkte Artjom zu sich. Dieser ging langsam auf den Wagen zu.

»Was ist?!«

»Komm schon her, Schwachkopf!«

Die Falten auf Sawelis Gesicht bildeten jetzt ein seltsames Muster. Er schien zu lächeln, aber gleichzeitig sah es so aus, als erfüllte ihn unerträgliches Grauen. Sein Lächeln war irr und glänzte stählern.

»Was?!«

»Hörst du nicht?!«

Endlich kam Artjom humpelnd bei ihm an. Er runzelte die Stirn. Was war denn?!

Aus dem Wagen, aus seinem Inneren ... Etwas ...

Verdattert blickte er den Stalker an, war mit einem Satz auf dem Vordersitz, begann mit zitternden Fingern zu suchen: Wie ging das hier lauter?!

»Ist das deine CD?! Willst du mich verarschen, oder was?!«

»Idiot!«, entgegnete Saweli lachend und blickte durch das offene Fenster ins Wageninnere. »Kannst du nicht mal Prodigy von Lady Gaga unterscheiden?«

Aus den Boxen kam Musik.

Leise, undeutliche Musik, vermischt mit einem Zischen – und völlig anders als die Musik, die Artjom in der Metro hatte hören müssen. Keine Gitarre, kein kaputtes Klavier, keine schwermütigen Bass-Hymnen vom Tag des Sieges. Dies war keine Musik, dies waren komische Verrenkungen – aber sie waren schwungvoll, mitreißend, lebendig. Zu diesem Lied wollte man tanzen. Und darüber das bekannte »Fffffffschschschchchchch ...« Das

481

war keine CD, das war Radio. Ja, Radio. Musik! Keine Rufzeichen, sondern Musik! Irgendwo hörte jemand Musik! Und jemand anders legte sie auf! Niemand sagte: Wir haben hier irgendwie überlebt, und wie geht's bei euch? Sondern jemand legte Musik auf, damit andere Leute dazu tanzen konnten.

»Was ist das?«, fragte Artjom.

»Das, verdammt, ist Radio!«, erklärte Saweli.

»Was für eine Stadt?«

»Weiß der Geier, was für eine!«

Artjom drückte den Tune-Knopf. Gab es noch andere?

Und hatte sofort eine andere Frequenz. Sofort. Nach einer Sekunde!

»Kommen, bitte kommen! Dies ist Petersburg, Petersburg ...«

Antworten konnte er nicht, also hastete Artjom sofort weiter. Etwas gurgelte in einer unbekannten Sprache los, als hätte jemand den Mund mit Pilzen voll und versuchte, zu reden.

»Englisch!« Saweli knuffte ihn gegen die durchschossene Schulter. »Checkst du das?! Sogar die Arschlöcher haben überlebt!«

»Kchchchch...«

»Berlin ... Berlin ...«

»Kasan ... Können Sie mich hören? Ich höre Sie gut! Hier ist Ufa ...«

»Wladiwostok an die Insel Mirny ...«

»Schschschschchchchchchfffff...«

»Wir begrüßen die Bewohner von Jekaterinburg und des Swerdlowsker Gebiets ... Wer hört ...«

Erst als sich Artjom mit dem Äther vollgesogen hatte, ließ er sich, noch trunken, in den Sitz zurückfallen. Starrte den Stalker an und lallte mit schwerer Zunge:

»Woher kommt das jetzt? Was ist passiert?! Ich kapier das nicht!«

»Was hast du gemacht?!«

»Ich hab ... den Schaltschrank zertrümmert ... Wahrscheinlich den Strom abgeschaltet ... Wollte ich zumindest.«

»Ja, das hast du wohl.«

»Ich ... Ich versteh das nicht.«

»Was kann es denn sonst sein?!«

»Hm? Was?!«

»Was glaubst du, wozu diese Masten da sind?«

Artjom fiel aus dem Wagen, legte den Kopf zurück, betrachtete die Antennen, die den Himmel zu stützen schienen. Sie sahen genauso aus wie eine halbe Stunde zuvor. Nur dass sie jetzt tot waren.

»Und?!«

»Ja, du Schwachkopf hast sie ausgeschaltet, und seither läuft das Radio! Die ganze Erde ist wieder da! Was bedeutet das?!«

»Keine Ahnung. Keine Ahnung!«

»Das sind Störsender!«

»Was?!«

»Störsender! Die erzeugen Rauschen! Auf allen Frequenzen stören sie die Funkverbindungen!«

»Wie das?«

»Sie überlagern einfach die komplette Bandbreite! Alles! Die ganze Welt! Wie in der Sowjetzeit!«

»Die ganze Welt?«

»Schei doch nisch scho blöd ...«, meldete sich Ljocha vom Rücksitz. Er schien den Mund nicht schließen zu können.

»Die ganze Welt, Bruder! Die ganze! Hast du kapiert? Die Welt lebt! Wir haben die ganze Zeit über nur gedacht, dass sie nicht mehr da ist! Und wir denken das immer noch! Aber sie existiert! Checkst – du – das?!«

16

LETZTE SENDUNG

Und waf machen wir jetft?«, fragte Ljocha, der angestrengt versuchte, seine Zunge in Bewegung zu setzen.

»Wie, was?!«

Artjom wandte sich zu ihm um. Es war, als würde er ihn zum ersten Mal sehen. Ljocha saß halb liegend da, die Schutzmaske in die Stirn geschoben. Aus seinem Mund floss es noch immer, und in einer Hand hielt er eine offene Flasche mit irgendeinem Fusel: Saweli hatte sie ihm zur Desinfektion gegeben.

»Lass mich auch mal.«

Er setzte an – aber es half nicht. Zwischen seinen Zähnen knirschten Ljochas Zahnsplitter. Er betrachtete den Flaschenhals: rot verschmiert. Und nahm gleich noch einen Schluck.

»Fahren wir!« Saweli plumpste auf sein Fell.

Artjom wandte sich zu ihm um.

»Wohin?«

»Hallo! Wohin?! Geht's noch?«

»Zurück? Nach Moskau?«

»Wie zurück? Hast du sie noch alle? Vorwärts natürlich! Nach Jekaterinburg! Nach Hause!«

»Jetzt?«

»Na klar, Mann! Jetzt! Solang diese Mörderbande noch nicht zurück ist!«

Artjom überlegte. Hängte sich aus dem Wagen, spuckte in den Staub.

»Und die Menschen?«

»Was für Menschen?!«

»Die in der Metro. Was ist mit denen?«

»Was soll mit denen sein?«

»Na ja, denen müssen wir doch ... Bescheid sagen. Sie müssen das erfahren. Dass wir nicht allein sind. Dass diese Störsender ... Dass man überall hinfahren kann!«

»Genau davon rede ich ja. Checkst du das nicht? Das ist *die* Chance. Alle Straßen sind frei. Der Tank voll mit Diesel, plus Reservekanister. Alles geölt und geschmiert! Kanonen haben wir eingesammelt, Patronen auch! Ich sag dir, jetzt oder nie!«

»Aber die kommen doch wieder zurück. Mit ihren Lkws. Und reparieren alles. Und die Störsender gehen wieder in Betrieb. Und dann ist alles wie früher. Was ist dann? Dann erfährt niemand, dass es noch eine ganze Welt gibt. Dass wir die Metro verlassen können.«

»Wer's mitbekommt, hat eben Glück gehabt, klar? Die sollen selber sehen, wie sie zurechtkommen! Also, was ist? Fährst du mit?!«

»Aber wie sollen sie es denn mitbekommen? Es hört ja niemand zu ...«

»Zum Henker mit ihnen! Selber schuld!«

»Wie kannst du das sagen?«

»Kann ich eben! ›Hier spricht das Swerdlowsker Gebiet‹! Wie lang hab ich darauf gewartet? Was kümmert mich die Metro noch? Das ist mein Tag! Genau darauf hab ich all die Jahre gewartet, mich darauf vorbereitet! Ich muss los!«

Artjom stieß die Tür mit dem Fuß auf und stieg aus. Hob den Kopf, blickte auf die schweigsamen Funktürme. Ljocha nippte an seinem Alkohol und sagte nichts.

Saweli drehte an seinem Empfänger. Von dort quakte und näselte es stark.

»Paris, verdammte Scheiße!«, sagte der Stalker. »Na? Keinen Bock, kurz mal nach Paris zu gondeln?«

»Schon«, antwortete Artjom.

»Zu den Schwulen!« Saweli glaubte Artjom durchschaut zu haben und wieherte los. »Na dann, was hält dich auf?«

»Mein Stiefvater ist in der Metro. Meine Frau. Außerdem … Alles, was ich habe, ist in der Metro! Und da fahr ich einfach weg, ohne irgendwas zu sagen? Und lasse sie dort zurück?«

Der Stalker drehte den Schlüssel, der Motor brummte auf.

»Wie du willst. Ich hab weder Stiefvater noch Stiefmutter in der Metro. Außer ein paar Huren hab ich da niemanden. Und die werden kaum irgendwo hinfahren wollen. Für sie ist die Dunkelheit praktischer.«

»Woher willst du das wissen? Huren oder nicht …« Artjom spürte, wie sich sein Blut erhitzte. »Niemand hängt aus freiem Willen irgendwo in der Metro rum! Die Leute glauben doch nur, dass sie sonst nirgends hinkönnen! Die Roten, diese Schweine, halten sie in der Metro gefangen! Sie haben die ganze Welt vor ihnen versteckt! Was sagst du dazu?!«

»Scheiß drauf.«

»Wirklich?!«

»Und zwar vom Ostankino-Turm. Ich scheiß einfach drauf, verstehst du? Auf die Metro. Auf die Leute. Auf alle, die da irgendwo irgendwen aus irgendeinem Grund festhalten. Das geht! Mich! Nichts! Mehr! An! Ich weiß nur eins: Wenn wir hier noch zehn Minuten rumhängen, machen die aus uns Hundefutter. Ich sage, Schluss mit dem ganzen Scheißheldentum. Schnall dich an, und wir starten durch!«

»Ich kann nicht«, antwortete Artjom nach kurzem Zögern. »Ich kann nicht in irgendein verfluchtes Paris fahren, wenn all meine … Ich muss sie da rausholen. Es ihnen sagen … ihnen allen. Sie werden doch verarscht! Alles, was sie tun, ist umsonst! Die Tunnel … die Kämpfe … die Würmer … alles, verstehst du? Lebensraum, Krieg, Pilzfäule, Hunger. Vierzigtausend Menschen! Lebendige Menschen! Nicht nur mein Stiefvater, nein, nicht nur er … Auch die anderen – alle! Wir müssen sie rauslassen!«

»Wie du willst«, entgegnete Saweli.

Artjom schwieg. Er hielt Ljocha die offene Hand hin und schluckte noch einmal Zahnsplitter.

»Und wie du willst«, sagte er dann.

»Was willst du jetzt machen?«

Sein Kopf drohte zu platzen. Artjom zuckte mit den Achseln.

»Ich bleibe hier. Versuche sie kaputtzukriegen. Die Funktürme.«

»Wie?«

»Keine Ahnung. Vielleicht gibt's hier irgendwelche Granaten.«

»Aha. Granaten will er. Auf dem Silbertablett. Na gut, was soll's. Wenn du krepieren willst, such dir einen anderen Kameraden.«

Artjom nickte.

»Hallo, auf den hinteren Plätzen!« Saweli drehte sich zu Ljocha um. »Bei wem bleibst du?«

»Einftweilen hier«, sprach der Apostel mit roten Lippen. »Ich kann nicht fo fchnell.«

»Wie ihr wollt. Die Scheiße habt ihr euch jedenfalls selber eingebrockt. Lass mich wenigstens kurz deine Schulter ansehen.«

»Du hast es doch so eilig.«

Saweli seufzte.

»Ich hab Verbandszeug und Alkohol, und du hast einen nackten Arsch. An deiner Stelle würde ich jetzt nicht rumzicken. Und dann schluckst du noch ein Analgin. Ist schon abgelaufen, aber der Arzt sagt, Hauptsache, man glaubt dran. Mein Abschiedsgeschenk.«

Es war ein glatter Durchschuss. Saweli goss etwas Alkohol drauf und machte einen Druckverband. Das würde reichen. Ljocha durfte noch einmal seinen Mund durchspülen. Und an das Analgin ließ es sich gut glauben.

»Das Ganze hier geht dich eigentlich überhaupt nichts an«, sagte der Stalker zu Artjom. »Klar, die werden jetzt zusehen, wie du die Welt rettest. Wie so ein blöder einsamer Cowboy.«

Artjom wollte nicht weiter darüber reden.

Saweli knallte mit den Türen, packte das Steuer, wendete. Bereits außerhalb des Tors bremste er zum letzten Mal. Steckte den Kopf aus dem Fenster.

»Die machen euch doch kalt, ihr Idioten!«

»Was soll's«, entgegnete Artjom den grauen Abgaswolken, die ihm ins Gesicht wehten.

Sie zogen das Tor von Hand zu. Wie lang würden sie hier aushalten, wenn der Sturm begann? Drei Minuten? Fünf?

»Warum bist du hiergeblieben?«

»Pff«, sagte Ljocha, »jetft noch irgendwo hinfahren … Komm, wir jagen daf Tfeug hier in die Luft – und ab nach Haufe.«

»Ich geh mal suchen, womit wir …«

»Hör mal, Artjom … Ich krieg daf einfach nicht in meinen Kopf: Wotfu sind diese Ftörfender eigentlich da?«

491

»Frag die Roten. Vielleicht wollen sie Fremden von außen damit weismachen, dass sie die ganze Metro beherrschen? Dass sie in Moskau die Macht haben? Vielleicht bereiten sie einen Schlag gegen die Hanse vor … und bekommen Hilfe von außen. Hast du die Technik gesehen? Wer besitzt so was in der Metro überhaupt noch?«

Und dann der Jeep an der *Teatralnaja*, sagte er zu sich selbst. Die haben ja Faschisten abgeknallt. Die einen uniformierten Schutzanzug trugen. Das ist doch ein Krieg, oder?

Ja, er hatte Ljocha eine Erklärung gegeben, aber selbst kapierte er gar nichts. Wie war das möglich? Wie konnte man vierzigtausend Menschen – oder wie viel es auch immer waren – einfach so unter der Erde gefangen halten? Welches Ziel rechtfertigte so ein Vorgehen?

»Steig aufs Dach. Da ist noch das MG. Beobachte die Straße.«

Wieder humpelte er an dem Funker vorbei.

Wo habt ihr hier die Granaten gebunkert?

Dort war der Waffenschrank – leer. Auf den Alarm hin hatten sie alles rausgeholt. In einem der Zimmer waren die Betten, in einem anderen die Essküche, da ließ sich nichts verstecken. Auf dem Rückweg kam er wieder an dem Funkraum vorbei und warf einen Blick auf die Schaltanlage. Alle Lämpchen waren aus. Es herrschte Stille, nur Staub hing noch in der Luft.

Eines nur war schade.

Wenn du, Swjatoslaw Konstantinowitsch, beinloser Greis, demnächst dem plötzlich wiederbelebten Funkverkehr lauschen wirst, wird keiner da sein, bei dem du dich entschuldigen kannst. Wäre schon cool, wenn ich es lebend bis nach Moskau schaffen würde, um gemeinsam mit dir am Empfänger zu sitzen. Also, Paps. Was unser letztes Gespräch betrifft. Ich bin natürlich ein Schizo, ein durchgeknallter Psychopath und deines Töchterleins sowieso nicht würdig. Aber hier, Swjatoslaw Konstantinowitsch, hör doch mal hin. Ja, ja, nur zu. Brauchst gar nicht die Stirn zu runzeln. Na? Ja, das ist Petersburg. Und das hier ist Paris. Ja, stimmt, das ist Englisch. Genau, und das ist Wladiwostok. Wie das sein kann? Tja, das kann sein, weil nämlich die Rote Linie vor weiß der Teufel wie langer Zeit Störsender in Betrieb genommen hat. Ja, genau, Stör-sen-der, Swjatoslaw Konstantinytsch. Du weißt wahrscheinlich, was das ist, im Unterschied zu mir? Oder? Klar weißt du das, und trotzdem hast du es versemmelt. Wir dachten, sie hätten sich damals am Orden alle Zähne ausgebissen, der Bunker sei für sie total wichtig gewesen, und deshalb haben wir die Hälfte unserer Jungs verloren, damit sie den Bunker nicht in ihre Hände bekommen. Aber vielleicht war ihnen unser Bunker auch völlig schnurz. Vielleicht hatten sie eigentlich viel größere Pläne. Könnte es nicht sein, Swjatoslaw Konstantinytsch, dass der Bunker ein Vorwand war, ein Ablenkungsmanöver, und dass sie uns mit der Belagerung nur zermürben wollten, damit wir die Hauptsache gar nicht bemerken?

Er nahm dem Funker die Schutzmaske ab, ersetzte damit seine einäugige und ging nach draußen. Umrundete das Gebäude und näherte sich den Funktürmen. Sie waren tief eingegraben, ihre Wurzeln in Beton, und dann noch mit Stahlkabeln auf allen Seiten stabilisiert. Da ließ sich weder etwas absägen noch ins Wanken bringen. An dem nächststehenden Turm erblickte er eine Leiter aus Bewehrungsstahl und begann nach oben zu klettern, um nachzusehen, wie viel Zeit ihm noch blieb.

Du hast es verpasst, Swjatoslaw Konstantinytsch. Die Störsender hast du verpasst, die Lkws verpasst, den Krieg verschlafen. Du wirst alt, Paps. Du musst mir natürlich nicht glauben, denn ich bin ja durchgeknallt, aber hör wenigstens Radio, hör dir das an. Und dann sag mir: Was für eine Mission hat unser Orden jetzt? Geht es immer noch darum, gequirlte Schweinescheiße zu produzieren? Oder doch eher darum, die Leute zurückzuführen an die Oberfläche? Unsere Jungs sterben zu lassen, damit die Leute Morlocks bleiben? Oder ihnen zu helfen, einen Ort zu erreichen, wo die Hintergrundstrahlung erträglich ist? Wo sie – leben können? Wozu ich das brauche? Gar nicht brauche ich das! Ich werde den Moses nicht mehr spielen, Swjatoslaw Konstantinytsch, und eigentlich ist es mir auch scheißegal. Das hab ich nur so gesagt, weil ich mich einer Nutte als toller Hecht präsentieren wollte. Aber ich schaffe es nicht mehr, Moses zu spielen. In drei Wochen scheide ich aus. In drei Wochen geht für mich die Reise los – in den Mai, zu den orangefarbenen Enten, Eis essen. Aber du – du hättest es schaffen können. Und kannst es noch. Kann ja wohl keiner was dagegen haben, dass den Part des Moses auch mal ein Behinderter spielt.

Was?!

Schon gut. Geh zum Henker.

Das kaputte Knie ließ sich weder biegen noch strecken. Er musste genauso in den Himmel klettern, wie er aus der stockdunklen Hölle entkommen war: schiefbeinig, springend, sich langsam hochziehend.

Er stieg immer weiter hinauf, bis das Gelände innerhalb des Betonzauns unter ihm nur noch so klein war wie eine Zigarettenpackung. Der Wind zerrte hier böse an ihm, schien Artjom fortwehen zu wollen, die Masten schwankten trotz der Stahlseile. Er sah den puppengroßen Ljocha, sah den Spielzeugbagger, durch die Schneise in dem Waldstück sah er den Sandkasten mit den Toten, die kindlichen Windmühlen.

In Richtung Westen, zur Stadt hin, war die Ausfallstraße durch mehrstöckige Häuser verdeckt. Dafür war die Sicht nach Osten frei bis zum Horizont. Von Saweli war keine Spur mehr zu sehen: Er hatte es wirklich eilig, nach Hause zu kommen. Aber etwas anderes war dort. Irgendwelche winzigen Käfer krabbelten da kaum merklich in weiter Ferne auf der Straße. Schade, dass der Stalker sein Wintores mitgenommen hatte. Waren das Menschen?

Während er hinabstieg, dachte er: Und wo wart ihr früher, all ihr Menschen?

Warum seid ihr nie bei uns angekommen?

Mit der Funkverbindung verhielt es sich ja vielleicht so: Die Roten hatten diese Türme aufgestellt, damit niemand in der Metro sich mit anderen Städten in Verbindung setzen konnte. Und damit die Frequenzen alle leer erschienen – gut. Aber wenn es noch Orte gab, wo Menschen lebten, warum hatte niemand von ihnen versucht, nach Moskau zu kommen? Soweit Artjom wusste, gab es in der Metro ja keinen einzigen Menschen, der von anderswo gekommen war. Wie war das zu erklären?

Wir wussten doch gar nichts von euch. Man hat uns die Ohren verstopft, die Augen verbunden, uns unter die Erde getrieben. Uns gesagt: *Wo du geboren bist, da mach dich nützlich.* Aber was ist mit euch, sind wir euch völlig egal?

Er sprang mit dem gesunden Knie voraus auf die staubige Erde herab und schlurfte hastig zum Wärterhäuschen beim Tor. Irgendwo mussten doch Granaten zu finden sein?

»Und, waf ift?«, rief ihm Ljocha zu.

»Da ist wer auf der Straße! Die kommen von außerhalb! Lass sie nicht aus den Augen!«

Ob das Leute aus einer anderen Stadt waren ... Oder kehrte da vielleicht ein Aufklärungstrupp zum Vorposten zurück? Das würde sich bald klären. Sehr bald.

Er war schon fast zum Wärterhäuschen galoppiert, da traf es ihn wie ein Blitz.

Der Bagger!

Die Maschine war sicher stark genug, um damit die Masten umzustoßen. Mit der Schaufel ... oder mit dem Zugseil. Wenn er nur fahrbereit war ...

Er bog beim Wärterhäuschen ab. Über das von Kettenraupen niedergewalzte Unkraut hüpfte er auf das Monster zu – der orangefarbene Lack war abgeplatzt, die Glaskabine hatte einen Sprung, und die Tür ließ sich nicht schließen. Der Baggerarm drückte die Schaufel müde und niedergeschlagen auf den Erdboden, wie ein Betrunkener, der mit dem Gesicht nach unten auf der Matratze lag.

Ob das Ding funktionierte?

Er kletterte auf eines der Kettenlaufwerke und stieg in die Kabine. Wonach sah das hier aus?

Nach gar nichts. Kein Lenkrad, stattdessen lauter Hebel: der eine hatte einen Knauf in Form einer in Glas gefangenen Fliege, auf dem anderen saß ein eiserner Totenschädel. Ah, nein, hier ragten noch Pedale aus dem Boden, und da gab es noch ein paar Knöpfe. Das Zündschloss war mit irgendetwas verklebt, darunter aber hingen einige Kabel heraus. Sie waren nicht verbunden. Sollte er es probieren? Rot zu rot, blau zu blau.

Verwendet ihr diese Schrottkiste oder nicht? Na?

Er hielt die nackten Enden aneinander: Etwas wachte im Innern auf, der Stahlriese zuckte auf, erzitterte. Stieß schwarzen Rauch hervor. Artjom setzte unsicher einen Fuß auf eines der

Pedale. Versuchte, loszufahren, doch der Krampf, der die Maschine wiederbelebt zu haben schien, ging vorüber – und der Bagger war wieder still. Hatte sich beruhigt. War krepiert.

Hatte Artjom etwas falsch gemacht? Ihm wurde heiß unter der Schutzmaske: Das war nicht meine Schuld!

Er besah sich das eingekerbte, rissige Armaturenbrett: Der Kraftstoffzeiger leckte durstig an der Null.

Alles klar.

Wieder hörte er das Kreischen der Windmühlen. Auf die Ohren, auf die Ohren, auf die Nerven.

Die Sichtfenster seiner Gasmaske waren jetzt völlig vernebelt: Die Zeit lief ab, er hatte immer noch keine Lösung, war umsonst zurückgeblieben und hatte dem Apostel erlaubt, ihm Gesellschaft zu leisten. Er ging einmal um den Bagger herum, fand die Stelle, an der man den Diesel einfüllte. Rief »Uh!« hinein.

Arschloch.

Galoppierte, das eine Bein nachziehend, zum Wärterhäuschen. Vielleicht gab es dort etwas? Einen Granatwerfer?

Nein, nichts dergleichen. Nur zwei Tote: Einer wollte gerade über die Schwelle nach draußen kriechen, der andere lag drinnen und sah zur Decke. Sprengstoff hatte weder der eine noch der andere bei sich, wozu auch. Saweli hatte recht gehabt.

Artjom würde nichts gegen diese Funktürme ausrichten können.

Sie standen, wie sie gestanden hatten und wie sie weiter stehen würden. Die Urals würden zurückkehren und Menschen ohne Dienstabzeichen ausspucken. Sie würden die beiden verlorenen Idioten erschießen und den Hunden vorwerfen, damit diese sich ihre Zähne am Blei verdarben. Sie würden die Sicherungen auswechseln, die herausgerissenen Kabel wieder verbinden, und so würden die Antennen, die bis ans andere Ende der Welt reichten, erneut im Chor zu flüstern beginnen, und ihr leises Flüstern würde jeden Schrei im Keim ersticken.

Und so würden sich alle, die sich bereits an das unterirdische Leben und den leeren Erdball gewöhnt hatten, gar nicht erst umstellen müssen. Sie würden überhaupt nichts mitbekommen. Ein Augenzwinkern – und schon würde im Radio wieder das allseits geliebte tuberkulöse Programm laufen. Die restliche Welt war nur ganz kurz aufgeblitzt und dann gleich wieder in der Versenkung verschwunden. Sie waren wieder normal, und Artjom war der Bekloppte.

»Und, was ist?«, rief Ljocha vom Dach herunter.

»Nichts. Noch immer nichts«, antwortete Artjom.

Noch.

Noch war es ja nicht zu spät abzuhauen. Diesen verfluchten Ort zu verlassen, sich in irgendeinem verrosteten Fahrzeug zu verstecken, so zu tun, als wären sie verschrumpelte Leichen, damit die Urals einfach an ihnen vorbeifuhren, dann immer am Straßenrand bis nach Moskau zu schleichen, und dort irgendwie … irgendwas. Noch drei Wochen. Oder zwei.

Zurück in die Funkstation. Erneut vorbei an der Schaltzentrale, noch einmal durch die Zimmer, Türen knallend, gegen Schränke und Stühle tretend. Wo?! Wo gab es hier wenigstens irgendwas?! Wie kann ich dich vernichten, du Biest?! Wie auslöschen?! Der stumme Funker lag im Weg herum – Artjom schleppte ihn wütend beiseite, und dieser hinterließ, gleichsam mit Absicht, eine Spur.

Wieder hinaus. Wo hatte er noch nicht nachgesehen? Er lief um das Gebäude herum nach hinten, durchforstete das Gebüsch, durchkämmte das Unkraut. Wieder zurück ins stromlose Wärterhäuschen. Hallo, hallo. Der ohnmächtige Fernseher zeigte ein graues Spiegelland, und darin sah alles genauso aus, nur noch krümmer und dümmer. Hätte er Strom gehabt, hätte er jetzt wenigstens den Zaun beobachten können. Hätte er Strom, könnte er …

Er humpelte zum Trafohäuschen.

Machte die Tür weit auf, arretierte sie, damit der quietschende Wind sie nicht zuschlug. Sorry, ich war da vorhin etwas aufbrausend. Glaubst du, wir kriegen das wieder hin? Wenn ich nämlich Strom hätte, könnte ich doch … Sieht so aus, als wäre es das Einzige, was ich jetzt noch könnte …

Auf allen Frequenzen …

Ihr flüstert doch auf allen Frequenzen, nicht? So funktioniert ihr doch, ihr Säcke?

Auf allen Frequenzen – auf Kurzwelle, Mittelwelle, wahrscheinlich sogar auf Langwelle. Überall hört man euer Zischen, statt Worten, statt Musik, statt Rufsignalen sendet ihr euer Blendwerk. Wenn ich euch schon nicht einreißen kann, vielleicht kann ich euch ja beibringen zu sprechen?

Seine Finger bewegten sich ungeschickt in dem dicken Gummi, sein Schatten blockierte das Licht, als wäre er der eines Fremden, die Sichtgläser waren angelaufen und schwitzten immer mehr. Was hatte er hier kaputtgemacht? Er begann die losen Kabelenden wieder zu verbinden, die Sicherungen wieder einzuschalten, ihnen gut zuzureden.

Nichts. Kein Strom. Die Windmühlen winselten immer noch, aber Strom lief nicht.

Er sprang hinaus auf den Hof.

»Ljocha! Kennst du dich mit Elektrik aus?«

»Wiefo?«

»Komm mal einen Augenblick runter, und schau dir das hier an!«

Erst nach zwei langen Minuten trat Ljocha ein.

»Warft du daf? Du Barbar.«

»Kennst du dich damit aus?

»Na ja, chon. Wollte mal Elektriker werden. Cheifarbeit. Hafte nur Ärger damit. Da gibt'f nämlich auch ne eigene Mafia.«

Artjom ging nach draußen und presste sein Gesicht gegen zwei Stangen des Eingangstors. Auf der Straße war niemand zu sehen. Waren die Käfer noch immer nicht bis hierher gekrabbelt? Hatten sie die Abbiegung übersehen?

Der Apostel machte sich inzwischen an dem Schaltschrank zu schaffen. Er stellte Sicherungen um, murmelte etwas vor sich hin. Die Glühbirne an der Decke baumelte immer noch tot herum. In ihrem Glaskolben regte sich nichts.

»Okay, lass gut sein, hörst du? Das ist nicht dein Ding, du hast damit nichts zu tun, also vergiss es einfach. Gehen wir nach Hause.«

Gleichzeitig betrachtete er beklommen den grau-grauen Betonzaun aus massiven Winkelsteinen und begriff: Von hier führte kein Weg nach Hause. Es war deshalb so leicht gewesen, darüber zu klettern, weil dies eine Falle war. Man kam leicht herein, aber nicht mehr hinaus. Eine Klappfalle. Man schlich so lange hypnotisiert um den Köder herum, bis sich die Feder löste und einem das Rückgrat durchschlug.

»Und waf ift mein Ding?«, fragte Ljocha. »Ein Leben lang Cheife für dfehn Kugeln pro Kilo dfu verticken? Hau ab, du fteft im Licht!«

»Mistkerl«, entgegnete Artjom. »Da ernenne ich ihn zum Apostel, und er schimpft mich aus.«

»Daf findeft du luftig, ja? Vielleicht mach ich dich noch dfu meinem Apostel? Mir hat meine Mama nämlich eine grofe Dfukunft voraufgefagt.«

Ljocha hakte seinen Fingernagel an einer Stelle ein, es machte »klick« …

Und es ward Licht.

Artjoms Herz machte einen Sprung. Er packte Ljocha und drückte ihn aus Leibeskräften.

»Alles klar! Du bist unser Erlöser, du, nicht ich! Geh und beobachte die Straße!«

Er hinkte an dem Quietschen vorbei, zurück in die Funkstation. Im Vorraum leuchtete eine Lampe! Er stürmte in den Senderaum mit der Schaltanlage, erklomm den beräderten Stuhl. Los jetzt, bring mir einer dieses Klingonisch hier bei, schnell! Was stand da auf den Knöpfen? Er zwang sich, tief durchzuatmen, blinzelte, ging die Aufschriften systematisch durch, von oben nach unten und von rechts nach links. Er stieß auf einen Kippschalter mit der Beschriftung: »Stör. Gen. UKW«, den er als Störgenerator identifizierte, und schob ihn nach unten. Dann nahm er sich »KW«, »LW« sowie verschiedene andere Frequenzen vor, die willkürlich über das selbstgebaute Pult verteilt waren. Abschließend stülpte er sich das Headset über und klickte sich durch die Frequenzen: War das Zischen jetzt bereinigt?

Hatte er wirklich den Teufel aus allen Wellenlängen ausgetrieben? Es schien zumindest so.

Was jetzt?

Jenseits des Fensters wuchsen die Masten wie ein stählerner Wald empor. Jeder Stamm war behängt mit Drahtlianen, die jeweils ein Frequenzband umwickelten, um ihm die Lebenssäfte auszusaugen. Deshalb waren es so viele: um wirklich alle Stimmen, auch die fernsten, zum Schweigen zu bringen.

Und jetzt konnte er diese durch seine eigene Stimme ersetzen?

Seine Finger und Augen stolperten erneut über die Tastatur hinweg. Senden auf UKW, KW, MW, LW …

Artjom berührte das Mikrofon, das am Kopfhörer hing. Bog es sich vor den Mund: Hör mir jetzt gut zu. Er folgte mit den Fingern dem Kabel bis zu der Stelle, zu der es abtauchte, landete auf dem Pult bei einer Taste mit einer Leuchtdiode. Diese drückte er ein und räusperte sich selbst in die Ohren.

Dem ganzen Planeten räusperte er in die Ohren.

Er hielt inne. Zog sich die Gasmaske vom Gesicht: Es war jetzt entscheidend, dass sie Artjom deutlich hörten – sie alle. Jedes einzelne seiner Worte. Er fuhr mit der Zunge über seine aufgesprungenen Lippen.

»Hier Moskau. Hört mich jemand? Petersburg? Wladiwostok? Woronesch? Nowosibirsk? Hört ihr mich? Hier Moskau! Wir leben! Ich weiß nicht, ob uns schon früher jemand gehört hat … Wir bisher niemanden. Wir dachten, dass nur wir übriggeblieben sind. Wir dachten … es ist niemand mehr da außer uns. Niemand und nichts, versteht ihr? Aber wie könnt ihr das verstehen … Ihr habt ja die ganze Zeit über miteinander geredet … Während wir hier … Mein Gott, was für ein Glück, dass ihr am Leben seid! Dass es euch gibt. Dass ihr dort … Lieder singt. Wie geht es euch? Wir … sind all die Jahre … unter der Erde gewesen. Wir hatten Angst, unsere Nasen rauszustecken. Wir dachten, es gibt keinen Ort, wo wir hinkönnen. Stellt euch das vor. Es gab keinen Funkkontakt. Keine Signale. Irgendwelche Schweine haben hier Störsender am Laufen gehabt … Hier in Moskau.

In Balaschicha. Und so haben sie euch vor uns versteckt. Wir waren taub und blind. Zwanzig Jahre sind wir … bin ich … über zwanzig Jahre! … Ich bin ja selber erst sechsundzwanzig … Hab ich unter der Erde gesessen. Ich heiße Artjom. Im Keller. In der Metro. Habt ihr denn wenigstens nach uns gesucht? Ich habe euch nämlich gesucht … Wir haben euch gesucht. Wir dachten, die ganze Welt wäre verbrannt, die ganze Erde … Dass man nirgends mehr hinkann, dass wir von hier niemals wegkommen … Aber wir haben trotzdem weitergesucht, haben gehofft. Wie sieht es bei euch aus? Bei euch wird getanzt … Wie ich mich nach euch sehne. Dort kann man wahrscheinlich ohne Gasmaske atmen? Wie ist bei euch die Luft? Wir wissen nichts über euch. Mehr als zwanzig Jahre saßen wir allein herum. Ich weiß nicht mal, warum. Wozu. Ich verstehe das nicht. Wozu sind wir hier … in der Dunkelheit … in Beton … Aber wir werden herausfinden, wer uns das angetan hat. Wir werden diese verdammten Störsender vernichten. Und wir werden wieder zusammen sein. Hier Moskau. Wir werden bei euch sein, zusammen mit der ganzen Welt. Wir leben, versteht ihr? Ihr lebt – und wir auch! Vielleicht sind hier sogar Verwandte von euch. Vierzigtausend Menschen haben hier überlebt. Und bei euch? Wir werden wieder ein Land sein. Und an der Oberfläche leben wie früher. Wie Menschen. Ich … ich wollte euch so viel sagen … Hundert Mal hab ich mir überlegt, was ich sagen werde. Und jetzt hab ich alles vergessen. Aber Hauptsache, ihr hört mich. Ich werde einfach weitersprechen, solang es geht. Irgendwann wird man mich wahrscheinlich abschalten. Diejenigen, die diese Störsender aufgebaut haben. Die uns von euch abgeschnitten haben. Sie werden zurückkommen. Wir werden versuchen, hier so lange wie möglich auszuhalten. Aber wir sind nur zu zweit, und sie … die

Roten … Das Wichtigste ist jetzt: Ihr dürft nicht glauben, dass ihr euch das nur einbildet. Oder dass das alles ein Scherz ist. Das ist kein Scherz. Mich gibt es wirklich. Ich heiße Artjom. Wenn ich getötet werde, werden es andere Leute in Moskau gehört haben und die Menschen aus der Metro herausführen. Bist du da, Moskau? Hanse? Polis? Alle, die noch nicht vergessen haben … Die noch den Funkraum abhören? Ich bin ja nicht der Einzige. Man hat uns betrogen. Uns alle. Wir hätten schon längst aus unserem Bunker herauskommen können. Fortfahren, fortgehen, wohin wir auch wollen. Egal wohin! Paris zum Beispiel … sogar Paris. Oder Jekaterinburg. Die Roten haben das alles vor uns verheimlicht. Wozu? Damit wir uns keine Hoffnungen machen? Ich weiß nicht, wozu. Ich verstehe das nicht. Wir … Wir können jetzt einfach leben. Können alle nach oben kommen – und leben. Wie früher. Wie Menschen. Wie es sich für Menschen gehört. Leben, hört ihr?! Das ist es: Ich bin nicht verrückt. Es gibt sie – ganz Russland, Europa, Amerika … Sie alle existieren! Hört selbst! Es gibt sie – und jetzt gibt es uns auch!«

Er schaltete den Sendebetrieb aus, ließ die anderen Städte weiterreden, und setzte den verstummten Kopfhörer ab. Vielleicht hatte ihn ja gar niemand gehört? Oder hatte er doch irgendwem ins Ohr geflüstert? Er wusste es nicht.

Genug geblökt.

Jetzt sollten sie anderen zuhören. Der Erde zuhören.

»Artjom! Da ift jemand! Artjom!«

Artjom nahm sein Sturmgewehr, zog sich die Maske über, humpelte aus dem Vorraum heraus, stieß den Lauf in den Staub, der durch den quietschenden Wind wirbelte.

Draußen vor dem Torgitter standen drei.

Sie alle hatten die Hände erhoben. Offenbar hatten sie nicht die Absicht zu kämpfen. Ihre Gasmasken – die irgendwie selbstgemacht aussahen – hatten sie abgenommen, sie baumelten an Riemen vor der Brust. Auch ihre Schutzkleidung war selbstgemacht, sie hing nicht so sackartig herab wie die guten alten Armeeanzüge, sondern war genau der Figur angepasst. Die beiden jüngeren Typen ähnelten einander wie Brüder. Der Dritte war ein hünenhafter graubärtiger Mann mit langen grauen Haaren, die er im Nacken zusammengebunden hatte.

Die Männer blickten einander an und lächelten.

»Es gibt also doch noch Menschen, Pa! Ich sag dir ja, ich hab's gehört!«, sagte der eine und sah zufrieden den Ältesten an.

»Guten Tag«, sprach dieser ruhig und gefasst.

Artjom senkte den Gewehrlauf nicht.

Er besah sich die Leute. Die beiden Jüngeren waren rotwangig, kurzgeschoren, hatten ihre selbstgefertigten Schrotflinten auf den Asphalt gelegt, ihre Hände waren leer. Artjom hätte alle drei hinter dem Gitter mit einer Salve niedermähen können.

Aber die Neuankömmlinge schienen dies nicht von ihm zu erwarten.

Die Jungen lächelten. Sie lächelten einander und Artjom an. Wie Idioten. Als wären sie nicht von dieser Welt. Der Vater blickte ihm ruhig und ohne Angst ins Gesicht. Seine Augen waren strahlend blau, trotz seines Alters. Am linken Ohrläppchen baumelte ein silberner Ring.

»Wer seid ihr?«, tönte Artjom dumpf durch seinen Rüssel.

»Ist das hier schon Moskau?«, fragte der Graubart zurück. »Wir wollen nach Moskau.«

»Das hier ist Balaschicha. Was wollt ihr von uns?«

»Nichts«, antwortete jener gemessen. »Meine Jungs haben sich in den Kopf gesetzt, dass in Moskau noch jemand überlebt hat. Dass dort angeblich jemand um Hilfe ruft. Deshalb haben wir uns aufgemacht, und jetzt sind wir da.«

»Woher? Woher kommt ihr?«

»Aus Murom.«

»Murom?«

»Das ist so eine Stadt. Zwischen Wladimir und Nischni Nowgorod.«

»Wie viel Kilometer entfernt?«

»Dreihundert. Ungefähr.«

»Ihr seid dreihundert Kilometer gelaufen? Zu Fuß? Wer seid ihr überhaupt?«

»Ich heiße Arseni«, sprach der Graubart. »Das da ist Igor und das Michail. Meine Söhne. Igor – der da – will mir die ganze Zeit weismachen, dass er ein Funksignal aus Moskau empfangen hat. Bei uns glauben nämlich alle, dass ganz Moskau verbrannt ist. Jedenfalls hat er seinen Bruder überredet. Und die beiden dann mich.«

»Wozu?«

»Also … Ich sag ja, da war dieser Hilferuf über Funk. Jemand suchte nach Orten, wo noch Menschen überlebt hatten. Und einem Mitmenschen in seiner Not nicht beizustehen … wäre nicht christlich. Aber wie ich sehe, kommt ihr auch ohne uns ganz gut zurecht. Habt ihr vielleicht eine Tasse Tee für uns? Wir waren lange unterwegs.«

»Bleibt stehen, wo ihr seid!«

»Pardon.« Arseni schmunzelte. »Ist das hier ein Geheimobjekt?«

»Das hier ist …« Artjom blickte sich hastig zu Ljocha um. Der hob die Hand: Alles unter Kontrolle. »Das hier ist ein Objekt. Habt ihr auf der Straße irgendwelche Autos gesehen?«

»Ein Pick-up ist uns entgegengekommen. Wir haben die Daumen rausgehalten, aber er ist mit Volltempo an uns vorbeigefahren.«

»Die Daumen rausgehalten?«

»Na ja, so. Damit er anhält, wissen Sie? Wir wollten ihn nach dem Weg fragen.«

»Damit er anhält?«

Artjom musste kurz lachen.

»Ist das hier nicht üblich? Jemanden mitzunehmen?«

Artjom schwieg und horchte durch das Geräusch der Windmühlen hindurch: Konnte das eine Falle sein?

»Ihr seid dreihundert Kilometer zu Fuß gegangen, um irgendwelche völlig unbekannten Leute zu retten? Und das soll ich euch glauben?«

»Schon gut.« Arseni schien eine Entscheidung getroffen zu haben. »Der Tee muss ja nicht sein. Wir gehen dann mal weiter.«

»Hey, warte, Pa! Was soll das jetzt? Wohin willst du?«

»Igor«, gab Arseni zurück. »Mach jetzt keinen Ärger.«

»Aber frag doch wenigstens, was in Moskau los ist? Lebt da wirklich noch jemand? Oder … Wissen Sie, Funken ist mein Hobby … Und ich hab wirklich ein paar Mal was abgehört. Ungefähr so: ›Hier Moskau. Antworten Sie, Petersburg oder Rostow.‹ Was war das?«

»Was war das«, wiederholte Artjom.

Er ließ seinen Blick über sie hinweggleiten. Über ihre seltsame Kleidung, ihre rissigen, leeren Hände, die baumelnden Gasmasken, die statt einzelner Bullaugen eine durchgehende Glasscheibe hatten. Und darin sah er sich, gespiegelt. Hinter dem Gitter. Mit Gummigesicht und runden, nebligen Augen. Betrunken, ver-

letzt, vollgestopft mit Analgin, blickte er in seine eigene schuss-
bereite Mündung.

Aus irgendeinem Grund musste er an die Schwarzen denken.
An jenen Tag auf der Aussichtsplattform des Ostankino-Turms.

Warum?

Glauben oder nicht glauben.

»Wartet.«

Er ging ins Wärterhäuschen, drückte nachdenklich und ohne
Hast auf den Knopf, der das Tor öffnete. Hörte, wie es draußen
zu knarren begann.

Sie waren zu dritt.

Sie standen noch immer an der gleichen Stelle, die Hände erhoben. Die Gewehre lagen auf der Erde.

»Kommt rein.«

Wieder tauschten sie Blicke.

»Kommt schon. Ihr könnt eure Waffen mitnehmen. Ich …
Ich erzähle euch von Moskau. Aber … erschreckt nicht, da sind
Leichen.«

»Ich erwarte gar nicht, dass ihr das glaubt. Ich würde es selbst auch
nicht glauben. Selbst jetzt, da ich es laut ausspreche, glaube ich
es nicht. Ich kann es nicht begreifen. Ich weiß es, aber begreifen
kann ich es nicht.«

»Geil!« Igor oder Michail klatschte sogar in die Hände. »Da
geht ja richtig der Punk ab! Zeigst du uns die Metro?! Bei uns in
Murom ist ja so was von tote Hose!«

Artjom ging nicht darauf ein.

»Also …« Arseni zupfte an seinem Ohrring. »Sie wollen so lange
hierbleiben, bis man Sie umbringt?«

»Ich muss. Ich werde versuchen, so lang wie möglich auszuhalten. Tja … Das ist also Moskau. Vielleicht haben es die Wachleute dieser Anlage hier nicht mehr geschafft, einen Funkspruch abzusetzen, als wir das Objekt gestürmt haben. Aber meine letzte Nachricht haben sicher alle dort gehört. Sie werden bald hier sein. Geht wieder nach Hause. Das hier geht euch nichts an. Später … könnt ihr irgendwann wiederkommen. Wenn ihr wollt. Wenn alles vorbei ist. Und geht nicht auf der Straße.«

Arseni bewegte sich nicht. Igor und sein Bruder drucksten unruhig auf den harten Stühlen herum. Sie beobachteten neidisch, wie der Vater zusammen mit Artjom rauchte, wagten aber nicht, selbst um Tabak zu bitten.

»Ich will nicht nach Hause, Pa!«, protestierte Michail – oder Igor – mit tiefer Stimme. »Lass uns hierbleiben. Ich würde ihm hier helfen.«

»Es hat keinen Sinn«, widersprach Artjom. »Wie viele werden da kommen? Vielleicht zwanzig Mann, vielleicht sogar mehr. Und sie werden vorbereitet sein. Da können wir auch zu fünft nichts ausrichten. Und dann … die Rote Linie. Da leben Tausende von Menschen. Sie haben eine Armee. Eine richtige Armee.«

»Bleiben wir, Pa?«

»Nein, geht. Geht nach Hause, und erzählt es euren Leuten … in Murom. Könnt ihr dort wirklich im Freien atmen – ohne Filter?«

»Ja.«

»Und das Gemüse … Das wächst? Ganz normal?«

»Vor dem Regen schützen wir es. Der Regen ist gefährlich. Das Wasser reinigen wir. Aber ansonsten, ja. Tomaten. Gurken.«

»Tomaten, das ist doch großartig.«

»Es ist seltsam, das von den Kommunisten zu hören. Und den Faschisten. Klingt wie aus dem letzten Jahrhundert.«

Artjom zuckte mit den Schultern. Warum hatte er nicht gleich an der Schwelle, durch das Gitter erkannt, dass diese drei keine Aufklärer sein konnten? Sie sahen doch überhaupt nicht so aus wie Menschen aus der Metro. Nichts, wirklich gar nichts hatten sie mit ihnen gemein. Sie machten den Eindruck, als kämen sie vom Mars.

»Und … woran glaubt ihr dort?«

»Wir leben dort in einem Kloster, nicht direkt in der Stadt. Es ist ein altes, schönes Kloster, am Flussufer gelegen. Das Dreifaltigkeitskloster. Eine richtige Festung. So eine mit weißen Mauern, weißt du, und himmelblauen Kuppeln. Ein beeindruckender Ort. Dort ist es unmöglich, nicht an Gott zu glauben.«

»Aber ansonsten glauben wir an uns selbst«, blaffte Igor – oder Michail – frech.

»Ihr habt Glück.« Artjom lächelte sie schief an. »Wir haben weder ein Kloster noch uns selbst. Nichts ist mehr übrig.«

Arseni drückte seine Kippe in einer zerknitterten Dose aus, in der einmal vorsintflutlicher Fisch gewesen war, und erhob sich.

»Du musst weiterreden. Du musst doch den Leuten alles erzählen, und jetzt verlierst du nur Zeit mit uns. Geh schon.«

»Ich begleite euch hinaus.«

»Nicht nötig. Du … rede weiter. Wir sorgen dafür, dass du so lang wie möglich reden kannst.«

»Sie kommen! Ich sehe sie von hier oben! Sie kommen schon! Sind sie das?«

Der Wind war müde geworden, das Quietschen verstummt. Es war still draußen – wattig still, wie auf dem Gartenring. Und in dieser Stille war in der Ferne ein Summen zu hören. In dieser hohen Tonlage hatten die Motoren gar nichts Furchteinflößendes.

»Wie viele sind es?«

Ohne die Antwort abzuwarten, stieg Artjom selbst erneut in den Himmel.

Sie blinkten zwischen zwei Hochhäusern auf – eins, zwei, drei – und verschwanden wieder. Genau drei Lkws, vielleicht sogar noch mehr. Nein, da! Noch zwei! Fünf. Fünf exakt gleich aussehende Laster. Unterwegs von Moskau hierher. Die abgenutzten Plattenbauten gaben ihnen Deckung, blockierten das Geräusch. Noch gut zehn Minuten, dann würden sie da sein.

Wie viel Mann waren in den Lastern? Fünfzig passten da sicher hinein. Auf den Dächern waren MGs befestigt. Und es gab vermutlich Scharfschützen. Wenn die alle gleichzeitig die Station stürmten, war Artjoms Heerschar vernichtet, bevor auch nur einer mit den Augen blinzeln konnte. Sie würden sie alle niedermetzeln. Und den Hunden vorwerfen.

Zehn Minuten. Er musste wieder runter. Ein letztes Mal auf Sendung gehen.

Er musste es schaffen, alles zu sagen. Arseni, seine Söhne und Ljocha würden ihm noch etwas Zeit erkaufen, die Guten. Jetzt bloß kein belangloses Gelaber.

Ob ihm überhaupt jemand zuhörte? Moskau hatte kein einziges Mal geantwortet. Aber um zu hören, brauchte man kein Gerät, das auch senden konnte. Es genügte ein Empfänger. Sollten sie ruhig schweigen. Hauptsache, sie hörten ihm zu.

In diesem Augenblick vernahm er noch etwas anderes. Ein kurzes Aufbrausen in der Ferne.

Artjom blickte sich nach dem Geräusch um. Kniff die Augen zusammen …

Von Osten, aus dem Nichts, aus Russland, raste ein Punkt auf den Vorposten zu und wirbelte eine Staubsäule hinter sich auf. Er war weiter von der Funkstation entfernt als die Lkws, jagte aber mit höherer Geschwindigkeit dahin. Wer?!

Eigentlich war es jetzt höchste Zeit, nicht nur hinabzuklettern, sondern zu springen, aber Artjom starrte wie gebannt auf den Punkt, wartete, dass dieser noch ein wenig größer wurde. Etwas … Graues? Silbernes! Kein Punkt, sondern eher gestreckt wie ein MG-Geschoss: ein Kombi!

Saweli?

Seine Beine glitten hastig über die dünnen Bewehrungsstäbe. Das Analgin und der Alkohol waren inzwischen verdampft, es fiel ihm schwer sich zu bewegen. Dadurch verlor er mehrere Sekunden. Erst wollte er es Igor – Michail – erklären, doch gleich darauf wurde ihm klar: Es ging schneller, wenn er es selber machte. Beide warteten im Hof – zappelig vor Angst und Vorfreude.

»Ihr zwei ins Obergeschoss! An die Fenster!«, befahl er den Brüdern. »Ljocha! Du achtest auf die Straße!«

Er öffnete das Tor, und anstatt in den Funkraum zurückzugehen, lief er hinaus auf die Straße. Jetzt waren sie gerade mal zu fünft, und Artjom würde mit Funken beschäftigt sein. Wenn Saweli es rechtzeitig schaffte, zählte er für zwei. Aber war er überhaupt auf dem Weg zurück hierher? Was hatte er vergessen?

Es dröhnte in beiden Ohren.

Die Urals hatten sich wie Spielkarten zu einem einzigen Lkw zusammengeschoben. Ihre Scheinwerfer waren eingeschaltet – sie verbargen sich nicht mehr.

Vom anderen Ende raste ihnen, als wollte er sie frontal rammen, der gedrungene Kombi entgegen.

Die Fleischwolfmesser standen still, warteten darauf, dass neues Menschenmaterial herangeschafft wurde.

Artjom winkte Saweli zu: Los, wir warten! Dann zurück in den Unterschlupf.

Das Brüllen der Urals war bereits deutlich zu hören, als auf der Straße Bremsen quietschten: Das Kombigeschoss war vor ihnen eingetroffen, bohrte sich driftend in die Kurve und flog gerade noch rechtzeitig durch das sich schließende Tor.

Es war tatsächlich Saweli.

Saweli!

»Ich, äh … hab mir gedacht, ich verschieb den Urlaub noch mal«, erklärte er, während er die Tasche mit seinem MG aus dem Kofferraum zog. »Erst mal bringen wir das hier zu Ende, dann fahr ich los.«

Artjom hätte ihn am liebsten umarmt und ihm einen dicken Kuss auf die runzlige Backe gegeben.

»Ist doch ein Scheiß, dieser ganze Heldenmut«, sagte er stattdessen.

»Aus den Lastern können wir uns danach nämlich noch Diesel abzapfen!«, ergänzte der Stalker augenzwinkernd.

»Diesel …«, wiederholte Artjom. »Stimmt, du fährst mit Diesel, nicht wahr?«

»Korrekt.«

»Gib mir einen Kanister!«

»Äh, geht's noch?!«

»Her damit! Ich brauch Diesel, los!«

Er riss Saweli eine Plastikbuddel mit einer trüben Flüssigkeit aus der Hand und galoppierte auf den komatösen Bagger zu, wobei er sich sekündlich nach dem Zaun umblickte. Wo würden sie ihn zu überwinden versuchen? An derselben Stelle, wo auch Artjom herübergeklettert war?

Da! Artjom goss dem Bagger eine Portion flüssigen Regenbogen in die ausgetrocknete Kehle. Schluck das! Bist doch sicher durstig, oder? Auch wenn es mit Zahnsplittern und Blut gemischt ist. Wir müssen hier noch aufräumen. Erst mal einen hinter die Binde, und dann ab in die Schlacht. Er kletterte auf eine der Raupenketten.

»Und was wird das, wenn's fertig ist?!«

Saweli stand unten, gleich daneben.

»Die Funkmasten will ich umsäbeln!« Artjom fügt die Kabelenden zusammen – vorsichtig, mit einem lautlosen Stoßgebet, als spräche er mit einer Landmine.

Die Laster brüllten bereits ganz in der Nähe, bei der Kurve. Dann verstummten sie. Setzten sie jetzt ihre Ladung ab?

Er stieg auf das Pedal.

Los! Komm schon!

Der Bagger zuckte krampfhaft.

Grunzte. Schüttelte sich. Brüllte auf. Erwachte. Zum Leben. Zum Leben!

Da waren die Hebel. Vorn zwei, und zwei weitere zu beiden Seiten des Fahrersitzes. Er berührte den einen – der Ausleger fuhr nach oben. Dann den anderen – das Maschinenhaus drehte sich, und der Ausleger rammte seine Zähne in den Zaun – krracks!

»Die anderen beiden Hebel!«, brüllte Saweli ihn an. »Vorne! Wie beim Panzer! … Idiot! Raus mit dir, du Schwachkopf! Lass mich!«

Mit zwei Sprüngen stand er neben der Fahrerkabine, katapultierte Artjom mit einem Bodycheck hinaus und verbiss sich in die Hebel.

»Aus dem Weg! Sonst bist du Matsch!«

Er schob die Arme auseinander, und der Bagger – gut fünfzig Tonnen schwer – kreiste plötzlich auf der Stelle, als ob er sich im Tanz drehte.

»Klasse! Endlich mal wieder Kettenfahrzeug fahren!«, schrie Saweli und lachte schallend. »Wo fangen wir an?!«

»Mit den hintersten! Den hintersten Masten! Hau schon ab!«

Hinter dem Beton hatten sich die Leute ohne Dienstabzeichen sicher schon verteilt, hielten vielleicht ihre Enterhaken bereit, und die Scharfschützen flochten ihre Nester in den Zweigen. Wer jetzt nicht in Sekundenbruchteilen handelte, der kam für immer zu spät.

Ohne auf sein Knie zu achten, rannte er zur Funkstation zurück. Geschafft!

Im Gebüsch hatte er menschliche Schatten erkannt. Jemand war am Tor vorbeigehuscht.

»Im Empfänger! Eine Stimme! Jemand will Kontakt aufnehmen!«, rief Michail – Igor – aus dem Obergeschoss.

»Die umtfingeln uns! Foll ich chiefen?«

Das war Ljocha – vom Dach.

Am Fenster des Funkraums kroch langsam der von den Toten auferstandene Bagger vorbei, in eine dicke Rauchwolke gehüllt, die leichenbefleckte Hand zum Schlag erhoben.

»Hallo, hören Sie?! Bitte kommen! Es ist dringend!«, tönte es gedämpft und mückenartig aus dem Kopfhörer.

Wer war das – ausgerechnet jetzt?!

Früher habt ihr doch auch die ganze Zeit geschwiegen, als hättet ihr eure Zungen verschluckt?

Keine Luft zum Atmen. Artjom riss das Fenster weit auf und begann den süßen Rauch zu inhalieren. Und jetzt hörte er es, näselnd, durch ein Megafon:

»Wir fordern Sie auf! Unverzüglich! Das Gebäude zu verlassen! Und! Die Waffen niederzulegen! Wir versprechen! Dass wir Ihr Leben verschonen werden! Andernfalls ...«

»Den da hinten!«

Artjom winkte aus dem Fenster.

Der Bagger schepperte mit den rostigen Knochen, schleppte sich weiter, wie befohlen. Würden seine Kräfte, würde der Regenbogen reichen?

»Artjom!«, zwitscherte der Kopfhörer auf dem Tisch aus Leibeskräften. »Hörst du mich, Artjom?!«

Er hob ihn sehr langsam auf. Etwas in ihm widersetzte sich, ihn aufzusetzen, sich damit die Ohren zu verstopfen.

Auf dem Dach zirpte das Maschinengewehr los, aber nur ganz kurz. Zur Abschreckung? Oder waren sie bereits zum Angriff übergegangen?

»Wer ist da?!«

»Artjom! Ich bin's! Letjaga!«

»Was?«

»Ich bin's, Letjaga! Artjom! A zwei minus! Alles klar?! Ich bin's!«

»Was ist mit dir? Hast du mich gehört?! Hast du?! Die Roten haben den gesamten Funkverkehr gestört! Ich bin nicht verrückt! Die ganze Welt! Nur wir sind unter der Erde, wir Idioten! Und ich reiße diese Störsender jetzt ein, verdammt! Sag Melnik ... Sag ihm ... Dass ich ...«

»Halt, Artjom! Hörst du mich? Warte noch ...«

»Ich kann nicht! Ich kann nicht warten! Die Roten sind hier ... Sie haben uns umzingelt. Sie können jeden Augenblick das Gelände stürmen. Die werden uns fertigmachen. Aber vorher werden wir diese beschissenen Funktürme noch alle ...«

»Nein! Die werden euch nichts tun! Wir können … Wir können verhandeln! Rühr nichts an!«

Erneut wurde das MG auf dem Dach von einem Anfall gepackt, und auch im Inneren des Gebäudes donnerte es los, ein Feuerstoß aus dem Obergeschoss.

»Mit wem?! Mit den Roten?! Wollt ihr verhandeln?!«

»Das sind nicht die Roten! Nicht die Roten, Artjom!«

Jenseits des Fensters krachte es schwer und gewaltig. Noch einmal. Dann knirschte es teuflisch laut, wie wenn sich ein eiserner Vorhang hob, der den ganzen Horizont umfasste. Müder Stahl stöhnte hohl. Und schließlich fiel – ohne Hast, majestätisch – der umgeknickte Mast längs des Gebäudes, fast über das gesamte Gelände hinweg, zu Boden, dass die Erde bebte.

»Zu spät! Es geht schon los! Alles zum Teufel!«

»Nein! Macht nichts kaputt! Ich weiß Bescheid! Wir wissen das mit den Störsendern! Es … es ist nicht, was du denkst! Ich kann das erklären! Ich halte sie auf! Sie werden die Anlage nicht stürmen! Warte einfach auf mich, Artjom! Warte! Ich werde alles erklären!«

Wieder ertönte das Krachen, dann das Stöhnen.

»Wer sind die?! Sag! Warum?!« Artjom riss sich den Kopfhörer herunter und beugte sich zum Fenster hinaus.

Vom Zaun hing ein grauer Mensch herab, am Stacheldraht gekreuzigt, er hatte sich noch losmachen wollen, doch aus seinen Händen war bereits die ganze Kraft verschwunden. Der Bagger kreischte und holte erneut aus.

»Feuer einstellen! Sofort! Sturm … Orden … Melnik!«, surrte die Mücke Letjaga jemandem zu. »Artjom! Artjom! Sie werden warten! Also warte du auch! Ich bin schon unterwegs! Hörst du?! Artjom!«

Das MG beruhigte sich. Hatten sich die Grauen zurückgezogen, oder hatte ein Scharfschütze Ljocha erwischt?

Bamm! Ein weiterer Baobab hob seine Zementwurzeln aus der trockenen Erde, seine Wipfel verabschiedeten sich aus den Wolken, und er legte sich widerwillig, quälend langsam zur Seite.

Wir sind doch Blutsbrüder, oder, Letjaga? Wenn nicht wir beide, wer dann?!

»Halt! Haaalt!«

Artjom lehnte sich bis zur Hüfte aus dem Fenster, damit Saweli ihn bemerkte.

Der Bagger zögerte. Der Mast jedoch, ohnehin schon gefällt, sank schwer am Fenster vorbei zu Boden. Artjom atmete schwarzen Rauch aus und glaubte dem Kopfhörer. Er musste ihm einfach glauben.

»Gut, ich warte, Letjaga!«

»Wie alt sind Sie?«, fragte Michail.

Igor war etwas kleiner und bewegte sich eleganter. Michail war etwas gröber gehauen, nachlässiger – und langsamer aufgrund seiner überschüssigen Körpermasse. Endlich konnte Artjom sie einigermaßen auseinanderhalten.

»Sechsundzwanzig«, antwortete er. »Seit März.«

»Also Widder?«, fragte Igor, warum auch immer.

»Keine Ahnung. Am einunddreißigsten. Noch ein Tag, und ich wäre ein Aprilscherz geworden. Hätt ich mir noch etwas Zeit lassen sollen.«

»Also Widder. Starrköpfig.«

»Echt, sechsundzwanzig?« Michail hob die schwarzen Brauen. »Da hab ich voll danebengeschätzt.«

»Wie viel hättest du mir denn gegeben?«

»Keine Ahnung. So um die vierzig?«

»Toll, danke.«

»Hör nicht auf die Einfaltspinsel.« Arseni zupfte sich ein Haar aus dem Bart. »Für die ist alles, was älter als zwanzig ist, gleich vierzig Jahre alt.«

»Und wie alt seid ihr?«

»Siebzehn.«

»Ich bin neunzehn.«

»Seltsam«, sagte Artjom nach kurzem Nachdenken. »Da seid ihr noch nicht mal zwanzig, aber beide an der Oberfläche geboren.«

Ob Artjom sich wunderte, als er sah, was da vor dem Tor anhielt?

Aber sicher.

Es war derselbe gepanzerte Geländewagen, der ihn die Twerskaja-Straße entlanggejagt und mit Blei auf ihn eingepeitscht hatte. Exakt derselbe. Die schwere Tür wurde beiseitegeschoben, und Letjaga sprang in den Staub: ohne Maske.

»Ich bin allein! Lass mich rein!«

Die Tür des Geländewagens schloss sich, und er setzte zurück, bis zur Chaussee Entusiastow, zu den Windmühlen.

Artjom warf einen Blick durch die Kameras, erst dann öffnete er das Tor. Als dieser Artjom erblickte, schüttelte er den Kopf, blies die Backen auf und verdrehte die Augen. Dann umarmte er ihn.

»Du siehst scheiße aus, Bruder.«

»Das macht die Arbeit an der frischen Luft.«

»Mnja. Schöne Arbeit. Hast ja ganz schön was angerichtet.«

»Ich?!«

»Der Alte wird dich ordentlich zusammenstauchen. Gehen wir zum Funkraum.«

Artjom führte den Gast hinein. Im Gang warteten Arseni und seine Söhne. Ljocha behielt vom Dach aus die Bäume im Auge, und Saweli hatte sich im Bagger zusammengerollt, damit die Scharfschützen ihn nicht ins Visier bekamen. Die grauen Leute hatten zwar einen Waffenstillstand versprochen, aber keine Bedingungen genannt. Was nicht gerade beruhigend war.

»Wer ist das?«

Misstrauisch deutete Letjaga mit dem Kopf auf die Neuankömmlinge.

»Menschen. Menschen sind das, Bruder. Aus einer anderen Stadt, wo sie leben. Aus Murom. Sie sind gekommen, um uns zu retten, dich und mich.«

»Aus Murom?«, fragte Letjaga Arseni. »Ist das irgendwo im Norden?«

»Von Moskau aus im Osten«, antwortete dieser.

»Und wovor wolltest du uns retten, Alter? Vor dem Satan, dem gehörnten?«

»Einen wie dich höchstens vor dir selbst«, entgegnete Arseni schmunzelnd.

Artjom ging weiter, an dem Funker vorbei, in Richtung Funkraum.

»Und wo ist jetzt dein Melnik?«, fragte er. »Es reizt mich ja selbst, ihm …«

Nur einen Augenblick wandte er Letjaga den Rücken zu.

Ein hastiges Ploppen.

Er wandte sich um – nach dem Ploppen, nach dem Raureif, der ihm über den Rücken fuhr, nach dem glucksenden Geräusch –, da lagen die Neuankömmlinge bereits ausgestreckt auf dem Boden. Alle drei. Und Letjaga stakste zwischen ihnen wie ein Kranich herum und feuerte jedem die finale Kugel in den Kopf.

Als er Artjom sah, ließ er seine Stetschkin fallen. Und hob die Hände.

Nur eine halbe Minute vielleicht, mehr hatte er nicht gebraucht, um drei Leben für immer auszulöschen.

»Was … Was hast du … Wozu …«

Das Sturmgewehr klammerte sich mit der Kimme an den Schutzanzug, die Hände zitterten, aber Letjaga wartete geduldig, bis Artjom ihn richtig ins Visier genommen hatte.

»Das waren Menschen … aus Murom … Sie sind zu uns gekommen! Du Schwein!«

»Ruhig. Ganz ruhig, Artjom. Nicht.«

»Du Monster! Verräter! Hast du denn kein Gewissen?!«

»Hör zu. Komm erst mal runter. Es wird alles gut.«

»Was – alles?! Was?! Warum hast du sie …«

Arseni und Igor lächelten noch immer. In der Stirn hatten sie ein Loch, aber ihre Lippen lächelten. Michail dagegen war ernst. Der Boden war jetzt mit Klebrigem übergossen: völlig unmöglich, nicht hineinzutreten.

»Das sind Spione. Wir haben einen Befehl, Artjom.«

»Was für einen Befehl? Von wem? Und wer sind ›wir‹?«

»Einen Befehl. Zur Demaskierung. Besser gesagt, eine Demaskierung zu verhindern. Melnik … Er kann es dir besser erklären.«

»Auf die Knie! Hände hinter den Kopf! Dass ich sie sehe! So, jetzt auf Knien vorwärts! In den Funkraum! Hierher! Los! Wo ist dein Melnik? Wo?!«

»Lass ruhig … Hier, sieh her: nichts. Ich mache nichts. Warte … ich stelle nur die Frequenz ein. So. Keine Panik. Ich kann dich verstehen. Genosse Oberst?«

»Kopfhörer auf den Tisch. Und jetzt weg da. In die Ecke.«

»Artjom?«, kam es heiser aus dem Lautsprecher. »Artjom, bist du das?«

»Was ist das?! Das alles hier?! Sag, los! Ich zähle bis drei, verstanden?! Du … Was geht hier vor sich?! Warum ist da ein riesiger Deckel über Moskau?! Warum hat man die ganze Welt vor uns versteckt?! Warum hast du mich angelogen?! Wozu?! Du Mistkerl … du lahmer … Warum hast du mich die ganze Zeit angelogen?!«

»Das ist kein Deckel, Artjom.«

Melnik hatte die ganze Tirade widerstandslos geschluckt.

»Das kein Deckel. Das ein Schild.«

»Ein Schild?!«

»Ein Schild, Artjom. Diese Störsender sind nicht dazu da, um die Welt vor Moskau zu verbergen. Sondern um Moskau vor der Welt zu verbergen.«

»Wozu? Was ist überhaupt …«

»Der Krieg ist noch nicht zu Ende, Artjom. Nicht nur wir haben überlebt. Sondern auch unsere Feinde. Amerika. Europa. Der Westen. Sie haben noch immer ihr Arsenal. Und der einzige – der einzige! – Grund, warum sie uns noch nicht fertiggemacht haben, ist, dass sie glauben, dass wir alle längst verreckt sind. Dass hier niemand mehr lebt. Dass alles vernichtet ist. Wenn jetzt die Tarnung auffliegt … Auch nur in irgendeiner Weise …

durch Funkkontakt, oder durch Eindringlinge von außen ... Wenn sie das irgendwie herausfinden – und das wollen sie! –, dann verwandeln sie uns im nächsten Augenblick in Asche. Uns alle. Hörst du?! Lass diese Funktürme stehen! Wage es nicht, sie anzurühren!«

»Der Krieg ist seit etwa hundert Jahren vorbei!«

»Er hat nie aufgehört, Artjom. Niemals.«

17

ALLES RICHTIG

Im Rückspiegel blieben zurück: die verlassene Funkstation, zehn unversehrte Masten, der Bagger, die Schaufelhand noch immer zum Schlag erhoben, die schicksalhafte Kreuzung von Chaussee Entusiastow und Objesdnoje-Chaussee, nicht drei und nicht vier, sondern sechs gepanzerte Transporter mit stoßzahnartigen Frontschürzen und MGs auf den Dächern, eine Reihe von Menschen ohne Dienstabzeichen und eine Reihe von Windrädern, die sich nun, da der Wind aufgefrischt hatte, wieder drehten. Alles Mögliche blieb da zurück, und doch passte es alles in dieses verstaubte Rechteck hinein. Es war ihm so ungeheuer groß vorgekommen, stellte sich nun aber als ziemlich klein heraus. Nur eines passte da nicht hinein: Arseni und seine beiden Söhne.

»Was ist mit ihnen?«, fragte Artjom. »Wir hätten sie wenigstens beerdigen sollen.«

»Keine Sorge, es wird alles aufgeräumt«, antworte Letjaga. »Sowohl mein Zeug als auch deins. Das liegt hinter uns. Entspann dich.«

Und die Hundegrube. Die passte auch nicht in den Spiegel.

Saweli und Ljocha saßen nebeneinander auf dem breiten Rücksitz. Artjom hatte sowohl für sich als auch für die beiden freies Geleit ausgehandelt. Sawelis Japaner wirbelte hinter ihnen Staub auf, angehängt an den Offroader wie ein Kriegsgefangener. Der Stalker hatte sich geweigert, ihn zurückzulassen.

»Verdächtige Typen«, mischte er sich jetzt ein. »Hab ich mir gleich gedacht, als ich sie auf der Straße gesehen habe.«

»Sie sind zu Fuß aus Murom gekommen«, sagte Artjom. »Dort haben sie in einem Kloster gelebt. So einem schönen, weiß und blau.«

»Angeblich aus Murom und angeblich zu Fuß«, korrigierte ihn Letjaga. »Vielleicht hat sie auch ein Hubschrauber zehn Ka-Emm von hier ausgesetzt, dann mussten sie irgendeine Legende auswendig lernen – und vorwärts. Ständig versuchen Leute, bei uns einzudringen. Andauernd schleichen welche von diesen Schweinen hier herum.«

»Aber sie haben mich an den Apparat geholt, als du mich angefunkt hast«, dachte Artjom laut. »Wieso mussten sie dran glauben?«

»Keine Ahnung«, gab Letjaga zu. »Aber mein Befehl war eindeutig.«

»Bei mir sind sofort die Alarmglocken losgegangen«, schaltete sich Saweli ins Gespräch ein. »Als ich im Empfänger Englisch gehört hab, dachte ich mir: Hoppla! Die Yanks haben ja gar nicht die Löffel abgegeben! Und wir dachten, wir hätten sie alle plattgemacht. Aber wie sich herausstellt, trällern die noch immer fröhlich ihre Lieder. Da hab ich mich gleich gefragt: Wie geht's jetzt weiter? Die machen uns doch das Leben zur Hölle! Davon haben die doch schon immer geträumt: uns kaputtzukriegen! Zu kolonisieren! Diese Rothschilds, diese ganze globale Internationale von Päderasten. Also hab ich mir gleich gedacht: Vielleicht sind die's ja, die uns in der Metro die Fresse in die Scheiße drücken? Echt, ich schwör's!«

Ljocha schmatzte nur mit seinem zahnlosen Mund. Was wollte er damit sagen? Hatte er Heimweh?

»Von wegen«, brummte Nigmatullin, der am Steuer saß. »Die machen sich doch nicht die Hände schmutzig. Wenn die spitzkriegen, dass wir noch da sind, schicken die uns einfach ein paar Raketen rüber. Und wie sollen wir die dann bitte abfangen? Ist ja nichts mehr übrig von dem Scheiß.«

»Nee, ist schon klar.« Saweli pfiff leise. »Bei mir hat's gleich geklickt, wie ihr das erklärt habt. Passt alles zusammen. Mit diesen Störsendern. Ich fahr so und denk mir, scheiße, wie soll das gehen? Wozu? Was sich der Artjom so zusammengereimt hat: die Rote Linie soll die Leute betrügen, sie unter der Erde einsperren – das ist doch irgendwie Blödsinn. Was wäre der Sinn? Fahr ich also so vor mich hin und denk mir: Artjom, du bist ein guter Junge, aber was du da verzapfst, ist doch irgendwie Quatsch mit Soße. Das spür ich im kleinen Zeh: Bockmist, das kann nicht sein. Dass welche von uns einfach so … Aber so, wie ihr das vorhin erklärt habt, da hab ich gleich gespürt: Das ist es. Genau auf den Punkt. Ich wusste nämlich gleich, verdammt, dass das alles zu glatt gelaufen ist. Dass man uns so viele Jahre in Ruhe gelassen hat. Dass wir alle so fröhlich überlebt haben. Aber jetzt ist der Groschen gefallen. Oder, Artjom?«

»Ja.«

Sie kamen wieder am Autobahnring vorbei, sahen rechts wie links den gleichförmigen Stau des Todes, während sie nach Moskau zurückkehrten, um ihr Leben zu Ende zu leben – jeder von ihnen so lange, wie er noch hatte.

Der Offroader war ein gutes Fahrzeug: Ledersitze, fingerdicke Panzerung sowie eine Menge Zusatzgeräte. Der Motor brummte behaglich, Nigmatullin steuerte den Wagen sicher durch die Mumien, die so schnell vorbeiglitten wie die Bilder eines Filmstreifens, wie ein einziger Mensch.

»Guter Wagen«, sagte Artjom. »Ich wusste nicht, dass wir solche haben.«

»Jetzt schon.«

Anstatt Letjaga weiter auszufragen, kaute Artjom auf seiner Wange herum. Es war ihm unangenehm vor den anderen. Aber dann hielt er es doch nicht aus.

»Ich hab ihn schon einmal gesehen. Am *Ochotny Rjad*.«

»Ich weiß.«

»Ich dachte, ich bleib da liegen.«

»Bist du aber nicht.«

»Warum?«

»Wir haben dich erkannt. Du gehörst doch zu uns. Wie hätten wir ... unseren eigenen Mann ...«

»Und wenn ihr mich nicht erkannt hättet? Wenn ich eine Schutzmaske getragen hätte?«

»Dann ... Was machst du auch für einen Scheiß, einfach so mit einem Funkgerät rumzulaufen? Die Störsender können schließlich nicht jedes Signal abfangen. Die eingehenden kriegen sie alle, aber die ausgehenden nicht immer. Also müssen wir das von Hand erledigen.«

»Und wie sucht ihr?«

»Damit.« Letjaga klopfte auf die Zusatzarmaturen. »Da ist ein Peilgerät drin. Wie gesagt, ein guter Wagen.«

Saweli rutschte ungeduldig auf seinem Sitz herum. Irgendwas lag ihm auf dem Herzen.

»Und warum kann man das den Leuten nicht sagen? Dann würde es nicht solche Missverständnisse geben ... Wie der Mist, den wir vorhin gebaut haben.«

»Damit keine Panik entsteht«, sagte Letjaga. »Und dann ... Der eine hat Verwandte hier, der andere dort ... Wir sind schließlich in Moskau. Die würden anfangen, sich in alle Himmelsrichtungen aufzumachen. Und dann würde unsere Deckung mit Sicherheit auffliegen. Nicht mal im Orden wissen alle Bescheid.«

Artjom nickte. »Nicht alle.«

»Ich hab ja vielleicht auch Verwandte«, meldete sich Saweli. »Aber wenn's um so was geht! Sollen wir für diese Säcke etwa noch die Hosen runterlassen?«

Nigmatullin am Steuer pflichtete ihm mit einigen unartikulierten Ausdrücken bei.

»Sei nicht sauer auf den Alten.« Letjaga wandte sich zu Artjom um. »Er hat's dir eben nicht gesagt. Ich selbst hab's erst vor einem Jahr erfahren. Dir hätte er es auch irgendwann mal gesagt, wahrscheinlich.«

»Wahrscheinlich.«

»Du hast alles richtig gemacht, kleiner Bruder«, sagte Letjaga. »Dass du mit uns gekommen bist. Jetzt wird alles wieder gut.«

»Und so kontrolliert ihr ganz Moskau?«, fragte Artjom. »Ihr peilt alle an?«

»Nicht ihr, Artjom, sondern wir. Der Orden. Ja, wir kontrollieren Moskau. Wir peilen.«

»Aber ich bin doch jeden Tag an die Oberfläche ... Bis ins sechsundvierzigste Geschoss ... Jeden Tag hab ich Signale geschickt. Und?«

»Und was?«

»Und ihr habt mich nicht gehört?«

»Oh doch, gehört – und sogar gesehen.«

»Aber ich hab euch doch de-mas-kiert! Uns! Alle!«

Letjaga sah Nigmatullin an. Dann drehte er sich wieder zu Artjom um und schielte ihn an.

»Melnik hat gesagt, wir sollen dich in Ruhe lassen.«

»Warum?«

»Na ja, du gehörst ja irgendwie ... zur Familie. Das wäre ihm nicht recht gewesen.«

»Halt an«, antwortete Artjom. »Mir ist schlecht.«

Nigmatullin gehorchte und gab Artjom die Möglichkeit, sein Innerstes umzukrempeln. Am Straßenrand blieben zurück: gepanschter Wodka mit Zahnsplittern, die ganze, lebendige, geschwätzige Welt und oben darauf – eine schneeweiße Festung mit Himmelskuppeln. Nach Hause, in die Metro durfte man so etwas nicht mitnehmen.

Jetzt würde er etwas schlafen können.

»Hast du ne Dosis abbekommen?«, fragte Letjaga ihn misstrauisch.

»Mir ist vom Autofahren schlecht geworden«, antwortete Artjom müde.

Er öffnete die Augen. Sie waren wieder in Moskau und rollten die Uferstraße entlang. Es wurde bereits Abend.

Nur ein Tag war vergangen. Ja, manchmal gab es solche Tage.

Artjom erkannte die Stadt nicht wieder. Dabei war das Moskau, das da vor dem Fenster vorbeizog, noch genau dasselbe wie am Morgen. Aber in der Zwischenzeit hatte jemand ihm neue Augen eingesetzt.

Er fühlte sich merkwürdig. Merkwürdig und dumm.

Alles war unwirklich geworden: Die verlassenen Häuser waren nur noch Kulissen, die leeren Paläste Dekoration, die Toten in den Autos Schaufensterpuppen. Hatte er früher in das Kaleidoskop geblickt, so war ein schmerzlich schönes Trugbild vor ihm aufgetaucht. Dann hatte ihn der Teufel geritten, es auseinanderzunehmen, und am Ende hielt er nichts mehr als ein Stück angemalte Pappe und bunte Glassplitter in den Händen. Wie sollte er jetzt weiterträumen – von Pappe und Glas?

Er versuchte, Moskau wieder zu lieben, sich wieder danach zu sehnen, doch es gelang ihm nicht. Die Stadt war ein Bluff, eine hohle Attrappe, all die hier umgekommenen Menschen waren Menschenattrappen, ihr Leid aus Pappmaschee zusammengekleistert. Alles war so für die Betrachter arrangiert, angeblich für die unterirdischen, in Wirklichkeit aber für die überseeischen.

Da hatte er also eine Entdeckung gemacht. Durchaus eine große, die ganze Welt hatte er entdeckt, alle Kontinente auf einmal. Aber auch eine nutzlose. Was sollte er in drei Wochen mit diesem Wissen anfangen? Und blieben ihm überhaupt noch drei Wochen? Die Dosis addierte sich auf, und wie viel Funkwellen hatte er dazu noch abbekommen? Womöglich waren es gar nicht mehr drei, sondern zwei.

Sie folgten dem Flusslauf und kamen am Kreml vorbei.

Der Kreml stand ziemlich unversehrt da, aber auch er stellte sich tot.

Er erinnerte sich, wie an der *Schillerowskaja* die Aufseher den Toten zur Sicherheit die Schädel mit Bewehrungsstäben zertrümmert hatten, damit sie nur ja keine Lebenden begruben. Vertrauen ist gut, Kontrolle besser.

Hatte Melnik also recht gehabt? Lohnte es sich?

Ja, sie belogen die Leute. Aber doch, um sie zu retten. Oder nicht?

Konnte man damit leben? Wenigstens zwei Wochen lang?

Er würde Melnik fragen.

An der *Borowizkaja* wurden alle durch die Dekontamination geschleust. Ljocha und Saweli nahm man irgendwohin mit, versprach aber, ihnen kein Haar zu krümmen. Letjaga führte Artjom durch dunkle Gänge zur *Arbatskaja*, zu Melnik. Artjom sagte nichts. Es war, als hätte jemand ihm die Zähne mit Harz zusammengeklebt. Letjaga pfiff eine Melodie, die an seinen Nerven zerrte.

»Wie war's im Reich?«, fragte er schließlich, ehe er das Liedchen zum dritten Mal anstimmte. »Wie bist du da rausgekommen?«

»Düster war's«, antwortete Artjom. »Ich dachte, ich krepier dort. Den Brief hat er mir abgenommen. Dietmar.«

»Wissen wir.«

»Siehst du, ihr wisst immer Bescheid«, scherzte Artjom, ohne Letjaga dabei anzusehen. »Nur ich weiß zufällig einen Scheißdreck.«

»Sorry, kleiner Bruder«, antwortete dieser. »Ich wollte dich wirklich dort raushauen. Aber dann hatten wir hier auf einmal total Stress. Mit den Roten und dem Reich.«

Artjom nickte. »Hab ich mir gedacht.«

»Ich hab's dem Alten berichtet. Er meinte, wir würden das schon hinkriegen. Sei nicht sauer auf ihn.«

»Ich bin nicht sauer.«

»Das ist jetzt eine entscheidende Phase. Wir haben zu wenig Leute. Wenn ich dich hier abgeliefert habe, muss ich gleich weiter zur nächsten Baustelle. Bei den Roten ist eine Hungersnot ausgebrochen. Die Pilze sind ihnen alle weggefault. Die Leute brechen durch die Absperrungen. Für die Roten ist dieser Krieg die letzte Möglichkeit, die Hungernden zu beschwichtigen. Aber dieser Krieg kann auch auf die Hanse überschwappen. Sogar auf uns alle. Deswegen müssen wir sie jetzt aufhalten. Und wie immer: Wenn nicht wir, wer dann. Sieht ganz nach dem letzten, entscheidenden Kampf aus.«

»Tja, siehst du, die Pilze … Wie wichtig die doch sind.«

»Stimmt«, gab Letjaga zu und pfiff noch ein wenig weiter.

»Was sagt Melnik?«

»Ich sollte dich unversehrt nach Hause bringen und dir sämtliche Sonderwünsche erfüllen.«

»Alles klar.«

»Ich bin nur ein ganz kleines Männchen, Bruder. Ich stecke meine Nase nirgends rein, wenn ich nicht drum gebeten werde. Schuster bleib bei deinen Leisten, finde ich. Wer bin ich, solche Sachen zu entscheiden? Verstehst du, was ich meine?«

Endlich blickte Artjom ihn an. Aufmerksam. Um wirklich zu verstehen, was er meinte.

»So klein bist du gar nicht«, sagte er dann.

»Artjom!«

Der Oberst rollte hinter seinem Tisch hervor und auf ihn zu.

Artjom stand stumm: All seine vorbereiteten Reden waren ihm im Mund sauer geworden, waren geronnen wie Schweinemilch. Er hatte sie bereits ausgespuckt, bevor er Melniks Büro betrat, doch auf der Zunge spürte er noch immer den bitteren Geschmack der Molke.

»Hör zu«, sagte Melnik.

Artjom hörte zu. Und ließ die Augen durch das Arbeitszimmer schweifen. Der Tisch, überhäuft mit Papieren. Die Karten an den Wänden. Ob darauf die Störsender eingezeichnet waren? Die Verteidigungslinien der Stadt Moskau? Da hing die Liste mit den Namen der Jungs, die beim Sturm der Roten auf den Bunker gefallen waren. Wo waren ihre Seelen jetzt, die von Desjaty, Ulman und den anderen? Vielleicht hockten sie ja in diesem Papier und atmeten den Alkohol aus dem halb leeren Wodkaglas. Wahrscheinlich hackedicht allesamt, fünfzig Gramm reichten doch locker für zwei Einheiten, die Seele braucht ja nicht viel.

»Wir werden die Sache aus der Welt schaffen«, sagte Melnik. »Ich werde mit ein paar Leuten reden. Es ist meine Schuld. Ich habe dich nicht gewarnt.«

»Es sind gar nicht die Roten, stimmt's?«, fragte Artjom. »Mit den Trucks? In der Funkstation?«

»Nein.«

»Aber auch nicht unsere Leute? Ich hab doch nicht unsere eigenen Leute umgebracht, oder?«

»Nein, Artjom.«

»Wer dann? Zu wem gehörten die?«

Melnik zögerte. Er schien zu überlegen, ob der Junge wirklich die Wahrheit vertragen konnte. Was würde er schon damit anfangen?

»Hast du eine Dosis abgekriegt?«

Er rollte noch näher an Artjom heran und positionierte sich so, dass er selbst nicht im Licht stand.

»Zu wem gehörten die Kämpfer?«

»Zur Hanse. Die Leute gehörten zur Hanse.«

»Zur Hanse? Und die Windräder ... Wer hat die gebaut? Ich hab von politischen Häftlingen gehört, die von der Roten Linie abkommandiert wurden ... in die Verbannung ... vom *Bulwar Rokossowskogo* ... Von der *Lubjanka* ... für Bauprojekte.«

»Artjom.« Der Oberst entfachte mit seiner einen Hand ein Feuerzeug und begann eine Papirossa zu rauchen. »Willst du auch eine?«

»Ja.«

Er nahm die angebotene Zigarette. Zündete sie an. Inhalierte tief. Jetzt sah er etwas klarer. Er unterbrach den Ranghöheren nicht, half ihm nicht in dieser Situation.

»Artjom. Ich verstehe, dass du das alles nicht so einfach glauben kannst. Nach allem, was passiert ist. Aber denk doch mal nach: Glaubst du wirklich, dass die Rote Linie auch nur irgendetwas für die Hanse bauen würde? Für ihren Erzfeind?«

»Nein.«

»Richtig. Das würde sie nicht. Die haben das alles selber gemacht. Sie haben ja genug von allem … Arbeitskräfte und Maschinen.«

»Und die Leichen in der Grube … Da hat jemand ein riesiges Loch gegraben. Bis obenhin voll mit Menschen. Wer ist das?«

Melnik nickte: Er wusste über die Grube Bescheid. Und über die Hunde?

»Spione. Saboteure. Potenzielle Spione und potenzielle Saboteure.«

»Dann hat also die Hanse das vor uns allen … über all die Jahre … geheim gehalten? Die ganze Welt … versteckt? Gelöscht?«

»Um Moskau zu retten.«

»Aber was ist … Der Westen, die Amerikaner … Warum bombardieren sie die anderen Städte nicht? Ich hab's doch selber gehört! Piter. Wladik. Jekat. Es gibt sie alle! Und alle … quasseln sie irgendwas … Friedliches. Auf Russisch! Alle sind da! Das Land existiert! Und nur wir nicht? Was ist dort los? Ist der Krieg noch im Gange?«

»Dort … Woher willst du denn wissen, was dort passiert ist? Du hast gerade mal eine halbe Stunde Funkverkehr mitgekriegt. Das ist doch alles nur Hörspiel, Artjom. Wie willst du unsere eigenen Leute von irgendwelchen Söldnern unterscheiden? Von den Maulwürfen der anderen? Was haben wir denn überhaupt noch – außer der Metro? Nichts! Nur die Metro ist uns geblieben! Wo ist da draußen wirkliches Leben? Überall sitzen da ihre Verbindungsleute, wie Spinnen in einem Spinnennetz. ›Hier Wladiwostok, kommt zu uns. Hier Petersburg, wir warten auf euch!‹ Und wenn einer auf dem Dorf dem Ruf folgt und dort ankommt, wird er an Ort und Stelle kaltgemacht. Per Kopfschuss. Russland gibt es nicht mehr! Es ist gekommen, wie wir immer befürchtet haben. Unser Land ist zerbombt, zersplittert, besetzt. Wenn wir hier nicht aushalten. Wenn wir sie wissen lassen, dass wir überlebt haben. Dann sind wir die Nächsten. Es gibt für uns nur eine Rettung, Artjom. Uns tot zu stellen. Und Kräfte zu sammeln. Um eines Tages zurückzukehren.«

»Und was ist mit denen, die einfach so zu uns kommen? Ich meine, unsere Leute? Auch aus den Dörfern zum Beispiel? Keine Maulwürfe, sondern unsere Leute? Menschen? Echte Russen?!«

»Es ist Krieg, Artjom. Wir können nicht jeden Einzelnen erst überprüfen. Sie sind Feinde, und Punkt.«

»Und wenn sie nicht von Osten kommen, sondern von Westen?«

»Alle Hauptrichtungen sind abgedeckt.«

»Aber die Störsender …«

»Das ist nicht die einzige Funkstation.«

»Also hätte ich sowieso nichts … nichts erreichen können?«

»Du wärst gar nicht erst dazu gekommen, Artjom. Ein Glück, dass Letjaga dich da rausgeholt hat. Noch ein weiterer Mast, und ich hätte sie nicht mehr stoppen können. Sie haben ja eigentlich den Befehl, keine Gefangenen zu nehmen.«

Artjom inhalierte den Rauch, fing seine auseinanderfallenden Worte ein, ordnete sie in Reih und Glied.

»Ihr habt mich doch beobachtet, oder? Jedes Mal wenn ich auf die Tricolor-Türme gestiegen bin?«

Die Lippen des Obersts zuckten. Letjaga hatte da offenbar etwas ausgeplaudert.

»Ja, wir wussten Bescheid.«

»Warum habt ihr mir nicht das Maul gestopft?«

»Weil du zu uns gehörst. Auch wenn ich … trotz allem, was ich dir damals gesagt habe.«

»Und ihr, wann habt ihr es erfahren? Und wie?«

»Man hat uns informiert. Vor einiger Zeit.«

Artjom machte einen Zug. Setzte sich auf den Boden, lehnte sich an die Wand – es gab ja keinen Stuhl. Jetzt war Melnik in seinem Rollstuhl größer als er. Eigentlich war er das ja auch: größer als Artjom. Früher war er es zumindest gewesen, als er noch Beine gehabt hatte anstatt Rädern.

»Wissen Sie, Swjatoslaw Konstantinowitsch … In unserem letzten Gespräch. Da haben Sie mir sehr überzeugend bewiesen, dass ich schizophren bin.«

»Ich wollte dich schützen. Damit du nicht tust … was du getan hast.«

»Warum war es so schwer, mir die Sache einfach zu erklären? Oder bin ich doch schizophren?«

»Artjom.«

»Sagen Sie es ruhig. Bin ich durchgeknallt oder nicht? Sagen Sie es einfach.«

»Hör zu. Diese ganze Geschichte mit den Schwarzen. Deine Überzeugung, die Welt retten zu können. Dass du von ihnen erwählt wurdest. Dass die Menschheit wegen dir zugrunde geht. Wie sollte ich … Wie sollte ich dir das einfach sagen?«

Diese ganze Geschichte mit den Schwarzen. Diese ganze Geschichte. Das alles.

»Das alles hat nichts bedeutet, stimmt's? Dass wir sie mit Raketen … das hat überhaupt nichts verändert, oder? Wir waren ja hier in Moskau nie die letzten Menschen auf der Erde. Und die Schwarzen waren nie unsere einzige Hoffnung. Ich habe sie nicht gerettet, weil … weil eben. Und es ist ja gar nichts Schlimmes passiert. Die Welt lebt noch immer genauso, wie sie immer gelebt hat. Hätte ich sie gerettet, ja, dann hätten wir jetzt was, das wir im Tierpark herzeigen können. Engel oder nicht, das wäre scheißegal gewesen. Kein Wunder, sondern nur eine Nummer aus dem Kuriositätenkabinett. Zum Totlachen, finden Sie nicht auch, Swjatoslaw Konstantinowitsch? Krass, wie blöd ich war, oder?«

»Nein.«

»Oh doch, so was von krass«, widersprach Artjom.

Die Modulation der Vokale fiel ihm nicht leicht. Es war, als ob ihn ein Kropf dabei störte.

»Ich habe ja versucht, es dir zu erklären. Ich habe dir gesagt, dass du von ihnen fast schon besessen bist. Den Schild aufzudecken, dazu hatte ich kein Recht, wenn man deinen Zustand bedenkt.«

»Meinen Zustand«, wiederholte Artjom. »Ich bin also wirklich schizophren. Erst dachte ich, ich rette die Welt, dann, ich richte sie zugrunde. Klassischer Fall von Größenwahn.«

»Du warst einfach nicht ausreichend informiert. Du musstest dir das alles selbst zusammenreimen. Aber jetzt, da ich mit dir spreche, gelange ich zu der Überzeugung, dass du völlig nüchtern urteilst. Es ist nicht deine Schuld.«

Wessen dann? Artjom besah sich das glimmende Ende der Papirossa, als ob er in einen Pistolenlauf blickte. Eine selbstgedrehte Taschenhölle. Stets greifbar in der Nähe.

»Ich musste mir ziemlich viel zusammenreimen«, bestätigte er.

»Wenn du glaubst, dass mir das leichtgefallen ist …«

»Das glaube ich nicht. Ich war einfach ein Idiot. Wozu hab ich das eigentlich … Früher dachte ich, ich bringe Anja … und Sie … und die Jungs … und meinen Stiefvater. Nach oben. Damit wir … in der Stadt leben. Gemeinsam. In richtigen Häusern. Das hab ich mir so vorgestellt. Oder vielleicht in dem Kloster da … Alle zusammen. Oder dass wir irgendwohin fahren … mit dem Zug. Und uns das Land ansehen, die ganze Welt. Das war mein Traum. Wenn es noch eine Welt gibt da draußen, dachte ich, dann würde ich … Dabei haben es alle gewusst. Glauben Sie, man darf die Leute belügen? Warum sagen wir es ihnen nicht? Sollen sie doch selbst wählen … Wenn sie gehen wollen, sollen sie gehen!«

Melnik runzelte die Stirn.

»Jetzt fängst du schon wieder an mit diesem Quatsch. Wenn sie Moskau verlassen, was passiert dann? Dann wird einer nach dem anderen abgemurkst! Und zwar alle! Noch sind wir zusammen. Die Metro ist unsere Festung. Eine Festung, die von Feinden belagert wird. Wir alle – nicht nur der Orden, sondern alle Menschen hier – sind die Garnison. Wir sind nicht für immer hier. Wir bündeln unsere Kräfte für den Befreiungsschlag. Für den Gegenangriff. Klar? Wir werden von hier fortgehen. Aber nicht, um uns zu ergeben! Nicht mit einer weißen Fahne! Wir laufen nicht weg! Wir werden die Metro verlassen, um ihnen wieder abzunehmen, was uns gehört! Wir müssen unseren Boden zurückerobern! Ist das klar oder nicht?! Dort gibt es niemanden, der auf dich wartet!«

»Hier wartet auch niemand auf mich.«

»Falsch. Du bist nicht hier, um dich bei mir auszuheulen. Dafür habe ich dich nicht aus dem Schlamassel ziehen lassen.«

»Wofür dann?«

Melnik rollte zu seinem Tisch zurück, der irgendwie an einen Gefechtsstand erinnerte, kramte mit gerunzelter Stirn darin herum und zog etwas hervor.

»Hier.«

Er rollte selbst zu Artjom zurück, hielt ihm die geschlossene Faust hin. Öffnete sie langsam. Es war keine theatralische Geste, eher schien er mit sich selbst zu kämpfen. Auf seiner Handfläche lag eine Erkennungsmarke. Auf der einen Seite war eingraviert: *Wenn nicht wir, wer dann?* Artjom nahm sie. Er fuhr sich mit der Zunge über die trockenen Lippen, dann drehte er sie um. *Tschorny, Artjom* stand da. Den Vornamen hatte ihm seine Mutter gegeben, den Nachnahmen hatte er sich selbst ausgedacht. Es war seine Erkennungsmarke. Dieselbe, die ihm Melnik vor einem Jahr abgenommen hatte.

»Nimm.«

»Was ... soll das?«

»Ich will, dass du zurückkommst, Artjom. Ich habe über alles nachgedacht, und ich will, dass du in den Orden zurückkehrst.«

Artjom starrte auf seinen Nachnamen. Er war sinnlos geworden, bedeutete nichts mehr. Einst war er eine Art Buße gewesen, ein brennendes Kreuz, das ihn immer an sich selbst erinnern sollte. Aber jetzt? Es war nicht seine Schuld, das Leben ging weiter. Er fuhr mit dem Finger über die dunkle Nut mit den Buchstaben. Das Blut pochte in seinen Ohren.

»Wofür? Dafür, dass ich Moskau demaskiert habe?«

»Ich liefere dich ihnen nicht aus«, antwortete Melnik. »Du gehörst zu uns. Der Bissen soll ihnen im Hals stecken bleiben.«

Artjom rauchte zu Ende, bis der Tabak seine Finger versengte. Ihnen.

»Und wozu braucht ihr mich?«

»Jetzt wird jeder Einzelne gebraucht. Wir müssen die Roten aufhalten. Um jeden Preis. Und die Faschisten kaltstellen. Es ist die letzte Chance, den Krieg aufzuhalten, Artjom. Sonst sind bald nicht mehr die Störsender für die Stille im Äther verantwortlich ... sondern wir selbst. Dann erledigen wir selber den Job für den Westen. Und die werden sich nicht mal darüber wundern. Verstehst du?«

»Verstehe.«

»Also dann! Bist du dabei oder nicht? Ich würde sagen, wir lassen dich ein wenig zusammenflicken – und dann zurück ins Glied!«

»Und was ist mit meinen Jungs? Saweli, Ljocha. Was habt ihr mit denen vor?«

»Die nehmen wir und bilden sie aus. Jetzt, wo du sie sowieso schon in unser Staatsgeheimnis eingeweiht hast.«

»In den Orden?«

»In den Orden. Wenn ich das richtig verstanden habe, habt ihr zu dritt eine Funkstation eingenommen. Keine schlechte Empfehlung.«

Das war alles? Er fuhr sich mit der Hand über den Schädel. Den hatte Sascha rasiert.

»Du hast eine ziemlich hohe Dosis abgekriegt«, stellte Melnik mit Nachdruck fest. »Leg dich erst mal in die Klinik. Da ruhst du dich aus, und wir sehen, was wir tun können. Und dann ...«

»Swjatoslaw Konstantinowitsch. Gestatten Sie mir eine Frage. Was war in dem Umschlag?«

»Dem Umschlag?«

»Dem Umschlag, den wir dem Reich übergeben sollten.«

»Ach so.« Melniks Gesicht verdüsterte sich, als er sich daran erinnerte. »Ein Ultimatum. Ein Ultimatum des Ordens. Die Forderung, die Operation unverzüglich einzustellen und sämtliche Kräfte abzuziehen.«

»Mehr nicht?«

Der Oberst drehte sich auf der Stelle um. Die qualmende Selbstgedrehte zwischen seinen Zähnen beschrieb einen Kreis und hinterließ einen Rauchvorhang.

»Ein Ultimatum des Ordens und der Hanse«, presste er hervor. »Von uns und ihnen. Ein gemeinsames. Punkt. Du wirst erwartet, Artjom.«

Artjom entwirrte die Schnur, steckte den Kopf durch die Schlinge, ließ die Erkennungsmarke hinabgleiten, bis sie in seinem Hemd verschwand.

»Ich danke für das Vertrauen.«

Und dachte: Warum bin ich damals, im Bunker, nicht gefallen? War Letjaga daran schuld? Hätten sie Artjom damals mit einer gepunkteten Linie durchsiebt, wäre das für ihn ein Vorteil oder ein Nachteil gewesen? War das, was er nun wusste, gut für ihn? Wofür krepierte er erst jetzt an der Strahlenkrankheit? Anstatt den Jungs hier, in Melniks Büro, Gesellschaft zu leisten. Als ein paar Buchstaben auf einer Liste, besoffen und fröhlich alle Zeit.

»Wir werden noch zusammen kämpfen!«, versprach der Oberst. »Hauptsache, du wirst wieder ...«

»Ich will mich nicht hinlegen. Ich weiß sowieso über mich Bescheid. Haben die Jungs heute irgendwas vor?«

»Was sollen die vorhaben?«

»Letjaga hat so was angedeutet. Eine Operation. Gegen die Roten. Sie hätten nicht genug Leute, hat er gesagt.«

Melnik schüttelte den Kopf.

»Du hältst dich doch kaum auf den Beinen, Artjom! Was willst du jetzt? Geh, ruh dich aus, rede mit … jemandem.«

»Ich gehe mit den Jungs. Wann?«

»Wozu? Wohin willst du?« Melnik schleuderte seine Kippe zu Boden. »Warum kannst du nicht mal auf deinem Arsch sitzen bleiben?!«

»Ich muss irgendwas tun«, sprach Artjom und vermied es im letzten Moment, den Halbsatz »bevor alles vorbei ist« hinzuzufügen. »Ich will nicht nur herumliegen, sondern endlich auch mal etwas Sinnvolles tun.«

»Sieht aus wie ein Besuchszimmer im Knast.«

»Willst du etwas spazieren gehen?«

»Ja, das wäre gut.«

Sie schiebt die Tür auf und geht voraus. Artjom folgt ihr.

Die *Arbatskaja* ist so, wie man sich die Zarengemächer oder auch ganz Russland im Traum vorstellt: überladen, weiß-golden und schier endlos. Sie ist der Punkt, in dem alles zusammenläuft, in dem man sich verlieren kann.

»Was ist mit dir passiert?«

»Nichts. Hab ne Dosis abbekommen. Wenn du meine Frisur meinst.«

»Ich meine überhaupt.«

»Überhaupt? Überhaupt ... Wusstest du das denn? Mit der Funkverbindung?«

»Nein.«

»Hat er es dir nie gesagt?«

»Nein, Artjom. Er hat mir noch nie davon erzählt – bis jetzt.«

»Verstehe. Tja, also. Da gibt es nichts hinzuzufügen.«

»Du hast nichts hinzuzufügen?«

»Was soll ich denn noch sagen? Ich habe gefunden, was ich suchte. Und aus.«

Die Leute drehen sich nach ihnen um. Nach ihr. All diese Generalstabs-Fossilien, diese Papierkrieger der *Arbatskaja* lassen ihre Versteinerungen knacken, drehen sich mit dem gesamten Rumpf, wenn ihr purpurner, faltiger Hals dazu nicht mehr in der Lage ist. Sie ist ja eine Schönheit, Anja. Groß, leicht, hochmütig. Der jungenhafte Haarschnitt. Die schwungvoll nachgezeichneten, steil ansteigenden Brauen. Und dann auch noch in dem Kleid.

»Das heißt, du kommst wieder zurück?«

Sie sagt es mit flacher Stimme. Als wäre sie innen genauso wie außen. Als wäre ihr Gesicht aus Porzellan, und im Rücken steckte ein Schlüssel zum Aufziehen.

Artjom fühlt, wie sein Rücken feucht wird.

Es gibt Dinge, vor denen man sich nicht zu fürchten lernt. Aber gegen Gespräche wie dieses ist er nie immun geworden. Er geht einfach weiter und zählt schweigend seine Schritte. Ein Zählwerk der Peinlichkeit, der Feigheit und des Unglücks.

»Die Idee hatte dein Vater. Er hat mir meine Marke zurückgegeben.«

»Ich spreche von uns.«

»Also … Wenn ich sein Angebot annehme … und das habe ich ja schon. Dann kann ich … nirgends … Auf jeden Fall nicht an die *WDNCh*. Ich werde hier sein. In der Kaserne. Heute soll irgendeine Operation laufen, ich soll mitgehen. Und …«

»Hör schon auf. Was hat das damit zu tun?«

»Hör zu. Ich … ich sehe das nicht. Wie? Wie sollen wir wieder …«

»Ich will, dass du zurückkehrst.«

Sie sagt das alles so: ruhig, fest, nicht laut. Das Gesicht ganz friedlich. An der *Arbatskaja* können zwei Menschen nicht in Ruhe reden. Aber unter Fremden ist es immer noch besser, als durch eine dünne Wand von den eigenen Leuten getrennt. Die Menge dämpft das Signal. In der Menge kann man aufrichtig sein.

»Es hat doch nicht funktioniert. Anja. Mit uns beiden.«

»Es hat nicht funktioniert. Und?«

»Nichts weiter.«

»Nichts weiter? Gibst du schon auf?«

»Nein. Darum geht es nicht.«

»Das heißt, du hattest gar nicht vor zurückzukommen? Du bist einfach so abgehauen. Mit einem idiotischen Vorwand.«

»Ich …«

»Ich sage dir jetzt was: Ich brauche dich. Ich brauche dich, Artjom. Verstehst du, was mich das kostet? Was – es – mich – kostet, das zu sagen?«

»Das lässt sich nicht mehr reparieren.«

»Was?«

»Unsere gemeinsame Geschichte. Da ist irgendwie alles schiefgelaufen. Dieses, jenes … einfach alles. Zu viele Fehler.«

»Und du machst dich einfach aus dem Staub. ›Zu viele Fehler, also geh ich lieber.‹ Richtig?«

»Nein.«

»Aha. Ich hätte mir also denken sollen: Na schön, wenn er weggeht, soll er doch. Sieht aus, als wär hier nichts mehr zu reparieren. Richtig, oder?«

»Nein! Aber ... Ich will das nicht in der Öffentlichkeit diskutieren.«

»Ach? Du hast doch selbst vorgeschlagen spazieren zu gehen. Du Stratege.«

»Das reicht.«

»Oder wie wär's damit: Ich habe meinen Stolz, wie du weißt. Das hab ich dir ja oft genug selbst gesagt. Und deswegen hast du wahrscheinlich gedacht, die wird sich niemals erniedrigen, wenn ich einfach so weglaufe, ohne auf Wiedersehen zu sagen. Die hängt sich eher auf, bevor sie angekrochen kommt, um herauszufinden, warum ich sie sitzen gelassen habe.«

»Ich habe dich nicht sitzen gelassen!«

»Du bist abgehauen.«

»Anja, wirklich, was soll das jetzt? Spielst du jetzt die beleidigte Tussi?«

»Ja, genau. ›Du bist doch keine Tussi, Anja. Du bist doch ein Kerl! Du bist doch mein kleiner Waffenbruder! Ein Letjaga mit Titten!‹«

»Bitte ...«

»Sag es. Sag mir: Es ist alles aus, Anja. Schluss mit dem Genöle, sag es mir ins Gesicht. Und erklär mir, warum.«

»Weil das mit uns sowieso nichts wird. Weil alles irgendwie falsch gelaufen ist.«

»Jetzt bist du die Tussi. Geht's vielleicht auch ein bisschen konkreter? Was ist falsch gelaufen? Dass mein Vater dein Kommandeur war? Dass er dagegen war, dass wir heiraten? Dass du Komplexe hattest? Dass du mehr in ihn verliebt warst als in mich? Dass er dich für verrückt hielt? Dass du dich die ganze Zeit mit ihm verglichen hast? Dass er der wahre Held und Retter der Heimat war? Dass du vor allem so wie er werden wolltest? Dass du nicht einfach so mit mir zusammen sein konntest?«

»Sei still.«

»Warum? Du kannst es ja nicht laut aussprechen. Also lass mich das für dich erledigen. Irgendwer muss es ja tun.«

»Weil ich dich nicht liebe. Weil ich aufgehört habe, dich zu lieben. Weil – ja, weil ich nicht wusste, wie ich dir das sagen soll.«

»Weil du Angst vor mir hast.«

»Nein!«

»Weil du Angst vor meinem Vater hast.«

»Ach, hör doch auf! Zum Henker mit dir! Schluss jetzt!«

»Die Leute schauen sich schon nach dir um. Wie peinlich.«

»Ich hab eine andere.«

»Ach, das hast du also gefunden. Gesucht und gefunden. Hättest du auch gleich sagen können. Anja, hättest du sagen können, ich hab einfach nicht an der richtigen Stelle gesucht. Oben gab es niemanden, aber unten hat sich innerhalb einer Woche jemand gefunden.«

»Ja, los, reagier dich nur ab. Du hast dich ja das ganze Jahr über an mir abreagiert. Du hast mir nie geglaubt, mir nicht, und an mich auch nicht. Ganz der Herr Papa. Für den war ich auch immer der Durchgeknallte. Bis heute nennt er mich so. Da sieht man die Gene!«

»Ich komm eher nach meiner Mutter.«

»Du ähnelst deinem Vater.«

Anja bleibt stehen. Die Menschen stolpern gegen sie, fluchen, starren auf Anjas Gestalt, vergessen ihren Ärger und sprudeln weiter. So sehr sind sie mit ihren unterirdischen Dingen beschäftigt, als gäbe es außer der Metro nichts auf der Welt.

»Gehen wir was trinken.«

»Ich … ich würde lieber etwas schlafen. Bevor wir losmüssen.«

»Das bist du mir schuldig. Also halt die Klappe, und lass uns gehen.«

Er weiß es selbst: Er ist es ihr tatsächlich schuldig. Und zwar genau vor dieser Operation. Bevor er endlich etwas Sinnvolles tun wird. Ihr schuldet er es mehr als sonst jemandem.

In einem Durchgang entdecken sie eine Intelligenzler-Absteige, lassen sich auf irgendwelchen gefüllten Säcken nieder und ziehen den Vorhang zu. Als wären sie endlich allein.

»Wie bist du hierhergekommen?«

»Er hat nach mir geschickt. Mit der Botschaft, du hättest mich von dir befreit. Tolle Art, sich zu trennen: es vom Vater und zwei bewaffneten Deppen ausrichten zu lassen.«

»Ich wollte nicht …«

»Wirklich mutig, Artjom. Respekt.«

»Gut, ich bin Scheiße, akzeptiert. Aber was ist jetzt? Jetzt bist du doch wieder zu deinem idealen Daddy zurückgekehrt! Oder? Na dann! Hurra! Warum gehst du mir damit auf den Geist?!«

»Du bist doch wirklich ein Idiot.«

»Akzeptiert: Scheiße und ein Idiot.«

»Hast du dich denn nie gefragt, warum ich dir überhaupt zur WDNCh gefolgt bin? Was ich damals an dir gefunden habe? Der ganze Orden, das ganze Rudel war damals hinter mir her, ein Held neben dem anderen, alle wollten sie mich beschnuppern, man konnte ihnen den Speichel aus dem Maul tropfen sehen. Deinen Hunter übrigens eingeschlossen! Warum also du?«

550

»Das hab ich mich auch schon gefragt.«

»Vielleicht, weil ich keinen Helden wollte?! Keinen Psychopathen, keinen, der anderen Leuten den Kopf mit einem Messer absägt und nicht mal mit den Augen blinzelt, wenn das Blut hervorspritzt! So einen kann ich nicht brauchen! Einen wie meinen Vater! Verstanden? Ich wollte einen guten, einen gutmütigen, einen normalen Mann! Einen Menschen! So einen wie dich. Wie du warst. Der mit aller Kraft versucht, Menschen nicht umzubringen. Und genau solche Kinder wollte ich von ihm. Gutmütige.«

»Im Untergrund können die aber nicht überleben.«

»Im Untergrund kann keiner überleben. Und? Sollen wir deshalb aufhören, Kinder zur Welt zu bringen?«

»Sieht so aus.«

»Wann willst du eigentlich mal anfangen zu leben? Mit mir zu leben?«

Sie trinken, ohne anzustoßen. Artjom nimmt einen tiefen Schluck. Sein leerer Magen saugt sofort alles auf. Wärmt das Blut, versetzt den Globus in Rotation.

»Ich kann nicht leben, Anja. Ich kann das nicht mehr.«

»Aber wer dann?«

»Dein Vater wird dir schon jemanden aussuchen. Der deiner würdig ist. Nicht so einen durchgeknallten Typen.«

»Bist du wirklich so ein Idiot? Hörst du mir überhaupt zu? Oder nur dir selber? Wen soll mir Vater denn aussuchen? Er hat mich doch selbst in der Dusche gewaschen, bis ich dreizehn war! Dreizehn! Verstehst du?! Ich bin von ihm weggelaufen – von ihm! Zu dir! Um endlich normal zu leben! Zu leben! Und ausgerechnet du willst so werden wie er! Wie er, wie Hunter, ich weiß nicht, wie wer!«

»Ich wollte nicht … Verdammt, muss ich mir das alles überhaupt anhören?«

»Und? Hast du etwa Angst, dass du sentimental wirst? Dass du mich vielleicht noch mitnehmen musst?«

»Nein. Ja …«

»Dann hör zu: Was ist mit meiner Mutter passiert?«

»Sie ist gestorben. Sie war krank. Du warst noch klein.«

»Sie hat sich an gepanschtem Wodka vergiftet. Sie trank, weil er sie jeden zweiten Tag schlug. Wie gefällt dir das? Hm? Wie gefällt dir so ein heldenhafter Vater?«

»Anja.«

»Geh ruhig, und leiste bei ihm Dienst. Hat Vater dir verziehen?«

»Er vergöttert dich doch … Er hat dich doch nicht …«

»Nein. Es genügte ihm, meiner Mutter das Herz aus dem Leib zu reißen. Mich fasst Daddy mit Samthandschuhen an. Ja, er vergöttert mich. Was ich will, wird gemacht. Hauptsache, ich sitze immer schön brav auf seinem Schoß.«

»Warte. Er … Warum … Als ich in der Funkstation war … Da hätten sie mich doch … Sie wollten das Gebäude stürmen … Du … Wo warst du da? In dem Moment?«

Anja trinkt mit einem Schluck aus. Ihre Augen sind rot, aber unfähig zu weinen, wie die von Artjom. Sie trägt Wimperntusche, merkt er plötzlich. Anja. Wimpern.

»Ich hab's ihm gesagt: Wenn mit meinem irgendwas passiert … Von Zeit zu Zeit muss man ihn daran erinnern.«

Artjoms Lippen zucken. Am liebsten würde er ein verächtliches Grinsen aufsetzen, aber dazu fehlt ihm die Kraft im Gesicht.

»Hey! Nochmal dasselbe!«

»Für mich auch.«

»Also deswegen. Verstehe.«

»Auf Mama!« Anja hebt ihr Glas. Es ist ein geschliffenes, mit Facetten. »Auf Mama, die trank, weil sie einen Helden geheiratet hatte. Deshalb hast du unrecht, Artjom. Ich ähnele ihr, nicht ihm.«

Er bewegt seinen steifen Arm nach vorn und lässt schlapp und ausdruckslos Glas gegen Glas schlagen.

»Sie kam aus Wladiwostok. Wenn sie mich ins Bett brachte, hat sie oft von den Stränden dort erzählt. Vom Ozean. Und wenn sie dann glaubte, ich sei eingeschlafen, holte sie ihren Flachmann raus. Weißt du, ich hatte so einen Trick: so zu tun, als ob ich schlafe, aber durch die halb geschlossenen Augenlider hindurchzulugen. Wie sieht es mit Wladiwostok aus, antworten sie?«

»Ja.«

»Alles im Lot, kleiner Bruder? Kein Fieber mehr? Deine Wangen glühen aber.«

»Alles im Lot.«

»Bist du sicher, dass du dich wieder nach oben schleppen willst?«

»Ganz sicher.«

»Hast du dich behandeln lassen?«

»Ja. Sie haben mir den Rücken mit Brillantgrün eingerieben.«

»Na gut. Wenn wir von dem Einsatz zurückkommen, trag ich dich eigenhändig dorthin zurück.«

Bei der Bibliothek wartete startklar der vertraute Jeep. Dahinter stand ein grauer Ural mit Stoßzähnen. Saweli und Ljocha, beide in Schutzkleidung und schwarzer Ordensuniform, tauschten Blicke.

»Das da …«, sagte Artjom.

»Die gehören uns. Mach keinen Aufstand. Die haben uns nur die Technik angepasst. Wo sollten wir selbst so was hernehmen?«

»In der Tat.«

Sie starteten mit heulenden Motoren und fuhren in der Kolonne zum Neuen Arbat. Artjom nahm Letjaga zu sich in den Offroader. Ständig sah er sich vom Vordersitz aus nach ihm um. Es schien ihm etwas auf den Lippen zu liegen, etwas Unaussprechliches.

»Was ist das für ein Einsatz?«, fragte Artjom.

»An der *Komsomolskaja*«, erklärte Letjaga. »Wirst schon sehen.«

Sie jagten über den leeren Arbat. Artjom blieb gar keine Zeit, sich an irgendwas zu erinnern. Wo, blitzte es nur kurz in ihm auf, waren eigentlich all die Kreaturen? Warum waren sie aus Moskau verschwunden? Die Stadt stand da, steinern und leer, wie das vor dreitausend Jahren vom Sand verwehte Babylon.

Im Nu erreichen sie den Gartenring, bogen ab, ohne auf die lächerlichen durchgezogenen Linien auf dem Asphalt zu achten, passierten die verwaisten Hotelkolosse und Bürozentren, vorbei am spitz zulaufenden Außenministerium, dem verhexten Kahlen Berg.

»Würde mich mal interessieren, was wir jetzt für auswärtige Beziehungen haben.«

»Ich lass meine Finger davon.« Letjaga blickte geradeaus. »Schuster bleib bei deinen Leisten.«

»Aber irgendwer hört doch den Funkverkehr ab, oder? Na ja, einfach um zu wissen, wie es den Leuten dort überhaupt geht … unseren Gegnern. Was die da so denken. Hinterlistiges.«

»Wie denn?«, wandte Letjaga ein. »Die Störsender pfeifen doch dazwischen.«

»Stimmt.«

Artjom rieb sich das Gummi auf seinem Gesicht.

Hinter dem Außenministerium tauchten sie in enge Gassen ein und hielten vor einer verlassenen Villa mit hohem Zaun davor. Irgendeine Botschaft. Der Fetzen einer Flagge hing noch dort, aber ihre Landesfarben hatte der böse Regen längst weißgewaschen.

Ein vereinbartes Hupsignal ertönte. Lautlos öffnete sich das Tor und ließ die Kolonne in den Innenhof ein. Im Inneren klebten sogleich mehrere Gestalten mit Ordensabzeichen an den Fahrzeugen und sahen nach, ob die Gäste nicht noch jemanden mit eingeschleppt hatten. Als Artjom ausstieg, erblickte er hinter gläsernen Schalen ein Augenpaar, das ihm bekannt vorkam.

»Was ist das hier?«

Niemand erklärte es ihm. Türen öffneten sich, Gestalten schleppten aus der Villa grüne Zinkkisten mit aufgedruckten Buchstaben in den Laster: erst zwei, dann drei, und dann noch mal und noch mal und noch mal.

Patronenkisten.

Sie arbeiteten schnell, nach einer Minute war alles erledigt. Sie salutierten, ließen sich irgendein Dokument abzeichnen – eine irgendwie völlig unpassende Formalie –, begleiteten sie aus dem Tor, und wenige Augenblicke später machte die Villa wieder einen völlig unbewohnten Eindruck.

»Wohin geht das alles?«, fragte Artjom Letjaga.

»Zur *Komsomolskaja*«, wiederholte dieser.

»Was ist dort? Da schneidet sich die Rote Linie mit der Hanse«, beantwortete sich Artjom die Frage selbst. »Verläuft die Front jetzt dort? Ist die Hanse bereits in den Krieg eingetreten?«

»Ja.«

»Was ist mit uns? Sind unsere schon dort? Wir lassen uns für die Hanse einspannen, ja? Wir, der Orden?«

»Korrekt.«

Es war zu erkennen, dass man Letjaga verboten hatte, offen mit Artjom zu sprechen. Er presste die Worte nur so durch seine Bulldoggenzähne, aber da Artjom ohnehin alles von selbst erriet, konnte er nicht anders, als dessen Hypothesen zu bestätigen.

»Unsere Jungs sind also schon dort? Die Patronen sind für sie? Sie halten die Roten in Schach?«

»Genau.«

»Aber ... Das ist doch die gleiche Geschichte wie mit dem Bunker, oder? Stimmt doch, Bruder? Wieder wir und wieder die Roten ... Und wieder: Wenn wir sie nicht zurückhalten, hält sie niemand zurück.«

»Könnte sein«, gab Letjaga unwillig zu.

»Gut, dass wir da hinfahren«, sprach Artjom laut. »Das ist der richtige Auftrag.«

Und dann – es ist bereits Nacht – wiederholt es sich: Gartenring, rostige Fahrzeugballen im Licht der Scheinwerfer, die Häuserschlucht, Plastiktüten fliegen durch die Luft, der oxidierte Mond lässt die Konturen der Wolken ein wenig sichtbar werden, das einschläfernde Brummen der Motoren. Vorbei am *Zwetnoi bulwar*, auf sprungschanzenförmigen Überführungen, durch gewundene Gassen, über geheime Pfade, die nicht einmal die Toten kennen, und holprige Trambahngleise zum Bahnhofsplatz, zur Metrostation *Komsomolskaja*.

Drei Bahnhöfe: einer für die Züge nach Osten, bis zum Anschlag, bis zu Anjas Wladiwostok, der zweite für die nach Petersburg, nach Norden, und der dritte für die nach Kasan und weiter, in den russischen Unterleib. Fahr hin, wo du willst, da sind sie, die Gleise, sie beginnen gleich hinter diesem Gebäude. Stell eine Draisine darauf, leg dich auf die Hebel, und fahr los, immer weiter, so weit wie deine Kraft reicht, alle Wunder der Welt warten auf dich. Aber nein: Du fährst nirgendwohin. Wie, es gibt keinen Deckel, Swjatoslaw Konstantinowitsch? Da ist es doch, das Deckelchen.

Die Räder erklimmen den Bürgersteig, die Wagen halten erst direkt vor den Türen zur Eingangshalle.

»Schnell jetzt«, befiehlt Letjaga. »Das hier ist nicht unser Gebiet.«

Sie öffnen gleichzeitig die Fahrzeugtüren, verteilen sich im Kreis ringsum, ziehen sich die Nachtsichtgeräte auf die Stirn: Auf fremdem Grund kann nachts alles Mögliche passieren. In einer Kette laden sie die Kisten aus, Artjom steht ganz am Ende bei den hölzernen, rissigen Türen. Er nimmt die Kisten in Empfang und stapelt sie zu einer Pyramide. Er fühlt sich seltsam: ruhig. Sieht sich selbst hinter einer Brustwehr, den Griff einer Automatikwaffe gepackt, die Stirn den Kugeln entgegengestreckt. Im Bunker ist es gut gewesen: alles klar und verständlich. Er sehnt sich dorthin zurück. Genau diese Patronen will er aufbrauchen, bis zur letzten. Oder so viele, wie er eben schafft.

So musste er sich weder von Sascha verabschieden noch sich mit Suchoj versöhnen noch Hunter wiedersehen. Ihnen allen hat er nichts mehr zu sagen. Gut, wenn es für sie keinen Zielpunkt gibt, soll eben alles beim Komma abbrechen.

»Mir nach jetzt!«

Jeder von ihnen nimmt zwei Zinkkisten auf, dann treten sie damit, als trügen sie Kinder auf den Armen, in völliger Finsternis in die halb verfallene Eingangshalle. Letjaga hat ihnen verboten, Lampen einzuschalten. Über die schartige Rolltreppe steigen sie hinab, tasten sich mit Nachtsichtgeräten die kalten Konturen entlang. Erst ganz unten flammen rote Wärmereflexe auf dem Bildschirm auf. Menschliche Körper, die die Erde von innen zu wärmen versuchen.

Von dort unten schlägt ihnen ein undeutliches Surren entgegen, wie ein stöhnender Bienenstock. Mal von unten, mal gleichsam von überall zugleich. Artjom kann sich nicht umsehen, sie alle laufen hintereinander die rutschigen Stufen hinunter, er fürchtet zu stolpern. Aber aus irgendwelchen Lüftungsschächten, oder aber durch dünne Wände dringt ein quälendes Heulen, ein gedämpftes Brüllen; wie Wind in Röhren heult, und zwar in hermetisch verschweißten, die keine Hoffnung bieten. Immer lauter wird es mit jedem Schritt hinab, und immer heißer.

»Waf ift daf?«, schnauft Ljocha im Laufen.

»Das ist die Rote Linie. Irgendwas ist da los bei denen. Aber da müssen wir nicht hin.«

Sie machen halt.

»Jetzt nach links.«

Schattenlos laufen sie an Wänden entlang, rote Blitze inmitten von Schwärze. Durch die Mauerfugen leckende Wärme zeigt an: Irgendwo hier gibt es noch etwas Lebendes, wärmt sich etwas, atmet Dampf. Aber niemand kommt ihnen entgegen. Ist dies ein Geheimgang? Werden sie den Feind aus dem Hinterhalt angreifen? Warum sind keine Kampfgeräusche zu hören? Hat es noch nicht begonnen? Haben sie es gerade noch rechtzeitig geschafft? So viele Patronen. Mit einer solchen Menge kann man sich einen Monat lang verteidigen. Aber wo warten sie, die anderen Ordensleute? Dürfen sie deshalb keine Lampen anmachen, um ihre eigenen Leute nicht preiszugeben?

»Jetzt im Schritt.«

In der Dunkelheit vor ihnen ziehen auf einmal rote Spielfiguren vorüber. Menschenfiguren. Stimmen sind zu hören und überlagern den Lärm aus den Lüftungsschächten. Wärme lebt und fließt in Röhren an der Decke dahin – ein Abzug? – sowie in den Abflussgittern unter den Füßen. Ganz in der Nähe scheinen sich große Räume zu befinden, in denen Öfen geheizt werden, Licht brennt und Menschen einander zuflüstern, doch Artjom und die anderen Ordensleute werden in Dunkelheit gelassen.

»Halt.«

Ein Feuerrost in der Wand – sie bleiben stehen. Weiter vorn hängen ein paar Purpurrote herum. Einer, der eher einem Stier als einem Menschen ähnelt und wütend, restlos brennt, sowie zwei andere, eher verwischt, undeutlich zu erkennen, als wäre ihr Blut erkaltet.

Durch den Heizrost dringt ein Gespräch heran. Die Worte kleben aneinander, wachsen an ihren abgenagten Enden zusammen, das Rohrecho verändert die Tonlagen der unterschiedlichen Stimmen zu einer einzigen, blechernen, deshalb ist nicht zu verstehen, wer da mit wem spricht. Es ist, als deklamierte jemand mit einem Eisentrichter in der Kehle einen Monolog.

»Alles vollständig? Ja, alles vor Ort. Wie viele? Genau wie vereinbart. Zwanzig Stück. Genauer gesagt, zwanzigtausendvierhundert. Ich hoffe, damit lässt sich unser Problem lösen. Unser gemeinsames Problem. Das muss es. Hat es immer. Also, Hand drauf? Danke für Ihre Flexibilität. Ich bitte Sie. Ach ja, natürlich würden wir ähnliche Exzesse in Zukunft vermeiden wollen. Sie wissen genau, dass die Situation einfach außer Kontrolle geraten ist. Wir tragen keine Schuld. Die Initiative kam von unten. Es ist eine Frage der Steuerung. Unsere Vereinbarungen sind noch immer in Kraft. Werden Sie etwas unternehmen, um das Gleichgewicht wiederherzustellen? Das ist bereits getan. Nun, und dann würde ich gern noch über diese Gerüchte. Sie wissen schon, Bruder gegen Bruder. Böse Zungen behaupten, es habe möglicherweise eine undichte Stelle gegeben. Ich bitte Sie, was sagen Sie da. Das ist nicht in unserem Interesse. Wir halten uns an unsere Beziehungen. Na dann. Können wir einpacken? Ja, wir geben gleich den Befehl. Danke, Maxim Petrowitsch. Danke Ihnen, Alexej Felixowitsch.«

»Hierher!«

»Vorwärts Marsch«, kommandiert Letjaga. »Zu den dreien da.«

Alexej Felixowitsch, Felixowitsch, Felixowitsch. Danke, Alexej Felixowitsch. Jawohl, Alexej Felixowitsch. Erhalten. Artjoms Unterarm beginnt zu jucken. Dort, wo er anstelle des Tattoos jetzt Schorf hat.

»Los, ihr Scheißmaulwürfe, macht mal hinne!«, faucht man sie aus dem Dunkel an. »Schrott abliefern, aber dalli!«

Eine heisere Stimme. Tief, von unten.

Eine kleine Taschenlampe flammt auf. Ihr Strahl beginnt auf dem Boden, auf den grünen Kisten mit der Schablonenschrift herumzuhüpfen und sie abzuzählen.

»Eins. Zwei. Rühren, was stehst du noch rum? Immer schön abdrehen. Drei, vier. Alles klar, kannst gehen. Fünf, sechs.«

Bald ist Artjom an der Reihe, sein Herz hämmert, ist sich bereits sicher, sein Kopf glüht, während er immer noch wartet, dass er endlich drankommt, damit er aus der Nähe, damit er sich vergewissern kann …

»Sieben, acht. Stell's hier ab, hier. Der Nächste. Neun, zehn. Abstellen, und weiter.«

Sie übergeben diese Patronen jemandem. Alle zwanzig Kisten – sie haben sie nicht hierhertransportiert, damit der Orden die Verteidigung halten kann. Alles, was man von ihnen verlangt, ist, zwanzigtausend Patronen zu liefern und sie jemandem auszuhändigen. Das ist der ganze Einsatz.

»Elf, zwölf.«

Artjom hört: elf, zwölf. Jetzt ist er an der Reihe. Elf. Wie die Kaninchen. Wohin laufen sie? Zwölf. *Und wirst unten verrecken.* Dreizehn, vierzehn zahme Kaninchen.

Er stellt seine beiden Kisten auf dem Boden ab. Unsicher greift er in die Tasche. Zieht die Hand wieder heraus. Verfehlt den Einschaltknopf.

»Der Nächste! Was brauchst du so lange?«

Die kleine Taschenlampe verlässt die aufgedruckten Buchstaben und klettert Artjom in die Augen – genauso, wie damals der Revolverlauf ins Ohr.

Und da hebt Artjom ihm seine eigene – schwere, lange, eine Million Candela starke – Lampe entgegen und klickt mit dem Schalter.

In dem harten Millionenstrahl ist zu erkennen, dass er eingetrocknet und blass geworden ist. Auf seiner Rückkehr aus dem Jenseits ist er verschrumpelt – trotzdem steht er hier, selbstsicher, die dicken Beine weit auseinandergespreizt, die eine Pranke grabscht herrisch nach einer der herangebrachten Zinkkisten, während er sich mit der anderen vor dem Lichtstrahl schützt. In einer Verzweiflungstat von Artjom erschossen – und doch kein bisschen totgemacht von dessen Rotzlöffel-Kügelchen. In einer neuen Rotarmisten-Uniform, maßgeschneidert für seinen Stierkörper.

Gleb Iwanowitsch Swinolup.

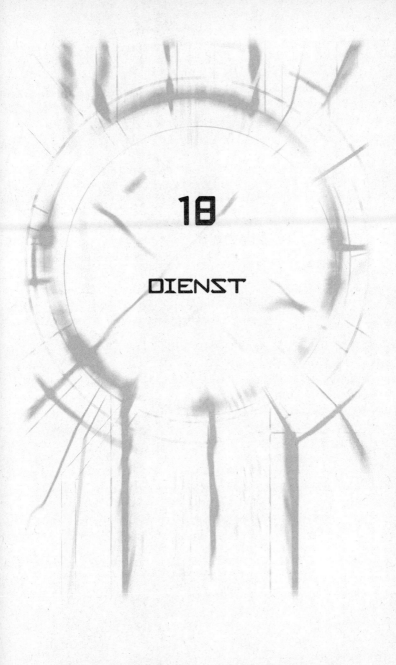

18

DIENST

Was für einen Scheiß machst du da?!«

Letjaga rammt die Taschenlampe, der fette Strahl macht einen Salto, peitscht dabei flüchtig Gesichter, entdeckt Wände, Boden, Decke – all das ist, wie sich herausstellt, hier durchaus vorhanden. Ein Gang, eine Tür, irgendwelche Leute. Die Leute kneifen die Augen zusammen und fluchen. Zwei treten in dem Blitz nebeneinander hervor: Artjom glaubt sie zu kennen. Der eine dicklippig, mit spärlichem Haar, die silbernen Schläfen mit der Maschine ausrasiert, im Offiziersmantel. Der andere spitznasig, Ringe unter den Augen, die dunklen Haare gelegt, woher kennt Artjom ihn bloß, es ist, als wäre er ihm im Traum begegnet ...

Während die Lampe in eine Ecke rollt, schafft es Artjom, nach seinem Sturmgewehr zu greifen, aber nicht mehr, es auf Swinolup zu richten. Sowohl seine Arme als auch das Gewehr werden gepackt und in verschiedene Richtungen gerissen, das Licht erlöscht, in der Schwärze stürzen sich verschiedene Unbekannte vor die beiden seltsam bekannten roten Silhouetten, um jene zu decken.

»Das sind Rote!«, ruft Artjom heiser. »Lasst mich los! Wir liefern hier den Roten Patronen! Das sind Rote!«

»Ruhig. Ganz ruhig ...«

»Was soll denn dieser Scheißauftritt hier? Kann mir das einer von euch erklären?«

Eine Hand im Lederfäustling – es ist Letjagas – legt sich über seinen Mund, sie schmeckt nach Waffenöl, Diesel, Pulver und altem Blut. Artjom beißt zu, wirft sich hin und her, schreit mit verstopftem Mund irgendetwas Unverständliches. Sein Nagen ist vergeblich – Letjaga hat keine Nerven. Jemand reißt ihm das Gerät von der Stirn, die Nachtsicht erblindet.

»Fafft ihn nicht an!« Das ist Ljochas Stimme und das Klicken von Ljochas Sturmgewehr. »Faweli, die ham unferen Mann!«

»Loslassen! Sofort loslassen!«, antwortet Saweli. »Ich mach euch alle fertig!«

»Damir … Omega …«

In der Schwärze ächzt und schreit es, gurgelt mit zugedrückter Kehle, eine Salve flammt auf, an die Decke, jemand fängt an zu röcheln, sich loszureißen, wie wahnsinnig zu schreien.

»Erledigen?«, fragt jemand keuchend in der Dunkelheit.

»Na, ihr Sokos, bei euch läuft aber auch nicht alles glatt, was?«, kichert der unsichtbare Swinolup.

»Nein. Nicht jetzt«, ertönt Letjagas Bass. »Hierher mit ihnen, mir nach.«

»Der Chef hat gesagt, wenn sie Zicken machen …«

»Ich weiß, was der Chef gesagt hat. Mir nach!«

»Was war das?« Er kennt die Stimme, aber es ist nicht die von Swinolup, diese hier ist müde, träge, vor dem inneren Auge erscheint ein Bordell, von innen ausgeleuchtete Vorhänge …

»Ist schon vorbei, sorry für den Zwischenfall«, sagte Letjaga. »Mitnehmen und abtreten!«

Stählerne Arme schleifen Artjom über den Boden, die Kameraden halten ihn keuchend an den Beinen fest. Die Kämpfer des Ordens sind gut trainiert, keine Chance, sich loszureißen.

»Hierher. Leg sie hier ab. Ich regle das selbst, jetzt hoch mit euch. Und ihr, Fresse auf den Boden!«

»Der Chef hat gesagt, alle drei kaltmachen, wenn irgendwas ist.« Saweli fährt auf.

»Was heißt hier kaltmachen?! Spinnt ihr?!«

»Damir, ich weiß. Ich komm schon zurecht. Habt ihr sie durchsucht? Sind sie sauber?«

»Ja.«

»Gut. Dann also. Ich mach schnell.«

»Na gut, Jungs …«, erklärt sich der andere zögernd einverstanden. »Gehen wir. Soll Letjaga es selber machen. Ist ja sein Kumpel …«

Ein Geräusch sich entfernender Absätze erklingt – voller Zweifel und Heuchelei. Anscheinend gehen sie nach oben, aber wohl auch zur Seite. Das ölgetränkte Leder lässt den Mund frei.

»Das ist Swinolup! Das ist der rote KGB! Wir liefern den Roten Patronen! Wir – den Roten – Patronen! Kapierst du, was du da tust?!«

»Ich hab einen Befehl, kleiner Bruder«, antwortet Letjaga sanft. »Und zwar zu liefern. Wem, was – geht mich nichts an.«

»Den Roten! Den Roten! Patronen! Wir beide! … Im Bunker, all unsere Jungs! Desjaty! Ulman! Schljapa! Die Roten haben sie doch … Weißt du noch? Dich hätten sie beinah … Und mich auch! Wie können wir? Wie können wir – denen …«

»Der Befehl lautete, das Material vom Lager abzuholen und hierherzubringen. Und zu übergeben.«

»Du lügst!«, brüllt Artjom und springt auf. »Was redest du für Müll, du Arschloch! Verräter! Mieses Schwein! Du hast sie, hast mich … sie alle, die Toten! Unsere Jungs! Ihr … Du, und dieser alte Drecksack! Ihr habt alle verraten! Wofür?! Wofür sind sie verreckt? Damit wir – wir – den Roten jetzt Waffen liefern? Patronen?«

»Ruhig. Sei ruhig jetzt! Das sind keine Patronen, das ist eine Hilfeleistung. Bei denen herrscht Hunger. Sie werden mit diesen Patronen Pilze kaufen. Von der Hanse. Verstehst du! Denen ist doch ihre ganze Ernte weggefault.«

»Ich glaube dir kein Wort! Euch allen!«

»Fo eine Cheife«, murmelt Ljocha in den Steinboden.

»Was ist mit dir?! Glaubst du das denn selber?! Sag?!«

»Meine Aufgabe …«

»Ja, was ist denn deine Aufgabe? Glaubst du, ich hab das nicht gehört? Was ist dein Befehl … Dein Befehl ist, mich zu beseitigen. Wenn ich das hier nicht schlucke, richtig? Was heißt hier Zicken machen? Sollte ich das hier etwa schlucken? Dass wir – wir! – den Roten – Patronen …«

»Verzeih.«

»Nein! Ich verzeih dir nicht! Blutsbrüder, verdammt. Und – was machst du jetzt? Wie kannst du das glauben, Letjaschka?! Woran?! Jetzt?! Das alles hier – wozu?! Für deine Ration?!«

»Du … Du hast keine …«

»Mach schon! Du weißt ja, mir ist das scheißegal. Ich krepiere sowieso. Schieß, Arschloch. Wie befohlen. A zwei minus, verdammt! Aber lass meine Partner frei. Was haben sie damit zu tun? Ihnen schuldet der Alte nichts! Da gibt es nichts abzurechnen!«

Letjaga schweigt, atmet schwer. Etwas Metallisches spannt sich in unmittelbarer Nähe an. Aber es ist stockfinster, und den Tod, der sich schon bereithält, kann Artjom nicht spüren.

»Na?!«

Das stinkende Leder stopft erneut alle Geräusche in Artjom zurück.

»Aufstehen, alle beide«, befiehlt Letjaga flüsternd. »Verzeih, Artjom.«

Die Pistole über seinem Ohr macht: »Plopp«.

Einmal, zweimal, dreimal.

Nichts hat sich verändert.

Wie soll er in dieser Finsternis Tod und Leben unterscheiden?

Na, zum Beispiel am Geschmack von Blut und Diesel, Pulver und Öl im Mund. Er ist also am Leben.

»An den Händen nehmen!«, flüstert Letjaga. »Wer loslässt, den mach ich an Ort und Stelle kalt.«

Sie versuchen nicht, sich blind von Letjaga loszureißen, vertrauen ihm ein letztes Mal. Letjagas Pranke hält Artjoms Mund noch immer zu und führt ihn eilig weiter, die anderen folgen ihm in einer Reihe.

»He! Was ist? Bist du fertig?«, ruft ihnen jemand von der Rolltreppe aus zu.

»Jetzt im Laufschritt«, sagt Letjaga. »Wenn sie uns einholen, legen sie euch um – und mich dazu.«

Sie laufen los, ohne zu schauen und ohne etwas zu sehen, halten einander an ihren kalten, vom Todesschweiß glitschigen Fingern fest.

»Was soll das?!«, brüllt es von oben. »Halt!«

Letjaga scheint selbst nicht zu wissen wohin – er rennt einfach los. Nach einer halben Minute beginnt es ringsum zu pfeifen, hinter sich hören sie Stiefelschritte. An einer Stelle biegen sie ab, stolpern, stoßen zusammen, behindern einander.

»Wer ist das, dieser Felixowitsch?«, fragt Artjom im Laufen. »Bessolow! Wer ist das, Bessolow? An wen hat uns der Alte verkauft?!«

Vom Himmel fliegt ein Lichtpfeiler heran. Zu viert fliehen sie vor ihm wie Kakerlaken.

Sie verdrücken sich in eine Sackgasse, drehen sich um. Das Geräusch fremder Schritte entfernt sich, dann kommt es wieder näher. Und wieder kriecht aus den Ritzen in der Schwärze jenes dumpfe, tiefe Brummen und verbreitet sich, wie anfangs beim Abstieg in die *Komsomolskaja*.

Wieder zischen ganz in der Nähe stimmlose Kugeln vorbei, prallen an den Wänden ab, fliegen aufs Geratewohl, verschonen sie widerwillig.

»Bessolow, wer ist das?!« Artjom lässt nicht locker. »Wer?! Du weißt es, Letjaga! Sag schon!«

Letjaga bleibt stehen, er scheint verwirrt: Vielleicht ist es hier überall gleich schwarz, überall gleich weit entfernt vom warmen roten Leben, und es ist einfach unmöglich, irgendeine Richtung zu finden.

Er schaltet seine Lampe an.

»Da sind sie! Da hinten!«

Sie stehen vor einem verschweißten Gitter. Letjaga zielt und zerstört mit einem Schuss das Vorhängeschloss, zu dritt reißen sie an den Stäben, zwängen sich hindurch, kriechen fort, fort vom Tod, blöd auf allen vieren, vielleicht ist er ja doch zu faul, sie zu verfolgen?

»Uuuuuuuueeee…«

Das ist ein Stöhnen, das immer mehr anschwillt, ein immer lauter singender Chor, es weht ihnen wie Wind entgegen in diesem Rohr, durch das sie kriechen. Schon vibrieren ihre Trommelfelle, ihr Herz und ihre Milz im Einklang damit. Aber die hinter ihnen bleiben nicht zurück, versuchen ihren Befehl auszuführen, kitzeln sie mit ihren Strahlen im Genick, auf der Suche nach einem Ziel.

Letjaga bleibt vor einer eisernen Klappe stehen. Dahinter brodelt es, als wäre sie auf einem Schnellkochtopf befestigt, und der

Dampf könnte sie jeden Augenblick explosionsartig herausschleudern.

Er drückt sich gegen den Deckel – vergeblich. Rost hat hier bereits Wurzeln geschlagen, Salz den Verschluss mit dem Rahmen zusammengebacken. Eine Kugel saust heran, beißt den Letzten – Saweli.

»An die Wand!«

Letjaga streckt den Arm aus, dreht seine Taschenlampe der Meute entgegen, blendet sie und schickt ihnen – eins, zwei, drei! – eine Ladung Blei entgegen, einen von ihnen scheint er verwundet zu haben. In dem verstopften Darm ist es schwer nicht zu treffen.

Und da antworten sie hundertfach.

»Scheiße, helft ihr mir, oder was?!«

Sie treten zu zweit, zu dritt dagegen, das Eisen vor ihnen erzittert, wankt. Saweli fängt sich noch einen Schuss ein, stöhnt auf, und als sie ihn endlich hinter sich durch das aufgeplatzte Loch ziehen, ist er ganz schlaff. Sie fallen direkt unter der Decke eines Tunnels heraus. In dem tausend schreiende Menschen stehen. Auf deren Köpfen sie landen, ohne sich zu verletzen.

Jetzt wird ihnen klar, was die Leute hier stöhnen.

»HUUUNGEER!!!«

Nirgendwo und nirgends hat Artjom jemals so viele Menschen auf einmal gesehen. Der Tunnel ist ungewöhnlich breit, er überspannt mit einem Bogen gleich zwei Gleise. Und er ist zur Gänze mit Menschen überflutet, so weit das Auge reicht.

Ein Meer aus Menschen. Und das Meer tost.

Zu viert sind sie etwa fünfzig Meter von der Station entfernt herausgefallen – und rudern nun durch die lebenden Körper dorthin, zum Licht. Saweli ziehen sie hinter sich her, sie haben nicht einmal nachgesehen, wo ihn die Kugeln getroffen haben. Saweli packt Artjom am Kragen, zieht sich von seiner Panzerfahrer-Höhe an dessen Ohr heran, schreit beziehungsweise flüstert ihm etwas zu, worauf Artjom abwinkt: Was sagst du da?! Du wirst noch lange leben! Hier stehen zu bleiben ist ausgeschlossen: Die Menschenmasse wogt hin und her und kann sie jederzeit gegen die Wand drücken oder unter sich begraben. Und sie müssen ja weiter, um sich in dem Gedränge zu verlieren: Die Meute kann ihnen jeden Augenblick folgen.

Die Menschenkörper hier sind hager, ausgehungert, die Haut hängt von ihnen herab. Sie spüren es, während sie an ihnen vorbeidrängen: Die fleischlosen Knochen haken sich an ihnen fest wie die Zacken einer Reibe, als wollten sie von jedem Passanten ein Stückchen für sich abhobeln. Artjom begreift: Es ist der Hunger, der sie hierher zusammengetrieben hat von der ganzen Roten Linie. Aber warum ausgerechnet hier?

»PIIILZEE!«

Merkwürdig, dass die sich noch auf den Beinen halten. In diesen dürren Klapperstangen kann doch unmöglich noch so etwas wie Kraft sein. Es halten sich auch nicht alle: Immer wieder stolpert er über Nachgiebiges, treten seine Stiefel auf Weiches – in Bäuche? – und rutschen auf Hartem, Rundem aus. Doch das Einzige, worüber die Lebenden noch klagen können, sind Pilze.

Die Richtung ist leicht zu erahnen: Alle Köpfe im Tunnel blicken zu einem einzigen Punkt. Und zwischen ihrem Brüllen hört man immer wieder in leisem Singsang das Wort »*Komsomolskaja*«.

Auch die vier bewegen sich jetzt mit allen und durch alle hindurch in Richtung *Komsomolskaja*. Vor sich sehen sie nichts als

Nacken. Kurz- und kahlgeschorene, barhäuptige, graue und weiße. Als brauchten die Menschen hier gar keine Gesichter.

Artjom dreht sich um – und sieht, wie aus der Decke eine schwarze Gestalt in einer Ordens-Sturmhaube mit den Füßen voraus in die Fluten eintaucht, gefolgt von einer weiteren. Letjaga hat den Befehl verweigert, andere sind dazu nicht in der Lage. Die Brandung verschlingt die Taucher, und sie schwimmen los, suchen nach Artjom. Mit dem Ziel, ihn zu ertränken.

Er verdoppelt seine Anstrengungen, geht geduckt weiter, um seine schwarze Uniform hinter den fremden braunen Rücken zu verbergen, und zieht die anderen mit sich hinunter.

Miteinander zu sprechen ist unmöglich: Das Heulen und Brüllen des Menschenmeers stiehlt sämtliche Laute, übrig bleiben nur Mundbewegungen. Was immer man sagen will, am Ende versteht man immer nur Pilze.

Sie kämpfen sich bis zur *Komsomolskaja* durch. Zur Radialstation, die den Roten gehört.

Von unten, von den Gleisen blicken sie hinauf zu dieser riesigen, grandiosen, furchtbaren Station.

Sie ähnelt der *Biblioteka imeni Lenina*: zwei Stockwerke hoch, irgendwie nicht von dieser Welt, mit ihrem rechteckigen Gewölbe ohne Rundungen und den hoch aufragenden antiken Säulen, die sich mit stilisierten Weizenähren gegen die Decke stemmen.

Alles an dieser Station dreht sich nur um: Getreide. Ein Tempel der Ernte für die Gottlosen. Die Säulen sind mit braunem Marmor mit roten Einsprengseln verkleidet, die Wände an den Gleisen gekachelt wie eine Folterkammer, die Ähren an der Decke aus Bronze gegossen wie Schwerter.

Die Menge steht sowohl auf dem Bahnsteig als auch auf den Gleisen. Wer unten steht, versucht hinaufzuklettern, die Leute auf dem Bahnsteig wiederum achten darauf, nicht auf die Gleise herabzustürzen. Und während sie mit ihren hohlen Stimmen ihre monotone Hymne singen, drängen sie immer weiter, nach vorn. Die Station ist in Halbdunkel getaucht. Von oben fallen Scheinwerferstrahlen auf die weißen, nackten Wellenkämme, fahren darüber hinweg, als suchten sie in braunem Wasser nach Überlebenden eines Schiffbruchs.

Artjom legt den Kopf ins Genick.

Die *Komsomolskaja* hat ein zweites Geschoss: Etwa vier Meter über dem Bahnsteig verlaufen zwei Galerien parallel zu den Gleisen. Diese sind noch nicht überflutet. Nur Rotarmisten mit Sturmgewehren stehen dort. Deren Läufe sind auf die Balustrade gestützt. Ist praktischer so. Aber auf wen zielen sie? Doch nicht auf alle zugleich?

Zwischen den Soldaten haben sich Offiziere aufgestellt, die etwas durch Lautsprecher rufen, aber selbst ihr elektrisch verstärktes Brüllen geht im Getöse die Menge unter.

Über Schultern und Köpfe sowie übereinander hinweg erklimmen Artjom und die anderen den Bahnsteig. Wieder blickt er zurück – und bemerkt schwarze Wollfratzen in der Menge. Und sie bemerken ihn, den Schwarzen.

Schweißgebadet geht er in die Hocke. Auf einmal melden sich all seine Wunden wieder: seine durchlöcherte Schulter, das zerschmetterte Knie, der zerschundene Rücken. Sie murmeln: Schluss, es reicht. Hör auf, bleib stehen.

Weiter vorn ist zu erkennen, wohin all diese Menschen so verzweifelt zu gelangen versuchen.

In der Mitte des Saals führt eine breite Marmortreppe von der Galerie in die Menschenmenge hinab. An den Enden des Bahnsteigs gibt es noch einmal zwei davon, doch diese sind abgerissen und zugemauert worden. Man kommt also nur über die mittlere hinauf und hinüber zur Ringlinie. Zur Hanse. Und genau dorthin versucht die Menge gerade durchzubrechen.

Auf den Stufen stehen drei Sperrgürtel aus Grenzsoldaten. Auf Gitterzäune ist Stacheldraht aufgewickelt, und auf dem Treppenabsatz in der Mitte starren Maschinengewehre aus einem vorsorglich aufgebauten Feuernest nach beiden Seiten. Der Weg nach oben ist dicht.

»PIIIIILZEEEEE!!!«, brüllt die Station; die ganze Linie scheint zu brüllen.

Mütter mit Bündeln auf den Armen – mal bereits schweigsamen, mal noch kreischenden. Väter mit glotzäugigen, verängstigten Kindern am Hals – sie halten sie so hoch wie möglich, damit die Toten ihnen kein Bein stellen, sie nicht zu sich auf den Boden, den Grund hinabziehen. Alle wollen zur Treppe, zu den Stufen. Sie wissen, dass sie hier keine Pilze bekommen werden. Sie müssen zur Ringlinie, einen anderen Weg zum Leben gibt es nicht mehr.

Warum hat sich die Menge noch nicht auf die mickrigen Absperrungen gestürzt, die doch nichts anderes sind als Luft, umrahmt von Rohren und Drähten? Die Menschen drücken bereits dagegen, nähern sich den Dornen, lecken sich die Lippen nach ihnen und den Rotarmisten. Diese schwingen ihre Gewehrkolben nach den Hungernden, aber noch hat weder die eine noch die andere Seite die rote Linie übertreten.

Wie hat sich so eine Unmenge von Menschen an der *Komsomolskaja* ansammeln können? Hat sich ihnen jemand in den Weg gestellt, als sie die anderen Stationen der Linie verlassen wollten – und wenn ja, was ist aus jenen geworden, die es versucht haben? Gleichwie, noch immer fluten sie aus dem Tunnel heran, klettern unaufhörlich über fremde Schultern auf den Bahnsteig herauf, drängen sich immer mehr zusammen – zu dritt, zu fünft, zu siebt auf einem Quadratmeter.

Jeden Augenblick muss sie platzen, die Seifenblase, die Soldaten und Menschen noch voneinander trennt. Dies sind die letzten Sandkörner, die letzten Sekunden – bis dahin, bis zur Atomexplosion.

Die Luft ist ungeheuerlich drückend, es herrscht eine Hitze wie in einem Schmelztiegel – woher sollen all die Neuankömmlinge hier auch Sauerstoff bekommen. Die Menschen atmen flach, hechelnd, und das Wasser, das sie ausatmen, vernebelt die gesamte Station.

Artjom blickt sich erneut um: Wo sind die schwarzen Gesichter in der Menge? Jetzt tauchen sie schon näher auf. Sie scheinen förmlich zu spüren, wo sie ihn suchen müssen, nichts kann sie von seiner Fährte abbringen.

Unterhalb der Decke tut sich etwas.

All die vielen Menschen – es müssen Tausende sein! – beginnen auf einmal, sich gegenseitig ansteckend, die Köpfe in den Nacken zu legen.

Über eine der Galerien wälzt sich ein entschlossener, schneller Konvoi, angeführt von Swinolups Panzersilhouette.

Artjom fühlt sich auf grausige Weise an einen Gottesdienst erinnert, den einmal, noch zu Zeiten der Schwarzen, ein von irgendwoher eingeladener Pope mit seinen Messdienern an der *WDNCh* gehalten hat. Die Soldaten des Konvois halten etwas in Händen. Swinolup bleibt bei jedem der Balustradenschützen stehen und lässt ihm die jeweilige Gabe zuteilwerden.

Artjoms Herz hält inne und stürzt in einen Abgrund, als er begreift, womit sie dort oben gesegnet werden: mit ebenjenen

Patronen, die er und Letjaga vor einer Stunde herangeschafft haben. Das ist es also, das Mittel gegen den Hunger.

»Da ist sie, deine Hilfe!«

Artjom krallt sich an Letjagas Schulter fest und stößt mit dem Finger nach oben.

»Schau hin!«

Nachdem er alle Schützen abgeschritten und jedem einzelnen gut zugesprochen hat, steigt Swinolup mit den Seinen hinab auf den Treppenabsatz, wo sich das aus Sandsäcken errichtete MG-Nest befindet. Sein Gefolge beginnt sogleich die dortige Mannschaft mit Patronen zu füttern. Der Major flüstert den befehlshabenden Offizieren etwas zu und klopfte ihnen auf die Schultern.

Das Volk unten ist erregt, doch als es begreift, was sich dort oben tut, verstummt es allmählich; der Chor fällt auseinander, verzagt.

Da hebt Swinolup machtvoll an, zum Volk zu sprechen.

»Genossen!«, trompetet er los. »Im Namen der Führung der Roten Linie bitten wir Sie, die Gesetze unseres Staates zu respektieren, darunter das Gesetz über die Versammlungsfreiheit. Ich bitte Sie auseinanderzugehen.«

»Pilze!«, schreit jemand.

»Piiilzeee!«, unterstützt ihn die Menge.

»Durchlassen!«, durchbricht das Kreischen einer Frau das Brüllen der Menge. »Lass uns gehen, Despot! Lass uns raus!«

Swinolup nickt. Es sieht aus, als ob er zustimmt.

»Wir haben kein Recht! Sie auf! Das Hoheitsgebiet! Eines anderen! Staates zu lassen! Ich! Fordere Sie auf! Gehen Sie auseinander!«

»Wir verhungern hier!«, reagiert die vielstimmige Menge. »Meine kleine Tochter ist tot! Erlöse uns! Lass uns durch! Kaum auf den Beinen! Bauch schmerzt! Selber! Vollgefressen! Lass! Raus! Frei!«

»Zur Hanse! Essen!«

Sie werden diese Leute nicht zur Hanse lassen, geht es Artjom durch den Kopf, der in der schwülen Hitze nur dumpf und langsam funktioniert. Niemals werden sie die zur Hanse lassen. Niemanden, keinen einzigen. Die Hanse weiß über alles Bescheid. Über die Störsender. Die Patronen. Das Reich. Den Lebensraum. Die Roten. Den Hunger. Sie werden diese Leute nicht durchlassen.

»Das ist eine Provokation! Und die, die dazu aufrufen, sind Provokateure!«, stößt Swinolup mechanisch hervor und lässt dabei seinen Blick langsam und gründlich über die Menge gleiten, als wollte er sich das Gesicht jedes Einzelnen einprägen, um später mit ihm abzurechnen. »Und mit! Provokateuren! Machen wir! Kurzen Prozess!«

»Wir sterben! Wir sind am Ende! Keine Kraft mehr! Gnade! Herr, erbarme dich! Erlöse uns! Lass es nicht zu! Dass wir verhungern! Nur einen Krümel! Etwas Wassersuppe! Nicht für mich, für mein Kind! Dreckskerl! Lass uns raus!«, und da hört die Menge plötzlich auf, mit menschlicher Stimme zu sprechen, und stöhnt erneut aus kollektiver, tönerner Brust: »PIIIIILZEEEE!«

Die Hinteren versuchen sich der Brücke, der Treppe, dem Major zu nähern – und pressen die Vorderen zusammen. Diese atmen gemeinsam aus, um Platz zu finden, und von diesem Atemstoß erzittert die Station, der Getreidetempel. Die Menschen wollen zur Treppe, zum Altar, als wäre ihnen darauf Brot und Wein bereitet. Aber dort ist – nichts. Nur ein Opfertisch – und ein Messer.

Jetzt passiert es gleich. Gleich wird es heiß und glitschig.

Swinolup kann sie nicht umstimmen. Er versucht es ja gar nicht.

Ich muss sie. Ich darf sie ihnen nicht überlassen. Sie wegbringen.

Wozu sollen sie alle jetzt sterben? Sie könnten doch noch leben.

Ich muss.

Er wogt zusammen mit den anderen hin und her – mal auf die Stacheln zu, mal wieder zurück. Von dem Wanken wird ihm übel. Artjom, der Arme, hat nur noch einen Tropfen Luft übrig. Und mit diesem Tropfen sagt er, zunächst flüsternd, dann immer lauter:

»Dort gibt es nichts für euch … Ihr dürft nicht zur Hanse! Geht nicht zur Hanse! Dort braucht euch niemand! Hört ihr?! Leute! Geht nicht! Bitte! Tut das nicht!«

Kaum einer hört Artjom, aber Swinolup hört es – er steht nicht weit entfernt.

»Genau! Keiner wartet dort auf euch!«, pflichtet er – der Ordnung halber – Artjom bei. »Euer Platz ist hier!«

»Aber wohin dann?! Wohin sollen wir?!«, fragen ein paar Leute, die in der Nähe stehen, aufgeregt, und ihre Erregung beginnt sich wie Wellenringe von Artjom aus in alle Richtungen auszubreiten.

Sie haben ja keine Ahnung, fällt Artjom ein.

Sie glauben doch, dass es nichts gibt außer der Metro, außer Moskau. Sie werden doch alle belogen, dass die Welt verbrannt ist, dass sie allein sind, man hält sie in diesen Tunneln fest, unter der Erde, nicht einmal über ihre Feinde werden sie aufgeklärt, sondern man hat sie einfach hier eingesperrt, im Untergrund, in der Dunkelheit …

»Nach oben! Nach oben müsst ihr! Leute! Die Welt ist heil! Wir sind nicht die einzigen Überlebenden! Hört ihr? Wir sind nicht allein! Moskau ist nicht allein! Es gibt noch andere Städte! Ich habe es selbst gehört! Über Funk! Es gibt sie! Wir können von hier fort – an jeden Ort der Welt! Wohin wir wollen! Leben, wo wir wollen! Alles ist offen! Die ganze Welt steht uns offen!«

Die Menschen beginnen sich umzudrehen, ihn zu suchen. Und da begreift Artjom: Genau jetzt, jetzt muss er es ihnen sagen. Er muss es ihnen sagen, sie sollen es ruhig wissen und dann selbst entscheiden. Jemand hält ihm einen Arm hin, ein anderer einen Rücken, und er beginnt hinaufzusteigen, auf die Schultern der anderen, damit er besser zu hören ist.

»Man hat euch betrogen! Dort sind alle ... An der Oberfläche! Piter! Jekat! Nowosib! Wladik! Alle sind sie noch da! Nur wir sind hier ... Wir leben hier! Im Schweinekot! Den wir schlucken und atmen! Dort ist die Sonne! Aber stattdessen fressen wir hier Tabletten! Wir werden hier ... in der Dunkelheit! In schwüler Hitze! Festgehalten! Erschossen! Erhängt! Und wir ... gehen uns gegenseitig an die Kehle und stoßen einander das Messer in den Rücken! Wofür?! Für irgendwelche fremden Ideen?! Für diese Stationen?! Für die Tunnel?! Für die Pilze?!«

»PIIIILZEEEE!«, antwortet die Menge.

»Was soll der Scheiß?!«, krächzt ihm Letjaga von unten zu. »Du lässt unsere Tarnung auffliegen! Die sind doch gleich hier!«

Artjom umschlingt die Menschen mit seinen entzündeten Augen, die trocken sind und brennen. Wie soll er es ihnen erklären? Wie sich ihnen allen verständlich machen?

Wie Bojen tauchen in der Nähe die schwarzen Mützen auf. Melniks Boten. Gleich werden sie ihn von den fremden Schultern herunterzerren. Aber gerade jetzt darf er sich nicht verstecken. Dieses Mal muss er es einfach schaffen, all das zu sagen, was er ihnen damals, in der Funkstation, nicht hat sagen können.

Swinolup steht schweigend, wartet ab. Vielleicht kann dieser schon halb Krepierte die anderen ja überreden, sich von der Treppe zurückzuziehen? Die Schützen warten auf seinen Befehl.

»Wir verrecken hier! Uns wachsen Geschwüre! Kröpfe! Alles ist geklaut! Das Essen ... klauen wir von unseren Kindern ... Die Kleidung ... von den Toten ... Wir stampfen uns gegenseitig nieder ... in den Tunneln! Ob Rote ... oder Braune ... Das bringt doch alles nichts! Das alles! Brüder! Ist völlig sinnlos! Wir fressen unser eigen Fleisch und Blut! In der Dunkelheit! Wir haben keine Ahnung! Alle belügen uns! Alle! Wozu?!«

»Und wo sollen wir hin?«, ruft man ihm zu.

»Nach oben! Wir können fort! Uns retten! Es gibt einen Ausgang! Dort hinten! Im Tunnel! Eine Luke! Geht zurück! Dort ist die Freiheit! Dort! Klettert nach oben! Und dann wohin ihr wollt! Selbst! Lebt selbst!«

»Er will uns von der Hanse wegbringen!«, schreit jemand böse.

Er blickt in die schwarzen Pupillen von Gewehrläufen. Erst eine, dann zwei. Sie nehmen ihn ins Visier. Dabei hat er noch gar nicht alles gesagt. Er muss sich jetzt beeilen.

»Ihr werdet völlig umsonst hier sterben! Ohne dass es irgendwer mitbekommt! Dort ist eine ganze Welt! Wir dagegen ... werden hier unter dem Deckel gehalten! Wir werden hier alle verrecken, und niemand erfährt etwas davon! Das alles hier hat keinen Zweck! Geht fort! Lasst es sein! Kehrt um!«

»Wo können wir Pilze bekommen?!«

»Ein Provokateur! Das ist ein Provokateur! Hört nicht auf ihn, Leute!«

»Wartet!«

Artjom winkt den Leuten zu, und in diesem Augenblick spuckt jemand aus der Menge eine Ladung Blei auf ihn.

Die Armbewegung rettet ihn – die für das Herz bestimmte Kugel trifft nur die Schulter – erneut die linke. Sie rempelt Artjom an, bringt ihn aus dem Konzept, kippt ihn rücklings in die Menge. Und diese hat, kaum dass er verstummt, schon wieder alles vergessen.

»Pilzeeee!«, heult ein dünnes Stimmchen auf.

»PILZEEEEEE!«, stöhnt das Volk.

Letjaga schafft es in letzter Sekunde, Artjom zu sich heranzuziehen, auszustrecken und mit dem eigenen Körper zu schützen, bevor die Menge vorwärtsdrängt.

»Zum letzten Mal!«, bellt Swinolup, aber die hinteren Reihen können ihn weder hören noch sehen.

Aus dem Augenwinkel sieht Artjom durch einen Schleier, wie Swinolup einem MG-Schützen auf die Schulter klopft und dann die Treppe hinaufläuft, auf die Galerie, fort von der Station. Er muss jetzt weiterarbeiten, hat Wichtiges zu erledigen, er kann es sich nicht erlauben zu sterben. Er geht, und es beginnt ohne ihn.

»Durchlassen!«, ruft die Menge den MG-Schützen zu.

Letjaga schleppt Artjom gegen den Strom der Menschen – fort von den Absperrungen, von den Gewehrläufen, rudert mit all seinen Bärenkräften, doch der Strom drückt sie wieder zurück, will sie auf die Stacheln und die heranreifenden Kugeln aufspießen.

»Feuer!«

Das MG donnert los, beschreibt fächerartige, schwirrende Zeilen und mäht die erste Reihe um. Mit Artjoms Kugeln.

»Großer Gott!«, kreischt jemand auf. »Erbarme dich unser!«

»Herrgott, erbarme dich!«, stöhnt jemand anders, eine Frau.

»Wir sterben hier! Hab Erbarmen!«

»Dort! Nach oben! Geht fort! Nach oben! Ihr müsst nicht sterben! Geht in die Freiheit!«, schreit Artjom, aber seine Worte gehen in dem »Erbarme dich!« unter, das sich augenblicklich, wie ein Stromstoß ausbreitet.

Und mit diesem Klagelied dringen all die Tausende auf die Absperrungen, auf das Maschinengewehr ein.

»Erbaaaarme dich, oh Herr!«

Beigebracht hat es ihnen niemand, und so spricht jeder diesen Satz mit seiner eigenen Melodie. Was dabei herauskommt, ist ein grausiger, jenseitiger, unterirdischer Chor. Eingeklemmte Arme zucken, wollen hochfahren, um das Kreuzzeichen zu machen, doch stecken sie unten fest. Und so gehen sie, eine armlose Masse, einfach immer vorwärts, über jene hinweg, die bereits niedergemäht worden sind, ohne aus ihrem Beispiel etwas zu lernen.

»Erbaaaaaarme dich!«, heult auch Ljocha auf und greift nach seinem Christus.

Als die Ersten fallen, verwandeln sich die Zweiten in weiche Schilde für die Dritten. Letjaga mit Artjom und Ljocha mit Saweli wollen zurück, fort von den MGs, doch die Menge drängt noch immer vorwärts, denn für sich sieht sie dort hinten nichts mehr.

Auch Artjom ist jetzt ohne Arme und kann die Menge kein bisschen mehr aufhalten.

Von oben erheben nun auch die Sturmgewehre ihre Stimmen gegen die Köpfe der Menschen, die hier und dort erschlaffen, doch in dem Gedränge nicht hinfallen können und so selbst im Tod noch auf den Beinen bleiben. Den Tod fürchtet hier niemand. Vielleicht sehnen sie sich sogar nach dem Opfermesser, um ihr Leben, dessen sie müde geworden wird, endlich irgendwo hinstecken zu können und Ruhe zu haben. Sie singen nur noch ihr »Erbarme dich!« und drängen doch immer weiter auf die Treppe zu, nach oben, dem einzigen Oben, das sie verstehen – in den Kugelhagel.

Während das Magazin des MGs gewechselt wird – was nur Sekunden dauert –, haben hundert Hände bereits die Absperrung gepackt und reißen sie in Stücke. Im nächsten Augenblick werden dem MG-Schützen die Augen ausgedrückt, der Kommandeur der Einheit bei lebendigem Leib zerfetzt, die anderen erwürgt, und sie alle, Lebende wie Tote, kriechen weiter hinauf, wie Lava aus einem Vulkan. Sie nehmen den Ertrunkenen nicht einmal die Waffen ab, dazu ist keine Zeit.

Von der Treppe und vom Geländer der Galerie hinab fliegen Gewehrschützen, lautlos und bereitwillig. Artjom will zurück, in den Tunnel, zu jener Luke, doch zusammen mit den anderen hebt es ihn die Treppe hinauf bis zur Galerie und trägt ihn fort in den Gang, der zur Hanse führt.

Die Rotarmisten, die das Volk noch nicht erreicht hat, beginnen sich zurückzuziehen, bitten die Menge um Verzeihung, doch ihre Schreie sind zu leise, und so werden sie trotzdem getötet. Saweli entgleitet, verschwindet und taucht nicht mehr auf. Auf die gleiche Weise verschwinden Hunderte von den Tausenden, vielleicht sogar Tausende von Tausenden.

Jemand zieht an Artjoms Ärmel.

Er dreht sich um – es ist eine Frau. Hager, blau angelaufen.

»Junger Mann! Ich kann nicht mehr! Mein Sohn!«, ruft sie ihm zu. »Sie erdrücken ihn! Nimm ihn auf den Arm! Heb ihn auf! Sonst wird er zertrampelt! Ich schaff das nicht!«

Er blickt nach unten, sieht einen Jungen von vielleicht sechs Jahren, strohblond, verschmierten, blutigen Rotz unter der Nase. Und schafft es gerade noch, ihn an sich zu reißen, nach oben.

»Na gut! Wohin mit ihm? Wie heißt du?«

»Kolja.«

»Ich bin Artjom.«

Kolja umschlingt zuerst seinen Hals, um nicht herunterzufallen, aber noch immer drückt es auf ihn ein, also greift er hoch und setzt sich rittlings auf Artjoms Schultern. Koljas Mutter fasst seine Hand. Eine Zeitlang hält sie fest – dann lässt sie los. Artjom fährt herum: wo? Sie steht, in der Menge eingespannt, unfähig zu fallen; doch der Kopf hängt herab, von einer Kugel durchschossen.

»Da hin! Da hin!«, ruft der kleine Kolja auf seiner Schulter. Er hat noch nicht bemerkt, dass seine Mutter tot ist.

Vor ihnen marschiert Letjaga, unversehrt und unbeugsam. Dahinter Artjom mit Kolja. Auch Ljocha ist auf seinem imaginären Kreuz herangetrieben, hält sich über Wasser wie auf einem abgebrochenen Schiffsmast. Die ganze Zeit über betet er, wiederholt ständig den einzigen Ausdruck, den er kennt. Irgendwie ist es ihnen gelungen, aneinander festzukleben, während die Strömung sie auf die Grenze der Hanse zuträgt.

»Mama! Ma-ma! Wo bist du?«, ruft der Junge plötzlich; aber dort, wo er sie zurückgelassen hat, ist nichts mehr.

Alle Roten sind zerdrückt und zertrampelt. Aus der Dunkelheit der Gänge tauchen Flaggen auf: ein brauner Kreis auf weißem Feld.

»Nach oben«, bittet Artjom die Leute. »Nicht dorthin. Nach oben.«

»Mama! Mamaaaaaaa!«

Der Junge versucht herunterzuklettern, in das Mahlwerk hineinzuspringen, um von dort seine Mutter herauszuholen. Doch Artjom weiß: Der Kleine würde augenblicklich niedergetrampelt werden.

Instinktiv denkt er: Er kann diesen Jungen jetzt nicht allein lassen. Er muss ihn zu sich mitnehmen. Solange er noch Leben in sich hat, muss er ihn mitnehmen. Aber wie soll er ihn aufziehen? Plötzlich stellt er sich vor, dass er zu Anja zurückkehren könnte, und dass sie diesen Jungen haben könnten, den Artjom jetzt an den Knöcheln festhält. Und dass sie alle drei zusammenleben könnten … An der Polis? An der *WDNCh*? Auf einmal wünscht er sich dorthin, in dieses Leben – nur für einen Augenblick, um es sich anzusehen.

Über Befestigungen flammen Scheinwerfer auf und versuchen das Volk zu blenden. Doch das Volk weiß blind, wohin es gehen muss.

»Pilzeeeeeee!«

»Dies ist eine Staatsgrenze!«, brüllt man auf sie ein. »Die Föderation der Stationen der Ringlinie! Wir eröffnen das Feuer! Es wird scharf geschossen!«

»Erbaaaaaarm dich!«

Das ist das Ende. Ganz umsonst haben sie alle dort, auf der Treppe, überlebt.

Er holt den Jungen von seiner Schulter, da oben böte er ein leichtes Ziel, und nimmt ihn stattdessen auf den Arm. Der Junge versucht sich zu befreien. Und Artjom denkt: Verdammt, das ist ja eine ganz schöne Verantwortung, den jetzt die ganze Zeit mit sich rumzuschleppen.

Wie hat Suchoj das … Wie hat er das hingekriegt, Artjom einfach so mitzunehmen und sein ganzes Leben mit sich rumzuschleppen, genau so einen zufällig irgendwo aufgelesenen Jungen wie diesen hier? Er hat es gekonnt. Aber ist Artjom dazu imstande?

»Tak-tak-tak-tak-tak!«, rattert es los.

Die Ersten fallen, die Mutigsten, dann die Zweiten, die Verzweifelten, doch von hinten drücken immer mehr nach: Dritte, Vierte, Hundertste, Zweihundertste. Artjom dreht den Rücken nach vorn, um Kolja zu schützen.

»Mama«, sagt Kolja.

»Leise«, bittet Artjom.

Sie kommen an einer verirrten Leiche in schwarzer Sturmhaube vorbei.

Es ist furchtbar, Verantwortung für andere übernehmen zu müssen, umso mehr für einen Sechsjährigen. Mich fürs ganze Leben an ihn zu binden … Wie soll das gehen?

Kolja entspannt sich, hört auf, sich zu winden.

Artjom senkt den Blick – der Junge ist tot. Die Arme hängen herab, die Beine baumeln, der strohblonde Kopf ist nach hinten gekippt, die Brust durchlöchert. Eine streunende Kugel wahrscheinlich. Wäre er nicht gewesen, hätte sie Artjom erwischt.

»Feige Sau«, sagt Artjom zu sich selbst. »Scheißkerl. Feiges Arschloch.«

Er wischt sich den Rotz ab, sieht sich nach einem Platz um, wo er ihn ablegen kann, doch es gibt keinen. Und dann schleudert es sie alle drei auf die Befestigungen zu, auf die Maschinengewehre der Hanse. Es ist exakt der gleiche MG-Typ, den auch die Roten verwenden. Und die Kugeln sind wahrscheinlich auch die gleichen. Sie töten genauso gut.

Schon richtet sich die blutspeiende Mündung auf die drei, doch Letjaga erinnert sich noch rechtzeitig an seinen Wintores, bringt den Schützen auf halbem Weg zur Strecke, und in der nächsten Sekunde wird das MG-Nest von einer Welle fortgespült und die Leiche über die Steine geschleift.

Artjom hält Kolja auf den Armen, so lang er kann, verliert ihn aber doch.

Alles hier ist mit Menschen übersät.

Die Toten blicken zerstreut und schweigen. Die anderen sind dazu nicht imstande. Wer noch immer weitergeht, brüllt. Wer Kugeln auf sich zufliegen sieht, blökt um Gnade. Die Sterbenden sprechen ihre letzten Worte zu Gott. Und keiner von ihnen hört die anderen.

Aber auf einmal beginnen sie sich an den Händen zu fassen, gehen als Kette weiter, um nicht auseinanderzufallen. Unbekannte greifen nach Artjom, erst von der einen, dann von der anderen Seite. Warme, heiße Hände. Sie halten sich nicht lang. Schon nach wenigen Schritten sinkt das Männchen links in sich zusammen, dann das auf der rechten Seite.

Schon treten sie auf die weichen Gesichter der Hanse-Grenzsoldaten, schon überrollt die Avantgarde der Hungernden den Stacheldraht, schon haben sie fast die *Komsomolskaja* der Ringlinie erreicht, als von hinten plötzlich, wie Springteufel, Soldaten mit Flammenwerfern hervorstürzen.

Artjom, Letjaga und ein paar andere hasten weiter und landen in einem riesigen, prachtvollen Saal: an der Decke Mosaike mit glücklichen Motiven, Lüster spenden unverdientes, sanftes, göttliches Licht, saubere Menschlein schrecken zeternd auf angesichts des plötzlichen Ansturms, während die Flüchtenden, die Einbrecher, sich wie Ratten, wie Kakerlaken verziehen, nichts wie weg aus diesem Palast, außer Sichtweite – in die Tunnel, die Löcher, fort von hier, solange man noch nicht alle eingefangen hat.

Hinter ihnen, in den Übergängen, brüllen die Flammenwerfer, heulen die ersten Brennenden, der Gestank versengten Fleisches und verbrannter Haare breitet sich aus. Artjom aber, von Letjaga und Ljocha umarmt, flüchtet in die Tunnelschwärze, ohne sich umzusehen, was hinter ihnen zurückbleibt.

Im Tunnel hinter ihnen schreit jemand: »Stehen bleiben!«, schon wird einer von den heraneilenden Mitarbeitern der Hansesicherheit festgesetzt und fortgeschleift, zurück zur Roten Linie, nach Hause. Diese Flüchtlinge kann man hier nicht brauchen.

Sie sprechen nicht miteinander.

Dazu fehlt ihnen die Luft.

Noch bevor sie bei der *Kurskaja* ankamen, trafen sie auf ein Verbindungsgleis, über das sie, nachdem sie die Wachen überwunden hatten, auf die dunkelblaue Arbatsko-Pokrowskaja-Linie gelangten. Letjaga wusste, dass sich dort ein Lüftungsschacht befand. Sie kletterten hinauf und landeten im Hof zwischen einigen verstreuten Backsteinvillen, zwischen abgeblättertem Kuppelgold und abgeblättertem Gold über zerschlagenen Schaufenstern.

Sie setzten sich hin, um auszuruhen. Taub von dem Geschrei.

Letjaga schwieg, Ljocha starrte vor sich hin, Artjom erbrach sich.

Sie rauchten.

»Und, wie findest du das jetzt?«, fragte Artjom Letjaga. »Hast du's endlich kapiert?«

Dieser zuckte mit seinen Bärenschultern.

»Sie haben den Jungen umgebracht. In meinen Armen.«

»Hab's gesehen.«

»Er hat sie mit unseren Patronen …«, sagte Artjom. »Swino-lup. Dieses Schwein. Der Major. Mit deinen Patronen. Seine eigenen hat er wohl schon aufgebraucht. Sie haben auf uns gewartet. Und dann ist er einfach weggegangen. Er lebt. Da sind so viele Leichen zurückgeblieben. Und er lebt. Und wird weiterleben.«

»Ich hatte einen Befehl.«

»Er auch. Das hat er sich doch nicht selbst ausgedacht. Die alle dort hatten ihre Befehle.«

»Warum vergleichst du mich mit denen?!«

»Ich hätte auch Luft, jemanden umtfubringen«, sagte Ljocha. »Den Wichfer, der fich daf aufgedacht hat. Damit keiner mehr folche Befehle gibt.«

»Und ich war so sicher, dass er krepiert war. Zwei Kugeln hab ich in ihn versenkt. Ich hätte ihm doch ein Loch in die Stirn machen sollen.«

Artjoms linker Arm war taub, seine Schulter nass, aber das war jetzt unwichtig.

»Waf bringft, den Major tfu killen?«, wandte Ljocha ein. »Majore gibft'f wie Wand am Meer. Wenn du den Major umlegft, tuft du nur dem Hauptmann einen Gefallen. Wenn, dann mufft du dir gleich den Marchall vorknöpfen.«

»Selbst wenn ich ihn umgelegt hätte: Was hätte das geändert? Sie wären trotzdem ins MG-Feuer gelaufen. Ich hab es ihnen doch gesagt. Die begreifen es einfach nicht. Ich hab ihnen doch gesagt, dass sie fortkönnen. Nach oben. Aber sie hören nicht zu! Keiner! Nicht einmal, wenn sie im nächsten Augenblick krepieren können. Ins MG-Feuer zu marschieren fällt ihnen leichter, als nach oben zu gehen! Was soll man da machen?!«

Letjaga schnäuzte sich blutig in die Hand und wischte diese zerstreut an der eigenen Hose ab. Dann kratzte er sich die Stirn.

»Zum Henker mit denen. Die wirst du nie rumkriegen. Die sind wie eine Herde. Aber wohin soll ich jetzt? Das ist ja Fahnenflucht. Ich kann nirgends mehr hin.«

Artjom blickte ihn an. Letjaga war feuerfest. Er brannte nicht, denn da war nichts, was brennen konnte. Artjom wünschte sich, auch so zu sein.

Allmählich wurden seine Ohren wieder frei. Die gedehnten Trommelfelle zogen sich wieder zusammen.

Und da wuchsen von unten, durch Ritzen, Kanaldeckel, Auffanggitter und Lüftungsschächte, von überall unter der Erde Geräusche herauf. Jammern und Schreien. Schwach, gedämpft durch den fetten Moskauer Lehm, reflektiert von den Winkeln zerbrochener Rohrleitungen. Ein Echo. Die Menschen konnten von dort nicht fliehen, aber ihre Stimmen schon.

Es war wie eine Geburt. Moskau war wie eine Frau, die selbst bereits tot war, in deren allmählich steif werdendem Leib aber noch lebende Kinder steckten. Und diese wollten zur Welt kommen und weinten dort im Innern. Aber Moskau ließ niemanden mehr hinaus. Sie krampfte ihre Betonfotze zusammen und erstickte so auch noch ihre letzten Kinder, und diese quälten sich weiter, bis sie schließlich Ruhe gaben, ohne je geboren worden zu sein.

Der Tabak war zu Ende.

Es war Nacht.

Moskau war in diese Nacht getaucht wie in einen Eimer Schmutzwasser, mit dem all das Blut der Stadt aufgewischt wurde. War die trübe Nacht vorbei, würde ein trüber Tag anbrechen, und niemand würde von alldem erfahren, was tags zuvor passiert war. Alles wurde von dieser Nacht aufgewischt. Wer würde jemals von dem schwarzen Tunnel erfahren, wo Menschen blind mit Spitzhacken auf andere Menschen eingeschlagen hatten? Niemand. Wer würde von den Störsendern erfahren? Niemand. Wer davon, dass gottlose Menschen sich bekreuzigend ins MG-Feuer gegangen waren? Wofür sie starben? Aus welchem Grund?

»Letjaga. Letjaga. Sag, gibt es diese Feinde? Den Westen, Amerika? Gibt es sie überhaupt? Sag ehrlich.«

Letjaga schielte ihn an, aber in der Dunkelheit schienen seine Augen geradeaus, wahrhaftig zu blicken.

»Es muss sie geben.«

»Wotfu brauchen wir verdammt noch mal Feinde?«, warf Ljocha ein. »Wir kommen auch ohne fie klar!«

»Wenn sie wollten, könnten die uns zur Sicherheit einfach noch eins auf die Mütze geben. Zur Kontrolle. Wenn die wirklich Angst vor uns hätten. Hast du daran mal gedacht?«

»Nein.«

»Und die anderen Städte – Piter, Wladik und all das kleine Gesocks –, warum werden die nicht bombardiert, hast du dir das mal überlegt? Oder sind die alle längst erobert, und nur wir sind die letzte unbesiegte Bastion?«

»Nein, hab ich nicht! Was interessiert dich das überhaupt?!«

»Weil es überhaupt keine Feinde gibt. Wir sind denen scheißegal, Letjaga. Den Feinden. Uns braucht kein Mensch. Du bist drauf reingefallen, genauso wie ich. Die ganze Zeit haben wir gedacht, dass sich jemand brennend für uns interessiert. Dass wir hier der Nabel der Welt sind. Dass wir die Letzten sind, oder die Einzigen, oder die Wichtigsten. Dass sich hier bei uns das Schicksal der Welt entscheidet. So ein Scheiß. Gar nichts entscheidet sich hier. Wir errichten hier Imperien, stürzen uns auf Maschinengewehre, krepieren auf Baustellen, füttern die Hunde mit uns selbst, retten die Menschheit, und deshalb bleiben wir die ganze Zeit hier, unter diesem Deckel. Dieser ganze Kampf, all die Opfer, die Heldentaten. Niemand bekommt was davon mit. Das ist wie in einem Ameisenhaufen, und wir sind die Ameisenhelden. Dass wir hier krepieren, bewirkt überhaupt nichts. Und wenn du den Deckel wegnimmst …«

»Es ist ein Schild! Kein Deckel, ein Schild!«

»Wenn du diesen Schild wegnimmst, wird sich auch nichts ändern. Davon bin ich überzeugt. Nicht die Feinde brauchen uns, Letjaga, sondern wir die Feinde.«

»Und ich bin überzeugt«, entgegnete Letjaga schwerfällig und wütend, »dass der Alte die Wahrheit sagt.«

»Dann ist er ein Idiot«, gab Artjom genauso wütend zurück. »Er ist ein Idiot, und du bist von ihm idiotisiert worden. Ich bin ja genauso einer, weil ich ihm da draußen, in Balaschicha, auf den Leim gegangen bin. Aber jetzt ist es zu spät. Jetzt kann man nichts mehr machen. Damals hätte ich den Augenblick nutzen sollen, um diese Scheißstörsender plattzumachen. Dann hätten wir schon gesehen, was wird. Stimmt's, Saweli?«

»Ftimmt«, antwortete Ljocha anstelle des niedergetrampelten Stalkers.

»Nichts hättest du damit erreicht.« Letjaga spuckte aus. »Da stecken noch genug Störmasten rund um Moskau im Boden. Und die Leute hätten dir trotzdem nicht geglaubt.«

»Weil ihr ihnen zwanzig Jahre lang ins Hirn geschissen habt! Wie sollen die daran glauben? Sind die vielleicht schuld daran?«

»Ich hab niemandem ins Hirn geschissen!«

»Klar. Du schießt ja auch jeden ab, der nicht in eure Geschichte reinpasst.«

»Ich bin gegen den Feind. Ich verteidige die Heimat – vor den Feinden! Und wenn ich dich Dummschwätzer nicht aus Balaschicha rausgeholt hätte, hätten dich die Hanseleute an Ort und Stelle eingegraben, da hättest du nicht mal mehr piep sagen können!«

»Nicht du hast mich da rausgeholt! Sondern der Alte! Und das nicht aus Mitleid! Sondern um seine verdammte Technik zu schonen! Und überhaupt! Er hat dir gesagt, dass du mich umlegen sollst! Mich! Denk doch mal nach! Was bin ich denn für ihn? Sein Schwiegersohn! Der Mann seiner Tochter! Und trotzdem hat er mich zum Tod verurteilt!«

»Ich hab aber nicht abgedrückt.«

»Toll, danke!«

»Gern geschehn!«

»Weswegen soll ich denn beseitigt werden? Weil ich über die Störsender Bescheid weiß? Weil ich weiß, dass sie den Menschen das Hirn verdrehen? Oder warum? Weil er den Roten Patronen gibt, und ich was dagegen habe? Zwanzigtausend Patronen! Zwanzigtausend! Die hast du heute selber gefressen! Hör endlich auf, so ein Idiot zu sein!«

»Na und?! Dafür ist der Krieg bald zu Ende! Das war Moskwins Bedingung!«

»Das hat der Alte also mit ›um jeden Preis‹ gemeint! Dass er bezahlen muss! Und zwar schlappe zwanzig!«

»Ja, hätten wir denn noch ein paar von unseren Jungs draufgehen lassen sollen? Es auf einen zweiten Bunker ankommen lassen?«

Artjom wandte sich ab.

»Das war also Moskwin da unten? Ich hab ihn erkannt. Moskwin, und der zweite war Bessolow. Bessolow, was hat der an der Hanse für eine Position?«

»Irgendein hohes Tier. Weiß der Geier, was die da für ein System haben.«

»Du lügst«, entgegnete Artjom überzeugt. »Du weißt es. Wer ist er?!«

»Lass mich in Ruhe.«

»Er war es doch, von dem der Umschlag stammte. Über unseren Alten hat er ihn dem Führer übermitteln lassen. Und die Patronen dem Generalsekretär. Er. Und der Alte muss ihm also Rapport erstatten? Dem ehrwürdigen Alexej Felixowitsch? Wofür? Womit hat er ihn … Für die paar Scheiß-Jeeps?!«

»Na und?! Die Hanse hat uns geholfen, als wir am Boden lagen! Wann bist du gegangen? Nach der Sache mit dem Bunker. Hast dir deine Anja geschnappt und dich vom Acker gemacht. Und wir? Wie viele waren von uns noch übrig? Die Hälfte? Und selbst die waren ziemlich hinüber. Wenn die Hanse nicht gewesen wäre, wären wir zerbrochen, aus und vorbei. Der Alte hat getan, was er konnte. Andere Hilfsangebote gab es nicht. Was blieb ihm denn – ohne Beine, mit nur einem Arm?! Sich aufhängen? Und wir, sollten wir vielleicht Söldner werden?!«

»Das wäre wenigstens ehrlicher! Als jetzt in diesem Orden!«

»Fick dich doch! Hörst du?!«

»Kapierst du eigentlich, womit er für all die Offroader, die Gewehre und die Mützen bezahlt hat? Mit unseren Jungs! Die Hanse hat uns damals verarscht, Letjaschka! Wir hatten die doch zu Hilfe gerufen! Im Bunker! Das hatten wir! Und, kamen sie? Stattdessen, wie toll, haben sie uns danach als Ersatz für unsere Jungs ein paar von ihren eigenen Arschlöchern abgegeben! Wegen

denen unsere ja überhaupt erst gestorben sind! Er hat sie verkauft! Er hat sie an die Hanse verkauft!«

»Das kann ... nicht sein. Es muss einen Grund geben.«

»Und was war dann der Grund, mich zu beseitigen?!«

»Und wenn du ein Spion bist?! Ein Saboteur?! Du hast versucht, den Schild zu zerstören! Vielleicht spielst du ja gegen uns?!
Hast dich bei uns eingeschlichen! Er sagte, wenn du versuchst, den
Friedensvertrag zum Platzen zu bringen ... wegen Gefährdung ...
also ...«

»Spion, Saboteur ... für wen denn? Für wen?!«

»Für die Amerikaner. Du hättest dich mit ihnen von deinem
Hochhaus aus in Verbindung gesetzt und ...«

»Und was?! Um ihnen zu helfen, wieder Raketen auf uns zu
richten?! Auf meine eigenen Leute?! Auf meine Frau, meinen
Stiefvater?! Auf dich, Blödmann?! Verkauft haben sie dich, und
mich, und alle unsere Leute, ihre Seelen, die ganze Ladung! Das
ist es. Kapiert?!«

»Sie haben sich geopfert, mehr nicht. Und die Roten ... Das
war notwendig. Hart, aber notwendig. Jetzt ist es an der Zeit, sich
zusammenzutun, Artjom. Sogar mit den Roten. Es gibt einen anderen Feind. Einen wirklichen. Es ist nicht leicht, unsere Jungs
zu vergessen. Ich weiß. Der Alte schafft es ja selbst nicht. Hast ja
gesehen. Wie er jeden Tag mit ihnen trinkt.«

»Er trinkt nicht mit ihnen. Er bechert einfach! Bechert, weil
er ein Held war und jetzt nur noch ein unförmiger Fleisch-
klumpen ist! Ohne Arme und Beine! Und wenn er wirklich
glaubt, dass der Krieg gegen den Westen noch nicht aufgehört
hat ...«

»Er hat nicht aufgehört!«, brüllte Letjaga plötzlich los. »Siehst
du das nicht?!«

»Und wo sind die Beweise?! Dieser Bessolow, was hat er euch erzählt?! Wie hat er dir das Hirn weichgespült?! Und jetzt hat er euch alle an den Eiern!«

»Der mit dem weichgespülten Hirn, das bist du! Die waren doch schon immer … Aus allen Ritzen kommen die … Ausradieren wollen die uns!«

»Arschloch!«

Artjom sprang mit seinem gesunden Bein auf.

»Nichts kannst du beweisen! Niemandem!«

»Und was hast du mir bewiesen?! Wenn es keine Feinde gibt, was hat das alles dann überhaupt für einen Sinn?!«

»Was für einen Sinn?!«

»Ja!«

»Keine Ahnung!«

»Dann lass mich gefälligst in Ruhe!«

Artjom dachte nach. Nickte. Und begann davonzuhinken.

»Was soll das?«, rief ihm Letjaga nach.

»Du hast recht«, sagte Artjom zu sich selbst, ohne sich umzudrehen. »Du hast recht. Es muss einen Sinn geben. Wir haben ihn einfach noch nicht begriffen. Der Alte nicht, und Swinolup wahrscheinlich auch nicht … Na gut. Ich weiß, bei wem ich fragen muss.«

»Warte! Artjom! Artjom!«

Als Letjaga ihn einholte, waren sie bereits am Lubjanka-Platz angekommen. Er reichte ihm seine Atemschutzmaske.

»Nimm die. Ich komm auch so hin.«

Artjom wehrte sich nicht. Spuckte der Maske auf die Augen, probierte sie an. Sagte blechern zu Letjaga:

»Danke. Ich muss jetzt aufpassen, dass ich nicht zu früh den Löffel abgebe.«

Von der Lubjanka schleppte er sich hinkend weiter. Vorbei am Bolschoi-Theater, dessen Pferdegespann in den Abgrund gestürzt war, vorbei an den tränenlosen Brunnen, an den Hotels, an den Hundestraßen, dem stummen Parlament und dem Kreml, der sich tot stellte, mit seinen erloschenen Sternen und den sinnlos gewordenen Schutzmauern. Irgendwo hier musste es sein.

Er blieb stehen. Es war dunkel.

Wie hatte er es gemacht? Wo hatte er gestanden?

Blut floss noch immer aus der zweimal durchschossenen linken Schulter, als hätte Artjom unendlich viel davon. Aber so langsam machte ihm der Verlust doch zu schaffen. Er fühlte sich schwach. Und doch suchte er immer weiter, versuchte, sich zu erinnern. Lief in die eine Richtung, dann in die andere.

Der schwache Mond war keine große Hilfe. Schwarz auf schwarz konnte auch er nicht erkennen. Auf allen vieren kroch Artjom weiter, tastete mit den Händen auf dem rauen Asphalt herum. Einmal bekam er einen Stiefel zu fassen, ein anderes Mal eine Türklinke, die jemand aus unerfindlichem Grund mitten auf der Straße liegen gelassen hatte.

Ljocha und Letjaga kamen dazu.

»Was suchst du?«

»Die Antwort«, scherzte Artjom und lachte heiser sich selber in die Gummiohren.

Und dann stieß er darauf.

Er zwinkerte Artjom im Mondlicht an, das zwischen den beiseitegezogenen Wolken hindurchschien.

Auf schwarzgrauem Asphalt lag der schwarzgraue Revolver. Swinolups Hinrichtungswaffe. Er nahm ihn in die Hand. Eine schwere, massive, böse Waffe. Genau die brauchte Artjom jetzt.

Deswegen war er hergekommen. Wie es aussah, war es ohne sie unmöglich, die Sache aufzuklären.

Genau diese brünierte Knarre musste er diesem Bessolow in den Hals schieben, bis dieser nur noch durch sie hindurch atmete. Und dann sollte er Artjom mal erklären, warum all diese Menschen gezwungen waren, in der Metro herumzusitzen.

»Fertig?«, fragte Ljocha.

»Wie, fertig?« Artjom blickte ihn an. »Jetzt muss ich erst mal in den Puff!«

19

WAS SCHREIBEN

Letjaga schleppte ihn huckepack herein.

Die ganze Strecke bis zur *Trubnaja* war er mit ihm unter freiem Himmel gegangen, denn sie hatten sich nicht getraut, wieder in die Metro hinabzusteigen.

Artjom hustete oft und hatte einen rostigen Geschmack im Mund. Während seine Beine von Letjagas Rücken herunterbaumelten, hatte er immer wieder auf ihn eingeredet, ihn selbst gehen zu lassen. Doch sobald er versuchte, auf seinen eigenen Beinen zu stehen, knickte er sofort wieder ein. Er war am Ende. Der Schlüssel in seinem Rücken drehte sich nicht mehr.

Doch als sie endlich an der Station *Zwetnoi bulwar* ankamen, sprang doch noch irgendeine Feder in seiner Brust an und begann ein wenig zu surren. Artjom verscheuchte mit einer Handbewegung das rote Geschmeiß vor seinen Augen und richtete sich auf. Er spürte selbst: Viel würde er nicht mehr schaffen. Aber eines musste er noch tun, denn das war wirklich wichtig. Er tastete nach dem Griff des Nagants: Stimmt's? Der Nagant pflichtete ihm bei.

»Bring mich zu Sascha, hörst du, Ljocha? Weißt du noch, wo das ist?«

»Ach waf, nen chönen Tod will er auch noch! Auf einer Tuffi die Löffel abgeben? Vergiff ef, erft laffen wir mal deine Löcher flicken!«

»Na gut. Aber nur die Löcher.«

Am *Zwetnoi bulwar* taten sich seltsame Dinge.

Die Station war überfüllt mit geflohenen Faschisten. Sie machten einen verlorenen, elenden Eindruck, wie verprügelte Hunde. Die feuchten Eisenbahner-Uniformen trockneten gerade an ihren Körpern und liefen dabei ein. Sie sahen aus, als wären sie eigentlich für ein Kindertheater genäht worden, würden aber aus irgendeinem Grund jetzt von Erwachsenen getragen, die alles im Ernst machten. Die Gesichter der Uniformträger waren zerkratzt und dreckverschmiert, ihre beschlagenen Stiefel rissig.

»Waf ift paffiert?«, fragte Ljocha ein paar Nutten, die er kannte.

»Das Reich ist komplett überschwemmt. Die *Puschkinskaja* ist eingestürzt. Die Tadschiken waren das, die haben bei der Erweiterung gepfuscht. Erst ist die *Puschkinskaja* eingestürzt, dann die Nachbarstationen. Alles überschwemmt.«

»Die Tadschiken waren es ...« Artjom grinste schief. »Die Tadschiken sind immer an allem schuld. Was für Arschlöcher.«

»Die Leute sind in alle Richtungen geflohen. Von der *Twerskaja* zur *Majakowskaja*. Und von der *Tschechowskaja* hierher.«

»Und was ist mit dem Krieg?«

»Wissen wir nicht. Keiner weiß irgendwas.«

Geschieht euch recht, dachte Artjom. Vielleicht nahm der Herrgott ja doch noch ein paar Beschwerden entgegen. Jemand hatte ihm noch rechtzeitig alles gesteckt, vielleicht die alte Frau damals, bevor ihr Kopf, von einem Eisenstab getroffen, zerplatzte, und Artjom sie auf seine Schubkarre lud. Gott hatte mit einem Abakus nachgerechnet, wie viele Sünder und wie viele Gerechte es im Reich gab, und daraufhin verfügt, das Reich zu schließen und zu versiegeln. Nur: Warum hatte er es überhaupt aufgemacht?

Und was war mit Homer?

Artjom wandte sich an die Eisenbahner: »So ein Alter, wisst ihr zufällig, ob sich der hat retten können? Von der *Tschechowskaja*? Ein gewisser Homer?«

Die Leute wichen ängstlich vor ihm zurück.

Sie brachten ihn zur Ärztin: Diese fand blutende Geschwüre zwischen den Striemen, die von Stacheldrahtpeitschen herrührten. Sie verliefen in Streifen, als hätte jemand eine Ahle unter die Haut getrieben. Sie sagte, es würde jetzt nicht mehr lange dauern, er brauche dringend eine Transfusion, aber als Ärztin für Geschlechtskrankheiten habe sie natürlich weder Blutvorräte noch die Gerätschaften dazu. Während sie die Kugel herauspulte, schimpfte sie Artjom aus, dann begoss sie die Löcher mit irgendeinem vergorenen Fusel und legte zerknitterte Stofffetzen darauf, damit es aus der gepeinigten Haut dort hineintropfte. Schließlich gab sie ihm noch ein abgelaufenes Analgin, worauf er sich gleich besser fühlte. Hier hatte es sich Saweli also geholt.

»Was soll ich jetzt machen?«, fragte Letjaga. »Wir müssen den richtigen Arzt für dich finden. Nicht diese Muschi Iwanowna. Dann kann ich dir deinen roten Saft wieder zurückpumpen. Und zwar mit Zins.«

»Nee, ich will zu den Nutten«, sagte Artjom, kaum dass das Analgin ihm auf die Wunden geblasen hatte. »Wir rechnen danach ab.«

»Ich geh mit«, meinte Ljocha. »Ich muff auch dringend mal ne Tranffufion machen.«

Letjaga schüttelte den Kopf.

»An deiner Stelle würde ich eher zu beten anfangen, Artjom.«

»Auf dein Geschluchze kann ich verzichten«, entgegnete dieser.

»Da, nimm ein paar Kugeln.«

Artjom tat es. Dann blickte er in Letjagas schiefe Augen.

»Wirst du dich stellen?«

»Nö. Deserteuren verzeiht der Alte nie.«

»Und wenn du mich auslieferst?«

»Dann macht mich deine Anja kalt«, antwortete Letjaga. »Ich wüsste nicht, was von beiden schlimmer wäre. Na schön. Ich hab hier auch ein Schätzchen. Da drüben. Sollte dir fad werden, schau vorbei.«

»Foll ich dich hinbringen?«, fragte Ljocha.

»Nein, ich kenn den Weg noch.«

Das stimmte.

Sie trennten sich.

Artjom humpelte davon, tauchte in die Menge ein, drehte sich noch einmal um: Hatten sie sich wirklich getrennt? Bei dieser wichtigen Angelegenheit sollte ihm niemand helfen. Der *Zwetnoi bulwar* wimmelte von Abschaum. Wer war hier Agent der Roten, des Ordens, der Hanse? Sicherlich horchte und suchte man nach ihm.

Die rechte Hand steckte die ganze Zeit über in seiner Tasche. Er durfte den Nagant jetzt nicht verlieren.

Saschas Zimmer war leer.

Niemand schien da zu sein, die Tür war verschlossen.

Er wurde nervös: Was, wenn Bessolow sie mitgenommen hatte? Wenn ihr etwas noch Schlimmeres passiert war?

Schräg gegenüber gab es eine trübselige Kneipe mit eineinhalb Plätzen. Abgetrennt mit einem Spaghettivorhang, der von der Decke bis zum Boden reichte. Er konnte sich so hinsetzen, dass er von hier aus Saschas »Laden« durch den Strohregen hindurch beobachten konnte, ohne gleich von Passanten entdeckt zu werden.

Artjom sah auf die verschlossene Tür. Er wollte an Sascha denken, doch landeten seine Gedanken automatisch bei Anja. Wladiwostok, sieh mal an. Warum hatte sie früher nie davon gesprochen? Vielleicht hätte er es mit ihr besser ausgehalten, wenn er über Wladiwostok Bescheid gewusst hätte.

Neben ihm steckten zwei nasse Faschisten murmelnd die Köpfe zusammen. Immer wieder blickten sie misstrauisch zu Artjom herüber. Er versuchte vergeblich, so etwas wie Hass auf sie zu entwickeln. Offenbar war er an der *Komsomolskaja* völlig ausgebrannt. Um die beiden zu beruhigen, bestellte er zu dem Analgin etwas Alkoholisches. Das Essen versuchte er, nicht anzusehen, schon der Gedanke daran erzeugte ein flaues Gefühl.

»Dietmar …«, raschelte es inmitten absichtlich zerkauter Worte herüber. »Dietmar …«

Er zögerte, dann entschloss er sich und fragte die beiden:

»Ihr kennt Dietmar?«

»Wer bist du?«

»Da hat einer bei ihm gearbeitet. Ilja Stepanowitsch. Sollte für ihn ein Buch schreiben. Und zusammen mit dem noch ein anderer. Nannte sich Homer. Mein Freund.«

»Wer du bist, will ich wissen.«

»Ich hab für Dietmar einen Auftrag ausgeführt«, bekannte Artjom flüsternd. »An der *Teatralnaja*.«

Der Faschist rückte nah an ihn heran.

»Agent?«

»Saboteur.«

»Dietmar ist als Held …«

»Ich weiß.«

»Seine Agentur steht jetzt unter meinem Befehl«, erklärte dieser. »Du wirst für mich arbeiten. Ich bin Dietrich.«

Artjom fand das lustig. Er sah Dietrich von einer Position irgendwo knapp unter den Wolken an. Von dort aus konnte vieles lustig erscheinen. Aber nicht alles.

»Hör mal, Freund.« Artjom wischte sich die Lippen am Handrücken ab und zeigte Dietrich das flüssige Blut. »Lass mich in Ruhe sterben.«

»Verstrahlt?« Dietrich begriff sofort und rückte von ihm weg. »Bist du etwa dieser Stalker? Der angeworbene?«

Artjom zog unter dem Tisch den Revolver etwas zurück, damit der Hahn nicht an seiner Hosentasche hängen blieb.

»Hast du Homer gekannt?«

»Sie haben dich an der *Teatralnaja* also nicht beseitigt?«

»Wie du siehst.«

Offenbar hatte ihn Dietmar in den »Lebensraum« verfrachtet, ohne sich mit den anderen abzustimmen.

»Na gut ... Wenn du also ein Veteran von uns bist ...«

»Schrei nicht so. Hier haben die Wände Ohren.«

»Sie sind hier. Sie haben es geschafft, alle beide. Sie sitzen nebenan und bechern. Sind jetzt in meiner Obhut. Soll ich dich hinbringen?«

»Ja, tu das.«

Homer lebt. Dem Himmel sei Dank. Ich muss ihn finden. Wartest du, Sascha?

Artjom war es, der noch eine Woche oder so hatte. Homer musste nirgendwohin. Wenigstens ihm, seinem Manuskript, musste Artjom beichten. Er sollte alles aufschreiben: das mit den Funktürmen, Gruben, Tunneln, Pilzen und Patronen. Die Geschichte mit diesem verdammten Orden musste er aufschreiben. Und vor allem die heilige Wahrheit: dass die Welt existierte.

Du wolltest eine Geschichte. Da hast du sie.

Wie sich herausstellte, saß der Alte nur zwanzig Meter weiter. Er und Ilja Stepanowitsch tranken missmutig, ohne anzustoßen.

Als er Artjom erblickte, flammte er förmlich auf.

Homer sah zerzaust aus. Der graue Haarkranz rund um seine Glatze stand im gelben Licht der Lampe ab und glänzte wie ein Heiligenschein. Er machte sich zurecht. Im Arm hielt er noch immer Olegs Huhn. Niemand hatte Rjaba den Hals umgedreht oder sie in einen Suppentopf gesteckt. Im Gegenteil, das Mistvieh hatte sich an dem faschistischen Futter so fett gefressen, dass seine Federn glänzten.

Artjom ging auf den Alten zu und umarmte ihn. Wie lange hatten sie sich nicht gesehen? Ein Jahr?

»Du lebst.«

»Du auch.«

»Wie geht es dir, Alter?«

»Mir? Geht schon. Wir haben mit Ilja angefangen zu ... arbeiten.« Homer blickte den Soldaten an, der Artjom begleitete. »Guten Tag.«

»Und, wie läuft es?«, fragte Artjom Ilja Stepanowitsch.

»Gut«, antwortete dieser, Dietrich zugewandt. »Wir schreiben. Es funktioniert.«

»Na wunderbar«, sagte Artjom. »Komm, alter Freund, sollen wir uns mal die Beine vertreten, ja? Danke, Genosse.« Er nickte Dietrich zu. »Das werde ich dir mein Lebtag nicht vergessen.«

Natürlich hätte Dietrich sie eigentlich belauschen müssen, aber hinter dem Spaghettiregen wurden die Pilze kalt und der Fusel warm. Und das Reich war ja, wie es schien, nicht mehr existent.

»Keinen Schritt von der Station!«, verfügte er streng. »Bis auf Weiteres.«

Sie gingen an den winzigen Zimmern vorbei. Die Weiber waren im Gang aufgereiht wie Glasperlen auf einer Kette. Wie sollten sie hier einen Winkel finden, der vor unbefugten Blicken und Ohren geschützt war?

»Es läuft also mit dem Schreiben?«, fragte Artjom einstweilen.

»Mehr schlecht als recht.«

»Und?«

»Iljas Frau hat sich erhängt. Narine. Er trinkt.«

»Wann? Wann ist das passiert?«

»Na ja, ein paar Tage hatten wir bereits gearbeitet ... Der Führer forderte ja ... Jeden Tag kam er persönlich vorbei, las und fragte nach. Ich musste also im Grunde für zwei arbeiten. Dafür versprach Ilja, mich zu seinem Koautor zu machen. Mit Namensnennung auf dem Umschlag und so weiter. Das war doch schmeichelhaft, oder?«

»Allerdings.« Artjom blickte Homer an. »Und wie ist er so, der Führer?«

»Na ja ... Also so ... im Alltag ... eigentlich ganz normal.«

»Normal«, wiederholte Artjom. »Sieh einer an. Ein ganz normaler Mensch. Sicher mit einem Allerweltsnamen wie Wassili Petrowitsch.«

»Jewgeni Petrowitsch«, korrigierte Homer.

»Fast«, sagte Artjom und musste grinsen. »Seid ihr schon bei den Degenerierten angekommen? In eurem Lehrbuch?«

»Nein, noch nicht«, antwortete Homer, ohne ihn anzusehen. »Und jetzt ist natürlich ungewiss, ob wir es überhaupt schaffen werden. Alle sind zerstreut. Das Reich ist am Ende. Der Führer ist verschwunden.«

Das Huhn breitete die Flügel aus, als wollte es auffliegen. Homer, der die Allüren des Tiers inzwischen kannte, hielt es mit ausgestreckten Armen auf Abstand. Das Huhn spannte sich an und machte einen Klecks auf den Boden.

»Legt sie wenigstens Eier?«, erkundigte sich Artjom.

»Nein. Sie boykottiert mich«, sagte der Alte mit traurigem Lächeln. »Egal, mit wie viel Schalen ich sie vollstopfe. Weiß der Geier, was los ist.«

Sie gingen weiter, redeten zwischen frustrierten Faschisten und animierten Huren, begleitet von fremden Achs und Ohs, vom Schnalzen einer Reitgerte, zum Rhythmus einer verdorbenen Liebe.

»Dafür musst du jetzt nicht mehr dein Gewissen unterdrücken«, bemerkte Artjom. Er spürte, dass durch seine Müdigkeit das dringende Bedürfnis in ihm aufstieg, alles zu erzählen. »Jetzt kannst du dein eigenes Buch angehen. Wie du es immer wolltest.«

»Mein eigenes, das niemand drucken wird.«

»Kommt drauf an, was du darin schreiben wirst.«

»Und was werde ich schreiben?«

Er hatte das Gefühl, dass ihnen jemand hinterherschlich. Er drehte sich einmal um, dann noch einmal. Ein kleiner Mann schien sich im Dunst aufzulösen. Vielleicht war er gar nicht Artjom gefolgt, sondern hatte seine eigenen fröhlichen Erledigungen zu machen. Vielleicht hatte er sich entfernt, um den Leuten nicht auf den Wecker zu fallen.

Die Hand lag auf der Pistole.

»Hast du deine Sascha gefunden?«, fragte Artjom.

»Meine? Nein. Du …«

»Sie ist hier, Alter. Gestern war sie hier. Ich habe mit ihr gesprochen. Über dich.«

»Du weißt es … Du weißt, wo sie ist?«

»Ja.«

»Geht es ihr gut? Wohin … Komm, wir gehen zu ihr. Und was … Was macht sie hier?«

»Was machen die Frauen hier, Großvater? Sie arbeitet.«

»Nein! Sascha … Das glaube ich nicht.«

»Doch.«

»Das ist nicht wahr!«

»Sag mal … Das mit Hunter, ist das wahr? Dass er trinkt? Ich wusste ja nicht, dass ihr euch kennt.«

»Hunter? Du kennst ihn auch? Woher?«

»Er war es, der mich auf meine Expedition geschickt hat. Damals, gegen die Schwarzen. Um die Raketen zu finden. Hab ich das nicht erzählt? Und er auch nicht? Hat er nicht deswegen getrunken? Wegen der Schwarzen? Weswegen dann?«

»Er? Ich weiß nicht. Er … Wir haben uns nur selten unterhalten. Nicht genug.«

»Das Buch, das du da geschrieben hast, handelte doch eigentlich von ihm. Dein Manuskript. Stimmt's?«

»Ich weiß nicht. Weißt du, er … er ist kein wirklicher Held. Ich wollte aus ihm einen Helden machen. Der die Leser inspirieren würde.«

»Warum ist er bei dir kein Trinker?«

»Woher weißt du …«

»Ich sage dir doch: Sascha hat mir alles … Glaubst du mir etwa nicht?«

»Ich muss zu ihr. Sie noch einmal sehen. Ich will mich selbst überzeugen.«

»Später. Hab noch etwas Geduld. Es ist wichtig. Sieht so aus, als wäre hier niemand … Geh rein. Warte, ich kontrolliere erst mal …«

»Was Hunter angeht … Wer will denn was über einen Alkoholiker lesen? Oder ihm folgen? Verstehst du? Es muss einen Mythos geben, und zwar einen schönen. Die Leute sitzen hier im

Dunkeln, in der Hoffnungslosigkeit. Sie brauchen Licht. Ohne Licht zieht es sie noch weiter nach unten.«

»Ich verstehe. Und jetzt hör zu.«

Artjom beugte sich zu dem Alten und begann fiebrig in dessen haariges Ohr zu flüstern:

»Die Menschen sitzen in der Dunkelheit, Alter, weil man das Licht vor ihnen verbirgt. Der Westen ist nicht vernichtet. Und auch Russland nicht ganz. Es gibt andere Überlebende. Fast die ganze Welt hat überlebt. Ich weiß natürlich nicht, wie die da leben, aber … Wladiwostok, dein Poljarnyje Sori, Paris, Amerika …«

»Was …«

»Jemand hält das alles vor uns geheim. Mit Störsendern, die rund um Moskau aufgestellt sind. Funktürme, die sämtliche Signale aus anderen Städten unterdrücken.«

»Was?«

»Es ist die Hanse. Und mein Orden ist informiert. Er hat sich an die Hanse verkauft. Und beseitigt alle, die sich uns von außen nähern. Findet sie und beseitigt sie. Und er beseitigt alle, die sich hier mit der Außenwelt in Verbindung setzen wollen. Deswegen weiß niemand etwas davon. Und die Rote Linie hat, glaube ich, für die Hanse so etwas wie Windräder gebaut. In Balaschicha stehen da solche für die Stromversorgung der Störsender. Und da ist ein Graben, eine riesige Grube, voller Leichen, und Hunde fressen sie, mit fünf Beinen. Bauarbeiter und Fremde, alle liegen da zusammen. Die Hanse liefert den Roten als Gegenleistung Patronen. Oder vielleicht auch nicht als Gegenleistung, sondern einfach so, zur Unterstützung. Zwanzigtausend Patronen, stell dir das vor! Mit denen die Roten die Pilzaufstände ihrer Leute niederschießen. Direkt in die Menge feuern die. Die Leute stürzen sich in das MG-Feuer, bitten um Pilze, aber sie werden einfach umgemäht, immer wieder ... Sie wollen nicht hören. Du sagst ihnen: Ihr könnt alle zusammen von hier fortgehen, heraus aus der Metro! Es gibt Leben dort oben! Geht fort! Aber die wollen nur zur Hanse, in den Kugelhagel ... Deshalb ist es so wichtig, dass du das alles aufschreibst. Ja, und noch was. Sie lügen alle an, dass wir uns hier verstecken müssen, weil wir von Feinden umzingelt sind, und dass der Krieg immer noch weitergeht, aber das ist gelogen, davon bin ich überzeugt. Warum, das will ich noch herausfinden, wenn möglich. Aber einstweilen schreib das so, in Ordnung? Schreib, damit es die Menschen erfahren. Das ist wichtig.«

Homer zog das Ohr zurück, blickte Artjom scharf an. Als müsste er eine Sprengfalle mit dem Tastsinn entschärfen. Er empfand Mitgefühl, versuchte, es aber zu verbergen, denn er begriff: Der Stolperdraht war unsichtbar, und wenn man Mitgefühl zeigte, konnte man daran hängen bleiben.

»Wie geht es dir?«, fragte er. »Du siehst mies aus, ehrlich gesagt.«

»Nicht besonders«, antwortete Artjom. »Vielleicht hab ich noch eine Woche. Deswegen: Schreib, Großvater. Schreib das auf.«

»Was soll ich aufschreiben?«

»Alles. Alles, was ich dir eben erzählt habe.«

Homer nickte.

»In Ordnung.«

»Hast du alles verstanden? Soll ich es noch mal erklären?«

Artjom stemmte sich auf dem gesunden Bein in die Höhe und blickte in den Gang hinaus.

»Nicht alles.«

»Was denn nicht?«

Homer wand sich.

»Na ja … Das alles … klingt etwas seltsam. Ehrlich gesagt.«

Artjom machte einen Schritt zurück. Betrachtete den Alten aus der Entfernung.

»Du … Du glaubst mir nicht? Du glaubst auch, dass ich durchgeknallt bin?«

»Das habe ich nicht gesagt …«

»Hör mal. Ich weiß, das alles klingt total abgefahren. Aber es ist die Wahrheit, verstehst du? Im Gegenteil: Alles, was du über die Metro weißt, dass es an der Oberfläche kein Leben gibt, dass man dort nirgendwo hinkann, dass die Roten gegen die Hanse sind, dass an der Hanse die Guten sind, all das … Ja, das ist alles eine einzige Lüge! Wir haben nur schon so lange mit dieser Lüge gelebt …«

»Eine Stadt, das geht ja noch … vielleicht zwei …« Homer runzelte die Stirn, bemühte sich sichtlich, Artjom zu glauben. »Aber die ganze Welt? Und dann diese Störsender. Und das mit der Hanse.«

»Egal. Merk es dir einfach einstweilen. Und schreib es später auf. Das machst du doch, oder? Ich hab nicht mehr lang, Alter. Ich will nicht, dass das alles verloren geht. Das ist deine Aufgabe, hörst du? Ich habe das alles herausgefunden. Und wenn du – ja, du! – das nicht in dein Heft schreibst … wird es niemand erfahren. Ich werde heute versuchen … Egal. Gut möglich, dass es gar nicht klappt. Aber du, verstehst du, du kannst etwas verändern! Machst du das? Schreibst du es auf?«

Die Kiefer des Alten mahlten. Er streichelte das Huhn. Dieses saß schläfrig auf seinem Schoß.

»Selbst wenn das alles wahr wäre … Wer würde so was drucken?«

»Was spielt das für eine Rolle?«

»Na ja … Wie sollen es die Leute sonst erfahren?«

»Alter! Musst du das denn unbedingt drucken? Homer – der echte Homer – hat nie auch nur eine Zeile geschrieben. Er war blind! Er hat einfach erzählt. Oder gesungen … Und die Leute haben ihm zugehört.«

»Stimmt, jener Homer, der echte«, gab der Alte mit traurigem Lächeln zu. »Na gut. Ich werde es aufschreiben, natürlich. Aber du musst jetzt erst mal zum Arzt. Was soll dieses Gerede, von wegen eine Woche? Los, gehen wir … Führst du mich zu ihr?«

»Danke, Großvater. Ich erzähl es dir irgendwann noch mal … genauer. Sobald ich diese eine Sache herausgefunden habe. Ich diktiere es dir sogar in die Feder. Wenn es klappt.«

Homer folgte ihm schweigend. Irgendetwas lag ihm noch auf der Zunge, und er biss die ganze Zeit über die Zähne zusammen, damit es nicht herausflog. Aber dann stammelte er plötzlich:

»Weißt du, was ich dir noch sagen wollte … Ich musste ein paar Artikel für ihre Zeitung schreiben. Die haben mich gezwungen. Na ja, du weißt schon … Über den Durchbruch an der *Schillerowskaja* und so …«

»Du hattest doch keine andere Wahl«, sagte Artjom.

»Ja, das stimmt.«

Sie kehrten zurück.

Dort war jetzt alles anders. Dietrich und seine Freunde hatten aufgegessen und waren verschwunden. Aus Saschas Kabine dagegen hörte man Stöhnen. Mit ihr war also alles in Ordnung.

»Hier ist es«, sagte Artjom.

Sie blickten einander an.

Und setzten sich hinter den gestreiften Regen, um zu warten. Beide starrten sie auf ihre Gläser. Homer druckste herum und hustete. Artjom horchte in sich hinein: Was war dort? In ihm brauste ein Wind. Drehte eiserne Schaufeln, quietschte, erzeugte Energie, damit Artjom noch etwas länger auf der Erde verweilen konnte. Wo seid ihr, weißbäuchige Himmelsschiffe? Wohin trägt euch dieses Wehen? Als Artjom an dem Fusel nippte, blieb in dem Glas eine rosa Wolke hängen, und in Artjom breitete sich ein Dunst aus, so trüb wie der Selbstgebrannte. Schläfrigkeit legte sich schwer auf ihn. Wie lange hatte er die Augen nicht zugemacht? Vierundzwanzig Stunden?

Das Stöhnen hörte auf; irgendein Rohling kam heraus und knöpfte sich die Hose zu. Lächelnd wie ein Sieger. Was konnte man dagegen tun?

Homer fuhr hoch und schlurfte dorthin. Sogar das Huhn ließ er jetzt einfach sitzen.

»Sascha?!«

»Homer … Du …«

Artjom rührte sich nicht. Mit dieser Unterredung hatte er nichts zu tun. Aber es ließ sich nicht vermeiden, dass er alles mithörte.

»Mein Gott … Du hier … Warum? Saschenka …«

»Mir geht es gut.«

»Ich … Ich dachte, du bist tot … Ich habe dich gesucht, dort, an der *Tulskaja* …«

»Verzeih mir.«

»Warum hast du mir nichts gesagt? Hast mich nie aufgesucht?«

»Und du, wie hast du mich gefunden?«

»Ich … Artjom. Kennst du ihn? Er hat mich hergeführt.«

617

»Ist er hier?«

»Du … Warum machst du das hier? Sascha? Wozu … so eine schmutzige Arbeit?«

»Wieso schmutzig?«

»Das darfst du nicht tun. Das ist schlecht für dich. Komm … Pack deine Sachen, wir gehen.«

Artjom strich mit den Fingern über die Revolvertrommel. Jetzt noch nicht. Morgen, übermorgen – sobald Bessolow bei ihr auftauchte. Der Mann musste ihm Rede und Antwort stehen. Danach gern. In Ordnung? Das Huhn starrte ihn mit schiefem Kopf an.

»Wohin? Ich geh nirgendwohin.«

»Wieso? Hält man dich hier fest? Bist du versklavt? Wir können … Ich werde jemanden bitten …«

»Nein.«

»Ich verstehe das nicht! Du kannst dein Geld doch auch anders verdienen … Oder muss man dich auskaufen … Ist es das?«

»Nein, ich bin keine Sklavin.«

»Also, was ist es dann?! Ich begreife nicht …«

»Das ist hier einfach der richtige Ort für mich. Erzähl mir lieber etwas über dich. Wie geht es dir? Wie geht es … Hunter?«

»Ich weiß nicht. Mein Gott … Was soll das bedeuten: der richtige Ort?!«

»Der Ort, an dem ich gebraucht werde.«

»Das ist doch völliger Quatsch! Du bist noch nicht mal achtzehn! Was redest du da? Das ist ein Bordell! Eine Räuberhöhle! All diese schmutzigen Männer … Das kann so nicht weitergehen! Komm mit mir!«

»Nein.«

»Komm schon!«

»Lass mich!«

Das Huhn horchte auf, sichtlich besorgt um Homer. Doch Artjom mischte sich nicht ein. Dazu hatte er kein Recht. Und dann: Auf wessen Seite stand er eigentlich?

»Du darfst das nicht! Du hast kein Recht! Du bist keine Prostituierte!«

»Als ob es das Schlimmste wäre, was jemandem passieren könnte.«

»Du … armes Mädchen. Ich habe dich verloren … Ich bin schuld …«

»Du bist an gar nichts schuld. Und du bist nicht mein Vater.«

»Ich wollte auch gar nicht … Aber warum musst du unbedingt hier sein? Das ist doch nicht nötig!«

»War's das jetzt? Du hast doch sowieso gedacht, dass ich tot bin. Aber ich bin hier, am Leben – was spielt das für eine Rolle, ob ich Prostituierte bin oder nicht?«

»Du! Bist! Keine! Prostituierte!«

»Sondern was?«

Jemand blieb vor der offenen Tür stehen. Ein faltiger, rasierter Nacken. Auf den Schultern sträubte sich eine Lederjacke. Ein Bodyguard? Wollte er kontrollieren, ob sein Kunde eintreten konnte? Artjom rieb sich die Augen, neigte sich vor, blickte nach rechts und links. Dunkle, gescheitelte Haare, Ringe unter den Augen – war so einer hier in der Menge zu sehen?

»Du bist doch nicht so eine, die sich für ein paar Patronen … Die zulässt, dass … jemand mit ihr … so etwas … Ich hab dich ganz anders in Erinnerung!«

»Klar. Aber jetzt bin ich nun mal so. Und?«

»Nein! Das ist schändlich!«

»Dann mach mich in deinem Buch doch anders. Mach mich so, wie es dir passt. Ist doch egal, was ich im wahren Leben mache? Oder was wirklich mit Hunter los ist, oder?«

»Was hat das damit zu tun?!«

»Hast du dein Buch schon fertig? Wie geht es aus? Was ist an der *Tulskaja* passiert?«

»Ich verstehe nicht. Eine Überschwemmung! Ein Wassereinbruch.«

»Ein Wunder. Ein Wunder ist es doch bei dir?«

»Das ist noch nicht die endgültige Fassung.«

»Aber du hast das Gemetzel durch ein Wunder ersetzt. Also kannst du auch mich verbessern. Mach eine Fee aus mir. Entschuldige, aber der nächste Gast wartet schon. Bei mir braucht man nämlich eine Voranmeldung. Wie beim Arzt. Mach doch eine Ärztin aus mir.«

»Ich gehe nicht weg!«

Der Mann mit dem faltigen Nacken hörte das alles mit an, spuckte aus und ging. Artjom entspannte sich. Streichelte das Huhn mit den Fingern. Das Tier dämmerte vor sich hin. Der Revolver schlief nicht.

Analgin und Alkohol drehten diese Lasterhöhle, drehten diese Welt, drehten Artjoms schlecht befestigten Kopf. Endlich kam Homer heraus, verwirrt, als hätte man ihn mit Eiswasser übergossen und mit Stromstößen malträtiert.

»Warum macht sie das bloß?«

»Geh. Geh, Großvater. Lass mich mit ihr sprechen. Danach ... sehen wir uns. Sagen wir, in der gleichen Kneipe, wo du und Ilja saßen. Mein Beileid an ihn.«

»Du willst … sie auch …«

»Schau mich an. Was will ich denn? Ich muss mit ihr sprechen.«

»Hol sie da raus, Artjom. Du bist doch ein guter, aufrechter Junge. Nimm sie mit.«

»Aufrecht. Schon klar.«

Er klopfte. Sie hatte seine Stimme gehört und wunderte sich nicht. Er wankte ins Innere.

»Hallo.«

»Du bist zurück. Und, warst du in deinem Balaschicha?«

»Ja.«

»Du siehst furchtbar aus. Setz dich. Brauchst du etwas? Wasser? Hier, da hin.«

Sie war erstaunlich sauber, Sascha. Frisch. Kein Schmutz blieb an ihr haften. Gerade eben hatte jemand heftig auf sie eingestoßen, wild an ihr gerissen, aber sie brauchte nur ihre Haare zu richten, und schon war sie wieder genesen. Wie machte sie das? Wie machten das die Frauen? Saugten sie die Männer aus?

»Dort … Dort sind Störsender. In Balaschicha.«

»Was für Störsender?«

»Sascha. Der Mann, den du deinen Herrn nennst … Bessolow …«

»Warte. Was hast du da? Mein Gott, das sieht ja furchtbar aus. Und das … Du bist ja ganz heiß. Du hast Fieber.«

»Lass das jetzt. Hörst du? Dieser Bessolow. Wer ist er?«

»Du hast eine Pistole.«

»Wann kommt er zurück?«

»Du Armer. Dir geht es schlechter, ja?«

»Ist er es? Dieser Perverse, der dich damals missbraucht hat, in der Nacht? Und mich auch? Der uns beiden zugesehen hat?«

»Der uns miteinander bekannt gemacht hat?«

»Hör zu. Wann kommt er? Ich will mit ihm sprechen. Das ist wichtig für mich.«

»Wozu?«

»Wozu. Er steht an der Spitze dieser Pyramide. Er hat das alles hier unter Kontrolle. Die Roten, die Faschisten ... sogar Melnik. Ich will verstehen, was für einen Sinn das alles hat. Dass wir alle in der Metro sind. Was der Plan ist. Das soll er mir sagen.«

»Schau mal. Dein Schorf ist getrocknet. Von den Verbrennungen. Darf ich?«

»Das ... Du hast gesagt, ich hätte mir das selbst zugefügt?«

»Ja.«

»Warum habe ich das gemacht? Wozu?«

»Du hast mit ihm gesprochen. Mit Alexej. Und dann hast du dich selbst verbrannt.«

»Ich? Das heißt ... Wegen des Ordens? Habe ich also ... die Parole meines Ordens verbrannt ... Hat er mir vom Orden erzählt? Davon, was sie jetzt machen?«

»Erinnerst du dich jetzt?«

»Das heißt, auch du wusstest Bescheid?«

»Artjom. Willst du dich nicht hinlegen? Du hältst dich ja kaum noch auf den Beinen.«

Er hockte sich an der Wand hin.

»Warum hast du es mir nicht erklärt? Warum hast du mich nach Balaschicha geschickt?«

»Du kannst hier nichts verändern, Artjom. Manchmal kann man sich mit einer Zigarette ein wenig verbrennen. Aber mehr auch nicht.«

»Das mit den Störsendern auch?! Und mit der ganzen Welt?!«

»Ja.«

»Wann kommt er zurück? Wann?!«

»Ich weiß nicht.«

»Doch, das weißt du! Du behauptest doch, dass du ihn spürst! Sag es mir!«

»Was willst du von ihm?«

»Verstecke mich. Bitte. Verstecke mich hier.«

»In Ordnung.« Sie ging neben ihm in die Hocke, strich ihm sanft über die nackten Schläfen, den Scheitel. »Da, setz dich hinter den Vorhang.«

Sie zog den Vorhang zu.

Er würde es noch schaffen. Alles war noch möglich.

Er betrachtete den Stoff mit dem Blümchenmuster. In der Mitte jeder Blüte erkannte er ein augenloses Genick, ein ganzes Blumenfeld aus Hinterkopf-Ansichten. Das waren die Leute von der Roten Linie. Gesichtslos lebten sie nur dafür, dass ihnen irgendwer irgendwann in dieses Genick schoss. So ein Muster war das.

»Wozu«, flüsterte Artjom störrisch zu sich selbst, um nicht einzuschlafen. »Auch wenn du der Herr bist – von mir aus kannst du auch der Teufel sein. Du wirst mir alles sagen. Warum du so mit uns … mit den Menschen … Wozu wir hier rumsitzen müssen. Und wenn du es nicht sagst, jag ich dir eine in den Kopf. Aus eurem eigenen Revolver. Zwischen die Augen. Schwein.«

Und so sang er sich allmählich in Schlaf.

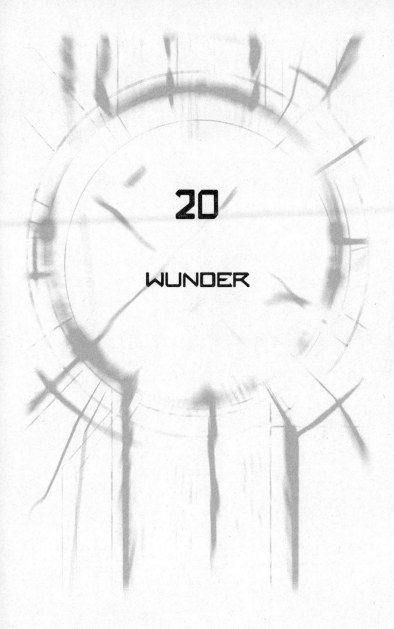

20

WUNDER

Und er starb.

Er hatte sich schon immer gefragt, ob dort etwas war oder ob einfach nur das Licht ausging. Und ob man da mit jemandem reden konnte, der ihn vielleicht noch mal zurückließ, in die Kindheit. In die Zeit vor dem Krieg, zu seiner noch lebenden Mutter, auf die noch lebende Erde. Das wäre ein herrliches Paradies.

Aber die Welt des Jenseits war eine andere. Die posthume Existenz war genauso wie das Leben: hermetisch. Höchstens vielleicht noch sauberer, und die Wände in frischer Farbe. Ölfarbe. Wenn schon das ganze Leben in Ölfarbe gestrichen war, so mussten das Paradies und die Hölle es natürlich auch sein.

Außer Wänden gab es ein Bett. Daneben einige weitere, ordentlich gemacht und leer. Seltsam: Er war nicht allein hierher gestorben.

Da war eine senkrechte Metallstange, an der eine durchsichtige Plastiktüte mit einer Flüssigkeit hing. Von dieser Tüte führte ein Gummischlauch zu Artjoms Arm und tauschte sein Blut aus gegen irgendein widerliches Zeug.

Aha. Er war also am Leben.

Er hob die Hand, schloss die Finger zu einer Faust und öffnete sie wieder. Sie war nicht festgebunden. Er versuchte, die Beine zu bewegen – auch sie waren frei. Er warf die Decke von sich und betrachtete seinen Körper: Er war splitterfasernackt. Die Einschusslöcher waren mit weißem Pflaster überklebt. Wozu hatte man ihn … Und wer?

Er bewegte seinen Rücken – und spürte nichts. Die Bissspuren der Peitsche waren offenbar dabei zu heilen. Schließlich blickte er auf die verbrannten Hautstellen: Der Schorf war abgefallen, rosa Flecken zum Vorschein getreten.

Was war geschehen?

Er versuchte, sich zu erinnern: Da waren die Genickblümchen gewesen. Das Gespräch mit Sascha. Er hatte den Revolver in der Hand gehabt. Wie hatten sie es fertiggebracht, ihm stattdessen ein Bett unterzujubeln und anstatt seines eigenen Bluts irgendeinen Ersatz einzuträufeln?

Er ließ die Füße auf den Boden herab. Nahm mit einer Hand die Stange, wie einen Wanderstab. Es fühlte sich ungewohnt an, auf den Beinen zu stehen. Sein Kopf schwamm, die Geräusche verbogen sich.

Das Zimmer war quadratisch, es gab eine Tür.

Zusammen mit dem Wanderstab und dem Ersatzblut stelzte er zur Tür. Zog daran. Abgeschlossen. Klopfte. Keine Antwort.

Dort, jenseits der Tür, war Leben. Stimmen, durch die Spanplatte gefiltert. Musik, Lachen … Lachen. Vielleicht war dies tatsächlich das Paradies? Und er befand sich in einer Art Vorzimmer? Er musste nur sein verdorbenes Blut loswerden, anstelle des eigenen farbloses Engelsblut einfüllen, dann würde man ihn schon reinlassen?

Im Schloss regte sich der Zylinder, begann sich zu drehen. Man hatte ihn gehört.

Artjom dachte: Womit soll ich zuschlagen? Aber er dachte langsam. Zu spät.

Auf der Schwelle stand eine Frau. Sie trug einen weißen Kittel. Einen gewaschenen und gebügelten weißen Kittel. Sie lächelte ihn an.

»Na also. Wir haben uns schon Sorgen gemacht.«

»Sorgen gemacht?«, fragte Artjom höflich. »Sie?«

»Natürlich. So lange bewusstlos.«

»Wie lange?«

»Seit über einer Woche.«

»Dafür bin ich jetzt ausgeschlafen«, sagte Artjom, während er hinter ihren Schultern zu erspähen versuchte, was ihn in diesem Korridor erwartete. »Ich weiß ja nicht mal, womit ich mich in dieser Welt beschäftigen soll.«

»Haben Sie es etwa eilig?« Die Frau schüttelte den Kopf.

Sie war hübsch. Blasse Sommersprossen, rotbraune Augen, die Haare ordentlich zurückgelegt. Ein Lächeln. Man konnte sehen, dass sie oft lächelte: Ihr Gesicht war so gezeichnet.

»Der Arzt meinte, ein, zwei Wochen, und Abmarsch.«

»Also, ich bin auch Ärztin. Und ich wäre da nicht ganz so kategorisch.«

»Sondern?«

Und da begann sich auch in Artjoms Brust ein Zylinder zu regen: Hoffnung.

»Nun … Aus meiner Sicht haben Sie eine Strahlendosis in Höhe von fünf bis sechs Gray abbekommen. Wann? Vielleicht zwei Wochen bevor sie eingeliefert wurden? Zumindest ergibt sich das aus dem Blutbild.«

»Eingeliefert?«

»Wenn man rechtzeitig reagiert hätte … und Sie die Therapie sofort angefangen hätten … dann hätten Sie vielleicht eine Chance von fünfzig Prozent. Jetzt … Also, ich will Sie nicht anlügen … Die Behandlung zeigt zumindest keine schlechten Ergebnisse. Transfusionen. Glücklicherweise hatten wir die richtigen Antibiotika zur Hand.«

Artjom runzelte die Stirn. »Antibiotika? Therapie?«

»Na ja, und der ganze Rest … Ich denke, Sie spüren es selbst. Die Geschwüre heilen. So oder so reden wir hier auf keinen Fall von einer Woche. Es besteht die – durchaus realistische – Wahrscheinlichkeit einer Besserung. Ihr Organismus zeigt eine sehr gute Reaktion …«

»Woher haben Sie die Antibiotika?«

»Pardon? Also, wenn Sie sich wegen der Haltbarkeit Sorgen machen, kann ich Ihnen versichern, dass …«

»Wo bin ich? Was ist das hier? Die Hanse?«

»Die Hanse? Sie meinen die da draußen? Die Ringlinie, meinen Sie die?«

»Da draußen? Wo draußen?«

Er stieß sie zur Seite und trat aus dem Zimmer.

»Wo wollen Sie denn hin? Warten Sie! Sie haben doch gar nichts an!«

Es war ein langer, seltsamer Korridor – wie in einen Tunnel hineingebaut. Eine der Wände beschrieb einen Bogen, und die Tübbings waren deutlich zu erkennen. Diese waren aber nicht etwa von Rost zerfressen wie die in der Metro, sondern sauber, in paradiesischer Ölfarbe gestrichen. Überall war es hier sauber und trocken. Ewig leuchtende Lampen hingen an der Decke. Was war das für ein Ort? Keine Station jedenfalls. Solche Stationen gab es nicht.

Irgendwo begann ein kleines Orchester eine fröhliche und trunkene Melodie zu intonieren.

»Wo sind wir?«

»Es wäre schon ein wenig merkwürdig, wenn Sie hier alles mit nacktem Hintern erkunden wollten, Artjom. Ich schlage vor, wir gehen erst mal wieder auf Ihr Zimmer zurück …«

»Woher wissen Sie, wie ich heiße?«

»Es steht auf Ihrem Kärtchen.«

»Auf meinem Kärtchen.«

Und da fiel es ihm plötzlich wieder ein. Es fiel ihm ein, wie er vor zwei Jahren in einer Faschistenzelle auf jenen Morgen gewartet hatte, an dem er erhängt werden sollte. Damals hatte er einfach nicht einschlafen können. Und als er dann doch für ein paar Minuten in einen Traum hinabstürzte, gaukelte ihm sein gemeines, erbärmliches Hirn seine Rettung vor. Hunter erschien ihm, machte alle Feinde nieder und befreite Artjom. Es war kein schlechter Traum gewesen. Nur blöd, dass er am Ende daraus erwachen musste.

Artjom hob seine Hände und betrachtete sie noch einmal.

Höllisch wollte er daran glauben: an seine Chance, an die Wahrscheinlichkeit. Er dachte, er hätte sich bereits mit dem Tod abgefunden, aber nein. Kaum versprach man ihm noch ein Stückchen Leben, lockte ihn mit Genesung, schon glaubte er es.

Wenn dies dagegen ein Traum war, konnte er auch ohne Hosen herumlaufen.

Also ging er los, in die Richtung, aus der die Stimmen kamen.

Plötzlich wich die Wand zurück, und ein Raum mit einer hohen Decke öffnete sich. Hier war die gesamte Konstruktion zu erkennen: Sie sah aus wie ein Tunnel, aber ein gigantischer, gut drei Stockwerke hoch. Vom Erdgeschoss führte eine breite, mit einem roten Läufer ausgelegte Treppe hinauf. Darüber hing eine Kugel von der Decke – ein verblüffendes Ding, beklebt mit lauter kleinen quadratischen Spiegeln. Ein Scheinwerfer ließ seinen Strahl auf die Kugel fallen, wodurch sich eine Vielzahl von

Lichtflecken ringsum verteilten, wie die Punkte aus Hunderten von Laserzielgeräten. Die Kugel drehte sich gemessen wie ein Planet, und die Lichtflecken schwammen die Wände entlang.

Von oben tönte reißerische Musik, auch Gelächter war dort zu hören. An der Wand über der Treppe hing ein riesiges Banner – saftig rot und goldbestickt. In dessen Mitte prangte ein Wappen: die Erdkugel, von Flechtwerk eingerahmt, darüber Hammer und Sichel, gekreuzt. Wer jemals auf der Roten Linie gewesen war, kannte das Symbol. Auch darüber krochen die lustigen Lichtflecken der Spiegelkugel hinweg.

Befand er sich bei den Roten?

Wozu sollten die Roten ihn pflegen wollen?

Ein Traum.

»Ich werde die Wache rufen müssen!«, warnte die Ärztin von hinten.

Artjom stellte seinen Wanderstab auf die erste Stufe und stieg der Musik entgegen. Seine Beine hatten nur wenig Kraft, waren noch nicht ganz aufgeblasen. Er machte eine kurze Pause, dann bezwang er die zweite Stufe.

Was war das für ein Ort?

Langsam, mit verkrampftem Gesicht, schleppte er sich hinauf. Ein Rundbogen öffnete sich vor seinen Augen, durch den eine weiße Decke sowie fast taghelles Licht zu erkennen waren.

Und dann tauchte hinter den Stufen ein Saal auf …

Ein riesiger Saal. Das runde Gewölbe blendend weiß, gleichsam wie von selbst leuchtend, die Lüster an der Decke wie eine gläserne Explosion, der Boden weich, ein Teppichboden mit einem farbigen, wundersam mäandernden Muster, von dem einem schwindlig wurde, wenn man es näher betrachtete. Und überall Tische, Tische, nichts als Tische. Runde, mit fleckigen

Tischdecken, die wohl auch irgendwann mal weiß gewesen waren. Darauf Teller mit Essensresten sowie Karaffen, zur Hälfte gefüllt mit etwas Rubinrotem. Auf dem Boden lagen Gabeln herum.

Und Menschen, hier und dort.

Einige von ihnen saßen grüppchenweise an Tischen, während andere offenbar bereits aufgegessen hatten und gegangen waren. Irgendwo umarmten sich welche, berührten sich mit der Stirn, so wie Artjom es mit dem sterbenden Gefangenen im Tunnel gemacht hatte, aber diese hier taten es nicht aus Verzweiflung, sondern im Alkoholrausch. An anderer Stelle war ein wichtiges Gespräch im Gange. Sie waren seltsam gekleidet: die Jacketts nicht auf dem nackten Körper, sondern mit Hemden darunter, auch wenn diese ziemlich zerknittert waren. Einige trugen sogar Krawatten, wie auf Vorkriegsfotos.

Artjom ging, als wäre er unsichtbar, über den weichen Teppich auf sie zu, badete die nackten Fußsohlen in dem wollenen Gras. Jemand hob den Kopf und warf ihm einen trüben, verwunderten Blick zu, hielt sich aber nicht lange damit auf und tauchte wieder ab, zurück zu bunten Salaten und nicht geleerten Gläsern.

Ein schludriges Orchester auf einer kleinen Bühne am anderen Ende des Saals machte einen Heidenlärm, während ein Fettwanst zwischen den Musikern mit ungestümen und plumpen Bewegungen herumtanzte, begleitet vom plumpen Beifall des nächststehenden Tisches.

»Artjom?«

Er blieb stehen. Jemand hatte ihn bemerkt.

»Setz dich. Nur keine Scheu. Obwohl … du damit ja kein Problem zu haben scheinst.«

Es war ein Mann, der ihn lächelnd anblickte. Seine dunklen Haare hingen in feuchten Schichten quer über die Stirn, dicke Tränensäcke unter den Augen, ein leicht beschwipster Blick, das Hemd bereits aufgeknöpft. Neben ihm saß ein schon etwas kahler, rotwangiger Dicker, den der Schluckauf gepackt hatte.

»Alexej … Felixowitsch?«

»Oh! Du erinnerst dich?«

»Ich habe Sie gesucht.«

»Und siehe da: Du hast mich gefunden! Artjom, das hier ist Gennadi Nikititsch, Gennadi Nikititsch, das ist Artjom.«

»Sehrfreut!«, grunzte der Dicke.

Erst jetzt kam Artjom in den Sinn, seine Scham zu bedecken. Erst jetzt schwante ihm: Was, wenn das kein Traum war? Das alles hier war ein kaum auszuhaltender Schwachsinn, aber im Traum konnte man doch nicht denken, dass man träumt und sicher bald aufwacht, denn davon wachte man doch immer gleich auf?

Er setzte sich mit nacktem Hintern auf den samtbezogenen Stuhl und bedeckte sich mit einer Serviette. Wie sollte er Bessolow in dieser Situation vernehmen? Wo war sein Revolver? Womit sollte er ihm drohen, damit er die Wahrheit sagte? Mit einem der Messer auf dem Tisch?

»Wie bin ich hierhergekommen?«

Er fragte, um das mit dem Traum nicht zugeben zu müssen.

»Deine Freundin hat mich überredet. Unsere gemeinsame Freundin.«

»Wer … Sascha?«

»Ja, Sascha. Unter Tränen hat sie mich angefleht. Und ich bin nun mal von Natur aus ein empfindsamer Mensch. Außerdem fiel mir ein, wie komisch du damals warst. Ja, damals haben wir es ganz schön krachen lassen … Wir zwei sind ja sozusagen Milchbrüder. Also ließ sich mein Herz erweichen. Ich habe dich ja aus der Gosse aufgelesen. Erinnerst du dich überhaupt noch an irgendetwas? Du hattest damals, scheint's, etwas zu viele Würmer intus. Warst ein wenig außer dir. Hast aber alles gemacht, was man dir auftrug.«

»Naihrrschlawiner!«

Artjom schob sich noch weiter unter das Tischtuch. Auf einmal fühlte er sich sehr nackt, auf peinliche, dümmliche Weise. Sascha hatte diesen Blutsauger überredet, ihn zu retten? Man hatte ihn gesund gepflegt, weil Sascha darum gebeten hatte?

»Ich will das nicht. Ich habe das nicht nötig, diese Gefälligkeiten von Ihnen!«

»Kommt mir bekannt vor. Damals hast du genauso gekämpft! Im Wurmrausch. Dein Plan war es, auf der ganzen Welt für Gerechtigkeit zu sorgen. Besonders als wir beide über deinen Melnik geredet haben. Ganze zwei von meinen Zigaretten hast du aufgebraucht, um das Tattoo zu entfernen. Wirklich, immer noch nichts?«

»Wo sind wir? Wo bin ich? Jetzt?«

»Wir? Im Bunker. Nein, nicht in eurem heldenhaften Bunker, mach nicht gleich solche Augen. Weißt du, wie viele davon im Moskauer Untergrund existieren … Wir haben uns hier eine etwas solidere Variante ausgesucht. Nach europäischem Standard renoviert. Die anderen sind eher so lala. Mal steht Wasser drin, mal kommt man gar nicht erst rein, so verrostet sind die Türen.«

»Soisses!«

Die Ärztin näherte sich in Begleitung von Wachleuten. Diese trugen schicke Uniformmäntel, als kämen sie gerade von der

Parade. Schon wollten sie Artjom in den Schwitzkasten nehmen.

»Ihr wollt ihn mir doch nicht gleich wieder abluchsen?«, rief Bessolow enttäuscht. »Nicht mal in Ruhe diskutieren kann man hier. Er hat doch sicher jede Menge Fragen.«

Die Ärztin willigte ein und entfernte sich.

»Hat Sascha mich hierhergebracht?«

Nackt und kraftlos. Hatte sie ihn gerettet?

»Natürlich. Sie sagte, der Junge hier ist ziemlich verstrahlt. Verstrahlt, weil er selbst, ganz allein, all eure furchtbaren Geheimnisse herausgefunden hat. Weil er so sehr nach oben wollte und es am Ende auch schaffte. Sogar die Funkstation in Balaschicha erstürmte. Die Störsender abschaltete! Sich an das Volk wandte! Ein Held! Ein Prachtkerl!«

»Sie hat es … dir erzählt?«

Hatte sie ihn verraten? Ihn ausgeliefert?

»Sie – und meine eigenen Quellen. Ich muss zugeben, ich habe dich damals unterschätzt. Allerdings hast du ja auch keinen zusammenhängenden Satz mehr hervorgebracht. Weißt du, ich mag das: mich mit einem einfachen Menschen zu unterhalten. Ihm ein wenig zu erzählen, wie die Dinge wirklich sind, zu riechen, wie sein Hirn anfängt zu rauchen. Viele von den Leuten hier gehen jahrelang nicht in die Metro hinaus, aber ich bin ein neugieriger Typ. Und dann muss ich mich natürlich auch dienstlich unter die Leute mischen.«

»Issnganzgroßartigermensch!«, kommentierte der Dicke.

»Wir sind doch … in Moskau?«

»Natürlich.«

»In einem Bunker? Aber warum … sieht der so seltsam aus? Warum sind hier überall sowjetische Banner? Ich verstehe das

nicht … Kontrolliert die Rote Linie etwa die Hanse? Oder umgekehrt?«

»Was spielt das für eine Rolle?«

»Was?«

Artjom runzelte die Stirn. Der weiße Saal war irgendwie zur
Seite und nach oben gerutscht.

»Worin unterscheidet sich denn die Rote Linie von der Hanse?«
Bessolows Lächeln war mühelos. »Oder nenne mir zehn Unter-
schiede zwischen den Roten und den Faschisten.«

»Ich verstehe nicht.«

»Das ist gut. Denn ich bin bereit, es dir zu erklären. Komm,
wir gehen ein bisschen spazieren. Ohne Hose ist das allerdings
eher suboptimal. He! Sie da!«

Ein Kellner mit Fliege eilte geschäftig herbei, grau und schnurr-
bärtig. Bessolow befahl ihm, Hose und Hemd auszuziehen und
dem Gast zu überreichen. Als Artjom seine eigene Kleidung forderte, teilte man ihm mit, es sei alles verbrannt worden. Also fügte
er sich in die schwarz-weiße Kluft, bis auf die Fliege. Der Kellner wartete in Habachtstellung, nur das grau behaarte Bäuchlein
zuckte hin und wieder. Die Ärztin hängte das Engelsblut ab und
klebte ein Pflaster auf die Einstichstelle auf der Hand.

Alexej Felixowitsch erhob sich und wischte sich die Lippen an
einer Serviette ab. Dann verließen sie den Tisch.

»Binsehrbeeindruckt!«, sagte der Dicke zum Abschied zu Artjom.

Sie bahnten sich einen Weg durch all die satten und schläfri-
gen Teilnehmer des Gelages und grüßten unterwegs Kondrat
Wladimirytsch, Iwan Iwanytsch, Andrej Oganessowitsch und andere.

»Wer ist das? Wer sind diese Menschen?«

»Wunderbare Menschen!«, versicherte ihm Bessolow. »Die besten!«

Sie traten auf die Treppe hinaus.

»Also.«

Alexej Felixowitsch ließ einen Arm durch den Raum schweifen.

»Da war die Frage nach der sowjetischen Symbolik. Die Antwort: Hier befand sich früher, vor der großen Erschütterung, das Moskauer Museum des Kalten Krieges. Ein privates Museum. Aber in einem echten Regierungsbunker aus den Zeiten ebenjenes Kalten Kriegs. Ein ehemaliges sogenanntes SO – ein staatliches Objekt also. Irgendwie wurde es dann privatisiert, keine Ahnung wie, in den wilden Neunzigern, egal. Damals stand hier bereits das Wasser, alles war verdreckt und vernachlässigt. Denn damals glaubten wir alle, dass diese Bunker nie mehr gebraucht werden. Also gestalteten es die neuen Eigentümer nach ihrem nostalgischen Geschmack: mit Bannern, roten Sternen, Hammer und Sichel und so weiter und so fort. Eine Anspielung auf die UdSSR eben, aber eher nach dem Geschmack der NEP-Männer. Immerhin gelang die Renovierung wirklich erstklassig, dafür sind wir diesen Leuten überaus dankbar. Sie haben den Augiasstall so richtig ausgemistet, wenn man so will. Dann stellten sie eine Ausstellung mit ein paar interessanten historischen Artefakten zusammen und boten Führungen für ausländische Touristen an. Aber als der Dritte Weltkrieg ausbrach, erinnerte man sie ganz schnell an die Bedeutung der Abkürzung SO und stellte klar, wer hier der eigentliche Eigentümer ist und wer nur Pächter auf Zeit. Wer einmal hier reingekommen ist, will natürlich nicht mehr in die echten SOs zurück. Im Vergleich zu der Pracht hier ist es andernorts doch recht karg. Privateigentum ist

nun mal Privateigentum. Na ja, und dann natürlich diese majes-
tätische Stilistik, da stockt einem doch der Atem. Du betrachtest
dieses Banner und denkst daran, wie unser großes Land einst die
ganze Welt bedrohte. Deswegen haben wir hier nichts verändert. Es ist stylisch, patriotisch und behaglich zugleich.«

Die Lichtflecken der Glaskugel kitzelten das rote Banner, spielten mit dem Wappen.

»Aber die Rote Linie … Sie haben unter dieser Fahne … aus
Maschinengewehren auf Menschen … an der *Komsomolskaja* erst
gestern! Oder vor einer Woche … Ich hatte ein Kind … in meinen Armen … Es war nicht meins, aber …«

»Und was weiter, wenn ich fragen darf? Wir haben damit
nichts zu tun.«

»Aber ihr habt doch Melnik gezwungen, ihnen Patronen zu
liefern! Die Hanse! Dort, an der *Komsomolskaja*, an Moskwin!«

Jetzt war Artjom endlich richtig wach.

»Erstens: Wir sind nicht die Hanse. Und zweitens: Wir haben
niemanden gezwungen. Die Patronen gehören uns. Der Orden
ist nur so eine Art Inkassoorganisation. Moskwin stand eine Ent-
schädigung für die Handlungen des Reichs zu. Was die dann mit
den Patronen machen, müssen sie vor sich selbst verantworten.
Dafür haben wir den Krieg aufgehalten. Für dessen Ausbruch,
das möchte ich hier betonen, nicht das System als Ganzes verantwortlich war, sondern irgendwelche idiotischen Initiativen auf
der mittleren Führungsebene. Wie übrigens auch bei der Geschichte damals mit eurem heldenhaften Bunker. Oder hättest du
lieber einen Bürgerkrieg gehabt?«

»Die haben mit diesen Patronen an der *Komsomolskaja* unzäh-
lige Leute abgeschlachtet! Lebend! Und du willst mir mit Krieg
Angst einjagen?! Die Leute haben sich vor lauter Hunger freiwil-

lig ins MG-Feuer gestürzt! Kannst du dir überhaupt vorstellen, was das heißt?! Wie das ist?!«

Bessolow antwortete nicht. Er schwieg, bis sie am unteren Ende der Treppe angelangt waren.

»Und was sollen wir tun? Wir suchen ja die ganze Zeit nach einem Mittel gegen diese Pilzfäule. Haben es mit Pestiziden versucht. Aber es gibt da nun mal bestimmte natürliche Prozesse. Die Ökologie der Metro sozusagen. Ich bin dafür, dies als eine Art Mechanismus zur lokalen Selbstregulierung der Bevölkerungszahl zu betrachten.«

»Aber selber schlagt ihr euch den Wanst voll!«

»Der Eindruck könnte durchaus entstehen«, gab Bessolow zu. »Aber es wäre töricht zu glauben, dass nicht auch die oberen Zehntausend der Polis sich ihren Wanst vollschlagen, oder Moskwin, oder Melnik. Gebt dem Kaiser, was des Kaisers ist, wie es so schön heißt. Die Konserven aus dem Gochran reichen eben nicht für alle. So funktioniert nun mal die Welt. Wenn ich rausgehe und meine Essensreste einem armen hungrigen Mädchen gebe, wird das nichts ändern. Meine Essensreste sind nicht Jesus' Fische. Und trotzdem gehe ich immer wieder raus und gebe dem hungrigen Mädchen zu essen. Aber ändern tut das nichts.«

»Weil eure Hanse auch nicht besser ist als das Reich!«

»Ich sage dir doch, die Hanse ist im Grunde nichts anderes als das Reich.«

»Wie bitte?«

»Komm, weiter.«

Artjom humpelte ihm hinterher.

Von der Treppe unter dem Banner bogen sie nach rechts ab. Über ihren Köpfen strahlte ein hellroter Stern, purpurn glänzte der Schriftzug »Bunker-42«. Für all das war offenbar genug Strom da. All das war wichtig. Am Ende eines Korridors betraten sie eine leere Bar. Die Theke beleuchtete eine aus Neonröhren geflochtene Kalaschnikow, einen Barmann gab es nicht, die offenen Flaschen boten sich selbst feil. Bessolow schnappte sich etwas mit einem nichtrussischen Etikett, zog mit den Zähnen den brüchigen Korken heraus und setzte die Flasche an. Er bot sie Artjom an, doch der lehnte angewidert ab.

»Nun denn: das Museum des Kalten Krieges«, sagte Bessolow und bog in einen engen Gang ein.

Stahlbleche, befestigt mit quadratischen Nieten.

Sie betraten einen Raum: An der Wand hing ein altes, angeleuchtetes Bild: ein riesiger himbeerfarbener Schatten, so groß wie die halbe Welt, mit der Aufschrift »C.C.C.P.«, graue europäische Mini-Staaten dicht aneinandergedrängt, alles übersät mit ausgestanzten Konturen von Raketen und großflügeligen Flugzeugen. In der Ecke eine blasse Schaufensterpuppe, gekleidet in eine alte, sinnlose Sommeruniform. Sie bewachte eine riesige, fette, mit grauer Ölfarbe gestrichene Bombe.

»Eine spannende Ausstellung haben wir hier … das Modell der ersten Atombombe, die in der Sowjetunion entwickelt und gebaut wurde …«

An der Spitze der Bombe saß eine Glashaube, wie um einen Blick ins Innere der Hölle zu ermöglichen. Aber dort war natürlich nichts: nur irgendein kleines Gerät mit Zeigern.

Artjom beachtete die Bombe gar nicht. Sein Blick hing an der riesigen Europakarte.

»Das seid ihr gewesen, oder? Die Störsender gehören euch. Ich habe dich nur deswegen gesucht. Wozu das Ganze? Warum sitzen wir hier unten?! In der Metro? Wenn die ganze Welt überlebt hat …«

»Ach was, sie hat überlebt?« Bessolow hob erstaunt die Augenbrauen. »Na schön, ist ja gut. Sie hat überlebt. Du kannst den Mund wieder zumachen.«

»All diese Raketen, die Flieger auf der Karte! Das ist doch alles alt? Hier ist ja noch die UdSSR zu sehen! Wie alt ist die Karte, hundert Jahre? All diese Feinde gibt es doch gar nicht, stimmt's? Die Feinde, vor denen sich Melnik fürchtet. Wegen denen wir angeblich diese Störsender haben. Der Krieg hat aufgehört! Damals schon! Richtig?!«

»Das ist alles sehr subjektiv, Artjom. Für manch einen dauert er vielleicht immer noch an.«

»Die anderen, der Westen, die wollen uns gar nichts tun! Oder? Das Märchen kannst du von mir aus noch Melnik erzählen!«

»Jeder glaubt, was ihm gefällt.«

»Aber diese Störsender, warum habt ihr sie überhaupt aufgestellt? Um Leute aus anderen Städten abzuschießen? Um so zu tun, als wäre die ganze Welt zerbombt? Wozu?! Wenn wir die Einzigen sind! Warum hocken wir immer noch in der Metro herum?!«

Auf einmal hatte Alexej Felixowitsch alles Spielerische abgeworfen, wie eine Natter ihre Haut.

»Weil wir außerhalb der Metro aufhören würden, ein Volk zu sein. Wir wären keine große Nation mehr.«

»Wie bitte?!«

»Ich will versuchen, es dir zu erklären. Aber hör auf herumzuschreien. Pass einfach gut auf. Und übrigens: Die Funktürme sind nicht von uns. Die sind alt, sogar noch aus sowjetischer Zeit. Qualitätsarbeit! In den Neunzigern wurden sie an irgendwelche Geschäftemacher vermietet, um Musik zu senden. Vorübergehend.«

Der Anzug des alten Kellners hing an Artjom wie ein Sack. Irgendwo hinter ihm machte sich mit einem Räuspern ein Bodyguard bemerkbar. Alexej Felixowitsch zog aus seiner Brusttasche ein mit Initialen besticktes Taschentuch und begann an der Bombe entlangzugehen und den Staub abzuwischen.

»Aber fangen wir doch mit diesem Prachtstück hier an.«

»Wozu brauchen Sie das hier?«

Artjom spürte Ekel in sich aufsteigen: Es war, als hätte Bessolow einen Totenschädel auf den Mund geküsst.

»Ich bitte dich. Man muss doch seine Wurzeln kennen«, antwortete jener und drehte sich lächelnd zu ihm um. »Deshalb rühren wir hier überhaupt nichts an. Diese Bombe ist die Urmutter unserer Souveränität!«

Alexej Felixowitsch strich ihr über den riesigen Bauch.

»Nur dank ihr konnten wir uns vor möglichen Angriffen des Westens schützen. Unsere einzigartige Ordnung schützen. Unsere Zivilisation. Wenn unsere Wissenschaftler sie nicht konstruiert hätten, hätte man das Land gleich nach dem Zweiten Weltkrieg in die Knie gezwungen! Und dann ...«

»Damit man uns im Dritten Weltkrieg genau mit ihr ...«

»Im Dritten?«, unterbrach Alexej Felixowitsch. »Im Dritten haben wir ein wenig zu hoch gepokert. Haben uns sozusagen von unserer eigenen TV-Wahrheit verleiten lassen. Der Mensch tendiert ja grundsätzlich dazu, das Reale durch das Illusorische zu ersetzen. Und in einer völlig fiktionalen Welt zu leben. Im Prinzip ist das eine nützliche Eigenschaft. Die ganze Metro zum Beispiel lebt doch hervorragend in diesem eingebildeten Koordinatensystem.«

Artjom ging auf ihn zu.

»Die ganze Metro lebt hervorragend?!«

»Ich meine damit: Es funktioniert alles. Alle sind leidenschaftlich bei der Sache. An der Roten Linie glauben sie, dass sie Krieg führen gegen die Hanse und die Faschisten. Die Menschen im Reich glauben, dass sie gegen die Roten und die Degenerierten kämpfen. Und die Leute an der Hanse jagen ihren Kindern mit Moskwin Angst ein und verpetzen ihre Nachbarn als rote Spione. Als ob es das alles in Wirklichkeit gäbe!«

»Als ob? Aber ich! War doch …« Artjom spürte, dass ihm in diesem Museum die Luft ausging. »Ich war in dem Tunnel. Zwischen der *Puschkinskaja* und dem *Kusnezki most*. Wo die Roten auf die Faschisten gehetzt wurden. Dutzende … lebender Menschen. Sie haben sich da zu Tode … mit Spitzhacken. Und Messern. Mit Eisenstäben. Das ist wirklich passiert, kapierst du das, Arschloch?! Das! Ist! Wirklich! Passiert!«

»Mein Beileid. Aber was beweist das? Wer ist dort umgekommen? Rote? Faschisten? Nein. Nur eine gewisse Anzahl genetisch Unterentwickelter auf der einen Seite sowie eine gewisse Anzahl Schädlinge und Schwätzer auf der anderen. Ein gelenkter Konflikt. Und, distanziert betrachtet, ebenfalls eine Art von Selbstreinigung. Als wäre unser System ein lebender Organismus … Die Zellen, die das Überleben behindern, sterben ab und werden abgestoßen. Aber nochmals: Wir haben diesen Krieg nicht begonnen. Die mittlere Ebene der militärischen Abwehr des Reichs hat, offenbar um sich vor ihrer Führung hervorzutun, die Rote Linie attackiert. Ohne zu ahnen, dass es im Grunde weder eine Rote Linie noch irgendein Reich gibt.

»Was soll das heißen?«

»Nun, natürlich gibt es sie! Es gibt diese Bezeichnungen. Für die Menschen ist es ja so ungemein wichtig, sich irgendeinen Namen zu geben. Als etwas zu gelten. Gegen jemanden zu kämpfen. Wir kommen ihnen da entgegen. Schließlich sind wir kein totalitärer Staat! Wir haben ja auch ein breites Sortiment anzubieten. Willst du Degenerierte töten, lass dich in die Eiserne Legion einberufen. Träumst du von einer kostenlosen Ration und einer gemeinsamen Sache, lauf zur Roten Linie. Glaubst du an gar nichts und willst einfach nur Geschäfte machen, dann emigriere zur Hanse. Bist du ein Intelligenzler? Dann träum von der Smaragdenen Stadt, und drück die Schulbank in der Polis. Das ist doch ein praktisches System. Schon damals, am *Zwetnoi bulwar*, hab ich versucht, dir das zu verklickern. Was willst du an der Oberfläche? Freiheit können wir dir auch hier verschaffen. Was hast du also da oben verloren?«

Alexej Felixowitsch blieb am Ausgang stehen, ließ noch einmal den Blick durch die Bombengruft schweifen und löschte das Licht. Artjom dachte die ganze Zeit über eine Antwort nach.

»Ihr seid also nicht von der Hanse? Das alles hier ist nicht die Hanse?«

»Was für eine Hanse?« Bessolow schüttelte den Kopf. »Ich sage doch: Es gibt keine Hanse. Klar? Es gibt die Ringlinie, und es gibt Menschen, die glauben, sie leben in der Hanse.«

»Von wo seid ihr dann?«

»Na von hier.« Alexej Felixowitsch hob den Blick zu dem Deckengewölbe aus runden Tunnelsegmenten. »Genau hier. Oder besser, von dort. Mir nach.«

Sie erreichten ein kleines Zimmer mit Parkettboden, Tisch und brennender grüner Lampe. Der Wachhabende in Offiziersuniform erhob sich und salutierte. Ein Vorzimmer? Eine Rolltreppe führte in ein Zwischengeschoss hinauf – eine Attrappe. Ein Zimmer wie aus einer anderen Ära, aber nicht aus den gefakten Nullerjahren, sondern aus einer quasi altertümlichen Zeit, die niemals wirklich getickt hatte.

Sie gingen die Stufen hinauf und öffneten eine Tür.

Ein Arbeitszimmer. Verglaste Schränke voller Bücher, die Hälfte des Raums war von einer Bühne beherrscht. Darauf, in der Ecke ein ganz gewöhnlicher Funktionärstisch, wie der von Swinolup oder Melnik.

An diesem Tisch saß jemand.

Unbeweglich.

Zurückgelehnt. Den Blick zur Decke gerichtet. Augen mit Plastikglanz.

Im Armeemantel, goldene Sterne auf den Schulterklappen. Ein schwarzer Schnurrbart. Die Haare zurückgekämmt.

»Das …«

»Josef Wissarionowitsch. Wunderbar, nicht wahr?«

»Stalin?«

»Eine lebensgroße Stalin-Wachsfigur. Du kannst sie dir gern ansehen.«

Artjom, völlig verwirrt in diesem Traum, stieg folgsam das Podium hinauf.

Stalin hatte die knochenlosen Hände auf den Tisch gelegt. Aus der einen Wachsfaust ragte ein Kugelschreiber heraus, als wollte die Führerpuppe gerade einen Befehl unterzeichnen. Die andere Hand hielt er flach, die Finger nach vorn gestreckt. Das unaufhörliche Lächeln unter dem Schnauzer schien wie mit einem Messer geschnitten. Daneben lagen ewig frische Stoffrosen.

Artjom konnte sich nicht zurückhalten und berührte Stalin an der Nase. Dem war es egal. Egal, dass er gestorben und auferstanden war, egal, dass er jetzt eine Wachsfigur war, egal, dass er um diesen Preis davongekommen war, als die Welt in Schutt und Asche gelegt wurde, egal, ob man ihm Blumen hinlegte oder ihn in die Nase zwickte. Stalin war in hervorragender Stimmung. Stalin war alles recht.

»Täuschend echt, nicht wahr?«, sagte Bessolow.

»Er ist auch … aus dem Museum? Ein Exponat?«

Artjom trat an einen der Bücherschränke, wischte mit dem Finger etwas Staub vom Glas und besah sich die Fächer. Sie waren alle vollgestellt mit dem gleichen Buch, das unsinnig viele Male reproduziert worden war. Auf dem Rücken stand zu lesen: »J. W. Stalin. Gesammelte Werke. Band 1«.

»Was soll das?« Artjom drehte sich zu Bessolow um. »Was für ein Blödsinn?«

»Als dies noch ein richtiger Bunker war, befand sich hier Stalins Arbeitszimmer. Allerdings heißt es in den Reiseführern, Josef Wissarionowitsch habe hier nie gesessen. Er starb, bevor das Objekt in Betrieb genommen wurde. Für die westlichen Touristen fertigte man damals diese Puppe an und richtete das Arbeitszimmer ein. Als wir den Bunker übernahmen, war Stalin bereits hier. Und wir haben alles so belassen, wie es ist. Die Geschichte des eigenen Volkes sollte man respektieren!«

Alexej Felixowitsch bestieg ebenfalls die Bühne, ging zu Stalin hinüber, setzte sich auf die Tischplatte und ließ die Beine baumeln.

»Unser Erbe! Hier ist er, und hier sind wir. Er hat diesen Bunker gleichsam für uns bauen lassen. Hat an unsere Zukunft gedacht. Ein großer Führer.«

Außer auf schnurrbärtigen Porträts an der Roten Linie war Artjom Stalin noch nie begegnet. Was hatte er gespürt, als er den großen Führer an der Nase berührte?

Wachs.

»Was für ein Erbe? Ich dachte, das hätte die Rote Linie bereits angetreten.«

»Also wirklich, Artjom!«, entrüstete sich Bessolow. »Na gut, dann eben noch mal zum Mitschreiben: Die Rote Linie, die Hanse, das Reich – sie sind alle Marionetten. Natürlich tun sie so, als wären sie selbstständig, als gäbe es da einen Wettbewerb, einen Kampf. Sie bekriegen sich, ohne überhaupt zu wissen, wozu.«

»Und wer seid ihr dann?!«

Alexej Felixowitsch schmunzelte.

»Das Mehrparteiensystem ist eine elegante Sache. Wie eine Hydra. Such dir einen Kopf nach deinem Geschmack aus, und kämpfe mit den anderen Köpfen. Bilde dir ein, dass der Kopf des Feindes der Drache ist. Besiege ihn. Aber was ist mit dem Herzen?«

Bessolow strich mit der Hand über den Tisch und ließ das Kinn durch den Raum schweifen.

»Hier ist das Herz. Du siehst es nicht, du weißt nichts davon. Und wenn ich es dir nicht gezeigt hätte, würdest du immer weiter gegen den Kopf ankämpfen. Wenn nicht gegen die Rote Linie, dann eben gegen die Hanse.«

Artjom löste sich von dem Schrank und trat direkt an Bessolow heran.

»Und du bedauerst nicht, dass du es mir jetzt gezeigt hast?«

Dieser wich nicht zurück, trat nicht zur Seite. Er hatte keine Angst vor Artjom. Es war, als ob nicht er Artjom im Traum erschien, sondern Artjom ihm.

»Geh doch, und erzähle jemandem davon, dass du hier warst. Von mir aus auch deinem Melnik. Weißt du, was dir das bringt? Er wird sagen, du hättest den Verstand verloren.«

Artjom musste schlucken. Hatte er ihm das etwa auch im Suff gebeichtet?

»Ist er nie hier gewesen?«

»Natürlich nicht. Wozu sollten wir alle hier reinlassen? Dies ist ein Tempel. Das Allerheiligste.«

»Und ich?«

»Du … du bist ein einfältiger Narr, Artjom. Dem Narren in Christo steht der Tempel offen. Ihm werden auch Wunder gezeigt.«

Und da machte es auf einmal »klick«.

»Die Unsichtbaren Beobachter.«

»Lauter!«

»Die Unsichtbaren Beobachter.«

»Sieh mal an. Also doch kein hoffnungsloser Fall.«

»Aber das ist doch nur ein Märchen. Ein Mythos. Genauso wie die Smaragdene Stadt.«

»Genau«, stimmte Bessolow zu. »Eine Geschichte. Ein Märchen.«

»Das ist doch längst alles zusammengebrochen! Nicht mal einen Monat hat es sich gehalten. Der Staat. Dann herrschte Chaos. Und seither … Das wissen alle. Sogar die Kinder wissen das. Niemand steuert uns. Wir sind hier ganz allein. Die Unsichtbaren Beobachter sind ein Mythos!«

»Nur woher wisst ihr denn alle, dass sie ein Mythos sind? Weil wir es euch erzählt haben. Verstehst du? Wir haben dir das Konzept fix und fertig geliefert, damit du uns da einbauen kannst. Du einfache Seele denkst ja nicht mit dem Kopf, sondern mit dem Herzen. In Bildern. Macht nichts, ich liefere dir gern noch ein paar Klischeevorstellungen, bedien dich ruhig! Unsichtbare Beobachter? Da, bitte sehr! Einerseits glaubst du natürlich nicht an mich, andererseits scheinst du schon alles über mich zu wissen. Gerüchte! Besser als Fernsehen.«

»Aber ihr … also, die ehemalige Führung … die Regierung, der Präsident … Sie sind doch alle hinter den Ural evakuiert worden? Das System der staatlichen Lenkung fiel auseinander … der Staat …«

»Denk doch mal nach: Wozu hätten wir uns hinter den Ural verkriechen sollen? Was sollten wir in irgendeinem Bunker am Ende der Welt? Aus unserem einsamen Loch herausrufen? Was hätten wir dort tun sollen – einander auffressen? Wohin hätten wir gehen sollen – ohne euch? Unser Platz ist beim Volk!«

Er streckte sich und sah in diesem Augenblick aus wie ein satter Kater.

»Und wo wart ihr dann die ganze Zeit? Während wir Scheiße gefressen haben? Als wir einander an die Kehlen gingen? Als wir dort oben wegen euch verreckten, wo wart ihr – wo?!«

»Gleich nebenan. Immer bei euch. Hinter der Wand.«

»Das! Kann! Nicht! Sein!«

»Ich sage doch, es funktioniert. Gelernt ist gelernt.«

Bessolow glitt vom Tisch herab und nahm noch einen Schluck aus seiner bernsteinfarbenen Flasche.

»Irgendwie sind wir hier hängengeblieben. Komm, ich zeige dir unseren Alltag. Der übrigens relativ asketisch ist. Nicht dass du jetzt denkst …«

Sorgsam rückte er den gefährlich schief sitzenden Stalin zurecht und stieg von der Bühne hinunter. Artjom zögerte. Das neue Wissen überforderte ihn.

»Ihr seid Schweine.«

»Wieso, was haben wir denn getan?«, fragte Alexej Felixowitsch. »Im Gegenteil: Wir haben uns so gut wie gar nicht eingemischt! Wir sind ja nur Beobachter! Dazu noch unsichtbare. Nur wenn das System in Schieflage gerät, müssen wir korrigierend eingreifen.«

650

»Das System?! Die Menschen fressen vor Hunger ihre eigenen Kinder!«

»Und?!« Bessolow warf Artjom einen feindseligen Blick zu. »Nicht wir wollen eure Kinder fressen. Ihr wollt eure Kinder fressen. Wir wollen doch nicht, dass ihr eure Kinder fresst. Wir wollen euch einfach nur regieren. Aber wenn wir euch weiter regieren wollen, sind wir gezwungen, euch eure Kinder fressen zu lassen!«

»Lüge! Ihr habt uns hier reingepfercht, und jetzt haltet ihr uns hier gefangen! Ihr geht mit den Menschen um wie mit Schweinen! Überall Spitzel, wie Maden im Speck ... Die einen haben einen Sicherheitsdienst, die anderen den KGB, und die nächsten ... Überall sind Swinolups ... Ja, wirklich, wo ist der Unterschied zwischen dem Reich und den anderen ...«

»Mit unseren Leuten wirst du anders nicht fertig«, entgegnete Bessolow streng. »So ist nun mal ihre Natur. Kaum lockert man die Schrauben etwas, gibt es gleich einen Aufstand! Man muss sie ständig genau beobachten. Was war da zum Beispiel an der *Komsomolskaja*? Genau, auch die hatten ihre Forderungen. Also haben sie den Aufstand geprobt. Und wie ist es ausgegangen? Mit einem Blutbad! Hat das die Rote Linie auch nur irgendwie ins Wanken gebracht? Kein bisschen! Die Sicherheitsdienste sind für unsere Leute doch ein Gottesgeschenk! Gegen ihren aufrührerischen Charakter! Und deine Maschinengewehre ... Die Leute sind doch selbst ins Feuer gerannt, gleich in der ersten Reihe. Während die Duldsamen überlebt haben. Wenigstens eine gewisse Selektion. Wie sonst sollen wir mit unseren Leuten fertigwerden? Ständig muss man sie ablenken. Zügeln. Kanalisieren sozusagen. Ihnen irgendeine Idee unterjubeln. Eine Religion oder Ideologie. Immer wieder neue Feinde für sie erfinden.

Sie können einfach nicht ohne Feinde! Ohne Feinde verlieren sie sich! Können sich nicht mehr definieren. Wissen nichts über sich selbst. Noch vor zwei Jahren hatten wir wunderbare Feinde auf Lager. Die Schwarzen. Eine bessere Bedrohung von außen konnte man sich gar nicht ausdenken! Die vegetierten da an der Oberfläche herum. Waren schwarz wie Kohle, sogar ihre Augen – wahrhafte Teufel. Und sie erzeugten bei unseren Leuten Angst und Ekel. Hervorragende Feinde also. Da war alles klar: Wenn jene die Schwarzen sind, sind wir die Weißen. Wir hielten sie uns warm für den Notfall. Für das Szenario ›Bedrohung der Menschheit‹. Aber nein, irgendein Hornochse musste ja diesen abgehalfterten Idioten aus dem Orden so lange belabern, bis die beiden unsere zahmen Teufel direkt in ihrem Reservat mit Raketen abgeschossen haben. Kannst du dir das vorstellen?«

»Ja, kann ich.«

»Wir versuchten damals, über den Rat der Polis einzugreifen, wiesen darauf hin, dass die Schwarzen einstweilen keinerlei Gefahr darstellten, aber woher. Dieses Szenario ging dann jedenfalls den Bach runter. Wir sahen uns also gezwungen, auch deinen Melnik gewissermaßen zu zähmen. Ich hätte ihm für seinen vorauseilenden Gehorsam am liebsten beide Hände abgehackt. Wäre das hier eine Diktatur … Kommst du?«

Betäubt, am Boden zerstört, schleppte sich Artjom hinter Bessolow her. Sie kamen wieder an dem Wachmann vorbei, der erneut aufsprang und salutierte. Dann ging es durch einen engen Tunnel, dessen Stahlboden von ihren Schritten laut widerhallte. Als sie an der Abzweigung vorbeikamen, wo sich das Restaurant befand, flog ein Lichtfleck von der Spiegelkugel heran und landete genau in Artjoms Auge. Die Kugel drehte sich wie Artjoms

Schädel. Früher war sie eine glatte Spiegelfläche gewesen, in der die ganze Welt, reflektierend, Platz fand. Aber jetzt hatten sie den Spiegel in Stückchen zerschlagen und weiß der Teufel was draufgeklebt, peitschten mit einem Scheinwerfer auf ihn ein, zur Unterhaltung und der Schönheit wegen.

Sie passierten die Abzweigung und gingen weiter.

»Wie habt ihr ihn … sie alle … gekauft?«, fragte er stupide, »Moskwin? Den Führer?«

»Also, das lässt sich doch nicht so verallgemeinern. Da ist ein sehr individueller Ansatz gefragt. Moskwin weiß Geld zu schätzen und hat sein Vetterherz vergiftet. Jewgeni Petrowitsch dagegen hat beispielsweise eine Tochter, der sämtliche Finger fehlen. Von Geburt an. Petrowitsch ist von Natur aus ein sentimentaler Mensch. Als er anfing, reihenweise Gesetze zum Kampf gegen jegliche Form von Degeneration zu erlassen, haben wir ihm ein Foto geschickt. Hier, Jewgeni Petrowitsch, das sind doch Sie mit dem Töchterlein auf dem Arm, sogar Ihre Gattin steht daneben, um wirklich jeden Zweifel auszuschließen. Also halten Sie sich an die Regeln, Jewgeni Petrowitsch, und spielen Sie das Spiel mit Überzeugung, damit Ihre Bürger Ihnen auch schön glauben. Nicht mal der Niedrigste Ihrer Untertanen darf daran zweifeln, dass Ihr Reich genau *das* Reich ist, das echte, wahre. Er muss bereit sein, sein Leben für das Reich zu geben.«

»Es gibt kein Reich mehr. Es hat sich selbst aufgefressen, verdaut und herausgeschissen. Und der Führer ist getürmt.«

»Dann holen wir ihn eben zurück und setzen ihn wieder ein. Und knallen ihm ein neues Reich hin, das noch viel besser ist als das alte. Seine Frau samt Tochter haben wir schon, da wird der Führer auch noch auftauchen.«

»Warum?! Das ist doch ein Menschenfresser!«

»Na, weil eben, du komischer Kauz. Weil wir gewohnt sind, mit Jewgeni Petrowitsch zusammenzuarbeiten. Wie, dürfte dir inzwischen wohl klar sein. Wir haben unser belastendes Material ja noch gar nicht einsetzen können. Wozu sollten wir uns die Mühe machen, jemand Neues zu suchen, erst mal dessen Schwächen herauszufinden, dann ihn zu ködern und irgendwann zuzuschnappen, wenn wir doch schon so eine wunderbare Konstellation in petto haben? Gut, er hat sich schlecht benommen, dann strafen wir ihn eben ab. Aber was sollen wir denn ohne das Reich tun?«

»Das ist doch der Abschaum! Tiere sind das! Die einen sind Tiere, die anderen Feiglinge!«

»Tiere findest du nicht nur dort, sondern in der ganzen Metro. Aber dafür haben wir jetzt ja eine wunderbare, wunderschöne Voliere. Und die Tiere kommen derzeit von überall her freiwillig angekrochen. Die Eiserne Legion und so weiter. Um die Degenerierten zu bekämpfen. Um Dampf abzulassen. Gäbe es kein Reich, wohin könnten sie gehen? Denk doch mal an die Menschen. Nein, da sollen sie lieber fürs Reich kämpfen. Oder für die Rote Linie. Oder den Orden. Etwas für jeden Geschmack. Freiheit! Da ist sie, die Freiheit!«

»Die Menschen brauchen das nicht!«

»Doch. Genau das. Damit ihnen nicht langweilig wird. Damit sie etwas haben, womit sie sich beschäftigen können. Damit sie eine Auswahl haben. Hier unter der Erde haben wir eine ganze Welt! Eine Welt, die sich selbst genügt. Und eine andere Welt da oben können wir nicht brauchen.«

»Ich schon!«

»Ja, du vielleicht, aber sonst niemand.«

»Manche haben dort oben vielleicht noch Familie! Schon allein deshalb!«

»Ihre Familie ist jetzt hier. Und dich kann ich bei Gott nicht verstehen. Du hast dir doch nur deine Gesundheit ruiniert. Um ein Haar hätten wir dich nicht mehr hingekriegt, Dummkopf. Was suchst du bloß da oben?«

»Wir sind dort oben geboren. Wir gehören da hin. An die frische Luft. Ich atme da anders! Denke anders! Hier unten fehlt es mir an Möglichkeiten, die Richtung zu wechseln! Hier gibt es nur vorwärts und rückwärts. Es ist mir zu eng hier, kapiert? Spürst du das denn nicht selbst?«

»Nein. Weißt du, bei mir ist es genau umgekehrt: Unter freiem Himmel dreht sich mir der Kopf. Da will ich gleich wieder zurück in den Bunker. Wo es doch so gemütlich ist. Also. Hier ist unser Wohnblock. Lauter kleine Apartments.«

Sie bogen ein.

In einen riesigen Blindtunnel, vielleicht zehn Meter im Durchmesser, der mitten im Erdreich begann und irgendwo in demselben Erdreich endete. Wie viele davon mochte es noch geben? Der Verbindungsgang lief jedenfalls weiter.

Offenbar war es spät. Die Bewohner des Bunkers hatten begonnen das schneeweiße Lokal zu verlassen und schwärmten nun mit offener Kleidung und unsicheren Schritten nach ihren Heimstätten aus. Artjom blickte durch die Türöffnung in eine Wohnung, die am Boden des Tunnels errichtet worden war. Dann in eine andere. Es sah wirklich gemütlich aus.

Irgendwie menschlich.

»Wozu zeigst du mir das alles? Warum erzählst du mir davon?«

»Ich mag das eben, weißt du. Zu diskutieren. Du bist doch ein Revolutionär, nicht? Weshalb sonst hättest du dort, bei Sascha, herumlungern sollen? Du hast auf mich gewartet. Du Romantiker. Wolltest mich mit deinem Revolver erschießen, was? Dachtest, wenn du mich umbringst, wird euer Leben wieder gut? Dabei bin ich doch nur für Innenpolitik verantwortlich. Wenn du mich abschlägst, wird ein neuer Kopf nachwachsen. Das hab ich dir schon damals zu erklären versucht, am *Zwetnoi bulwar*. Aber dann hat sich leider dein Gedächtnis verabschiedet.«

»Am *Zwetnoi bulwar*?«

»Ja, flöten gegangen ist es. Aber was Wunder? Ist ja irgendwie auch symbolisch, im Grunde. Und euer Gedächtnisschwund ist natürlich auch unser Segen. Niemand erinnert sich an irgendwas. Ein Volk von Eintagsfliegen. Als hätte es nie ein Gestern gegeben. Und an den morgigen Tag will niemand denken. Das Einzige, was existiert, ist das Jetzt.«

»Was für ein Morgen?! Wie soll man denn das Morgen planen, wenn man schon heute kaum was zum Beißen hat? Und selbst das nur, wenn man Glück hat?!«

»Genau hier kommt unsere Kunst ins Spiel. Es darf eben immer nur so viel zum Beißen geben, dass es für heute reicht, und zwar gerade so. Auf leeren Magen träumt man klarer. Das muss man eben abwägen können. Wenn du ihnen ermöglichst, sich vollzufressen, gibt es Verdauungsprobleme, und sie fangen an, sich wer weiß was einzubilden. Verkalkulierst du dich mit dem Futter, stürzen sie ihre Machthaber. Oder diejenigen, die sie für ihre Machthaber halten. Trinkst du einen mit mir – auf unsere Kunst?«

»Nein!«

»Schade. Du solltest mehr trinken. Die Rettung des Volkes liegt im Wodka. Hilft übrigens auch gegen die Strahlung.«

Das saß.

Es war fremdes, sauberes Blut, das zäh wie Gel durch Artjoms Venen floss. Es brannte und störte ihn. Artjom wollte sein eigenes zurückhaben, das flüssige, schmutzige, vergiftete. Nur damit er diesen Scheißkerlen nichts schuldete. Auch wenn er nur noch eine Woche lang zu leben hätte, wenigstens würde er sein eigenes Leben verglühen, anstatt irgendein schickes auf Pump zu leben.

»So, wie du über das Volk sprichst … Was ist eigentlich mit dir … Woher kommst du?«

»Stimmt … Das könnte vielleicht so rüberkommen, als ob ich das einfache Volk nicht mag. Oder es verachte. Ganz im Gegenteil: Ich bin von ganzem Herzen bei ihm! Ich liebe es, glaubst du mir das? Ich mische mich unter die Leute, lerne sie kennen, rede mit ihnen. So, wie ich auch dich kennengelernt habe. Es ist nun mal so: Wenn man das Volk liebt, muss man alles an ihm verstehen. Und ehrlich sein. Sich keine falschen Hoffnungen machen. Sich klarwerden: Ja, so sind die Menschen hier. Man muss ja ein Gespür entwickeln, über welche Menschen man da herrscht. Man muss seinem Volk helfen. Es belehren. Seine Dämonen austreiben.«

»Herrscht? Wer herrscht denn da über wen? Die Eloi über die Morlocks? Bist du etwa ein Aristokrat?«

»Ich?« Bessolow schmunzelte. »Woher denn? Der ganze Adel ist doch schon vor ewigen Zeiten an die Wand gestellt worden! Ich bin ja nicht mal aus Moskau. Hab als TV-Journalist angefangen. Kein besonders lukrativer Job, also hab ich mich als Polittechnologe versucht. Und dann drehte sich das Karussell immer weiter. Ich bin also durchaus aus demselben Stoff gemacht wie die anderen.«

In diesem Augenblick fiel Artjom etwas ein. Sollte das Gel ruhig noch eine Weile durch seine Adern fließen. Er würde diesen Aufschub nutzen, um noch etwas zu erledigen.

Er blickte sich um: So viele Wachen gab es hier gar nicht. Natürlich musste er erst den ganzen Bunker erkunden. Was, wenn in einem der Tunnel eine Militärbasis war? Auf wen stützten sie sich hier?

»Was ist da hinten?«

»Wenn du willst, schauen wir es uns an. Im dritten Tunnel ist unser Lager, und der vierte ist leer. Die Privateigentümer haben es nicht mehr geschafft, ihn vor dem Krieg zu renovieren, und wir sind bisher noch nicht dazu gekommen. Überlegst du etwa schon, wie du dir das hier am besten unter den Nagel reißt?« Bessolow zwinkerte ihm zu. »Ich nehme dich auch so als Lehrling, du brauchst nur zu fragen.«

»Ich denke, du hast mir noch nicht erklärt, was ich hier soll. Kapierst du denn nicht? Ob gut oder schlecht, es ist immer noch unter der Erde, in der Metro. Wer braucht diesen ganzen Scheiß? Wenn es oben ganze Städte gibt? Wälder! Felder! Einen Ozean, verdammt!«

Sie erreichten das Ende: einen riesigen, leeren Tunnel, gerippt, voll mit rostigem Wasser. Hier ging es nicht mehr weiter. Eine Pumpe beförderte brummend die Flüssigkeit aus dem Loch.

»Und woher weißt du, was dort ist? Hm? Vielleicht ist es dort ja genau wie bei uns, nur ohne Decke oben drüber. Na gut, das Radio läuft. Und, ist es deswegen gleich das Paradies? Freiheit? Brüderliche Liebe? Mach dich nicht lächerlich. Die werden sich über den ganzen Erdball verteilen und irgendwann verwildern, ohne Macht, ohne Staat, werden verlernen zu lesen und zu schreiben. Ich habe von Einzigartigkeit gesprochen. Es ist die Metro, die uns einzigartig macht! Vierzigtausend Menschen an einem Ort. Nur in dieser Konzentration lässt sich unsere Zivilisation, unsere Kultur bewahren. Nur so. Hier, in der Metro. Da oben, an der frischen Luft würden sie sich noch viel schneller in

Tiere verwandeln, viel schneller vergessen, was es heißt, Mensch zu sein! Da oben würden sie zu Neandertalern, Polygamisten und Sodomisten! Menschen mit Geist und Verstand dagegen, die gibt es nur hier!«

»Mit Geist und Verstand?! Und was ist mit denen, die ihre eigenen Kinder auffressen?«

»Schon klar. Aber Robinson hat Freitag auch nicht über Nacht vom Menschenfleisch entwöhnt. Wir wollen einfach allzu heftige Manöver vermeiden. Aber früher oder später …«

»Und warum lasst ihr uns nicht selbst entscheiden, ob wir da oben oder hier unten leben wollen? Warum habt ihr uns eigentlich nie gefragt?!«

»Das haben wir«, antwortete Bessolow lächelnd. »Und das tun wir noch immer.«

»Du kannst sie doch gar nicht ernähren! Dir faulen doch die Pilze weg! Lass sie gehen, damit sie hier wenigstens nicht am Hunger krepieren!«

»Unser großes Volk hat schon ganz andere Prüfungen bestanden. Sie werden auch das hier irgendwie überleben. Hast du eine Ahnung, wie hart die im Nehmen sind. Die überleben so gut wie alles.«

»Lass sie doch nach oben! Gib ihnen wenigstens eine Chance!«

»Nach oben? Und du glaubst, da oben ist das Land, wo Milch und Honig fließt? Du warst doch dort! In Balaschicha zum Beispiel. Was hätten die da zu futtern?«

»Die finden schon eine Möglichkeit, sich zu ernähren!«

»Du bist und bleibst ein Scheißromantiker. Warum zum Teufel vergeude ich eigentlich meine Zeit mit dir?«

»Dann lass mich doch raus! Ich habe niemanden darum gebeten, mich zu retten! Damit solche wie du …«

»Glaubst du etwa, wenn ich dich jetzt rauslasse, dann wird dir die ganze Metro folgen? Du verrätst uns einfach, erzählst den Leuten die Wahrheit und führst sie alle nach oben? Und dann wird alles anders sein als hier?«

»Ja, das wird es!«

»Dann geh doch«, sagte Alexej Felixowitsch gleichgültig. »Geh schon. Du kriegst von mir sogar deinen revolutionären Nagant zurück! Niemand wird dir dort glauben, genauso wenig, wie du mir geglaubt hast. Ist dir denn klar, dass du ihnen allen nur noch einmal das Märchen von den Unsichtbaren Beobachtern erzählen wirst? Wach auf, Artjom!«

Artjom nickte. Und lächelte.

»Das werden wir noch sehen.«

21

KAMERADEN

Man zog ihm den Sack vom Kopf.

Er blickte sich um.

Ohnehin hatte er bereits an den Stimmen erraten, wohin man ihn gebracht hatte: zum *Zwetnoi bulwar*. An denselben Ort, wo man ihn abgeholt hatte. Seit dem Bunker hatte man ihn in diesem Sack mitgeschleift, damit er sich den Weg nicht merken konnte.

Man löste seine Handschellen, riss ihm den unförmigen Mantel von den Schultern, gab ihm einen Tritt in den Hintern, dann schepperte neben ihm der schwarze Revolver zu Boden.

Artjom griff sofort danach: leer. Er drehte sich nach seinen Begleitern um, aber diese hatten sich bereits in der Menge aufgelöst. Zwei graue menschliche Körnchen, die nur noch kurz aufschienen und sich dann im Rest des grauen Sands verloren.

Man hatte ihn sofort, ohne Verzögerung, aus dem Bunker herausbefördert. Er trug noch immer die Kellneruniform. Die Ärztin hatte es gerade noch geschafft, ihm irgendwelche Tabletten in die Bügelfaltenhose zu stecken. Die gute Seele. Dann bekam er den Sack über den Kopf.

Er setzte sich und dachte nach. Ringsum kopulierten Menschen unaufhörlich, denn irgendwie musste man ja leben. Auch Artjom musste das jetzt, mit all dem, was er in seinem zerbrechlichen Spanplattenschädel mit sich herumtrug. Was er soeben erfahren hatte, drückte von innen gegen die millimeterdicken Wände dieser Schachtel. So konnte Artjom nicht weitermachen.

Er konnte nicht glauben, dass all das, was in der Metro vor sich ging – diese ewige, sinnlose Hölle –, in Wirklichkeit von jemandem genau so eingerichtet worden war, und dass diese Leute damit offenbar durchaus zufrieden waren. Das Schreckliche daran war nicht, dass Menschen mit Erdreich vermischt wurden, um Tunnel zuzuschütten, sondern dass dies nötig war, damit die Welt zusammenbrach und in die Leere hinabstürzte. Eine solche Weltordnung war nicht zu begreifen.

Und sie war unverzeihlich.

Er setzte sich auf, starrte auf irgendein weißes, nacktes Hinterteil, das sich im Takt auf und ab bewegte, und stritt mit ihm, als wäre es Bessolows Gesicht. Er sagte ihm alles, was er Bessolow hatte sagen wollen.

»Natürlich, wenn man die Menschen so viele Jahre anlügt … Wie sollen sie die Wahrheit von … Wenn sie sich ständig über einen Trog mit Abfällen bücken müssen … Aber das heißt nicht, dass sie sich nicht wieder aufrichten können … Um nach oben zu schauen, oder wenigstens nach vorn … Natürlich, ihr habt alles so organisiert … Aber das heißt nicht, dass sie nicht selbst in der Lage sind … Oder nicht wollen … So, ihr fragt sie also? Und gleichzeitig hämmert ihr ihnen die richtigen Antworten ein … Tolle Befragung …«

Mit dem Hintern zu streiten war einfach. Der Hintern gab keine Widerworte.

»Was die Leute begreifen … Euch muss man beseitigen … Zum Teufel mit … Euer Bunker … Ausräuchern. Wenn man den nicht ausräuchert … die Eiterbeule nicht aufschneidet … Dann wird nichts … Wir müssen euch, ihr fetten Ratten … am Genick … euch den Menschen vorführen … Ob ihr auch vor allen so redet … über sie … als waren sie Vieh … Und dann, dann

664

schauen wir mal. Im Bunker sitzen sie … Ihr Arschlöcher … Ich werde euch ausräuchern … Mir werden sie nicht glauben, aber euch schon … Zwingen werde ich euch, alles zu sagen … Und wenn ihr das nicht tut … Dann bekommt ihr aus dieser Knarre hier … Nicht nur wir haben ein Genick … Schweine …«

Er drückte mit der Hand auf den Griff des leeren Nagants.

Allein würde er das nicht schaffen. Nichts würde er allein schaffen.

Sein Team war klein, aber es war ein Team. Letjaga, Homer, Ljocha. Er musste sie finden, sie zusammenbringen. Ihnen, die bereits die halbe Wahrheit kannten, nun auch die andere Hälfte erzählen. Sie fragen. Gemeinsam überlegen, wie man dieses Rattennest finden und aufbrechen konnte.

Wie viel Zeit war vergangen: eine Woche? Mehr? Wahrscheinlich waren sie inzwischen über die ganze Metro verteilt. Hatten sich in irgendwelchen Ritzen versteckt. Der eine vor Melnik, der andere vor der Hanse. Einzig Homer … Das Reich existierte ja nicht mehr. Vielleicht wusste Homer, wo die anderen zu finden waren? Und wo Homer zu finden war, war klar.

Er stand auf.

Und ging los, stieß die Männer beiseite, die mit Nummern in den Händen für Zärtlichkeiten Schlange standen, marschierte vorbei an leicht vertrockneten Faschisten, an Nutten aller Kaliber, an versengten Stalkern, die wenigstens schauen wollten, an Schurken, die vom Leben vergewaltigt worden waren und jetzt das Leben vergewaltigen mussten. Vorbei an ihnen allen, deren reifes Alter im Untergrund eben erst begonnen hatte oder bereits kurz davor war zu enden.

Wo war hier Saschas Kammer?

Er fand sie.

Trat ein, ohne sich anzustellen, ohne anzuklopfen, knallte einem hosenlosen Krieger den Pistolengriff auf den Scheitel, zerrte ihn von Sascha herunter und legte ihn in eine Ecke. Erst dann grüßte er, das Gesicht abgewandt, damit sie sich bedecken konnte.

»Wo ist Homer?«

»Du darfst hier nicht sein, Artjom«, sagte sie von unten herauf. »Warum bist du zurückgekehrt?«

»Wo ist der Alte? Er hat dir doch sicher keine Ruhe gelassen? Oder doch? Wohin ist er gegangen?«

»Sie haben ihn mitgenommen. Bitte, geh jetzt.«

»Mitgenommen? Wer?!«

»Hat … Alexej – hat er dir geholfen? Du siehst anders aus. Besser.«

»Ja, das hat er. Du hast mir geholfen. Besten Dank auch. Euch allen. Scheißwohltäter.«

»Du wolltest es doch wissen. Und jetzt weißt du es doch, nicht wahr? Oder was wolltest du? Einfach nur sterben?«

»Ja. Verzeih mir … Ich will das nicht von ihm … Von denen. Diese Almosen. Die brauche ich nicht. Früher hätte ich vielleicht … Aber jetzt … Na ja, jedenfalls danke.«

»Warum bist du von dort weggegangen? Dort … Dort ist das Leben doch ganz anders, oder?«

»Warst du etwa noch nie dort? Hat er dich nie mitgenommen?«

»Eigentlich hatte er es mir versprochen. Aber ich habe ihn gebeten, dich statt meiner mitzunehmen. Einstweilen.«

»Du hast nichts verpasst. Das Leben dort ist genau dasselbe. Nur das Essen ist besser. Und … die Medizin. Aber könntest du denn überhaupt? Mit denen?«

»Was hat er dir erzählt?«

»Alles. Die Unsichtbaren Beobachter, die Macht, die Roten, die Faschisten – alles.«

»Und er hat dich gehen lassen?«

»Ja.«

»Du musst von hier verschwinden. Sie haben alle eure Leute mitgenommen. Deinen Broker, einfach alle. An demselben Tag, an dem du … Vielleicht gibt es sie schon nicht mehr. Ich weiß nicht.«

»Wer war das? Die Beobachter?«

»Nein. Nicht seine Leute. Dein Orden.«

»Der Orden … Hör zu. Du … Ich will das verstehen. Er hat dir doch alles erklärt, oder? Du hast alles gewusst. Über das da oben. Die ganze Welt. Aber das war doch dein Traum! Dorthin zurückzukehren. Genauso wie meiner. Dass wir alle … dort. Wieder dort! Das hast du mir doch selbst erzählt! Was machst du dann hier? Was hängst du noch in dieser Müllgrube herum? Warum bist du nicht geflohen? Warum bist du noch hier?«

Sascha stand vor ihm – dünn wie eine Bleistiftskizze, die Arme um den Oberkörper geschlungen. Ihr Blick war jetzt verschlossen, der Kopf leicht gesenkt.

»Geh, bitte. Wirklich.«

Er packte sie an den Handgelenken, die so dünn waren wie schlanke Äste.

»Sag mir. Ich will Menschen zusammentrommeln. Du fragst, warum ich nicht geblieben bin. Weil die anderen … Wir. Wir alle hier. Sie müssen es wissen. Alle. Sie müssen einfach. Du wirst mich doch nicht verraten? Nicht noch mal. An ihn. Das tust du doch nicht?«

»Nein.«

Ihre Lippen schienen versiegelt zu sein. Artjom wartete.

»Aber ich komme nicht mit dir.«

»Warum?«

»Artjom. Ich liebe ihn.«

»Wen …«

»Alexej.«

»Ihn? Diesen … alten Knacker? Diesen Perversen?! Aber der ist doch … Er hat doch kein Herz … Hättest du gehört, was er … über die Menschen gesagt hat! Diesen Typ …«

»Ja.«

Artjom ließ ihre Arme los, als hätte er sich verbrannt, und wich zurück.

»Wie kannst du nur?«

Sie zuckte mit ihren verhüllten Schultern.

»Ich liebe ihn. Er ist wie ein Magnet für mich. Er ist ein Magnet, und ich bin ein Eisenspan. Mehr nicht. Er ist mein Herr. Und er hat mich immer gut behandelt. Von Anfang an.«

»Er lässt andere dich benutzen! Er – dich! Er schaut gern zu, wie alle möglichen Typen dich … Schmutzige Typen … Alle möglichen!«

»Ja«, nickte Sascha. »Er mag das. Und mir gefällt das.«

»Es gefällt dir?!«

»Ja, und? Passt dir das etwa auch nicht? So wie Homer? Dann entschuldige bitte.«

»Und du wartest … Du wartest darauf, dass er dich von hier wegholt? Zu sich?«

»Bei ihnen war ein Platz frei geworden. Er hatte die Erlaubnis bekommen. Aber ich …«

»Schon gut. Ich hab verstanden. Du hast mich anstatt … Gut. Ich verstehe. In Ordnung.«

»Du musst gehen.«

»Willst du wirklich da hin? Zu ihnen? Wo die Kneipe rund um die Uhr geöffnet hat? In den Bunker?! Anstatt nach oben – noch tiefer hinab?!«

»Es ist mir egal, wohin. Ich will bei ihm sein. Ich gehöre ihm. Das ist alles.«

»Gut. Ich hab verstanden.«

Er stand noch eine Weile da. Dann legte er das Kreuz ab, das um seinen Hals hing. Warf es ihr hin.

»Mach's gut. Und danke.«

»Mach's auch gut.«

Er trat hinaus: Die Welt stand kopf.

Wie im Traum irrte er durch die lüsterne, betrunkene Eintags-fliegenmenge. Er hatte Sascha gesagt, er wisse jetzt Bescheid, und hatte doch überhaupt nichts begriffen. Wie konnte sie nur – mit Bessolow? Wie konnte sie so einen lieben? Wie konnte man Luft-schiffe eintauschen gegen einen Bunker, selbst einen erträum-ten? Gegen ein Bordell? Nur um dieser kurzen, herablassenden Begegnungen willen? Genauso wie Bessolow ihr Essensreste aus seinem Bunker mitbrachte, war das, was er für sie empfand, doch auch nur ein Liebesrest. Aber ihr machte das nichts aus, ihr ge-nügte das eine wie das andere. Verwöhnt war sie nicht.

Was war es, das Artjom an Sascha nicht begriff?

Und wie konnte er sie überhaupt hassen?

»He, Mann!« Jemand fasste nach seinem Kellneranzug. »Einen Liter von eurem Gebräu!«

»Fick dich doch!«

Er erreichte die Anlegestelle. Das Wasser stand hoch, bis an den Rand.

Er musste es zerschlagen. Alles zerschlagen. Kurz und klein schlagen.

Melnik hatte ihm also alle Kameraden weggenommen. Homer, Ljocha, Letjaga. Er musste sie befreien, wenn sie noch lebten. Allein würde er nichts ausrichten können.

Melnik.

Wenn er den Orden auf seine Seite brächte … Mit so einer Macht im Rücken brauchte man die Beobachter nicht zu fürchten. Wenn der Orden einen Bunker erfolgreich verteidigt hatte, konnte er auch einen erobern.

Aber wie sollte er sie zur Revolte bringen? Ihnen von ihren verkauften Kameraden erzählen? Hatte Melnik sie überhaupt verkauft – und wenn ja, an wen? Er selbst war verraten und verkauft worden, dieser alte Idiot, und die Jungs waren einfach so gefallen, für nichts. Eine Initiative der mittleren Führungsebene. Wusste der Alte überhaupt, wofür er seine Beine geopfert hatte?

Sollte Artjom es ihm erklären?

Was wusste Swjatoslaw Konstantinowitsch denn über die Metro? Offenbar nur das, was Bessolow ihm gesteckt hatte. Aber sicher hatte er ihm doch auch nur eine seiner Halbwahrheiten ins Maul gestopft. Melnik würde niemals damit leben können, wenn er erfuhr, dass er nicht, um die Metro zu retten, vom Helden zum Fleischklops im Rollstuhl mutiert war, sondern weil man ihm die zweite Hälfte der Wahrheit nicht erzählt hatte.

Am anderen Ende des Bahnsteigs schwappte ein Flaschenfloß am Pier. Daneben schnarchte ein besoffener Eisenbahner. Artjom blickte sich um und überlegte. Wenn er durch das überschwemmte Reich rudern könnte – es war doch hoffentlich nicht bis zur Decke vollgelaufen? –, käme er bei der Polis raus. Er würde eine Unterredung mit Melnik fordern. Ihm all das mitteilen, was dieser nicht wusste, die ganze Wahrheit. Wenn er sich Artjom trotzdem nicht anschließen wollte, würde er vielleicht wenigstens die Kameraden freilassen.

Auf dem Weg zum Floß ließ er irgendwo in dem Chaos eine Schweinefett-Lampe mitgehen. Sie war zwar kein Scheinwerfer, aber einen kleinen Schimmer würde sie im Tunnel schon erzeugen. Er schlich näher, tippte den Betrunkenen mit der Spitze seines Lakaienschuhs an – der Mann schlief tief und fest.

Also band er das schwankende Boot los, sprang an Bord und fuhr auf dem trüben Fluss in die Röhre. Anstelle eines Ruders gab es eine Schöpfkelle an einem Stecken, mit der er abwechselnd auf der einen und auf der anderen Seite rudern musste. Das Floß drehte sich unwillig – es wollte nicht zurück, kroch aber am Ende doch in die Schwärze. Die Lampe leuchtete gerade mal einen Schritt voraus, sogar die Schöpfkelle reichte da weiter. Der Tunnel fiel nach unten hin ab, das Wasser stieg an. Die Decke senkte sich immer tiefer, näherte sich Artjoms Scheitel. Ob die Luft reichen würde?

Stehend konnte er jetzt nicht mehr rudern, die Decke zwang ihn, sich hinzusetzen.

Eine Ratte schwamm ihm entgegen. Freudig erblickte sie Festland.

Sie kletterte zu Artjom aufs Floß, ließ sich bescheiden am Rand nieder. Er jagte sie nicht fort. Früher einmal hatte er Angst vor Ratten gehabt, doch hatte er sich längst an sie gewöhnt. Ratten und Ratten. Scheiße und Scheiße. Dunkelheit und Dunkelheit. Ein Leben wie alle. Er hätte selbst nichts Besonderes daran gefunden. Aber nun wusste er, dass es ein anderes gab.

Die Lampe hing in der Luft, äugte nicht nur nach vorn, sondern auch nach unten, unter den durchsichtigen Boden.

Unten schwappte es.

Er dachte an Sascha. Verabschiedete sich von ihr. Warum wollte sie den Menschen nicht sagen, dass sie nicht mehr unter der Erde bleiben durften? Warum war sie noch hier? Weshalb hatte sie Bessolow gewählt?

Es stank nach Schweinefett. Die Ratte schien den Geruch genüsslich einzuatmen.

Unter dem Boden drehte sich eine Wasserleiche um und starrte mit offenen, versandeten Augen durch die Flaschenwand auf die Lampe. Der Mann hatte lange kein Licht mehr gesehen und versuchte sich daran zu erinnern, was das war. Mit dicken Fingern hakte er sich unten am Floß ein, behinderte die Weiterfahrt, ließ aber dann doch los.

Die Decke senkte sich noch weiter herab. Wenn er so dahockte, konnte er mit der Hand die gerippte Decke und die Fugen der Tunnelsegmente berühren.

Die Ratte überlegte einige Zeit – und plumpste dann zurück ins Wasser. Offenbar hatte sie beschlossen, doch lieber zum *Zwetnoi bulwar* zurückzuschwimmen. Nach Hause.

Artjom hielt an und blickte zurück: Dort war es genauso dunkel. Sogar noch dunkler. Seine Hand tastete nach seiner Brust, aber nun hatte er das Kreuz schon abgegeben. Na gut, irgendwie würde er schon … Er hatte es so gewollt.

Er ruderte weiter.

Und dann begann das Wasser zurückzuweichen.

Vielleicht hatte er die tiefste Stelle passiert. Die Decke drückte ihm nun nicht mehr auf den Kopf, rückte nach oben, ließ ihn atmen. Vorne leuchtete schwach ein Licht auf: Lampen, die sich bis ganz nach oben zurückgezogen hatten, versuchten, sich freizublinzeln. Offenbar waren die Generatoren der Flut auf wundersame Weise entronnen.

Als er die Station erreichte, war das Wasser ganz seicht geworden. Auf dem Bahnsteig ging es ihm gerade mal bis zum Knie. Doch die einstigen Herren hatten es noch nicht eilig, nach Hause zurückzukehren. Wer es nicht geschafft hatte zu fliehen, trieb hier niedergeschlagen, ruhelos, mit angeschwollenem Leib herum. Der Gestank war hier so dicht, dass er sogar auf dem Gesicht zu spüren war.

Das Grundwasser hatte die *Darwinowskaja* reingewaschen, abgerieben – sie war jetzt wieder die *Tschechowskaja*. All ihre kannibalische Herrlichkeit – Transparente, Schriftzüge, Porträts – schwamm bauchoben in der Schmutzbrühe.

Egal. Sobald sie neuen Mut gefasst hatten, würden sie hier wieder für Ordnung sorgen. Und die ganze Menagerie wiederaufbauen. Dietmars Stelle würde Dietrich einnehmen, mehr nicht. Jewgeni Petrowitsch würde zurückkehren, einer ihrer Leute, einer, der zum System gehörte, auch wenn er ein Killer war. Denn es war doch alles schon so wunderbar und praktisch eingerichtet: Auf der einen Seite gingen die Menschlein rein, und auf der anderen kam das Hackfleisch heraus. Wie dort, in Balaschicha. Wie in der ganzen Metro.

Außerdem musste doch irgendwer für Jewgeni Petrowitsch das Geschichtslehrbuch zu Ende schreiben. Ilja Stepanowitsch wahrscheinlich. Der Lehrer würde diesmal aber allein die Suppe auslöffeln müssen, denn Homer war ja von Melnik gekascht worden. Egal, Ilja Stepanowitsch würde das alles schon richtig ausmalen: Bei ihm würde es an der *Schillerowskaja* zur heldenhaften Verteidigung der Station gegen die Roten kommen, die Degenerierten würden die Station nicht verteidigen, sondern attackieren. Und am Ende käme es dann zu irgendeinem erhebenden Finale. Nach dem Motto: Aufgrund feindlicher Machenschaften

kam es zu einer Überschwemmung, aber niemand kann uns …
und wie ein Phönix aus der Asche … und besser als je zuvor …

Wie konnte Sascha nur mit so einem schlafen?

Er berührte mit der Kelle ein Häutchen aus nassem Papier.
Jetzt erkannte er: verwaschene Zeitungen. Auf einer davon war
»Eiserne« zu lesen, auf den anderen »Faust«. Fetzen vergangener
Tage. Irgendwo hier war doch eine Druckerei gewesen. Dietmar
hatte also nicht gelogen: Er hatte wirklich vorgehabt, zehntau-
send Wälzer mit der wahren Geschichte der Metro zu drucken.

Die Station war zu Ende, der nächste Tunnel begann.

Er hatte sich Verschiedenes überlegt, wie er sich am Wachposten
vorbeimogeln würde. Doch er kam gar nicht dazu, eine Geschichte
zu erzählen: Nicht die üblichen, trägen und leicht begriffsstutzigen Wachleute der Polis standen am Posten, sondern die schweigsamen Götzenstatuen des Ordens.

Damit sie ihn nicht gleich abschossen, rief er ihnen zu, er sei
Artjom und müsse zu Melnik. Trotzdem vertrauten sie ihm nicht,
klopften die Taschen seines Narrenkostüms ab, schienen ihn wohl
zu erkennen, nahmen aber ihre Masken nicht ab. Den Revolver
zogen sie ein und führten ihn durch technische Korridore, um
die vergeistigten Bewohner der Station nicht zu irritieren.

Aber man brachte ihn nicht zu Melnik.

Eine Tür zu einer Zelle. Gitter. Wachen.

Man führte ihn hinein, schubste ihn böse, als wäre er nicht einer
von ihnen.

Und dort – welche Freude!

Alle waren am Leben: Ljocha, Letjaga, Homer. Sogar Ilja Stepanowitsch, seltsamerweise.

Sie lobten Artjom dafür, dass er nicht tot war, dass er so frisch aussah und so fein gekleidet war. Sie lachten und umarmten einander.

Wie er erfuhr, waren sie alle noch am *Zwetnoi bulwar* eingesackt worden. Es waren ja nur zwei Stationen bis zur Polis, einer von den dortigen Kämpfern hatte ein bisschen Spaß haben wollen – und sowohl Letjaga als auch Ljocha erkannt. Homer und den nichtsnutzigen Ilja hatten sie sogar im Doppelpack gekascht: beim gemeinsamen Essen, noch bevor sie sich trennen wollten.

»Und du, wo warst du?«

Artjom schwieg. Er zögerte. Zweifelnd betrachtete er Ilja Stepanowitsch – es war ja bekannt, aus wessen Hand der noch vor Kurzem gefressen hatte. Aber was Artjom wusste, durfte er vor niemandem geheim halten. Geheimnisse waren die Waffen der anderen. Seine Waffe war es, die Wahrheit zu sagen.

Er legte alles auf den Tisch. Alles.

Den Bunker, die Kneipe, die Salate, den Schnaps, die fetten Säufer in ihren Anzügen, die Antibiotika, den wächsernen Stalin, die niemals erlöschende Elektrizität, die Flaschen mit den nichtrussischen Namen, und dann: all die nervösen Marionetten, die Idiotenkriege, die klebrige Umarmung der Geheimdienste, den notwendigen Hunger, den notwendigen Kannibalismus, die notwendigen Kämpfe in Tunneln, die ins Nichts führten. Die notwendigen, ewigen Unsichtbaren Beobachter.

All das erzählte er ihnen – und sich selbst. Und wunderte sich darüber, wie sich alles gleichsam von allein zusammenfügte. Nichts Nutzloses war an diesem Gebäude, das Bessolow errichtet hatte, nichts, was sich nicht erklären ließ. Auf jede Frage gab es eine Antwort. Außer der einen: wozu?

»Daf heift ... Während wir hier Cheife freffen ... gibt'f für die ... Falat?«, lispelte Ljocha, und man konnte hören, wie der

Hass sich in ihm aufstaute. »Aufländiche Fpirituowen? Und daf Fleich if bei denen wahrcheinlich auch fricher … ftimmt'f?«

»Die essen nicht mal alles auf. Ganze Teller voller Essensreste lassen die da stehen … Wahrscheinlich haben sie damals genauso gefressen, als wir alle … an *Komsomolskaja* … in den Kugelhagel …«

»Arflöcher«, sagte Ljocha. »Und Meditfin haben die auch, fagft du?«

»Schau mich doch an … Die haben sogar mich wieder auf die Beine gebracht. Ich weiß zwar nicht, für wie lang, aber trotzdem.«

»Ich feh'f. Unfereinf greifen die nur an die Eier und dann heift'f: Forry, wir können dir leider nicht helfen. Chau, wie du felbft tfum Friedhof kommft. Echte Wikfer, oder?«

Homer stand wortlos daneben. Er war außerstande, das alles so schnell zu glauben wie Ljocha.

»Aber wenn wir chon in der Cheife fitfen, dann alle miteinander!«, sagte der Apostel. »Alfo, wo ift jetft diewer Bunker? Der gehört doch geflutet, oder?!«

»Ich hatte einen Sack auf dem Kopf … Und auf dem Hinweg war ich bewusstlos … Ich habe keine Ahnung, wo.«

»Ich bin dort gewesen. In dem Museum«, sagte Homer. »Noch vor dem Krieg. Ich hab damals eine Führung mitgemacht. Die volle Bezeichnung damals lautete Geschützter Kommandopunkt Taganski, weil er genau am Taganskaja-Platz liegt. Es gab einen Eingang von der Straße her. Die Gegend ist voll von alten Moskauer Gassen und Häusern, gleich neben dem Moskwa-Fluss. Aber eines dieser Häuser ist, wie man uns damals erklärt hat, in Wirklichkeit nur die Fassade für einen massiven Betondeckel. Und der schützt wiederum den Aufzugschacht vor Bomben. Da geht es dann zwanzig Stockwerke hinab in diesen Bunker. Und ja, alles ist genau, wie du es beschreibst. Neonlicht, das Restaurant, die Renovierung.«

»Aber wie kommen sie dann in die Metro?«

»Es gibt einen Ausgang. Sogar mehrere. Direkt an der Station *Taganskaja* und in den Tunnel zur Ringlinie.«

»Die *Taganskaja* … Das ist doch nur zwei Stationen von der *Komsomolskaja* weg …«, sagte Artjom. »Und die wollen all die Schreie nicht bemerkt haben? Wenn sie sogar noch an der Oberfläche zu hören waren?«

»Die Unsichtbaren Beobachter …« Homer schüttelte den Kopf. »Mir wäre die Geschichte mit der Smaragdenen Stadt lieber.«

»Wir können sie von dort rausholen!«, sagte Artjom bitter. »Sie hinausjagen in die Metro. Diese Schweine allen präsentieren. Sie sollen gestehen, Bessolow soll gestehen, dass sie uns all die Jahre angelogen haben. Sie sollen sagen, dass es eine Welt da oben gibt, dass wir hier unten ganz umsonst krepieren. Sie sollen ihren Leuten befehlen, die Störsender abzuschalten. Das lässt sich alles machen! Es gibt dort nur wenige Wachen. Die Frage ist nur, wie wir hineinkommen …«

»Woher haben die fo viel tfu freffen?«, fragte Ljocha.

»Angeblich aus den Lagern von Gochran. Aber ich glaube, sie bekommen auch was aus der Metro. Die haben die Hanse doch in der Tasche! Sie kontrollieren alles. Die Roten liefern ihnen Gefangene für die Bauarbeiten, die Hanse ernährt sie, und der Orden … macht hin und wieder mal sauber, wo nötig. Wusstest du das, Letjaga?«

Dieser blickte an Artjom vorbei, auf die Wand.

»Nein.«

»Und Melnik?«

»Ich glaube nicht.«

»Wir müssen ihn informieren!«

»Dazu wirst du bald Gelegenheit haben.«

»Hat er mit dir gesprochen? Hast du ihn überhaupt gesehen?«

»Ja. Es wird ein Tribunal geben. Das heißt, er selbst wird entscheiden. Und Ansor kritzelt seinen Namen drunter. Fahnenflucht. Sieht nicht gut aus für mich ... und für Ljocha auch. Er ist ja sozusagen schon einer von uns. Also steht er auch in der Verantwortung. Und du jetzt auch. Du weißt, was darauf steht. Die Höchststrafe.«

»Daf ift aber nicht, waf meine Mama mir verfprochen hat«, erklärte Ljocha. »Ich hab nämlich eine grofe Tfukunft, hat fie gefagt.«

»Und du?«, fragte Artjom Homer. »Warum haben sie dich geschnappt?«

»Als Zeugen«, antwortete dieser schulterzuckend. »Wer bin ich schon? Melnik erinnert sich wahrscheinlich gar nicht mehr an mich. Vielleicht lassen sie mich ja gehen.«

»Als Zeugen ...«, wiederholte Artjom. »Glaubst du, er kann irgendwelche Zeugen brauchen? Ich bin ja auch kein richtiger Deserteur. Wenn wir ihn nicht überzeugen ... Wenn er stur bleibt ... Dann geht's uns allen an den Kragen.«

»Und Ilja?«

Artjom wandte sich zu Ilja Stepanowitsch um. Dieser saß auf dem kalten Boden und starrte Artjom an. Als ihre Blicke sich trafen, zuckte er zusammen und sagte:

»Stimmt das wirklich?! Das mit dem Reich? Mit Jewgeni Petrowitsch? Und seiner Tochter?!«

»Es war ein Umschlag mit Fotos. Ich habe sie selbst in der Hand gehabt. Und Bessolow hat es gesagt. Ja, ich glaube, es ist die Wahrheit.«

»Er ist geflohen. Der Führer. Geflohen.«

»Ich weiß. Sie suchen ihn gerade, denn sie wollen ihn zurückbringen. Sie wollen euch ein neues Reich hinstellen.«

»Ich habe auch … eine Tochter«, sagte Ilja Stepanowitsch und schluckte trocken. »Sie haben sie mitgenommen. Er dagegen … Er hat seine behalten. Für sich.«

Artjom nickte. Ilja Stepanowitsch verbarg sein Gesicht zwischen den Knien.

»Die sind also immer noch da?«, fragte Homer. »Bis heute? Die Machthaber? Und sie beherrschen die ganze Metro?«

»Ja, die ganze Metro. Aber das macht sie auch verwundbar. Wenn wir sie dort ausräuchern … und festnehmen … dann könnten wir endlich alle hier rauslassen! An die Oberfläche! Wir alle könnten dann gehen! Oder?«

»Ja, das schon.«

»Wir müssten nur Melnik davon überzeugen. Ihm erklären, dass sie auch ihn verarscht haben.«

Sie schwiegen. Wahrscheinlich hing jeder seinen eigenen Gedanken nach.

Etwas raschelte im Korridor. Dann öffnete sich quietschend das winzige Sichtfenster in der Tür. Hinter dem Drahtnetz erschien eine Silhouette. Sie schien nicht besonders groß zu sein.

»Artjom!«

Er fuhr zusammen. Dann trat er an die Tür und flüsterte:

»Anja?«

»Warum bist du zurückgekommen? Wozu? Er wird dich beseitigen.«

»Ich muss meine Leute hier rausholen. Und ich will mit deinem Vater sprechen … noch ein letztes Mal. Er kennt nicht die ganze Wahrheit. Er wird es nicht tun. Er wird umdenken. Ich muss nur die Chance bekommen, mit ihm zu reden. Kannst du ihn darum bitten?«

»Ich kann gar nichts. Er hört nicht mehr auf mich.«

»Ich muss es ihm aber erklären! Sag ihm das. Es geht um die Unsichtbaren Beobachter!«

»Hör zu. Er hat eine Verhandlung angesetzt. Für heute. Kein Tribunal, sondern ein Kameradschaftsgericht.«

Letjaga fuhr auf.

»Ein Kameradschaftsgericht? Was soll der Zirkus?«

»Wozu?«, fragte Artjom.

»Ich weiß nicht ...« Anjas Stimme klang brüchig. »Meinetwegen. Er will, dass dich – oder euch – alle verurteilen. Nicht nur er allein.«

»Ist schon in Ordnung, Anetschka. Ein Kameradschaftsgericht, das ist sogar besser ... Dann sind nämlich alle anwesend. Ich werde ihnen alles sagen. Wir werden schon sehen, wer da wen ... Hab keine Angst. Danke, dass du Bescheid gesagt hast.«

»Gar nichts wirst du. Mehr als die Hälfte dort sind von der Hanse. Es ist jetzt schon klar, wie die Abstimmung ausgeht. Selbst wenn unsere Leute alle ... Wir haben nicht genug Stimmen.«

»Wir werden es trotzdem versuchen. Unbedingt. Danke, dass du gekommen bist. Ich hatte mich schon gefragt, wie ich mit all unseren Jungs reden soll. Aber jetzt ... bietet er mir sogar selbst die Möglichkeit.«

»He! Anja!«, zischte jemand auf dem Gang. »Schluss jetzt!«

»Artjom ...«

Die Klappe wurde zugeschoben, und Anja verschwand.

»Ich ...«

Sie hatten sie wieder mitgenommen.

»Hört zu. Wir können das schaffen. Letjaga, wenn du mich unterstützt, kann es wirklich klappen.«

»Aber wie?«

»Bessolow müsste bald kommen, um Sascha zu holen. Am *Zwetnoi bulwar*. Wenn wir nur ein paar Leute dort haben … Er ist meistens nur mit ein, zwei Bewachern unterwegs. Dann schnappen wir ihn uns. Bringen ihn zum Bunker. Zur *Taganskaja*, über die *Kitai-Gorod*. Und der Bunker selbst … Der ist fast überhaupt nicht bewacht. Bessolow muss nur dafür sorgen, dass man uns aufmacht … Wenn wir erst mal drin sind …«

»Mit ein paar Leuten kannst du doch überhaupt nichts ausrichten.«

»Ich hab nachgedacht. Ich bin zu euch durchs Reich gekommen. Das Wasser ist schon wieder zurückgegangen. An der *Tschechowskaja* ist es schon fast trocken. Und überall schwimmen Zeitungen. Verstehst du, Homer? Die haben dort doch eine Druckerei? An der *Tschechowskaja*?«

»Ja«, bestätigte der Alte. »In den Betriebsräumen.«

»Mir ist aufgefallen, dass die Stromversorgung dort stellenweise noch funktioniert. Vielleicht ist die Druckerpresse ja nicht überflutet worden. Was wäre, wenn wir anstelle ihrer Zeitung ein paar Flugblätter drucken? Den Leuten erklären, wie sie zum Narren gehalten werden. Ihnen von den Unsichtbaren Beobachtern erzählen. Von den Störsendern. Was glaubst du, bekommen wir beide das hin?«

»Als ich dort war, hat man es mir gezeigt.«

»Wenn das klappt … Wir könnten ihr ganzes System … Wenigstens ein paar Tausend Flugblätter, das wär's doch, oder? Die verteilen wir dann unter den Leuten an der *Taganskaja*. Und unter-

681

wegs … Sie sollen es lesen und weitergeben. Auch an der *Kitai-Gorod* … Wir erzählen ihnen direkt vom Bunker! Wir versammeln die Massen vor dem Eingang! Und Bessolow, das Schwein, wird uns aufmachen müssen … Und dann sollen sie den Leuten die Wahrheit ins Gesicht sagen! Dann sind wir nicht allein, Letjaschka. Und selbst wenn das mit dem Sturm auf den Bunker nicht gleich klappt … Die Flugblätter werden trotzdem durch die ganze Metro gehen!«

»Die Leute von der *Taganfkaja* follen wir in den Bunker laffen?«, fragte Ljocha nach. »Du meinft, alle?«

»Je mehr, desto besser. Sollen sie sich ruhig selbst überzeugen, dass diese Arschlöcher dort wie die Maden im Speck leben – und das schon immer. Wenn sie das mit eigenen Augen sehen, glauben sie vielleicht auch alles andere. Was meinst du, Ljocha? Opa, schaffen wir das?«

»Theoretisch schon …«, antwortete Homer. »Wenn das Papier trocken ist … Eigentlich war es dort immer in Plastikfolie eingeschweißt … Damit es nicht feucht wird … Könnte also gut sein, dass es noch da ist …«

»Und, Letjaschka? Was ist mit unseren Leuten? Oder haben die etwa schon unsere Kameraden vergessen, die von den Roten niedergemetzelt wurden?«

Letjaga seufzte:

»Wie könnten sie das?«

»Gut, dann ist das jetzt unser Plan. Er ist riskant, klar. Aber er könnte klappen. Oder?«

»Vielleicht«, gab Ljocha zu.

»Und du glaubst, sie lassen uns diese Flugblätter so einfach verteilen?« Der Zweifel in Homers Stimme war deutlich zu vernehmen. »Wenn hier noch immer, wie du sagst … wenn der

Staat gar nicht verschwunden ist … Verstehst du überhaupt, was das dann ist – unser Staat?«

»Nein. Ist mir auch scheißegal, Alter! Wir müssen es doch versuchen! Wir müssen den Menschen alles erzählen! Sie – befreien!«

Homer nickte.

»Und … und was wirst du an der Oberfläche machen? Wenn wir erst mal draußen sind? Weißt du denn wenigstens, wohin du willst?«

»Leben! Wie früher! Wie Menschen! Wo, das finden wir dann schon raus! Wieso, ist das denn nicht klar?«

»Nicht besonders«, seufzte Homer. »Ich zum Beispiel wüsste nicht, was …«

»Egal was! Von mir aus Pilze züchten oder Getreide anbauen – ich bin zu allem bereit! Hauptsache da oben. Aber erst … Die Erde ist doch riesengroß. Da kann man überall hingehen. Und einen Ort für sich finden, der einem liegt. Eine Stadt … oder die Küste des Ozeans. Findet ihr das etwa in Ordnung, dass irgendein Häuflein Blutsauger einfach so beschlossen hat, uns das alles vorzuenthalten?!«

»Und den gantfen Tag nichtf tun als freffen!«, ergänzte Ljocha.

»Es muss einen Grund dafür geben«, entgegnete Letjaga, noch immer nicht überzeugt.

»Klar gibt es den! Unter freiem Himmel dreht sich denen nämlich der Kopf! Und deshalb wollen sie, dass du schön hier unten bleibst. Die halten dich wie ein Stück Vieh!«

»Lof, wir chmeifen die hochkant auf ihrem Bunker«, sagte der Apostel entschlossen. »Dein Plan ift chon o. k. Wenn die unf nicht vorher aufknüpfen.«

»Verstehst du, Bruder?« Artjom packte Letjaga an dessen riesiger Schulter. »Da oben kannst du für die Menschen viel mehr ausrichten! Was hast du geschworen? Dass du irgendwelchen roten Ratten dabei hilfst, ihresgleichen abzuknallen? Du hast geschworen, die Menschen zu beschützen! Alle! Die ganze Metro! Wenn wir sie nach oben bringen, dann werden sie uns erst wirklich brauchen! Denn wir vom Orden haben Erfahrung. Wir wissen dort Bescheid. Kennen die Risiken. Was da für Getier rumläuft … Wo welche Strahlung herrscht. Dort ist unser Platz! Nicht hier, wo wir allen, die von woanders kommen, die Kehlen durchschneiden müssen! Sondern dort, wo wir unseren eigenen Leuten zeigen, wie sie einen Ort zum Leben finden! Oder nicht?«

»Schon, ja«, murmelte Letjaga.

»Opa?«

»Ich weiß nicht.«

»Ich verstehe schon, du hast Angst, nach oben zu gehen. So viele Jahre bist du unter der Erde gesessen. Hier kennst du dich aus. Es ist zwar dunkel und eng, aber es ist dir zur Heimat geworden, stimmt's? Und jetzt nach oben zu gehen … Da bist du nicht allein. Ich habe an der *Komsomolskaja* versucht, die Leute zu überzeugen … Kein Schwein hat mir geglaubt, und keiner ist mitgekommen. Dich trifft keine Schuld. Und sie auch nicht. Diese Säcke aus dem Bunker sind schuld, das ist es. Sie haben dich genauso angelogen wie uns alle. Haben uns zu Maulwürfen dressiert. Uns bewiesen, dass wir Würmer sind. Aber es ist alles Lüge, alles ist auf Lüge gebaut. Wenn wir ihnen die Wahrheit nicht sagen, wenn du – oder, Ilja Stepanytsch, das schaffst du doch, du bist doch begabt? – wenn du ihnen nicht die Wahrheit sagst über Schubkarren voller Leichen, über Eisenstangen, über meinen Tunnel, über Hundegruben, über Maschinengewehre an der

Komsomolskaja, wer dann? Niemand! Ich weiß, sie werden es nicht glauben wollen! Zumindest nicht gleich! Mir hat niemand geglaubt! Und ihr glaubt mir auch nicht ganz! Ist ja auch schwer, so was … Aber es muss sein. Sollen sie doch mit dem Finger auf uns zeigen. Sollen sie uns Durchgeknallte nennen. Uns für ihre Feinde halten. Aber jemand muss es ihnen sagen. Damit sie wenigstens ein wenig ins Zweifeln kommen … Und wer weiß, vielleicht glaubt es ja doch jemand! Und dieser Jemand wird uns folgen! Wir müssen das für die Menschen tun. Selbst wenn sie jetzt gegen uns sind. Später werden sie es verstehen. Was willst du denn sonst tun? Wieder irgendein faschistisches Blättchen drucken?!«

Ilja Stepanowitsch verharrte in seinem Kniepanzer. Es war, als wäre er tot. Als die Welt in tausend Splitter zerbrach, hatte ihn einer ins Herz getroffen.

»Nein.« Homer schüttelte den Kopf. »Mit dem ist es vorbei.«

»Gut, dann also? Wenn wir die Chance bekommen, machen wir's? Seid ihr auf meiner Seite?«

»Ja!«, rief Ljocha. »Tfeigen wir'f den Bonfen!«

Bis zum Gericht schien sich die Zeit zu einer Spiralfeder zusammenzudrehen – immer enger, und folglich immer langsamer. Artjom forderte von den Gefängniswärtern, er wolle mit Melnik sprechen, doch die schwarzen Strickgesichter erkannten Artjom nicht, und auch Melnik schien sich nicht an ihn erinnern zu wollen.

Warum zögerte Swjatoslaw Konstantinowitsch, womit war er beschäftigt? Ließ er bereits Galgen montieren, wohl wissend, wie der Orden entscheiden würde? Weil er mit jedem einzelnen Kämpfer dessen Stimme vereinbart und abgewogen hatte?

Gleichwie, Artjom bereitete sich trotzdem vor.

Er tigerte durch die Zelle, trat den anderen auf die Füße, wiederholte immer wieder, was er sagen musste. Er würde nur diese eine Gelegenheit bekommen. Sich zu retten, Letjaga und Ljocha aus der Patsche zu helfen. Das Rattennest auszuräuchern und die Menschen von den Ratten zu befreien.

Ein Kameradschaftsgericht, das ist gut, sprach er zu sich selbst. Das ist richtig. Sie sind doch keine Ölgötzen. Sie sind nicht aus Lehm oder aus Granit. Wir haben zwar nur ein Jahr zusammen gedient, aber dieses eine Jahr war sieben andere Jahre wert. Wir sind alle mit einer roten Naht verschweißt. Timur, Knjas, Sam. Soll Melnik doch seine Galgen aufstellen. Den eigenen Bruder zum Tode verurteilen, das ist nicht so einfach.

Plötzlich waren sie da.

Sie riefen sie einzeln heraus.

»Letjaga!«

Dessen Bärenschultern sanken ein, und er ließ sich die Handschellen anlegen.

Was war mit ihm los?

Als Artjom zu ihm gesprochen hatte, hatte Letjaga im Takt dazu genickt und den Anschein erweckt, als ließe er sich von dessen Wut anstecken. Doch kaum war wieder Stille eingetreten, war auch sein Fieber gesunken und spurlos verschwunden. Letjaga war einer von denen, die nur einmal im Leben entscheiden, wie sie denken und welche Meinung sie zu allem haben. Und das hatte er schon vor Langem getan – ein für alle Mal. Die neue Wahrheit traf auf seine dicke Haut daher weniger wie eine Ladung Schrot, sondern wie Salz.

»Swonarew!«

So hieß Ljocha also. Melnik hatte es tatsächlich geschafft, mehr über ihn herauszufinden als Artjom. Ob man sie verhört hatte?

Worüber? Auch Ljocha wurde gefesselt. Als man ihn wegführte, blickte er sich nach Artjom um.

»Tjomitsch! Mach dir nicht in die Hofe!«

Was für ein Vermächtnis.

»Tschorny!«

Sein Herz begann zu rasen. Er hatte gedacht, es würde ihn nicht weiter stören, aber nun merkte er: Er war nervös. Blöd eigentlich. Erst vor einer Woche hast du gedacht, dass du nicht mehr als diese eine Woche durchhältst. Jetzt ist die Frist abgelaufen. Also?

Nein. So nicht. Ausgeschlossen.

Er durfte jetzt noch nicht krepieren. Jetzt war es zu früh.

»Was hast du neulich gesagt, Opa? Jeder hat seine eigene Endstation, oder?«

Homer hob den Kopf. Er lächelte müde und verwundert.

»Das hast du dir gemerkt?«

»Wie hätte ich das vergessen können?«

»Los, her mit den Armen!«, raunzte ihn jemand an.

Er hielt die Handgelenke nach hinten und wurde beringt.

»Es kann viele Endstationen geben«, berichtigte Homer. »Aber jeder hat nur einen Zielpunkt. Und den muss man finden. Die Bestimmung.«

»Und du glaubst nicht, das könnte sie sein?«, fragte ihn Artjom und blickte erneut auf die Handschellen.

»Noch nicht die Endstation«, antwortete Homer.

Stählerne Finger krallten sich in Artjoms Genick und drückten ihn in Richtung Boden. Zugleich zog jemand seine Arme nach oben, damit er auch schön gebückt ging.

»Wir sehen uns«, sagte Artjom zu dem Alten.

Gemeinsam mit seinen Bewachern lief er durch die Gänge, die Augen immer auf den abgewetzten Granit gerichtet, die Bewacher schauten für Artjom, und er dachte für sie. Für eine Predigt gibt es keinen unpassenden Moment.

»Jungs ... Ich weiß nicht, ob ihr von uns oder von der Hanse seid ... Ihr werdet übers Ohr gehauen. Ihr alle. Wir alle. Wusstet ihr schon, dass es da oben Störsender gibt? Die sind nur dazu da, dass wir immer schön in der Metro bleiben ...«

Sie blieben stehen.

Ein harter Knochen fuhr ihm über die Wange, und ein schwarzes Haftband begann ratschend abzurollen. Sie klebten ihm den Mund zu. Dann noch einmal schräg darüber, zur Sicherheit.

Und schleppten ihn weiter.

Alles klar.

Ihm brach der Schweiß aus. Was, wenn sie das Band dranließen? Wenn er gar nicht die Gelegenheit bekam, etwas zu sagen?

Sie brachten ihn in eine Halle. Die *Arbatskaja*.

Die ganze Station war voll von Männern in Schwarz. Außenstehende hatte man gebeten, den Ort zu räumen, damit der Orden seine eigenen Leute lynchen konnte. Die hier Versammelten trugen keine Masken. Eine namentliche Abstimmung, erriet Artjom. Jeder würde für seine Stimme geradestehen müssen, das würden all jene zu bedenken haben, die sich auf einmal für eine Begnadigung entschieden.

Sie stießen ihn in einen leeren Kreis. Dort standen bereits Ljocha und Letjaga, beide gebückt, die Arme hinter dem Rücken, die Visagen bunt. Offenbar waren sie unterwegs vom Kurs abgekommen, und man hatte sie auf diese Weise wieder ins richtige Fahrwasser zurückführen wollen.

Als Letjaga das schwarze Kreuz anstelle von Artjoms Mund erblickte, blinzelte er schief. Artjom riss an seinen Bewachern:

Nehmt mir den Knebel ab! Er suchte nach Melnik, um Gerechtigkeit einzufordern.

Dieser wurde bald darauf von Ansor hereingeschoben, nahm Artjom jedoch nicht wahr, da er ständig in eine ganze andere Richtung blickte. Artjom wand sich mit seinem verklebten Mund wie ein Wurm auf einer Pfanne, biss sich auf die rostig schmeckenden Lippen, um vielleicht doch ein Loch zu machen, durch das er würde sprechen können. Aber das Band war breit, und der Klebstoff hielt mörderisch gut.

Es hatte noch nicht begonnen.

Endlich wurden auch Homer und Ilja Stepanowitsch durch die Menge gestoßen. Sie hatte man nicht gefesselt, sie waren also tatsächlich als Zeugen geladen. Was würden sie aussagen? Artjoms Blick blieb an dem gescheiterten Lehrer hängen. Er hatte in der Zelle alles mit angehört. Was davon würde er hier erzählen? War er gekauft? Er musste an Dietmar denken und dessen einfache und doch so treffende Formel, wie man Menschen manipulieren konnte. Und er erinnerte sich, wie er zu dessen Andenken – und wegen Ilja Stepanowitsch – Abfälle gefressen hatte.

Wieder und wieder versuchte er, die Lippen auseinanderzureißen, aber das Klebeband hielt fest. Sein Mund war zugewachsen.

»Wir wären so weit«, sagte Ansor.

»Zur Anhörung kommt ein Fall von Fahnenflucht und Verrat dreier ehemaliger Kameraden«, ertönte Swjatoslaw Konstantinowitschs heisere Stimme von seinem Thron herab. »Letjaga, Artjom und dieser ganz frische Novize. Swonarew. Nach vorheriger Absprache sabotierten sie zwei überaus wichtige Einsätze. Deren Ziel es war, den Krieg zwischen den Roten und dem Reich zu beenden. Im Interesse des Ordens sowie der gesamten Metro.

Sie verhinderten die Zustellung einer Depesche mit einem Ultimatum an den Führer. Und sabotierten eine weitere Operation, die dazu bestimmt war, Moskwin zu einem Friedensschluss zu nötigen. Im Zentrum der Verschwörung steht Artjom Tschorny. Letjaga hat sich nach unserer Überzeugung nur von diesem beeinflussen lassen. Für Artjom fordern wir ohne Ansehen der Person die Höchststrafe. Letjagas Fall sind wir bereit zu diskutieren. Der Dritte ist Artjoms Handlanger. Ein Spitzel. Auch er muss ausgesondert werden.«

»Habt ihr fie noch alle?! Waf hab ich denn getan?! Und Artjom?!«

»Also, was ist denn mit dem, ist der minderbemittelt? Haltet ihn fest.«

Jemand stieß Ljocha von hinten an und verschloss ihm die schartige Klappe.

»Warum ist Artjom geknebelt?«, murrte jemand aus der Menge. »Wie soll er sich verteidigen?«

»Wir haben Anlass zu der Vermutung, dass er den Verstand verloren hat«, erklärte Melnik unwillig. »Aber keine Angst, wenn er an der Reihe ist, werden wir ihn anhören. Dann könnt ihr euch selbst ein Urteil bilden. Für mich persönlich ist der Fall klar, aber hier soll alles sauber vonstattengehen, mit offener und allgemeiner Abstimmung. Fangen wir mit Letjagas Aussage an, dann hören wir die Zeugen. Anschließend stimmen wir erst über Letjaga ab, dann über den mit dem Defekt, dann über Artjom. Eines möchte ich aber noch sagen: Glaubt bloß nicht, dass das hier nur Theater ist. Ich will, dass ihr eure Entscheidung mit aller Härte trefft. Egal, wer da mit wem irgendwann mal verwandt war oder nicht. Der Mann hat uns verraten. Das Gesetz gilt für alle gleich. Ich habe extra wegen ihm ein Kameradschaftsgericht angesetzt, damit mir danach keiner kommt. Klar?«

Die Menge lärmte, doch selbst dieser Lärm kam als Chor, exakt abgestimmt, wie in einer Formation.

»Also, Letjaga, leg los. Wann hat Artjom Tschorny den ersten Versuch unternommen, dich anzuwerben? Was hat er gesagt? Wie hat er dich gezwungen, ihm die Geheimdepesche zu übergeben? Und schildere bitte in allen Einzelheiten, wie er die Verhandlungen mit Moskwin untergraben hat. Die Leute hier dürfen das wissen. Wir haben keine Geheimnisse. Außerdem: In wessen Interesse agierte Tschorny?«

Melniks Gesicht war reglos wie das eines Gelähmten. Aber seine einzige Hand klammerte sich so sehr an die Felge des Rollstuhlrads, dass die Knöchel weiß hervortraten. Letjaga starrte er mit bronzenen Augen an, und seine Pupillen waren in die Bronze getriebene schwarze Löcher.

Letjaga trat nach vorn, wie ein Bär an einer Kette. Er bewegte den Kopf, schielte schuldbewusst zu Artjom herüber. Atmete geräuschvoll ein. Blickte auf den Granit hinab. Die Menge schwieg. Artjom brachte seine Lippen nicht auseinander, und Ljocha kaute auf einem Blutgelee herum.

»Wir hatten Artjom schon längere Zeit im Visier«, begann Letjaga. »Seit etwa einem Jahr. Wir wussten, dass er mehrmals pro Woche von der *WDNCh* aus an die Oberfläche geht. Er ging immer auf den Hochhauskomplex Tricolor, Richtung Jaroslawskoje-Chaussee. Wir haben ihn von einer Position direkt gegenüber beobachtet. Er hat mehrmals in der Woche versucht, per Funk Kontakt aufzunehmen.«

Letjaga lieferte ihn aus. Artjom hörte zu. Drückte mit der Zunge gegen den bitteren Klebstoff, stöhnte durch die Nasenlöcher.

Eine Ladung kalter, scharfer Kies, ein riesiger Schwall feuchtes, gerade erst gestochenes Erdreich, brach über seine Beine, seine Arme, seine Brust herein – er fühlte sich kraftlos.

Auch Artjoms Kameraden waren hier: Sam, Stjopa, Timur, Knjas. Für einen Augenblick glaubte er Anja erkannt zu haben, eingezwängt hinter Männerschultern. Doch als er genauer hinsah, hatte er die Gestalt bereits aus den Augen verloren.

»Wisst ihr …«, sagte Letjaga. »Es ging darum, dass der Krieg gegen den Westen noch nicht zu Ende ist. Dass sie nur darauf warten, dass wir uns verraten. Natürlich haben wir Artjom gleich verdächtigt, dass er sich mit jemandem dort in Verbindung setzen möchte. Um uns zu enttarnen. Vielleicht sogar, eine Zielkoordinate zu übermitteln … Er war ja neu bei uns. Also sagte der Oberst: beobachten. Ohne Ansehen der … Jedenfalls. Dann kam diese Geschichte … mit dem Funkzentrum. Das habt ihr wahrscheinlich schon gehört.«

Ein Rascheln in der Menge.

Anja!

Sie war es tatsächlich. Hatte sich aus irgendeiner Umklammerung befreit und in die erste Reihe vorgedrängt. Sie traf Artjoms Blick und ließ ihn nicht mehr aus den Augen.

»Du kommst durcheinander«, unterbrach Melnik streng. »Zuerst die Sache mit der Depesche.«

»Ja. Also, das war so. Mit Artjom war so gut wie alles klar. Dass er wahrscheinlich für den Gegner arbeitet. Dass er das Ziel verfolgt, die Situation zu destabilisieren. Moskau zu enttarnen. Feindliche Waffen auf uns zu lenken. Und das mit der Depesche …«

Artjom zuckte, wand sich, aber man hielt ihn eisern fest. Sein Mund fand nicht einmal die kleinste Öffnung, durch die er Letjaga etwas über A zwei minus hatte zurufen können – schließ-

692

lich hatte Letjaga diese Schuld schon längst zurückbezahlt, und Artjom selbst hatte sich inzwischen sogar Blut von Bessolow geliehen. Und wofür? Um nun aus eigener Kraft auf die Schlinge zuhumpeln zu können?

Letjaga konnte ihn nicht mehr sehen.

Er sprach jetzt exakt und gleichmäßig, als ob er eine Aufnahme abspulte.

Selbst die wenigen bekannten Gesichter blickten Artjom jetzt mit finsterer Stirn an, wie einen Fremden, wie ein giftiges Tier, das man zertreten musste.

»Was ist mit Moskwin?«, fragte Melnik.

»Mit Moskwin«, wiederholte Letjaga. »Mit Moskwin ging die Geschichte so. Artjom hatte mich aus dem Bunker rausgeholt, den wir gegen Korbut und seine Leute hielten. Als wir Desjaty verloren, Android, Ulman, Ryschi, Antontschik …«

»Ich weiß, wen du meinst«, unterbrach Melnik. »Weiter.«

»Ja, natürlich wissen Sie, wen ich meine. Sie haben ja diese Liste. Wir haben sie alle gesehen. Ich selbst wäre damals beinahe auch krepiert. Und Artjom hat mir gesagt: Kapierst du, dass wir eben all diese Patronen, zwanzigtausend Patronen – den Roten geliefert haben? Moskwin? Dass wir sie denselben Schweinen geliefert haben, die unsere Jungs auf dem Gewissen haben? Auf Melniks Befehl. Und da hab ich begriffen: Wir haben sie verraten. Ich hab verstanden, wofür sie gestorben sind. Für nichts. Dass die Poli…«

»Letjaga!«

»Dass die Politik anscheinend wichtiger ist. Gestern Krieg, heute Frieden. Schade, dass unsere Jungs alle umsonst verreckt sind, gestern, als noch Krieg war, denn heute ist ja Frieden. Und heute schieben wir diesen Säcken einfach zwanzigtausend Patronen rüber, damit sie morgen die Restlichen von uns umlegen, wenn wieder Krieg ist.«

»Es reicht!«

»Und dann sagt Artjom: Es gibt gar keine Roten und keine Faschisten. Und auch keinen Orden. Es gibt nur eine einzige Struktur. Die Unsichtbaren Beobachter. Wer immer das auch ist, ist mir auch scheißegal. Und dass wir nur ein Teil dieser Struktur sind und die Roten ein anderer. Und dass das kein echter Krieg war und die Verteidigung des Bunkers für den Müll war. Alles nur Theater. Da denk ich mir, die ganze Wodkatrinkerei mit unseren toten Jungs, ist das vielleicht auch nur Theater?!«

»Letjaga!«

»Lass ihn!«, rief es in der Menge. »Er soll ausreden! Letjaga ist unser Mann!«

»Lass ihn frei! Was ist das Problem?!«

»So, Letjaga hat also gesprochen … Im Übrigen habe ich beide Beine …«

»Und Artjom sagt, wo war denn die Hanse bei der Geschichte mit dem Bunker?! Warum haben die uns erst danach ihre Leute geschickt? Anstatt damals, als wir sie dringend benötigten?! Er hat doch nicht dafür seine Beine eingetauscht?«

»Letjaga soll Kommandeur werden!«, brüllte jemand.

Etwas ploppte schnell und laut, und Letjaga verspritzte Rotes auf die schöne weiße Wand hinter ihm. Dann sackte er zusammen und landete mit dem Gesicht voraus auf dem Boden. Sein Hinterkopf war fort, stattdessen gähnte dort jetzt ein fleischiger Trichter.

Und genau so ein Trichter bohrte sich Artjom im nächsten Augenblick ins Herz.

»Letjaga!«

»Letjagaaaa! Das war die Hanse!«

»Auf die Hanse!«

Jemand stieß im Vorbeilaufen gegen Melniks Rollstuhl, sodass dieser unweit der zähflüssigen Lache auf den Granit stürzte. Mit seinem einen Arm begann er wie eine auf den Rücken gedrehte Kakerlake zu rudern, um sich aufzustützen, die Räder drehten sich mit blitzenden Speichen, während über ihm Leute gegeneinanderprallten, die äußerlich nicht voneinander zu unterscheiden waren, aber offenbar selbst genau wussten, wer hier zu wem gehörte.

Jemand packte Artjom, zog ihn fort, riss ihm das Band vom Mund, schirmte ihn mit dem eigenen Körper ab, dann holten sie Ljocha raus, und Artjom selbst packte Homer. Sie waren jetzt unter Kameraden, kämpften wild, mit nackten Händen, denn außer den Wachen und den Henkern war niemand mit eigenen Waffen zur Verhandlung zugelassen worden.

»Das ist sie! Die Chance!«, brüllte Artjom Ljocha ins Ohr, während jemand dessen Handschellen mit einem den Bewachern entrissenen Schlüssel aufschloss. »Schnappen wir uns ein paar Leute! Und dann zum *Zwetnoi bulwar*! Und Homer! Ins Reich! Zur Druckerei! Wir schaffen das! Es läuft alles nach Plan!«

»Jawoll!«, brüllte Ljocha zurück.

Die beiden Wellen, die eben aufeinandergeprallt waren, drifteten nun wieder auseinander und entfernten sich von ihrer Kluft: Die eine trug den toten Letjaga mit sich, die andere den mit dem Arm zappelnden Melnik sowie den Rollstuhl mit seinen verbogenen Rädern.

Aber Artjom durfte nicht mit den anderen fliehen. Er sprang aus der Menge heraus, sah sich um. Wo war sie?!

»Hey! Heeey!«, bellte ihm jemand von der anderen Seite zu.

An den Haaren gepackt, das Hemd aufgerissen, zeigte man sie herum:

Anja.

»Wo ist der Anstifter?! Gebt uns Tschorny! Wir haben seine Frau!«

»Anja!«

»Komm her, du Arschloch! Sonst werden wir ihr das Maul … vor allen hier … Kapiert?! Komm zu uns und auf die Knie, du Wichser!«

»Wag es nicht!«

Anja wand sich und verfluchte sie. Eines ihrer Augen war angeschwollen und lief bereits schwarz an. Eine Brust mit brauner Warze war entblößt – ein zugleich erbärmlicher und aufreizender Anblick.

Artjom packte Homer am Arm.

»Flugblätter! Über die Störsender, die Überlebenden, die Beobachter! Darüber, wie man uns hier zum Narren hält! Die Wahrheit! Die Wahrheit, Alter!«

Homer nickte.

»Ljocha! Du kennst ihn! Bessolow! Du hast sein Gesicht gesehen! Saschas Freier. Nur du kannst das erledigen! Nimm dir ein paar Leute. Zum *Zwetnoi bulwar*. Dieses Schwein soll euch …«

»Das war's, Tschorny!«

»Entweder er lässt euch rein … oder du legst ihn an Ort und Stelle um … Rührt sie nicht an, ihr Säcke!«

Ljocha zwinkerte ihm zu.

»Halt!«, rief Artjom denen da drüben zu. »Wartet! Ich komme! Lasst sie los! Also?!«

Anja und er trafen sich für eine halbe Sekunde – zwischen zwei schwarzen Polen. Trafen sich und trennten sich wieder.

22

WAHRHEIT

Die zuvor in die Gänge vertriebene Bevölkerung der *Arbatskaja* wallte jetzt wieder heran und flutete die Station. Die Posten, die sie bis dahin vom Ort des Gerichts ferngehalten hatten, mischten sich in das allgemeine Handgemenge ein. Die Aufständischen des Ordens zog sich in wahllose Richtungen von der Station zurück, was Artjom, eingezwängt zwischen irgendwelchen fremden Leuten, gar nicht mehr mitbekam. Dennoch schrie er immerfort über das Heer aus schwarzen Schultern vor ihm hinweg:

»Es gibt eine Welt da draußen! Wir sind nicht allein! Die Welt hat überlebt! Ihr werdet betrogen! Ihr könnt die Metro verlassen! Man belügt euch! Glaubt ihnen nicht!«

Dann verschloss man ihm wieder den Mund.

Diejenigen Mitglieder des Ordens, die Melnik die Treue hielten, zogen sich zu seiner Botschaft an der *Arbatskaja* zurück. Sie setzten den zerknitterten Oberst in seinen verbogenen Rollstuhl und beförderten ihn an seinen rechtmäßigen Platz in jenem Arbeitszimmer mit dem Schnapsglas und den Listen.

Artjom sowie Ilja Stepanowitsch, den man nun ebenfalls zu den Aufständischen zählte, wurden in einer Ecke bei Melniks Vorzimmer festgehalten, bewacht von unbekannten Soldaten. Von Zeit zu Zeit betraten diese das Büro des Obersts und erkundigten sich hinter der kaum verschlossenen Tür, ob sie die Gefangenen nicht doch irgendwann beseitigen sollten, doch Swjatoslaw Konstantinowitsch zögerte die Entscheidung hinaus.

Ein kalter Wind zog durch den Gang und trug durch die Tür-spalten Gesprächsfetzen heran, mal von der Station, mal aus dem Zimmer des Obersts. An der *Arbatskaja*, so war zu vernehmen, sammelte sich eine aufgeregte Menschenmenge. Die Menschen erzählten einander, was mit dem Orden passiert war, und wiederholten Artjoms Rufe wie ein verhallendes Echo.

Gut, dass ich mich gegen Anja habe eintauschen lassen, dachte Artjom.

Hoffentlich war sie wenigstens geflohen!

Ilja Stepanowitsch starrte mit aufgerissenen Augen auf die schwarzen Männer. Heftiger Schüttelfrost hatte ihn gepackt, und es roch nach Urin. Vielleicht malte er sich gerade aus, wie es sich anfühlte, wenn sich eine Kugel in seine Stirn bohrte. Aber er jammerte nicht, sondern murmelte nur – fast unhörbar – vor sich hin.

»Natürlich, er darf alles. Dabei hat er selber eine ohne Finger. Hat er sie abgegeben? Nein, verschont hat er sie. Wahrscheinlich trifft er sich sogar mit ihr. Sieht zu, wie sie heranwächst. Spielt mit ihr. Und seine Frau ist auch noch am Leben. Seine ist am Leben. Hat sich nicht erhängt. Mit einer Strumpfhose. Hängt nicht an der Decke. Mit der Zunge aus dem Mund. Einer schwarzen Zunge.«

Einer der Bewacher trug am rechten Arm eine Uhr. Mit Hilfe der kopfüber gedrehten Zeiger maß Artjom die Ewigkeit. Er rechnete nach, wie lange Homer brauchen würde, um ins Reich zu gelangen. Fand gemeinsam mit ihm heraus, wie die Druckerpresse funktionierte, suchte nach trockenem Papier, diktierte dem Alten den Text. Er würde die Flugblätter nicht mal durch die ganze Metro tragen müssen. Wenn er sie wenigstens bis zur Polis oder zum *Zwetnoi bulwar* brachte, würde sie sich von dort selbst weiterverbreiten.

Über den Plan wusste außer Homer und Ljocha niemand Bescheid. Alle hanseatischen Ordensmitglieder waren hier, bei Melnik. Hielten den herannahenden, wissbegierigen Schwarm in Schach.

Aus dem Büro bellte es herüber:

»Hol mir Bessolow an die Leitung! Dann eben noch mal! Ich muss mit ihm verhandeln! Persönlich!«

Verloren, aus dem Streitwagen herausgeschleudert, versuchte er, nun seinen Herrn zu erreichen. Vergeblich. Also hatte Ljocha noch eine Chance, Bessolow zu finden, bevor Melnik ihn kontaktierte.

Artjom ruderte in Gedanken mit Ljocha weiter, nachdem er Homer an der *Tschechowskaja* abgesetzt hatte, bis zum Bordell. In Gedanken stahl er sich unter dem Deckmantel eines Ordensveteranen durch all den Lärm und die Unzucht, umstellte unsichtbar Saschas Verschlag und brachte seinen zuvor missglückten Anschlag zu Ende. Oder nein, nahm ihn als Geisel und marschierte mit der Einsatzgruppe weiter zum Bunker.

»Wähl noch mal! Noch mal!«

Der umgedrehte Minutenpfeil lief rückwärts. Maß eine halbe Stunde ab, dann drei Viertel, dann die volle. Der Lärm an der Station schwoll an. Unsicher versuchten die lokalen Ordnungshüter, von der Führung der Polis hierher abkommandiert, dazwischenzugehen. Aber die Schaulustigen wollten sich nicht zerstreuen. Sie fragten die Soldaten an der Absperrung, was passiert sei und was es mit jenem durchgeknallten Geschrei auf sich habe, dass es angeblich noch Überlebende in anderen Städten auf der Erde gebe.

»Und was war mit meiner? Nur ein winziges Schwänzchen. Das hätte man doch wegmachen können. An Ort und Stelle. So eine süße Kleine. Narine hat gesagt, wenn's ein Mädchen wird, soll sie nach deiner Mutter heißen. Also Marina. Marina Iljinitschna. Marina Iljinitschna Schkurkina.«

Es dämmerte ihm: Ilja Stepanowitsch sprach nicht zu sich selbst, sondern erzählte es ihm, Artjom, auch wenn er ihm dabei nicht in die Augen blickte. Artjom nickte ihm zu, hing aber weiter seinen eigenen Gedanken nach.

»Halt endlich die Fresse!«, fuhr einer der Bewacher Ilja heiser an. »Mir brummt der Schädel von deinem Gemurmel! Maul halten, oder ich mach dich gleich hier fertig! Irgendwann geht's euch sowieso an den Kragen!«

»Marina Iljinitschna«, flüsterte Ilja unhörbar für den Wächter, aber so, dass Artjom es deutlich vernahm. »Die kleine Marina Iljinitschna. Ihre Großmutter hätte sich gefreut.«

Würde Ljocha Bessolow überhaupt zu fassen kriegen?

Ihn als Gefangenen durch die halbe Metro bringen? Schließlich hatte er das nicht gelernt. Er war ein Broker, kein Kämpfer und erst recht kein Killer. Dort, in der Funkstation, war er irgendwie klargekommen, aber damals war er ja selbst unter Beschuss gewesen, und es war nicht darum gegangen, Dinge zu planen, sondern nur zu überleben, heil aus der ganzen Geschichte rauszukommen.

Und doch würde er es schaffen.

Die Veteranen würden ihm helfen. Er würde es ihnen doch erklären können?

Klar würde er das. Wozu war er sonst ein Apostel? Er hatte all das gemeinsam mit Artjom erlebt. Ihn musste man nicht erst überzeugen, ihm nichts beweisen. Er wusste es selbst, er spürte es.

»Ist mir scheißegal, dass er nicht antwortet! Ruf weiter an!«

Was, wenn Bessolow bereits gefangen genommen war? Vielleicht schleiften sie diesen Wurm jetzt schon mit einem Sack über dem Kopf zum Geheimeingang des Bunkers an der heruntergekommenen *Taganskaja*? Hoffentlich kam Homer noch rechtzeitig mit den Flugblättern … Er wusste ja auch Bescheid … Wenn es ihm nicht gelang, die Druckmaschine anzuwerfen, konnte er es immer noch selbst den Leuten weitererzählen. Wie jener Homer, der echte …

Jemand kratzte von außen an der Tür.

Drei Mann traten ein, mit besorgten, düsteren Gesichtern: ein Brahmane im Kittel, ein Militäroffizier mit einer hohen Schirmmütze mit doppelköpfigem Adler sowie noch einer in Zivil. Sie klopften bei Melnik an, dann ertönte hinter der verschlossenen Tür angespanntes und langanhaltendes Murmeln. Auch sie verlangten nach Antworten auf irgendwelche Fragen.

Irgendetwas reifte da an der Station heran. Es gärte, bildete sich, stieg an. Und die drei Gesandten bei Melnik wollten diesem Gären um jeden Preis Einhalt gebieten, damit der Deckel auf dem Topf blieb.

Melnik konterte mit heftigen, wütenden Sätzen.

Die Tür zum Arbeitszimmer öffnete sich leicht.

»Wir werden den Rat der Polis einberufen. Wir haben kein Recht zu schweigen! Dort sollen alle zu Wort kommen. Und dann informieren wir die Bevölkerung. Über das Ergebnis. Und das mit der Spaltung … müsst ihr eben selber klären!«

»Und was, wenn das ganze Reich tatsächlich nur eine Fälschung ist?«, fuhr Ilja dazwischen. »Wenn Jewgeni Petrowitsch selbst eine Fälschung und ein Verräter ist, was mach ich dann, wozu bin ich dann, wofür ist Marina mit dem Schwänzchen, und wofür hat sich Narine mit der Strumpfhose, und wofür bin ich, und wozu? Sie sagen, schreib, aber was soll ich schreiben, wo soll ich das denn hinschreiben, und mit was für Worten …«

Artjoms Mund war mit faulen Lumpen verstopft, er konnte Ilja Stepanowitsch weder antworten noch ihn bitten zu schweigen.

Der Kittel des unrasierten Brahmanen wirbelte Staub auf, als dieser zum Ausgang raschelte, dann folgte der Offizier, der nach altem Schweiß und ungewaschener Unterwäsche roch, und schließlich trippelte noch der nicht näher identifizierbare Mann in Zivil vorbei. Die Audienz war zu Ende.

»Hol ihn mir endlich an den Apparat!«

Die Dreifaltigkeit schrumpfte zusammen, bis sie durch den streichholzschachtelgroßen Türrahmen am Ende des Korridors hindurchpasste, und trat vors Volk.

»Wahrheit!«, flammte es von außen durch die offene Tür herein.

Ilja Stepanowitsch fuhr auf, streckte sich hinauf und die Wand entlang, dem Rufen entgegen, aber der Wollmann stauchte ihn wieder zusammen, indem er dem Lehrer die Faust ins Sonnengeflecht rammte.

Dann schlug die Tür wieder zu.

Soso: Die Leute wollten also endlich die Wahrheit hören, und ausgerechnet jetzt hatte Artjom einen stinkenden Fetzen im Mund. Egal, jetzt konnten andere für ihn sprechen. Und handeln. Jetzt, da er Boten in alle Himmelsrichtungen entsandt hatte, ließ seine Angst vorm Sterben spürbar nach.

Von draußen flog heran, wie die drei Männer der erwachten Menge abwechselnd einschläfernde Worte zumurmelten. Diese brüllte weiterhin Fragen, hatte keine Lust auf Wiegenlieder.

Danke, Letjaga, dachte Artjom.

Schade, dass du tot bist.

Und seltsam.

Du wirst mich jetzt nie mehr so anschielen wie früher? Keine Witze mehr reißen? Bei wem soll ich mir denn jetzt Blut leihen? Verzeih, dass ich im allerletzten Moment an dir gezweifelt habe, Letjaga. Aber schließlich hast auch du an mir im allerletzten Moment gezweifelt.

Und doch hast du genau das Richtige gesagt. Um meinen Kopf aus der Schlinge zu ziehen.

Schade, dass du nicht hören kannst, wie die Leute dort, an der Station, die Wahrheit fordern.

Wir beide, du und ich, werden ihnen jetzt die hermetischen Tore öffnen. Zusammen werden wir sie nach oben führen, nach draußen.

Und irgendwo sind noch andere, unsere Mitverschwörer, und tragen ihren Teil dazu bei. Homer druckt Flugblätter, und der Apostel führt Bessolow, eine Pistole gegen seine blasse Schläfe gedrückt, zum Bunker, damit er ihn aufschließt. Soll Melnik hier doch rasen und toben – dieser Hund, der seinen Herrn verloren hatte.

Worüber würden sie im Rat der Polis diskutieren? Darüber, wie man den Deckel noch fester auf den Topf drücken, ihn vielleicht sogar festschrauben konnte? Wie man es schaffte, all diese Aufrührer schnell und in aller Heimlichkeit zu beseitigen, damit die Gerüchte über die wiederauferstandene Welt da draußen sich nicht in der Metro verbreiteten?

»Ruf an! Egal wo! Am *Zwetnoi bulwar*!«

Alle würden sie nicht beseitigen können.

»Rede!«, brandete es von draußen heran.

»Sagst du die Wahrheit?«, fragte Ilja Stepanowitsch Artjom. »Ist das alles, was du Homer erzählt hast, die Wahrheit?«

Artjom nickte. Was schmolz da wohl jetzt im Kopf des Lehrers zusammen, und was für ein Teil würde am Ende dabei herauskommen?

Der Herr der Uhr, von dem nur zwei unruhig hin und her wandernde Augen in den Löchern seiner Maske zu erkennen waren, hob immer häufiger die Zeiger vors Gesicht. Wie in die Umkleidekabine einer Sauna drang etwas durch den Türspalt zum Büro des Obersts in den Vorraum ein: die sich verdichtende Vorahnung, dass das, was gerade in der Metro passierte, unumkehrbar war.

Wieder musste er an Anja denken.

Daran, wie störrisch sich ihre Liebe erwiesen hatte.

Artjom war innerlich anders gestrickt: Sobald er die ersten Anzeichen von Kälte bei Anja verspürt hatte, war er selbst kalt geworden. Als könnte er selbst gar keine Liebe ausstrahlen, sondern mit seiner konkaven Seele nur Anjas Liebe widerspiegeln. Spürte er das verstreute Licht der Aufmerksamkeit auf sich, so fokussierte er es zu einem heißen Strahl und warf es zurück. Versengte sie damit und erhielt so nur noch mehr Wärme von ihr. Und als Anja am Ende zu erlöschen begann, besaß er nichts, was er ihr hätte zurückgeben können. So wurde er immer ärmer, bis er schließlich ganz versiegte, auch wenn ihm das erst klarwurde, als ihre gemeinsame Zukunft in seinem Kopf endlich ganz vertrocknete und sich in Staub auflöste.

Anjas Herz dagegen funktionierte genau umgekehrt – wie ein umgekrempelter Pullover. Erst schien es, als wollte sie ihn gar nicht mehr, wegen seiner mutwilligen Taubheit, seinem ungesunden Starrsinn, seiner Unfähigkeit, von seinen idiotischen Träumen abzurücken und ihre Träume zu respektieren. Ja, vielleicht hatte sie zuerst daran gedacht, sich von Artjom zu trennen. Es war einfach nicht mehr genug Fett in der Lampe, der Docht rußte nur noch. Doch kaum war er fortgegangen, war sie wieder aufgeflammt – verbissen, verzweifelt. So sehr, dass die Hitze seine Augen zu verbrennen drohte und er sich mit den Händen schützen musste. Also verschloss er sich – und wärmte sich zugleich. Wieder spiegelte sich Anja in ihm – diesmal schief und grotesk, aber doch immer deutlicher und heller.

Ein seltsamer Brennstoff, die Liebe.

»Immer noch keine Antwort?«

Vielleicht ist da jetzt schon niemand mehr, den du anrufen könntest, Paps. Zeit genug ist ja vergangen. Wenn der Apostel Glück gehabt hat, wenn er alles wie vereinbart ausgeführt hat, ist der Bunker jetzt längst eingenommen und ausgeweidet. Und die fetten Ratten stehen jetzt an der *Taganskaja* Spalier, in ihren blöden Anzügen, und beantworten wie Schüler Fragen zur letzten Erdkundestunde.

»Ansor!«

Der Gerufene kam, musterte Artjom und Ilja mit feindseligem Blick und betrat Swjatoslaw Konstantinowitschs Büro. Er ließ eine gebellte Tirade über sich ergehen, dann schob er ihn in dem dahineiernden Streitwagen in den Gang heraus.

»Was ist mit denen?«, fragte der mit der Uhr.

»Hab ich noch nicht entschieden«, presste Melnik hervor, ohne sich umzudrehen. »Nach der Ratssitzung.«

Er hatte also niemanden erreicht.

»Bleiben die hier?«

»Ja. Nein, warte. Sie kommen mit mir. Vielleicht nützen sie uns. Aber sorgt dafür, dass sie die Klappe halten.«

Man packte sie unter den Armen, hob sie auf und führte sie – Artjom mit verklebtem Mund und Ilja mit eingenässten Hosen –

hinaus in die hellstrahlende *Arbatskaja*. In Keilformation stießen sie durch die Menge, marschierten provokant durch die gesamte Station. Die Schreie der Menschen waren ohrenbetäubend, man verstand kein einziges Wort.

Der Rat der Polis tagte an Ort und Stelle. Das war der Grund, warum Melnik ein Büro an der *Arbatskaja* verlangt hatte. Vor einer Tür machten sie halt.

Die gesamte Formation musste draußen bleiben, auch Artjom und Ilja waren nicht zur Ratssitzung geladen. Also igelte sich der Orden ein, fuhr die Stacheln aus und hielt die Schaulustigen vom Eingang fern. Melnik und Ansor traten ein, dann folgten noch ein paar verspätete Brahmanen, und schließlich schlossen sich die Türen.

»Es heißt, sie hätten irgendwelche Signale empfangen …«, raschelte es ringsum.

»Angeblich sind wir nicht die einzigen Überlebenden …«

»Und wo noch? Wer behauptet das?«

»Wenn die wieder rauskommen, wissen wir mehr. Sie beraten sich gerade.«

»Wie ist das möglich … So viele Jahre Schweigen … Und jetzt auf einmal …«

»Der Orden hat's herausgefunden. Es gab einen Konflikt, ob sie es sagen sollen oder nicht.«

»Und die da? Auf der Bank? Der Gefesselte, wer ist das?«

»Sie haben Terroristen festgenommen. Bald werden sie es sagen.«

Artjom konnte nicht sehen, wer da flüsterte. Alles, was er sah, waren gleichförmige schwarze Rücken, Schulterriemen von Panzerwesten, Wollnacken, weit auseinandergestellte Stiefel. Aber er spürte sie: Ihre Neugier ließ die Luft erklingen, der Sauerstoff verbrannte, die Wände rückten enger zusammen. Es waren Hunderte hier. Melnik sollte nur versuchen, ihnen jetzt keine Antworten zu geben.

Plötzlich kam Unruhe auf.

Jemand bahnte sich durch die Enge – zielstrebig und entschlossen.

»Bahn frei! Zum Rat!«

Auch die Kette der Ordensleute geriet in Bewegung. Erst packten sie einander noch fester. Dann gerieten sie in zweifelndes Wanken.

War das etwa Timurs Stimme? Letjagas und Artjoms Kamerad gehörte zu den Separatisten, er war in der Gruppe mit Ljocha, Homer und Anja gewesen. Was machte er hier? Warum war er zurückgekehrt? Eigentlich sollte er jetzt doch den Bunker stürmen. Oder hatten sie den schon eingenommen? Brachte er zur Sitzung des Rates Bessolows abgeschlagenen Kopf?

»Bahn frei! Auf Einladung des Rates!«

Der Ring brach auseinander, und man ließ Timur sowie mit ihm Knjas und Luka hindurch, beide aus der alten Mannschaft. Als Timur Artjom auf der Bank bemerkte, nickte er ihm zu, unternahm aber nichts, um ihn zu befreien, sondern ging gleich weiter in das Sitzungszimmer. Luka und Knjas blieben vor der Tür, um Wache zu halten.

Worüber sprachen sie? Was handelten sie aus? Spielten sie auf Zeit? Stellten sie sich gegenseitig Ultimaten? Bettelten um Vergebung? Betrachteten Bessolows Kopf auf dem Tablett?

Hinter der Tür herrschte Stille.

Hatte jemand sie alle niedergemacht?

»Aus dem Weg! Wir müssen zum Rat!«

Wer war das jetzt wieder?

Diesmal trat die Menge nicht so bereitwillig und respektvoll auseinander. Sie murrte: Warum sollten wir?

Artjom reckte den Hals.

Auch der schwarze Ring öffnete sich für diese Leute nur zögerlich.

Er sah nicht gleich, wer als Erster dort in den Kreis trat.

Bessolow.

Am Leben. Blass, konzentriert, schweigsam. Dahinter erschien Ljocha, der Apostel. Alexej Felixowitsch musterte Artjom mit düsterem Blick, ohne zu grüßen. Ljocha hingegen nickte ihm zu. Beide traten durch die Tür ins Innere. Hatte der Apostel eine Geisel gebracht? Zwei weitere Ordensleute waren mit ihnen angekommen, blieben aber vor der Tür stehen.

Artjom sprang von der Bank auf und begann Fragen in seinen Lumpen hineinzuschreien. Jemand trat ihm in die Knie, und er fiel nach hinten. Luka und Knjas zischten den Mann an, der Artjom umgesäbelt hatte, ihre Hände fuhren an die Halfter.

Dann hielten sie inne – und traten wieder zurück.

Alles entschied sich jetzt hinter dieser Tür, nicht hier draußen.

Inzwischen war es hier drückend heiß geworden – wie damals an der *Komsomolskaja*, als sie den Maschinengewehren gegenübergestanden hatten. Die Menschen drängten vorwärts, die Kette der Bewacher wurde langsam, aber sicher zusammengedrückt, obwohl sie kein Recht hatten, ihre Positionen aufzugeben. Die Bronzeleuchter – zwei Meter breite Ringe von je einer halben Tonne Gewicht – schienen an ihren Ketten wie im Wind zu schaukeln, den so viele Menschen hier im gleichen Takt ein- und ausatmeten.

Dann plötzlich …

Ein fremdes Geräusch flog durch die Station. Ein Husten.

Die Männer im Absperrring fuhren auf, die Menge verstummte, alle begannen sich umzusehen. Es war ein verstreutes Husten, aus mehreren Lautsprechern zugleich. Wie sich herausstellte, gab es hier eine Beschallungsanlage.

»Test, Test. Eins, zwei.«

Durch die ganze Station tönte es – mit einer tiefen, angenehmen Stimme.

»Verehrte Bürger, wir bitten um Ihre Aufmerksamkeit. In Kürze erfolgt eine wichtige Durchsage. Bitte gehen Sie daher nicht auseinander.«

»Die Wahrheit! Sagt uns die Wahrheit!«, schrie jemand dem unsichtbaren Sprecher entgegen.

Doch dieser räusperte sich nur und verstummte wieder.

»Eine wichtige Durchsage …«

»Es ist doch nicht etwa …«

»Wahnsinn …«

Und erst als die Zeit vollkommen stillstand, öffnete sich die Tür, und ein geschäftiger Dicker in braunem Anzug trat in den schwarzen Kreis. Seine Augen waren verglast, die breite Stirn schwang sich in weitem Bogen auf den Hinterkopf zu. Ein Assistent half ihm, die Marmorbank zu besteigen, auf der Artjom saß, damit die Menge ihn sehen konnte.

»Der Vorsitzende … des Rates … Er selbst …«

Dann erschienen Melnik und Ansor in der Tür, und dahinter Timur. Sie stellten sich zu beiden Seiten der Sitzbank auf.

Der Dicke putzte sich die Nase. Wischte sich mit dem verrotteten Taschentuch den Schweiß von der Stirn. Reinigte damit dann seine Linsen und schob die Brille wieder auf den Nasenrücken.

»Bürger! Heute haben wir uns hier versammelt. Anlass ist ein ziemlich unangenehmes Ereignis. Innerhalb des hochverehrten

711

Ordens, dessen Aufgabe es ist, Sie und uns zu schützen … gibt es, sagen wir mal, gewisse Meinungsverschiedenheiten. Darauf kommen wir später zu sprechen.«

»Hör auf herumzulabern! Wir wollen Fakten!«

»Ja. Natürlich. Zur Sache. Die Sache ist die, dass wir festgestellt haben … Was natürlich einfach unglaublich ist … Aber wir haben unumstößliche Beweise … die wir zu gegebener Zeit vorlegen werden, keine Sorge … Nun also: Wir haben festgestellt, dass Moskau nicht die einzige Stadt ist, die den Letzten Krieg überdauert hat. Dies geht aus einer Funkübertragung hervor, die wir abfangen konnten.«

Die Menge verstummte. Die Geräusche erstarben, jegliches Geräusch außer der monotonen, morschen Stimme des Mannes in Braun.

Artjom blickte ihn stumm von unten herauf an wie ein Orakel. Wie Letjaga vor dem Schuss. Wie einen Heiligen.

»Wir sind bereit, Ihnen diese Aufnahme zu Gehör zu bringen. Doch zuvor noch einige Worte. Für mich persönlich ist dies – wie für Sie alle – ein Schock. Es ist nämlich so, dass die Sendung vom anderen Ufer des Atlantiks übertragen wurde. Liebe Bürger, Genossen, Brüder! Sie wissen, was das bedeutet. Das bedeutet, dass der Feind, der unser Land vernichtet hat. Der einhundertvierzig Millionen unserer Landsleute auf dem Gewissen hat. Unsere Eltern, Kinder, Frauen, Männer. Dass dieser Feind lebt. Noch immer. Dass der Krieg noch nicht vorbei ist. Dass sich von nun an niemand von uns in Sicherheit fühlen darf. Jeden Augenblick kann der Feind einen neuen, letzten Angriff gegen uns führen. Wenn wir ihm nur den geringsten Hinweis auf unsere Existenz geben.«

Artjom jaulte auf, brüllte los, rutschte von der Bank und fiel auf den kalten Boden.

712

»All diese Jahre hat uns nur eines gerettet. Dass wir in der Metro lebten. Dass wir überzeugt waren, dass die Oberfläche nicht geeignet ist. Für unser Leben. Deshalb haben wir überlebt. Und jetzt … ist dies unsere einzige Chance weiterzuleben. Ich weiß. Es klingt furchtbar. Es ist schwer zu glauben. Aber ich bitte Sie, glauben Sie uns. Der Rat der Polis bittet Sie. Hören Sie selbst. Dies ist eine Aufnahme, die wir heute gemacht haben. Es sendet New York.«

Die Lautsprecher lebten erneut auf. Ein Nieser.

»Kchchchch… Iiiiiuuuu… Schschschsch…«

Und dann dröhnte ein Lied los. Ein seltsames Lied, nicht von dieser Welt. In einer fremden Sprache, zu Getrommel und Gestöhne, zu Fanfaren und Hörnern, begann eine männliche Stimme über einen gebrochenen Rhythmus etwas zu deklamieren und zu rezitieren, was sich mal wie eine Hymne und dann wieder wie ein Marsch anhörte. Ein Frauenchor sang ihm nach. Das Lied strahlte mit unbändiger Kraft. Es lag etwas Herausforderndes darin. Eine boshafte Freude. Eine wilde Lebensenergie.

Dazu konnte und musste man sich bewegen, tanzen – zügellos, frei.

Doch in dem riesigen Saal aus weißem Stein, unter diesen Lüsterkränzen, jeder davon eine halbe Tonne schwer, regte sich niemand.

Die Leuchter schaukelten wie bei einem Erdbeben. Die Menschen sogen das Schlagen der Trommeln ein – was sie ausatmeten, war reines Grauen.

»Wie Sie sehen … und hören … So ist diese Musik, animalisch, wie von Höhlenmenschen … Während wir hier also Entbehrungen zu erdulden haben, feiern sie dort fröhlich weiter. Zumal wir über Informationen verfügen, dass sie ihr Kernwaffenpotenzial bewahren konnten. Dies ist ein Feind, der hundert Mal gefährlicher ist. Wir müssen uns dessen erst noch bewusstwerden. Unser Leben wird von nun an nie mehr so sein können wie bisher. Dies ist der Anbruch einer neuen Ära. Und in diesem Zusammenhang … folgende Erklärung. Kommen Sie.«

Timur – hager, sehnig, mit schwarzem, graumeliertem Haar – näherte sich dem braunen Vorsitzenden. Er bückte sich zu Artjom herab und half ihm aufsitzen. Dann stieg er auf die Bank.

»Die Veteranen des Ordens sind empört über die Eigenmächtigkeit unseres ehemaligen Kommandeurs Oberst Melnikow. Einer unserer Kameraden wurde von seinen Schergen ermordet, anstatt dass man ihm einen fairen Prozess gemacht hat. Wir entschuldigen uns bei den Bürgern der Polis für die Unruhen. Erklären hiermit unseren Austritt aus der Formation. Und weigern uns, Melnikows Befehl weiter Folge zu leisten.«

Timur sprach abgehackt, heiser, verraucht. Der beste Aufklärer des Ordens. Letjagas älterer Kamerad und Lehrer. Was führte er im Schilde?

»Die Basis des Ordens an der *Smolenskaja* bleibt unter unserer Kontrolle. Wir werden uns selbst in einer fairen Wahl eine neue Führung geben. Doch wir glauben, dass unter den neuen Umständen der Konflikt nicht fortgesetzt werden darf. Deshalb legen wir als neue Formation unseren Eid direkt vor dem Rat der Polis ab. Wir schwören ihm Treue und verpflichten uns, die Polis zu schützen. Vor jeglichen Feinden, seien sie offen oder geheim.«

Er drehte sich zu dem Braunen um und salutierte vor ihm.

Zunächst ertönte ein Klatscher, dann ein zweiter, dann begann es wie ein immer stärker werdender Regenschauer zu rauschen, zu zappeln, zu trommeln.

»Bravo! Hurra! Großartig!«

»Idiot!«, brüllte Artjom Timur mit geknebeltem Mund an. »Vollidiot! Es gibt keine Polis! Und keinen Rat! Du schwörst doch nur vor einem anderen Kopf! Glaub ihnen nicht!«

Timur blickte ihn an und nickte.

»Wir werden dich da schon raushauen, Tjoma. Wir werden noch Seite an Seite gegen die Amis kämpfen.«

»Ich bin nicht einverstanden mit dieser Argumentation«, kommentierte Melnik mit schwerer Stimme von seinem verbogenen Sessel aus. »Aber ich bin bereit, beide Augen zu schließen und dies nicht als Revolte zu betrachten. Vorübergehende Meinungsverschiedenheiten, nennen wir es so. Wenn die Heimat in Gefahr ist, haben wir kein Recht, uns zu streiten. Wir werden die Angelegenheit über Verhandlungen einer Lösung zuführen. Unser Orden hat ohnehin schon einen viel zu hohen Preis bezahlt. Auch ich schwöre hiermit dem Rat der Polis die Treue – im Namen des Ordens. Ich denke, die Zeit der Bruderkriege ist vorbei. Wir haben kein Recht mehr, einander zu vernichten. Rote, Faschisten, die Hanse … Wir alle sind zunächst einmal Russen. Und daran sollten wir jetzt denken. Wir werden bedroht von unserem ewigen Feind. Ihm ist es egal, woran wir glauben. Er braucht nur zu erfahren, dass wir noch am Leben sind, um uns alle zu vernichten, ohne Unterschied!«

Die Menschen lauschten seinen Worten, sogen sie in sich auf. Niemand wagte zu widersprechen, ja nicht einmal zu flüstern. Artjom verlagerte sein Gewicht nach vorn, bis er auf den Knien landete. Schwankend erhob er sich, und noch bevor seine von Melnik faszinierten Bewacher etwas begriffen, rammte er dem Oberst mit kurzem Anlauf seinen Schädel gegen die Schläfe, woraufhin dieser erneut mitsamt dem Rollstuhl umkippte und zu Boden fiel.

»Schnappt ihn euch! Schnell!«

Sie begannen auf ihn einzuschlagen, während er versuchte, mit den Beinen das Genick des alten Idioten zu umschlingen und ihn zu erdrosseln, zu ersticken. Jemand schlug ihm einen Zahn aus, der Knebel flog ihm aus dem Mund.

»Du lügst! Ihr alle lügt! Schweine!«

Durch die dicht gedrängte Menge kam niemand durch, also begannen die Schwarzen Artjom durch die Tür ins Innere zu zerren. Gleichzeitig hoben sie Melnik auf und klopften ihn ab.

»Du kleiner Scheißer. Du Nisse. Ich trete dich zu Staub. Zu Pulver. Dich und diese undankbare Schlampe. Ihr beide werdet hängen. Du Dreckskerl. Lüge. Alles Lüge.«

Timur übernahm die weitere Erläuterung:

»Das ist ein verhafteter Maulwurf. Wir vermuten, dass er spioniert hat. Uns enttarnen wollte. Wir überprüfen das gerade.«

Die Türen schlossen sich hinter Artjom. Er wurde in einen langen Korridor mit vielen weiteren Türen gezerrt. Dort ließen sie ihn augenblicklich in einer Ecke fallen.

Noch immer überwältigt von seinem Anfall, hörte er von dort aus weiter zu.

»Ja, verehrter Swjatoslaw Konstantinowitsch«, antwortete der braune Vorsitzende kurzatmig. »Das waren goldene Worte aus dem Munde eines Mannes, der den Wert des menschlichen Lebens zu schätzen weiß. Ich bin mit Ihnen hier wie auch grundsätzlich vollkommen solidarisch. Ich schlage vor, heute noch unsere Diplomaten zur Roten Linie, zur Hanse sowie zu den Vertretern des Reichs zu entsenden. Sie alle an einen Verhandlungstisch zu rufen. All den Meinungsverschiedenheiten ein Ende zu machen, die uns all diese Jahre … Letztlich sind wir doch alle – hrrrm – gar nicht so verschieden. Wir müssen jetzt zusammenstehen. Unsere Kräfte bündeln. Und gemeinsam, mit vereinten Kräften – Sie und wir – die Metro verteidigen. Unser einziges, unser gemeinsames Haus. Unser einziges Haus für die nächsten Jahrzehnte, wenn wir überleben wollen, unser heiliges Haus für Jahrhunderte!«

»Gar nicht so verschieden«, wiederholte Ilja Stepanowitsch entsetzt. »Wir sind gar nicht so verschieden. Sie und wir. Zunächst einmal Russen. Zusammenstehen. Wozu. Wofür. Zu den Vertretern des Reichs. Meine kleine Narine …«

Aber die Menge zerkaute sein Gemurmel. Anfangs noch bedrückt, ja, betäubt von dieser Offenbarung, begann sie sich jetzt aufzurichten, zu begreifen, darüber nachzudenken, was man ihr soeben gesteckt hatte.

»Die Amis … Die ganze Zeit … Musik … Wie die Maden im Speck … Tanzpartys … animalische … Hatte das schon die ganze Zeit im Gefühl … Die mit ihrem schmutzigen Hiphop … Wir müssen hier Scheiße fressen … und jetzt wollen sie uns auch noch diese Scheiße nehmen … Das Letzte, was uns geblieben ist … Ich wusste es, ich wusste es … Sie lassen uns keine Ruhe … Egal, wir warten einfach ab … Wir sitzen das aus … Schon ganz andere … Vielleicht ändert sich ja überhaupt nichts …«

»Wie Sie wissen, sind die Zeiten ohnehin nicht einfach«, erhob sich erneut die Stimme des Braunen. »Die Pilzkrankheit hat unsere Vorräte dezimiert. Wir werden die Gürtel enger schnallen müssen. Aber wenn wir zusammenhalten, werden wir das schaffen … Unser großes Reich! Unser Volk hat immer wieder …«

Jetzt musste er den anschwellenden Lärm überschreien. Die Menschen hatten die Wahrheit, die sie hatten hören wollen, endlich fertig gekaut und geschluckt.

Artjom saß nach seiner kräftigen Abreibung an der Wand und schluckte konzentriert warmes, ekelhaft schmeckendes Blut. Mit der Zunge ertastete er die Lücken, in denen vorhin noch Zähne gesessen hatten.

Irgendwo im Gang erschien plötzlich Bessolow. War er aus dem Besprechungsraum gekommen? Hinter ihm ging Ljocha, der Apostel.

»Bring ihn um!«, krächzte Artjom. »Er ist es! Er hat sie alle ...«

»Wer ist das?«, fragte Alexej Felixowitsch, der Artjom offenbar nicht erkannte. »Gibt es hier einen anderen Ausgang? Ich würde ungern noch einmal durch die Menge ...«

»Fie haben Ihren Mantel vergeffen«, sagte Ljocha. »Warten Fie, ich hole ihn.«

»Ljocha! Ljocha! Du ... Das ... Du musst doch ...«

»Komm schon!«

Alexej Felixowitsch entfernte sich eilig in die entgegengesetzte Richtung.

»Hör tfu ... Ich hab mir gedacht, weift du ... Fo erreichen wir nichtf ... wenn wir die Leute einfach nur umbringen. Wir müffen daf Fyftem von innen herauf verändern! Allmählich. Die Revolutfion ist nicht unfere Methode, verftehft du?« Während Ljocha mit Artjom sprach, blickte er in eine andere Richtung, seine Stimme klang fast entschuldigend. »Er hat mich alf feinen Referenten angeftellt. Als Affiftenten. Fo kann ich nach und nach ... von innen ... auf dem Bunker herauf ...«

»Du Scheißkerl!«, krächzte Artjom mit gebrochener Stimme. »Du machst das wegen des Bunkers?! Damit du genug zu fressen hast?! Und deshalb lässt du mich ... und all die anderen ...«

»Waf heift hier unf alle?!«, antwortete Ljocha wütend. »Ef gibt ›unf‹ doch gar nicht! Keiner braucht daf hier, aufer dir! Und

du bift ja chon am Krepieren, während ich hier noch weiter rum-
touren muff!«

»Alexej!«, rief Bessolow. »Muss ich noch lang warten? So trittst
du also deinen Dienst an?«

Ljocha spuckte ihn zum Abschied nicht an, trat nicht nach ihm.
Er drehte sich einfach um und trottete davon, um Bessolow ein-
zuholen.

Die Tür schwang auf, und Timur trat ein.

»Kannst du gehen?«

»Ich will nicht.«

»Steh auf! Los, solange die noch ihre Reden schwingen!«

Er packte Artjom hinten an dessen weißem Kellnerhemd und
riss ihn hoch, dass der Kragen krachte. Er stellte ihn auf die Beine
und hielt ihm die Schulter als Stütze hin.

»Ich komm mit euch!«, flüsterte Ilja Stepanowitsch gebetsartig.
»Nehmt mich mit! Ich will nicht bei denen bleiben! Bloß nicht!«

»Hier gibt es noch einen Ausgang. Lass uns den einstweilen
nehmen. Sonst geht's dir an den Kragen, sobald sich der Alte erholt hat. Und dann kriegen wir dich hier nie mehr raus.«

»Wohin?«

»Zur *Borowizkaja*. Dort wartet Anja. Und von dort zur *Poljanka*.
Und weiter. Kannst du irgendwo untertauchen?«

»Zu Hause. Anja … Geht es ihr gut?«

»Sie wartet doch! Wohin sollen wir euch bringen?«

»Zur *WDNCh*. Aber nicht über die *Poljanka*. Ich muss zur
Tschechowskaja, ins Reich.«

»Wozu?! Was willst du jetzt an der *Tschechowskaja*?!«

»Dort ist Homer. Ich muss zu Homer.«

»He!«, rief ein Brahmane mit wirren Haaren, der gerade aus
dem Sitzungssaal herausschaute. »Wo wollt ihr hin?!«

»Timurtschik, du begreifst doch, oder? Die Unsichtbaren Beobachter. Sie halten uns hier fest. Sie belügen euch alle. Sie lügen. Sie haben uns …«

»Hör zu, Tjoma … Lass mich in Frieden damit. Ich will mit Politik nichts zu tun haben. Ich bin Soldat, Offizier, und Punkt. Dich kann ich hier nicht im Stich lassen. Aber versuch nicht, mir mit diesem Scheiß das Gehirn weichzuspülen. Bleiben wir lieber Freunde.«

Wie sollte er mit ihm … Wie mit ihnen allen …

Es gab noch eine Chance. Es den Menschen zu beweisen. Während sie über ihr verdammtes Radio Lügen verbreiteten. Er musste zur *Tschechowskaja.* Drucken helfen. Verteilen helfen.

Sie gingen zu dritt durch Korridore und Gänge, lackierte Türen schlugen zu, irgendwelche Leute kamen ihnen entgegen, wunderten sich über Artjoms Anzug und sein entstelltes Gesicht, Ilja Stepanowitsch stapfte stur hinter ihnen her, Licht flackerte, Ratten spritzten unter den Füßen weg. Endlich spürte er den Hauch von Teeröl im Gesicht. Von Behaglichkeit. Da war sie, die *Borowizkaja.*

»So, jetzt suche ich erst mal deine Angetraute … und dann nichts wie zur *Poljanka.*«

»Nein, nicht zur *Poljanka.* Ich muss zur *Tschechowskaja.* Ins Reich.«

»Das diskutierst du am besten mit ihr. Jetzt bleib erst mal hier sitzen. Aber dass du mir unseren Leuten nicht unter die Augen kommst, klar?«

»Klar, keinen Mucks. Danke, Timurtschik.«

Er setzte sich an einen langen Brettertisch. Verschränkte die zerschundenen Arme vor der Brust.

Und blickte sich um: In der ganzen Metro war dies seine Lieblingsstation.

Dunkelrote Ziegelmauern, das Teeröl in der Luft wie ein Harz, süß und rauchig, die kleinen, zellenartigen Häuschen, die Lampenschirme aus Stofffetzen, die sanfte Musik, die von irgendwoher kam, Saitenklänge, Menschen in komischen Kitteln, die vorsichtig in zerbrechlichen Büchern blätterten. Sie unterhielten sich flüsternd über das, was sie gelesen hatten, lebten darin, benötigten nichts, weder die obere noch die untere Welt.

Wo war die Zelle, in der Artjom bei Danila übernachtet hatte, seinem Freund für einen Tag und ein ganzes Leben? Sicher von jemand anderem belegt.

»Homer?«

Er reckte sich.

Eine bekannte Silhouette.

»Homer!«

Woher ... hier? Wie? Warum?! War er denn nicht im Reich?

Er stand auf, humpelte los ... rieb sich die Augen. Der Alte besah sich aufmerksam eine leere Zelle. Ein junger Brahmane mit offenbar noch nie rasiertem, dümmlichem Schnurrbart zeigte ihm das Zimmer, belehrte ihn, überreichte ihm die Schlüssel.

Täuschte er sich?

»Hier ist zwar kein Platz, um einen Tisch aufzustellen, aber Sie können ja gemeinsam mit allen anderen arbeiten ... Dafür gibt es hier ein Bücherregal ... Aber leider sind Haustiere bei uns verboten. Sie werden sich also von dem Huhn trennen müssen.«

»Muss das wirklich sein?«

»Leider ja.«

»Na dann ...«

»Homer!«

Der Alte wandte sich um.

»Opa … Was machst du hier … Wie bist du … Haben dich unsere Leute versteckt? Hat es geklappt … mit der Druckerei? Funktionieren die Maschinen noch? Gab es trockenes Papier?«

Homer blickte Artjom an, als wäre dieser verstorben – traurig und entfremdet.

»Warum sagst du nichts? Hat es geklappt? Dann zeig her!«

»Artjom.«

»Was wollen Sie?«, fuhr der Schnauzbärtige aufbrausend dazwischen.

»Wo sind die Flugblätter, Opa? Du warst doch an der *Tschechowskaja*?«

»Soll ich die Wachen rufen?«

Homer schüttelte den Kopf.

»Nicht nötig.«

»Warte. Warum warst du nicht dort? Hier an der *Arbatskaja* haben sie eine Kundgebung veranstaltet und … den Leuten das übliche Lied weisgemacht. Und alle glauben es …«

»Das ist nichts für mich, Artjom.«

»Was …«

»Ich kann das nicht.«

»Was? Was kannst du nicht?«

»Propaganda treiben. Flugblätter drucken. All dieses revolutionäre Zeug … Ich bin dafür schon zu alt.«

»Du warst nicht mal dort? An der *Tschechowskaja*?«

»Nein, war ich nicht.«

»Warum?«

»Ich glaube nicht daran, Artjom.«

»Woran? An die Störsender? Die Unsichtbaren? Woran?! An die Welt da oben?! Daran, dass hier unten alles umsonst ist?!«

»Ich glaube nicht, dass die Menschen das brauchen. Dass sie das wissen wollen.«

»Das ist die Wahrheit! Die Wahrheit! Die Menschen – brauchen – die Wahrheit!«

»Schrei nicht so. Welche Wahrheit soll ich ihnen denn erzählen?«

»Die ganze! Alles, was du gesehen hast! Was ich gesehen habe! Von der Frau, der sie den Kopf mit dem Eisenstab … Von seiner Toilette!« Artjom deutete mit seinem Kopf, der nur noch unsicher auf seinem Hals zu sitzen schien, auf den reglosen Ilja Stepanowitsch, der ihnen mit letzter Kraft bis hierher gefolgt war. »Dass sie die eigenen Leute hinterrücks erschießen! Dass sie Neugeborene wegen eines Schwänzchens einschläfern! Dass man fürs Reden einen Kopfschuss riskiert! Dass man die Leute ohne Schutzanzug nach draußen schickt, um Windräder zu bauen! Für die Stromversorgung der Störsender! Dass die Toten den Hunden zum Fraß vorgeworfen werden!«

»Ist das etwa die Wahrheit?«, fragte Homer.

»Was denn sonst?!«

»Das ist ein Weltuntergangsszenario, Artjom. Glaubst du etwa, sie wissen das alles nicht längst? Sie leben doch mittendrin. Und sie wollen nicht ständig daran denken und erst recht nicht darüber lesen müssen. Soll ich vielleicht noch etwas aus dem Leben dieser Massenmörder dazuschreiben? Oder darüber, dass sich die Parteibonzen an Waisenkindern vergreifen? Und zwar an der Hanse genauso wie an der Roten Linie?«

»Was hat das damit zu tun?!«

»Auch das ist die Wahrheit. Aber wollen die Menschen so etwas lesen? Brauchen sie das? Nein, wir dürfen sie nicht mit diesem Mist vollstopfen. Sie brauchen Helden. Sie brauchen einen

Mythos. Sie müssen die Schönheit in anderen sehen, damit sie selbst Menschen bleiben. Was hätte ich ihnen denn erzählt? Dass sie schon seit ewigen Zeiten von einem Häuflein Bürokraten regiert werden? Dass sie hier in der Metro ganz umsonst herumhängen? Dass daran aber nichts zu ändern ist? Das klingt alles nach Paranoia, nach Finsternis. Dabei brauchen sie Licht! Sie sehnen sich danach, und wenn es nur ein Kerzenstummel ist, nur ein kleiner Schimmer. Du dagegen, was hast du ihnen zu sagen? Dass sie alle Sklaven sind? Nichtswürdige Geschöpfe? Willenlose Schafe? Niemand wird dir zuhören! Sie werden dich aufknüpfen! Kreuzigen!«

»Und du, was willst du ihnen … Statt der Wahrheit?!«

»Ich? Ich würde ihnen … Eine Legende. Die Legende von Artjom. Von einem jungen Mann, der genauso einfach war wie jeder von ihnen. Der an einer Station am Rande der Metro lebte, die *WDNCh* hieß. Und dessen Zuhause eines Tages von einer furchtbaren Bedrohung heimgesucht wurde, genauso wie der Rest der Metro. Einer Bedrohung durch schreckliche Wesen, die an der Oberfläche lebten und die der Menschheit ihre letzte Zuflucht rauben wollten. Davon, wie dieser junge Mann die ganze Metro durchwanderte, sich in Kämpfen stählte und so von einem Tollpatsch zum Helden wurde, der schließlich die Menschheit rettete. Das wäre eine Geschichte, die den Menschen gefallen würde. Denn es wäre eine Geschichte von ihnen allen, von jedem einzelnen von ihnen. Eine einfache, schöne Geschichte.«

»Das willst du wirklich tun? Das? Und was ist mit all dem, was jetzt …«

»Das ist Politik, Artjom. Propaganda, Machtkampf. Das geht alles vorbei. Alles ist im Fluss. Ich will keine Pamphlete schrei-

ben, denn die haben schon einen Stich, kaum dass die Drucker-
schwärze trocken ist.«

»Und was willst du?! Die Ewigkeit?!«

»Ach ... Die Ewigkeit – das klingt so großartig ...«

»Ich verbiete dir, über mich zu schreiben. Ich verbiete es dir,
verstanden?!«

»Wie willst du mir das verbieten? Die Geschichte gehört gar
nicht mehr dir. Sondern der Menschheit.«

»Ich will nicht als irgendein Dauerlutscher in deinem zucker-
süßen Machwerk enden!«

»Die Leute werden es lesen. Und von dir erfahren.«

»Es ist mir scheißegal, ob die Leute von mir erfahren oder nicht!
Was hat das damit zu tun?!«

»Du bist noch jung, Artjom.«

»Was – hat – das – damit – zu tun?!«

»Hör auf, so ... mit mir zu reden. Du bist ein Held. Man
wird von dir erfahren. Deine Worte werden in Erinnerung bleiben. Vielleicht bekommst du ja noch Kinder. Aber was ist mit
mir? Was bleibt von mir? Ein anonymes Flugblatt? Ein Fetzen
Papier?«

»Warte ... Sie ... sie geben dir hier ein Zimmer ... Sie geben
dir ein Zimmer?!«

»Sie bieten mir geeignete Arbeitsbedingungen.«

»Arbeitsbedingungen. Du wirst das also für sie schreiben? Für
Bessolow?! Über mich?! Wie haben sie dich gekauft?!«

»Sie mich – oder ich sie? Es wird ein Buch geben. Über dich.
Ein echtes Buch, mit einer ordentlichen Auflage. Was stört dich
denn so daran? Ich verstehe das einfach nicht.«

»Artjom!«

Anjas Stimme.

»Frag Ilja. Er wird es dir bestätigen. Wer würde so ein Angebot ausschlagen? Ein echtes Buch, mit meinem Namen darauf! Kein Lehrbuch für Massenmörder. Ein Mythos. Eine Legende. Für Jahrhunderte.«

»Sie lassen uns in unserer eigenen Scheiße ersaufen. Sie halten uns wie Vieh. Wie Baumaterial. Nicht wie Menschen ... Und du ... Du unterstützt sie noch dabei ... Du ...«

In diesem Augenblick erfasste ihn die Druckwelle einer Explosion. Er begriff. Und die Erkenntnis betäubte ihn. Artjoms Stimme versagte, aber er fuhr fort, Worte aus der Luft herauszumeißeln, lautlos, nur mit leicht pfeifender Kehle.

»Verflucht. Er hat recht. Er hat in allem recht, diese Drecksau. Es gibt wirklich kein ›sie‹ und kein ›wir‹. Das ist sie, die Hydra. Wir selbst sind die Hydra. Sie besteht aus uns. Der Adel ist doch schon vor hundert Jahren erschossen worden. Wem soll man dafür die Schuld geben? Niemandem. Wir haben uns das alles selbst zuzuschreiben. Dort, im Bunker, woraus rekrutieren die sich? Aus uns. Und jetzt ... du, Ljocha ... Wie kann man sie besiegen, diese Hydra? Es denkt doch sowieso niemand ernsthaft daran, sich mit ihr zu schlagen. Jeder träumt nur davon, ihr den eigenen Kopf hinzulegen, einer ihrer Köpfe zu werden, zu sagen, da, friss, nimm mich auf, ich will dich, ich will es mit dir tun. Kein einziger Herakles, dafür aber jede Menge Köpfe, die bereitstehen. Was für eine Macht ... Aber was hat Macht damit zu tun ... Mein Gott, was bin ich für ein Idiot ... Weißt du, was? Schreib, Großvater. Bring dein Buch heraus. Ich wünsche dir noch viele lange Jahre. Heilige Scheiße ...«

Ein Lachkrampf überkam ihn.

Er hatte sich davor gefürchtet loszuheulen, aber nun stieg Gelächter aus seinem Mund, wie Schaum bei einem Wahnsinnigen.

»Artjom!«

Er erblickte Anja. Sank vor ihr auf die Knie.

»Verzeih mir.«

»Artjom, was ist mit dir los?«

»Du willst also wirklich zur *Tschechowskaja*?«, fragte Timur. »Dort-hin können jeden Moment die Faschisten zurückkehren. Viel-leicht doch lieber zur *Poljanka*?«

»Nein. Mach das Außentor auf. Nach oben. Ich gehe nach oben.«

»Was?!«

»Artjom!«

»Mach das Tor auf! Los!«

»Artjom, was ist los?«

»Wir gehen nach oben, Anetschka! Nach oben! Nach oben.«

23

DAHEIM

Da sind sie! Da drüben!«

Durch das Gitter des Geländers sieht das von unten aus wie, nein, es sind tatsächlich schwarze Fußballschuhe.

»Lauf!«

»Mach das Tor auf! Mach auf, schnell!«

»Hast du sie nicht mehr alle? … Du hast doch gar keinen Anzug …«

»Mit mir ist alles in Ordnung! Also, was ist jetzt?! Wir krepieren hier noch wegen dir, du Idiot! Los!«

»Wo ist er?! Wo sind sie?!«

»Gib mir die Hand! Und halt fest!«

»Ich komm mit. Ich komm mit euch. Ich will nicht hierbleiben.«

»Zum Henker mit dir … Wohin willst du denn da? Was suchst du da oben?!«

Auf ihrer Flucht ans andere Ende der Station werfen sie Tische um, springen über Bänke, stoßen zeternde Brahmanen beiseite. Ordenskämpfer stürzen aus dem Gang heraus, ein Bleiregen donnert über den Bahnsteig dahin.

Mit fliegenden Schritten erreichen sie das hermetische Tor, halten dem Wachposten eine Knarre vors Maul, drehen die Sperrschrauben auf, ziehen mit aller Kraft an tonnenschwerem Stahl, bis dieser unwillig auf seinen Schienen nachgibt, zwängen sich durch den Spalt, fliegen die Stufen hinauf.

Woher nimmt Artjom noch die Kraft? Woher das Leben?

Man jagt sie. Donnert über den Granit. Ist ihnen auf den Fersen. Schießt im Laufen, aber gerade deswegen auch vorbei. Der verwüstete Hühnerstall macht einen Heidenlärm. Der Torflügel hat sich nicht weiterbewegt, der Spalt ist noch immer eng, sie sind jetzt hinter der Kulisse. Schwarz gekleidete Kämpfer schlüpfen einzeln hindurch, während sich die Brahmanen so weit wie möglich davon entfernt halten, um nichts von dieser fremden Dosis abzubekommen.

Sie erreichen die Eingangshalle: Artjom, Anja, Timur und Ilja. Sie nutzen den Sekundenvorsprung, um die Außentür aufzubrechen und nackt in die kalte Moskauer Nacht hinauszustürzen.

»Was jetzt?!«

»Hier … Hier haben wir … Warte … Da ist er! Gib mir die Hand. Da rüber!«

Gebückt geht es im Laufschritt die schweigende Bibliothek entlang, jenem Ort, an dem Artjom einst seine Angst zurückgelassen hat, vorbei an ihren blinden Fenstern, ihren Elefantensäulen, über Marmorplatten, die sich von den Wänden gelöst haben. Die Schwarzen hinter ihnen fliegen aus der Eingangshalle der *Borowizkaja* heraus, die aussieht wie eine Gruft. Nun zögern sie aber, denn immerhin gehen auch sie ohne Schutzanzug auf die Straße.

»Weißt du, was für eine Dosis wir hier schlucken?! Hier strahlt es ziemlich heftig …«

»Hier. Ist er es? Ja!«

Sawelis abgeschleppter Japaner. Den sie hier abgestellt haben, als Letjaga sie von der Funkstation zurückgebracht hat. Wann war das noch mal? Vor hundert Jahren. Saweli ist nicht mehr – die Menschen an der *Komsomolskaja* haben ihn mit sich gerissen und niedergetrampelt. Gleich am ersten Tag im Dienst des

Ordens umgekommen und spurlos verschwunden. Aber sein Wagen steht hier. Und wartet auf seinen Herrn.

Artjom reißt an allen Türen, steigt über den vergessenen Kofferraum ein. Unter der Fußmatte des Beifahrersitzes liegt ein Ersatzschlüssel. Saweli hat es ihm an der *Komsomolskaja* verraten. Sozusagen als Vermächtnis. Er steckt den Schlüssel ins Zündschloss, dreht ihn um. Der Wagen lebt auf.

Inzwischen haben sich von der *Borowizkaja* doch einige schwarze Gestalten gelöst.

»Steigt ein!«

»Wohin fahrt ihr?!«

»Zur *WDNCh*! Nach Hause. Um unsere Leute zu informieren!«

»Ich nicht. Ich bleibe hier. Was soll ich dort? Ich werde mich mit denen schon einigen!«

»Steig ein, Idiot!«

»Das sind doch unsere Leute! Ich rede mit ihnen. Warte … Was ich noch vergessen habe. Das da. Ist das deiner? Sie haben ihn mir zurückgegeben.«

Er zieht etwas Schwarzgraues, matt Glänzendes heraus: den Nagant.

»Ja, das ist meiner.«

Er reicht ihn Artjom durchs offene Fenster.

»Besten Dank, du Wichser.«

»Los jetzt! Fahr schon!«

Timur hebt die Hände, dreht sich um und geht den schwarzen Dämonen entgegen, die bereits auf ihn zulaufen. Artjom bekreuzigt ihn im Geiste. Und steigt aufs Gas.

Vom *Ochotny Rjad*, von der Twerskaja-Straße, trägt der Wind einen Geräuschklumpen heran: das Brüllen eines Motors.

Sie starten durch. Wenden mit quietschenden Reifen, dass der Gummi raucht. Anja sitzt links auf dem Beifahrersitz, Ilja Stepanowitsch baumelt hinter ihnen wie ein loser Schwanz. Sie dichten die Fenster ab.

Im Rückspiegel fällt Timur lautlos, wie ein Lappen, zu Boden – mit erhobenen Armen fällt er nach vorn. Eine Sekunde später rast ein gepanzerter Offroader in dasselbe, schwarz umrandete Bild.

Bremst bei der Leiche. Löscht die Scheinwerfer. Wird kleiner. Löst sich auf.

Sie rasen die Wosdwischenka-Straße entlang, an all jenen Orten vorbei, an denen Artjom hundert Mal vorbeigekommen ist – und jetzt zum letzten Mal. Mit leerem Blick folgen dem dahinhastenden Japaner vom Straßenrand aus zerfressene Totenschädel, ausgehöhlte Gebäude und eingetrocknete Bäume.

Ein abgenagter Mond beleuchtet schwach den leeren Himmel. Sterne sind daran angenagelt, wie in jener Nacht, als Artjom gemeinsam mit Schenja nach oben gegangen ist, nachdem er ihn und Witalik mit einem Trick dazu gebracht hat, das hermetische Tor am *Botanitscheski sad* zu öffnen.

»Weißt du noch, Schenja?«

»Es reicht, Artjom. Bitte.«

»Entschuldige. Wird nicht wieder vorkommen. Ehrlich.«

Das Verteidigungsministerium aus knochenweißem Kalk taucht auf und verschwindet wieder, dann wischt die Gruft der Station *Arbatskaja* vorbei. Rechterhand stehen aufrecht und eng die gut zwanzigstöckigen Hochhäuser, wie Soldaten, die man nach einer Siegesparade einfach stehengelassen und vergessen hat. Links laufen die idiotisch und zugleich majestätisch gespreizten Häuser des Kalinin-Prospekts vorbei, mit den größten Werbebildschirmen in ganz Europa oder so, die jetzt schwarz verbrannt sind. Die Wachen salutierten vor Artjom. Die Bildschirme zeigten ihm seine Vergangenheit und seine Zukunft.

»Wie atmet es sich?«, fragt er Anja.

»Anders.«

Er erinnert sich an das erste Mal, als er hier gewesen ist – vor zwei Jahren. Alles war anders. Damals gab es hier Leben, zwar herrenlos und fremd, aber doch auf seine Weise höchst geschäftig. Jetzt dagegen …

Artjom blickt erneut in den Rückspiegel. Irgendwo in der Ferne scheint ihnen ein dunkler Fleck zu folgen. Scheint er nur?

Hart und quietschend biegt er auf den Gartenring ein und fährt auf der freigenagten Spur vorbei an der auf dem Scheiterhaufen verbrannten Botschaft der Vereinigten Staaten, vorbei am Hochhaus an der *Krasnopresnenskaja*, einst für Untote erbaut, mit einem Pfahl auf dem Dach, vorbei an den soliden Granitbauten, die zu Ehren jener Wachsfigur Stalinkas genannt werden, vorbei an Plätzen wie Bombenkratern, an Gassen wie Schützengräben.

Er schaut sich um und denkt: Totes zu den Toten.

»Nach Hause?«, fragt Anja.

»Nach Hause«, antwortet ihr Artjom.

Das rechtshändige japanische Geschoss schwenkt ein auf den Prospekt Mira, missachtet die Straßenmarkierung und jagt weiter nach Osten. Sie schlüpfen unter einer Überführung durch, der Kreuzung mit dem Dritten Autobahnring, dann trägt es sie über Eisenbahngleise hinweg, die irgendwo dort unten, auf dem Grund der Finsternis unter der Brücke verlegt sein müssen. Nur noch etwas weiter, und schon erscheint über den Baumwipfeln eine am Himmel erstarrte Rakete, das Museum der albernen Raumfahrt, welches das Nahen der *WDNCh* signalisiert.

Erneut scheint sich etwas hinter ihnen zu bewegen. Für einen Augenblick dreht er sich sogar um – und rast beinahe in einen schräg geneigten Laster, schafft es aber im letzten Moment auszuweichen.

Sich zwischen rostigen Konservendosen hindurchschlängelnd, erreichen sie schließlich auf vertrautem Pfad das Eingangsgebäude ihrer Heimatstation. Artjom stellt den Wagen hinter dem eisernen Würfel eines Geldwechsel-Kiosks ab. Gut versteckt.

»Das ging schnell. Vielleicht war die Dosis gar nicht so hoch«, sagt Artjom zu Anja.

»Ist schon okay«, antwortet sie.

Sie steigen aus, horchen … Irgendwo in der Ferne faucht etwas.

»Lauf.«

Als sie ins Vestibül eindringen, wirft Artjom einen letzten Blick durch den Staub auf dem Plexiglas nach draußen. Folgt ihnen jemand? Hat man sie bereits eingeholt?

Offenbar nicht. Und wenn sie jemand gejagt hat, so sind diese Leute zurückgeblieben.

Die obere Sicherheitsschleuse ist offen. Jetzt müssen sie die Treppe hinab, fünfzig Meter in die Tiefe. Man sieht die Hand nicht vor Augen, aber Artjom hat innerhalb des letzten Jahres jede einzelne Stufe auswendig gelernt. Ilja stolpert jedoch und droht kopfüber hinabzustürzen, doch sie fangen ihn im letzten Augenblick auf, bevor er sich das Genick brechen kann.

Endlich hören die Stufen auf. Gleich hinter dem kurzen Treppenabsatz erhebt sich eine stählerne Wand: das hermetische Tor. Artjom macht blind einen Schritt nach links und ertastet sofort den Hörer mit dem Metallschlauch an der Wand, einen von zweien.

»Mach auf! Ich bin's, Artjom!«

Der Hörer ist tot. Als wäre das Kabel abgerissen. Als würde er eines der Häuser da oben anrufen, nicht seine eigene, lebendige Station.

»Hallo, hört ihr mich?! Hier ist Artjom! Tschorny!«

Das Echo seiner eigenen Stimme hallt durch Kohlenstaub, durch dünne Metallmembranen. Ein anderes Geräusch gibt es im Hörer nicht.

Artjom tastet nach Anjas Hand. Drückt sie.

»Alles in Ordnung. Die schlafen nur.«

»Ja.«

»Als du weggingst, war doch noch alles …«

»Alles war in Ordnung, Artjom.«

Ilja Stepanowitsch atmet schwer und laut.

»Nicht so tief einatmen«, rät ihm Artjom. »Die Strahlung.«

Er hängt auf. Nimmt wieder ab. Legt das Ohr an die kalte Kunststoffscheibe.

»Hallo! Hier ist Artjom! Macht auf!«

Aber niemand will ihnen aufmachen. Es ist, als wäre niemand da, der das machen könnte.

Er tritt an die Wand und schlägt mit der Faust gegen den Stahl. Es klingt schwach, kaum hörbar. Da erinnert er sich an den Revolver. Er nimmt ihn am Lauf, um den Griff gegen das Metall zu rammen. Dann überlegt er: Was, wenn die Waffe geladen ist? Er zieht die Trommel heraus und tastet nach. Seltsamerweise sind genau zwei Patronen darin. Er drückt sie heraus und lässt sie in seiner Tasche verschwinden.

Dann beginnt er mit dem Nagant gegen den eisernen Vorhang zu hämmern, wie gegen eine Glocke.

Bomm! Bomm! Bomm!

»Aufstehen, Leute! Wacht auf! Macht schon!«

Er drückt das Ohr gegen die Wand. Ist da jemand?

Wieder: Bomm! Bomm! Bomm!

»Artjom …«

»Da muss doch wer sein!«

Wieder packt er den Hörer, hängt ihn in die Gabel und nimmt wieder ab.

»Hallo! Hallo! Hier ist Artjom! Suchoj! Macht auf!«

Etwas regt sich, unwillig.

»Hört ihr mich?!«

Ein Räuspern.

»Mach das Tor auf!«

Endlich eine Stimme.

»Was soll der Scheiß? Mitten in der Nacht!«

»Nikizka?! Mach auf, Nikizka! Hier ist Artjom! Mach auf!«

»Mach auf, Nikizka, und hol dir ne Dosis, ja? Was hast du schon wieder da draußen verloren?«

»Mach auf! Wir sind hier ohne Schutz!«

»Genau, weil man halt nicht so einen Mist bauen soll!«

»Na gut, ich sag's meinem Stiefvater … Du kleines Arschloch …«

Am anderen Ende schnäuzt sich jemand.

»Na schön …«

Die eiserne Wand kriecht träge und gleichgültig nach oben. Es wird hell. Sie betreten die Schleuse: ein Wasserhahn an der Wand, ein Schlauch am Boden. Und noch ein Hörer.

»Mach die Schleuse auf!«

»Erst abspülen! Du brauchst den ganzen Scheiß hier ja nicht auch noch reinzutragen …«

»Was? Wir haben aber nichts an!«

»Wascht euch, sag ich!«

Es hilft nichts: Sie müssen sich alle drei mit kaltem Chlorwasser abspritzen. Als sie die Station betreten, sind sie pudelnass und frieren. Sofort schlägt ihnen der Gestank von Mist und Schweinen ins Gesicht.

»Sie schlafen alle, auch Suchoj. Ist ja ein irrer Aufzug, den du da hast.«

»Wohin können wir?«

»Euer Zelt ist frei.« Beim Anblick dieser durchnässten Welpen wird Nikita weich. »Wir haben auf euch gewartet. Warte, ich geb euch ein paar Fetzen zum Abtrocknen. Und dann legt euch hin. Morgen früh klären wir alles andere.«

Artjom will protestieren, aber Anja nimmt ihn an der Hand und zieht ihn mit sich.

Er hat recht, denkt Artjom. Er ist mitten in der Nacht ohne Schutzanzug von draußen über sie hereingefallen, da fehlte es noch, die ganze Station aufzuwecken. Sie halten ihn garantiert für verrückt. Egal, es eilt nicht. Bis von der Polis jemand hier ankommt …

»Aber sag den Wachleuten, dass sie keine Fremden in die Station lassen sollen.« Dann fällt ihm der dunkle Fleck wieder ein. »Auch von oben nicht. Verstanden?«

»Keine Sorge.« Nikita grinst. »Wegen so was wach ich garantiert nicht noch mal auf!«

»Na dann. Ach ja, und für diesen Herrn hier sollten wir auch was finden.« Artjom deutet auf Ilja Stepanowitsch. »Ich erkläre das meinem Stiefvater morgen früh.«

Ilja Stepanowitsch bleibt bei Nikita. Er wirkt wie ein herrenloser Hund, aber das ist jetzt nicht Artjoms Sorge, nicht er hat diesen Menschen erst gezähmt und dann verstoßen.

Ihr Zelt ist tatsächlich frei. Hat wirklich niemand versucht, es sich zu schnappen? Sicher hat Suchoj es gegen jegliche Über-

739

nahmeversuche verteidigt. Ist doch wenigstens auch mal nützlich, der Stiefsohn des Chefs zu sein.

Sie machen eine Taschenlampe an und stellen sie senkrecht
auf den Tisch, um die Nachbarn nicht zu wecken. Dann ziehen sie trockene Sachen an, was sie gerade finden. Sie vermeiden es, einander nackt anzusehen, es erscheint ihnen peinlich
und unangebracht. Dann setzen sie sich im Schneidersitz auf die
Matratze.

»Ist noch was zu trinken da?«, flüstert Artjom. »Du hattest
doch was.«

»Ich habe noch was nachgekauft«, flüstert Anja zurück.

»Krieg ich einen Schluck?«

Sie trinken abwechselnd aus einer Flasche mit abgeschlage-
nem Hals. Das Gebräu schmeckt furchtbar, riecht verdächtig
und hat einen Bodensatz, ist aber nicht verdorben. Es schraubt
den zwischen die Schultern gedrehten Kopf auf, löst den fast
schon gewohnten Krampf im Rücken, in den Armen und der
Seele.

»Ich weiß jetzt, dass ich ohne dich nicht sein kann.«

»Komm her.«

»Wirklich. Ich hab's probiert.«

Artjom nimmt einen großen Schluck – es passt nicht durch
den Hals, verbrennt die Kehle, und er muss husten.

»Nach unserem Gespräch in der Polis ... hat mich dein Vater
zur *Komsomolskaja* geschickt. Mit einer Ladung Patronen für die
Roten. Damit sie den Aufstand ... wegen der Hungersnot ...
Und so bin ich zufällig dort gelandet. Bei den Roten. Es waren
Tausende, ich weiß nicht, wie viele genau. Und sie wurden mit
Maschinengewehren ... Und da war eine Frau ... Sie bat mich,
ihren Sohn festzuhalten. Der war fünf oder sechs. Ich hab ihn

hochgehoben, und auf einmal war sie tot. Und da dachte ich: Du und ich, wir müssen diesen Jungen adoptieren. Aber eine Minute später hat's ihn auch erwischt.«

Anja nimmt ihm die Flasche ab. Ihre Augen glänzen.

»Du hast kalte Hände.«

»Und du hast kalte Lippen.«

Sie trinken schweigend, abwechselnd.

»Werden wir jetzt hier leben?«

»Ich muss es ihnen allen sagen. Suchoj. Allen. Unseren Leuten. Morgen. In aller Ruhe. Und zwar als Erster, bevor ihnen die anderen wieder was ganz anderes erzählen.«

»Denkst du, sie werden dir glauben? Sie werden nirgendwo hingehen, Artjom.«

»Das werden wir sehen.«

»Verzeih mir.«

»Nein. Es liegt an mir … An mir.«

»Sogar deine Zunge ist kalt.«

»Dafür ist mein Herz warm. Und du hast eine Gänsehaut.«

»Gib mir dein Herz. Ich will mich wärmen.«

Sie erwachten spät – und beide zugleich.

Endlich konnte er sich etwas Normales anziehen: einen Pullover, abgetragene Jeans statt des klammen Kellneranzugs. Die Füße steckte er in Gummischuhe. Dann wartete er, bis sich Anja angezogen hatte.

Als sie aus dem Zelt herauskamen, lächelten sie. Die Tanten von nebenan warfen ihnen vorwurfsvolle und neidische Blicke zu. Die Männer boten ihnen etwas zu rauchen an. Artjom nahm dankend an.

»Wo ist Suchoj?«, fragte er Mantel-Dascha, die zufällig dazu-
gekommen war.

»Er hat ne Überraschung für dich. Wo sind denn all deine
Haare hin? Siehst du, wir haben's dir doch gesagt!«

»Wo?«

»Im Schweinestall.«

Zum Stiefvater gingen sie gemeinsam.

Der Stall befand sich in einem Tunnel, der als Sackgasse endete.
Während sie ans andere Ende der Station gingen, begrüßten sie
jeden, der ihnen begegnete. Die Leute blickten ihn an wie eine
Erscheinung. Und Anja wie eine Heldin.

»Er ist dort drüben!« Aygül deutete in eine Ecke des Tunnels.
»Schlachtet gerade ein Ferkel.«

Es verschlug ihnen den Atem.

Sie gingen an feuchten rosa Schnauzen vorbei, die durch Pfähle
hindurchschnupperten. Jungschweine drängten sich an Trögen.
Eber brüllten. Riesige Muttersauen mit farblosen Wimpern grunz-
ten, jede von ihnen behängt mit einem Dutzend winziger quiet-
schender Ferkel.

Suchoj trug Gummistiefel und ging in einem Verschlag mit ein-
jährigen Ebern herum. Nicht weit davon stand der Schweine-
brigadier Pjotr Iljitsch und gab seine Kommentare ab.

»Den lieber nicht, San-sejitsch. Der war krank, das Fleisch ist
sicher etwas bitter. Aber den da, den Flinken, den würd ich emp-
fehlen. Proschka, komm her, Proschka. Hätt'st früher Bescheid
sagen sollen, San-sejitsch. Man sollte sie nämlich erst mal einen
Tag lang nicht füttern.«

»Na ja … War für mich ja auch ziemlich unerwartet …«, antwortete Suchoj, der Artjoms Anwesenheit noch nicht bemerkt
hatte. »Mein Sohn ist wieder zurück. Und ich dachte schon, es

ist aus. Kein Wort, nichts. Dabei lebt er. Und hat sogar seine Frau mitgebracht. Haben sich versöhnt, wie's scheint. Ich bin so froh. Na gut, also nehmen wir deinen Proschka da.«

»Proschka ... Proschenka. Na, komm her. Ja, wie locken wir diesen kleinen Halunken jetzt hervor? Hätte er ein wenig gehungert, käme er ganz von allein zum Futter. Aber so ... Nein, zieh ihn nicht her. Ein Schwein mag keine Gewalt. Lass mich, ich kenn da einen Trick.«

Artjom blieb in einiger Entfernung stehen. Er blickte Suchoj an. Seine Augen brannten. Vom Gestank?

Suchoj trat zurück, ließ den Fachmann vor. Der Brigadier nahm einen Eimer vom Haken und stülpte ihn dem Ferkel über den Kopf. Proschka wurde erst ganz stocksteif, grunzte fragend, dann begann er rückwärtszutrippeln. Daraufhin nahm Pjotr Iljitsch ihn am Schwanz und lenkte ihn vorsichtig rückwärts auf den Eingang des Verschlags zu.

»Du halt vor allem die anderen in Schach.«

»Traut sich sowieso keines her.«

Proschka, den Kopf noch immer im Eimer, war absolut fügsam. Am Schwanz hatte ihn Pjotr Iljitsch im Nu aus dem Verschlag manövriert. Nahm ihm den Eimer vom Kopf. Kraulte ihn hinter den Ohren und legte ihm dann geschickt eine Schlinge ins überrascht aufgesperrte Maul, zog sie bis hinter die Beißer und machte sie oberhalb der langen Schnauze fest. Das andere Ende der Schnur verknotete er an einem der Stützpfosten des Verschlags. Aber Artjom achtete nicht darauf – er hatte es schon hundert Mal gesehen und selbst gemacht. Er ließ Suchoj nicht aus dem Blick.

Endlich wandte sich dieser um.

»Oh! Schon wach!«

Er kam näher, sie umarmten sich.

»Anetschka. Schön, dass ihr wieder da seid.«

»Wie geht es dir, Onkel Sascha?«

»Man tut, was man kann«, antwortete Suchoj lächelnd. »Ihr habt mir gefehlt.«

»Sei gegrüßt, Wanderer!«

Pjotr Iljitsch streckte Artjom die linke Hand hin. In der rechten hielt er bereits das lange, schmale Schlachtmesser, das eher wie ein spitz geschliffener Eisenstab aussah.

»Also dann, San-sejitsch. Halt ihn mal kurz.«

»Ich wollte dir was Besonderes vorsetzen.« Suchoj lächelte immer noch. »Jetzt hast du mir die Überraschung verdorben.«

Proschka zog mit aller Macht an der kurzen Schnur, stemmte die Hinterbeine so weit wie möglich vom Pfahl weg, doch die Schnauze steckte fest in der Schlinge und hielt ihn zurück. Proschka quiekte nicht, erwartete nicht den Tod. Außerdem begann Suchoj das Jungschwein jetzt zu streicheln, sodass es auf einmal ganz still, gleichsam nachdenklich innehielt.

Pjotr Iljitsch hockte sich daneben, kraulte dem Schwein die Flanke, tastete nach dem Puls. Durch die Haut und die Rippen fand er schließlich das Herz. Mit der Linken hielt er das Messer an die Stelle, ohne dabei die Haut zu kratzen. Die anderen Schweine streckten neugierig ihre Rüssel hervor; offenbar wollten auch sie mitbekommen, was hier vor sich ging.

»Na dann, auf geht's.«

Mit Schwung stieß er die Rechte bis ans Heft in den Leib des Tiers. Als wollte er einen Nagel einschlagen. Proschka zuckte zusammen, blieb aber stehen. Noch hatte er nichts verstanden. Pjotr Iljitsch zog die Klinge aus der Wunde. Und verstopfte das Loch sorgfältig mit einem Stück Stoff.

»So, jetzt erhol dich erst mal.«

744

Proschka blieb noch eine ganze Weile so stehen, dann begann er zu schwanken. Die Hinterläufe knickten ein, er landete auf dem Hintern, stand aber sogleich wieder auf. Und fiel wieder hin. Erst jetzt begann er zu quieken, denn er ahnte den Verrat. Erneut versuchte er, aufzustehen, aber nun konnte er nicht mehr.

Eines der Schweine blickte ihn mit seinen Knopfaugen teilnahmslos an, ein anderes fraß seelenruhig weiter aus dem Trog. Proschkas Unruhe ging seltsamerweise auf keines der anderen Tiere über. Jetzt fiel er auf die Seite und begann mit den Beinen zu zappeln. Quiekte noch eine Weile. Ließ ein paar braune Kügelchen fallen. Und verstummte. Die anderen Tiere schienen völlig unberührt. Sie hatten gar nicht bemerkt, wie nah der Tod an ihnen vorübergegangen war.

»Das wär's!«, sagte Pjotr Iljitsch. »Ich zerlege ihn dann und lass ihn in die Küche bringen. Was soll ich denen sagen? Sollen sie es im Ofen braten? Oder lieber gekocht, als Eisbein?«

»Was meinst du, im Ofen oder gekocht, Artjom?«, fragte Suchoj. »Jetzt ist es ja sowieso keine Überraschung mehr.«

»Lieber im Ofen gebraten.«

Suchoj nickte.

»Wie geht es dir?«

»Wie es mir geht? Ich weiß gar nicht, womit ich anfangen soll.«

»Kommt mit. Was sollen wir hier noch herumstehen. Wo bist du bloß abgeblieben?«

Artjom blickte sich zu Anja um.

»Ich war in der Polis. Ist von dort niemand hier gewesen? Von Melnik? Oder überhaupt fremde Leute? Hat jemand nach mir gefragt?«

»Nein. Alles ruhig. Hätte jemand fragen sollen?«

»Sind Leute von uns heute Nacht aus dem Zentrum zurückgekommen? Von der Hanse? Hat es keine Gerüchte gegeben?«

Suchoj blickte ihn aufmerksam an.

»Was ist passiert? Es ist etwas passiert, nicht wahr?«

Sie verließen den Stall und kehrten zur Station zurück. Die
rote Notbeleuchtung erweckte den Eindruck, als hätte Suchoj selbst
das Schwein geschlachtet. Oder Artjom.

»Gehen wir eine rauchen.«

Artjoms Stiefvater missbilligte, dass Artjom rauchte. Doch jetzt
verkniff er sich einen mürrischen Kommentar. Stattdessen fischte
er aus einer Zigarrendose eine bereits fertig gedrehte Papirossa und
reichte sie ihm. Auch Anja nahm sich eine. Sie entfernten sich
etwas vom Wohnbereich. Und begannen genüsslich zu qualmen.

»Ich habe Überlebende entdeckt«, sagte Artjom einfach. »Andere Überlebende.«

»Du? Wo?«

Suchoj warf einen Blick auf Anja.

Artjom wollte schon fortfahren, doch dann musste er auf einmal nachdenken. Die *WDNCh* war eine unabhängige Station.
Und Suchoj war hier der Chef. Gab es so etwas überhaupt – unabhängige Stationen?

»Er sagt die Wahrheit«, bestätigte Anja.

»Du weißt nichts davon?«

»Ich? Nein«, antwortete Suchoj wohlüberlegt. Er schien die
Nerven seines abgemagerten, kahlrasierten Stiefsohns schonen zu
wollen.

»Die mittlere Führungsebene«, stellte Artjom fest. »Schon klar.«

»Was?«

»Onkel Sascha, das würde jetzt zu lange dauern. Lass mich dir
das Wesentliche erklären. Nicht nur wir haben überlebt. Die ganze

746

Welt ist noch da. Verschiedene Städte in Russland. Und der Westen auch.«

»Und das ist auch die Wahrheit«, sagte Anja.

»Der Westen?« Suchojs Gesicht verfinsterte sich. »Und was ist mit dem Krieg? Geht der etwa immer noch weiter? Und warum gibt es dann keine Funksignale? Warum hat niemand hier diese Überlebenden je gesehen?«

»Der Funkverkehr wird gestört. Wie zu Sowjetzeiten«, versuchte Artjom zu erklären. »Weil der Krieg angeblich weitergeht.«

Jetzt nickte Suchoj.

»Das kenn ich.«

Artjom runzelte ungläubig die Stirn.

»Das kennst du?«

»Das haben wir schon mal erlebt. Und wer ist es? Die Roten?«

»Kennst du einen Bessolow?«, fragte Artjom.

»Bessolow? Den von der Hanse?«

»Es gibt keine Hanse, Onkel Sascha. Und auch keine Rote Linie. Und bald wird es nichts mehr geben. Bald wird alles vereint, um dem gemeinsamen Feind die Stirn zu bieten. Damit wir die Metro nie mehr verlassen. Das ist jetzt das aktuelle Szenario.«

Suchoj schien ihm zu glauben, fragte aber zur Sicherheit noch einmal bei Anja nach:

»Weiß sonst noch jemand davon? Dass es in anderen Städten Überlebende gibt?«

»In der Polis haben sie es gestern laut und deutlich verkündet«, antwortete sie. »Es ist wahr, Alexander Alexejewitsch.«

»Die ganze Welt hat überlebt? Und wie leben sie jetzt? Besser als unsereins?«

»Keine Ahnung. Davon hat niemand gesprochen«, erklärte Artjom. »Aber wenn es ihnen schlechter ginge, hätte man uns das bestimmt gesagt.«

Suchoj steckte sich an seiner Papirossa, die fast abgebrannt war, sofort eine neue an.

»Du – heilige – Scheiße!«

Für eine kurze Zeit starrte er auf die rote Lampe.

»Schuldest du diesem Bessolow irgendwas?«, fragte Artjom.

»Nein. Wie sollte ich? Ich habe ihn nur ein einziges Mal gesehen, in der Hanse.«

»Das ist gut. Onkel Sascha … Wir müssen unsere Station schließen. Damit niemand von dort hier reinkommt. Und wir müssen die Leute vorbereiten. Du musst ihnen alles erzählen. Dir werden sie glauben.«

»Worauf vorbereiten?«

»Wir müssen sie hier rausbringen. Sie aus der Metro führen. Solange das noch geht. Wenigstens unsere eigenen Leute.«

»Wohin denn?«

»Nach oben.«

»Aber wohin genau? Hier leben zweihundert Menschen. Frauen, Kinder. Wohin willst du sie führen?«

»Wir schicken Kundschafter voraus. Wir werden einen Ort finden, wo die Strahlung gering ist. Es sind Leute aus Murom hier gewesen. Sie leben dort direkt an der Oberfläche.«

Suchoj steckte sich die dritte Papirossa in Folge an.

»Wozu?«

»Wie, wozu?«

»Wozu sollten wir nach Murom gehen? Wozu sollten all diese Leute die Metro verlassen und irgendwo hingehen? Sie leben hier, Artjom. Dies ist ihr Zuhause. Sie werden dir nicht folgen.«

»Weil sie dort oben geboren sind! An der frischen Luft! Unter freiem Himmel! In Freiheit!«

Alexander Alexejewitsch nickte Artjom zu: ohne Spott, eher mit Verständnis, wie ein Kinderarzt.

»Daran erinnern sie sich nicht mehr, Tjoma. Sie haben sich an das hier gewöhnt.«

»Sie leben hier wie die Morlocks! Wie Maulwürfe!«

»Dafür läuft das Leben wie am Schnürchen. Hier ist ihnen alles klar. Sie werden sich nicht ändern wollen.«

»Ach komm, sobald sie am Lagerfeuer sitzen, haben sie nichts anderes zu tun, als sich an die alte Zeit zu erinnern: Wem was gehörte, wer wie gelebt hat!«

»Das, wonach sie sich sehnen, wirst du ihnen nicht zurückgeben können. Und sie wollen dorthin auch gar nicht zurück, sie wollen sich nur daran erinnern. Du bist noch jung, aber irgendwann wirst du es verstehen.«

»Ich verstehe das nicht!«

»Eben.«

»Ich bitte dich nur um eins: Lass die Station schließen. Wenn du es ihnen nicht sagen willst, sage ich es ihnen. Andernfalls schleicht sich diese Pest hier ein ... und dann scheißen die ihnen ins Hirn, wie überall ... Ich habe es selbst miterlebt ...«

»Ich kann die Station nicht einfach schließen, Artjom. Wir treiben Handel mit der Hanse. Wir bekommen von ihnen das Mischfutter für die Schweine. Und unseren Mist müssen wir an die *Rischskaja* liefern.«

»Wozu Mischfutter? Wir haben doch Pilze!«

»Das mit den Pilzen ist vorbei. Fast die ganze Ernte ist hinüber.«

»Siehst du?« Artjom grinste Anja schief an. »Und du hast dich so um sie gekümmert. Wie sich herausstellt, geht es auch ohne sie. Aber ohne Mischfutter offenbar nicht.«

Suchoj schüttelte den Kopf.

»Versteh mich nicht falsch, Artjom. Ich bin der Stationschef. Mir schauen zweihundert Seelen ins Maul. Die muss ich alle ernähren.«

»Lass es mich ihnen wenigstens sagen! Sie werden es sowieso früher oder später erfahren!«

Der Alte seufzte.

»Du glaubst, es lohnt sich? Dass sie es von dir hören?«

»Auf jeden Fall!«

Sie vereinbarten, die Leute nach dem Abendessen zu versammeln, sobald die Schichten in den Schweinefarmen zu Ende waren. Bis dahin sollte Artjom schweigen. Das tat er auch und nutzte die Zeit, noch einmal sein altes Leben an der *WDNCh* anzuprobieren. Die Fahrräder. Die Wache im Tunnel. Das Zelt. Nein, dieses Leben war ihm zu klein geworden, es passte nicht mehr.

Die ganze Zeit über hing wie eine Klette der völlig verlorene Ilja Stepanowitsch an ihm. Suchoj hatte ihm erlaubt, an der Station zu bleiben. Und nun zeigte ihm Artjom, wie alles funktionierte.

Auch wenn der Lehrer ein ziemlich klägliches Bild abgab, fand Mantel-Dascha sofort Gefallen an ihm. Er bekam einen wässrigen Tee zu trinken – der Pilzvorrat ging ja zur Neige. Man fragte ihn nach seinem Lebenslauf. Er schwieg sich aus, und auch Artjom gab seine Herkunft nicht preis.

Dafür konnte er gut zuhören. So flocht Artjom in seinen Bericht über die Station an manchen Stellen auch etwas über sich selbst ein. Es geschah wie von selbst. Während sie durch die Zelte gingen, brandeten die Erinnerungen nur so heran. Hier hatte früher Schenja gelebt. Ein Freund aus der Kindheit. Gemeinsam hatten sie das Tor am *Botanitscheski sad* geöffnet. Er war später gestorben: Jemand am Wachposten war durchgedreht, als die Schwarzen auf die *WDNCh* zumarschierten, und hatte ihn umgebracht. Und hier hatte er zum ersten Mal Hunter erblickt und war ihm sogleich verfallen. Sie waren damals durch die leere Halle gegangen, und da hatte er Artjoms Schicksal in seine riesigen Pranken genommen und innerhalb einer Minute zu einem Knoten verbogen wie ein Stück Bewehrungsstahl. Und so weiter. Über die Schwarzen. Inzwischen war es ja lächerlich, die Geschichte zu verschweigen. Die Tragödie seines ganzen Lebens war damit auf einen Schlag futsch. Ilja Stepanowitsch nickte schwach und tat, als ob es ihn interessierte. Woran er dabei dachte, konnte man nur ahnen.

So hielt er bis zum Abend aus.

Das wahrhaft königliche Abendessen war natürlich nicht nur für den engeren Familien- und Freundeskreis gedacht. Wer immer kommen wollte, war eingeladen. Die gedeckten Tische standen etwas erhöht, im sogenannten »Club«, unweit der Stelle, wo der abgehackte Korridor über den Gleisen begann und wo sich früher der neue Ausgang befunden hatte.

Das Signal für das Ende der Tagesschicht ertönte, die Menschen kamen aus den Duschräumen, sauber und so festlich gekleidet wie eben möglich.

Mit Beilagen sah es mager aus, aber Proschka machte alles wett. Man hatte ihn köstlich zubereitet. Er war im Ofen gebacken worden. Der separat servierte Kopf hatte die Augen zusammen-gekniffen, die Ohren glänzten vom Fett wie Pergamentpapier. Das zarte Fleisch zerging im Mund, und es war nur ganz wenig Speck daran: Man hatte das Schwein genau zur rechten Zeit ge-schlachtet. Dazu wurde ein Pilzgebräu aus alten Vorräten ausge-schenkt. Die Trinksprüche der Leute wurden von Mal zu Mal aufrichtiger.

»Schön, dass ihr wieder da seid!«

»Bleib gesund, Artjom!«

»Anetschka! Auf dich!«

»Und dass es bei euch auch endlich mit dem Nachwuchs klappt!«

»Ich will mich nicht anbiedern, aber: auf die Eltern! Also auf dich, San-sejitsch!«

Vor dieser Abendmahlsszene zeichnete sich Pjotr Iljitsch mit rotem Haarkranz um die himbeerfarbene Glatze ab. Er machte einen reichlich erhitzten Eindruck.

»Na, dann aber auch gleich auf unsere *WDNCh*, diese Insel des Friedens und der Stabilität im tosenden Ozean der Metro! Dank den Bemühungen von – ihr wisst schon, wem!«

Artjom hatte gedacht, er werde kein Stück herunterbringen, doch war er im Verlauf des Tages so hungrig geworden, dass er sogar zwei ganze Portionen verschlang. Das Schweinchen schmeckte wirklich gut. Auch wenn man nicht daran denken durfte, dass es heute Morgen noch vor sich hingegrunzt hatte. Aber das hatten sie schließlich alle irgendwann – warum sollte man sie also nicht essen?

Nur etwas zu trinken, dazu war er jetzt nicht in der Lage. Suchoj dagegen ließ keine Gelegenheit aus. Jeder bereitete sich eben auf seine Weise auf das Gespräch mit den Leuten vor.

»Ich wollte doch alles mit dir besprechen, habe auf dich gewartet, dass du wieder auftauchst. Natürlich bist du frei, zu den Leuten zu sprechen. Ich halte mein Wort. Nur damit du verstehst: Es müssen ja nicht unbedingt Pilze oder Schweine sein, weißt du … Man kann sich auch mit anderen Dingen befassen. Mit Aufklärung, zum Beispiel …«

»Danke, Onkel Sascha.«

Der kleine Kirill, der mit dem Husten, schlich sich an, machte »Buh!« und setzte sich zu Artjom auf den Schoß. Er war der Mutter entflohen: Eigentlich war seine Zeit schon um, und er hätte längst schlafen sollen. Kurz darauf erschien Natalja selbst auf der Bildfläche. Sie schalt ihren Sohn, blieb aber dann doch sitzen – es war ja noch was von dem Schwein übrig.

»Anja! Ich mag auch ein Stück!«

»Komm her. Du kriegst ein größeres, damit du selber groß und stark wirst.«

Kirill bekam einen eigenen Teller, nahm zwischen Artjom und Anja Platz und begann aus Leibeskräften sein Fleisch zu kauen.

Vor dem dritten Nachschlag trat einer der Wachleute, der Georgier Ubilava, zu Suchoj und flüsterte ihm etwas zu. Dieser wischte sich die glänzenden Lippen ab und stand auf, ohne Artjom eines Blickes zu würdigen. Über die Schulter hinweg erkannte dieser, dass man den Stiefvater zum Südtunnel gerufen hatte. Dem, der zur *Alexejewskaja* und weiter bis zur Metro führte. Was war dort los?

Zu sehen war nichts. Suchoj war hinter den Säulen bei den Gleisen verschwunden.

Und war nach zehn Minuten noch immer nicht zurückgekommen.

»Und, hast du Poljarnyje Sori gefunden?«, fragte Kirill mampfend.

»Was?«, fragte Artjom zerstreut.

»Poljarnyje Sori! Du hast gesagt, dass du ein Signal von dort empfangen hast! Hast du es gefunden? Du wolltest es doch suchen?«

»Stimmt. Ich hab's gefunden.«

»Ma, hörst du? Artjom hat Poljarnyje Sori gefunden!«

Natalja biss sich auf die Lippen.

»Das stimmt doch nicht, Kirjuschenka.«

»Doch, es stimmt! Oder, Artjom?«

»Es reicht«, mahnte Natalja Artjom.

»Und, wie ist es dort, Artjom? In Poljarnyje Sori? Was gibt es da für Mikroben?«

»Moment«, sagte Artjom. »Warte mal kurz, Kleiner.«

Am südlichen Ende des Bahnsteigs stand Suchoj bei einigen Männern und blickte sich nach dem Festbankett um: Sein Gesicht leuchtete in dem purpurroten Licht wie ein Ampelsignal. Artjom wollte zu ihm, sich absondern, Kirill sitzen lassen, doch als der Stiefvater dies bemerkte, winkte er ihm zu: Bleib sitzen, ich bin gleich da.

»Was ist da los?«, fragte Anja.

»Jetzt sag ihr schon, dass es die Wahrheit ist!«

»So! Jetzt gehst du mir aber sofort ins Bett!«

Suchoj kehrte zum Festmahl zurück. Er nahm neben Artjom Platz und lächelte, als wären seine Lippen aufgesprungen, und es täte ihm weh, sie auseinanderzuziehen.

Beleidigt pulte Kirill mit einer Gabel an Proschkas zugekniffenem Auge herum. Daschka legte Ilja Stepanowitsch ein fettes Stück Schweinekeule auf.

Artjom berührte Suchoj am Ellenbogen.

»Was ist da los, Onkel Sascha?«

»Da will jemand deine Seele holen. Aber wir haben ihnen natürlich gezeigt, wie sie wieder nach Hause kommen.«

»Waren das Ordensleute? Von Melnik?«

Anja hielt das Messer in der Hand, als wollte sie damit zustechen. Artjom tastete nach seiner Tasche. Der Nagant befand sich noch an Ort und Stelle.

»Nein. Von der Hanse.«

»Viele? Eine Sondereinheit?«

»Zwei Mann. In Zivil.«

»Nur zwei? Und? Was sagen sie?«

»Sie sagen, dass sie uns bis morgen früh Zeit zum Nachdenken geben. Natürlich verstehen sie, dass du mein Sohn bist und so weiter ...« Suchoj blickte auf einen Teller. »Sie wollen eine Eskalation vermeiden.«

Das mit dem »Sohn« nahm Artjom widerspruchslos hin.

»Und was ist morgen früh?«

»Morgen werden sie die vollständige Blockade der Station ausrufen. Man wird uns nichts mehr abkaufen und nichts mehr verkaufen. Mischfutter und so. Plus ein Verbot jeglicher Freizügigkeit. Angeblich haben sie das mit der *Alexejewskaja* bereits geregelt.«

Andrej, der dienstälteste Aufklärer der Station, stand auf und erhob sein Glas.

»Ruhe, bitte! Dein Vater und ich haben darüber bereits gesprochen, Artjom. Freunde, hier kann mal wohl nur von höherer Gewalt sprechen. Ich hab mich verliebt. Und meine Liebste wohnt an der *Krasnopresnenskaja*. Mir ist klargeworden: Es ist Zeit. Ich bin jetzt achtunddreißig. Ich werde also die *WDNCh*, meine geliebte Heimatstation, verlassen und zu meiner Verlobten an die Hanse ziehen. Warum sag ich das? Ich sag das, weil jeder von uns, Artjom, seinen Platz im Leben finden soll. Und mein Platz ist jetzt frei – für dich!«

Artjom nickte, erhob sich, stieß an, setzte sich wieder. Und begann wieder mit Suchoj zu flüstern.

»Wie lange können wir uns halten?«

»Ich weiß nicht. Mit den Pilzen, das weißt du ja … Eine gewisse Zeit natürlich mit dem Schweinefleisch. Aber wir haben kein Futter für sie. Das kommt ja alles von der Hanse …«

»Seit wann handelt die Hanse mit Futtermitteln? Wo nehmen die das denn her? Haben die etwa nichts von der Seuche abbekommen?«

»Ich spreche von dem Mischfutter. Nicht aus Pilzen, sondern irgendeine andere Kombination. Aber die Schweine fressen es ohne Probleme und legen gut zu.«

»Die Schweinefarmer haben sich nie erkundigt, was sie den Tieren da geben? Woher kommt das? Vielleicht können wir ja selbst so was …«

»Keine Ahnung. Wir fragen nicht danach. Angeblich bekommt es die Hanse von den Roten. Das sind aber nur Gerüchte. Wir haben es ausprobiert, die Schweine fressen's, also gibt es nichts zu meckern, wir …«

»Wie soll das bitte von den Roten kommen? Die haben doch …«

»Pjotr Iljitsch! Woher bekommen wir das Mischfutter geliefert, weißt du das noch?«

»Von der *Komsomolskaja*, glaub ich. Ich erinnere mich, jemand hat mal gesagt, es käme von gar nicht weit weg. Weil's dann frischer ist. Obwohl das die letzten Male schon etwas nachgelassen hat.«

»Von der *Komsomolskaja*?«

Salziger, bitterer Speichel floss ihm in den Mund. Seine Kehle verkrampfte sich. Bloß nicht runterschlucken, nicht schlucken.

»Von der *Komsomolskaja*?! Von den Roten?!«

»Von der Hanse …«

»Wo ist der Unterschied?«

»Was soll denn damit sein?«

»Du stellst keine überflüssigen Fragen, richtig? Eine Blockade, was?«

»Ich muss die Leute ernähren, Artjom. Zweihundert Seelen. Nur so kann das hier funktionieren. Wenn du später mal hier den Laden übernimmst, wirst du das verstehen …«

Artjom erhob sich.

»Darf ich mal was sagen?«

»Oh! Der Hauptschuldige an diesem Fest! Einen Trinkspruch, Artjom!«

Er reckte sich, als wollte er tatsächlich einen Toast ausbringen. Nur dass seine Finger statt eines Glases reine Luft umfassten.

»Da sind ein paar Leute gekommen, um mich zu holen. Angeblich von der Hanse. Sie wollen mich mitnehmen, damit ich es nicht schaffe, euch einige Dinge zu erzählen. Und wenn ihr mich nicht ausliefert, wollen sie eine Blockade einleiten.«

Die Leute am Tisch verstummten, das Lied »Moskauer Nächte«, das sie gerade anstimmen wollten, verhallte. Ein paar von ihnen kauten weiter vor sich hin, machten aber kein Geräusch.

»Moskau ist nicht die einzige Stadt, in der Menschen überlebt haben. Gestern haben sie in der Polis allen verkündet, dass es noch andere gibt. Bald wird man es euch auch mitteilen. Ich bin nur der Erste. Also: Die ganze Welt lebt! Piter, Jekaterinburg, Wladiwostok. Amerika. Wir konnten das bislang nicht hören, weil der ganze Funkverkehr mit Störsendern unterdrückt worden ist.«

Totenstille trat ein. Die Leute hörten regungslos zu.

»Wir müssen hier nicht mehr leben. Wir können unsere Sachen packen und fortgehen. Jederzeit. Jetzt. Wohin wir wollen. In Murom, dreihundert Kilometer von Moskau entfernt, ist die Strahlung bereits ganz normal. Die Menschen leben dort an der Oberfläche. Nur Moskau ist tot und verseucht, weil über der Stadt Atomsprengköpfe abgeschossen wurden. Wir müssen hier nicht bleiben. Wir dürfen nicht. Ich schlage euch vor, ich bitte euch: Lasst uns fortgehen.«

»Wozu?«, fragte ihn jemand.

»Dreihundert Kilometer laufen, und was dann?«

»Was hört ihr ihm überhaupt zu? Der hat doch sowieso einen Schaden, was das Thema angeht!«

»Wozu, fragst du? Weil der Platz von uns Menschen nicht hier unten ist. Weil ihr in Tunneln lebt, weil man euch in diesen Tunneln festhält! Als wärt ihr Würmer! Ist euch das überhaupt klar? All diese idiotischen Kriege gegen uns selber … Hier unten haben wir keine Zukunft. Das ist ein Friedhof, die Metro. Wir werden es hier niemals zu etwas bringen. Wir werden hier keine Menschen sein. Werden hier niemals etwas Neues machen. Uns nicht entwickeln. Wir sind krank hier. Wir degenerieren. Hier gibt es keine Luft. Keinen Platz. Es ist eng.«

»Uns ist das genug«, antwortete ihm jemand.

»Hat in Duschanbe jemand überlebt?«, erkundigte sich ein anderer schüchtern.

»Keine Ahnung.«

»Hast du uns gerade – mit Würmern …«

»Aber wenn Amerika noch steht, heißt das, dass der Krieg noch immer andauert?«, überlegte jemand am Tisch.

»In der Stadt Murom gibt es ein Kloster. Mit weißen Mauern. Und blauen Kuppeln. Die Farbe des Himmels. Es steht am Ufer eines Flusses. Und ringsum ist Wald. Sollen wir dort hingehen? Wir schicken zuerst unsere Aufklärer hin, während die anderen alles vorbereiten. Wir finden irgendwo ein Verkehrsmittel und reparieren es. Dann können die Frauen und Kinder hinfahren.«

»Und was gibt es da zu futtern?«

»Ja, was fresst ihr denn hier?! Ihr seid hier … Ach, zum Teufel mit euch. Offenbar geht das hier nicht anders! Das ist ja das Problem! Dieser Ort! Das hier ist kein Schutzbunker! Das ist eine Gruft! Ihr müsst von hier weg!«

»Ja und, dann lauf doch …«, murmelte die Menge düster. »Warum machst du nicht allein die Fliege? Versuchst immer andere mit reinzuziehen? Verdammter Mose, sag ich.«

»Warum will die Hanse ihn haben?«, erkundigte sich eine Frau. »Hat er jemanden umgebracht?«

Artjom blickte sich nach Suchoj um. Dessen Augen schweiften über den Tisch, als suchte er dort nach einer Möglichkeit, Artjom zu helfen. Aber er mischte sich nicht ein.

Artjom wischte sich über die Stirn.

»Gut. In Ordnung. Ich werde eine Expedition zusammenstellen. Einstweilen nur zu Erkundungszwecken. Wir werden uns Richtung Osten auf die Suche machen, um herauszufinden, wo es dort bewohnbares Land gibt. Wenn wir welches finden, kommen wir zurück, um die anderen nachzuholen. Wer kommt mit?«

Niemand antwortete. Alle kauten, starrten, tranken.

Anja legte das Messer beiseite und erhob sich.

»Ich. Ich komme mit.«

Sie standen eine Weile zu zweit. Dann hörte man ein Rascheln.

Der schwindsüchtige Kirill stieg auf die Bank, damit er besser zu sehen war. Und piepste entschlossen:

»Ich auch! Ich fahre mit euch! Aus der Metro! Nach Poljarnyje Sori!«

An der Stelle, wo er gesessen hatte, war er aufgestanden: zwischen Anja und Artjom. Die beiden tauschten Blicke.

Natalja, seine Mutter, sprang vom Tisch auf. Gläser kippten um und zerbarsten auf dem Boden.

»Kommst du sofort her! Ab ins Bett!«

»Aber Ma! Nach Poljarnyje Sori!«

»Wir fahren nirgendwohin! Wir sind hier zu Hause!«

»Ach, lass mich doch mitfahren …«

»Nein!«

»Das ist an der Oberfläche, Natalja …«, sagte Artjom. »Dort oben ist die Luft ganz anders. Frisch. Die TB …«

»Wenn's da keine TB gibt, dann gibt es sicher was anderes! Irgendeine Seuche! Da sind doch die Amerikaner, heißt es! Sollen wir uns den Amis ergeben?!«

»Wenn du nicht willst, lass ihn wenigstens mitfahren. Er ist hier doch … Hast du selbst gesagt. Wie lange hat er noch …«

Für einen Augenblick schien ihr die Luft wegzubleiben.

»Du – du willst mir … meinen Sohn?! Oh, du Mistkerl … Das lass ich nicht zu! Meinen Kirjuscha! Habt ihr das gehört? Meinen Sohn will er mir wegnehmen! Ihn den Amerikanern ausliefern! Als Spielzeug! Und uns gleich dazu!«

»Dumme Kuh«, sagte Artjom.

»Geh doch selber nach oben! Uns mit Würmern zu vergleichen! Das lass ich nicht zu! Wag es bloß nicht – die wollen mir …«

»Gib ihm bloß nicht dein Kind! Der hat einen Sprung in der Schüssel, das weiß doch jeder! Wohin bringt der ihn noch?!«

»Nein, der bekommt ihn nicht! Das ist doch wirklich die Höhe!«

»Ich will aber mit euch mitfahren!«, rief Kirjuscha schluchzend. »Ich will mir anschauen, wie es da oben aussieht!«

»Liefert ihn an die Hanse aus, dann ist Ruhe«, sagte einer. »Die sollen mit ihm klarkommen.«

»Hau doch ab! Wenn's dir hier bei uns zu stressig ist! Los, mach die Fliege, Verräter!«

Die Leute begannen mit den Stühlen zu rücken und aufzuspringen.

»Dann bleibt doch hier sitzen! Und fresst einander weiter auf! Sollen sie euch doch weiter am Spieß drehen! Wie blöde Hammel! Wenn ihr krepieren wollt, krepiert doch! Wälzt euch in eurer eigenen Scheiße! Grabt immer wieder in eurer eigenen, miesen Vergangenheit herum! Aber die Kinder, was haben die euch getan?! Warum wollt ihr eure eigenen Kinder lebendig begraben?!«

»Selber blöder Hammel! Hast dich verkauft! Keiner wird mit dir irgendwo hingehen! Du willst uns doch nur in eine Falle locken, stimmt's?! Wie viel haben sie dir bezahlt?! Liefert ihn aus! Das wäre ja noch schöner, wegen diesem Stück Scheiße unsere Beziehungen zur Hanse zu verderben!«

»So, das reicht jetzt!«, fuhr Suchoj auf.

»Und du, du hättest auch ein bisschen besser auf ihn aufpassen sollen! Jetzt hat er sich an irgendwen verkauft! War ihm wohl nicht genug, uns zu vergiften! Vielleicht wären wir ja gar nicht so krank, wenn du nicht immer wieder die Schleusen aufgemacht hättest! Misch dich nicht in unsere Angelegenheiten, das geht dich nichts an! Wir kommen schon selber zurecht, ist das klar?! Dies – ist – unser – Haus!«

»Tjomaaaa, ich will mit dir mit, bitte-bitte, ich will mit euch gehen!«

»Hau ab! Zieh Leine! Solange wir dich noch nicht ausgeliefert haben! Sehe ich gar nicht ein, wegen dem zu leiden!«

Kirills Hand fand Artjoms Zeigefinger, klammerte sich an ihm fest, aber Natalja riss ihn los – und zog ihn fort.

Artjoms Augen wurden feucht.

»Pa …« Er blickte sich nach Suchoj um. »Papa. Was ist mit dir?«

»Ich kann nicht, Artjom«, murmelte Suchoj tonlos. »Ich kann nicht mit dir kommen. Wie könnte ich die Leute hier alleinlassen?«

Artjom blinzelte.

Sein Kopf drehte sich. Der letzte Bissen steckte wie ein Ziegelstein in seiner Kehle fest.

»Fickt euch doch alle in eurer Scheißmetro! Ich war bereit, für euch zu krepieren, aber, wie sich herausstellt, gibt es hier niemanden, für den es sich lohnen würde zu sterben!«

Scheppernd fegte er die Teller mit dem aus Menschen gemachten Schweinefleisch vom Tisch, dann warf er die Sitzbank um.

Anja ging mit ihm. Dahinter folgte seltsamerweise Ilja Stepanowitsch.

»Willst du etwa mit nach oben?«, fragte Artjom.

»Nein. Ich nicht. Ich bleibe hier. Ich werde über Sie … Artjom … Ich werde über all das … Sie erlauben mir doch, es aufzuschreiben, ja? Ein Buch daraus zu machen? Ich werde auch alles so schildern, wie es wirklich war … Ehrenwort!«

»Schreib von mir aus. Du wirst sowieso nichts zustande bringen. Und wenn, wird es keiner lesen. Homer hatte recht, der alte Mistkerl. Die Leute brauchen alle Märchen!«

Im Westen war der Abendhimmel scharlachrot, im Osten dagegen kristallklar und rein wie klirrendes, frisch gespültes Glas. Eine unsichtbare Hand hatte sämtliche Wolken fortgewischt und begann nun nach und nach silberne Nägel in den blauen Zenit zu schlagen.

Sie warfen Proviant, Patronen, Knarren und Filter in den Kofferraum. Dort hatten sich noch drei volle Dieselkanister gefunden. Das würde reichen, um die halbe Erde zu umrunden.

Die breite Jaroslawskoje-Chaussee führte von der *WDNCh* direkt bis ans andere Ende des Kontinents. Sie war voll von Fahrzeugen, die niemals ihr Ziel erreicht hatten, doch zwischen all jenen, die in der Vergangenheit stecken geblieben waren, konnte man eine dünne Spur ausmachen, auf der man dorthin – irgendwohin – fahren konnte. Die toten Häuser glänzten mit ihren goldenen Silhouetten, und in diesem Augenblick des Abschieds kam ihm Moskau warm und echt vor.

Artjom war den Gummianzug und die Packerei satt. Am liebsten wäre er das alles schon jetzt losgeworden. Es verlangte ihn danach, so schnell wie möglich mit heruntergelassenen Fensterscheiben dahinzufahren, den Gegenwind auf der offenen Hand zu spüren, ihn einzuatmen, warm und frisch. Egal. In drei bis vier Stunden würden sie diese Gasmasken vielleicht für immer ablegen und aus dem Fenster werfen, so weit, wie es nur ging.

Am Ende umarmten sie sich doch.

»Wohin soll's gehen?«, fragte Suchoj.

»Irgendwohin. Wohin fahren wir, Anja?«

»Nach Wladiwostok. Ich will den Ozean sehen.«

»Also nach Wladiwostok.«

Sawelis weißes Fell legte Artjom auf Anjas Platz. Sie musste sich schonen, schließlich würde sie noch Kinder zur Welt brin-

763

gen müssen. Den Nagant-Revolver legte er ins Handschuhfach. Ließ den Motor an. Schlug die Türen zu.

Suchoj beugte sich zu ihm herab und bedeutete ihm, die Scheibe herunterzulassen. Dann näselte er durch seinen Rüssel:

»Verurteile die Leute nicht, Artjom. Es ist nicht ihre Schuld.«

Artjom warf ihm einen Luftkuss zu.

»Mach's gut, Onkel Sascha. Ciao-Kakao.«

Suchoj nickte und trat zurück. Ilja Stepanowitsch winkte fröstelnd. Mehr waren zum Abschied nicht gekommen.

Artjom legte Anja die Hand aufs Knie. Sie bedeckte seinen Handschuh mit ihren beiden Händen.

Der Japaner keuchte blauen Dunst hervor, stimmte sein Marschlied an und startete durch – direkt in die Richtung, in der sich die magische, unwahrscheinliche Stadt Wladiwostok befand, an jenem warmen, wilden Ozean, am anderen Ende dieses riesigen und wunderbaren, unbekannten Landes, in dem wirkliche, lebendige Menschen siedelten.

Sie hatten den Wind und die Sonne im Rücken.

ENDE

NACHWORT

Es ist ein gutes Fernglas, deutsche Qualitätsarbeit. Einen Kilometer packt es locker. Das Geländefahrzeug folgt dem Japaner in vorsichtiger Entfernung bis zum Autobahnring, dann hält es an.

»Er hat abgelegt, Alekfej Felikfowitch!«, spricht Ljocha ins Funkgerät. »Follen wir weiter folgen?«

»Was soll das bringen? Lass ihn fahren. Auf Nimmerwiedersehen«, entgegnet ihm der Apparat. »Du kannst nach Hause kommen.«

Aufgezeichnet von I. Schkurkin

ANMERKUNGEN

Seite 13: SAN-SEJITSCH

Kontraktionsform für »Alexander Alexejewitsch«, Suchojs Vor- und Vatersnamen. Im Russischen werden die Silben längerer Namen oft verschliffen, was aber der förmlichen Ansprache keinen Abbruch tut.

Seite 17: WDNCH

Die »**W**ystawka **d**ostischenij **n**arodnogo **ch**osjajstwa SSSR« (»Ausstellung der Errungenschaften der Volkswirtschaft der UdSSR«) war eine gigantische Leistungsschau in Moskau, die von 1959 bis 1991 ohne Unterbrechung lief. In zweiundachtzig teils prunkvoll ausgestatteten Pavillons präsentierten sämtliche Wirtschaftsbranchen auf einer Fläche von etwa 200 000 m² ihre Produkte. Die Metrostation trägt denselben Namen.

Seite 20: OSTANKINO-TURM

Der 1967 errichtete Ostankino-Fernsehturm war mit einer Höhe von 540 Metern lange Zeit das höchste Gebäude der Welt.

Seite 21: KOLCHOSE

Wörtlich: »Kollektivwirtschaft«. Dieser Begriff bezeichnete zur Zeit der Sowjetunion große landwirtschaftliche Betriebe, die genossenschaftlich organisiert waren. Da Privateigentum nur in sehr geringem Maß erlaubt war und der Staat sowohl die Kolchosenverwaltung als auch die Höhe der Abgaben regelte, waren die Kolchosarbeiter oft nur wenig motiviert und kümmerten sich kaum um den Werterhalt ihrer Produktionsmittel. Im Lauf der 1990er Jahre wurden die meisten Kolchosen nach und nach abgeschafft.

Seite 22: LUBJANKA
Hauptquartier des russischen Geheimdienstes FSB (früher KGB) am Lubjanka-Platz.

Seite 28: PITER
In Russland populäre Kurzbezeichnung für St. Petersburg.

Seite 80: MORLOCKS
Unterirdisch lebende Menschenrasse aus H. G. Wells' Roman *Die Zeitmaschine*.

Seite 86: *DUR*
Das russische Wort *dur* bedeutet »Spinnerei, Idiotie, Dummheit« und bezeichnet ungefähr den Zustand, den der Konsum dieses Rauschgifts hervorruft.

Seite 95: *BRAGA*
Einfacher, selbstgebrannter Süßwein.

Seite 99: »UND AUSSERDEM DIE JUNGE SCHWERKRAFT ...«
Passage aus dem Gedicht »Der Himmel ist mit Zukunft schwanger« von Ossip Mandelstam (1891–1938).

Seite 114: WTschK – NKWD – MGB – KGB – FSK – FSB

Hinter diesen Abkürzungen verbergen sich die verschiedenen historischen Bezeichnungen des sowjetischen bzw. russischen Inlandsgeheimdienstes:

WTschK: Allrussische außerordentliche Kommission zur Bekämpfung von Konterrevolution, Spekulation und Sabotage – »Tscheka« (1917–22)

NKWD: Volkskommissariat für innere Angelegenheiten der UdSSR (1934–41)

MGB: Ministerium der Staatssicherheit (1946–53)

KGB: Komitee für Staatssicherheit (1954–91)

FSK: Föderaler Dienst für Spionageabwehr (1993–95)

FSB: Föderaler Dienst für Sicherheit (ab 1995)

Seite 118: NESTORCHRONIK

Älteste erhaltene ostslawische Chronik aus dem 12. Jahrhundert. Eine der wichtigsten schriftlichen Quellen für die Geschichte des Kiewer Reiches.

Seite 121: MAKAROW

Selbstladepistole, seit den 1950er Jahren Ordonanzwaffe der sowjetischen, später der russischen Armee.

Seite 127: »AN DER GRENZE WANDERN DÜSTRE WOLKEN ...«

Erster Vers des in Russland auch unter dem Titel »Drei Panzersoldaten« bekannten, sehr populären Liedes von 1939, das später zur informellen Hymne der Grenz- und Panzertruppen der UdSSR sowie Russlands wurde.

Seite 318: MELNIKOW – MELNIK

»Melnikow« lautet der volle Nachname des Obersts. Artjom und die Kämpfer des Ordens verwenden jedoch häufig die verkürzte Variante »Melnik«, zu Deutsch: »Müller«.

Seite 343: OKTOBERKIND

»Oktoberkinder« hieß die unterste Stufe der sowjetischen Jugendorganisation Komsomol. »Oktoberkind« wurde man im Alter von sieben bis neun Jahren, mit zehn Jahren dann »Pionier«.

Seite 344: PETSCHENEG

Besonders leistungsfähiges 7,62-mm-Maschinengewehr.

Seite 347: »UND WIEDER KAMPF. DAS GIRL IST NUR EIN TRAUM«

Letjagas eigene Version einer berühmten Zeile des russischen Dichters Alexander Blok (1880–1921): »Und wieder Kampf. Die Ruhe nur ein Traum«.

Seite 361: »DIE ZARIN HAT IN JENER NACHT … NICHT SOHN, NICHT TOCHTER ZUR WELT GEBRACHT«

Berühmter Vers aus dem »Märchen vom Zaren Saltan« (1831) von Alexander Puschkin.

Seite 371: STETSCHKIN

Die Stetschkin APB, eine schallgedämpfte Reihenfeuerpistole mit hoher Präzision und geringem Rückstoß, gehörte zur Ausrüstung der Spezialeinheiten des russischen Innenministeriums.

Seite 387: MOSKAU CITY
Modernes Stadtviertel Moskaus, entstanden ab Mitte
der 1990er Jahre, vorwiegend aus Wolkenkratzern mit
Geschäfts-, Büro- und Wohneinheiten.

Seite 414: BALASCHICHA
Großstadt, etwa 25 Kilometer östlich von Moskau.

Seite 452: GARTENRING
Viel befahrene Ringstraße um das historische Zentrum
Moskaus. Ursprünglich im frühen 19. Jahrhundert an
der Stelle eines alten Befestigungswalls entstanden. So
benannt wegen der vielen dazugehörigen Boulevards
und Parks.

Seite 458: MYTISCHTSCHI … KOROLJOW … ODINZOWO
Weitere größere Städte im Gebiet Moskau.

Seite 459: CHAUSSEE ENTUSIASTOW
Wörtlich: »Chaussee der Enthusiasten«, etwa 20 km
lange Ausfallstraße im Osten Moskaus.

Seite 463: CHRUSCHTSCHOWKAS
In den 1960er und 1970er Jahren entstandene, billige
und qualitativ minderwertige Plattenbauten. Benannt
nach dem damaligen Generalsekretär der KPdSU Nikita Chruschtschow.

Seite 466: WINTORES-GEWEHR

»Wintores« (»Gewindeschneider«) ist der Spitzname des Scharfschützengewehrs der russischen Sondereinsatz- und Aufklärungskräfte sowie der Truppen des Innenministeriums.

Seite 479: »URALS«

Bezeichnung für sehr leistungsfähige, meist geländegängige Lastkraftwagen des russischen Herstellers UralAZ.

Seite 482: SWERDLOWSKER GEBIET

Region Russlands östlich des Urals. Die Gebietshauptstadt Jekaterinburg hieß in sowjetischer Zeit Swerdlowsk.

Seite 537: PITER, WLADIK, JEKAT

Umgangssprachliche Kurznamen für St. Petersburg, Wladiwostok und Jekaterinburg.

Seite 542: TSCHORNY

Russisch für »Schwarz«.

Seite 553: BRILLANTGRÜN

In Osteuropa weit verbreitetes Antiseptikum. Eine alkoholische Lösung mit typisch grüner Farbe.

Seite 554: NEUER ARBAT

Seit 1990 offizieller Name des Kalinin-Prospekts, einer der zentralen Paradestraßen Moskaus. Die typische Wohn- und Geschäftsarchitektur stammt noch aus den 1960er Jahren.

Seite 638: NEP-MÄNNER
Bezeichnung für die neue Schicht von Händlern und
Kaufleuten, die sich in der Sowjetunion infolge der li-
braleren Neuen Ökonomischen Politik (NEP) unter
Wladimir Lenin in den 1920er Jahren bildete.

Seite 640: GOCHRAN
Streng geheime Behörde des russischen Finanzminis-
teriums, eine Art staatliche Schatzkammer, verantwortlich für die Aufbewahrung und den Verkauf von Edel-
metallen und Edelsteinen.

Seite 641: C.C.C.P.
Russische Abkürzung (in kyrillischer Schrift) für UdSSR.

Seite 657: ELOI
Oberirdisch lebende Menschenrasse aus H. G. Wells'
Roman *Die Zeitmaschine*.

Seite 657: POLITTECHNOLOGE
In Russland verbreiteter Begriff für einen Organisator
politischer Wahlkämpfe und Kampagnen.

Seite 735: HOCHHAUS AN DER *KRASNOPRESNENSKAJA*
Auch bekannt unter dem Namen »Wohnhaus am
Kudrinskaja-Platz«, eines der berühmten sieben Zu-
ckerbäcker-Hochhäuser, die unter Stalin erbaut wurden (»Sieben Schwestern«).

DIE ROMANE

Wir schreiben das Jahr 2033. Vor über zwanzig Jahren hat ein Krieg weite Teile der Welt verwüstet. Nur in den gigantischen U-Bahn-Netzen der Städte konnten die Menschen überleben. Dort unten, in der Tiefe, haben sie eine neue, einzigartige Zivilisation errichtet. Eine Zivilisation jedoch, deren Existenz bedroht ist.

Mit METRO 2033 hat der russische Kultautor Dmitry Glukhovsky einen der erfolgreichsten Romane der letzten Jahre geschrieben. In seinem METRO 2033-UNIVERSUM versammelt Glukhovsky nun die besten Autoren der russischen Phantastik, um weitere Facetten seiner faszinierenden Zukunftsvision zu beleuchten.

DMITRY GLUKHOVSKY
METRO 2033

Artjom, ein junger Mann Anfang zwanzig, lebt seit seiner Kindheit im Untergrund der Moskauer Metro. Ein behütetes Leben an der Seite seines Stiefvaters. Doch obwohl Artjom weiß, dass in den Tunneln tödliche Gefahren lauern, zieht es ihn unaufhaltsam in die Ferne. Und so zögert er nicht lange, als sich ihm die Gelegenheit bietet, seine Heimatstation zu verlassen. Es ist der Beginn einer phantastischen Reise durch das weit verzweigte Netz der Moskauer Metro – eine Reise, die über das Schicksal der gesamten Menschheit entscheidet.

DMITRY GLUKHOVSKY
METRO 2034

Rätselhaftes ereignet sich an der abseits gelegenen Station Sewastopolskaja. Die Bewohner sind beunruhigt, da aus dem nördlichen Tunnel – ihrer einzigen Verbindung zur inneren Metro – keine Nachricht mehr zu ihnen dringt. Alle Aufklärungstrupps, die sie losgeschickt haben, sind spurlos verschwunden. Da beschließt der geheimnisvolle Brigadier Hunter, der selbst erst vor wenigen Wochen an der Sewastopolskaja aufgetaucht ist, die Lage zu erkunden. Es ist der Beginn eines phantastischen Abenteuers, das tief in die Geheimnisse der Moskauer Metro führt.

DMITRY GLUKHOVSKY
METRO 2035

Seit ein verheerender Atomkrieg die Erde verwüstet hat, haben die Menschen in den Tiefen der Metro-Netze eine neue Zivilisation errichtet. Doch die vermeintliche Sicherheit der U-Bahn-Schächte trügt: Zwei Jahre, nachdem Artjom die Bewohner der Moskauer Metro gerettet hat, gefährden Seuchen die Nahrungsmittelversorgung, und ideologische Konflikte drohen zu eskalieren. Die einzige Rettung scheint in einer Rückkehr an die Oberfläche zu liegen. Aber ist das überhaupt noch möglich? Wider alle Vernunft begibt sich Artjom auf eine lebensbedrohliche Reise durch eine Welt, deren mysteriöses Schweigen ein furchtbares Geheimnis birgt ...

ANDREJ DJAKOW
DIE REISE INS LICHT

In den weitläufigen Tunneln der Petersburger Metro haben sich seit der Katastrophe unterschiedliche, teils bizarre Kolonien gebildet, die einander erbittert bekämpfen. Im Untergrund der Metro fristet der zwölfjährige Gleb sein Dasein – bis sich sein Leben von Grund auf ändert. Gemeinsam mit einer Gruppe von Stalkern und einem Priester der neuen Religion »Exodus« begibt sich Gleb auf eine gefährliche Expedition. Ihr Weg führt sie über die verstrahlte und von furchterregenden Mutanten besiedelte Erde nach Kronstadt, wo Erkundungstrupps Lichtsignale registriert haben. Doch von wem stammen diese Signale?

SERGEJ KUSNEZOW
DAS MARMORNE PARADIES

Einige Kilometer außerhalb Moskaus kämpft eine Kolonie von Überlebenden um ihre Existenz. Als die Menschen von unheimlichen Wesen bedroht werden, können der todkranke Sergej und sein hellsichtiger Sohn Denis in letzter Sekunde fliehen. Gemeinsam mit einigen wenigen Überlebenden machen sie sich auf eine abenteuerliche Reise – nach Moskau, zur Metro. Aber unterwegs lauern unbekannte Gefahren auf sie, und einer ihrer Begleiter scheint ganz eigene, düstere Pläne zu verfolgen …

SCHIMUN WROTSCHEK
PITER

Iwan Merkulow, ein junger Stalker in St. Petersburg, gerät in ein tödliches Ränkespiel um Macht und Einfluss: An seiner Station wird der einzige Stromgenerator gestohlen, und es beginnt ein Kampf ums nackte Überleben. Iwan muss fliehen und begibt sich auf eine Odyssee durch das gefährliche Labyrinth der Metro. Bald schon steht er vor einer schweren Entscheidung: Kann er einen persönlichen Rachefeldzug führen, wenn die Existenz seiner Station auf dem Spiel steht?

ANDREJ DJAKOW
DIE REISE IN DIE DUNKELHEIT

Eine Insel im Finnischen Meerbusen direkt vor St. Petersburg wird durch einen heimtückischen Anschlag zerstört, und die Überlebenden suchen die Verantwortlichen in der Petersburger Metro. Als niemand sich schuldig bekennt, droht den Bewohnern die tödliche Rache der Inselbewohner. Also wird der Söldner Taran beauftragt, den Fall zu klären. Aber dann verschwindet Tarans Sohn Gleb spurlos – und der Stalker steht vor einem schier unlösbaren Konflikt.

SERGEJ ANTONOW
IM TUNNEL

Als das Machtgefüge in der Metro aufgrund von Hegemonialgelüsten einzelner Stationen ins Wanken gerät, erkennt Anatoli Tomski, ein junger Anarchist, die Bedrohung für seine eigene Freiheit und die seiner Kameraden. Gemeinsam mit einer Handvoll Mitstreitern soll er die Drahtzieher eines geheimen Waffenprojekts unschädlich machen, bevor es zu spät ist. Doch der Weg durch den Tunnel ist weit und voller Gefahren – und welchem seiner Begleiter kann Tomski wirklich vertrauen?

TULLIO AVOLEDO
DIE WURZELN DES HIMMELS

Auch in Rom, der Ewigen Stadt, haben sich die Menschen in die Tunnel unterhalb der Städte geflüchtet. Als der junge Priester John Daniels zu Kardinal Albani gerufen wird, ahnt er nicht, was ihm bevorsteht: Gemeinsam mit einer Gruppe Schweizergardisten soll er durch das verwüstete Italien nach Venedig reisen, um dort den angeblich noch lebenden Patriarchen zu finden. Aber ist das Ziel dieser Mission womöglich ein ganz anderes? Welche geheimen Absichten verfolgt der Kardinal?

ANDREJ DJAKOW
HINTER DEM HORIZONT

Als der Söldner Taran und sein Stiefsohn Gleb erkennen, dass die Situation in der Petersburger Metro zu eskalieren droht, machen sie sich mit einer Handvoll treuer Begleiter auf die gefährliche Suche nach einem legendären Wissenschaftsprojekt, das womöglich sogar der gesamten Menschheit Rettung verheißt. Doch diesmal liegt ihr Ziel in geradezu unvorstellbarer Ferne: hinter dem Horizont.

SUREN ZORMUDJAN
DAS ERBE DER AHNEN

Nahe dem zerstörten Kaliningrad existieren etliche unterirdische Siedlungen, zwischen denen immer wieder Konflikte aufflammen. Doch dann landen schwer bewaffnete Fremde auf der Halbinsel, die auf der Jagd nach dem geheimnisvollen »Erben der Ahnen« sind und dabei vor nichts zurückschrecken. Um die Invasoren zurückzuschlagen, müssen sich die Bewohner der Siedlungen verbünden.

SERGEJ MOSKWIN
IN DIE SONNE

Die Welt im Jahr 2033: Ein schrecklicher Atomkrieg hat ein Leben an der Erdoberfläche unmöglich gemacht und die Menschen in die Dunkelheit der Metro-Stationen getrieben. So auch in Novosibirsk in Sibirien. Doch in den finsteren Tunneln der Novosibirsker U-Bahn lauert eine tödliche Gefahr, und plötzlich sind die Bewohner der Metro-Stationen nicht mehr sicher. Dem jungen Sergej Kasarinym ist klar, dass den Menschen nur ein Ausweg bleibt, wenn sie überleben wollen: Sie müssen zurück an die Oberfläche …

Wollen Sie mehr von
Dmitry Glukhovsky lesen?

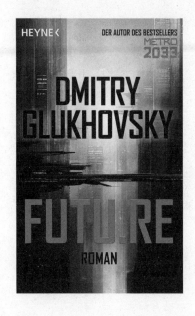

So ein Lift ist eine großartige Sache. Es gibt jede Menge Gründe, die für einen Aufzug sprechen.

Wenn du dich horizontal bewegst, weißt du eigentlich immer, wo du am Ende landest.

Im vertikalen Modus dagegen kannst du wer weiß wo rauskommen.

Es gibt zwar nur zwei Richtungen, nämlich rauf und runter, trotzdem kannst du dir nie sicher sein, was du zu sehen bekommst, wenn sich die Aufzugtüren öffnen: ein schier unermessliches Großraumbüro, in dem Sachbearbeiter in Einzelgehegen sitzen wie in einem Tierpark, eine idyllische Pastorale mit sorglosen Schäfern oder eine Heuschreckenfarm. Vielleicht aber auch eine riesige Halle, in der einsam und ziemlich ramponiert die Notre-Dame herumsteht. Gut möglich, dass du dich plötzlich inmitten eines stinkenden Slums wiederfindest, wo jeder Mensch gerade mal dreißig Zentimeter Wohnraum besitzt, oder an einem Swimmingpool mit Mittelmeerpanorama oder in einem Labyrinth aus engen Fluren, wo sich die Gebäudetechnik verbirgt. Manche Ebenen sind allgemein zugänglich, andere öffnen sich nur für bestimmte Fahrgäste, und dann gibt es noch solche, von deren Existenz niemand weiß außer den Architekten des jeweiligen Turms.

Die Türme sind hoch genug, um die Wolken zu durchbrechen, und ihre Wurzeln reichen sogar noch tiefer in die Erde hinab. Die Christen behaupten, dass in dem Turm, der an der Stelle des Vatikans errichtet wurde, bestimmte Aufzüge bis in die Hölle und wieder zurück fahren, während andere wiederum die Gerechten direkt bis ins Paradies befördern. Einmal habe ich mir einen dieser Prediger geschnappt und ihn gefragt, warum sie die Leute noch immer an der Nase herumführen. All das Gerede von der Unsterblichkeit der Seele ist heute so was von sinnlos, damit weiß sowieso niemand mehr was anzufangen. Das Paradies der Christen ist wahrscheinlich ein genauso trostloses Loch wie der Petersdom selbst: Kein Schwein zu sehen, überall liegt fingerdick der Staub. Der Typ jedenfalls stotterte irgendwas von einer Vorbildfunktion für die Massen, man müsse mit den Schäfchen in ihrer Sprache sprechen und so. Ich hätte diesem Betrüger die Finger brechen sollen, damit es ihm nicht mehr so leichtfällt, sich zu bekreuzigen.

Um in zwei Kilometer Höhe zu gelangen, braucht man in den modernen Highspeed-Aufzügen nicht viel länger als eine Minute. Für die meisten von uns genug Zeit, um sich ein Werbevideo anzusehen, die Frisur zu richten oder nachzusehen, ob einem auch nichts zwischen den Zähnen steckt. Nur wenige verschwenden überhaupt einen Gedanken an die Innenausstattung oder die Größe der Kabine. Die meisten merken nicht mal, dass sich der Lift bewegt, obwohl die Beschleunigung ihnen sämtliche Darmschlingen und Hirnwindungen zusammenpresst.

Nach den Gesetzen der Physik müsste sich dabei doch auch die verdammte Zeit verdichten – wenigstens ein kleines bisschen. Von wegen: Jeder Augenblick in dieser Kabine dehnt sich, bläht sich auf …

Schon zum dritten Mal schaue ich auf die Uhr. Diese verfluchte Minute will einfach nicht vergehen. Ich hasse Leute, die Aufzüge toll finden, und ich hasse Leute, die darin einfach ihr

Spiegelbild betrachten können, als wäre nichts dabei. Ich hasse Aufzüge, und ich hasse den Typen, der sie sich ausgedacht hat. Was für eine teuflische Erfindung, einen engen Kasten über einen Abgrund zu hängen, darin lebende Menschen einzupferchen und dem Kasten die Entscheidung zu überlassen, wann er sie wieder in die Freiheit entlässt!

Die Tür will sich immer noch nicht öffnen; schlimmer noch, die Kabine macht nicht einmal Anstalten langsamer zu werden. So hoch bin ich, glaube ich, noch nie hinaufgefahren.

Auf die Höhe scheiß ich, die stört mich nicht. Wenn's sein muss, stell ich mich auf einem Bein auf den Everest. Hauptsache, ich komme endlich aus diesem verfluchten Kasten raus.

Nicht darüber nachdenken, sonst krieg ich keine Luft mehr. Warum habe ich schon wieder diese klebrigen Gedanken zugelassen? Dabei war ich doch gerade so schön am Philosophieren – über den verlassenen Petersdom, smaragdgrüne toskanische Hügel im Frühsommer … Schließ die Augen, stell dir vor, du stehst mitten in hohem Gras … Es reicht dir bis zur Hüfte … So soll man es machen, stand in diesem Buch … Einatmen … Ausatmen … Gleich geht's dir wieder besser … Gleich …

Woher soll ich verdammt noch mal wissen, wie das ist, bis zur Hüfte im Gras zu stehen?! Ich bin einer Wiese noch nie näher gekommen als bis auf ein paar Schritte – wenn man von Kunstrasen mal absieht.

Warum habe ich mich überhaupt darauf eingelassen, so hoch hinaufzufahren? Warum habe ich diese Einladung angenommen?

Auch wenn sich das hier nur schwer als Einladung bezeichnen lässt.

Da lebst du ein stinknormales Leben an der Kakerlakenfront, läufst durch Spalten in Böden und Wänden wie durch Schützengräben, selbst beim kleinsten Geräusch erstarrst du, weil du glaubst, dass es dir gilt und du gleich zerdrückt wirst. Dann, eines schönen Tages, krabbelst du ausnahmsweise mal ans Licht – und schwupp, sitzt du in der Falle. Doch anstatt mit einem Knacks deine Käferseele auszuhauchen, fliegst du hinauf, von starken Fingern gepackt, denn offenbar will dich dort oben jemand begutachten.

Der Aufzug steigt noch immer. Auf einem Werbebildschirm, so groß wie eine der Kabinenwände, ist eine stark geschminkte Tussi zu sehen, die gerade eine Glückstablette schluckt. Die anderen Wände sind beige gepolstert. Das beruhigt die Passagiere und verhindert, dass sie sich bei einer Panikattacke die Köpfe einschlagen. Toll, wirklich jede Menge Gründe, die für Aufzüge sprechen …

Die Lüftung summt. Trotzdem tropft mir der Schweiß auf den beigen, federnden Boden. Meine Kehle lässt keine Luft mehr durch, als würde eine mächtige Pranke sie zusammenpressen. Die Tussi blickt mir in die Augen und lächelt. Durch einen winzigen Spalt im Hals bekomme ich gerade noch genug Sauerstoff, um nicht in Ohnmacht zu fallen. Die beigen Wände verengen sich langsam, fast unmerklich, als wollten sie mich erdrücken.

Lasst mich raus!

Ich drücke der Tussi meine Hand auf den rot lächelnden Mund. Es scheint ihr sogar zu gefallen. Dann verschwindet das Bild, und die Wand verwandelt sich wieder in einen Spiegel. Ich blicke mir ins Gesicht. Und lächle.

Ich drehe mich um und hole aus, um der Tür einen Fausthieb zu verpassen.

Da bleibt der Lift stehen.

Die Türhälften gleiten auseinander.

Die stählernen Finger, die meine Atemröhre umklammern, lockern widerwillig ihren Griff.

Ich stürze aus der Kabine in die Lobby. Sieht ganz nach einem Steinboden aus, die Wände sind wahrscheinlich holzgetäfelt. Die Beleuchtung ist abendlich, hinter der dezenten Empfangstheke wartet ein braun gebrannter, freundlicher Concierge im Casual-Look. Keine Namensschilder, kein Wachdienst: Wer hier Zutritt hat, weiß, wo er sich befindet und welchen Preis er für jegliche Art von Fehltritt zahlen würde.

Ich will mich vorstellen, doch der Concierge winkt freundlich ab.

»Gehen Sie ruhig weiter. Hinter dem Empfang ist ein zweiter Aufzug.«

»Was, noch einer?!«

»Er bringt Sie direkt aufs Dach. Es dauert nur wenige Sekunden.«

Aufs Dach?

Ich bin noch nie auf einem Dach gewesen. Mein Leben spielt sich in Boxen und Röhren ab, wie es sich gehört. Wenn ich mal rauskomme, bin ich hinter jemandem her. Kommt hin und wieder vor. Ist aber ansonsten uninteressant.

Dächer sind etwas anderes.

Ich ziehe ein beflissenes Lächeln über meine verschwitzte Birne, reiße mich zusammen und schreite auf den Geheimlift zu.

Keine Bildschirme, keine Knöpfe. Ich hole tief Luft und tauche hinein. Der Boden ist mit Parkett aus russischem Holz ausgelegt – eine Rarität. Für einen Augenblick vergesse ich meine Angst, gehe in die Hocke und betaste ihn. Nein, das hier ist kein Laminat, sondern tatsächlich massiv.

In dieser idiotischen Pose – irgendwo auf der Entwicklungslinie zwischen Affe und Mensch – befinde ich mich noch, als sich die Tür wieder öffnet und *sie* mich erblickt. Über meine Körperhaltung scheint sie sich nicht sonderlich zu wundern. Das macht wohl die Erziehung.

»Ich …«

»Ich weiß, wer Sie sind. Mein Mann verspätet sich. Er hat mich gebeten, Sie bei Laune zu halten – sozusagen als Vorprogramm. Ich bin Helen.«

»Wenn das so ist …«, entgegne ich lächelnd, noch immer auf den Knien, und küsse ihr die Hand.

Sie zieht ihre Finger zurück und sagt: »Ihnen ist wohl ein wenig heiß geworden.«

Ihre Stimme ist kühl und flach, ihre Augen sind hinter den riesigen runden Gläsern einer Sonnenbrille verborgen. Die breite Krempe eines eleganten Hutes – braune und beige Streifen in konzentrischem Wechsel – verschleiert ihr Gesicht. Alles, was ich sehen kann, sind kirschrot geschminkte Lippen und zwei perfekte, kokainweiße Zahnreihen. Möglicherweise die Verheißung eines Lächelns. Aber vielleicht ist diese angedeutete Lippenbewegung auch nur dazu gedacht, bei Männern schlüpfrige Hirngespinste hervorzurufen. Nur so zur Übung.

»Ich fühle mich etwas beengt«, gebe ich zu.

»Kommen Sie, ich zeige Ihnen unser Haus.«

Ich richte mich auf und bemerke, dass ich größer bin als sie. Trotzdem kommt es mir so vor, als ob sie mich durch ihre Gläser noch immer von oben herab ansieht. Sie hat sich mit ihrem Vornamen vorgestellt, aber das ist nur gespielte Demokratie. Frau Schreyer, so sollte ich sie eigentlich anreden, wenn ich berücksichtige, wer ich bin – und wessen Frau sie ist.

Ich habe nicht die geringste Ahnung, wozu ihr Mann mich braucht, und noch viel weniger kann ich mir vorstellen, warum er mich hat kommen lassen. Ich an seiner Stelle wäre mir zu schade gewesen.

Aus dem hellen Flur – der Zugang zum Lift tarnt sich als gewöhnliche Haustür – treten wir in eine Galerie geräumiger Zimmer. Helen geht voraus, zeigt den Weg, ohne sich nach mir umzudrehen. Das ist gut so, denn ich glotze umher wie der letzte Dorftrottel. Ich bin schon in den unterschiedlichsten Wohnungen gewesen. Schließlich ist mein Job dem des Sensenmanns ziemlich ähnlich: Ich mache keinen Unterschied zwischen Arm und Reich. Aber eine Ausstattung wie diese hier habe ich noch nie gesehen.

Was die Schreyers an Wohnraum besitzen, reicht ein paar Hundert Ebenen weiter unten für mehrere Wohnviertel.

Ich muss nicht mehr auf dem Boden herumkriechen, um zu begreifen: In diesem Haus ist alles echt. Die leicht fugig verlegten, geschliffenen Holzdielen, die träge rotierenden Messingventilatoren an der Decke, die dunkelbraunen asiatischen Möbel und die vom häufigen Anfassen glänzenden Türbeschläge sind natürlich nur Stilelemente. Das Innenleben dieses Hauses ist hochmodern, aber eben hinter einer Verkleidung aus echtem Messing und Holz verborgen. Unpraktisch und unverhältnismäßig teuer, finde ich, denn Komposit kostet nur einen Bruchteil davon und hält ewig.

Die schattigen Zimmer sind leer. Es sind keine Bediensteten zu sehen. Nur manchmal zeichnet sich im Dunkeln eine menschliche Gestalt ab, die sich aber sogleich als Skulptur entpuppt – mal aus Bronze mit weißlich grüner Patina, mal aus lackiertem Ebenholz. Von irgendwo dringt leise alte Musik zu uns, auf deren Wogen Helen Schreyer mit leicht schwankenden, hypnotischen Bewegungen durch ihre schier grenzenlosen Besitzungen segelt.

Ihr Kleid: ein schlichtes, kaffeefarbenes Rechteck. Die Schultern betont, der Ausschnitt schmucklos rund, was einen abweisenden Eindruck erweckt. Der lange, aristokratische Hals liegt frei, während der Rest ihres Körpers bedeckt bleibt, doch an den Schenkeln endet das Kleid abrupt mit einer schnurgeraden, gleichsam gezeichneten Kante, hinter der erneut alles im Schatten liegt. Das Schöne liebt den Schatten, denn jeder Schatten ist eine Versuchung.

Wir biegen um eine Ecke, durchschreiten einen Bogen – und plötzlich ist die Decke verschwunden.

Über mir gähnt die Weite des Himmels. Ich erstarre auf der Stelle.

Teufel! Ich wusste, was kommen würde, und doch bin ich darauf nicht vorbereitet.

Sie dreht sich um und lächelt herablassend.

»Sie sind wohl noch nie auf einem Dach gewesen?«

Sie sind also ein Plebejer, will sie damit sagen.

»In meinem Job habe ich weitaus häufiger in den Slums zu tun, Helen. Waren Sie schon einmal in den Slums?«

»Ach ja … Ihr Job … Sie bringen Menschen um, oder so ähnlich, nicht wahr?«

Sie scheint keine Antwort zu erwarten. Stattdessen dreht sie sich einfach um und geht weiter. Und tatsächlich folge ich ihr ohne Antwort. Den Himmel habe ich inzwischen verdaut, also reiße ich mich vom Türrahmen los – und nehme erst jetzt wahr, wohin mich der Aufzug gebracht hat.

In ein echtes Paradies. Aber nicht in dieses zuckersüße Surrogat der Christen, sondern in mein ganz persönliches Himmelreich, das ich zwar noch nie gesehen, aber von dem ich, wie ich jetzt feststelle, mein ganzes Leben geträumt habe.

Wohin ich auch blicke, nirgends gibt es Wände! Wir sind aus einem großen Bungalow auf eine weitläufige, sandige Lichtung getreten, inmitten eines verwilderten tropischen Gartens. Bohlenpfade führen in verschiedene Richtungen, ihr Ende ist nicht zu erkennen. Obstbäume und Palmen, exotische Sträucher mit riesigen saftigen Blättern, weiches grünes Gras – die gesamte Vegetation glänzt wie Plastik, ist aber zweifellos echt.

Zum ersten Mal seit verdammt langer Zeit atme ich frei. Als hätte mein ganzes mieses Leben lang ein fettes Drecksweib auf mir gehockt, mir die Rippen eingedrückt und meinen Atem vergiftet. Endlich habe ich es abgeworfen, und der Druck ist weg. Seit ewigen Zeiten habe ich mich nicht mehr so frei gefühlt. Vielleicht sogar noch nie.

Während ich Helens bronzefarbener Gestalt über einen der Bohlenpfade folge, betrachte ich diesen Ort. Mein Traumdomizil. Schreyers Residenz ist einer tropischen Insel nachempfunden. Dass sie künstlich ist, verrät allein ihre geometrische Vollkommenheit: Sie bildet einen Kreis von vielleicht fünfhundert Metern Durchmesser, umgürtet von der gleichmäßigen Linie eines Sandstrands.

Als Helen mich auf den Strand hinausführt, verliere ich die Beherrschung. Ich bücke mich und senke meine Hand in den feinen, samtweißen Sand. Man könnte meinen, wir wären auf einem einsamen Atoll irgendwo in der unendlichen Weite des Ozeans, wäre da nicht jene durchsichtige Wand, die den Strand anstelle der schäumenden Brandung begrenzt. Jenseits davon geht es steil hinab, und einige Meter weiter unten sind Wolken zu sehen. Trotz der geringen Entfernung ist die Glaswand kaum zu erkennen. Sie steigt steil hinauf und geht in eine riesige Kuppel über, die sich über die gesamte Insel wölbt. Die Kuppel ist in mehrere Segmente unterteilt, die sich unabhängig voneinander bewegen lassen, sodass stets ein Teil des Strands und Gartens direkt von der Sonne beschienen werden.

Auf einer Seite plätschert blaues Wasser zwischen dem Strand und der Glaswand: ein kleiner Pool, ein etwas bemühter Versuch, den Schreyers ein Stückchen Ozean zu suggerieren. Unmittelbar davor stehen zwei Liegestühle im Sand.

Auf dem einen lässt sie sich nieder.

»Wie Sie sehen, sind wir hier immer über den Wolken«, sagt Helen. »Ein idealer Ort, um ein Sonnenbad zu nehmen.«

Ich selbst habe die Sonne mehrmals gesehen. Auf den tieferen Ebenen aber kenne ich jede Menge Leute, die gelernt haben, mit einer gemalten Sonne auszukommen. Offenbar muss der Mensch nur lang genug in unmittelbarer Nachbarschaft mit einem Wunder leben, damit es ihm langweilig wird. Flugs erfindet er noch einen praktischen Verwendungszweck dafür: Die Sonne? Ach ja, davon wird man so schön braun …

Der zweite Liegestuhl gehört sicher ihrem Mann. Ich kann es förmlich vor mir sehen, wie diese beiden Himmelsbewohner abends von ihrem Olymp auf die Welt herabschauen, von der sie glauben, sie gehöre ihnen.

Ich setze mich einige Schritte neben ihr in den Sand und blicke in die Ferne.

»Wie gefällt es Ihnen bei uns?« Sie lächelt gönnerhaft.

Ringsum erstreckt sich, so weit das Auge reicht, ein bauschiges Wolkenmeer, über das Hunderte, nein Tausende fliegender Inseln segeln. Es sind die Dächer anderer Türme, die Wohnstätten der Reichsten und Mächtigsten, denn in einer Welt, die aus Millionen hermetischer, miteinander verschraubter Boxen besteht, gibt es nichts Wertvolleres als offenen Raum.

Auch die meisten anderen Dächer sind zu Gärten oder Hainen umgestaltet worden. Es scheint, als kokettierten die Bewohner des Himmels mit ihrer Sehnsucht nach der Erde.

Dort hinten, wo die letzten sichtbaren Inseln im Dunst verschwimmen, umspannt der Ring des Horizonts das Weltengebilde. Zum ersten Mal sehe ich jene winzige schmale Linie, die die Erde vom Himmel trennt. Wenn man auf einer der unteren oder mittleren Ebenen ins Freie tritt, ist die Aussicht immer verbaut: Das Einzige, was man sieht, sind benachbarte Türme, und sollte man doch einmal zwischen zweien hindurchsehen können, so trifft der Blick doch wieder nur auf Türme, die in weiterer Ferne stehen.

Der wirkliche Horizont unterscheidet sich gar nicht sonderlich von dem, den man uns auf unseren Wandbildschirmen präsentiert. Natürlich weiß jeder, dass dieser nur ein Bild oder eine Projektion ist – der echte Horizont ist viel zu wertvoll. Der Anblick des Originals steht nur den wenigen zu, die ihn sich leisten können, alle anderen müssen sich mit Abbildungen im Taschenkalender begnügen.

Ich schöpfe eine Handvoll feinen weißen Sand. Er ist so weich, dass ich ihn mit den Lippen berühren möchte.

»Sie beantworten meine Fragen nicht«, bemerkt sie vorwurfsvoll.

»Verzeihung. Was wollten Sie wissen?«

Solange sie sich hinter ihren libellenartigen Okularen verbirgt, bin ich mir nicht sicher, ob sie meine Meinung wirklich interessiert, oder ob sie mich nur pflichtbewusst bei Laune hält, wie von ihrem Ehegatten aufgetragen.

Ihre gebräunten Unterschenkel, umflochten von goldenen Riemchen ihrer hohen Sandalen, glänzen im Sonnenlicht. Ihre Zehennägel sind elfenbeinfarben lackiert.

»Wie gefällt es Ihnen bei uns?«

Die Antwort habe ich sofort parat.

Ich wünschte, auch ich wäre als sorgloser Faulpelz in diesen Paradiesgarten hineingeboren worden, als einer, für den Sonnenstrahlen etwas Selbstverständliches sind, der nicht panisch auf Wände starren muss, der in Freiheit lebt und in vollen Zügen atmet! Stattdessen …

Mein einziger Fehler war, dass ich aus der falschen Mutter herausgekrochen bin. Jetzt muss ich mein ganzes unendliches Leben dafür bezahlen.

Ich schweige. Und lächle. Lächeln kann ich gut.

»Ihr Zuhause ist eine riesige Sanduhr«, antworte ich grinsend, lasse die weißen Körnchen herabrieseln und blinzle in die Sonne, die genau über der gläsernen Kuppel im Zenit steht.

»Ich sehe, dass die Zeit für Sie offenbar noch fließt.« Wahrscheinlich meint sie den Sand, der zwischen meinen Fingern hindurchrieselt. »Für uns steht sie längst still.«

»Oh! Vor den Göttern ist sogar die Zeit machtlos.«

»Sie und Ihresgleichen bezeichnen sich doch als Unsterbliche«, entgegnet sie, ohne auf meine hämische Bemerkung einzugehen. »Ich dagegen bin nur ein einfacher Mensch aus Fleisch und Blut.«

»Und doch ist die Wahrscheinlichkeit zu sterben bei mir wesentlich höher als bei Ihnen.«

»Sie haben sich diese Arbeit selbst ausgesucht.«

»Da irren Sie sich«, antworte ich, noch immer lächelnd. »Man könnte sogar sagen, dass die Arbeit mich gewählt hat.«

»Mord ist also eine Art Berufung für Sie?«

»Ich ermorde niemanden.«

»Da habe ich Gegenteiliges gehört.«

»Diese Leute haben auch eine Wahl. Ich folge stets den Regeln. Technisch gesehen, natürlich …«

»Wie langweilig.«

»Langweilig?«

»Ich dachte, Sie sind ein Killer. Dabei sind Sie ein Bürokrat.«

Ihr den Hut vom Kopf reißen und ihre Haare um meine Faust wickeln.

»Jetzt sehen Sie mich allerdings an wie ein Killer. Sind Sie sicher, dass Sie die Regeln immer befolgen?«

Sie stellt eines ihrer Beine auf, der Schatten wird größer, ein Strudel breitet sich aus, und ich befinde mich an seinem äußersten Rand, spüre ein Ziehen in der Brust, ein Vakuum, als könnten meine Rippen jeden Augenblick einbrechen … Wie bringt es diese verwöhnte Schlampe fertig, mich so zu manipulieren?

»Regeln befreien einen von der Verantwortung«, äußere ich abwägend.

Sie zieht die Augenbrauen hoch. »Sie fürchten sich vor der Verantwortung? Haben Sie am Ende sogar Mitleid mit all diesen armen Leuten, die Sie …«

»Hören Sie. Ist Ihnen noch nie in den Sinn gekommen, dass nicht jeder in solchen Verhältnissen leben kann wie Sie? Wahrscheinlich wissen Sie gar nicht, dass sogar auf einigermaßen anständigen Ebenen gerade mal vier Quadratmeter pro Kopf die Norm sind! Ist Ihnen bekannt, wie viel ein zusätzlicher Liter Wasser kostet? Und ein Kilowatt? Einfache Menschen aus Fleisch und Blut beantworten diese Fragen, ohne auch nur eine Sekunde zu zögern. Und wissen Sie auch, warum Wasser, Energie und Wohnraum so teuer sind? Wegen dieser ach so armen Leute, die unsere Wirtschaft – und übrigens auch Ihren Elfenbeinturm – endgültig in den Ruin treiben, wenn wir uns nicht um sie kümmern.«

»Für einen Auftragsmörder sind Sie ziemlich eloquent, auch wenn ich Ihrem flammenden Plädoyer ganze Passagen aus einer Rede meines Mannes entnehme. Ich hoffe, Sie haben nicht vergessen, dass Ihre Zukunft in seinen Händen liegt?«

Diese beiläufige Kälte, als ob sie sich nur so erkundigt.

»In meinem Job habe ich gelernt, die Gegenwart zu schätzen.«

»Natürlich, wenn man täglich anderen die Zukunft stiehlt … Da ist wohl irgendwann ein gewisser Sättigungsgrad erreicht?«

Ich erhebe mich. Schreyers Miststück hat einen ganzen Satz Nadeln aus dem Ärmel gezogen, und jetzt steckt sie mir eine nach der anderen rein, um herauszufinden, wo es mir wehtut. Aber ich habe keine Lust, diese idiotische Akupunktur über mich ergehen zu lassen.

Lesen Sie weiter in:

DMITRY GLUKHOVSKY

FUTU.RE